KB086018

결혼은 계획이다 1

결혼은
계획이다 1

이지연 장편소설

Vol. 1

[Contents]

Vol. 2

Chapter 1

결혼할게.
대신 조건이 있어!

금요일 오후, 주원식품 마케팅 1팀 사무실은 어느 때와 마찬가지로 분주했다. 그중에서도 주리아 팀장이 가장 바빠 보였다. 그런 그녀에게 막내 사원 채영이 어두운 표정으로 다가와 태블릿을 내밀었다.

"팀장님, 기사 보셨어요? 방금 올라온 강 이사 인터뷰인데 아무래도 심상치가 않아요."

여기서 '강 이사'란 경쟁사인 KJ푸드 전략기획팀 강태호 이사를 가리킨다. KJ그룹 회장의 차남이자, 차기 후계자로 거론되는 그는 주원식품에서 가장 경계해야 할 인물이었다.

"특히 이 부분이요. '올해 KJ푸드는 들깨 요리 장인인 하 여사와 함께 다양한 메뉴를 개발할 예정으로······.' 이거 하명은 여사님을 말하는 거 아닌가요?"

인터뷰 기사를 읽어 내려가던 리아의 눈매가 옆으로 가늘어졌다. 주원식품도 들깨 삼계탕, 수제비, 샐러드 소스 등 들깨 요리를 기획 중이기 때문이다. 주영철 회장은 자신의 딸인 리아에게 하 여사 영입 임무를 맡겼고, 이에 그녀는 지난 반년 동안 틈틈이 하 여사가 운영하는 지리산 '새울 식당'을 찾았다.

이제야 겨우 하 여사의 마음을 돌리는가 싶었는데, 난데없이 KJ푸드에서 접근하다니.

"안 되겠어. 여사님께 가봐야겠어."

리아는 급히 차 키를 챙겨 들고 자리에서 일어났다. 이번에도 KJ푸드에 발목을 잡힐 순 없었다. 재계 15위 대기업 계열사인 KJ푸드와 재계 200위인 주원식품의 경쟁은 한마디로 '다윗과 골리앗의 싸움'이었다.

그렇다고 속수무책으로 당하기만 하라고? 그렇겐 못 하지.

리아는 이를 갈며 힘차게 가속 페달을 밟았다.

서너 시간 운전 후, 지리산 중턱에 도착하니 주위는 슬슬 어두워지고 빗방울이 한두 방울 떨어지기 시작했다.

일기 예보엔 비 온다는 소리 없었는데…….

미처 우산을 챙기지 못한 리아는 차에서 내려 식당을 향해 뛰었다.

"어머, 주 팀장님, 연락도 없이 웬일이세요?"

비를 털며 식당에 들어서니, 50대 초반으로 보이는 여성이 반갑게 리아를 맞았다.

"여사님 계시죠?"

"그럼요. 어머니! 주 팀장님 오셨어요."

딸이 자신을 부르자 안쪽에서 하 여사가 걸어 나왔다.

"자네 왔는가."

"불쑥 찾아와서 죄송합니다."

"괜찮아. 자네 말고도 불청객 하나 더 있으니까."

하 여사는 시큰둥한 얼굴로 창가를 가리켰다. 아무 생각 없이 고개를 돌린 리아는 잿빛 슈트 차림의 남자를 보고 저도 모르게 미간을 찌푸렸다.

조각처럼 뚜렷한 윤곽과 크고 시원한 눈매, 상대를 사로잡는 강렬한 눈빛. 존재만으로 허름한 식당 분위기를 고급스러운 화보 수준으로 끌어올리는 남자. 불공평한 신은 그를 창조할 때 더 많은 시간과 정성을 들인 게 분명했다.

보통 사람이라면 감동 어린 시선을 보낼 테지만, 리아는 반대였다. 한껏 날 선 눈으로 노려보며 아랫입술을 깨물었다. 그는 바로 그녀를 이곳까지 오게 한 장본인, KJ푸드 강태호 이사였다. 리아의 방문을 예상한 듯 그의 표정엔 아무런 변화가 없었다.

"잘 왔어. 그러잖아도 두 사람한테 할 말이 있었는데. 우선 앉아 있어."

하 여사가 딸과 주방으로 사라지자, 리아는 창가로 다가갔다.

"여기서 뭐 하는 거야?"

짜증 어린 목소리가 그녀의 입에서 흘러나왔다. 리아와 태호는 어릴 적부터 알고 지낸 사이다. 나이는 태호가 한 살 더 많지만 리아가 빠른 연생이라 둘 다 같은 해 초등학교에 진학했다. 학년이 같다 보니 리아는 한 번도 태호를 오빠로 대한 적이 없었다.

두 사람은 한때 뜨겁게 사랑했던 연인이기도 했다. 하지만 집안끼리 얽힌 악연 탓에 헤어질 수밖에 없었고, 그래서인지 어쩔 수 없이 일로 부딪치게 될 때마다 서로를 더욱더 차갑게 대했다.

"여사님, 우리 주원식품에서 먼저 접촉했어."

"알아."

태호는 무심히 고개를 끄덕이며 찻잔을 입에 가져갔다.

"알면서도 중간에 끼어든 거야?"

리아가 날카롭게 쏘아붙이자, 태호는 픽 웃으며 옆으로 고개를 기울였다.

"아직 계약서에 사인한 건 아니지 않나?"

냉정하게 따지고 보면 맞는 말이다. 계약서에 사인한 것도 아니고, 아직 하 여사에게 확답을 받지 못한 상태였다. 하지만 그래도 그렇지. 리아는 기분 나쁘다는 듯 미간을 찌푸렸다.

"너, 상도덕 몰라?"

그 말에 그는 어깨를 으쓱거렸다.

"그렇다고 먼저 제안한 쪽과 꼭 함께 가야 한다는 법은 없지."

그것도 맞는 말이긴 하다. 하지만 일부러 경쟁자가 지목한 상대만 골라서 제안한다면 그건 또 이야기가 다르다. 지난 3년 동안 KJ푸드는 심심찮게 주원식품이 시도한 제품을 뒤따라 출시했다.

엿 먹일 작정으로 달려드는 게 아니면 뭔데?

"왜 사사건건 우리 일에 훼방이야?"

"훼방이라…… 글쎄, 난 관심사가 같아서 생긴 우연이라고 생각했는데."

하, 모르는 사람들이 들으면 소울메이트라도 되는 줄 알겠네.

"말 되는 소릴 해!"

결국 감정이 폭발한 리아는 언성을 높이며 자리에서 벌떡 일어섰다. 그녀가 흥분하든 말든 태호는 태연히 차를 마셨다. 괜히 안달 나게 해서 그녀를 약 올리려는 게 분명했다.

여기서 폭발하면 패배를 인정하는 꼴이 되기에 리아는 심호흡을 하며 다시 자리에 앉았다.

"쯧쯧쯧. 또, 또 싸운다."

그때 하 여사가 혀를 차며 딸과 함께 음식 카트를 끌고 나타났다.

"니들 할아비가 이런 꼴 보시면 퍽이나 좋아하시겠다. 회사를 둘로 쪼갠 것도 모자라, 서로 못 잡아먹어 안달이니……."

그렇다. 원래 주원식품과 KJ그룹은 한 회사였다. 두 집안 조부가 설립한 ㈜정직은 2세대에 와서 주원식품과 KJ푸드로 갈라섰다. 식품 분야에만 머문 주원식품과 달리, KJ푸드는 유통, 관광&호텔, 생명 공학, 미디어 등 사업을 확장하며 대기업으로 성장했고, 서로 차이가 극명해질수록 사이는 더 나빠졌다. 두 조부와 지인이었던 하 여사는 그 점이 못마땅했다.

"니들 싸우는 꼴 보기 싫어서라도 이번 사업은 없던 일로 해야겠다."

청천벽력 같은 소리에 리아의 눈이 커다래졌다.

"여사님! 그건……."

"듣기 싫어. 그래도 멀리서 왔으니 배는 채우고 가거라."

음식을 내려놓은 하 여사는 손을 휘휘 내저으며 다시 주방으로 사라졌다.

험한 산길을 운전하고 와서, 말 한마디도 꺼내지 못하다니…….

리아는 묵묵히 식사하는 태호를 원망스러운 눈으로 노려보았다.

하, 이 상황에서 잘도 목구멍으로 밥이 넘어가나 보다.

그러나 하 여사가 손수 차려준 음식을 먹지 않으면 그녀는 점수를 잃을 테고, 그는 반대로 점수를 딸 것이다. 마지못해 리아도 수저를 들었다.

식사를 마치고 식당을 나서자, 밖은 칠흑 같은 어둠에 싸여 있었다. 빗줄기도 제법 굵어져 있었다.

리아는 곤혹스러운 표정을 지으며 운전대를 잡았다. 어두운 산길도 운전할 자신이 없는데, 비까지 내리다니……. 그래도 비포장도로만 벗어나면 어떻게든 되겠지.

이럴 땐 앞차를 따라가면 운전하기 편한데 태호의 SUV는 순식간에 사라져 보이지 않았다.

"홍, 댕댕이 응가도 약에 쓰려면 없다더니…….."

리아는 어두컴컴한 앞을 노려보며 작게 투덜거렸다.

거북이 운전으로 겨우 비포장도로를 벗어나나 싶었는데, 비상등을 켠 태호의 SUV가 포장도로 진입로를 막고 있었다.

"무슨 일이야?"

태호가 차에서 내려 다가오자 리아는 유리창을 내렸다.

"토사가 덮쳐서 내려가는 도로가 통제됐어."

"뭐?"

리아는 얼떨한 표정으로 비에 흠뻑 젖은 태호를 바라보았다.

"우선 재현이 형 별장으로 가자. 여기서 멀지 않으니까."

"재현 씨 별장이라면…….."

순간 리아의 표정이 굳어졌다. 그곳은 5년 전, 두 사람이 헤어졌던 장소였다. 그 별장에서 리아는 인생 1막 1장의 막을 내렸고, 사랑의 추억과 그에 얽힌 모든 애틋한 감정을 그곳에 묻고 떠났다. 그런데 지금 그곳으로 가자고?

"천천히 운전할 테니까, 잘 따라와."

그녀의 침묵을 동의로 해석한 태호는 등을 돌려 SUV로 걸어갔다. 그는 아무렇지 않은 걸까? 아무리 긴급 상황이라지만, 저리도 태연한 얼굴로 그곳을 언급하다니……. 상대가 아무렇지 않게 나오는데 괜히 그녀만 긴장한 모습을 보이긴 싫었다. 리아는 멀어지는 태호의 뒷모습을 노려보며 운전대를 꼭 움켜쥐었다.

그래, 계속 그렇게 나와. 우리는 경쟁하는 사이일 뿐이니까.

빗줄기는 더욱 굵어져 별장에 도착했을 땐 천둥과 번개를 동반한 폭우로 변해 있었다. 차에서 내려 전속력으로 현관에 뛰어갔지만, 두 사람 모두 머리부터 발끝까지 젖고 말았다.

태호가 문 앞에 달린 감시 카메라를 바라보자 안면 인식이 작동하며 저절로 문이 열렸다. 이어서 별장의 주인인 재현으로부터 전화가 걸려왔다.

[강태호, 이 빗속에 지리산엔 왜 간 거야?]

호기심 어린 목소리가 휴대폰에서 흘러나왔다.

"어, 형. 그럴 일이 좀 있었어."

[여자랑 같이 있어?]

여자랑 같이 있느냐는 질문에 리아는 저도 모르게 눈살을 찌푸렸다. 이곳으로 종종 여자를 데려왔다는 말로 들리니까. 강태호가 문란한 생활을 하든 건전한 생활을 하든 그녀와는 상관없는 일이지만, 그래도 듣기가 불편한 건 사실이다.

"응. 그래서 오늘 하룻밤만 신세 질게."

당사자인 태호는 아무렇지도 않은 표정으로 짧게 대답했다.

[지금 공사 중이라서 난방이 안 될 거야. 그래도 괜찮겠어?]

"벽난로 피우면 돼."

[그래, 알았다.]

통화를 끝낸 태호는 리아에게로 고개를 돌렸다.

"들었지? 난방 안 돼서 추울 거야."

일부러 말해주지 않아도 된다. 가만히 있어도 몸이 덜덜 떨리게 추우니까. 리아는 조금이라도 추위를 떨치려 양손으로 팔을 감쌌다. 별

도움은 되지 못했다. 가뜩이나 밤이 되면 산속 기온이 급격히 떨어지는데 옷까지 젖었으니 말 다 했지. 이럴 줄 알았으면 그냥 차 안에 있을걸. 그러나 천둥 번개가 내리치는 빗속을 뚫고 다시 차로 돌아갈 엄두는 나지 않았다.

그때였다. 비에 젖은 재킷을 벗으며 태호가 무덤덤하게 말했다.

"벗어."

벗으라고? 뭘?

무슨 소리냐는 듯 리아가 미간을 찌푸렸다.

"젖은 옷 입고 있으면 체온이 떨어지니까, 벗으라고."

당황해하는 리아와 달리 태호는 무표정을 유지한 채 넥타이를 풀어헤쳤다. 이어서 빠른 손놀림으로 셔츠의 단추를 풀기 시작했다. 리아는 지금의 상황을 너무나도 담담히 받아들이는 그에게 짜증이 났다.

넌 왜 아무렇지 않은 거야? 그만큼 완벽하게 정리했다는 건가?

하지만 아무리 완벽하게 정리했어도, 저리 아무렇지 않게 행동할 순 없다. 그에겐 아무것도 아닌 일이었다면 몰라도. 그래서일까. 리아는 냉소를 흘리며 신랄한 어조로 비아냥거렸다.

"그래, 옷 벗는다고 큰일 나겠어? 이번이 처음도 아니면서……."

큰 효과를 기대한 건 아니지만, 그를 둘러싼 단단한 껍질에 조금이라도 생채기를 내고 싶었다. 순간 태호의 눈빛이 살짝 흔들렸다. 하지만 곧 평정을 되찾은 듯 입가에 흐린 미소를 떠올렸다.

"……그래, 처음은 아니지."

그 말을 끝으로 그는 장작을 가지러 간다며 밖으로 나갔다.

"후우."

혼자 남게 되자, 리아는 참았던 숨을 길게 내쉬었다. 상처를 주려고 꺼낸 말에 그녀 자신이 더 상처를 받은 것 같아 기분이 언짢았다. 항상 그랬다. 과거에도 지금에도, 결국에 상처를 받는 쪽은 그녀다.

리아는 속상한 마음을 달래며 속옷만 남겨둔 채 젖은 옷을 벗었다. 그리고 재빨리 이불을 몸에 둘렀다. 비에 젖은 속옷이 축축하긴 했지만, 차마 그것까지 벗을 순 없었다. 몇 시간만 버티면 그럭저럭 마를 것이다. 이불을 두르자, 어느새 돌아온 태호가 벽난로를 지피고 있었다.

"아쉽게도 쓸 수 있는 게 별로 없어."

벽난로 옆에는 달랑 장작 서너 개가 놓여 있었다.

"덮개가 날아가서 장작 대부분이 비에 젖었어. 마른 장작이 몇 개 없어서 밤새 불 피우기는 부족할 거야."

그래도 없는 것보단 낫겠지.

리아는 벽난로 앞으로 다가가 타닥타닥 타오르는 불길을 바라보았다. 말똥말똥 서로를 쳐다보는 것보단 이편이 나을 테니까. 못 견디게 어색해도 시간은 지날 테고, 날이 밝고 비만 멈추면 그대로 떠나면 그만이다.

그녀 혼자 안절부절못하는 모습을 보이긴 싫었다. 혹여 아직도 감정이 남았다고 오해할지 모른다. 감정 따위 깨끗하게 지운 지 오래였다.

나도 너만큼 완벽하게 정리했어. 이곳에 모두 묻고 떠났다고! 그러니까……

"으."

상념에 젖어 있던 리아는 갑자기 등 쪽에서 한기를 느끼고 저도 모르게 신음을 흘렸다.

과거는 과거고……. 아, 인간적으로 너무 춥네.

난방 목적이 아닌 관상용으로 지어진 벽난로는 오로지 그 주위만 따뜻하게 했다.

"추위?"

옆에 앉은 태호가 무뚝뚝하게 물었다.

"아니."

시베리아 벌판에 서 있는 사람처럼 오들오들 떠는 주제에 리아는 단호히 부정했다. 하지만 곧 말을 바꿨다.

"……참……을 만해."

추위에 이를 딱딱 부딪치면서 춥지 않다고 하는 건 거짓말이니까. 거짓말까지 해가며 허세를 부리고 싶진 않았다.

태호는 웅크리고 앉아 덜덜 떠는 리아를 말없이 바라보았다. 그가 아는 한 그녀는 절대로 먼저 손을 내밀지 않을 것이다. 어쩌면 머리끝까지 화가 난 주리아를 상대하기가 더 쉬울지도 모르겠다. 강한 척하는 모습 뒤에 숨겨진 여린 부분이 드러나게 되면 애써 감추었던 감정이 흔들리게 된다. 그건 도저히 참을 수 없었다.

"할 수 없군."

태호는 혼잣말을 중얼거리며 리아를 향해 팔을 뻗었다.

"아!"

순식간에 리아의 몸이 옆으로 끌리며, 단단한 품에 갇혀 버렸다. 미처 반항할 새도 없이 태호는 리아를 껴안고 그녀 등 뒤로 이불을 둘렀다. 그리고 꼭 껴안은 채로 양탄자 위에 몸을 뉘었다. 갑자기 일어난 일에 리아는 잠시 할 말을 잃고 몸을 굳혔다.

"가만히 있어."

그녀의 귓가로 낮게 가라앉은 목소리가 흘러들었다.

"딴짓 안 할 테니까, 걱정하지 마."

물론이다. 리아가 아는 강태호란 남자는 절대로 딴짓을 할 리 없었다. 그저 체온을 나누기 위해 그녀를 안고 있을 뿐. 온몸에 퍼지는 온기에 리아는 저도 모르게 긴 안도의 숨을 내쉬었다. 지금까지 버틴 게 억울할 정도로 그의 품은 너무나 따뜻했다.

그래, 상황이 상황인 만큼 잠시만 화해 모드로 가자. 이게 바로 '적과의 동침'이라는 건가?

리아는 두 눈을 감으며 아늑함에 몸을 맡겼다.

"잠시라도 눈 좀 붙여."

말은 그렇게 했지만, 태호도 리아도 쉽게 잠들 수 없었다.

한마디도 하지 않아도 어둠에 흩어지는 서로의 숨소리로 알 수 있었다. 잠들지 못할 때의 숨소리는 어딘지 모르게 불규칙했다.

얼마쯤 시간이 흘렀을까?

"······후회한 적 없어?"

태호가 속삭이듯 작은 목소리로 물었다.

후회? 갑자기 튀어나온 질문에 리아는 당황하고 말았다. 그의 입에서 이런 말이 나올 거라곤 전혀 예상하지 못했다. 물론 뭘 후회하느냐고 묻는지는 안다. 그건 지금까지도 그녀가 자신에게 묻는 말이기도 하니까. 대답은 언제나 같다.

"없어, 한 번도."

"······그래? 다행이군."

그 말을 끝으로 그는 아무 말도 하지 않았다.

오래전, '로미오와 줄리엣'처럼 부모의 눈을 피해 사랑에 빠졌던 두 사람. 하지만 주원식품이 부도 위기에 몰리면서 둘에게 시련이 닥쳤다. 주위에선 부도의 원인으로 경쟁사 KJ푸드를 지목했다. 그렇지만 리아는 태호를 포기할 수 없었다. 그러던 중 어머니 민 여사가 충격으로 쓰러지게 되자, 결국 리아는 뼈아픈 현실을 깨달았다. 집안이 쑥대밭이 되었는데 그녀 혼자 한가히 사랑놀이를 벌일 순 없다는 사실을.

줄리엣은 가문을 버리고 로미오와 사랑의 도피를 계획했을지 몰라도 그녀는 아니었다. 태호를 사랑하는 만큼 가족도 소중했다.

5년 전 이맘때쯤, 리아는 태호에게 이별을 고했다. 지금 두 사람이 밤을 보내고 있는 별장, 바로 이곳에서.

이별은 쉽지 않았지만 두 사람은 각자의 자리로 돌아가야만 했다. 이별 직후 태호는 바로 해외 지사로 떠났고, 몇 년이 지나고 완전히 다른 사람이 되어 돌아왔다.

파티에서 마주칠 때마다 그의 옆에는 화려한 여인들이 서 있었고, 그는 타인을 대하듯 감정 없는 눈으로 리아를 바라보았다. 어쩌면 그 편이 나을지도 모르겠다. 이제 두 사람은 완전한 남남이며 오로지 적이라는 확실한 표현일 테니까.

자칫 감정이 남았더라도 활활 타버려 재가 될 만큼, 두 사람은 불꽃 튀는 경쟁을 벌였다. 그러다 보니 어느새 헤어진 연인이기보다는 앙숙 중에서도 앙숙이 되어버렸다. 그러나 감정이 사라졌다고 몸의 반응까지 없어지는 건 아닌가 보다. 은은하게 흘러드는 묵직하고 달콤한 체취에 마음이 설레고, 더불어 잊고 있었던 몸의 감각이 생생하게 깨어나기 시작했다.

허리를 끌어당기던 커다란 손, 입술에 내려앉던 부드러운 숨결, 거칠게 안으로 밀려들어오던 뜨거운 열기 등. 그녀의 몸은 하나도 잊지 않고 모든 것을 기억하고 있었다. 얼굴이 화끈하게 달아오르자 리아는 반대쪽으로 등을 돌렸다.

정신 차려, 주리아! 과거는 과거일 뿐이잖아. 지나간 추억에 흔들리는 것처럼 어리석은 건 없어.

리아는 밀려드는 감각을 애써 무시하며 두 눈을 감았다. 그래도 한 번 되살아난 기억은 오랫동안 그녀를 괴롭혔다.

얼마나 인내의 시간을 보냈을까? 새벽녘이 돼서야 겨우 잠이 든 것 같다.

"……으음."

눈꺼풀 사이로 새어드는 빛을 느끼며 리아는 감은 눈을 천천히 떠보았다. 처음으로 눈에 들어온 것은 썰렁하게 빈 옆자리였다. 손을 뻗자, 차가운 감촉이 손바닥에 느껴졌다. 그는 오래전에 일어나 자리를 뜬 것 같았다. 창밖으로 시선을 돌리자 비는 어느새 그치고 파란 하늘이 모습을 드러내고 있었다. 5년 전, 헤어진 날에도 이랬다. 눈을 떴을 땐 텅 빈 옆자리만이 리아를 기다리고 있었다.

그녀가 먼저 이별을 말했지만, 먼저 행동으로 옮긴 사람은 그였다. 멍하니 옆자리를 바라보던 리아는 다시 눈을 감았다.

왠지 모르게 밀려드는 공허감에 한동안은 꼼짝도 하고 싶지 않았다. 상처는 오래전에 아물었으나, 그 흔적은 없어지지 않고 아직도 희미하게 남아 있나 보다.

"주 팀장, 잠깐만!"

회의실로 향하는 리아를 뒤따라온 정민훈 대리가 붙잡았다. 리아의 대학 선배인 그는 사무실에선 존대했지만, 둘만 있을 땐 편하게 말을 놓았다.

"우리 이번 주말에 뮤지컬 보러 갈까?"

대학 시절부터 리아에게 호감을 나타냈던 민훈은 졸업 후에도 꾸준히 다가왔고, 결국 그녀는 데이트 신청을 받아들였다. 그게 한 달 전 일이다.

"그래, 선배."

리아가 흔쾌히 찬성하자, 민훈의 표정이 밝아졌다.

"알았어. 내가 표 예약할게. 회의 늦겠다. 올라가 봐."

사무실로 돌아가는 민훈을 바라보던 리아는 쓴웃음을 지으며 엘리베이터에 올랐다.

아직은 식사나 영화를 보는 선에서 끝났지만, 민훈은 한시라도 빨리 다음 단계로 넘어가길 원할 것이다. 하지만 그녀는 아직 준비되지 않았다. 아니, 준비되었다가 다시 제자리로 돌아갔다.

"……하아."

리아는 작게 한숨을 내쉬며 엘리베이터 벽에 머리를 기댔다. 태호와 지리산 별장에서 밤을 보내고, 어느새 열흘이 지나가고 있었다. 그에게선 아무 연락이 없었다.

물론 헤어진 연인끼리 하룻밤 함께했다고 해서 딱히 연락할 필요는 없었다. 서로 부둥켜안고 밤을 지새웠다고 한들 그게 무슨 큰일이라도 된다고. ……그래, 처음도 아니면서. 리아는 별것 아닌 일에 휘둘리는 자신이 못마땅했다.

[주리아 팀장님.]

회의를 끝내고 사무실로 돌아간 리아에게 회장 비서실로부터 연락이 왔다.

[팀장님과 연락이 안 된다고 회장님께서 전화하셨습니다.]

"네. 회의 중이라서 휴대폰 꺼놓고 있었어요. 무슨 일이죠?"

[갑작스러운 기상 악화로 지금 비행기가 뜰 수 없답니다.]

주 회장은 오늘 오후 일본 출장에서 돌아올 예정이었다. 항상 눈코 뜰 새 없는 주 회장은 아마도 귀국 즉시 연이은 일정을 짜놓았을 것이다. 예정대로 귀국할 수 없다면 일정에 차질을 빚을 게 분명하다.

[오늘 중요한 미팅이 있는데, 전화로 통보하지 말고 팀장님이 직접 가서 양해를 구하라고 하셨습니다.]

누군데 그러지? 장관급 인사라도 되나?

"상대가 누군데요?"

[그건 저희도 모릅니다. 약속 장소에 가시면 아실 거라고만 하셨습니다.]

"알았어요. 시간과 장소 알려주세요."

주 회장이 이렇게까지 신경 쓰는 걸 보면 꽤 중요한 상대인가 보다. 리아는 시간과 장소를 적은 후, 서둘러 사무실을 나섰다.

약속 장소는 회사에서 멀리 떨어지지 않은 프렌치 레스토랑이었다. 그녀가 안으로 들어서자, 매니저가 직접 VIP 예약 룸으로 안내했다.

"이쪽으로 오십시오. 일행께서는 먼저 와 계십니다."

예약 룸에 들어선 리아는 순간 자신의 눈을 의심했다.

"네가 왜 여기에?"

"회장님께 말씀 못 들었나?"

재킷 단추를 잠그며 태호가 우아한 몸짓으로 의자에서 일어섰다. 이런 식으로 다시 만날 것이라곤 전혀 예상하지 못한 리아는 인상을 찌푸렸다.

"저당 잡힐 담보를 가져오기로 하셨는데, 회장님 대신 네가 나타나다니. 단순한 우연인가?"

"뭐?"

갑자기 밀려든 혼란에 리아는 머릿속이 빙빙 도는 것만 같았다.

"네가 왜 우리 아빠를 만나?"

불길한 예감이 들어서일까? 그녀도 모르게 목소리가 떨렸다.

"아니, 그보단 저당은 뭐고, 담보는 또 뭐야?"

"저당은 뭐고, 담보는 또 뭐냐고?"

태호는 리아가 한 말을 되풀이하며 희미한 조소를 입가에 떠올렸다.

"훗, 정말 아무것도 모르는 모양이군."

순간 리아의 육감이 위험 신호를 보냈다. 한쪽 입꼬리만 살짝 올라가는 저 미소. 그녀가 아는 한 꽤 위험한 미소였다. 그건 칼자루를 쥔 자의 여유 만만한 표현이며, 전형적인 갑의 태도였다.

바짝 긴장한 리아는 주먹을 움켜쥐며 그에게 날카로운 시선을 보냈다.

이번에 또 어떤 일로 난처하게 하려는 거지?

한동안 리아를 응시하던 태호가 메마른 목소리로 말했다.

"무슨 일인지는 회장님께 직접 듣도록 해. 내가 너의 궁금증을 풀어 줄 의무는 없으니까."

말을 마친 태호는 그대로 리아를 지나쳐 룸을 걸어 나갔다.

대체 무슨 일이 일어나고 있는 거야?

리아는 멍한 얼굴로 태호의 뒷모습을 바라보았다.

연이은 비행기 출발 지연으로 주 회장은 밤늦게야 돌아올 수 있었다. 저녁 내내 초조하게 주 회장을 기다린 리아는 그가 귀가했다는 말에 곧장 서재로 향했다.

　"아빠, 어떻게 된 일이야?"

　"……그게 말이다."

　잠시 머뭇거리던 주 회장은 어렵게 말문을 열었다.

　"웬만하면 너에게까진 알리지 않으려 했는데……. 지금 회사 사정이 좋지 않아. 급히 자금을 마련하지 못하면 올해 안으로 부도날지도 모른다."

　"말도 안 돼. 얼마 전엔 해외 판매로 '수출 톱 트로피'까지 받았잖아."

　현재 주원식품은 중국 시장 성공을 기반으로 러시아와 유럽, 미 대륙에 생산 설비를 구축하며 세계 시장 공략에 박차를 가하고 있었다.

　그런데 부도라니.

　리아는 이해할 수 없다는 얼굴로 주 회장을 바라보았다. 그러자 주 회장은 서랍에서 서류를 꺼내 리아에게 건넸다.

　"이게 지금 우리 재무 상태다. 남미 곳곳에 무리해서 공장을 세우느라 자금 사정이 나빠졌어. 올해 3분기부터 투자액을 갚아야 하는데, 무슨 이유에서인지 자금 조달이 막혔다."

　서류를 읽어 내려가는 리아의 얼굴이 어두워졌다. 자금 순환이 막히면 대기업이라도 휘청거리는 건 한순간이다. 그러니 아무리 재무 구조가 탄탄한 중견 기업일지라도 홀로 버텨내긴 어려울 것이다.

"당분간 엄마에겐 비밀로 해다오. 너도 알다시피 네 엄마 예민하잖니. 그때처럼 쓰러질라."

"민수는? 민수는 이 사실 알아?"

"민수도 아직 모른다. 녀석도 될 수 있으면 모르는 게 좋겠지."

민수는 리아의 이란성 쌍둥이 오빠로 주씨 집안의 장남이었다. 하지만 처음부터 후계자 후보에도 오르지 않았다. 선천적으로 몸이 약한데다, 연구소에 틀어박혀 식품 개발에만 전념할 뿐 경영엔 도통 관심을 보이지 않아서였다.

5년 전, 부도 위기가 왔을 때 그녀가 태호에게 이별을 통보한 이유도 그래서였다. 휘청거리는 집안을 이끌 사람은 민수가 아니라 그녀였다. 그때부터 한 번도 쉬지 않고 앞만 보고 달려왔다. 그런데 또 위기라니. 그래서 KJ그룹에 담보를 잡기로 하고 도움을 요청한 건가?

"아빠, 아무리 그래도 그렇지. 거기가 어디라고 찾아가?"

"후우, 내가 찾아가고 싶어서 찾아갔겠니."

주 회장은 침통한 얼굴로 한숨을 내쉬었다.

"마지막 수단으로 찾아간 거다. 지금 우리를 도와줄 곳은 KJ푸드뿐이니까. 예전부터 안양 공장에 눈독을 들이고 있었어. 그것만 넘겨줘도 급한 대로 불을 끌 수 있을 거다."

안양 공장은 ㈜정직 시절에 세워진 생산라인으로 한 번도 가동이 멈춘 적 없는, 주원식품엔 상징적인 곳이었다.

"그럼 태호가 말하는 담보가 안양 공장이야?"

"그쪽에선 다른 걸 원하는데……. 우선은 안양 공장을 밀어보려고."

"다른 거라니? 그게 뭔데?"

"리아야, 너무 걱정하지 마라. 내가 어떻게든 해볼 테니까."

주 회장은 대답을 회피하며 리아의 손을 잡았다.

"아빠."

몇 번이나 더 물어봤지만, 그는 아무 말도 하지 않았다. 결국 리아는 아무런 정보도 얻지 못한 채 서재를 나설 수밖에 없었다.

도대체 무슨 담보이기에 선뜻 말하지 못하는 걸까?

그날 밤, 리아는 곰곰이 궁리하느라 거의 뜬눈으로 밤을 새우다시피 했다. 그러나 애석하게도 끝내 아무것도 떠오르지 않았다.

다음 날, 리아는 내키진 않았지만, KJ푸드 본사로 태호를 찾아갔다. 회사가 위기 상황인데 조금이라도 시간을 낭비할 순 없었다.

"필요한 거 있으시면 말씀해주십시오."

남 비서가 찻잔을 놓고 물러가자, 태호는 힐끗 손목시계를 보았다.

"다음 회의까지 10분 여유 있어."

"도와주는 조건으로 뭘 원하는지 알고 싶어."

리아는 미사여구 생략하고 곧바로 본론에 들어갔다.

"회장님께 아무 말 못 들었어?"

"그러니까 널 찾아왔지. 안양 공장 말고 다른 걸 원한다고 들었어. 그게 뭐야? 경영권이라도 원하는 거야?"

"그게 그렇게 궁금한가?"

단도직입적인 질문에 태호는 의미심장하게 웃으며 소파 등받이에 등을 기대었다.

"내가 원하는 건……."

잠시 뜸을 들인 그가 천천히 입을 열었다.

"그래, 그것과 비슷해."

그녀를 향한 눈빛이 위험스럽게 반짝였다.

"뭐? 비슷해?"

기가 막힌 리아는 잠시 할 말을 잃고 말았다.

와, 칼만 안 들었지, 완전 날강도네! 돈 몇 푼 쥐어주고 경영권을 가져가겠다고?

아무리 싸움에서 상대의 약점을 공략해야 한다지만, 이건 도가 지나치다.

"너, 진짜 제정신이 아니……."

"이제 그만 할아버지의 뜻을 따를까 해서."

리아의 말을 도중에 끊으며 태호가 진지한 목소리로 말했다.

"할아버지 생전에 집안끼리 정혼 맺은 거 기억나?"

왜 대화가 다른 방향으로 튀지? 갑작스럽게 바뀐 내용이 언뜻 이해되진 않았지만, 리아는 반사적으로 고개를 끄덕였다.

"그래, 기억나."

두 집안이 가족처럼 가까이 지낼 때, 양가 조부는 손주끼리 맺어주기로 약속했었다. 하지만 조부 모두 세상을 뜨고 2년도 채 지나지 않아 회사가 둘로 쪼개졌다. 당연히 자연스럽게 정혼 언약도 잊었다.

"원래 네 정혼 상대는 우리 형이었어. 하지만 형은 이미 결혼했으니까, 상대는 이제 내가 되겠지."

"응?"

말뜻이 이해가 되면서도 다른 한편으론 이해가 되지 않았다. 리아는 눈을 가늘게 뜨며 태호가 하는 말에 신경을 집중했다.

"아버지 예전 같지 않으셔. 나이가 드셨는지 마음이 꽤 약해지셨어. 할아버지 회사를 둘로 쪼갰다는 죄책감에 하루하루 힘든 날을 보내고 계시지."

"……그런데?"

"할아버지 뜻대로 내가 너와 결혼하면 아버지의 죄책감이 조금이나마 줄어들지 않을까 해."

"하!"

그제야 정확하게 말뜻을 이해한 리아는 어이없다는 표정으로 웃음을 터뜨렸다. 지난 5년 동안 끊임없이 부딪치다 보니, 어느새 부모 세대만큼 이를 가는 사이가 된 두 사람이다. 그런데 결혼이라니! 지나가던 댕댕이가 '야옹' 하고 비웃을 거다.

"지금 효자 코스프레라도 하겠다는 거야?"

한껏 비아냥거리는 말투에도 태호는 묵묵히 고개를 끄덕였다.

"응. 한번 그래보려고."

며칠 안 본 사이 사고라도 당했나? 뇌를 다친 거 아냐? 언제나 냉기 가득한 눈으로 바라보는 남자의 입에서 결혼하잔 말이 나오다니!

헤어진 지가 언제인데. 아직 그녀에게 감정이 남아서는 절대 아닐 것이다. 지리산 별장에서 보낸 밤 때문에 다시 옛 감정에 빠진 것도 아니라는 데 5만 원 건다.

생생한 정보통 덕분에, 리아는 얼마나 많은 여자가 태호의 곁을 스쳤는지 너무나도 잘 알고 있었다. 얼마 전에도 그는 한류 스타 강수미와 스캔들을 일으키며 온라인 뉴스를 도배했었다. 그런 남자 입에서 나온 말을 곧이곧대로 믿을 만큼 리아는 순진하지 않았다.

"단지 그 이유만은 아닌 것 같은데……"

"맞아."

태호는 흔쾌히 인정했다.

"5년 후, 아버지는 경영 일선에서 물러나실 거야. 차기 회장은 주주 총회에서 결정할 거고. 형과 내가 그 자리를 다투게 되겠지."

태호보다 세 살 연상인 강태문은 지금 KJ그룹에서 전무를 맡고 있다. 아무리 차남인 태호의 능력이 뛰어나다고 해도, 장남인 태문에게 회장직을 맡겨야 한다는 여론도 만만치 않았다.

"대주주들은 대부분 '정직' 때부터 함께한 분들이야. 아직도 그때의 향수에 젖어 있지. 만약 내가 '정직'의 반쪽인 주원식품 후계자와 결혼한다면 차기 회장으로서의 명분이 서게 돼."

주 회장이 은퇴하면 리아가 경영권을 물려받을 것이라는 건 누구나 아는 사실이었다. 그래서 경영권을 원한다고 표현한 걸까?

"또 하나, 스캔들로 얼룩진 사생활을 깔끔하게 덮을 기회이기도 해. 어차피 결혼해야 한다면 모르는 사람과 위험 부담을 안고 하느니, 적이라도 아는 사람과 하는 게 안전하겠지."

아는 사람이라고?

리아는 잠시 자신의 귀를 의심했다.

너는 헤어진 연인을 그렇게 표현하는구나.

아는 사람이라……. 사실 옛 연인이라기보단 최대 앙숙이지만, 크게 틀린 표현은 아닐 것이다. 그래도 쓴물이 올라온 것처럼 입 안이 씁쓸해지는 건 어쩔 수 없었다. 그를 잊지 못한 건 아니지만, 흔적은 희미하게 남았으니까.

그녀와는 달리 그에겐 조그만 흔적조차 남지 않은 것 같다. 조금이라도 남았다면, 저리 쉽게 그녀와의 결혼을 도구로 삼아 후계자 자리를 차지하겠다는 말은 할 수 없을 것이다.

아니면 처음부터 그녀는 그에게 흔적을 남길 만한 존재가 아니었는지도 모르겠다. 그렇지 않고선 그녀를 사업적으로 이용할 순 없을 것이다. 오래전에 헤어졌고, 지금은 서로 얼굴을 붉히는 앙숙이라고 해도 말이다.

그런 그에게 화나지 않는다면 거짓일 것이다. 그러나 그보단 냉정하게 대처하지 못하는 자신에게 더 화가 났다.

상대가 저리 뻔뻔스럽게 나오는데 과거에 연연하고 있을 수만은 없겠지.

흔들리는 감정을 들키지 않으려 리아는 지그시 입술을 깨물었다.

그가 감정 없는 얼굴로 말을 이었다.

"왜 그런 얼굴이지? 남자라도 있나?"

순간 리아는 민훈을 떠올렸다. 리아의 표정이 미묘하게 변하자, 태호가 차갑게 말했다.

"있다고 해도 상관없어. 정리해."

"내 사생활이야. 이래라저래라 명령하지 마."

"제안을 거절하는 거라면 좋아. 네 뜻 존중하지."

"거절이 아니라…… 생각할 시간이 필요해."

리아는 낮게 말하며 태호에게서 시선을 돌렸다.

불행하게도 그녀에게는 선택의 폭이 넓지 않았다. 그렇다고 지금 이 자리에서 결정할 문제는 아니었다.

머리는 이 제안을 받아들여야 한다고 한다. 지금 주원식품에 도움을 줄 수 있는 상대는 KJ그룹밖에 없다. 그러나 이제껏 결혼에 관해 진지하게 생각해본 적도 없고, 더더욱 정략결혼은 그녀에겐 딴 세상 이야기였다. 결혼할 대상이 다른 누구도 아닌 태호라는 점 역시 그녀를 혼란스럽게 했다.

"결정은 **빠**를수록 좋을 거야. 시간이 촉박한 건 우리가 아니니까."

"알아."

짧게 대답한 리아는 그대로 등을 돌려 사무실을 걸어 나갔다.

리아가 떠나고 잠시 후, 비서실과 연결된 다른 쪽 문이 슬그머니 열렸다. 방문객끼리 부딪쳐서 곤란할 경우, 다른 한쪽이 따로 대기할 수 있는 방과 연결된 문이었다.

"이제 들어가보시면 됩니다."

남 비서는 방문객을 위해 문을 열어주고 제자리로 돌아왔다. 의자에 앉는 남 비서에게 옆자리 박 비서가 슬그머니 다가왔다. 신입 사원인 그녀는 종종 질문을 던지곤 했다.

"과장님, 어떻게 된 거예요? 방금 들어간 손님, 방금 나간 분과 똑같이 생긴 거 맞죠?"

다른 게 있다면 지금 들어간 방문객은 여자가 아니라 남자라는 거.

"쉬이."

남 비서는 대답 대신 손가락을 입에 대며 조용히 하라는 눈짓을 보냈다.

"앗, 죄송합니다."

웬만해선 감정을 나타내지 않는 남 비서가 날카롭게 노려보자, 박 비서는 꾸벅 고개를 숙이고 신속히 제자리로 돌아갔다.

누구지?

박 비서는 굳게 닫힌 이사실 문을 쳐다보며 들썩이는 호기심을 꾹꾹 내리눌렀다.

"후유, 부딪치는 줄 알았네."

이사실에 들어선 민수는 가슴에 손을 얹으며 안도의 숨을 내쉬었다.

"리아, 쟤는 약속도 없이 불쑥 찾아온 거야?"

민수의 질문에 태호는 가볍게 고개를 끄덕이고 손짓으로 민수가 앉을 소파를 가리켰다.

주리아와 주민수. 두 사람은 이란성 쌍둥이지만, 일란성 쌍둥이처럼 똑같은 모습을 하고 있었다.

튼튼하게 태어난 리아와 달리 민수는 선천적으로 약하게 태어났다.

새하얀 피부에 붉은 입술, 선이 가는 호리호리한 몸매를 지닌 민수는 남자치곤 작은 편인 173cm였고, 리아는 여자치곤 큰 편인 172cm였다. 얼굴뿐만 아니라 체격까지 비슷해, 만약 민수가 머리카락을 기른다면 자칫 리아와 헷갈릴 정도였다.

나이는 민수가 더 많았다. 각각 12월 31일 밤 11시 28분과 1월 1일 새벽 12시 15분에 태어난 탓이다.

"리아가 뭐래? 결혼하자니까 많이 놀라?"

태호는 대답 대신 자리에서 일어나 구석에 설치한 바로 걸어갔다. 가슴이 꽉 막힌 듯 답답해 도저히 가만히 있을 수 없었다. 뜨거운 술이라도 흘러보내야 조금이라도 속이 뚫릴 것 같았다.

항상 그렇다. 리아를 만난 후에는 언제나 같은 후유증이 그를 힘겹게 했다. 깊은 상처가 벌어지며 아직도 뜨거운 피가 흘러나오니까.

심장이 얼음으로 가득 찼다는 말을 듣는 그가 이러리라고는 아무도 상상하지 못할 것이다. 사실 그 자신도 사랑 자체를 믿지 않았다. 그런데 안 되는 줄 알면서도 리아와 사랑에 빠졌고, 그 사랑을 지키기 위해 모든 걸 포기하려 했었다.

리아가 가족을 선택하며 그를 버리지 않았다면 현재 그의 위치는 많이 달라져 있을 것이다.

오랜 시간이 지났지만, 아직도 이별을 말하던 리아의 얼굴이 눈에 선하다. 그 순간을 어떻게 잊을 수 있을까. 그러나 살아가기 위해선 감정을 내리눌러야 했고, 이제는 어느 정도 통제할 수 있다고 자만했다. 얼마 전, 지리산에서 그녀와 하룻밤을 보내기 전까진.

그날 이후 그는 다시 불면증에 시달리게 되었고, 모든 게 다시 제자리로 돌아가고 말았다. 그저 리아를 품에 안은 것만으로도 단단하던 중심이 흔들리다니.

"너도 한잔할래?"

"아니, 난 이거 마시면 돼."

민수는 고개를 저으며 리아가 손도 대지 않은 찻잔을 들었다. 지금까지 몇 번 태호의 사무실에 들렀지만, 리아는 한 번도 자신의 잔에 손을 댄 적이 없었다. 옆에 놓인 물컵조차 건들지 않았다. 그래도 마음 착한 남 비서는 꼬박꼬박 마실 것을 내왔다.

어느 날, 태호가 불현듯 물었었다.

— 왜 안 마셔? 독이라도 탔을까 봐?

리아의 대답은 간단했다.

— 네 물건에 내 립스틱 자국 남기기 싫어.

리아는 잔인할 정도로 끊음이 확실했고, 그럴 때마다 아물지 못한 그의 상처는 저릿하게 욱신거렸다.

"리아가 제안 받아들일 것 같아?"

민수의 질문에 태호는 얼음 잔에 위스키를 따르며 고개를 끄덕였다.

"내가 아는 주리라면……."

오늘 자신을 빤히 응시하는 눈빛에서 확신할 수 있었다. 가족 때문에 그를 버렸으니, 이번엔 가족 때문에 그를 선택할 것이다. 태호는 서서히 얼음과 섞이는 호박색 액체를 말없이 내려다보았다.

"한 사장 측 동향은 어때?"

생각에 잠긴 듯 침묵을 지키는 태호에게 민수가 다음 질문을 던졌다.

"예상했던 대로야."

"그래? 그러면 조만간 칼을 뽑겠네?"

"응. 드디어 꼬리를 잡았으니까."

자그마치 5년이었다. 길었다면 길었다고 할 수 있고, 짧았다고 하면 짧았다고 할 수 있는. 앞에 놓인 장애물을 하나씩 제어해가며, 차근차근 준비하고 기다린 시간. 그리고 이제 기회가 왔다. 무표정하던 얼굴에 미세한 균열이 일며, 차갑게 식은 눈에서 불꽃이 튀기 시작했다.

"준비는 이쯤 했으면 됐어."

원래 계획대로라면 아직 반년이 더 남아 있었지만 더는 기다릴 수 없었다.

"……이제 그만 막을 올려야지."

단번에 위스키 잔을 비우고 태호는 회심의 미소를 입가에 떠올렸다.

"리아야."

골똘히 생각에 잠겼던 리아는 자신을 부르는 민훈의 목소리에 재빨리 고개를 돌렸다.

"아까부터 안색이 안 좋던데, 혹시 무슨 걱정이라도 있어?"

"아냐, 걱정은 무슨. ……그냥 좀 피곤해서."

리아는 힘없이 웃으며 슬그머니 민훈의 시선을 피했다. 거짓말하긴 싫었지만, 지금 그녀가 가진 걱정거리를 상대에게 털어놓을 순 없었다. 게다가 어쩌면 오늘이 마지막 데이트가 될지도 모르는데……. 그런 무거운 주제로 분위기를 망치면 안 된다.

하지만 의지와는 달리, 뮤지컬 관람이 끝나자 리아는 그대로 민훈과 헤어져 집으로 돌아갔다. 민훈에게는 조금 미안했지만, 가시방석에 앉은 것처럼 불안해 어쩔 수가 없었다.

주말이 끝나고 회사에 출근해서도 마찬가지였다. 빨리 결정을 내리지 않으면 그녀가 먼저 지쳐 나가떨어질 판이었다.

어쩌면 좋을까?

"팀장님."

자신을 부르는 소리에 리아는 화들짝 상념에서 깨어났다.

"아, 미안. 뭐라고 그랬죠? 잠시 딴생각 하느라……."

"이번 달 말에 수아 돌잔치 합니다. 시간 되시면 꼭 와주세요, 팀장님."

돌잔치 초대장을 내밀며 박 주임이 겸연쩍게 웃었다. 딸아이의 애교가 부쩍 늘었는지 요새 박 주임 얼굴에선 미소가 끊이지 않았다.

"시간 안 돼도 가야죠. 수아 돌잔치인데……."

"감사합니다, 팀장님."

리아의 확답에 박 주임은 싱글벙글 웃으며 자리로 돌아갔다. 그런

박 주임의 뒷모습을 바라보며 리아는 짧게 한숨을 내쉬었다. 만약 부도가 난다면 그녀 가족만이 아니라, 주원식품 전 사원에게도 불행이 미칠 것이다. 박 주임의 얼굴에서도 웃음이 사라지겠지?

만에 하나 채권단으로 경영권이 넘어가면 구조 조정에 들어갈 테고, 많은 이가 감봉 처분을 받거나 심한 경우 직장을 잃을 수도 있었다.

대신 이번 위기만 잘 넘기면 대기업으로 한 발 가까이 다가갈 수 있었다. 그렇다고 이대로 제안을 받아들여야 하나?

옛 연인에게 돌아간다는 것 자체가 껄끄럽고, 경쟁 상대와 결혼한다는 사실도 불편했다. 아무리 조부의 뜻에 따른 정혼이라도 아직 두 집안은 원수에 가까웠다. 한마디로 '호랑이 굴에 뛰어드는' 격인데…….그렇다고 호랑이가 무서운 건 아니지만.

도대체 어떻게 해야 하지?

며칠을 고민해도 정해진 답은 하나뿐이었다. 하지만 억지로 끌려가는 모양새가 되긴 싫었다. '호랑이 굴'에 끌려가도 정신만 바짝 차리면 된다고, 최악의 상황을 조금이라도 유리하게 바꿔야 한다.

생각을 정리한 리아는 이번에도 약속 없이 불쑥 태호를 찾아갔다. 그녀가 도착했을 땐 그는 막 중역 회의를 마치고 이사실로 돌아온 직후였다.

안으로 들어서자, 넥타이를 느슨하게 푼 채로 의자에 기댄 태호의 모습이 눈에 들어왔다. 긴 회의에 지친 듯 그는 손으로 관자놀이를 누르고 있었다.

"대답을 가지고 온 게 아니라면, 다음에 이야기하지. 오늘은 내가 좀 피곤해서……."

"대답 가지고 왔어."

그의 책상으로 다가가며 리아가 빠르게 말했다.

"결혼할게."

순간 태호의 눈가가 살짝 경련을 일으켰다. 하지만 너무 찰나라 확실하진 않았다.

"대신 조건이 있어."

태호를 빤히 바라보며 그녀가 말을 이었다.

"조건?"

조건이란 말에 태호가 미간을 찌푸렸다. 물론 조건이란 단어가 듣기 좋은 건 아니다. 하지만 그녀에게 이런 말을 꺼내게 한 사람은 다름 아닌 그였다. 그러니까 듣기 싫어도 들어!

리아는 태호의 눈을 빤히 쳐다보며 차분히 말을 이었다.

"고작 자금 지원 하나 받으면서 결혼까지 하다니, 내가 너무 밑지는 거래야."

"……밑지는 거래라."

태호는 재미있다는 듯 입매를 비틀었다.

며칠 전만 해도 당황한 기색을 숨기지 못했던 리아가 오늘은 언제 그랬었냐는 듯 당당하게 나오자 문득 호기심이 생겼다.

"좋아. 원하는 걸 말해봐."

"네가 그룹 경영권을 차지하게 되면, 그때 바로 이혼해줘."

"하."

그 말에 태호는 낮게 실소를 터뜨리며 표정을 굳혔다.

예상보다 싸늘한 반응에 리아는 잠시 곤혹스러웠다.

왜 저러지? 사랑해서 하는 결혼도 아닌데 이혼 이야기부터 꺼내는 게 뭐 어떻다고.

어차피 끝을 알고 시작하는 결혼이다. 그 시점이 언제가 될 건지 처음부터 확실하게 정하는 게 나을 것이라고 리아는 믿었다.

"처음부터 깔끔하게 정리하고 시작하는 게 모두에게 좋아."

한 치의 틈도 주지 않는 단호한 목소리에 태호의 입매가 저절로 비틀어졌다.

"좋아. 그렇다면 위자료로 얼마를 원해?"

어깨를 으쓱거린 태호가 차갑게 묻자, 이번엔 리아가 어이없다는 듯 웃음을 터뜨렸다.

"하, 뭔가 오해를 했나 본데……."

그는 그녀가 한몫 단단히 챙기려는 줄 아나 보다. 자신을 꽃뱀 취급하는 태호에게 화가 나기보다는 조금 어이가 없었다. 경영권을 위해 그녀와 결혼할 정도이니, 얼마나 모든 것에 계산적일까. 그와 그녀 사이의 거리를 다시 확인하는 것 같아 한편으론 씁쓸했다.

"위자료는 필요 없어. 대신 내가 무슨 수를 써서라도 주원식품을 크게 키워놓을 테니까, 5년 후 KJ그룹은 식품 사업 접고 우리 주원에게 KJ푸드를 넘겨."

리아의 설명에 굳었던 태호의 표정이 서서히 풀렸다.

"그룹 수익 면에서 식품 분야가 차지하는 부분 미비하잖아. 오히려 대기업으로 성장한 KJ그룹이 아직도 골목 싸움에 뛰어든다며 좋지 않은 여론만 있지. 결국엔 그룹 차원에서도 정리해야 할 거야."

정곡을 찌른 탓인지 태호는 아무 말 없이 굳게 입을 다물었다. 리아는 그와 시선을 맞추며 도도하게 턱을 치켜들었다.

한동안 둘 사이에 무거운 정적이 흘렀다.

"좋아."

이윽고 그가 고개를 끄덕였다.

"조건 받아들이지. 대신 구두 계약으로 끝내."

"어째서?"

"계약서 써봤자, 어차피 그걸 재판에 가져갈 것도 아닐 텐데 우리 계약을 모두에게 알릴 셈이야?"

그의 말이 맞긴 하다. 어차피 누구에게도 보여줄 수 없는 계약서였다. 그게 변호사라고 할지라도. 그녀가 아는 강태호는 무서울 정도로 냉혹한 사업가였지만, 한 입으로 두말하는 사람은 아니었다.

"좋아."

계약 성립의 의미로 리아는 태호를 향해 손을 내밀었다.

잠시 그녀의 손을 바라만 보던 그가 이윽고 손을 맞잡았다. 그리고 무뚝뚝하게 말했다.

"결혼식은 빠를수록 좋겠어."

리아를 차갑게 바라보는 눈에 작은 불꽃이 일렁이다 곧 사라졌다.

리아는 상상도 하지 못할 것이다. 그녀는 시작도 전에 끝을 말하고 있지만, 그는 아니었다. 다시는 그녀를 놓아줄 마음이 없었다.

이 결혼은 아주 교묘하게 설계된 미로였다.

한 번 들어오면 절대로 나갈 수 없는⋯⋯.

Chapter 2

명색이 첫날밤인데

"리아야, 바쁘지 않으면 이거 한번 봐줘."

퇴근을 30분 앞두고 신제품 견본을 들고 민수가 리아를 찾아왔다.

"민수, 넌 퇴근 준비 안 해?"

"응. 이제 슬슬 해야지."

민수는 지나가는 투로 대답하며 벽에 걸린 캘린더로 시선을 돌렸다. 그러다 깜짝 놀란 표정으로 리아를 돌아보았다.

"벌써 다다음 주네?"

"뭐가?"

"뭐긴 뭐야. 네 결혼식이지. 진짜 빠르다."

"아."

그 한마디에 리아의 얼굴이 마치 영혼이 빠져나간 것처럼 흐려졌다.

그렇지. 빠르긴 진짜 빠르지. 결혼식 준비 기간 달랑 3주, 번갯불에 콩 볶아먹는 수준이었다. 웨딩드레스 제작에 5일, 수선에 고작 2일이 소요됐다. 다섯 명의 웨딩드레스 디자이너와 장인들이 밤샘 작업을 하며 달려든 결과였다.

"하아, 내가 강태호와 결혼을 하게 되다니⋯⋯."

리아는 믿을 수 없다는 듯 허탈한 얼굴로 고개를 흔들었다. 한때 그와의 결혼이 그녀가 원하는 전부였던 적이 있었다. 그와 함께라면 세상 끝 어디에라도 갈 각오가 되어 있었다. 그렇게 간절히 원할 땐 이루어지지 않더니, 앙숙이 된 지금에 억지로 결혼하게 된다니…….

쓸쓸한 미소를 떠올리는 리아에게 민수가 다가와 어깨동무하듯 그녀의 어깨를 끌어안았다. 민수는 비밀 연애를 아는 유일한 사람으로, 민수로 인해 사귀게 되었다 해도 과언이 아닐 정도로 두 사람 인연에 아주 결정적 역할을 했다. 그래서인지 민수는 두 사람의 이번 결혼에 반대도 찬성도 하지 않았다.

가족과 친한 친구 이외엔 아직 아무에게도 결혼 소식을 알리지 못했다. 마케팅 팀원들에게는 어떻게 설명해야 할지 몰라 차일피일 미루는 중이었다.

리아는 고개를 흔들어 상념에서 깨어나며 모니터로 시선을 돌렸다.

"흐음."

기사를 훑어보는 태호의 얼굴에 만족한 미소가 떠올랐다.

치열한 경쟁 속에서 피어난 '로미오와 줄리엣', 세기의 사랑

'오늘의 검색란'에 올라간 기사는 이제 곧 무서운 속도로 퍼질 것이다. 리아의 반응이 어떨지 직접 확인하려 태호는 퇴근을 서둘렀다.

"오빠!"

막 사무실을 나서는데 갑자기 나타난 태희가 앞을 가로막았다.

"네가 여긴 웬일이야?"

태호는 귀찮은 기색을 감출 생각이 없는 듯, 열 살 어린 막냇동생을 향해 눈살을 찌푸렸다.

"웬일은? 오빠 보려고 왔지!"

냉대에도 아랑곳하지 않고 태희는 애교를 떨며 태호의 팔에 매달렸다.

"나, 배고파아. 저녁 사주세요, 오라버닝."

"향수 냄새 밴다. 저리 떨어져라."

"아이, 오빠아앙."

떨어지기는커녕 태희가 더욱더 달라붙자, 태호의 목소리가 위협적으로 낮아졌다.

"자꾸 혀 짧은 소리 내면 진짜로 혀가 짧아지는 수가 있어."

"흡."

무지막지한 협박에 태희의 눈이 토끼처럼 동그랗게 커졌다. 강태호는 그러고도 남을 인간이었다. 이름에 호랑이 '호' 자가 들었다고 자기가 진짜 호랑이라도 된 줄 아나? 눈에 넣어도 아프지 않을 동생을 호랑이가 제 새끼를 절벽에서 굴리듯 이리 굴리고 저리 굴렸다.

오죽하면 별명이 꼬리 아홉 달린 호랑이, 구미호(九尾虎)일까! 누가 지어준 별명인 줄은 모르겠지만, 완전 찰떡 같은 표현이었다.

"형한테나 가봐. 난 선약 있어."

"선약? 누구랑? 언제? 지금? 왜 만나는데?"

꼬치꼬치 캐묻는 태희가 귀찮다는 듯 태호는 미간을 찌푸렸다. 그러나 곧 마음을 바꾸었는지 태희를 향해 이를 드러내며 씩 웃었다.

"비밀."

순간 태희의 눈이 동그랗게 커졌다.

"나간다. 이따 집에서 보자."

태호는 한 손으로 동생의 머리를 헝클어뜨리고는 등을 돌렸다.

말도 안 돼!

태희는 넋 나간 표정으로 멀어지는 태호의 뒷모습을 바라보았다.

오빠가 활짝 웃다니! 비웃느라 입매를 비트는 게 아니라, 눈가에 주름까지 만들어가며. 게다가 멀리서 들려오는 저 소리는…… 콧노래? 아니! 작은오빠, 왜 저래?

태희는 지금 일어나고 있는 일이 도무지 믿기지 않았다.

오늘은 해가 서쪽에서 뜬 게 분명하다!

"어?"

아무 생각 없이 온라인 뉴스를 클릭했던 리아는 잠시 제 눈을 의심했다.

치열한 경쟁 속에서 피어난 '로미오와 줄리엣', 세기의 사랑

무슨 제목이 이리도 유치찬란해?

기사에 실린 내용은 더 가관이었다.

경쟁사에 몸담은 두 사람은 주위의 눈을 피해 사랑을 나누었다고 한다.

잠깐, 어디서 많이 듣던 이야기인데?

마지막 문장까지 읽은 리아의 눈이 튀어나올 것처럼 커다래졌다.

이달 말 J식품 J 팀장과 K푸드 K 이사는 집안의 반대를 물리치고 곧 결혼식을 올릴 예정이다.

'J식품 J 팀장'? 'K푸드 K 이사'라고? 이거 우리 이야기잖아!

조만간 결혼 소식을 언론사에 배포할 예정이었지만, 이런 식은 아니었다. 리아는 재빨리 비슷한 기사를 검색해 보았다. 몇몇 문장만 다를 뿐, 이미 온라인 전체에 같은 기사가 쫙 퍼져 있었다. 아무리 이니셜을 사용했다곤 하지만, 다음 주 결혼 소식이 보도되면 유치원생도 J 팀장과 K 이사가 두 사람이라는 걸 눈치챌 것이다.

"왜 그래?"

리아의 얼굴이 창백하게 변하자, 민수는 의아한 표정으로 그녀가 읽던 온라인 뉴스로 눈길을 돌렸다. 곧 그의 얼굴도 리아를 따라서 창백해졌다.

"도대체 이거 누가 흘린 거야!"

리아는 황급히 자리에서 일어나 문 쪽으로 민수의 등을 밀었다.

"넌 좀 가. 난 팀원들이랑 회의 좀 해야겠어."

경쟁사 동향을 살피려 항상 온라인 뉴스를 주시하는 채영이 발견하기 전에 긴급회의라도 해야겠다.

"팀장님, 기사 보셨어요?"

하지만 너무 늦고 말았다. 민수를 내보내는 동시에 채영이 태블릿을 들고 헐레벌떡 리아의 방으로 뛰어들었다.

"이 기사 진짜예요? 아니죠? 팀장님!"

채영은 태블릿을 들이대며 세상이 무너진 것 같은 얼굴로 질문했다.

"……그게 말이지, 내가 먼저 말하려고 했는데……."

리아는 차분하게 목소리를 다듬으며 신속하게 할 말을 찾았다. 어떻게 하면 팀원들에게 경쟁사 강태호 이사와 결혼한다는 걸 충격적이지 않게 전달할 수 있을까. 회사가 부도나게 돼서 어쩔 수 없이 결혼하게 됐다곤 말할 순 없지 않은가. 팔려간 신부도 아니고.

"오늘 회식할까 하는데, 모두 시간 되겠지? 채영 씨, 다른 사람들에게도 물어봐줄래?"

그래, 이런 이야기를 맨정신에 할 순 없지. 술 한잔하면서 허심탄회하게 속내를 털어놓다 보면……. 아, 아니야. 허심탄회하게 털어놓을 속내 따위가 뭐가 있다고. 어제까지만 해도 으르렁대던 앙숙이고, 오늘도 그리 다르진 않은데. 두 집안 역시 아직도 원수처럼 이를 가는데, 조부 때 언약한 정혼 운운하는 것도 좀 그렇다. 기사 내용대로 '로미오와 줄리엣' 같은 사랑이라고 말해버릴까?

그전에 우선 어떻게 된 일인지부터 따져봐야겠다. 채영이 방을 나가자, 리아는 급히 태호에게 전화를 걸었다.

"도대체 이게 어떻게 된 일이야?"

[뭐가?]

"기사 말이야. 네가 모르는 기사가 나갔을 리 없잖아."

[아, 그거…….]

태호는 이미 알고 있었는지, 높낮이 없는 무심한 목소리로 말했다.

[홍보실에서 정리한 내용을 언론사에 보냈을 거야.]

"그럼 기사에 나간 내용, 홍보실 작품이라는 거야?"

[응. 갑자기 우리가 결혼한다고 하면 모두 어리둥절할 거야. 원수 집안끼리 정혼이라는 것도 우습고. 좀 더 관심을 끌 만한 스토리가 필요했어.]

그래서 '집안의 반대를 초월한 사랑, 드디어 결혼으로 결실을 맺는다!'라는 내용을 언론사에 뿌렸다고? 와, 입에 침도 바르지 않고 새빨간 거짓말을 잘도 내뱉는구나! 피노키오처럼 코나 주욱 늘어나라!

"강태호, 몰랐는데 너 거짓말 참 잘하네."

[거짓말은 아니지. 우리가 예전에 헤어졌다는 사실만 뺀 거야. 시시콜콜 모든 걸 다 밝힐 필요는 없으니까.]

이렇게 따박따박 팩트를 던져버리면 할 말을 잃게 된다. 두 사람이 아주 오래전 부모의 눈을 속이며 몰래 사귄 건 사실이니까.

"좋아. 백번 양보해서 그렇다고 쳐. 그걸 왜 네 마음대로 결정해? 언론사에 넘기기 전에 적어도 나에겐 말해줬어야지."

[지금 만나서 이야기하려고 했어. 그런데 착오가 있었는지 내일 언론사에 넘기라고 했는데 부지런한 직원이 오늘 넘겼더군.]

"착오라고? 지금 그걸 말이라고."

그때 사무실에서 웅성거리는 소리가 들렸다. 간간이 "어머!"라는 비명도 아닌 감탄사도 아닌 정체불명의 소리도 들렸다.

팀원들이 벌써 온라인 기사를 봤나?

리아는 휴대폰을 든 채로 급히 밖으로 나가보았다.

"……!"

정체불명 소리의 원인은 따로 있었다. 사무실 입구에 서 있는 남자. 강태호 때문이었다.

네가 왜 여기에 있는 거야?

리아는 황당하다는 듯 입을 벌리며 제자리에 얼어붙었다.

"아무래도 직접 와봐야 할 것 같아서."

태호는 긴 다리를 움직여 성큼성큼 리아에게 다가왔다.

"저…… 팀장님?"

팀원들은 놀란 표정으로 리아와 태호를 번갈아 바라보았다. 태호가 리아를 만나러 오다니, 결코 좋은 징조는 아니었다.

한 편의 막장 드라마를 찍는 건 아니겠지?

모두는 숨을 죽이며 두 사람의 동태를 살폈다. 그런데 뭔가 이상하다. 원래는 폭풍전야 같은 분위기가 형성되는 게 정상인데, 오늘은 지금까지 보아오던 것과는 뭔가 달랐다.

"오늘 모두 시간 어떻습니까? 제가 한턱내고 싶은데."

태호는 정중하게 팀원들의 의견을 물으며 리아의 허리에 팔을 감았다.

"앗!"

전혀 예상하지 못한 친근한 스킨십에 리아의 눈이 튀어나올 것처럼 커다래졌다. 팀원들의 표정도 마찬가지였다. 당황한 리아는 어색하게 웃으며 끌어안은 팔을 힘껏 밀어냈지만, 꿈쩍도 하지 않았다. 밀어내려고 하면 할수록 오히려 더욱더 가깝게 자신 쪽으로 끌어당겼다.

좋은 말로 할 때 안 떨어져?

리아는 불쾌한 눈으로 힐끗 태호를 흘겨보았다.

헐, 그런데 이게 웬일이지? 평소처럼 싸늘한 눈빛으로 되받아칠 줄 알았는데, 반대로 애정이 듬뿍 담긴 눈빛이 돌아왔다. 순간 리아의 등줄기로 싸늘한 기운이 흘러내렸다.

연기가 너무 과하잖아! 정말 그 시나리오로 갈 셈인 거야? 로미오와 줄리엣?

"……저, 그런데…… 질문 있습니다."

차마 무슨 일이냐고 묻진 못하고 눈치만 보는 팀원들 사이에서 채영이 용기 있게 나섰다.

"왜 이사님이 우리에게 한턱을 내시는 거죠?"

"결혼 전에 하는 인사라고 해두죠."

당돌한 질문이었지만, 태호는 당황한 기색 없이 자연스럽게 대답했다. 그러자 팀원들 사이에서 "결혼? 무슨 결혼?", "누가 결혼하는데?" 하는 웅성거림이 터져 나왔다. 어수선한 반응에 태호는 리아를 바라보며 한쪽 입꼬리를 올렸다.

"이런, ……아직 말을 안 했나 보군요."

순간 리아의 머릿속에서 위험 감지기가 '삑!' 소리를 내며 작동했다.

"주리아 팀장과 저는……."

안 돼, 하지 마!

결혼 발표를 할 사람은 그가 아니라 그녀여야 한다. 그래야만 조금이나마 팀원들이 배신감을 덜 느낄 것이다.

"여러분!"

리아는 다급히 태호의 말을 끊으며 한발 앞으로 나섰다. 모두의 시선이 그녀에게 집중됐다.

"미리 말 못 해서 미안한데, 강 이사와, 저……."

난처한 얼굴로 팀원을 둘러보던 리아는 긴 숨을 들이쉰 후, 이내 말을 이었다.

"우리 결혼해요."

회식은 졸지에 결혼을 축하하는 자리로 바뀌었다.

"팀장님, 제 잔 받으세요."

채영이 환하게 웃으며 리아의 잔에 술을 따랐다.

"그동안 힘겨운 사랑 하시느라 고생하셨어요. 이젠 꽃길만 걸으셔야 해요."

"고마워, 채영 씨."

꽃길보단 가시밭길에 가까웠지만, 리아는 잔을 비웠다.

"제 잔도 받으세요, 팀장님."

"네, 박 주임님."

리아는 연달아 팀원들이 따라주는 잔을 거부하지 않고 모두 마셨다. 말할 새도 없이 기사가 터져버려 속상하기도 했고, 회식에 참가하지 않고 먼저 가버린 민훈에게 미안해서 술이라도 마시지 않으면 도저히 안 될 것 같았다. 그래도 다행이라면 민훈에게는 이미 결혼에 관해 말해두었다는 것이다. 태호와 결혼하기로 한 바로 그날, 모든 사실을 털어놓았다.

― 강 이사와 결혼해야 한다고?

그날 민훈은 충격을 받은 얼굴로 한동안 아무 말도 하지 못했다. 그러나 곧 정신을 차리고 힘겹게 웃어 보였다. 상처받은 본인보다 그녀 앞날이 더 걱정되는지, 민훈은 리아의 손을 잡고 진지하게 물었다.

― 리아야. 너, 괜찮겠어?

민훈의 한결 같은 마음에 리아는 가슴이 뭉클해지며 눈물이 핑 돌았다. 하지만 이별을 말하는 쪽에서 약한 모습을 보일 순 없었다.

― 그럼, 괜찮지. 내 걱정은 하지 마.

리아는 떨리는 목소리를 가다듬으며 서둘러 민훈에게서 등을 돌려야만 했다.

……미안해, 선배.

리아가 민훈에게 해줄 수 있는 말은 이것밖에 없었다. 그래도 아주 최악은 아니다. 당장은 힘들겠지만, 어쩌면 민훈에게는 잘된 일일 수도 있으니까.

오래된 선후배 사이인 호감으로 데이트를 시작했지만 민훈과 함께 있으면 편하기만 할 뿐, 그 이상으론 감정이 발전하지 않았다. 그래도 노력하다 보면 언젠가는 불꽃이 튈 것이라고 믿었다. 하지만 지리산에서 태호와 밤을 보내며 그건 노력으로 생기는 감정이 아니라는 것을 깨달았다. 지금 끝내지 않아도 결국 그녀는 민훈과 이별의 수순을 밟았을 것이다. 그래서 더 착잡했다. 그걸 알게 해준 남자와 결혼해야 한다니 너무 위험했다. 그보다는 자신을 믿을 수 없어 마음이 무거웠다.

"후우."

리아는 한숨을 내쉬며 빈 잔 가득 술을 따랐다. 취하면 조금이라도 마음이 가벼워지지 않을까 기대했는데……. 술이 들어갈수록 몸도 마음도 물먹은 솜덩어리처럼 무거워졌다. 리아와는 반대로 태호는 적진 한가운데에서도 아주 편안한 모습이었다. 모르는 사람이 보면 태호가 직속 상사이고 그녀는 경쟁사 사람인 줄 알겠다.

하여간 뻔뻔하기도 하지.

리아는 속으로 투덜거리며 다시 잔을 비웠다.

"주말 잘 보내고 월요일에 뵙겠습니다."

회식이 끝나자, 팀원들은 빠르게 뿔뿔이 흩어졌다.

"팀장……니임."

술에 취한 채영만이 리아 옆에 남겨졌다. 몸을 가누지 못할 정도로 취한 탓에 가족이 데리러을 때까지 상사인 리아가 책임지기로 해서다.

"그런데 두 분…… 끄윽."

비틀거리는 몸을 리아에게 기대며 채영은 혀 꼬부라진 목소리로 중얼거렸다.

"……만리장성은 쌓으셨어요?"

"큭."

순간 리아의 입에서 마른기침이 튀어나왔다. 신세대라서 그런지, 술에 취해서 그런지 채영은 폭탄 질문을 던지고서도 아무렇지 않다는 듯 생글생글 웃었다.

"헤헤, 당연한 걸 물었다. 그죠?"

"……채영 씨."

"앗! 오빠다. 팀장니임, 저거 우리 오빠 차예요."

채영은 앞으로 다가온 차에 냉큼 올라타더니 리아를 향해 손을 흔들었다.

"팀장니임, 월요일에 뵈어여."

"그래. 채영 씨, 조심해서 가."

리아는 멀어지는 차의 뒷모습을 바라보며, 대리 기사를 부르러 휴대폰을 꺼냈다. 하지만 선뜻 번호를 누를 수 없었다. 채영이 했던 말이 계속해서 귓가에 맴돌았다. 만리장성을 쌓지 않았다고 대답했다면 채영은 과연 믿어줬을까?

대학교 2학년부터 사귀다 졸업 후에 헤어졌으니, 연인이었던 기간이 결코 짧은 건 아니었다. 몰래 사귀느라 애로사항은 많았지만, 그래도 연인이 하는 건 하나도 빠짐없이 다 해봤다. 요즘이 어떤 시대인데 연인끼리 손만 잡았을까.

하지만 안타깝게도 끝까지 가진 못했다. 물론 만리장성을 쌓을 기회는 꽤 있었다. 꼭 밤에만 별을 따는 건 아니다. 그러나 어째서인지 두 사람 모두 마지막 선을 넘을 수 없었다. 서로 사랑한다고 해도, 앞에 놓인 집안 문제가 무의식중에 발목을 잡았던 것 같다.

어쩌면 그때도 이별을 염두에 두고 만났던 건 아니었을까? 지금의 결혼이 이혼을 정해두고 행해지듯이.

리아는 씁쓸한 표정을 지으며 어두운 밤하늘로 눈길을 돌렸다.

끝을 계획하고 시작하는 인연이 쉬울 리 없겠지.

리아는 씁쓸한 미소를 지으며 비틀거리는 몸의 중심을 잡았다. 오늘 그녀는 평소 주량을 훌쩍 넘기게 마셨다. 그래도 팀원들에게 흐트러진 모습을 보일 순 없어 최대한 정신을 다잡으려 애썼는데 채영을 보내고 나니 긴장이 풀려서일까? 갑자기 취기가 몰려왔다. 그때 뒤에서 계산을 마치고 나온 태호의 목소리가 들렸다.

"바래다줄게. 대리 기사 부르지 마."

무슨 이유에서인지 오늘 밤, 그는 술을 한 모금도 마시지 않았다. 리아는 정신을 차리기 위해 고개를 흔들었다. 여전히 어지럽지만, 그래도 한결 나아진 것 같았다.

"……그보단 어디 조용한 곳으로 갔으면 해. 할 말 있어."

"할 말?"

"응. 오늘 터진 기사도 그렇고, 결혼식 올리기 전에 상황을 정리할 필요가 있을 것 같아."

오늘 해야 할 말을 내일로 미루고 싶진 않았다. 주차장까지 걷다 보면 어느 정도 술도 깰 것이다.

"그렇다면 앞으로 지낼 곳도 볼 겸, 한남동으로 가지."

한남동은 두 사람의 신혼집을 가리킨다.

"그래, 좋아."

태호의 본가와 가까운 곳에 신혼의 보금자리가 마련되었지만, 리아는 태호에게 모든 걸 맡기고 전혀 신경 쓰지 않았다. 어차피 5년 동안만 살게 될 집인데, 굳이 관심을 가질 필요가 없어서였다.

차에 타고 시동을 걸자, 히터에서 더운 바람이 흘러나오기 시작했다. 추운 몸에 더운 바람을 쐬니 얼굴이 화끈 달아오르며 눈앞이 핑 돌았다. 아깐 알딸딸하다 뿐이지, 이 정도까진 아니었는데…….

"……으."

리아의 입에서 신음이 흘러나왔다.

"왜 그래?"

뭔가 이상하다고 느꼈는지 태호는 급히 갓길에 차를 세우고 리아에게로 고개를 돌렸다. 리아는 얼굴을 손으로 감싸며 힘없이 고개를 숙였다.

"……그게……."

말을 하려고 했지만, 마음대로 목소리가 나오지 않았다. 힘겹게 입술을 달싹거리던 리아는 그대로 안기듯 태호의 품에 쓰러졌다.

"리아야?"

눈앞이 캄캄해지며 자신을 부리는 목소리가 먹먹하게 흐려졌다.

여기서 필름이 끊기면 안 되는데…….

하지만 마음과는 다르게 현실은 까마득하게 멀어져갔다.

"……리아야."

태호는 한동안 리아를 껴안은 채로 손가락 하나 까딱할 수 없었다. 이미 지리산 별장에서 그녀를 끌어안았지만, 그것과는 느낌이 다르다. 그때는 그가 먼저 손을 내밀었고, 지금은 그녀가 스스로 안긴 거니까. 술에 취해서 나온 행동이겠지만, 그게 뭐 중요하랴. 리아가 먼저 안겨 왔다는 사실이 중요했다.

단단한 가시로 무장한 주제에 그녀는 가끔 이렇게 무너지면서 그의 심장을 푹 찌르곤 했다. 자신이 어떤 아픔을 주는지도 모르는 채 리아는 그의 품에서 새근새근 숨을 쉬었다. 태호는 손을 들어 흘러내린 리아의 앞머리를 조심스럽게 쓸어 올렸다.

"그래. 내가 다 아플 테니까, 넌 아프지 마라."

씁쓸한 미소를 머금은 그의 입에서 낮은 속삭임이 흘러나왔다.

5년 전, 그녀를 아프게 하지 않으려 헤어졌고 지금 역시 마찬가지다. 그녀가 아프지만 않는다면 무슨 일이라도 할 수 있었다.

"……리아야."

너에게 할 말이 정말 많은데, 해주고 싶은 말도 정말 많은데…….

그가 지금 할 수 있는 건, 그녀의 이름을 속삭이듯 나직하게 부르는 것뿐이었다.

"……리아야."

나의 주리아.

"……으음."

아침 햇살이 번지는 천장을 바라보며 리아는 천천히 눈꺼풀을 깜박거렸다. 마지막 기억은 분명 차 안이었는데 지금 그녀는 낯선 침대에 누워 있었다.

"아……."

몸을 일으키던 리아는 지독한 숙취에 저도 모르게 인상을 찡그렸다. 어제 많이 마시긴 정말 많이 마셨나 보다. 머리도 아프고, 속도 쓰리고.

리아는 주위를 살피며 슬그머니 문을 열고 밖으로 나가보았다.

눈앞에 긴 복도가 있는 걸 보니 호텔은 아닌 것 같고. 여기는 그럼 신혼집인가?

복도에 발을 내딛자, 어디선가 맛있는 냄새가 솔솔 풍겨왔다. 달그락 소리를 따라 가보니 아침을 차리는 태호의 모습이 보였다.

"일어났어?"

"……어제, 어떻게 된 거야?"

"어떻게 되긴. 할 말 있다더니 차에 타자마자 잠들었잖아."

식탁에서 의자를 빼며 그가 말을 이었다.

"앉아. 해장국 끓였으니까."

"……괜찮아. 생각 없어."

"속 쓰리지 않아? 뜨거운 국물이 간절할 텐데."

그건 그렇다. 뜨거운 국물이 간절하다 못해 절실했다. 고소한 냄새까지 맡으니 더더욱 참을 수가 없었다. 결국 리아는 못 이기는 척 자리에 앉았다. 먹다 죽은 귀신은 때깔도 곱다는 말이 괜히 나온 건 아니니까. 앞에 놓인 해장국은 건더기가 수북하니 제법 훌륭한 비주얼이었다. '보나 마나 KJ푸드 즉석요리 중 하나겠지.' 하는 마음으로 국물을 떠먹었는데……

"하아."

속이 뚫리는 느낌에 리아는 저도 모르게 감탄하고 말았다.

"이거 즉석요리야? 아니면 네가 끓인 거야?"

"네 입에서 그런 말이 나온 거 보니까, 입맛에 맞나 보군."

"……뭐, 나쁘진 않네."

경쟁사 제품을 맛있게 먹어주면 안 되는데……. 그러면서도 숟가락 질을 멈출 순 없었다.

"……너도 그 부분에선 만족할 거야."

너무 열심히 먹는 탓에 그만 앞부분을 놓치고 말았다.

뭘 만족한다고?

리아는 입 안 가득 국물을 머금은 채로 태호를 바라보았다. 그가 설명을 덧붙였다.

"결혼 생활에 중요하니까."

그러니까 결혼 생활에 중요한 걸 만족시켜준다는 거야? 결혼 생활에 중요한 거라면…….

— ……만리장성은 쌓으셨어요?

왜 갑자기 어젯밤 채영이 한 말이 떠오르는 거지? 혹시 그걸 말하는 건 아니겠지? 주로 밤과 새벽 사이에 행해지는? ……설마.

혼란스럽게 표정이 변해가는 리아를 바라보며 태호가 말을 이었다.

"나, 아주 잘해."

악, 맞나 보다! 19금, 그거!

"캑."

너무 놀란 나머지 사레가 들리고 말았다. 리아는 손으로 입을 막은 채, 어이없다는 얼굴로 태호를 바라보았다.

뭘 잘한다고? 미친 거 아냐?

물론 사랑 없이 정략으로 결혼한 부부라도 애 낳고 할 거 다 하면서 잘 살기는 하더라. 하지만 두 사람은 달랐다. 5년 후 깔끔하게 갈라설 계획을 세우고 시작하는 쇼윈도 부부다. 그러니 은밀한 부부 생활 같은 건 당연히 포함되지 않을 거라고 믿었다.

그런데 잠자리까지 생각했어?

"너, 지금 무슨 소릴 하는 거야?"

너무 기가 막혀서인지 리아의 목소리가 가늘게 떨렸다.

"무슨 소리라니? 내 취미가 요리인 거 너도 잘 알잖아."

"응?"

예상과는 전혀 다른 대답이 돌아오자, 리아는 하려던 말을 도로 삼켰다.

"우린 입맛도 비슷하고. 다른 건 몰라도 결혼 생활에서 식성 때문에 곤란한 일은 없을 거야."

아, 그 말이었어?

괜히 이상한 쪽으로 넘겨짚은 자신이 타락한 것처럼 느껴졌다. 하지만 이건 모두 어 다르고 아 다르게 이야기를 꺼낸 태호 탓이다. 리아는 인상을 쓰며 숟가락을 탁, 내려놓았다.

"어제 하려던 말, 지금 할게."

이왕 이렇게 된 거, 지금 해버려려겠다.

"그동안 바빠서 어떻게 살지 상의 못 했잖아. 나중에 따로 규칙을 세워야겠지만, 우선 이거 하난 확실하게 하자. 밖에선 부부로 행세해도, 집에선 각자 따로 생활했으면 해."

"각자 따로 생활하자고?"

그녀의 의견이 마음에 들지 않는지 태호의 표정이 굳어졌다. 하지만 리아는 그가 표정을 굳히든 말든 상관하지 않고 단호한 표정으로 고개를 끄덕였다. 원래는 결혼하기로 했을 때 확실히 해야 했다. 하지만 그동안 경황이 없어 지금껏 챙기지 못했다. 이름뿐인 결혼이니, 당연히 각자 따로 생활할 거라 안일하게 여긴 그녀의 실수였다.

"좋아. 그래도 각방은 안 돼."

각자 따로 생활하자는데 각방은 안 된다니? 이게 지금 말이야, 막걸리야?

이번엔 리아의 표정이 굳어졌다.

"왜 안 되는데? 다른 커플 보면 아예 집을 두 구역으로 나눠서 남남처럼 살더라."

"난 그럴 생각 없어. 침대를 두 개 놓는 것도 안 돼."

딱 잘라 말하는 태호의 태도에 리아는 기가 막힌다는 듯 미간을 좁혔다.

"그럼 한 침대에서 자자고?"

"부부라면 당연한 거 아닌가?"

"우리 둘이 평범한 부부 사이는 아니잖아!"

"평범한 부부는 아니지만, 신혼은 신혼이야."

얼씨구! 신혼 좋아하네.

"신혼부부가 각각 다른 침대를 사용하면 어떤 말이 나돌겠어? 아무리 철저하게 고용인 입단속을 한다 해도 말은 새어 나가기 마련이야."

경영권을 물려받을 때까진 어떠한 소문도 나지 않게 하겠다는 뜻인가? 후계자 자리를 쟁취하기 위해 내키지 않는 결혼까지 강행하는 그가 순순히 물러설 것 같진 않았다.

리아는 아랫입술을 깨물며 골똘히 생각에 잠겼다.

같은 방을 쓰는 것도 못마땅한데 같은 침대에서 자야 한다니……

그녀가 표정을 굳은 채 아무 말도 하지 않자, 태호는 계속해서 말을 이었다.

"걱정하지 마. 손끝 하나 건드리지 않을 테니까."

하, 누가 겁먹어서 이러는 줄 아나!

심기가 불편해진 리아는 태호를 차갑게 노려보았다.

"걱정 안 해. 혈기 넘치는 20대에도 아무 일 없었는데 30대에 뭔 일 있으려고."

여러 번 기회가 있었음에도 만리장성 한 번 안 쌓았던 사이인데 뭐가 두려울까?

"대신 침대는 내가 골라."

"원하는 대로."

"잠자리는 그렇다 치고."

하나를 양보했으니, 다른 하나는 꼭 챙겨야겠다.

"함께 식사하는 건 될수록 피했으면 해."

"식사를 따로 하자고?"

의아하다는 얼굴로 그가 되물었다.

"그래."

같은 침대를 사용하는 거야 어차피 잠들어버리면 그만이다. 하지만 매일 얼굴을 마주 보며 식사하다간 자칫 끈끈한 연대감이 생길 수도 있다. 금방 지나가는 소나기보다 젖는 줄 모르게 젖게 하는 가랑비가 더 무서운 법이거든. 끝이 정해진 사이에 그런 감정이 비집고 들어오는 건 위험했다.

"좋아. 그렇게 해."

태호가 흔쾌히 동의하자, 리아는 어깨를 으쓱해 보인 후, 다시 식사를 시작했다. 언뜻 보면 그녀에게 불리한 것 같지만, 꼭 그렇지만도 않다. 분명 침대는 그녀가 고르기로 했으니까.

침대는 두 사람이 신혼여행에서 돌아오는 날에 맞춰 도착하게 주문해야겠다.

"큭."

황당해할 태호의 얼굴을 상상하며 리아는 짧은 웃음을 터트렸다.

짜릿한 승리감에 취한 탓일까? 태호 역시 그녀처럼 묘한 미소를 떠올리고 있다는 사실을 미처 알아차리지 못했다.

흐르는 물길은 막을 수 있어도 흐르는 시간은 막을 수 없다고, 어느새 결혼 당일이 되었다.

신부 대기실에 앉은 리아는 거울 속에 비친 자신을 바라보았다. 그녀가 입은 웨딩드레스는 유명한 디자이너가 손수 제작한 작품으로 그녀의 몸매를 한층 돋보이게 했다.

세상의 모든 신부가 다 아름답겠지만, 오늘 그녀는 머리끝에서 발끝까지 완벽했다. 하지만 딱 하나, 신부의 환한 미소가 없었다.

리아는 입꼬리를 끌어 올리며 억지로 웃어보았다. 원하든, 원하지 않는 결혼이든 오늘의 주인공은 그녀였다. 그러니 죽을상을 쓰고만 있을 순 없는 일이다. 그리고 솔직히 조금, 아주 조금 설렜다. 정략결혼이든 아니든, 오늘 그녀와 결혼하는 상대는 강태호이니까.

5년 전만 해도 그와의 결혼식을 꿈꾸며 이런저런 상상의 나래를 펼쳤었다. 화려한 웨딩드레스가 아니라도, 하얀 원피스만 입어도 된다고 생각했다. 막말로 물만 떠놓고 식을 올렸어도 행복했을 거다.

그때, 서로 사랑할 때 결혼했다면 좋았잖아! 왜 지금 와서.

"하아."

리아의 입에서 탄식 같은 한숨이 흘러나왔다. '사랑은 타이밍이 중요하다.'는 말이 괜히 나온 게 아닌가 보다.

"리아야!"

그때, 문이 열리며 대학 동창인 유정과 수진이 안으로 들어왔다.

"와, 너 오늘 완전 여신 같다."

"웨딩드레스 누구 작품이야? 진짜 죽인다."

두 사람은 호들갑을 떨며 리아 옆으로 다가왔다.

"지금 기분 어때? 막 떨리고 그러니?"

"그럴 리가. 정략결혼인데 떨리고 말고가 어디 있어."

절친한 친구인 유정과 수진에게는 어쩔 수 없이 하는 정략결혼이라고 말해두었다. 두 사람에게까지 거짓말을 하고 싶진 않았다. 하지만 그 뒤에 얽힌 사업상의 기밀은 일절 말하지 않았다.

딴에는 위로한답시고 유정이 조심스럽게 말을 꺼냈다.

"경쟁사에 다녀서 그렇지, 네가 사적으로 태호를 싫어한 건 아니잖아. 그렇게 치면 수진이도 KJ 다니는데……."

그러자 수진이 눈살을 찌푸리며 정정했다.

"무슨 소리야? 경쟁사를 떠나서 리아에게 태호는 '엄적아'잖아."

여기서 말하는 '엄적아'는 '엄친아'와 비슷한 의미로 '엄마 적수의 아들'을 뜻한다. 리아가 중학교에 진학한 후, 사업으론 도저히 KJ그룹을 이길 수 없게 되자 주 회장 부부는 자식 경쟁에 열을 올렸다. 그러나 애초부터 게임이 되지 않았다. 태호는 태어나면서부터 천재 소리를 들었고, 리아는 지극히 평범한 보통 아이였으니까. 태호가 모의고사에서 전국 1등 할 때, 리아는…….

하여간 그 때문에 '엄적아'인 강태호는 리아에겐 어렸을 때부터 눈엣 가시 같은 존재였던 건 맞다.

"허구한 날 비교 당하고 살았는데 너 같으면 좋은 감정이 싹트겠니?"

"그렇지."

수진의 말에 리아는 씁쓸하게 웃으며 고개를 끄덕였다. 태호와 그녀가 몰래 연애했다는 걸 모르는 친구들은 아직도 그렇게 알고 있다.

"강태호, 여자관계 엄청 복잡하잖아. 솔직히 들이대는 여자가 한둘이겠어?"

수진은 신나게 태호의 비리 백서를 읊었다. 그녀의 아버지 한정안 사장은 ㈜정직에 근무하다 KJ푸드로 자리를 옮기고 지금까지 강 회장 옆을 지키고 있다. 한 사장의 권유로 KJ푸드에 입사한 수진은 가까이에서 태호를 지켜볼 수 있었다.

"얼마 전에도 강수미랑 스캔들 터졌잖아. 그러니까 회장님이 억지로라도 너랑 결혼시키려고 한 것 같아."

"야, 그만해."

듣고만 있기 뭐했는지 유정이 수진의 옆구리를 팔꿈치로 찔렀다.

"어머, 미안."

수진은 어깨를 으쓱하며 입을 다물었다. 그러나 그것도 잠시, 리아의 귀에 속삭였다.

"하여간 조심해. 아까 보니까 하객 중에 강수미도 있더라."

강수미는 KJ푸드의 전속 모델이니, 결혼식에 초대받았다고 해서 색안경을 끼고 볼 필요는 없었다. 만약에 그녀가 오지 않았다면 오히려 추측성 보도가 난무했을 것이다. 그래도 마음이 편치 않은 건 사실이다. 아무리 껍데기만 있는 위장 결혼이라고 해도 남편의 전 여자 친구가 모습을 보이다니.

태연하게 참석한 강수미와는 달리 민훈은 오지 않았다. 급한 일로 본가가 있는 부산에 내려가야 한다고 했지만 변명이란 걸 안다. 얼마나 오랫동안 좋아했는데…… 편한 마음으로 그녀를 보내줄 순 없었을 것이다.

"훗."

드레스 자락을 만지작거리던 리아는 저도 모르게 허탈한 웃음을 내뱉었다. 식을 앞두고 도대체 어떤 신부가 남편 전 여친과 자신의 전 남친 생각을 할까.

왠지 씁쓸하다. 하지만 너무 싱숭생숭해하지 않기로 했다. 오늘만큼은 아무 걱정 없이 신부로서 행복해하고 싶으니까.

리아는 거울에 비친 자신을 향해 환하게 웃어 보였다.

리아야, 너 오늘 정말 예뻐.

"신부는 처음과 같은 마음으로 신랑을 평생 사랑하겠습니까?"

"네."

짧고 간결한 대답이 리아의 입에서 흘러나왔다. 주례자는 온화한 미소를 띠며 하객을 향해 성혼 선언문을 읽어 내렸다.

"……이에 주례는 이 혼인이 원만하고 진실하게 이루어졌음을 엄숙하게 선언합니다."

선언이 끝난 후, 두 사람은 하객을 향해 허리를 굽혀 인사했다. 리아와 태호를 바라보는 한 사장의 얼굴에 흐뭇한 미소가 떠올랐다.

"참 보기 좋구나."

"모르는 사람이 보면 진심으로 축하하는 줄 알겠다."

불만스럽게 흘겨보던 수진이 귓속말을 속삭였다.

"그럼? 닭 쫓던 개 지붕 쳐다보듯 하는 딸을 위해 대성통곡이라도 할까?"

뼈아픈 한 사장의 말에 수진은 인상을 찌푸렸다. 중학교 시절, 수진은 태호를 처음 만난 순간부터 그를 좋아했다. 하지만 야속하게도 태호는 수진에게 눈길 한 번 주지 않았다. 워낙 까칠한 성격이라서 그런다고 이해하려 했지만, 서운한 건 어쩔 수 없었다. 그랬던 첫사랑이 오늘부로 유부남이 된단다. 솔직히 대성통곡하고 싶었다. 그래도 한 가지 다행이라면…….

"그래봤자 억지로 하는 정략결혼이야. 아빠 몰라서 그래? 리아가 태호를 얼마나 싫어하는데. 걱정 마. 두 사람, 얼마 못 갈 거야."

리아가 태호를 싫어하는 이유에는 수진이 퍼뜨린 가짜 소문도 있었다. 원래부터 태호를 싫어했던 리아는 수진이 전하는 나쁜 소문을 스펀지처럼 쭉 빨아들였다.

"난 그냥 둘이 헤어질 때까지 얌전히 기다릴 거야."

'얌전히'라고 말했지만, 두 손 놓고 가만히 있겠다는 뜻은 아니다. 두 사람이 빨리 갈라지면 갈라질수록 그녀에게 좋을 테니까.

미안해, 리아야.

수진은 쓰게 웃으며 태호의 손을 잡고 행진하는 리아를 바라보았다. 거짓이 아니라 진심으로 미안했다. 친구로서 리아를 아주 많이 좋아한다. 하지만 그녀에게는 아무리 진한 우정이라도 사랑을 뛰어넘을 순 없다. 리아 없이는 살 수 있어도 태호 없이는 살 수 없으니까. 태호를 차지하기 위해선, 그깟 우정쯤 아무렇지 않게 버릴 수 있다.

"축하해요, 팀장님."

피로연이 진행되자, 제일 먼저 주원식품 마케팅 부서 팀원들이 다가왔다.

"주말인데 시간 내서 고마워요. 자, 그럼 실컷 먹고 즐기다 가세요."

리아는 환하게 웃으며 팀원들의 등을 요리 섹션 쪽으로 밀었다. 대화가 들리지 않을 만큼 팀원들이 멀어지자, 태호가 리아의 귓가에 작게 중얼거렸다.

"저번보다 연기가 많이 늘었어. 오늘 아주 행복해 보여."

그 말에 리아는 태호만 알아볼 수 있게 살짝 흘겨보았다.

하! 여기서 지금 가장 열연을 펼치는 사람이 누군데 그래?

예식이 진행되는 내내, 태호의 입가엔 옅은 미소가 걸려 있었다. 전형적인 신랑의 행복한 표정이었다. 그뿐인가? 피로연이 시작되자마자, 리아의 허리에 팔을 감고 한시라도 그의 곁에서 떨어지지 못하게 했다. 정말 뜨겁게 사랑해서 결혼한 줄 오해하게 할 만큼 능숙한 연기였다.

그래서 조금은 설레고, 그래서 조금은 짜증이 난다. 다정한 말투와 태도에 잠시나마 예전 기억이 떠오르며 그리웠던 감정이 뭉클 솟아오르니까. 이건 모두 연기일 뿐인데……. 그걸 알면서도 은근슬쩍 흔들리는 자신에게 짜증이 났다.

그의 연기가 완벽하면 완벽할수록 리아는 혼란스러웠다. 그 이유로 오늘만큼은 연기가 아닌, 그녀 본연의 모습을 보이기로 했다.

"넌 연기일지 모르겠지만, 난 아냐."

뜻밖의 대답에 태호의 미간이 좁아졌다.

"연기가 아니라고? 정말로 행복해서 웃는 거야?"

그 질문에 리아는 기다렸다는 듯 썩은 웃음을 날렸다.

"내키지 않는 결혼이지만, 인당수에 빠진 심청이처럼 세상 다 산 표정 지을 필욘 없잖아. 오랜만에 친척이랑 지인들이 다 모였는데 이 순간을 즐겨야지."

"긍정적인 태도, 마음에 들어."

태호는 픽 웃으며 샴페인을 한 모금 들이켰다.

너무 가까이 붙어 선 탓일까? 술이 목을 타고 내려가며 목울대가 꿈틀거리는 모습이 선명하게 보였다. 까맣게 잊고 있었는데 리아는 태호의 이런 모습에 가슴이 설레곤 했었다. 특히나 강인한 턱과 목울대로 이어지는 선은 아찔할 정도로 섹시했다.

리아는 저도 모르게 꿀꺽 마른침을 삼켰다. 순간 태호와 시선이 마주쳤다. 훔쳐본 걸 들킨 리아는 재빨리 고개를 돌리며 허리에 감긴 태호의 손을 매몰차게 내리쳤다.

"답답해. 그만 손 떼."

그는 순순히 놓아주는 대신 고개를 숙이며 그녀의 귀에 입술을 가져갔다. 그러나 아무 말도 하지 않았다. 따뜻한 숨결만이 간질이듯 귓가에 맴돌았다.

할 말이 있는 것 같은데 왜 뜸을 들이는 거지?

리아는 불안한 표정으로 손에 쥔 샴페인 잔을 꽉 움켜쥐었다. 피로연 자리만 아니었다면, 어디 저만치 멀리 가버렸을 것이다. 그러나 지금 그녀는 갓 결혼식을 끝낸 신부. 이 순간만큼은 신랑의 곁을 지켜야 한다. 이윽고 부드러운 속삭임이 귓가에 흘러들었다.

"오늘 밤 기대되지 않아?"

앗, 깜빡했다!

오늘 밤은 두 사람의 공식적인 첫날밤이었다.

신혼여행 떠나기 전, 호텔에서 보내는 첫날밤.

쏴아아―.

샤워기에서 떨어지는 물소리가 적막한 스위트룸에 울려 퍼졌다. 신경질적으로 머리를 빗던 리아는 빗질을 멈추고 굳게 닫힌 욕실 문을 노려보았다. 조금 있으면 샤워를 마친 태호가 걸어 나올 것이다.

두근. 두근. 두근.

상상만으로도 심장이 입 밖으로 튀어나올 것처럼 격렬하게 뛰었다. 결혼은 처음이다 보니, 긴장 안 하려고 해도 안 할 수가 없다. 게다가 결혼 상대는 다른 누구도 아닌 강태호였다. 하지만 침착해야 한다.

"그래, '호랑이 굴'에 들어가도 정신만 바짝 차리면 된다고 했어."

하아, 말하고 나니 기가 막힌다. 가슴 설레는 첫날밤을 두고 '호랑이 굴'이라니. 도대체 내가 전생에 무슨 죄를 지은 거지?

속으로 투덜거리던 리아는 인상을 쓰며 브러시를 움켜쥐었다.

툭―.

그때, 샤워기 잠그는 소리와 함께 물소리가 끊겼다. 덩달아 리아의 심장도 쿵 소리를 내며 멈췄다.

잠시 후, 욕실 문이 열리고 샤워가운을 입은 태호가 걸어 나왔다.

"먼저 잠든 줄 알았는데……."

머리에 남은 물기를 수건으로 털어내던 그는 침대 가장자리에 다리를 꼬고 앉은 리아를 보고 미간을 찌푸렸다.

피로연이 끝나자 바로 지인과의 뒤풀이로 이어졌다. 신혼여행은 내일 떠나고 오늘 밤은 호텔에서 묵는다고 하자, 모두들 밤늦게까지 놀자고 졸랐다. 그 덕분에 두 사람이 호텔에 도착한 것은 자정에 가까워서였다.

결혼식을 위해 새벽부터 바쁘게 움직인 리아가 눈도 제대로 뜰 수 없을 정도로 지친 건 당연했다. 앞서 샤워를 마친 그녀가 당연히 곯아떨어졌을 것으로 여겼다.

"명색이 첫날밤인데, 먼저 잠드는 건 예의가 아니라서."

리아는 의아한 표정을 짓는 태호를 향해 턱을 치켜들며 보란 듯이 다리를 반대 방향으로 꼬았다. 어차피 남들 다 겪는 첫날밤인데 괜히 순진한 척, 긴장한 티를 내고 싶진 않았다.

어쩔 수 없이 호랑이 굴에 끌려온 토끼가 아니라, 호랑이를 잡으러 당당하게 굴에 들어온 토끼니까. 앞으로 5년 동안, 두 사람은 좋든 싫든 부부라는 이름으로 맺어지니까 시작부터 강하게 나가야 했다.

리아의 도발에 태호는 입매를 비틀며 물기 어린 머리를 쓸어 올렸다. 그 바람에 가운 앞자락이 벌어지고 맨가슴이 드러났다. 미처 닦지 못한 물방울이 매끈한 근육의 갈라진 틈을 따라 아래로 흘러내렸다. 난생처음 보는 것도 아니면서 리아는 저도 모르게 숨을 들이마셨다. 지리산 별장에선 어두워 제대로 보이지 않았던 모습이 밝은 조명 아래 훤히 드러났다. 군살 하나 없이 탄탄하고 완벽하게 균형 잡힌 상체는 그리스 조각품을 연상시켰다. 양심상 혼자만 보기 미안할 정도다.

모르는 사람들은 저런 남자를 남편으로 차지하게 되었다고 엄청 부러워하겠지. 사실은 그게 아닌데…….

"먼저 잠드는 건 예의가 아니다……라."

비스듬히 고개를 기울인 태호는 무감각한 시선으로 리아의 몸을 훑어 내렸다. 꼭 여민 가운 사이로 리아의 뽀얀 속살과 가슴 계곡이 살며시 드러났지만, 그의 표정엔 별다른 변화가 없었다.

"정확히 그게 무슨 의미지?"

"특별한 의미 따윈 없어."

"그래? 그렇다면 내 마음대로 해석해도 되겠군."

태호는 작게 중얼거리더니 곧바로 리아에게 허리를 굽혔다.

"앗!"

갑작스러운 행동에 리아는 흠칫 뒤로 물러났다. 그러다 그만 중심을 잃어버려 몸이 뒤로 넘어갔다. 그녀가 침대에 쓰러지자 태호는 틈을 놓치지 않고 재빨리 손을 뻗어 리아의 양어깨를 짚었다. 어쩌다 보니 등으론 포근한 이불이 받치고 앞에선 단단한 몸이 내리누르는 야한 자세가 돼버렸다.

"뭐 하는 짓이야?"

리아는 평정을 가장하며 태호를 차갑게 노려봤지만, 목소리가 떨리는 것은 어쩔 수 없었다.

"……글쎄?"

태호는 묘한 미소를 띠며 리아를 내려다보았다. 깊이를 알 수 없는 검은 눈동자가 리아를 향해 신비스럽게 반짝거렸다. 긴장한 리아는 꿀꺽 마른침을 삼켰다.

단지 마주 보는 것만으로도 심장이 뻐근하고 눈앞이 아찔했다.

별거 아냐. 너무 가까워서 그런 거야. 너무 가까워서…….

"아직 시작도 안 했는데 벌써부터 겁먹은 건가?"

품에서 벗어나려 바르작거리는 리아의 허리를 한 손으로 움켜쥐며 태호가 말했다.

"겁먹긴 누가 겁먹었다고 그래!"

리아가 날카롭게 반박하자, 언뜻 그의 입가에 미소가 스쳤다.

"좋아. 그렇게 나와야지."

달래듯 부드럽게 속삭이며 그가 천천히 고개를 숙였다.

"그래야 주리아답지."

나직한 속삭임은 뜨거운 숨결이 되어 닿을 듯 말 듯 입술 위로 내려앉았다. 점점 더 가까이 다가오자 숨이 막히는 것처럼 가슴이 조이고, 파르르 입술이 떨렸다.

당황하지 말아야 한다. 누가 봐도 지금 그는 그녀를 테스트하는 거니까. 리아는 주먹을 움켜쥐며 천천히 호흡을 골랐다.

누가 바들바들 떨면서 움츠릴 줄 알고?

"손끝 하나 건드리지 않을 거라며……. 어디까지 다가올 거야?"

입술이 닿을까 말까 한 지점에 이르자, 결국 리아가 먼저 말을 꺼냈다.

"물론 닿을 때까지."

"……뭐?"

예상하지 못한 대답에 리아는 움찔 미간을 찌푸렸다. 재빨리 옆으로 고개를 돌리려 했으나, 이미 얼굴이 포개진 상태라 쉽지 않았다. 설마 이대로 키스하는 건 아니겠지?

그때, '촉' 소리와 함께 뜨거운 입술이 닿았다.

"……!"

다행이라고 해야 하나? 닿은 곳은 입술이 아니라 이마였다. 이마에 짧게 입을 맞춘 태호는 곧바로 몸을 일으켰다.

"잠들지 않고 기다려준 신부에게 굿나잇 키스쯤은 해줘야 예의일 것 같아서."

방금 그녀가 한 말과 비슷한 내용이 그에서 흘러나왔다.

나, 지금 한 방 먹은 거 맞지?

상황을 깨달은 리아는 발끈한 얼굴로 벌떡 몸을 일으켰다. 하지만 뭐라고 쏘아붙이는 대신 재빨리 침대 속으로 들어가 턱까지 이불을 끌어 올렸다.

그래, 명색이 첫날밤인데 싸울 수야 없지.

"잘 자."

그 말을 끝으로 리아는 태호에게서 등을 돌리며 몸을 웅크렸다. 그가 가운을 벗는 부스럭거리는 소리가 들렸지만, 신경 쓰지 않았다.

곧 불이 켜지고 침대 반대쪽이 출렁거렸다. 어색한 침묵 속에서 달콤하면서도 묵직한 태호만의 체취가 코끝에 은은하게 스며들었다. 리아는 조금이라도 더 멀리 떨어지려 침대 가장자리로 몸을 굴렸다. 하지만 쉽게 잠들 수 없을 것 같다. 몸은 엄청 피곤하지만, 밖으로 튀어나갈 것처럼 쿵쾅거리던 심장이 아직도 진정되지 않기 때문이다.

키스할지도 모른다고 생각하니까…… 솔직히 설렜다. 그렇다고 심각하게 받아들일 필욘 없었다. 그냥 들떠서 그런 거다. 아무리 형식적이라도 오늘 식을 올렸는데 조금은 들뜨는 게 당연했다.

리아는 궁색한 자기변명을 늘어놓으며 잠들기 위해 넓은 들판에 뛰노는 양 떼를 상상했다. 빨리 잠드는 게 최선의 방법이다.

양 한 마리, 양 두 마리, 양 세 마리…….

천 마리쯤 세었나? 날뛰던 심장이 서서히 제자리를 찾아가더니 이윽고 눈꺼풀이 무거워지기 시작했다.

흠, 그런데…… 분명 세는 동물은 복슬복슬한 양이 맞는데…… 왜 하얀 털이 아닌, 노랑 털에 검은 줄무늬가 있는지 모르겠다.

chapter 3

이게 뭐 어때서?
부부끼리인데

"도대체 여기가 어디야?"

리아는 깜짝 놀란 얼굴로 주위를 둘러보았다. 그도 그럴 것이 전혀 생각하지 못한 곳에 비행기가 착륙했기 때문이다. LA 공항에 내린 두 사람을 태운 비즈니스 제트기는 텍사스 휴스턴 공항이 아닌 멕시코 로스 카보스 공항에 두 사람을 내려놓았다. 물론 휴스턴보단 세계적인 고급 휴양지로 알려진 로스 카보스가 신혼여행지로 적합하다. 그러나 일 중독자인 강태호가 이곳을 선택했을 리 없었다.

결혼식에서부터 신혼집까지 모두 태호에게 맡긴 터라, 솔직히 리아는 정확히 어디로 신혼여행 가는지조차 모르고 있었다. LA행 비행기 편인 걸로 보아, KJ푸드 미국 지사와 생산 설비를 둘러보러가는 거라고 짐작했다. 5년 후면 주원식품이 인수할 터이니 어깨너머로 배울 좋은 기회라고도 생각했다. 그런데 난데없이 멕시코라니! 뭔가 착오가 있는 게 분명하다. 어이없는 곳에 내리고도 태호는 느긋해 보였다.

"한국에선 아직 로스 카보스 직항편이 없어. 불편해도 LA를 경유해야 해."

착오가 아니란 말이야?

"멕시코에도 KJ푸드 공장이 있어?"

그녀의 질문에 태호는 무슨 소리냐는 듯 눈을 가늘게 모았다.

"신혼여행 와서 공장 이야기가 왜 나와?"

리아의 얼굴이 황당하다는 듯 일그러졌다.

"……그러니까 우리 지금 신혼여행 온 거야?"

"그럼 신혼여행이 아니면 이혼 여행 온 거겠어?"

전혀 예상하지 못한 일이었다. 내로라하는 재벌 3세들은 업무 일정 때문에 신혼여행도 뒤로 미룬다고 하던데, 말뿐인 결혼이면서 이리도 야무지게 신혼여행을 챙길 줄이야.

리조트에 도착한 리아는 초호화 비주얼에 눈이 휘둥그레졌다. 푸르른 바다에 둘러싸인 리조트는 멀찍이 따로따로 독채로 지어진 풀 빌라 형태로 누구도 엿볼 수 없는, 신혼부부가 머무르기에 완벽한 구조였다. 쉽게 설명하자면, 개인 풀장에서 19금 애정 행각을 벌인다고 해도 괜찮다는 뜻이다. 하지만 두 사람은 일반적인 신혼부부가 아니었다.

거실에 들어선 리아는 로맨틱 분위기를 조성하기 위해 곳곳에 뿌려진 꽃잎을 바라보며 인상을 찌푸렸다.

이런 곳에서 일주일이나 지내다니.

그러나 그게 전부가 아니었다. 침실로 들어간 리아는 흠칫 제자리에 얼어붙고 말았다.

"……이건 또 뭐야?"

침실 한가운데 원형의 침대가 놓여 있었다. 원형이라 가장자리에선 잘 수 없고 반드시 중앙에 누워야 한다. 물론 허니문 침대니까 남녀가 끌어안고 자게끔 디자인되었을 것이다. 그러나 또 한 번 강조하지만, 두 사람은 일반적인 신혼부부가 아니었다.

"당장 침대 바꿔."

기겁하는 리아와 달리 태호는 원형 침대를 보고도 특별한 반응을 보이지 않았다.

"침대 바꾸는 게, 침대 시트 바꾸는 것처럼 쉬운 줄 알아?"

"그러면 일반 침대가 있는 객실로 바꿔."

"바꿀 객실 없을 텐데……. 대부분 1년 전에 예약이 끝나거든. 원래는 키안이 예약한 건데 내게 양보한 거야."

말이 계속될수록 리아의 얼굴은 창백하게 변해갔다.

그래서 지금 저기서 자라고?

"왜 그런 표정이지? 겁이라도 먹었나?"

심각한 얼굴로 침묵을 지키는 리아에게 태호가 툭 던지듯 물었다. 그의 도발적인 태도에 걱정은 사르르 사라지고, 화르르 경쟁심이 불타올랐다.

"겁먹다니, 그럴 리가."

리아는 앞으로 팔짱을 끼며 도도하게 턱을 치켜들었다.

몸을 맞대고 자야 한다면 나보단 네가 힘들걸?

손끝 하나 건드리지 않겠다고 선언한 사람은 리아가 아니라 태호였다.

그래, 누가 견디나 보자.

때를 맞춰, 짐을 가져온 리조트 직원이 누른 벨 소리가 들렸다.

태호가 직원을 맞으러 거실로 나가자, 리아는 원망스러운 눈으로 침대를 노려보다 쓰러지듯 몸을 눕혔다. 침대 위에서 이리저리 몸을 굴리던 리아는 긍정적으로 받아들이기로 했다.

어차피 바꿀 수도 없는데……. 그래, 물침대 아닌 게 어디냐.

이참에 '긍정의 여왕'이 되어보기로 했다.

긴 비행에 지친 두 사람은 리조트 레스토랑에서 저녁을 해결하고 바로 잠자리에 들었다. "잘 자."라는 짤막한 인사를 나누고 침대에 들어간 두 사람은 서로에게 등을 돌린 채 간격을 두었다.

리아는 최대한 가장자리에 가까운 자리로 몸을 옮겼다. 불편하지만, 그래도 아예 가장자리에 눕지 못하는 건 아니었다. 몸을 최대한 웅크리면 그럭저럭 누울 만했다. 대신 조금이라도 다리를 뻗으면 침대에서 벗어난 발이 허공에서 허우적거렸다. 가장자리에서 바동거리는 리아와 달리 태호는 당연한 듯 침대 중앙을 차지했다. 워낙 키가 크니까 몸을 구부려도 가장자리에선 잘 수 없을 테니, 뭐, 이해는 한다.

그래도 그렇지!

이리저리 몸을 뒤척이던 리아는 이게 웬 고생이냔 생각이 들었다. 피곤한데 잠자리가 불편해 도통 잠들 수 없자, 울컥 서러움이 밀려왔다. 결국 리아는 '에라, 모르겠다.'라는 심정으로 중앙에 몸을 굴렸다.

서로 살이 닿으면 좀 어때. 예전에는 꽉 끌어안고 잘만 잤는데. 잘 자다 죽은 귀신은 때깔도 곱다더라!

등에 닿을 듯 말 듯 태호의 따뜻한 체온이 느껴졌지만, 애써 모른 척 외면했다. 그는 이미 잠들었는지 조용했다. 첫날밤에도 그렇고, 비행기 안에서도 그렇고. 눈만 감으면 바로 잠드는 것 같다.

잠자리 까다롭지 않아서 좋으시겠어?

비아냥거리듯 속으로 투덜거리는데, 뒤쪽에서 뒤척거리는 소리가 들렸다. 이어서 리아의 어깨에 무언가가 툭 닿았다. 그가 그녀 쪽으로 몸을 돌려 고개를 숙인 것 같다.

'먼저 잠든 것도 얄미워 죽겠는데, 지금 뭐 하는 짓이야!'라고 화가 날 줄 알았는데……. 뭐지? 심장이 내려앉으며 짜릿한 기분이 온몸에 퍼져나갔다. 옆으로 밀어내야 한다고 생각하면서도 잠결에 안아주었으면 하는 바람이 들었다. 미련이 남아서일까? 완벽하게 정리해서 흔적만 남았다고 생각했는데 아니었나? 곤혹스러운 마음에 리아는 아랫입술을 깨물었다.

아니야, 미치지 않고서야 그럴 리 없다. 그저 낯선 여행지에서 느끼는 일탈 같은 감정일 거다. 영화 속 주인공처럼 멋진 남자가 포근히 안아주는데, 이 상황에서 마다할 사람이 누가 있겠어? 게다가 어찌 됐든 그녀를 안고 있는 남자는 공식적인 남편이었다. 법적으로 내 남자라고!

그러자 속마음을 읽은 것처럼 그의 손이 자연스럽게 허리를 감았다. 이어서 손에 힘이 가해지며 그녀의 몸이 그에게 밀착되었다.

"……흡."

탄성이 터져 나오려 하자, 리아는 얼른 손으로 입을 틀어막았다. 온몸을 감싸는 따뜻한 체온 때문인지, 은은한 체취 때문인지 숨이 막힐 지경이었다. 지금이라도 팔을 뿌리치고 가장자리로 가면 되겠지만, 다시 몸을 웅크리고 잠을 청하기엔 너무나 피곤했다.

어차피 잠들면 모를 텐데, 눈 딱 감고 가만히 있을까?

혼자 골똘히 고민하다 보니, 어느새 눈꺼풀이 무거워지며 몸이 나른해지기 시작했다. 여행으로 피곤해서 마음이 흔들리는 거라고, 한숨 푹 자고 나면 정상으로 돌아올 거라고 믿으며 리아는 쏟아지는 졸음에 몸을 맡겼다.

이윽고 리아가 잠속에 빠져들자, 태호는 조금 더 가깝게 그녀를 자신에게 잡아당겼다.

팔을 뿌리치고 멀리 떨어질 줄 알았는데, 다행히 그녀는 잠자코 있었다. 하지만 너무 확대하여 해석하진 않기로 했다. 가장자리에서 자는 게 불편하고, 긴 여행으로 피곤하기도 할 테니까.

태호는 리아의 따뜻한 체온을 느끼며 스르르 눈을 감았다. 그녀는 결코 모를 것이다. 전제 리조트 독채 객실 중, 그의 요구로 오직 이곳에만 원형 침대가 놓였다는 사실은…….

둘째 날은 아침 식사 후, 요트를 타고 바다 한가운데로 나갔다. 선장과 선원, 요리사까지 딸린 럭셔리 요트는 갑판 위에 풀장과 야외 스파 등이 갖추어져 있었다.

처음에 리아는 시큰둥한 얼굴로 따라나섰지만, 곧 연한 에메랄드색과 진한 코발트색이 어우러진 바다에 반해버렸다.

지금까지 휴가도 없이 일에만 매달렸는데, 잠시라도 휴식의 시간을 가지는 것도 나쁘지 않다는 생각이 들었다. 신혼여행 온 게 아니라 열심히 일한 나 자신에게 주는 소중한 선물이라고 여기자.

그 후부터는 마음이 편해졌다. 그래서일까? 조금은 부드러운 시선으로 태호를 바라볼 수 있었다. 어찌 됐든 이렇게 근사한 곳으로 그녀를 데려왔으니까. 근데 왜 하필 로스 카보스일까? 발리도 있고 몰디브도 있을 텐데…….

"왜 여기로 신혼여행 온 거야? 특별한 이유라도 있어?"

그녀의 물음에 태호는 픽 웃음을 흘렸다.

"예전에 내게 그랬었지. 아무도 모르는 곳으로 가자고. 기억나?"

"아……."

한순간 리아의 표정이 멍해졌다. 기억난다. 그런 말을 한 적이 있었다. 그 당시 리아는 졸업을 앞두고 있었는데, 민 여사는 3선 국회의원 아들과 선 자리를 마련했다. 태호와 사귀면서도, 리아는 민 여사의 손에 끌려 선을 볼 수밖에 없었다. 그날 리아는 취할 때까지 혼자 술을 마셨다. 그리고 한밤중 태호에게 전화를 걸었다. 그는 보고 싶다고 칭얼거리는 리아를 위해 단번에 달려왔었다.

─ 태호야, 우리 어디론가 가버릴까?

그의 품에 안겨, '사랑의 도피'를 하자고 졸랐었다. 그땐 정말 그러고 싶었다. 가족, 미래 모두 버리고 오로지 단둘이만 있고 싶었다.

……그땐 그랬다.

과거를 회상하는 그녀의 귓가에 나직한 목소리가 들렸다.

"그때 네가 도망가자며 가리켰던 곳이 바로 여기야."

어디로 갈 거냐고 묻는 태호에게 남미 대륙 어딘가를 가리켰던 것 같긴 하다. 아무 생각 없이 콕 찍었던 건데, 그게 바하 칼리포르니아 반도 최남단에 있는 로스 카보스일 줄이야.

그가 아직 그때 일을 기억하고 있다는 것이 놀라웠지만, 그래서 이곳을 신혼여행지로 선택했다는 사실은 더 놀라웠다.

왜? 어째서?

머릿속이 뒤죽박죽 혼란스러워졌다.

……혹시 아직도 나를 잊지 못한 건 아닐까?

"너, 혹시……?"

뭔가에 홀린 것처럼 질문이 흘러나왔다. 그러나 말이 문장을 갖추기 전, 퍼뜩 제정신이 들었다.

미쳤어. 내가 지금 무슨 망상을 하는 거야!

리아는 경솔한 자신을 꾸짖으며 급히 입을 다물었다.

"혹시, 뭐?"

"아냐. 아무것도. 나 수영하고 올게."

대신할 말을 찾지 못한 리아는 벌떡 자리에서 일어났다. 잠시나마 말도 안 되는 생각을 했다는 사실이 창피해서 그를 똑바로 바라볼 수 없었다.

리아는 단번에 원피스를 벗고 풍덩 바닷물에 뛰어들었다. 원피스 안에 비키니를 입고 와서 정말 다행이다.

"하아."

차가운 물에 뛰어드니 정신이 번쩍 들었다. 리아는 힐끗 요트 쪽을 바라보았다. 그도 따라 들어오면 어떡하나 걱정했는데 마침 휴대폰이 울렸다. 태호가 휴대폰을 집는 모습을 보며, 리아는 재빨리 잠수했다. 깊게 잠수하면 할수록 가슴은 답답해졌지만, 반대로 머릿속은 맑아졌다. 그가 이곳을 선택한 이유에 큰 의미를 두지 말아야 한다.

한국인이 드문 신혼여행지를 찾다 보니 우연히 맞아떨어졌겠지. 태양열이 너무 뜨거워서 잠시 머리가 어떻게 되었나 봐.

리아는 허황된 상상의 나래를 펼친 자신을 비웃으며 더욱더 깊숙이 잠수했다.

태호는 리아를 바라보며 통화 버튼을 눌렀다.

"무슨 일이야?"

[급히 아셔야 할 일이 있어서요.]

휴대폰 너머로 남 비서의 목소리가 흘러나왔다.

[주원식품 자금 조달이 막힌 이유를 알아냈습니다. 이사님이 예상한 대로입니다.]

보고를 받은 태호의 얼굴에 어두운 그림자가 내려앉았다.

"주 이사도 알아?"

[아직은 아닙니다.]

"알았어. 민수에겐 내가 직접 말할 테니까, 남 비서는 계속해서 그쪽 동향을 파악해줘."

[네, 이사님. 저, 그런데…… 두 분, 잘 지내고 계십니까? 혹시 벌써 싸웠다거나, 그런…….]

진정으로 걱정하는 목소리에 태호의 입꼬리가 위로 올라갔다. 남 비서가 보기에도 아슬아슬 위태로울 것이다. 만나기만 하면 으르렁거리는 두 사람이니까.

"잘 있으니까 걱정하지 마."

물론 리아는 태호가 다가오지 못하게 바짝 경계하고 있지만, 그래도 아직 싸우지는 않았다. 사실 그것만으로도 놀랍기 그지없는 발전이었다.

[알겠습니다. 그럼 전 이만.]

걱정을 덜었는지 남 비서가 밝은 목소리로 전화를 끊었다. 동시에 잠수를 마친 리아가 물 밖으로 얼굴을 내밀었다. 머리를 흔들며 물기를 털어내는 모습이 물 만난 인어공주처럼 신나 보였다. 그런 그녀를 바라보는 태호의 입가에 희미한 미소가 떠올랐다.

"내 손 잡아."

한참 수영하고 보트에 오르려는 리아에게 태호가 손을 내밀었다. 리아는 별생각 없이 그의 손을 잡고 요트에 올라섰다. 그러나 곧, 눈앞의 광경에 급히 숨을 들이마시고 말았다.

"흡."

어느새 그도 수영복으로 갈아입고 있었다. 그녀도 비키니 차림이니 솔직히 뭐라고 할 처지는 아니다. 다만, 몸매 자랑이라도 하려는지 최대한 천을 아껴 만든 수영복 디자인에 입이 다물어지지 않았다.

넉넉한 트렁크 수영복도 많을 텐데 왜 저런 걸 고른 거야!

"나, 좀 씻어야겠어."

괜히 얼굴이 붉어지려고 하자, 리아는 서둘러 갑판 구석에 놓인 샤워부스로 향했다. 하지만 바닷물을 씻어내는 동안에도 자꾸만 시선이 태호에게 쏠렸다.

#초콜릿복근, #짐승남, #눈감아, #어깨깡패 등등, 수많은 해시태그가 머릿속에 떠올랐지만, 그 어느 것도 그의 모습을 정확히 묘사하진 못했다. 그저 바라보는 것만으로도 속에서 불이 화르르 타오르게 하는 몸매랄까? 아름다운 조각상에 감동이라도 한 것처럼 눈을 떼려고 해도 저절로 눈길이 갔다. 그러나 태호와 시선이 마주치자, 리아는 슬그머니 고개를 돌리고 멀찍이 떨어진 라운지체어로 향했다. 힘 빠지게 수영도 했으니, 이젠 광합성 할 차례라고 자신을 설득하며…….

라운지체어에 수건을 깔고 몸을 엎드린 리아는 그가 있는 반대 방향으로 고개를 돌렸다.

잠시 기분 좋게 따뜻한 햇볕을 즐기는데, 낯선 손길이 등에 느껴졌다. 옆으로 고개를 틀자, 언제 왔는지 옆으로 다가온 태호가 비키니 끈을 풀고 있는 게 보였다.

"뭐 하는 거야?"

놀라 몸을 일으키던 리아는 가슴이 썰렁한 것을 깨닫고 재빨리 엎드렸다. 이미 끈이 반쯤 풀려 아슬아슬하게 벗겨지려고 했기 때문이다.

"태닝 자국 남으니까 벗고 있어."

"나보고 벗고 있으라고?"

"괜찮아. 갑판 위로는 아무도 안 올라오니까. 네 몸 볼 사람 아무도 없어."

이게 지금 말이야? 소야? 볼 사람이 없다니. 그럼 지금 앞에 앉아 계신 분은 사람이 아닌가요? 호랑이인가요?

리아는 황당하다는 듯 노려봤지만, 태호는 그녀가 노려보든 말든 선크림을 손바닥에 펴 발랐다.

"선크림 발라줄게."

손이 살짝 닿기만 했는데도 흠칫 몸이 굳어버렸다.

"됐어, 하지 마."

당황한 리아는 재빨리 팔에 얼굴을 묻었다. 그때 유혹하는 듯 나직한 목소리가 귓속에 흘러들었다.

"이게 뭐 어때서? 부부끼리인데."

부부끼리라고? 그래, 부부끼리라고 한다면 나도 이 정도쯤은 별거 아니거든! 어차피 선크림을 바르긴 발라야 하니까. 강렬한 태양에 화상이라도 입으면 나만 손해지.

결국, 리아는 못 이기는 척 그의 손길에 등을 맡겼다. 하지만 얼마 지나지 않아 후회하고 말았다.

무슨 선크림 하나 발라주는데도 뭐 이렇게 자극적인 거야!

손바닥으로 등 한가운데에 선크림을 퍼 바르더니, 마사지하듯 어깨와 허리를 위아래로 어루만졌다. 강약을 조절하며 자극하는 손길이 너무나 황홀해서 태연한 척하려 해도, 자꾸만 발끝에 힘이 들어갔다.

"……하아."

예민한 부분에 손끝이 다가오나 싶더니 약 올리듯 다른 곳으로 가버리자, 아쉬움에 한숨마저 흘러나왔다. 그러나 리아는 곧 이성을 되찾았다. 아무리 분위기가 로맨틱하다고 줏대 없이 홀라당 넘어가고 그러면 안 되는 거다.

자, 착한 생각, 착한 생각!

"다 됐어."

어깨와 등 전체에 선크림을 바른 태호는 순순히 손을 떼고 물러났다. 이어서 자신도 선크림을 바르고 풍덩, 바닷물에 뛰어들었다. 그 틈을 타, 리아는 등 뒤로 손을 돌려 벗겨진 비키니 상의 끈을 묶었다.

옷매무새를 다듬으며 바다 쪽으로 고개를 돌리자, 유유자적하게 물살을 가르는 태호의 모습이 눈에 들어왔다. 넓은 어깨와 튼튼한 팔로 물살을 가를 때마다 하얀 물보라가 일어났다. 리아는 무릎을 껴안고 앉으며, 말없이 그가 수영하는 모습을 지켜보았다.

오래 사귀었지만, 둘이 함께 수영한 적은 한 번도 없었다. 몰래 하는 연애이니 만날 수 있는 시간과 장소 선정에 걸림돌이 많을 수밖에 없었다. 그래도 그땐 곁에 있는 것만으로도 좋았다. 얼굴을 보는 것만으로도 행복했었다. 그땐 그랬다. 지금은 누군가를 사랑한다는 것 자체가 버겁게 느껴지지만……. 이젠 사랑이 삶의 전부가 아니라는 것을 알게 됐고, 경우에 따라선 목숨 같은 사랑일지라도 포기해야 한다는 것도 배웠다.

생각에 잠긴 리아의 얼굴에 어두운 그림자가 드리웠다.

"몰랐던 때가 좋았는데……."

그때 수영을 마친 태호가 요트로 올라왔다. 뒤숭숭한 마음에 그와 얼굴 맞대기가 껄끄러워진 리아는 그를 피해 물속으로 뛰어들었다.

그 이후에도 될수록 태호를 피했다. 그러나 아무리 요트가 넓다고 한들, 끝까지 그의 시야에서 벗어날 순 없었다. 끝내 선실로 내려가는 계단 앞에서 태호와 부딪쳤다.

"바닷물에 선크림이 씻겼을 거야. 다시 발라줄게."

"괜찮아. 워터프루프니까."

리아는 빠르게 거절하며 그의 곁을 지나쳤다. 다행히 그는 잡지 않았다.

하지만 불행하게도 그의 도움을 뿌리친 결과는 그날 밤, 처참하게 돌아왔다.

"아아아!"

리아의 입에서 고통의 신음이 흘러나왔다. 요트에선 몰랐는데 리조트로 돌아오니, 햇볕에 노출되었던 부분이 슬슬 붉어지며 가렵기 시작했다. 일광 화상 증상은 대부분 3~6시간의 잠복기를 거친다고 하더니, 증상은 시간이 갈수록 더 심해졌다. '그럴 줄 알았어.'라고 한마디 할 줄 알았는데 태호는 묵묵히 거실로 나가 어디론가 전화를 걸었다.

잠시 후, 리조트 직원이 알로에 젤을 들고 나타났다. 나중에 알았는데 일광 화상을 당하는 손님이 자주 있어, 리조트엔 항상 알로에 젤이 준비돼 있단다.

"엎드려."

이번엔 사양할 수 없었다. 팔을 조금만 움직여도 등과 어깨가 동시에 화끈거려 도저히 혼자선 불가능이었다. 리아는 얌전히 침대에 엎드린 다음, 조심조심 상의를 벗었다. 벌거벗은 등이 훤히 드러났지만, 어쩔 수 없었다.

"흐윽."

차가운 젤이 살갗에 닿자, 저절로 신음이 흘러나왔다. 아파서가 아니라, 너무 좋아서. 햇볕에 잘 익은 홍시처럼 빨갛게 익은 주제에 그의 손길이 닿자마자 고통 속에서도 짜릿함을 느끼다니. 어디 감각 세포가 고장 난 게 분명하다.

"많이 아파?"

신음에 그가 바르던 손길을 멈추었다.

"아파. 살살해."

"……후."

그러자 태호는 길게 한숨을 내쉬었다. 이 지경이 될 정도로 버틴 그녀가 한심하다고 느껴졌을까? 그럴 거다. 그녀 자신도 본인이 한심해서 미치겠는데 당연하다.

"난 거실에서 잘게."

알로에 젤을 모두 바르고 몸을 일으키며 그가 말했다.

'No pain, No gain!' 고통이 없으면 얻는 것도 없다는 말처럼, 일광 화상 덕분에 리아는 혼자 원형 침대를 독차지하게 됐다. 영광의 화상이랄까?

"소파에서 자면 불편할 텐데."

그의 키가 워낙 크다 보니 소파에서 자려면 몸을 웅크려야 할 것이다. 자신의 부주의로 생긴 일이라, 리아는 조금은 미안하다는 생각이 들었다.

"괜찮아. 소파 베드니까."

태호는 아무것도 아니라는 듯 어깨를 으쓱거리곤 문 쪽으로 향했다.

응? 소파 베드?

리아는 황당한 눈으로 태호의 뒷모습을 쳐다보았다.

소파 베드라면 소파를 침대로 변환할 수 있다는 거네. 뭐지? 이 사기당한 것 같은 느낌은? 어젯밤도 소파 베드에서 자면 되는 거였잖아!

속았다 생각하니, 방금까지 들었던 미안한 감정이 싹 사라져버렸다.

그날 밤, 리아는 화끈거리는 등을 부여안고 원형 침대에서 홀로 잠을 청했다.

훨씬 편하게 잘 수 있을 것이라고 생각했는데, 이상하게도 뭔가 허전한 게, 도통 잠이 오지 않……. 아니, 그게 아니다. 등이랑 어깨가 너무 화끈거려서 잠이 안 오는 것뿐이다. 난 지금 환자니까! 그런데 왜 화끈거리는 통증보다 허전한 아픔이 더 강하게 느껴지는 걸까? 낯선 타국에서 혼자 아파하려니 외로워서?

태호가 진짜 남편이었다면, 수시로 들여다보며 그녀가 어떤지 살펴보았겠지.

"하아."

리아는 길게 한숨을 내쉬며 몸을 웅크렸다. 속이 허해서 그런지, 어느 순간부터 따끔거리는 통증조차 느껴지지 않았다.

일광 화상은 12~24시간 이내에 가장 증상이 악화한다더니……. 아침이 되자, 화끈거리는 어깨와 등이 어젯밤보다 더 고통스러웠다. 그날 하루, 리아는 침실에서 꼼짝도 할 수 없었다. 다음 날도 크게 나아지진 않았다. 그리고 그다음 날도…….

　식사는 두 사람 모두 룸서비스로 해결했다.

　"계속 객실에만 있으면 이상하게 생각할 거야. 너라도 나가고 싶으면 나가."

　자신은 그렇다 쳐도 태호도 외출하지 않자, 리아는 마음이 불편했다.

　"이상할 거 없어. 오히려 객실에 틀어박혀 있는 게 더 자연스럽지."

　"어째서?"

　리아가 의아한 표정을 짓자, 그는 정말 모르겠냐는 듯 입매를 비틀었다.

　"갓 결혼한 커플이 호텔 룸에서 뭘 하고 싶겠어?"

　순간 리아의 얼굴이 화끈 달아올랐다.

　"다들 신혼부부로서의 본분을 다하고 있다고 생각할 거야."

　태호는 퉁명스럽게 내뱉곤 그대로 침실을 걸어 나갔다.

　#갓결혼한커플, #신혼여행, #호텔룸에짱박힘, #알로에젤, #룸서비스, #불타는신혼 등등, 야한 해시태그가 연달아 리아의 머릿속에 떠올랐다. 이건 누가 봐도 육체적 접촉에 몰두하느라 방에만 처박혀 있다고 오해할 상황이다. 물론 활활 타오르게 뜨거운 건 맞다. 근데 그게 온몸이 아니라 등과 어깨뿐이니까 문제인 것이지. 하지만 누가 어떻게 생

각하든 무슨 상관이랴. 좋아서 죽고 못 사는 사이라고 소문나면 득이 되면 득이 됐지, 나쁠 건 없었다.

결국 두 사람은 로스 카보스를 떠나는 날이 되고 나서야 독채를 나갈 수 있었다. 태호는 소파 베드에서 잔 이후부터 계속해서 굳은 표정이었다. 말로는 괜찮다고 하고선, 아무래도 여행을 망쳐서 불쾌한 것 같았다.

LA 공항에 내려서도 표정을 풀지 않자 리아는 슬슬 걱정되기 시작했다. 로스 카보스에선 두 사람을 알아보는 한국인이 적어서 괜찮았을지 몰라도 LA는 다르다. 혹시라도 서먹한 모습을 누가 휴대폰으로 찍어 SNS에 올린다면 골치 아플 게 뻔했다.

"저기 두 사람."

"와, 신혼여행 여기로 왔나 봐."

아니나 다를까! 벌써 두 사람을 알아본 이들이 수군거리며 힐끔힐끔 쳐다보기 시작했다. 이건 모두 한류 스타 강수미와 스캔들로 뉴스를 도배했던 태호의 탓이다. 한눈에 그를 알아본 이가 한둘이 아니었다.

리아는 앞서 걷는 태호를 따라가며 자연스럽게 그의 팔에 팔짱을 끼었다. 팔짱 정도는 껴야 세간의 입에 오르내리지 않을 테니까. 그녀의 접촉에 놀란 듯 태호가 걸음걸이를 늦추고 그녀에게로 고개를 돌렸다. 리아는 그를 빤히 바라보며 입 모양으로 속삭였다.

'연기해야지. 자, 웃어. 응?'

하지만 그녀의 노력에도 그는 굳은 표정을 풀지 않았다. 아무 반응이 없자 울컥, 짜증이 밀려왔다.

누군 지금 이러고 싶어서 이러는 줄 아나!

원해서 한 결혼은 아니었지만, 서로 합의하고 식을 올렸으니 이젠 그녀도 그와 한배를 탄 셈이었다.

사람이 책임감이 있어야지!

리아는 에라, 모르겠다는 심정으로 태호의 어깨에 얼굴을 기대었다.

"오빠, 천천히 걸을래? 나, 다리 아파."

연애할 때조차 오빠라고 부른 적 없으면서, 코맹맹이 소리를 섞어가며 애교를 부렸다. 순간 얼음 같던 태호의 표정에 균열이 생겼다. 효과가 있자, 리아는 반달 모양으로 눈꼬리를 휘었다.

"오빠, 천천히. 응?"

태호는 믿을 수 없다는 눈으로 리아를 바라보았다.

오빠?

물론 그녀는 연기를 하는 것뿐이다. 그도 그녀의 장단에 맞춰야 하겠지만 쉽지 않았다. 그녀가 옆에 있다는 사실에 손이 제멋대로 움직이려고 했다. 그래서 일부러 거리를 두었다. 억지로 충동을 참다 보니 화난 표정이 되어버렸지만, 어쩔 수 없었다. 그런 그의 속도 모르고 리아는 생전 안 하던 애교를 부렸다. 누이동생인 태희가 '오빠' 하며 애교를 부릴 때와는 전혀 다른 느낌이었다.

유치원 시절, 첫 만남 이후 지금까지 리아는 한 번도 그를 오빠라고 불러준 적 없었다. 처음부터 태호였다. '야, 강태호.' 그녀는 항상 그렇게 불렀다. 와락 껴안고 싶은 충동을 참으려 태호는 어금니를 꽉 깨물었다.

"……얼마나 천천히?"

잠시 어색한 침묵이 흐르고, 꽉 닫혔던 그의 입이 열렸다. 하지만 화난 것 같은 표정은 그대로였다.

끝까지 표정 안 풀지? 좋아. 누가 이기나 보자!

오기가 생긴 리아는 팔짱을 풀고 대신 그의 허리에 팔을 둘렀다. 그 바람에 두 사람의 몸이 좀 더 가까이 밀착되었다. 태호가 힘들게 참고 있는지 전혀 모르는 리아는 아주 적극적으로 다가갔다.

제길!

원래 참고 참다가 터지면 더욱 크게 터지는 법이다. 더는 참을 수 없는 상황에 이르자, 태호는 이성적으로 사태를 파악했다. 기회를 이용해 조금만 선을 넘어보기로 했다. 먼저 연기하자고 다가온 사람은 리아였으니까. 마음을 굳힌 그는 팔을 뻗어 리아의 허리를 끌어당겼다.

"앗."

눈 깜짝할 사이에 단단한 품 안에 갇힌 리아가 놀란 듯 탄성을 질렀다. 연기가 너무 과하잖아! 이렇게까지 할 필요는 없다고 말하려는데 커다란 손이 그녀의 뺨을 감쌌다.

순간 시선이 허공에서 엉겼다. 심상치 않은 눈빛에 리아의 가슴이 덜컥 내려앉았다. 그가 그녀를 향해 천천히 고개를 숙였다. 왜 고개를 숙이는지는 본능적으로 알 수 있었다. 물론 옆으로 고개를 돌려버리면 그만이다. 하지만 무슨 이유에서인지 그럴 수 없었다.

"하아."

간질이듯 부드러운 숨결이 닿는 순간, 입술이 파르르 떨리고. 이윽고 서로를 집어삼키듯 두 입술이 맞물렸다.

아!

심장 박동이 걷잡을 수 없이 빨라지며, 뜨거운 열기가 입 안으로 훅 밀려들었다. 시간상으로 따지면 몇 초도 되지 않는 짧은 입맞춤이었다. 하지만 입술이 얼얼할 정도로 충격을 주었다. 뜨겁고 진하게 내리눌렀던 입술은 제 할 일을 끝내자, 언제 그랬느냐는 듯 곧바로 떨어져

나갔다.

이별 후 처음으로 입술이 닿아서일까, 아니면 입술이 닿으니 감정이 연결된 느낌이 들어서일까.

"하아."

리아는 티 나지 않게 떨리는 호흡을 가다듬었다.

이래서 키스가 위험하다는 거다. 괜히 멀쩡한 사람 마음을 싱숭생숭하게 만들고…… 아니, 마음만 싱숭생숭하면 다행이게. 기억에서 지워버렸던 감각 또한 급속도로 되살아났다.

기억력이란 녀석은 어쩌면 이다지도 재생력이 뛰어난지, 과거에 느꼈던 감각을 한꺼번에 쏟아낸다. 살며시 고개를 기울여 입술을 포개던 모습에서부터 숨 막히게 얽히던 숨결, 한 치의 틈도 주지 않고 파고들던 열기 등등.

마치 서로에게 미쳐 있던 그때로 돌아간 것 같은 느낌이 들자, 다리에 힘이 쭉 빠져버렸다. 주저앉지 않으려면 그의 허리를 꽉 움켜쥐어야 했다. 지금 순간 그녀를 흔들리게 하는 것도 그였고, 지탱해주는 것도 그였다.

한 번 더 확실히 하려는 듯 태호가 또다시 입술을 내렸다. 이번에도 짧게 머물다 곧 물러났다. 그래서 더 애가 탄다. 희롱만 하다 약 올리며 도망가는 것 같아서…….

"사랑해."

입술을 떼며 그가 나지막하게 속삭였다.

뭐?

리아는 잠시 멍한 표정으로 자신의 귀를 의심했다.

사랑한다고?

순간 유리창이 깨지듯 리아의 머릿속에서 커다란 파열음이 일어났다. 동시에 설레던 분위기가 산산이 조각나버렸다.

맞다, 우린 지금 연기하는 중이었지.

태호의 입에서 흘러나온 '사랑해.'라는 말 한마디가 그녀를 현실로 끄집어냈다. 어째서냐고? 둘이 사귀는 동안, 태호는 단 한 번도 그녀에게 사랑한다고 고백한 적 없었으니까.

'너밖에 없어.', '보고 싶다.', '내 곁에만 있어.' 등등 많은 표현 중에서 사랑한다는 말은 없었다. 사랑한다고 말하기가 너무 쑥스러웠을까?

그래도 상관없었다. 말 한마디보단 으스러지게 끌어안아주던 행동에서 사랑을 확신했었다. 그랬었는데…….

지금 그의 입에서 사랑한다는 말이 흘러나왔다. 헤어지고 5년이나 지난 지금에, 법적으로만 남편일 뿐 감정상으론 타인과도 같으면서 그가 그녀에게 사랑한다고 속삭였다.

정말 대단하네, 강태호. 아무리 연기라도 그렇지. 아무렇지 않게 사랑을 속삭이다니.

리아는 기가 막힌 듯 속으로 헛웃음을 삼켰다. 하지만 이해를 못 하는 것도 아니었다. 어쩌면 아예 마음이 없어서 쉽사리 사랑한다는 말이 나오는지도 모르겠다. 세상에 사람 마음처럼 간사한 게 없다더니 그가 그녀에게 마음이 없다는 것을 재차 확인하자, 괜스레 울컥한 감정이 치솟았다.

좋아, 나도 똑같이 대처하면 그만이야.

속은 싸늘하게 식었지만, 리아는 겉으론 태연한 척 연기하며 눈꼬리를 휘었다.

"나도 사랑해, 오빠."

리아가 다시 오빠라고 부르자, 태호는 살며시 미간을 좁혔다. 인상을 쓰며 '야, 강태호!'라고 소리칠 때도 참기 어려웠는데, 눈꼬리를 휘며 애교를 부리면 정말이지 참을 수가 없었다.

연기라는 걸 뻔히 알면서도, 마음이 걷잡을 수 없이 설렌다.

결국, 태호는 팔을 뻗어 숨도 쉬지 못할 만큼 그녀를 강하게 끌어안았다. 그녀는 연기로 받아들였는지 가만히 몸을 맡겼다. 약간 몸을 바르작거리긴 했지만, 그를 밀어내진 않았다.

태호는 한참이 지난 후에야 못내 아쉬운 표정을 지으며 그녀를 품에서 놓아주었다. 하지만 리아의 허리를 끌어안은 손은 거두지 않았다.

다시 비행기에 오를 때까지, 그는 그녀의 허리를 감은 팔에 힘을 풀지 않았다.

쌍둥이인 리아와 민수가 네 살, 형제인 태호와 태문이 각각 다섯 살, 여덟 살이 되던 해. 주씨 집안과 강씨 집안, 양가가 가족처럼 가깝게 자주 왕래하며 지낼 때의 일이다.

선천적으로 허약하게 태어난 민수가 지방 외가댁으로 요양을 하러 가게 되자, 혼자 남은 리아가 걱정된 어른들은 같은 또래인 태호와 어울리게 했다. 하지만 리아는 어려운 말만 늘어놓는 천재 꼬마 태호보단 평범한 소년 태문을 더 좋아했다. 태문도 까다로운 동생 말고 리아와 노는 게 더 편했다. 리아는 얼굴도 예쁜 데다 생글생글 잘 웃고, '오빠, 오빠'라고 따르며 말도 잘 들었으니까.

"오빠아."

"리아야."

그렇게 리아와 태문은 만나기만 하면 우당탕 집 안을 휘젓고 뛰어다 녔다.

"쳇."

혼자 남겨진 태호는 그런 둘을 한심하다는 듯 노려보았다. 특히 리 아를 보는 시선이 곱지 않았다.

태호의 눈에 리아는 툭하면 '꺅' 비명이나 지르고, 조잘조잘 말 많은 시끄러운 아이였다. 그중에서도 가장 마음에 안 드는 건 한 살 어리면 서 자신을 오빠라고 부르지 않는 것이다. 빠른 연생인 리아는 한 살 어려도 태호와 같은 유치원생이어서, 같은 유치원생끼리는 오빠, 동생 이 될 수 없단다. 초등학생이고 자신보다 훨씬 키가 큰 태문만이 오빠 라나? 그런 말 같지 않은 이유를 대다니! 리아는 머리가 나쁜 게 분명 하다고 태호는 생각했다.

유치원에선 서로 태호 옆에 앉겠다고 싸움이 나는데, 리아는 태호를 아예 없는 아이 취급했다. 미적분도 못 풀고 이제 겨우 곱셈과 나눗셈 을 하는 멍청한 형, 태문만 졸졸 따라다녔다. '바보는 바보끼리 어울리 나 보다.' 하고 이해하려고 해도 은근히 괘씸한 건 어쩔 수 없었다.

리아와 태문은 주로 숨바꼭질하며 놀았는데 태호에겐 유치하기 짝 이 없는 놀이였다. 숨어봤자 어차피 집 안이고, 다른 차원으로 사라지 는 것도 아닌, 그저 눈에 안 보이게 숨는 것뿐이니까.

'눈 가리고 아웅'으로 왜 시간을 낭비할까? 그럴 시간이 있으면 책이 라도 1권 더 읽는 게 낫겠다.

태호가 서재에서 책을 읽고 있으면 언제나 리아와 태문 중 한 명이 들어와 급하게 숨을 곳을 찾곤 했다. 하루 이틀도 아니고, 그런 둘이 귀찮은 태호는 테라스로 자리를 피했다. 하지만 그것만 잠시. 테라스로 가버리면 테라스로 쫓아오고, 식당으로 가면 식당으로 따라왔다.

독서를 방해하려고 일부러 심통 부리는 게 분명하다. 혼자 분을 삭이던 태호는 결국, 자신도 두 사람의 숨바꼭질을 훼방 놓기로 마음먹었다.

그날도 여느 때와 같이 리아가 서재로 뛰어들었다. 여기저기 숨을 곳을 찾던 리아는 여의치 않자, 창가의 묵직한 커튼 속으로 몸을 숨겼다. 잠시 후, 술래인 태문이 서재로 들어왔다. 커튼 아래로 리아의 발이 삐죽 튀어나왔는데도 불구하고, 바보 같은 태문은 엉뚱한 곳에서 리아를 찾아 헤맸다.

하여간 멍청해서는…….

태호는 고개를 설레설레 저으며 푹 한숨을 쉬었다.

"형, 잠깐만."

태문이 서재를 그대로 나가버리려 하자, 태호는 소파에서 일어나 창가로 다가갔다.

"얘, 여기 숨었어."

태호가 커튼을 확 걷어버리자, 숨어 있던 리아가 모습을 드러냈다.

"앗!"

화들짝 놀란 리아는 '너 죽을래?' 하는 눈으로 째려보았지만, 태호는 어깨를 으쓱하며 무시해버렸다.

쪼그만 게, 노려보면 어쩔 건데?

"뭘 봐?"

태호를 매섭게 노려보던 리아는 뭐가 그리도 억울한지 주먹을 움켜쥐며 부들부들 떨었다.

"아앙."

그러더니 난데없이 뭐가 그리도 서러운지 울음을 터뜨렸다.

"태호, 너! 리아 울렸어!"

숨은 리아를 찾아줬는데 고맙다는 말은 못 할망정 태문은 어른들께 이른다며 서재를 뛰어나갔다. 태문이 안 보이자, 리아는 더 크게 목 놓아 울었다.

"앙, 아아앙!"

사소한 일에 목숨 거는 성격인가? 왜 이런 걸로 울지?

태호는 닭똥 같은 눈물을 뚝뚝 흘리는 리아가 이해되지 않았다.

세상이 무너진 것도 아니고, 고작 술래에게 들켰다고 울 것까진 없잖아!

하지만 이렇게 놔두면 귀찮아질 게 분명했다. 어른들이 오면 서로 화해하라면서 억지로 손을 잡으라고 하겠지. 태문과 싸울 때도 항상 그랬다. 정말이지 그런 유치한 짓은 하고 싶지 않았다. 특히 이런 울보와는. 그러려면 울음부터 그치게 해야 하는데…….

"울지 마."

"아아아앙!"

울지 말라는 소리에 울음소리는 더욱더 커졌다.

그렇지, 울지 말란 소리에 뚝 그칠 아이면 애초에 울지도 않았겠지.

"야, 이거 너 먹어."

할 수 없이 태호는 아까 어른들이 나눠준 초콜릿을 리아에게 내밀었다. 리아와 태문은 초콜릿을 받자마자 그 자리에서 게 눈 감추듯 해치웠고, 태호는 나중에 먹으려고 남겨두었다.

이빨 썩는다고 하루에 딱 1개만 허락되는 소중한 초콜릿. 태어날 때부터 천재 소리를 들으며 세 살에 한글을 떼고, 네 살에 영어 구사, 다섯 살에 미적분을 푸는 태호라도 아직 아이는 아이였다. 또래처럼 초콜릿은 그 무엇보다 소중했다. 황금 덩어리와 초콜릿 중 하나를 고르라면 당연히 초콜릿을 고를 정도로 말이다. 지금 그 귀중한 걸 이 울보에게 양보한 것이다.

"와아."

초콜릿을 본 리아의 눈이 왕방울만 하게 커졌다.

"대신 울지 마."

그러자 거짓말처럼 눈물이 뚝 그쳤다.

"응. 안 울어."

아직도 눈가엔 눈물이 그렁그렁한 주제에 리아는 활짝 웃으며 초콜릿 바를 손으로 꼬옥 움켜쥐었다.

애는 먹는 거에 약하구나.

뭐가 그리도 좋은지 리아의 통통한 뺨이 발그레 붉어졌다. 그리고 온 세상을 가진 아이처럼 해맑게 웃으며 한 입 먹어보란 소리 없이 야금야금 초콜릿을 갉아 먹기 시작했다.

태호는 다람쥐를 구경하듯 리아가 먹는 모습을 구경했다. 신기했다. 그 순간만큼은 울어서 퉁퉁 부은 눈과 빨개진 얼굴이 귀엽게 보였다.

그다음부터 태호는 자신도 모르게 리아를 힐끔힐끔 훔쳐보게 되었다. 초콜릿을 안 먹고 숨겨두었다가 리아가 오면 손에 슬쩍 쥐여 주기도 했다. 그럴 때마다 리아는 눈꼬리를 휘며 예쁘게 웃었다.

그때부터인 것 같다. 리아가 눈꼬리를 휠 때마다 가슴이 설레며 묘한 기분이 들기 시작한 게…….

하루는 조금 더 큰 초콜릿을 줬다고 좋아하며 팔짝팔짝 뛰더니, 와락 끌어안으며 볼에 뽀뽀까지 날렸다.

그날이 바로, 태어나서 처음으로 태호의 심장이 쿵 소리를 내며 땅에 떨어진 날이었다.

하지만 그때뿐이었다. 초콜릿을 다 먹은 후에도 그대로 태문에게 달려갔다. 오로지 초콜릿을 건네줄 때만 태호를 보며 생글생글 웃었다. 간식을 주면 꼬리를 치고 애교를 부리다, 간식을 끝내면 '왈왈' 짖고 도망가는 댕댕이처럼 말이다.

그러던 어느 날, 깜짝 놀랄 사실을 알게 되었다.

"뭐? 형이랑 리아랑 결혼한다고?"

"응. 우린 정혼한 사이래."

정혼이 무슨 뜻인지도 모르면서 태문은 뻐기듯 대답했다. 수컷의 본능일까? 이거 하나만은 잘난 동생보다 우위를 차지한 것 같아 우쭐한 것 같았다.

"집안끼리 정혼인데 왜 꼭 형이 해야 해?"

"그거야 내가 첫째니까. 내가 첫째니까 회사도 물려받는 거고, 내가 첫째니까 리아랑 결혼도 하는 거야."

그날 태호는 다섯 살이 할 수 있는 모든 나쁜 말을 속으로 외쳤다.

다른 것은 몰라도 리아를 형수로 받아들이는 일은 절대로 일어나선 안 된다!

시간이 흘러 동업이 깨지며 두 집안의 관계가 틀어졌었을 때, 태호는 오히려 회심의 미소를 지었다.

이제 형이랑 리아가 결혼할 일은 없겠구나.

두 집안 사이가 멀어지면 멀어질수록, 리아와 사이가 나빠지면 나빠질수록 마음을 놓을 수 있었다. 적어도 태호에겐 두 집안의 불화가 행운으로 다가왔다.

대학에 들어가고, 리아와 재회하게 될 때까진……

"초콜릿 하나 주면 안 잡아먹지~"

기내에서 깜빡 잠이 들었던 태호는 익숙한 노랫소리에 선잠에서 깨어났다.

이 노래는……?

어릴 적, 리아가 자주 부르던 노래다. 원래는 호랑이가 '떡 하나 주면 안 잡아먹지.' 하고 떡장수 아줌마를 협박하는 구절인데 떡을 싫어한 리아는 자기 마음대로 떡에서 초콜릿으로 개사했다.

리아는 천진난만한 얼굴로 '초콜릿 하나 주면 안 잡아먹지~' 노래를 부르며 태호에게 손을 내밀고는 했었다. 태호의 '호'가 호랑이 '호(虎)'라는 걸 모르는 채……

그렇게 하룻강아지 리아는 호랑이 태호에게서 넙죽 초콜릿을 받아 갔다. 아주 가끔 그의 뺨에 쪽 소리 나게 뽀뽀도 해주면서……

그러나 아쉽게도 리아는 그때 일을 기억하지 못했다.

― 무슨 소리야? 유치원 다닐 때 일을 누가 일일이 기억해.

어릴 적 일이 기억나지 않느냐고 묻는 태호에게 리아가 퉁명스럽게 대답했었다. 물론 그 당시 초등학생이었던 태문조차 드문드문 기억할 뿐 세세한 건 기억하지 못하니, 리아에게만 뭐라 할 건 아니었다. 그래도 서운한 게 사실이다. 어린 그의 뺨에 먼저 뽀뽀해놓고선 하나도 기억하지 못한다니……

옆으로 고개를 돌리자, 노래를 흥얼거리며 초콜릿을 입에 넣는 리아의 모습이 눈에 들어왔다.

초콜릿 냄새 때문일까? 아니면 리아가 오빠라고 불러줘서일까? 방금 태호는 어린 시절 꿈을 꾸었다.

꿈속에서 그녀는 태호가 건네준 초콜릿을 다람쥐처럼 야금야금 갉아 먹었다. 지금은 초콜릿을 입에 넣고 살살 굴려 먹지만. 그래도 그때나 지금이나 눈꼬리를 휘면서 초콜릿을 먹는 건 여전하다. 어쩌면 '하룻강아지 호랑이가 무서운 줄 모른다!'가 아니라, '하룻강아지 호랑이를 마구 홀린다!'가 아닐까?

그저 바라보는 것만으로도 긴장이 풀리며 입매가 부드럽게 휘어졌다. 리아는 모를 것이다. 그녀 앞에서 무장 해제되는 자신을 다잡기 위해, 일부러 더 차갑게, 더 매섭게 바라봐야 했다는 사실을.

리아는 태호가 자신을 빤히 바라본다는 걸 모른 채, 초콜릿을 오물거리며 휴대폰을 들여다보았다. 어려선 그렇게나 초콜릿을 좋아하더니, 나이 들어선 초콜릿 먹는 모습을 자주 볼 수 없었다. 세상이 달콤하기보다는 씁쓸하다는 것을 깨달아서일까?

지금도 그렇다. 입 안에 달콤한 초콜릿이 한가득이면서 그녀의 얼굴이 쓴 약을 삼키기라도 한 것처럼 일그러졌다.

"왜 그래?"

태호가 묻자, 리아는 찡그린 얼굴로 휴대폰을 내밀었다.

"이것 좀 봐!"

리아가 내민 휴대폰 화면에는 '뜨거운 신혼여행'이라는 태그와 함께 두 사람이 키스하는 사진이 담겨 있었다. 모자이크 처리되어 있었지만, 영락없이 두 사람이었다. 누가 개인 SNS이나 커뮤니티 사이트에 올린 사진이 순식간에 퍼져나간 모양이다. 공항 안에서 서로 부둥켜안고 키스하는 사진 아래엔 친절하게 모그룹 차남과 J식품 차녀라는 설명까지 적혀 있었다.

얼마 전, '치열한 경쟁 속에서 피어난 로미오와 줄리엣, 세기의 사랑'이란 제목으로 기사까지 올랐으니, 대부분 손쉽게 두 사람이라는 걸 알아볼 것이다. 한껏 짜증 난 표정인 리아와 달리, 태호는 피식 입매를 비틀었다.

"잘됐네."

"잘되긴 뭐가 잘돼?"

태호의 담담한 반응에 리아의 목소리가 저절로 날카로워졌다. 불화설에 휩싸이는 걸 막으려 한 것뿐이지, 이렇게 영화의 한 장면처럼 키스하는 사진이 온라인에 도배되길 원한 건 아니었다.

이럴 줄 알았어. 연기가 너무 과했다니까!

그녀와는 반대로 태호는 오히려 상황을 즐기는 표정이었다.

"내일 주원식품이랑 KJ, 주식 좀 오르겠네."

"뭐?"

리아는 기가 막힌다는 듯 입을 벌렸다.

무슨 얘기만 나왔다 하면 사업과 연관을 짓는 거야! 아무리 사업상의 이유로 결혼한 거라지만, 너무 심한 거 아닌가?

하지만 사람들 눈이 있으니 뭐라고 쏘아붙일 수도 없고, 가만히 있으려니 속이 부글부글 끓어올랐다.

"⋯⋯곰곰이 생각해봤는데."

리아가 흘겨보든 말든 태호는 그녀 쪽으로 가만히 얼굴을 기울였다.

"이제부터 공공장소에선 '오빠'라고 불러."

그녀만 들을 수는 있게 귓속말로 속삭였다. 일등석 승객이라곤 두 사람 외에 맨 끝 좌석에 앉은 외국인 한 명밖에 없었지만, 혹시라도 누가 들을까 싶어 조심스러웠다.

이번엔 리아가 그에게 얼굴을 기울였다. 귓속말을 나누는 모습이 멀리서 보기엔 사랑을 속삭이는 연인 같았다. 내용은 전혀 그게 아니지만······.

"다짜고짜 그게 무슨 말이야?"

"'오빠'라는 호칭이 좀 더 자연스럽고 진짜 같으니까. '여보'라고 부르긴 좀 그렇지 않나?"

이건 뭐 또 수작인가라는 생각이 들었지만, 부부로서 호칭을 정리하긴 해야 했다. 지금처럼 '야, 강태호!'라고 부를 순 없고, '여보'라고 부르려니, 한 20년 같이 산 부부처럼 느껴졌다.

47분 먼저 태어났다고 오빠가 된 민수와 달리, 태호는 그녀보다 6개월은 먼저 태어났으니까 오빠라고 부르지 못할 이유는 없었다. 사실 '오빠'라는 호칭이 제일 만만하기도 하고.

"그래, 오빠."

'오빠'는 마법의 단어라더니, 맞는 모양이다. 그녀가 오빠라고 불러주자 태호의 입꼬리가 한껏 휘어졌다.

흥, 오빠라는 소리가 그렇게 좋나?

"내가 오빠라고 불러주면 넌 날 뭐라고 부를 건데?"

그녀는 오빠라고 부르면서 그는 계속해서 '리아'라고 부른다면 뭔가 밑지는 기분이 들었다. 하지만 그렇다고 '누나'라고 부를 순 없잖아!

"글쎄······. 뭐라고 부를까?"

진지하게 고민하는 듯 태호가 옆으로 고개를 기울였다.

"······'자기'야? '베이비'?"

못 들을 걸 들은 사람처럼 리아의 두 눈이 동그랗게 커졌다.

"됐어. 그냥 이름 불러."

리아는 퉁명스럽게 대답하며 기울였던 몸을 빠르게 일으켰다. 그리고 이제 대화는 그만이라는 표시로 헤드폰을 쓰고, 음악을 틀었다.

아으, 자기라니, 베이비라니!

무시무시하게 낯간지러운 호칭에 오소소 닭살이 돋는다. 그런데 한편으론 소름 돋는 그 느낌이 묘하게도 좋았다. 일종의 일광 화상 후유증인가? 리아는 감각 기관에 이상이 생긴 게 분명하다고 생각하며 눈을 감아버렸다.

Baby, baby, baby, you're my baby~

시끄러운 음악 소리가 헤드폰에서 흘러나왔다.

Chapter 4

그날 밤을 어찌 잊으랴

인천 공항에서 두 사람을 픽업한 남 비서는 곧장 한남동 방향으로 차를 몰았다.

"지금 어디 가는 거야?"

당연히 신혼집으로 간다고 생각했는데 차가 신혼집을 지나치자, 리아가 의아한 얼굴로 물었다.

"첫 일주일은 본가에서 지내야 해."

태블릿 화면에 시선을 고정한 채, 태호가 짧게 말했다.

"그런 말 없었잖아."

"물어봤다면 얘기해줬겠지."

신혼여행지도 물어보지 않을 정도였으니, 신혼여행 후의 일정 역시 전혀 관심이 없던 건 사실이다. 그래도 신혼집 아니면 청담동 친정으로 갈 줄 알았지, 곧장 시댁으로 갈 줄이야.

강씨 집안엔 결혼하면 적어도 본가에서 5년은 살아야 한다는 전통이 있었다. 하지만 무슨 이유에서인지 강 회장은 집안 전통을 깨고 두 사람에게 분가를 허락했다.

그러니까 이 정도쯤은 감수해야 한다는 건가? 한마디로 일주일 동안 짧은 시집살이 체험을 하라고?

잠시 뽀로통했던 리아는 곧 생각을 바꾸었다.

고작 일주일인데, 뭐.

후계자 경쟁에서 우위를 차지하려면 이 정도쯤은 감수해야 한다. 하지만 그녀가 넓은 아량으로 받아준다는 사실을 알릴 필요는 있었다. 리아는 거들먹거리는 태도로 말을 꺼냈다.

"나니까 오케이 하는 거야. 원래는 신혼여행 다녀오면 친정부터 가는 거라고. 시댁이 아니라."

"빈집에 가서 뭐 하려고? 장인어른 지금 동남아 출장 중이시잖아. 장모님은 자선 행사로 제주도 가셨고."

의외였다. 그가 그녀 가족의 일정을 훤히 꿰고 있을 줄은 몰랐다. 결혼했다고 따로 챙기는 걸까? 아니면 경쟁 상대의 동향을 샅샅이 파악하고 있어서일까?

리아에게서 아무런 말이 돌아오지 않자, 그제야 그가 태블릿에서 시선을 떼고 고개를 들었다.

"청담동은 장인어른 출장에서 돌아오시면 가도록 해."

"그래."

리아는 짧게 대답하고 창밖으로 시선을 돌렸다. 그의 입에서 흘러나오는 장인어른, 장모님이란 호칭이 영 적응이 안 된다. 솔직히 결혼식은 올렸지만, 아무런 느낌이 없긴 했다. 시댁도 시댁 같지 않고, 친정도 친정 같지 않았다.

시작부터 그랬다. 양가가 한자리에 모이는 상견례부터 상견례 같지 않게 진행되었으니까. 식사도 없이 차 한 잔 앞에 놓고 끝났다. 아무리 조부 뜻에 따라 사돈을 맺기로 했다지만, 깊은 앙금의 골이 메워진 건 아니라서 강 회장과 주 회장은 멀뚱멀뚱 서로를 쳐다보기만 했었다.

— 흐흠.

— 허험.

서로 헛기침을 주고받고 끝이었다. 대학 선후배 사이로 예전부터 알고 지내던 정숙희 여사와 민성은 여사만 형식적으로 결혼식 준비에 관해 대화를 나누었다. 하지만 두 사람 역시 썩 좋은 표정은 아니었다. 긴 세월 경쟁하며 살았는데, 어제의 적이 오늘의 사돈으로 한순간에 바뀔까 싶다. 그게 쉬었으면 예전에 정치판으로 뛰어들었겠지.

"왔구나."

"어서 와라."

역시나 오늘도 리아를 맞이하는 강 회장과 정 여사는 그리 반가워하는 얼굴이 아니었다. 그건 장남인 태문도 마찬가지였다. 예의상 미소는 지었지만, 거리감이 느껴졌다. 그녀가 어렸을 때 강 회장의 집에 자주 놀러 오곤 했었다고 들었다. 그러나 초등학교 전의 일이라 잘 기억나지 않았다. 그때는 지금과 달리 따뜻하게 대해주셨을까?

긴장하지 않으려고 해도, 은근히 긴장되는 건 어쩔 수 없었다. 말로만 듣던 시월드가 이런 느낌이구나. 뭔가 서늘하면서도 어색하고, 어딘지 모르게 압박받는 느낌이랄까.

"모두 시장하시죠? 저녁 준비가 다 됐어요."

주방에서 나온 태문의 아내 소정만이 진심으로 기쁘게 두 사람을 맞이했다. 소정은 며느리끼리 서로 아군이라는 것처럼 리아를 보며 환하게 웃었다.

"그래, 우선 식사부터 하자꾸나."

정 여사의 제안으로 온 가족이 저녁 식탁에 모였다. 아침 일찍 도서관에 갔다는 막내 태희만 나타나지 않았다.

"태희는 어디 가고요?"

태호가 태희를 찾자, 정 여사가 변명에 나섰다.

"태희가 요즘 공부하는 재미에 시간 가는 줄 모르나 보다."

"공부 재미가 아니라, 노는 재미겠죠."

태호의 비아냥거림에 정 여사는 어색한 미소를 떠올렸다. 휴대폰을 꺼놓았는지 전화도 받지 않고 문자도 확인 안 하는 걸 보면, 태호의 말 대로 노느라 정신없는 게 분명하긴 한데. 이럴 줄 알았으면 비서라도 딸려 보낼 것을. 그래도 새 식구인 리아 앞에서 막내딸을 흠잡고 싶진 않은 정 여사는 서둘러 말머리를 돌렸다.

"어찌 됐든 이제 두 사람, 부부가 되었으니 과거는 잊고 한 가족으로 거듭났으면 한다. 음식 식기 전에 어서 먹자꾸나."

정 여사의 덕담에 리아는 씁쓸하게 웃었다. 내용은 그럴싸하지만, 그저 말뿐이니까. 그렇지 않다면 그녀와 눈도 마주치지 않고 말할 리 가 없었다. 그렇다고 마음이 상한 건 아니었다. 애초부터 기대한 것도 없었다. 드러내고 싶은 티만 내보이지 않아도 다행이라 여겼다. 강 회 장은 짧은 덕담조차 없이 묵묵히 수저를 들었다.

어색하고 불편한 식사가 시작되었다. 말 한마디 없이 모두 침묵 속에 서 음식을 입으로 가져갔다. 이런저런 대화를 나누며 즐겁게 식사하 는 리아의 가족과는 정반대였다. 최고급 만찬이 놓여 있으면 뭐 하나? 음식이 코로 들어가는지 입으로 들어가는지 모르겠다.

이런 분위기에서 어떻게 매일 밥을 먹지?

리아가 막 음식을 한입 삼키려고 할 때였다. 그때까지 잠자코 있던 강 회장이 입을 열었다.

"집안 전통을 깨고 분가를 허락한 이유, 알고 있을 거다."

네에? 분가에 이유가 있었다고요?

금시초문인 리아는 커다란 눈을 깜빡거리며 강 회장을 바라보았다.

"아들이든 딸이든 상관하지 않으마. 어서 낳기만 해라. 그러면 부부간에 없던 애정도 생길 테니까. 아이만 태어나면 KJ푸드를 그룹에서 독립시켜, 너희 2세에게 물려주마."

이게 도대체 무슨 소리야?

강 회장의 핵폭탄급 발언에 리아는 한겨울 처마 밑의 고드름처럼 뻣뻣하게 얼어버렸다.

갑자기 아이라니! 우리 결혼에 그런 계획은 없었잖아!

리아는 황급히 옆에 앉은 태호에게 시선을 돌렸다. 그녀만큼 놀랐을 것이라고 생각했는데, 전혀 아니었다. 그는 태연한 표정으로 대답했다.

"네, 그럴게요. 아버지."

어? 그럴게요? 뭐가 그럴게요야!

"우리 계획에 아이 갖는 건 없었잖아."

두 사람만 있게 되자, 리아는 흥분한 목소리로 말을 꺼냈다.

저녁 식사가 끝나고 리아와 태호는 태호의 침실로 자리를 옮겼다. 상황이 어떻게 돌아가는 건지, 서로 심각하게 논의할 필요가 있었다.

"분가를 허락한 이유, 왜 내게 말해주지 않았어?"

"왜? 이유 알았으면 분가 안 했을 거야?"

음, 그건 아니다. 분가는 해야지. 오늘처럼 식사했다간, 소화 불량으로 제명대로 못 살 거다.

그래도 분가 조건이 빨리 아이를 낳는 것이었다니! 마른하늘에 벼락이 수천 번 내리쳐도 이렇게까진 놀라지 않겠다.

"회장님, 우리 2세에게 회사 물려줄 생각, 언제부터 하신 거야? 넌 알고 있었어?"

태호는 대답 대신 옆으로 고개를 기울였다. 그렇다, 그렇지 않다는 것도 아닌 모호한 태도였다.

"내가 알았든 아니든, 상관있나?"

"야, 강태호!"

물론 태호는 처음부터 알고 있었다. 정확하게는 그의 머릿속에서 나온 생각이니까. 태호는 정혼 이야기를 꺼내며 넌지시 강 회장에게 두 사람의 아이에게 KJ푸드를 물려주는 게 어떻겠냐고 물었다.

그렇게만 된다면 강 회장 세대에선 쪼개진 ㈜정직이 손주 세대에서 다시 제자리를 찾게 되는 거니까. 정혼에는 시큰둥한 반응을 보였던 강 회장은 손주 이야기에는 흥미를 보였다.

그러나 진실을 알 리가 없는 리아는 곤혹스러운 얼굴로 아랫입술을 깨물었다. 어째, 그녀가 예상했던 결혼 생활과는 다르게 시작부터 삐걱거렸다.

감정 같은 것, 완벽히 정리하고 이젠 희미한 흔적만 남을 줄 알았는데……. 미련인지, 아쉬움인지 자꾸만 태호에게 끌려가는 것 같아 불안했다. 그런데 이젠 거기에 한술 더 떠서 아이 문제라니! 아까 분위기로 봐선 당장 올해 안에 임신하라고 요구하는 것 같았다.

장남인 태문은 결혼한 지 2년이 지났지만, 아직 2세 소식이 없다. 그래서 이젠 차남인 태호에게 부담을 주는 걸까? 끝내 리아와 태호 사이에 아이가 생기지 않는다면 강 회장은 어떻게 나올까?

리아는 빠르게 머리를 회전시키며 경우의 수를 구했다.

"5년 후, 네가 경영권을 차지하면 그때 KJ푸드를 넘겨받기로 하고 결혼에 동의한 거야. 그런데 회장님은 우리 2세에게 물려줄 생각이시라며. 자칫 잘못했다간 계획에 차질이 생길지도 몰라."

"어차피 아버진 5년 후면 은퇴하셔. KJ푸드 인수 건은 그 후에 내가 처리하면 돼."

그 말은 즉 5년 동안 아이를 낳지 않고 버텨야 한다는 소리다. 이름뿐인 정략결혼이라 시부모가 손주를 볼 마음이 없다면 몰라도, 저렇게 대놓고 어서 낳기부터 하라는데 그게 과연 가능할까?

"5년 동안, 우리 사이에 아이가 없으면…… 그때 회장님이 어떻게 나오실지 생각해봤어? 태문 오빠가 우리보다 먼저 아이라도 낳아봐. 경영권이 그쪽으로 넘어갈 수도 있다고."

리아의 진지한 반응이 재미있다는 듯 태호가 피식 웃었다.

"그럴까? 거기까진 생각하지 못했네."

"너 지금 이 상황에서 웃음이 나와?"

웃지 말라는 데도 태호의 입꼬리는 아까보다 더 위로 말려 올라갔다. 강 건너 불구경이 아니라, 마치 이 상황을 즐기는 것처럼 보였다.

"우리 이제 막 결혼했어. 2세 계획은 천천히 해도 돼."

"뭐?"

천천히 하긴 뭘 천천히 해! 우린 애초에 그런 계획이 없었다고!

너무 기가 막힌 나머지 말문이 막힌 리아는 털썩 창가에 놓인 침대에 주저앉았다. 그러자 태호는 그녀 옆에 따라서 앉으며 달래듯 말을 이었다.

"걱정하지 마. 아버진 능력 있는 사람에게 경영권을 물려주실 거니까."

과연 그럴까? 그렇겠지? KJ그룹이 구멍가게도 아니고, 자식이 있고 없고 하는 문제로 후계자 문제를 처리하진 않겠지? 그건 오로지 '막장 드라마'에나 나오는 단골 소재일 것이라고 믿고 싶었다.

리아가 조금은 흥분을 가라앉힌 것처럼 보이자, 태호는 천천히 셔츠 단추를 풀기 시작했다. 단추가 모두 열리고 그가 셔츠를 벗으려고 하자 리아는 화들짝 놀라며 침대에서 일어섰다.

"뭐 하는 거야, 지금?"

벌어진 셔츠 사이로 드러난 맨살에 리아는 저도 모르게 마른침을 삼켰다. 이젠 자주 벗은 몸을 봐서 적응이 될 법도 한데, 아직도 볼 때마다 가슴이 뛰었다.

"자려면 옷 갈아입어야지."

태호는 태연한 얼굴로 리아를 마주 보며 침대에서 일어났다.

"여기서?"

"그럼 내 방에서 갈아입지. 어디서 갈아입어?"

아, 맞다. 여긴 그의 침실이었다.

그제야 리아의 눈에 방금 자신이 앉았던 싱글 베드가 들어왔다. 키 큰 사람을 위해 제작된 싱글 베드라 길이는 제법 길었지만, 폭은 한 사람이 넉넉하게 누울 정도밖에 되지 않았다.

일주일간 여기서 머물러야 하는데, 이 좁은 침대에서 함께 자는 건 아니겠지?

리아는 서둘러 방 안을 둘러보다, 가죽 소파를 발견하고 손으로 가리켰다.

"저거 소파 베드지."

"아니, 그냥 소파."

아이 씨, 정말!

리아는 속으로 소리를 지르며 인상을 찌푸렸다.

신혼여행에서부터 왜 침대가 말썽인 거야!

태호는 어쩔 줄 모르는 리아를 뒤로한 채, 셔츠를 벗으며 드레스 룸으로 향했다. 리아는 매끈한 근육으로 뒤덮인 남자다운 등을 바라보며 빠르게 말했다.

"난 오늘 소파에서 잘게."

"소파에서 자면 허리 아플 텐데?"

괜찮아. 내가 그냥 허리 아프고 만다!

잠옷으로 갈아입고 온 태호는 안절부절못하는 그녀를 재미있다는 눈으로 바라보았다.

"그 겁먹은 표정은 뭐지?"

리아는 아무 대꾸도 못 하고 아랫입술을 깨물었다.

이번엔 겁먹었다. 침대가 좁아도 너무 좁거든.

"큭."

그때 갑자기 태호의 입에서 짧은 웃음이 터져 나왔다.

"게스트룸 준비해놨어. 우리 거기서 지낼 거야."

……어?

태호의 말에 리아는 잠시 멍한 표정을 지었다.

"짐 모두 옮겨놨을 테니까, 잠옷은 거기서 갈아입으면 돼."

말을 마친 태호가 유유자적한 걸음으로 침실을 걸어 나가고, 그제야 상황을 파악한 리아는 뚱한 얼굴로 돌아보았다.

뭐지? 또 속은 것 같은 이 기분은!

리아는 이를 바득바득 갈며 멀어지는 태호의 뒷모습을 노려보았다.

두고 보자, 강태호!

자정이 넘은 시각.

리아는 어두운 천장을 바라보며 천천히 눈을 깜박거렸다.

꼬르륵―.

아까부터 계속해서 배 속에서 불쌍한 신호를 보냈다. 핵폭탄급 발언 탓에 저녁을 먹는 둥 마는 둥 했더니 배고파서 잠을 잘 수 없었다.

이럴 줄 알았으면 억지로라도 좀 먹을걸……. 도저히 안 되겠다. 뭐라도 먹어야지.

결국, 리아는 태호가 깨지 않게 조심하며 침대를 빠져나왔다. 소리 나지 않게 하려고 슬리퍼도 벗은 채, 맨발로 살금살금 아래층으로 내려갔다.

주방은 쉽게 찾았지만, 전등 스위치가 어디에 있는지 찾을 수 없었다. 하지만 불을 켜지 않아도 가전제품에서 나오는 불빛 덕분에 충분히 사물을 구분할 수 있었다. 리아는 불 켜는 것을 포기하고 조심스럽게 냉장고로 다가갔다.

"어?"

냉장고 문을 연 리아의 눈이 휘둥그레졌다. 냉장고 안은 텅 빈 상태였다. 음식은 고사하고 된장, 고추장, 드레싱 종류도 보이지 않았다.

아니, 무슨 재벌 집 냉장고에 달랑 생수병이랑 우유밖에 없는 거야! 재벌도 그냥 재벌이 아니라, 식품 회사까지 가진 재벌이면서!

'음식 냉장고는 또 따로 있나?'라는 생각에 주위를 둘러보았지만, 어두워서 어디부터가 캐비닛이고, 어디까지가 벽인지, 그리고 뭐가 냉장고인지 구별이 쉽지 않았다.

할 수 없이 우유나 데워 먹기로 했다. 막 전자레인지에서 유리컵을 꺼내려는데 뒤에서 부스럭 소리가 들렸다.

이런 집에 쥐새끼가 들락거릴 리는 없고. 뭐지?

전자레인지에서 컵을 꺼낸 리아는 소리가 나는 쪽으로 시선을 돌렸다. 그때 시꺼먼 형체가 눈앞을 휙 지나갔다.

"헉!"

깜짝 놀란 리아가 소리를 내자, 시꺼먼 형체에게서 커다란 비명이 흘러나왔다.

"꺄아아악!"

쩌렁쩌렁한 소리에 리아는 저도 모르게 들고 있던 유리컵을 떨어뜨렸다. 퍽, 소리가 나며 컵이 깨지고 유리 파편이 대리석 바닥에 흩어졌다. 동시에 뜨거운 우유가 슬리퍼를 신지 않은 맨발 위에 쏟아졌다.

"……아."

날카로운 통증에 리아는 저도 모르게 신음을 내뱉었다. 하지만 주위가 온통 날카로운 유리 파편이라 조금이라도 꼼짝도 할 수 없었다.

"무슨 일이니?"

그때 정 여사의 목소리가 들리며 컴컴한 주방이 순식간에 훤해졌다. 불이 들어오자, 시커먼 형체가 정체를 드러냈다. 그건 바로 태희였다. 그녀는 식겁한 얼굴을 하고 얼음 땡 자세로 앞에 서 있었다.

"태희야?"

"엄마!"

태희는 구세주를 만난 것처럼 쪼르르 정 여사에게 달려가 안겼다.

"집안사람 깨지 않게 몰래 차고 통해서 들어왔는데, 주방에 누가 있잖아. 나, 너무 놀랐어!"

"어머, 이런. 많이 놀랐니?"

정 여사는 안쓰러워하는 얼굴로 태희의 등을 토닥거렸다. 리아는 제자리에 우두커니 선 채, 부둥켜안은 모녀를 바라보았다. 두 사람 모두 리아에게 전혀 관심을 주지 않았다. 조금만 신경 쓴다면 유리 파편 때문에 꼼짝달싹 못 하고 있다는 걸 알 수 있을 텐데…….

'아, 나는 지금 시월드에 와 있구나.' 하는 현실을 깨닫자 허탈한 웃음이 흘러나왔다.

마음 같아선 '지금 너무들 하신 거 아니에요? 저, 다쳤다고요!'라고 소리치고 싶었다. 하지만 오늘은 시댁 입성 첫날이니 조금만 참아보기로 했다. 경기로 치자면 탐색전이랄까? 우선은 시댁 식구들의 성향부터 제대로 파악해야 하니까.

"……아."

다시금 찌릿한 통증이 느껴지자, 리아는 고개를 숙여 아래를 내려다보았다. 유리 파편이 튀면서 발을 벤 모양인지 피가 흐르고 있었다. 하얀 우유에 피가 번져 분홍색이 된 모습이 모르는 사람이 보면 딸기 우유를 쏟은 줄 알 정도였다.

"리아야, 괜찮아?"

그녀를 부르는 소리에 리아는 고개를 들었다. 언제 왔는지 태호가 주방 입구에 서 있었다. 그는 한 번에 상황을 파악한 듯 인상을 찌푸렸다.

"다쳤어?"

"어, 조금……."

"움직이지 마."

움찔거리며 뒤로 물러서려는 리아를 황급히 말리며 태호가 성큼성큼 다가왔다. 그가 걸음을 옮길 때마다 슬리퍼 아래로 유리 파편이 파삭, 으스러졌다.

이윽고 리아의 앞으로 다가온 태호는 손을 뻗어 단번에 그녀를 번쩍 안아 올렸다. 당황한 그녀는 저도 모르게 그의 목을 끌어안았다. 마치 백마 탄 왕자님에게 구원받는 것 같은 느낌이 들었다. 따뜻한 체온이 온몸을 감싸고, 시원한 향이 코끝에 맴돌았다. 왠지 모르게 울컥 감정이 솟구치려 하자, 리아는 가만히 숨을 들이마셨다.

"어머니, 리아 다친 건 안 보입니까?"

리아를 안아 올린 태호는 싸늘하게 정 여사를 바라보았다.

"어…… 그랬니? 몰랐구나."

태호의 지적에 정 여사는 유리 파편이 흐트러진 바닥으로 시선을 돌렸다. 이어서 하얀 우유에 섞인 피를 발견하곤 비위가 상한 듯 눈살을 찌푸렸다.

"이런, 조심하지 않고선. 어쩌다가 컵을 깨뜨렸니?"

얼핏 듣기엔 걱정해주는 것 같지만, 사실은 리아의 잘못이라는 말투였다.

와, 다들 시월드, 시월드 하더니 이런 게 정말 시월드구나!

리아는 대답할 생각을 잊고, 가만히 정 여사의 얼굴을 바라보았다. 전혀 걱정하지 않는 표정이었다. 그녀 집에서 이런 일이 일어났다면 민 여사부터 시작해 주 회장, 민수까지 달려와 '리아야, 괜찮아? 많이 아파?' 하며 호들갑을 떨었을 것이다. 그런데 여기선 걱정은커녕 시큰둥한 반응이었다.

남의 집 귀한 딸, 며느리 되었다고 다운그레이드된 건가? 하아, 괜히 서러워지려고 하네.

그렇다고 입 다물고만 있을 리아가 아니다. 뭐라고 한마디 하려는데 태호가 먼저 입을 열었다.

"쥐새끼처럼 몰래 숨어들어온 누구 때문에 놀라서 그랬겠죠."

맞아, 갑자기 나타난 시커먼 형체.

리아의 시선이 태희에게 옮겨갔다. 태희는 원망의 화살이 자신을 겨누자, 놀란 얼굴로 재빨리 정 여사 뒤로 몸을 숨겼다. 그리고 살려달라는 듯 정 여사의 옷자락을 잡아당겼다.

그녀가 가족 중 제일 무서워하는 건, 강 회장도 정 여사도 아닌 작은오빠 강태호였다.

그가 신혼여행에서 돌아온 줄도 모르고 새벽까지 술 마시고 놀았는데……. 들키면 끝장이다!

정 여사는 걱정하지 말라는 듯 태희의 등을 다독거리더니 태호를 향해 엄한 표정을 지었다.

"태호야, 도서관에서 밤늦게까지 공부하다 온 동생에게 그게 무슨 말이니?"

"요샌 도서관에 술 반입이 되나 보죠?"

정 여사는 그제야 태희에게서 풍기는 술 냄새를 알아채고 살며시 미간을 찌푸렸다.

계집애. 작작 좀 마시지.

이래 가지곤 태희를 감싸고돌 수 없었다. 그래도 정 여사는 엄마가 지켜주겠다는 듯 태희를 두 팔로 꽉 끌어안았다.

태호는 그런 모녀를 차갑게 바라보다, 그대로 지나쳐 주방을 걸어 나갔다. 바들바들 떠는 와중에도 태희는 리아를 안고 걸어가는 태호를 의아한 표정으로 바라보았다.

엊그제까지만 해도 앙숙이던 두 사람이었는데……. 신혼여행에서 갑자기 사이좋아졌을 리는 없고. 뭐지?

"엄마, 오빠 왜 저래?"

"글쎄, 왜 저런다니?"

정 여사도 믿을 수 없다는 얼굴로 태호의 뒷모습을 바라보았다.

게스트룸으로 돌아온 태호는 리아를 침대에 앉히고, 구급상자를 가져왔다. 다행히도 깊게 베인 건 아닌지, 피는 어느새 멎어 있었다. 그는 잠자코 소독약으로 상처 부위를 닦아냈다.

"살짝 스치기만 한 거야."

"가만히 있어."

소독을 끝낸 태호가 붕대를 감으려 하자, 리아는 발을 뒤로 뺐다. 그러자 태호는 꼼짝 못 하게 그녀의 발목을 잡았다.

"아래층엔 왜 내려간 거야?"

"아, 그게……."

배고파서 내려갔다고는 절대로 말 못 한다.

"……그냥 잠이 안 와서. 따뜻한 우유를 마시면 좀 나을까 해서 내려갔었어. 그런데……."

충분한 대답이 되었는지 태호는 고개를 숙이고 붕대를 마저 감았다.

"아프지 마."

혼잣말하듯이 그가 낮게 속삭였다. 제대로 못 들은 리아가 눈을 깜빡거리자 다시 한번, 이번엔 힘을 주어 말했다.

"제발, 아프지 말라고. 화상 나은 지 얼마나 됐다고……."

그가 걱정하는 듯한 눈으로 리아를 바라보았다. 결혼하기로 한 이후부터 때때로 부드러운 태도를 보인 적은 있었지만, 지금처럼 진지하게 나온 적은 없었다.

왜 마음 써주는 거지? 시댁에 있다고 편들어주는 걸까?

그녀가 아는 강태호는 약자에겐 약하고 강자에겐 강한 남자였다. 시댁에서만큼은 그녀가 약자일 테니, 조금이나마 배려하는 걸까? 아니면 이것도 연기일까?

"알았어. 조심할게."

결론을 내릴 수 없었던 리아는 대충 이쯤에서 대화를 정리하기로 했다. 오늘은 확실히 그가 그녀를 위기에서 구해줬으니, 기분 좋게 끝을 마무리하고 싶었다.

"내 말은 그게 아니라……. 아니야, 됐다."

뭔가 할 말이 있는 듯 망설이던 태호는 그대로 몸을 일으켜 방을 나갔다. 그리고 얼마 후, 버섯 크림수프가 담긴 그릇을 들고 돌아왔다.

"우유 대신 이거라도 먹어. 잠 안 올 때 좋아."

고소한 냄새를 맡자 저절로 군침이 돌았다. 맛은 더 감동이었다. 한 입 먹자마자, 진한 버섯 향과 고소한 크림 맛이 입 안 가득히 번졌다.

이것도 저번처럼 KJ 제품인가? 정말로 사람을 감동하게 하는 맛이었다. 경쟁 회사 제품이지만, 인정할 건 인정하자.

"맛있네. 고마워."

"그래."

태호는 짧게 고개를 끄덕거리고는 침대로 올라갔다. 그리고 리아에게 등을 돌린 채로 몸을 뉘었다. 널찍한 등이 눈에 들어오자, 그녀는 예전 기억을 떠올렸다. 먼저 잠든 그를 뒤에서 끌어안으며 넓은 어깨에 얼굴을 비비곤 했었는데. 그러면 그는 잠결에 뒤돌아 누우며 그녀를 품에 안아주곤 했었다.

지금은 물론 그럴 수 없다. 그런데도 리아는 그를 바라보는 것을 멈출 수 없었다. 바라만 봐도 가슴이 설렜다. 리아는 그런 자신에게 짜증이 났다.

하아, 이 바보야. 결혼한 지 얼마 됐다고, 벌써 경계가 허물어지려고 하다니. 정신 차리자, 주리아! 앞으로 5년이야. 5년을 버텨야 한다고.

리아는 다시금 마음을 다잡으며, 될수록 태호에게서 멀리 떨어지게 노력하며 침대 가장자리에 몸을 눕혔다.

다음 날, 느지막한 시간에 일어난 리아는 테라스에 나가서 아침을 먹었다. 어제는 두 사람이 신혼여행에서 돌아온 직후라 온 가족이 함께 식사했지만, 평소엔 다 따로따로 식사한단다.

태호는 출근하는지 아침 일찍 집을 나섰다. 리아는 휴가가 아직 며칠 더 남아서 다음 주에야 회사로 출근한다. 마음 같아선 출근하고 싶었지만, 어젯밤 발을 다치는 바람에 어쩔 수 없이 집에 머물기로 했다.

점심 때쯤, 정 여사가 차 한잔하자며 리아를 거실로 불렀다.

"다친 데는 어떠니?"

"별거 아니에요. 살짝 스친 정도예요."

"그렇다면 다행이구나."

정 여사는 리아의 발에 감긴 붕대를 보고도 별말 하지 않았다. 태호가 있을 때 그나마 있던 미소는 태호가 없으니 연기처럼 사라진 상태였다. 정 여사는 차를 한 모금 마시고는 천천히 입을 열었다.

"짐작은 했겠지만, 나는 두 사람 결혼 반대했단다."

리아를 바라보는 눈빛이 얼음처럼 싸늘했다. 보통 사람이라면 눈도 제대로 맞추지 못할 만큼 엄숙하기까지 했다. 하지만 정 여사의 눈빛이 강렬하다고 해도 태호만큼은 아니었다. 이글거리는 눈빛 교환이라면 이미 태호와 지겹게 주고받았다.

"저도요, 어머니."

리아는 생긋 웃으며 정 여사를 따라 차를 한 모금 들이켰다. 순간 잘못 들었나? 정 여사의 눈가가 흠칫 떨렸다.

"저도 원해서 한 결혼, 아니에요."

리아는 한마디 한마디 또박또박 힘을 주며 말을 덧붙였다.

당신 아들이 원해서 한 결혼이니까, 제게 그런 표정 짓지 마세요!

불쌍한 며느리 코스프레라면 사양이었다.

하, 애 좀 봐라!

정 여사는 허리를 꼿꼿이 펴고 자신을 대하는 리아를 보며 속으로 실소를 터뜨렸다. 처음엔 괘씸했지만, 조금 지나니 '태호의 짝으로 딱 맞겠구나.'라는 생각이 들었다.

자신의 배 속에서 나은 자식이지만 정 여사는 태호가 어려웠다. 누굴 닮아서 그리 똑똑한지, 태어날 때부터 천재 소리를 듣던 아들이었다. 하지만 너무 뛰어나서 다른 아이들과 어울리지 못하고 매사 까칠하기만 하던 아들이기도 했다. 과연 누가 태호와 결혼하게 될지, 혹시 태호를 감당하지 못하고 맨날 울면서 신세 한탄하면 어쩌나 걱정하던 참이었다. 다행히도 리아는 태호로 인해 맘고생 할 것으로 보이진 않았다.

"그래, 너도 내키지 않은 결혼을 했으니 불편하겠구나. 사랑 없는 결혼 생활이 쉽지는 않을 거다."

찻잔을 내려놓으며 강 여사가 말을 이었다.

"너도 힘들 테니, 시집살이까지 시키진 않으마. 집안 행사 일일이 챙길 필욘 없다. 회장님 생일이나, 가끔 그룹 행사 때 얼굴만 비추면 돼."

어떻게 보면 쿨한 시어머니 같겠지만, 어떻게 보면 은근히 기분 나쁘다. 울타리를 치고 우리 가족 안에 들어오지 말라는 표현이랄까.

"네, 그렇게 하겠습니다."

정 여사를 따라서 찻잔을 내려놓으며 리아가 대답했다. 어차피 5년 후면 다시 남남이 될 사람들이니 깊게 생각하지 않기로 했다. 그래도 가슴 한구석이 허해지는 건 어쩔 수 없었다. 시댁에 온 지 아직 하루 밖에 지나지 않았는데, 리아는 벌써 집이 그리웠다.

"신혼여행은 어땠어?"

소파에 앉으며 민수가 물었다. 태호는 대답 대신 피식 웃으며 맞은편 소파에 자리를 잡았다. 민수는 곧바로 다음 화제로 넘어갔다.

"어제 남 비서에게 대충 이야긴 들었어. 나중에 너에게 자세히 들으라고 하더군."

"응."

"결국 이번 건도 한 사장 장난이란 소리잖아. 예상은 했지만…….
후."

감정이 격해지려 하자, 민수는 말을 멈추고 길게 숨을 내쉬었다. 그
리고 다시 말을 이었다.

"이번에도 자금 압박 음모의 배후로 너희 아버지, 강 회장님을 지목
하게 판을 짰겠지. 가만히 손 놓고 있다간 또 다른 오해를 불러일으킬
거야. 5년 전, 그때처럼……."

주원식품이 부도 위기에 몰렸을 때, 많은 이들은 강 회장을 배후로
지목했다. 하지만 태호의 생각은 달랐다. 정말로 강 회장이 벌인 짓이
었다면 아무도 모르게 완벽히 처리했을 것이다.

"그래서 언제 터뜨릴 거야? 아니, 그보다 리아에게는 언제 사실을 털
어놓을 거야?"

"아직은 아니야."

민수의 물음에 태호는 가만히 고개를 저었다. 고통스러워하는 모습
을 볼 수 없어 리아가 원하는 대로 이별을 받아들였지만, 그녀를 마음
에서 놓은 적은 한시라도 없었다. 태호는 헤어지고 나서도 주원식품의
부도를 막으려 뛰어다녔다. 그러다 몇몇 석연치 않은 점을 발견하게 되
었고, 어떤 세력이 중간에서 장난치고 있다는 사실을 알아냈다.

㈜정직이 두 회사로 쪼개진 이유부터 시작해서 꽤 많은 사건이 연관
되어 있었다. 그러나 섣불리 상대를 건드릴 순 없었다. 꼬리를 자르고
도망가면 큰 낭패니까.

태호는 시간을 가지고 두 가지 계획을 세웠다. 두 계획은 서로 맞물
리듯 얽혀 있는데, 먼저 실행할 계획은 사건의 배후를 찾아내 두 집

안 사이의 오해를 푸는 것이다. 이미 꼬리를 잡았고 차곡차곡 증거를 모아 결정타 날릴 기회를 엿보는 중이었다.

다른 하나는 돌아선 리아의 마음을 다시 얻어내는 것. 첫 번째 계획이 성공해 두 집안끼리 오해를 푼다고 해도, 그녀가 다시 그를 사랑할 것이라는 보장은 없으니까.

원래는 서서히 다가갈 계획이었다. 하지만 리아가 대학 선배와 사귄다는 말을 민수에게 전해 듣는 순간, 계획을 수정할 수밖에 없었다. 만에 하나라도 그녀가 민훈과 사랑에 빠진다면, 다시는 그녀를 되찾았을 수 없을지도 모른다. 할 수 없이 결혼 계획을 급히 6개월이나 앞당겼다. 그래서인지 시작부터 삐걱거리는 것 같았다.

"헤어진 지 벌써 5년이나 지났어. 그동안 서로 좋은 얼굴로 본 것도 아니고. 상처가 너무 깊어. 아물려면 시간이 좀 걸릴 거야."

그런데 상처가 아물기는커녕 신혼여행에선 일광 화상을 당하고, 어젯밤엔 피까지 보았다. 멀쩡하게 잘 지내던 그녀가 자신과 결혼하고 나서 자꾸만 다치는 것 같아, 태호는 마음이 편치 않았다.

혼자 괜찮을까?

한남동 본가에 혼자 있을 리아가 걱정돼 손에 일이 잡히지 않았다. 태호는 벽에 걸린 애꿎은 시계만 빤히 노려보았다. 오늘따라 시간이 너무 느리게 지나가는 것 같았다.

"오늘은 오전 업무만 보시고 퇴근하시죠. 어제 신혼여행에서 돌아오셨는데 피곤하지 않으세요?"

민수가 돌아가고 얼마 지나지 않아, 남 비서가 넌지시 말을 건넸다. 그러나 태호는 대답 대신 검토를 끝낸 서류를 남 비서에게 건넸다.

"이제 곧 미팅할 시간이지?"

"네."

"그럼 이만 이동하지."

그는 자리에서 일어나 재킷을 걸쳤다.

미팅 상대가 여자일 경우, 리아를 제외하곤 집무실이 아닌 사무실 중앙에 있는 회의실에서 만난다. 사방이 유리 벽인 회의실은 블라인드를 내리지 않으면 누구나 오고 가며 들여다볼 수 있는 구조였다. 덕분에 투명성이 보장되었다. 또한 업무 시간 이외에는 절대로 약속을 잡지 않았다. 공적인 업무로 만나도 심심찮게 핑크빛 소문으로 확대되었기에……

"서둘러. 한류 스타 강수미를 기다리게 할 순 없으니까."

그 말에 남 비서는 못마땅한 표정을 지었다. 강수미를 탐탁지 않게 여겼기 때문이다.

"이사님, 강수미를 너무 믿진 마세요. 성공을 위해서라면 뭐든지 할 여자입니다."

남 비서의 걱정도 일리는 있었다. 강수미와 한 사장의 꼬인 인연도 그렇고, 어린 나이지만 쉽게 겉으로 속내를 드러내지 않는 성격도 그렇고. 하지만 지금 그녀는 태호에게 필요한 정보를 제공해줄 중요한 인물이었다. 그래서 스캔들이 일어나는 것도 무릅쓰고 정기적으로 강수미를 만났다.

"걱정하지 마. 수미는 아직까진 우리 편이니까."

태호는 남 비서를 안심시키며 회의실로 이동하기 위해 사무실을 나섰다.

"원래는 주 회장과 만나는 자리였는데……."

표 과장의 보고를 받는 한 사장의 표정이 점점 싸늘하게 굳어갔다.

"주 회장 대신 주 팀장이 나타났답니다."

"그 얘길 왜 지금에야 하는 거야?"

그리고 결국 언짢은 표정으로 언성을 높였다.

"죄송합니다. 그땐 미처 심각함을 느끼지 못했습니다."

"앞으론 하나도 빠짐없이 보고해. 그러라고 비싼 돈 주고 사람 쓰는 거잖아."

"네, 사장님."

표 과장이 고개를 숙인 채 빠른 걸음으로 사무실을 나갔다. 한 사장은 못마땅한 눈으로 그가 나간 쪽을 노려보다 자리에서 일어나 창가로 걸어갔다.

어쩌다 일이 이렇게까지 꼬여버린 건지…….

그가 주원식품의 안양 공장에 눈독을 들이기 시작한 것은 꽤 오래전부터이다. ㈜정직 시절에 세워진 생산 설비이기에 주원식품과 KJ푸드에겐 상징과도 같은 곳이었다. 그래서 불법으로 자금 압박까지 해가면서 주원식품을 궁지로 몰았다. 안양 공장을 차지하면 태호의 후계자 자리가 더욱 굳건해질 거라고 믿었다.

하, 그런데 이렇게 뒤통수를 맞을 줄이야.

리아와 태호 사이에 어떤 거래가 오갔는지 알 턱이 없는 한 사장은 리아가 먼저 정혼을 들먹이며 도움을 청했다고 넘겨짚었다. 후계자 경쟁에서 우위를 다지려, 태호는 그녀가 내건 조건을 받아들였을 테고.

"……주리아, 그거 보통이 아니야."

딸이 사랑하는 남자를 빼앗아간 것도 괘씸한데, 자신의 계획이 틀어진 이유도 그녀라고 생각하니 참을 수가 없었다.

"제길."

한 사장은 눈살을 찌푸리며 욕설을 내뱉었다. 이번에야말로 원하는 목표에 아주 가깝게 다가갔다고 생각했는데…….

㈜정직 시절부터 강 회장의 오른팔 소리를 들으며 충성한 세월이 얼만데, 그는 아직도 KJ푸드 사장 자리에 만족해야 했다. 물론 규모로 보나, 수익률로 보나 KJ푸드도 나쁘진 않았다. 하지만 그의 꿈은 한낱 식품 회사 우두머리로 끝날 만큼 소박하지 않았다.

그의 목표는 그룹 중에서도 가장 잘나가는 KJ쇼핑 사장 자리를 꿰차는 거였다. 그러기 위해선 강력한 카드가 필요했고, 그건 바로 강태호였다. 태호가 강 회장 뒤를 잇고 수진과 결혼한다면 쉽게 이룰 수 있는 목표였다. 한 사장의 눈에 수진은 천사처럼 어여쁜 외동딸이었고, 태호가 수진에게 넘어가는 건 시간문제라고 여겼다. 그랬는데 생각지도 못했던 주리아가 등장하며 모든 계획을 수포로 만들었다.

언제나 그랬다. 작고한 창립자부터 시작해서 주 회장, 주 팀장까지. 주씨 집안 모두는 한 사장에겐 거슬리는 존재였다. 하지만 그렇다고 낙담하고만 있진 않을 거다. 2세대에 걸친 굳건한 인연도 갈라놓았는데, 정략결혼 커플 하나 못 갈라놓을까.

"어떻게든 바로잡고 만다."

창밖을 바라보는 한 사장의 얼굴에 싸늘한 미소가 내려앉았다.

정 여사가 점심 약속이 있다고 외출하자, 그때까지 눈치만 보던 소정이 리아에게 다가왔다.

"어머니가 처음엔 무뚝뚝하셔도 지내다 보면 나름 다정하세요."

흠, 과연 그럴까?

리아가 생각하기엔 전혀 그럴 것 같지 않았다. 정 여사가 소정을 대하는 태도를 보면 알 수 있었다. 태호의 까탈스러운 성격이 어머니를 닮아서라면, 정 여사가 다정하게 나올 가능성은 제로에 가깝다.

소정과 태문은 결혼하기까지 꽤 큰 시련을 겪었다. KJ푸드 직원이던 소정은 우연히 사내에서 태문과 마주치며 인연을 맺었는데, 두 사람의 연애는 평탄하지 않았다.

부모를 여의고 이모네 집에 더부살이하는 소정을 강 회장 내외가 탐탁지 않게 여겼기 때문이다. 결국, 두 사람은 헤어질 수밖에 없었다. 그런데 무슨 이유에서인지 헤어지고 몇 달 후, 결혼 허락이 떨어졌다. 두 사람의 결합은 '21세기 신데렐라'라며 큰 화젯거리가 되기도 했다.

"말 편하게 놓으셔요, 형님."

동갑이지만 태문의 아내이니 소정은 리아에겐 손윗사람이 된다. 리아가 '형님'이라고 호칭하자, 소정은 겸연쩍은 듯 어색하게 미소를 지었다.

"서방님, 좋은 분이셔. 시작은 정략일지 몰라도, 난 동서가 곧 서방님과 사랑에 빠질 거라고 믿어."

그 말에 리아는 영혼 없는 미소를 떠올렸다. 이미 한 번 사랑했다가 헤어진 사이라고 털어놓는다면 어떤 표정을 지을까?

솔직히 리아는 왜 소정이 자신에게 친절하게 다가오는지 알 수 없었다. 겉으로만 이러고 속으론 다른 꿍꿍이가 있는 건 아닌지, 경계해야 하는지, 아니면 있는 그대로 호의를 받아들여야 하는지. 전쟁터 한복판에서 누가 적군이고 누가 아군인지를 구별해야 하는 것처럼 머리가 복잡했다.

그때였다. 잠에서 덜 깼는지, 착 가라앉은 목소리가 뒤에서 리아를 불렀다.

"새언니."

뒤를 돌아보니, 이제 일어났는지 파자마 차림의 태희가 부스스한 얼굴로 거실에 들어서고 있었다.

"다친 발은 좀 어때요?"

"괜찮아요. 그냥 스친 정도라……."

"다행이네요."

발에 붕대를 감은 것으로 봐선 스친 정도가 아닌 것 같지만, 태희는 일부러 모른 척 외면했다. 자신이 밀친 것도 아니고, 리아가 혼자 놀라서 들고 있던 컵을 떨어뜨린 거니까.

"엄마는요?"

태희의 질문에 소정이 빠르게 대답했다.

"어머님 외출하셨어요. 아가씨, 아침은요?"

"지금 시간이면 아침이 아니라 점심 아닌가? 하아아암!"

태희는 대답하다 말고 크게 하품하며 두 팔을 뻗어 기지개를 켰다. 하지만 곧 얼어붙은 듯 동작을 멈추었다.

"강태희."

뒤에서 들려오는 낮고 음산한 목소리 때문이었다.

"히익!"

태희는 거실 입구에 서 있는 태호를 발견하곤 놀란 듯 소파에서 벌떡 일어났다.

지금 이 시각에 작은오빠가 왜 집에 있는 거야? 어쩌면 좋지? 엄마 외출하고 없는데!

"너, 어제, 어떻게 된 거야!"

태호는 당장에라도 잡아먹을 것 같은 얼굴로 뚜벅뚜벅 태희에게 다가왔다.

악! 범이 내려온다!

여기서 지금 그녀를 살려줄 사람은 리아와 소정뿐이었다. 하지만 소정은 아니다. 전에 태호 밑에서 근무했다고, 백 퍼센트 태호 편만 들었다. 아직 파악이 끝난 건 아니지만, 그래도 소정보다야 낫겠다는 생각에 태희는 얼른 리아 옆으로 자리를 옮겼다.

"새언니, 저 좀 살려주세요. 구미호가 저 죽일 거예요."

"강태희, 그만해."

살벌한 모습을 새 식구에게 보이기 싫은 걸까? 태호는 곤혹스러운 표정을 지으며 제자리에 멈춰 섰다. 효과가 있는 것으로 보이자 태희는 대놓고 리아에게 매달렸다. 리아가 방패라도 되는 양, 잡은 팔을 놓지 않았다.

"새언니, 우리 점심 먹어요. 해장도 할 겸 낌새 라면 먹을래요?"

"낌새 라면이요?"

리아는 혹시 자신이 잘못 들은 건 아닐까 싶어 되물었다. '낌새 라면'은 주원식품에서 출시한 제품으로 '매운맛 1위'에 선정된 라면이다. 하지만 지금 중요한 건 그게 아니다. 태희가 KJ푸드 라면이 아닌 경쟁사 제품을 먹자고 한 게 중요한 거다.

태희는 왜 그리 놀란 얼굴이냐는 듯 고개를 갸우뚱거렸다.

"그럼요. 오빠도 그 라면을 얼마나 좋……."

"강태희."

태희의 말을 중간에 자르며 태호가 끼어들었다.

"너 방금 분명 '해장하자'고 했어. 어제 술 마신 거 실토한 거지?"

"앗!"

말실수한 걸 깨달은 태희의 얼굴이 창백하게 변했다.

"학생이 하라는 공부는 안 하고 술이나 마시고, 밤새워 클럽에서 놀기나 하고."

"오빠는 대학 다닐 때 클럽 안 갔어?"

"안 갔어. 난 대학 다닐 땐 도서관에서……."

"그건 아니지."

그러자 잠자코 듣기만 하던 리아가 불쑥 끼어들었다.

"클럽 가곤 했잖아."

입을 삐뚤어졌어도 말을 바로 하랬다고, 태호의 거짓말에 가만히 있을 수 없었다. 클럽을 안 갔다니, 그건 말이 안 된다. 성인이 된 두 사람이 처음 만났던 장소는 바로 클럽이었다.

아, 그날 밤을 어찌 잊으랴!

태호도 리아와 같이 그날 일을 떠올리는 것 같았다. 두 사람의 눈길이 허공에서 얽혔다. 서서히 빛바랜 과거가 마치 어제 일처럼 선명해지기 시작했다.

chapter 5

먼저 입술을 훔친 쪽은

리아와 태호가 대학교 2학년일 때 일이었다.

"엄마, 나 오늘 외박한다."

리아는 아침 식탁에 앉으며 당당히 선포하듯 말했다.

"뭐? 외박?"

민 여사와 주 회장은 동시에 숟가락을 내려놓았다.

"오늘 불금이잖아. 친구들이랑 클럽 가기로 했어."

"그렇다고 외박을 하니? 늦어도 자정까진 들어와."

"뭐야? 성인만 되면 자유롭게 놔준다며!"

빠른 연생인 리아는 대학에 입학하고도 미성년자 딱지를 떼지 못해 대학 동기들 다 가는 술집, 클럽은 물론이요, 성인 인증도 불가능해 크고 작은 애로사항이 많았다. 그때마다 리아는 울상을 지었고 민 여사는 성인만 되면 고삐 풀린 망아지처럼 살게 해주겠다고 약속했다. 드디어 올해 리아는 그렇게도 꿈에 그리던 성인이 되었다.

"그러면 새벽 2시까지 들어와."

자신이 한 말에 책임은 져야겠고, 딸이 외박하는 꼴은 보기 싫은 민 여사는 살살 달래기로 수법을 바꾸었다. 하지만 거기에 넘어갈 리아가 아니다.

"싫어. 밤 꼴딱 새우고 놀 거야."

달래는 전술이 먹혀들지 않자, 민 여사는 슬그머니 주 회장의 옆구리를 찔렀다.

"리아야, 태호는 말이다. 한국대 경영과 수석 입학인데도 아직도 매일 도서관에서 밤늦게까지 공부한다더라."

민 여사에게 바통을 넘겨받은 주 회장은 '엄적아 카드'를 꺼내 들었다. 한마디로 경쟁심 유발이랄까?

"그래서?"

하지만 리아에겐 통하지 않았다. 리아는 최고 명문은 아니지만, 이름만 대면 누구나 아는 서울 소재 4년제 대학에 다녔다. 못 오를 나무는 쳐다보지도 말라고, 재수 안 한 게 어딘데, 왜 '엄적아'와 경쟁해서 주눅 들어? 부모가 경쟁하든 말든 리아는 신경을 꺼버렸다. 애초부터 천재인 태호와는 게임이 되지 않았으니까.

아직도 태호가 도서관에서 틀어박혀 공부만 하는 이유는 친구를 사귀지 못해서일 거다. 태호는 눈을 덮는 덥수룩한 머리에, 1970년대에나 유행했을 투박한 뿔테안경, 이상야릇한 체크무늬 재킷을 즐겨 입는 등등. 완전 촌스러운 공붓벌레 자체였다. 기부 행사 모임에서도 구석에 앉아 책만 읽던 걸로 기억한다. 마지막으로 본 게 언제였더라? 이젠 밖에서 부딪치면 알아보지 못할 정도로 얼굴도 기억나지 않았다.

"좋아. 허락할게."

주 회장과 귓속말로 의견을 주고받던 민 여사가 결정을 내렸다.

"대신 민수랑 같이 가."

"에에?"

클럽에 가는데 혹을 붙이고 가라고?

리아가 따지려 하자, 민 여사가 빠르게 덧붙였다.

"싫으면 경호원이랑 가. 어떻게 할래?"

순간 우락부락한 체격의 경호원 아저씨가 머릿속에 그려졌다. 이건 여우를 데려가느냐, 불곰을 데려가느냐의 문제였다.

아 씨, 둘 다 싫은데……

하지만 불행하게도 그녀에겐 선택권이 없었다.

"알았어. 반쪽이랑 갈게."

리아는 맞은편에 앉은 민수를 못마땅한 눈으로 바라보며 투덜거리듯 대답했다.

"저기 들어가는 순간, 우린 완전 남남이야. 알았지?"

"누가 할 소릴!"

리아와 민수는 동시에 휙 등을 돌려 클럽 앞에서 찢어졌다. 완전 따로 놀다가 아침에 만나 귀가하기로 의견을 모았다. 하지만 혹시 몰라서 놀 장소는 같은 곳으로 정했다. 클럽이 워낙 넓으니까 서로 마주칠 염려는 없을 것이다.

"리아야, 여기!"

먼저 온 유정과 수진이 리아를 향해 손을 흔들었다. 이미 한잔했는지 모두 볼이 발그레했다.

"원 샷!"

리아는 친구들이 내민 500cc 맥주잔을 가뿐하게 비우고 곧장 스테이지로 달려갔다.

광란의 시간을 보내고 잠시 숨을 돌리려는데, 어떤 남자가 반대편 스테이지로 올라섰다.

"와, 쩐다!"

누군가의 입에서 감탄사가 흘러나왔다. 과장이 아니라 정말 그랬다.

멀리 떨어진 상태에서도 한눈에 이목구비가 들어오다니! 도대체 얼마나 윤곽이 또렷한 거야!

그뿐만이 아니다. 보통 남자보다 적어도 머리 하나는 더 키가 컸고, '션 오프리' 저리 가라, 섹시한 남성미를 내뿜었다.

순간 스테이지를 둘러보던 남자와 시선이 마주쳤다.

쿠쿵ㅡ. 쿠쿵ㅡ.

나, 왜 이러지?

멀쩡하던 리아의 심장이 미친 듯이 뛰었다. 시선이 마주친 남자는 그녀를 향해 피식 입꼬리를 올렸다. 그제야 리아는 자신이 남자를 빤히 쳐다봤다는 사실을 깨달았다.

"야, 구미호. 이쪽이야."

그때 뒤따라온 일행이 남자의 팔을 잡아당겼다. 그 틈을 타, 리아는 허둥지둥 스테이지를 내려갔다. 찰나였지만 완전 넋을 잃고 쳐다봤으나, 아무리 조명이 어두워도 다 보였을 거다. 얼마나 우습게 생각했을까. 리아는 기분 전환으로 바깥바람도 쐴 겸, 서둘러 휴식 공간이 마련된 루프톱으로 향했다. 하지만 난간에 기대어 야경을 바라보는 순간에도 자꾸만 아까 본 남자가 떠올랐다.

얼핏 들었는데 이름이 '구미호'랬나? 무슨 이름이 그렇지? 구미호라니……. '미호'란 이름만 들어선 괜찮은데 앞에 '구' 씨 성이 붙으니, 어딘지 모르게 이상하게 들린다. 그러나 다른 한편으론 기막히게 어울리는 이름이기도 했다. 그를 본 순간 꼬리 아홉 달린 호랑이, 구미호에게 홀린 것 같았으니까. 그렇다. 여우 말고 호랑이. 구미호(九尾狐) 말고, 구미호(九尾虎). 양심상, 저런 짐승남을 여우로 묘사할 순 없잖은가!

"혼자 왔나 봐요?"

소리가 난 쪽으로 고개를 돌리니, 낯선 남자가 서 있었다. 남자의 말투가 어눌한 것으로 보아 술에 취한 것 같았다.

"일행 있는데요."

"그래요?"

남자는 아쉽다는 듯 주위를 둘러보았다. 일행이 있어도 지금 여기엔 리아 혼자라는 걸 확인한 남자는 좀 더 가까이 다가왔다.

"2층에 VIP룸 잡았는데, 같이 갈래요?"

"됐어요."

단호한 거절에도 술 취한 남자는 순순히 물러서지 않았다. 아예 리아를 향해 몸을 기울이며 치근덕거렸다.

"그러지 말고 가요. '아르망 드 브리냑'을 주문했거든. 그게 얼마짜린지 알면 놀랄 텐데?"

"관심 없으니까 가주실래요?"

리아는 짜증을 숨기지 않고 눈살을 팍 찌푸렸다. 그러자 싱글거리던 남자의 표정이 험상궂게 일그러졌다.

"이년이! 너 지금 얼굴 좀 반반하다고 튕겨?"

살벌해진 분위기에 주변 사람들이 힐끔 쳐다보기 시작했다. 하지만 걱정할 필요는 없었다. 이런 진상쯤 그녀 혼자 감당할 수 있었다.

"내 얼굴 반반한데 너 보태준 거 있니?"

"뭐?"

갑자기 튀어나온 험악한 말투에 남자의 표정이 멍해졌다.

"비싼 술 처마셨으면 곱게 취해라. 추태 부리지 말고."

"이게 어디서 감히!"

잠시 넋 놓던 남자는 곧 정신을 차렸는지, 위협하듯 손을 번쩍 들어올렸다. 하지만 리아는 눈 한번 깜짝하지 않았다. 이래 봬도 태권도 검은 띠다. 누구처럼 17 대 1로 싸우진 못해도, 술 취한 남자 하나쯤은 식은 죽 먹기였다.

간만에 몸이나 풀어?

"눈 안 깔아?"

남자가 소리를 질렀지만, 리아는 겁먹기는커녕 가소롭다는 듯 쳐다보았다. 화가 머리끝까지 치솟은 남자는 우악스럽게 손을 휘둘렀다.

"아아아악!"

그리고 동시에 탁한 비명이 루프톱에 울려 퍼졌다. 그런데 비명을 지른 사람은 리아가 아니라 술 취한 남자였다. 갑자기 나타난 손이 눈 깜빡할 새도 없이 술 취한 남자의 손목을 뒤로 꺾어버렸기 때문이다.

누구?

리아는 두 사람 사이에 끼어든 제삼자를 향해 고개를 돌렸다.

헐!

상대의 얼굴을 확인한 리아의 두 눈이 커다래졌다. 조금 전 그녀를 홀리게 했던 구미호였다. 그러니까 여우 말고 호랑이!

"아악, 넌 또 뭐야? 이거 안 놔!"

술 취한 남자는 얼굴을 붉히며 거위처럼 꽥꽥 소리를 질렀다. 하지만 그러면 그럴수록 팔은 더 뒤로 꺾이며 고통만 커질 뿐이었다.

"잘, 잘못했어요! 제발 놔주세요……. 으흑, 팔 빠질 것 같다고요."

벗어나려고 버둥거리던 남자는 결국 울음을 터뜨리며 항복했다. 그제야 꺾였던 팔이 스르르 풀렸다. 자유롭게 된 남자는 뒤도 돌아보지 않고 '걸음아, 나 살려라!' 입구로 달려갔다.

뭐도 아닌 게 까불긴…….

도망치는 남자를 한심한 듯 바라보는 리아의 귀에 듣기 좋은 중저음의 목소리가 흘러들었다.

"괜찮아?"

저 외모에 목소리까지 이렇게 자극적이면 도대체 어쩌라는 건지……. 아, 진짜 불공평하네.

리아는 한 인간에게 모든 것을 몰빵한 신이 너무나 원망스러웠다.

"다친 데 없어?"

어라? 그런데 듣다 보니 그는 초면에 대놓고 반말을 하고 있었다. 역시 신은 공평한가 보다. 완벽한 외모와 목소리는 허락하셨지만, 싸가지는 허락하지 않으셨구나.

"난 괜찮아. 도와줘서 고마워."

리아도 똑같이 말을 놓았다. 가는 반말에 오는 반말이니까.

"고마울 것까지야."

그는 별거 아니라는 듯 어깨를 으쓱거리며 난간에 비스듬히 몸을 기대었다.

"될 수 있으면 일행과 함께 다녀. 혼자 있는 여자만 노리는 놈들이 있으니까."

"……아, 그래?"

리아는 어깨를 으쓱거리곤 그를 따라 난간에 몸을 기대었다. 서로 자연스럽게 시선이 마주쳤다. 이상하다. 오늘 처음 만났는데 예전부터 알고 지낸 것처럼 친근하게 느껴졌다.

뭐랄까? 어딘지 모르게 낯이 익었다고 할까? 혹시 전에 만난 적이라도 있나? 음, 그건 말이 안 된다. 이런 남자를 봤다면 절대로 기억 못할 리가 없는데…….

"여기 자주 오나 봐?"

"자주는 아니고. 답답할 때 가끔 기분 전환하러……."

"그럼 오늘도 답답해서 온 거야?"

그 말에 그는 피식 웃으며 고개를 내저었다.

"아니, 오늘은 친구들이 생일 파티 해준다고 해서."

"오늘이 생일이야?"

"응. 정확히는 자정이 지나야 하지만."

리아는 급히 손목시계로 시간을 확인했다. 지금 시각은 11시 57분. 이제 3분이 지나면 자정이 된다.

"그런데 왜 친구들과 있지 않고 여기에 있어? 친구들이 폭죽이랑 케이크 준비 안 했어?"

"그런 건 유치해서."

그는 관심 없다는 듯 입가를 비틀며 야경으로 시선을 돌렸다. 순간 머쓱해진 리아는 난간에서 몸을 일으켰다.

"하여간 생일 축하해. 난 이만 가볼게."

그녀가 자리를 뜨려 하자, 그도 난간에서 몸을 일으키며 그녀를 향해 돌아섰다. 이어서 커다란 손이 리아의 손목을 잡았다. 힘이 들어간 행동은 아니었다. 공기처럼 부드럽게 그녀의 손목을 감쌌다.

"응?"

리아가 의아한 표정으로 바라보자, 그가 살며시 고개를 옆으로 기울였다.

"말로만 축하해줄 거야?"

훅 치고 들어오는 질문에 리아는 잠시 할 말을 잃었다.

폭죽이랑 케이크는 유치해서 싫다면서, 뭘 바라는 거지?

평소라면 손을 뿌리치고 가버렸겠지만, 상대는 그녀를 위기에서 구해준 남자였다. 그리고 살짝 진실을 털어놓자면 잘생겼다고 인정한 경우가 드물 뿐이지, 그녀는 외모에 약했다.

"어떻게 축하해줄까?"

"글쎄……."

그의 눈꼬리가 반달 모양을 그리며 부드럽게 휘어졌다.

또, 또 사람 홀리려고 저런다!

저런 얼굴로 눈웃음을 치는 건 명백한 반칙이다. 마치 사랑에 빠진 것처럼 그윽한 눈빛에 심장이 두근거리고, 따뜻한 미소에 가슴이 죄인 듯 답답했다.

— 첫 만남에 키스라니, 얘들 미친 거지?

'로미오와 줄리엣'을 읽으며 리아가 한 말이다. 그런데 바로 이 순간, 리아는 왜 줄리엣이 로미오를 첫눈에 운명이라고 여겼는지 알 것도 같았다.

물론 구미호를 운명이라 여기는 건 아니었다. 그때 줄리엣은 열여섯 살, 10대 소녀였고, 지금 리아는 당당히 19금 소설을 읽을 수 있는 20대 성인이었다. 우연을 운명이라고 오해할 정도로 순진하지는 않았다. 하지만 살짝 불장난 정도는 칠 수 있다. 왜? 오늘은 불금이니까!

거기에 살짝 보태서 그에게 깜짝 놀랄 선물을 선사하고 싶다는 쓸데없는 오기가 발동했다.

"생일 축하해!"

리아는 재빨리 발돋움하며 그의 뺨에 입술을 가져갔다. 미인에게 받은 생일 축하 뽀뽀. 얼마나 환상적인 생일 선물인가! 하지만 너무 긴장한 나머지, 중심을 잃어 하이힐이 삐끗하고 말았다. 순간 그가 반사적으로 고개를 돌려서 본의 아니게 뺨이 아닌 다른 곳에 입술이 닿아버렸다.

촉ㅡ.

말랑하고 촉촉한 느낌은…… 입술?!

그와 입술을 맞닿은 상태로 리아의 두 눈이 보름달처럼 커다래졌다.

"하아."

벅찬 숨소리와 함께 맞물렸던 입술이 떨어지고, 리아는 느릿하게 눈꺼풀을 깜빡거렸다. 현실 감각이 서서히 되살아나기 시작했다.

헐! 나 지금 처음 본 남자와 키스한 거야?

생일 선물 핑계로 뺨에 뽀뽀하는 것과는 차원이 달랐다. 하지만 그런 의도가 아니었다며 궁색한 변명을 늘어놓긴 싫었다. 심장이 쿵쾅쿵쾅 날뛰었지만, 리아는 애써 태연한 척 고개를 들었다.

"서프라이즈! 생일 축하해!"

그리고는 그대로 등을 돌려, 뺑소니치듯 빠져나갔다.

아아아아아!

속으론 타잔이 치타를 부르듯 비명 지르며…….

다음 날 아침, 리아는 눈뜨자마자 헤어 숍으로 달려가 치렁치렁한 머리를 싹둑 잘랐다. 그렇게라도 변화를 주지 않으면 거울에 비친 자신의 얼굴을 도저히 마주할 용기가 없었기 때문이다.

생판 모르는 남자와 키스할 정도로, 나 이렇게 무모한 여자였어?

덜컥 겁이 날 정도였다.

그래도 불행 중 다행이라면, 상대의 이름 석 자는 알고 키스했다는 거. 성은 구 씨요, 이름은 미호. 구미호. 그의 친구들도 분명 그렇게 그를 불렀다. 아주 자연스럽게……. 독특하긴 하지만, 그와 잘 어울리는 이름이기도 했다.

그래, 그날 밤 사건은 구미호에게 홀린 셈으로 치지, 뭐.

"대리 출석해주면 안 돼?"

그런데…… 누구의 불행은 어떤 녀석에겐 행운이라고, 그날 이후로 민수는 눈치 없이 대리 출석을 조르기 시작했다. 민수의 머리는 단발에 가까운 장발이라 리아가 긴 머리를 자르자, 이란성 쌍둥이인 두 사람은 헷갈릴 정도로 닮은 모습이 되고 말았다. 가끔 민 여사도 헷갈려 리아를 보고 '민수야.'라고 부를 정도였다.

"안 돼."

"야, 교수님 깐깐해서 강의 한 번만 빼먹어도 학점 깎인단 말이야."

교양 수업이 있는 날에 소개팅 건수가 생겼는데, 상대가 배꽃 여대 여신이라는 이유에서였다.

그렇다고 강의를 빼먹냐? 이 덜된 인간아!

"싫어. 그리고 너랑 나는 학교도 다르잖아."

민수는 '엄적아' 강태호가 다니는 최고 명문 한국대에서 식품영양학을 전공 중이다. 태호처럼 경영학 전공은 아니라도 같은 한국대생이고, 엄연히 주씨 집안의 장남인데 왜 민수는 태호와 비교당하지 않을까? 리아는 늘 그 점이 의아했다.

답은 의외로 간단했다. 몸이 약해서란다. 건강하게 있어주는 것만도 다행이라나? 민수가 몸은 허약해도, 멘탈은 완전 갑인데……. 하아, 할 말 많지만 더는 하지 않겠다.

하여간 양심이 불량한 민수는 포기를 모르고 끈질기게 매달렸다.

"교양 수업이라서 백 명 넘게 강의 듣는다고. 강의실도 워낙 넓어서 맨 끝자리에 앉으면 얼굴도 안 보여. 내 야상 점퍼 입고 가면 완전 감쪽같을 거야."

"내가 왜?"

"야, 우리가 남이냐?"

"하."

리아가 콧방귀를 뀌자, 민수는 꼬시는 방법을 바꾸었다.

"대리 출석해주면, 내 차 한 달 동안 빌려줄게."

리아보다 1년 먼저 운전면허를 딴 민수의 차는 때깔 고운 독일산 수입차였다. 그것도 요즘 들어 트렌드로 부상하고 있는 무광택 스포츠카. 애마를 빌려준다는 말에 리아의 귀가 솔깃해졌다.

"좋아. 그 대신 나중에 딴소리하기 없기다."

"당연하지."

다음 날, 리아는 민수의 야상 점퍼를 걸치고 한국대로 향했다. 민수의 말은 사실이었다. 그 많은 학생 중에서 리아를 눈여겨보는 이는 없었다. 대리 출석이지만, 책임감이 강한 리아는 꼼꼼하게 노트 필기까지 하며 강의를 들었다.

강의가 끝난 후, 아무 생각 없이 강의실을 나서려는데 낯익은 얼굴이 눈에 들어왔다. 리아는 저도 모르게 우뚝 제자리에 멈춰 섰다.

히익!

낯익은 얼굴의 주인공은 바로 구미호였다.

어머, 얘도 한국대 학생이었어?

전공 수업이 아닌 교양 수업이기 때문에 정확히 무슨 과인지는 모르겠지만, 한국대 학생이라는 건 틀림없었다. 시선이 마주치자 그도 리아를 알아보았는지 피식 입꼬리를 올렸다. 당황한 리아는 휙 등을 돌려 부리나케 강의실을 빠져나갔다. 몸은 빠른 속도로 강의실에서 멀어졌지만, 마음은 계속 강의실에 남아 있었다. 솔직히 그날 밤 이후, 일분일초라도 그를 생각하지 않은 적이 없었다. 어떻게 잊을 수 있을까! 소중한 입술을 처음으로 훔쳐간 남자인데…….

아, 아니다. 속말이라도 거짓말은 하지 말자. 먼저 입술을 훔친 쪽은 그가 아니라 나였지.

하여간 그땐 너무 당황해서 연락처도 주지 않고 도망쳤지만, 시간이 지나자 슬슬 후회되기 시작했었다. 어떻게 다시 만나지? 로미오와 줄리엣이야 워낙 좁은 동네에 살았으니까 쉽게 찾을 수 있었겠지만, 지금 이곳은 넓디넓은 서울이었다. 이런 대도시에서 상대를 찾아내기란 모래사장에서 유심 칩을 찾는 일이나 마찬가지일 것이다.

그런데 왜 지금 헐레벌떡 도망가냐고? 아무리 그래도 화장 안 한 맨얼굴로 마주할 수는 없잖아!

티끌 하나 없는 피부라도 눈에 힘도 주고, 촉촉한 입술도 강조하고 그래야 하는데, 지금은 민수 행세를 하느라 눈썹에만 힘을 준 상태였다. 이런 모습으로는 첫 키스 상대와 재회할 수 없었다. 하지만 몇 걸음도 못 가 앞을 가로막는 구미호 때문에 걸음을 멈추고 말았다.

"같은 강의 듣는 줄 몰랐는데……."

그는 마치 엊그제 헤어진 사람처럼 스스럼없이 다가왔다.

"아, 그게……."

리아는 어색하게 웃으며 슬그머니 시선을 피했다.

어떡하지? 확 도망쳐버릴까? 설마 쫓아오는 건 아니겠지?

속으로 열심히 튈 방법을 궁리하고 있는데 그가 자연스럽게 리아의 손을 잡았다.

"배고프지 않아? 밥 먹으러 가자."

"아니, 난……."

괜찮다고 사양하려는 순간, 망할 놈의 배꼽시계가 꼬르륵 신호를 보냈다. 대리 출석한다고 긴장해서 아침도 못 먹고 나온 탓이었다.

그래, 먹다 죽은 귀신은 때깔도 곱다더라.

리아는 곧 마음을 바꾸었다. 밥을 먹자는 제의를 거절하는 건, 식품 회사 딸내미로서 할 일이 아니니까. 리아는 못 이기는 척 구미호를 따라 학생 식당으로 향했다. '무슨 과냐?', '전공이 뭐냐?'라고 꼬치꼬치 물어보면 어쩌나 걱정했는데, 다행히도 구미호는 묵묵히 밥만 먹었다.

흠, 식사 예절 좋은데?

"초콜릿 좋아하지? 난 다음 강의가 있어서 가야 해. 다음에 보자."

식사를 끝낸 그는 자신의 몫인 초콜릿을 리아의 식판에 놓으며 자리에서 일어났다. 리아는 잠시 넋을 잃고 멀어지는 구미호의 뒷모습을 바라보았다.

와, 뭐 저리 겁나게 멋있어?

그날 밤, 리아는 두근거리는 마음을 진정시키지 못하고 뜬눈으로 밤을 지새웠다. 그다음 날도, 그리고 그다음 날도…….

어딘지 모르게 낯익은 게, 혹시 전생에 인연이 있었던 건 아닐까? 아니면 캥캥거리는 구미호에게 홀린 걸까? 구미호는 간을 파먹는다더니, 간이 아니라 혼을 빼갔나 보다.

거의 일주일 동안 밤잠을 설친 리아는 다시 구미호를 만나야겠다고 결심했다. 만나서 빠져나간 혼을 다시 찾아오리라!

대리 출석해줄 필요가 없다는 민수를 꼬드겨 다시금 한국대로 향했다. 이번엔 한 듯 안 한 듯, 미소년과 미소녀의 경계를 넘나드는 기초화장으로 완벽하게 무장까지 했다.

강의가 끝나자, 구미호가 먼저 리아를 발견하고 자리로 다가왔다. 그는 당연하다는 듯 그녀의 손을 잡으며 말했다.

"점심 안 먹었지?"

"응."

두 사람은 저번처럼 학생 식당으로 향했다. 식사를 마친 후, 구미호가 물었다.

"난 오늘 휴강이야. 너는?"

"정말? 나도."

사실은 휴강이 아니라, 리아는 오늘 아예 강의 자체가 없었다. 그리고 어차피 그녀는 한국대 학생도 아니었다.

둘은 자연스럽게 걷다가 다리가 아프면 벤치에 앉았고, 괜찮아지면 다시 캠퍼스를 거닐었다.

할 말이 많았는데, 너무 많아서일까? 많은 대화를 나눌 순 없었다. 하지만 손잡는 것만으로도 마음이 통한 것처럼 단단한 유대감이 느껴졌다. 얼마나 걸었을까?

"춥지 않아?"

해가 뉘엿뉘엿 넘어가기 시작하자, 그가 걱정스러운 듯 물었다. '여자 몸엔 지방이 많아서 남자보다 추위를 덜 타.'라고 말하려던 리아는 퍼뜩 정신을 차렸다. 그리고 하나도 춥지 않았지만, 추운 척 살짝 몸을 떨었다.

"조금 춥네?"

그러자 그가 재킷을 벗어 어깨에 둘러주었다.

하아, 어쩜 얘는 냄새까지 좋을까!

리아는 두 손으로 재킷을 꼭 움켜쥐며 숨을 들이마셨다. 훅 치고 들어오는 수컷 향기가 눈물이 핑 돌 정도로 황홀했다.

그때 강한 바람에 불어와 리아의 머리를 흐트러뜨렸다. 리아는 재킷을 잡고 있어 손을 쓸 수 없자, 그가 대신 머리를 쓸어 올려주었다. 따뜻한 손끝이 부드럽게 이마를 매만졌다.

순간 키스했던 기억이 되살아나며 후끈 열기가 몰려왔다. 자석에 이끌리는 것처럼 서로의 시선이 엉켰다. 어둑해진 인적 드문 캠퍼스는 키스하기 딱 좋은 장소인데……

그도 같은 생각이었는지 천천히 고개를 숙이기 시작했다.

"주리아?"

드디어 입술이 닿는 순간, 어디선가 익숙한 목소리가 들렸다.

이 목소린?

화들짝 놀라 옆을 보자, 민수가 어리둥절한 얼굴로 서 있었다.

"너, 거기서 뭐 해?"

이어서 구미호를 본 민수의 입이 커다랗게 벌어졌다.

"강태호?"

이번엔 리아가 어리둥절한 얼굴로 민수를 바라보았다.

응? 구미호를 왜 강태호라고 불러?

태호의 생일날, 생일 파티에 참석하기 어렵다고 했던 민수가 불쑥 나타나더니 툭 던지듯 말했다.

"오늘 리아도 함께 왔어."

"그래?"

태호는 듣고도 대수롭지 않게 흘렸다. 그러나 스테이지에 올라간 순간, 리아의 모습이 한눈에 들어왔다. 그녀는 어릴 때 얼굴 그대로였다. 아니, 그때보다 더 예뻐진 것 같았다. 얼마 만에 보는 걸까? 집안끼리 사이가 틀어진 이후론 좀처럼 볼 기회가 없었다. 그래도 한국대에 재학 중인 민수와는 집안 사정과 상관없이 자주 어울렸다. 꼬리 9개 달린 호랑이, '구미호'도 민수가 지어준 별명이었다.

리아도 태호를 알아보았는지, 춤을 멈추고 제자리에 선 채로 빤히 그의 얼굴을 바라보았다.

너도 날 기억하는구나. 왠지 모르게 가슴이 설렜다.

"야, 구미호. 이쪽이야."

친구들 손에 이끌려 스테이지 반대쪽으로 가면서도 자꾸 자신을 빤히 바라보던 리아의 모습이 눈에 아른거렸다.

결국, 태호는 인사나 할 생각으로 리아를 찾아 나섰다. 그리고 루프톱에서 위험에 빠진 리아를 발견했다. 급히 술 취한 남자를 쫓아내고, 리아의 상태를 살폈다. '혹시 겁먹은 건 아닐까, 민수를 불러줘야 하나?' 하고 걱정했는데 다행스럽게도 리아는 멀쩡해 보였다.

"여기 자주 오나 봐?"

리아는 아무렇지 않게 말을 걸었다. 민수와 마찬가지로 그녀는 껄끄러운 어른들 관계를 개의치 않는 것 같았다. 서로 대화하다 보니, 마치 어린 시절로 돌아간 것 같은 느낌이 들었다.

한동안 까맣게 잊고 지냈던 추억이 떠올랐다.

그때 그녀가 먼저 뺨에 뽀뽀하고 그랬는데……. 지금도 초콜릿을 좋아할까?

그래서일까? 리아가 자리를 뜨려고 하자, 태호는 반사적으로 그녀를 붙잡았다. 지나가는 농담으로 말로만 생일 축하할 거냐고 물은 건데, 리아는 진지하게 입술을 맞추었다.

'생일 선물로 너무 과한 거 아닌가?'라는 생각이 들었지만, 몸은 반대로 반응했다. 말캉말캉하고 달콤한 입술을 파고들었다. 그러나 황홀함은 잠시, 리아는 한여름 밤의 꿈처럼 눈앞에서 사라져버렸다.

먼저 연락할까? 아니면 연락이 올 때까지 기다려야 하나?

혼자 고민하던 태호는 우선 민수에게 리아의 전화번호를 묻기로 했다. 교양 수업이 끝나고 민수를 찾는데 멀리서 눈에 익은 야상 점퍼가 보였다. 가까이 다가갔을 때, 야상 점퍼의 주인이 민수가 아니라는 것을 깨달았다.

리아?

저번에 만났을 때와는 다르게 짧은 머리를 하고 있었지만, 그녀가 틀림없었다.

"같은 강의 듣는 줄 몰랐는데……."

그 말에 리아는 어쩔 줄 모르며 시선을 피했다. 민수 대신 출석한 것을 들켜서 당황한 것보단 왠지 부끄러워하는 것 같았다.

너, 혹시 날 보러 온 거야?

만약에 리아가 또다시 민수를 대신해 강의에 나타난다면 그건 확실한 '그린 라이트'일 것이라고 믿었다. 그래서 리아를 다시 강의실에서 부딪치게 되자, '쿵!' 심장이 내려앉는 것처럼 죄이기 시작했다. 하지만 입술을 맞추고, 서로의 감정을 확인하는 순간 민수의 등장에 모든 것이 변해버렸다.

"주리아? 너, 거기서 뭐 해?"

"두 사람 언제부터 사귀었어? 와, 대박!"

민수는 리아와 태호를 둘러보며 과장된 몸짓으로 손뼉을 마주쳤다. 리아는 키스하는 모습을 들켰다는 것보다, 민수가 미호를 태호라고 불렀다는 사실에 신경이 쓰였다.

너무 놀라서 잘못 들은 거겠지?

"민수야, 너 미호랑 아는 사이야?"

"미호?"

민수는 무슨 소리냐는 듯 고개를 갸우뚱거렸다. 그러다 이내 웃음을 터뜨렸다.

"하하하. 구미호라고 불러야지. 누가 '구'를 빼먹고 '미호'라고만 부르냐."

"응?"

왜 꼬박꼬박 성을 붙여서 불러야 하지?

그 말이 이해되진 않았지만, 뭔가 불길한 일이 일어나는 중인 건 분명했다. 리아가 몸을 떨자, 태호는 손을 뻗어 그녀의 어깨를 감싸듯 끌어안았다. 그런 두 사람을 민수는 호기심 어린 눈으로 바라보았다.

"태호야, 언제부터 리아랑 사귄 거야? 혹시 클럽에서 생일 파티했던 날?"

대답할 기회도 주지 않은 채, 민수는 혼자 추리에 들어갔다.

"그날 맞지? 와, 태호, 너! 그러면서 지금까지 나한테 한마디도 안 한 거냐?"

리아는 빠르게 머리를 굴렸다.

둘 다 한국대에 다니니까 어찌어찌해서 아는 사이라는 건 알겠는데, 왜 민수는 미호를 태호라고 부르는 거지?

리아는 호기심을 참지 못하고 단도직입적으로 물었다.

"민수야. 너 왜 자꾸 미호를 태호라고 불러?"

"그럼 이름 말고 별명 불러?"

"별명?"

"웅. 구미호, 내가 지어준 별명이야. 꼬리 9개 달린 호랑이. 별명 하난 기막히게 잘 짓지 않았냐?"

망할 놈의 민수가 이를 드러내며 씩 웃었다.

그러니까 이름이 구미호가 아니라 강태호라는 거지?

리아의 뇌세포는 지금까지 입력된 정보를 토대로 촤르르 결론을 뽑아냈다. 한국대 경영학과에 다니며 민수와 말을 놓는 걸 보면 두 사람은 같은 학년이라는 뜻인데, 민수와 동갑이면서 한국대 경영학과에 다니는 강태호란 남자는 리아가 알기론 딱 한 명뿐이었다. 어렸을 때부터 눈엣가시 같던 '엄적아', KJ그룹 차남 강태호.

순간 아름답게 반짝이던 밤하늘이 새카맣게 변해버렸다.

"네가 강태호라고?"

리아는 재빨리 재킷을 벗어 태호에게 돌려주고 멀찍이 물러섰다.

"왜 그래?"

갑자기 변한 리아의 태도에 태호는 미간을 좁혔다. 그녀는 그가 태호라는 걸 전혀 몰랐다는 듯 표정을 일그러뜨렸다. 리아만큼이나 태호도 당황스러웠다.

"이제야 알겠어."

혼잣말처럼 그녀가 작게 중얼거렸다.

"넌 처음부터 내가 누군지 알고 있었어."

비로소 모든 게 이해되었다. 그를 보자마자 이상하게 끌린 건, 어릴 때 알고 지냈기 때문이다. 운명이어서가 아니라, 그저 몸이 기억하고 자연스럽게 반응한 것이다. 클럽에서 그가 그녀를 보고 웃은 건, 아는 사람이었기 때문이고. 루프톱에서 도와준 것도, 처음 보자마자 말을 놓은 것도 그래서였다.

머리를 짧게 자르고 맨얼굴에 야상 점퍼를 입고 나타난 그녀를 바로 알아본 이유도 마찬가지다. 어려서나 커서나 얼굴에 거의 변화가 없으니, 알아보기 쉬웠을 것이다.

하지만 태호는 아니었다. 분명 리아가 기억하기론 덥수룩한 머리에 두꺼운 안경을 끼고 고리타분한 옷을 입는 전형적인 공붓벌레 외모의 소유자였다. 그랬던 녀석이 왜 저렇게 변한 것이지?

"무슨 말이야? 처음부터 누군 줄 알고 있었다니."

이번에는 태호의 안색이 어둡게 변했다.

"넌 그러면 내가 누군 줄 몰랐어?"

"당연하지."

분위기가 심각해지려고 하자, 민수는 슬그머니 뒷걸음치더니 서둘러 자리를 피했다.

"내가 무슨 수로 넌 줄 알아? 못난 오리 새끼가 백조가 돼서 나타났는데!"

좀 잔인하게 들릴 수도 있겠지만, 사실이었다. 지나가는 댕댕이를 잡고 물어봐라. 그때 그 비주얼과 지금 이 비주얼을 보고 같은 사람이라고 하는지.

"그럼 넌 모르는 남자와 처음 만나자마자 키스한 거야?"

낮고 음산한 목소리로 그가 물었다. 어린 시절 추억 덕분에 마음을 열고 다가온 줄 알았는데, 그게 아니라고? 그러면 리아는 내가 누군지도 모르고 키스한 건가?

순식간에 마음이 싸늘하게 식었다.

"아니다. 됐다. 나 역시 너를 모르고 있었나 보다. 이름 석 자 안다고 그 사람을 아는 게 아닌데."

그 말을 끝으로 태호는 씁쓸히 웃으며 그녀에게서 등을 돌렸다. 무슨 뜻인지 이해되지 않았지만, 리아는 태호를 붙잡고 물어보고 싶진 않았다.

집으로 돌아온 리아는 자신이 주리아라는 것을 알면서도 왜 태호가 그렇게 나왔는지 곰곰이 생각해보았다.

일부러 엿 먹이려고 그런 걸까? 원수라고 할 만큼 어른들 사이가 나쁜 건 사실이지만, 그렇다고 자식들까지 그럴 필욘 없는데……. 하지만 순수한 마음으로 접근했다고는……. 아, 이런! 속말이라도 거짓말은 하지 말자. 리아는 재빨리 정정했다. 접근은 녀석이 아니라 내가 했지. 하여간 아무리 생각해도 명쾌한 답은 떠오르지 않았다.

혼자 끙끙대며 고민하던 리아는 결국, 일주일이 지난 후 태호를 찾아갔다. 아무래도 다시 만나서 차근차근 이야기해봐야 할 것 같았다.

사실 그를 알아보지 못하고 혼자 난리 친 건 그녀였으니까. 아무리 원수 집안이라지만, 태호가 일부러 골탕을 먹이려고 그런 건 아닐 것이라는 생각이 들었다. 이제야 로미오를 운명으로 받아들이고, 사랑의 도피를 꿈꾸던 줄리엣을 이해하게 됐는데……. 어쩌면 태호는 그녀의 로미오일지도 몰랐다. 그러니까 쉽게 포기할 순 없었다.

민수에게 연락처를 알아낼 수도 있었지만, 그녀는 무작정 한국대로 찾아갔다. 교양 수업이 끝날 때쯤 강의실 입구에 서 있으면 만날 수 있을 것이다. 얼마 전 수업을 드롭한 민수와 마주칠 염려는 없었다.

수업이 끝났는지 문이 열리고 학생들이 쏟아져 나왔다. 잠시 후, 태호가 서너 명의 여자들에게 둘러싸인 채 모습을 드러냈다.

"태호야, 밖에 나가서 먹자. 나 학식 먹기 싫어."

"그래요. 내 차로 가요."

분명 리아를 보았으면서도 태호는 모르는 사람처럼 눈길 한번 주지 않고 그대로 그녀를 지나쳤다. 아주 찰나였지만, 그의 얼굴에 귀찮다는 표정이 떠올랐다.

"하!"

리아는 여자들과 걸어가는 태호를 보며 비로소 깨달았다. 그녀에게 물 먹이려고 했던 게 아니라 그는 그저 오는 여자 안 막고, 가는 여자 안 붙잡은 것뿐이었다.

흥, 얼굴값 한다 이거지!

실망해서인지, 아니면 기가 막혀서인지 순간 눈물이 핑 돌았다. 처음부터 그를 알아보지 못한 그녀의 잘못이긴 했지만, 그래도 마음이 아팠다. 하지만 바보처럼 울지는 말자. 괴로워도 슬퍼도 나, 주리아는 안 운다고! 그깟 남자 따위에 울다니, 말도 안 된다. 딱 세 번 만났을 뿐인데. 물론 키스는 두 번이나 했지만. 그렇다고 그를 좋아하게 된 건 절대로 아니었다.

"흑."

리아는 눈물을 참으려 이를 악물었다. 자꾸만 어깨가 떨리는 건 찬 바람에 추위를 느껴서 그런 거고, 자꾸만 눈앞이 뿌예지는 건 오늘따라 미세먼지가 심해서 그런 것뿐이다. 크게 숨을 내쉬고 마음을 진정하고 막 걸음을 떼려는 순간, 갑자기 누군가 그녀의 팔을 확 잡아당겼다. 몸이 돌려지고, 눈 깜짝할 사이에 단단한 품에 갇혀버렸다.

"……울지 마."

나직한 목소리가 귓가로 흘러들었다.

— 이름 석 자 안다고 그 사람을 아는 게 아닌데.

그 말을 끝으로 리아와 헤어진 태호는 그날 밤 한숨도 잘 수 없었다.

결국 새벽을 하얗게 불태우고 다음 날, 리아의 학교로 차를 몰았다. 이대로 가만히 있을 순 없었다. 차분하게 대화를 해야 할 것 같았다. 민수의 도움으로 캠퍼스에서 리아를 찾는 건 어렵지 않았다. 경영대 건물을 빠져나오는 리아를 발견한 태호는 빠르게 그녀에게로 다가갔다. 계속 뒤에서 따라가는데 리아와 친구와의 대화 소리가 들렸다.

"리아야, 그건 네 잘못이 아니야. 잘생긴 남자 싫다고 할 여자가 어디 있니? 결국엔 너도 외모에 약한 거였어."

"……응, 네 말이 맞아."

리아의 대답에 태호는 저도 모르게 걸음을 멈췄다.

외모에 약하다고?

태호는 자신의 외모가 남다르다는 걸 유치원부터 피부로 느꼈다. 그와 짝을 하겠다고 너도나도 졸랐고, 초등학교에 들어가서는 시도 때도 없이 좋아한다는 고백이 쏟아졌다. 그게 귀찮아서 더벅머리에 뿔테안경을 쓰고 일부러 촌스럽게 꾸미고 다녔다. 덕분에 여자아이들의 시달림에서 벗어날 수 있었다. 하지만 대학교에 들어가서도 같은 모습을 유지하자, 강 회장이 따끔하게 한마디 했다.

— 언제까지 피하기만 할 거야? 맞서 물리치는 법도 배워야지.

강 회장의 충고를 받아들인 태호는 단정히 머리를 자르고 뿔테안경을 벗었다. 본래의 모습으로 돌아가 처음 외출한 날이 클럽에서 생일 파티를 한 날이었다. 그리고 그날 리아와 재회했다. 그러니까 리아가 그렇게 나왔던 이유는 그저 그의 잘생긴 외모 때문이라는 것이다.

리아, 너마저…….

산들바람처럼 다가왔던 '그린 라이트'는 그렇게 산산조각이 났다.

하지만 며칠이 지나고 슬슬 다른 마음이 들기 시작했다.

'잘생긴 외모로 꾀어볼까?' 하는 어처구니없는 생각. '이미 어렸을 때 초콜릿으로 꾀었었는데, 지금은 왜 안 될까?' 하는 뻔뻔한 생각. 초콜릿은 물질이지만, 잘생긴 외모는 그 자신의 일부이기도 했다. 그렇게 해서라도 리아의 마음을 가질 수만 있다면…….

그녀가 앙숙 사이인 주씨 집안의 딸이라는 건 아무런 문제가 되지 않았다. 혹시라도 리아가 태문과 결혼하면 어쩌나 하고 초조해했던 어린 시절이 떠올랐다. 그때 비하면 지금의 역경은 아무것도 아니었다. 그렇게 결심하고도, 자신이 강태호라는 사실을 알고 기겁하던 리아의 얼굴이 떠올라 선뜻 다가갈 순 없었다.

그랬는데 그녀가 먼저 눈앞에 나타났다. 처음엔 잘못 본 게 아닐까? 자신의 눈을 의심했다. 그러나 곧 그녀가 틀림없다는 사실을 깨달았다. 멀리서도 저렇게 사랑스러운 모습으로 빛나는 존재는 세상에 단 한 사람, 주리아뿐이니까. 그래도 그녀가 자신을 보러 왔다고는 생각하지 않았다. 아마도 민수를 만나러 왔을 것이다. 역시나 리아는 다가올 생각 없이 멀리서 그를 바라만 보았다.

  너무 긴장해서인지 저절로 표정이 굳어버리자 태호는 과 선배들과 빠르게 자리를 피했다. 하지만 리아를 지나치자마자, 저도 모르게 고개가 돌아갔다. 그녀의 어깨가 여리게 떨리는 것처럼 보였지만 확실하진 않았다.

  선배들과 주차장으로 가던 태호는 얼마 못 가고 걸음을 멈추었다.

  "선배, 죄송한데 오늘은 안 될 것 같습니다. 급히 중요한 일이 생겨서요."

  "그래? 할 수 없지. 다음에 먹자."

  "네. 선배."

  선배들과 헤어진 그는 전속력으로 강의실을 향해 달려갔다. 무슨 일인지 모르겠지만, 분명 리아는 울고 있었다. 그런 그녀를 혼자 둘 순 없었다. 자신이 뭘 해줄 수 있는 것도 아니면서…… 술래에게 들켰다고 리아가 울음을 터뜨렸을 때도 마찬가지였다. 어른들께 들키면 귀찮아서가 아니라, 그저 리아가 우는 모습을 볼 수 없었기 때문에 초콜릿을 양보했다.

  다행히도 리아는 아직 그 자리에 서 있었다. 어렸을 때나 지금이나, 리아의 뒷모습이 가냘프게 느껴졌다. 품에 안아 감싸주고 싶을 만큼. 뒤에서 팔을 잡아당기자, 리아의 몸이 저절로 그를 향해 돌아갔다. 머리가 뭐라고 생각하기 전에, 몸이 먼저 그녀를 와락 끌어안았다.

"……울지 마, 리아야."

그렇게 두 사람은 연인이 되었다.

그날부터가 1일이었다.

"와아, 새언니, 진짜죠? 작은오빠 대학교 때 클럽 다닌 거 맞죠?"

리아가 태호와의 첫 만남을 떠올리는데, 약점을 잡았다는 듯 태희의 목소리가 커졌다.

"그런데 새언니가 그걸 어떻게 알아요? 작은오빠랑 같이 클럽 간 적 있어요?"

이런, 과거 연인 사이였던 사실은 특급 비밀인데……. 리아가 자신이 괜한 말을 한 건 아닌지 걱정하는 찰나, 갑자기 태호가 성큼성큼 앞으로 다가왔다.

"발은 어때?"

"어, 괜찮……. 앗."

말을 끝내기도 전에 그는 어젯밤처럼 리아를 번쩍 안아 올렸다.

"붕대 새로 갈아줄게. 방으로 가자."

다친 건 발바닥이 아니라 발등이거든. 혼자 걸을 수 있는데 왜 이러는 거야!

당황한 리아가 벗어나려고 바르작거리자, 태호가 경고했다.

"가만히 있어."

그리고 그는 가볍게 계단을 오르기 시작했다. 두근두근, 가슴이 뛰었다. 하지만 설렘은 금물. 이건 그저 연기니까. 태희의 질문을 피하려고 이러는 것이다. 그래도 기분은 좋았다. 번쩍 들어서 '공주님 안기'를 해주는데, 싫다고 할 사람이 어디 있을까? 잠시만이라도 이 순간을 즐기면 안 될까? 아주 잠시만.

리아는 태호의 어깨에 가만히 얼굴을 묻었다. 아, 못 견디게 그리운 싱그러운 체취가 코끝을 간질였다.

달콤한 환상은 잠시일 뿐. 침실로 돌아와 태호가 그녀를 침대에 내려놓자, 리아는 설레는 마음을 신속히 거두었다. 사람의 마음이라는 게 참 어리석어서, 그대로 방치했다간 고삐 풀린 망아지처럼 날뛸지도 모른다. 그렇게 되기 전에 단단히 단속해야 한다.

"어제도 그렇고, 오늘도 그렇고. 연기가 너무 과했어."

리아는 상황을 강조하려 짐짓 진지한 목소리로 말했다.

"가족들은 우리가 사랑 없이 결혼한 거 알잖아. 집에서까지 사랑하는 척 연기할 필요 없어."

"발 움직이지 마."

말을 듣기는 하는지 태호는 고개를 숙인 채 상처 소독에만 집중했다. 붕대 감기를 끝내고야 리아를 향해 고개를 들었다.

"그래서 5년 동안 서먹서먹하게 지내고 싶어? 그게 네가 원하는 건가?"

"서먹하게 지내는 건 아니더라도, 일부러……."

"리아야."

그가 가라앉은 목소리로 자신을 부르자 리아는 하던 말을 멈추었다. 가끔 저렇게 목소리를 깔면, 왠지 입을 다물어야 할 것 같다.

"어제도 오늘도, 난 내 행동이 과했다고는 생각하지 않아."

태호는 바닥에서 몸을 일으켜 리아가 앉은 침대에 나란히 앉으며 차분하게 말을 이었다.

"넌 우리 집에서 다쳤어. 지금 여기서 너와 가장 가까운 사람은 나고. 그게 허울뿐인 남편이든, 아니든."

'남편'이란 말에 갑자기 분위기가 어색해졌다. 아니, 그보단 비아냥거리지 않고 조용하게 말하는 그가 너무나 낯설었다.

갑자기 왜 이래?

리아는 어떻게 대해야 할지 몰라 잠시 당황스러워했다.

"아무리 정략결혼이라도 너와 나, 우린 이젠 부부야. 한 팀이라고. 내가 널 챙기지 않으면, 아무도 널 챙겨주지 않아."

그건 맞다. 아무리 정략결혼, 쇼윈도 부부라도 상대를 어떻게 대하느냐에 따라서 삶의 질이 달라질 것이다. 그럭저럭 살 만할지, 아니면 숨이 막힐 정도로 거북할지. 매우 예외이긴 하겠지만 나름 행복할지.

"물론 가족들 앞에서까지 사랑하는 척하지 않아도 돼. 그러나 적어도 너와 나, 서로 같은 편이라는 걸 인식시킬 필요는 있어. 그래야 네가 편해."

단지 그래서?

리아는 태호의 저의가 의심스러웠다. 이곳은 후계자 게임이 펼쳐지고 있는 정글의 세계. 그가 순수한 동기로 그녀 편을 든다는 게 선뜻 믿기 어려웠다. 하지만 곧 생각을 바꿨다. 강태호가 얼마나 매사에 빈틈없이 계산적인 사람인지 떠올랐기 때문이다.

그녀는 이제 그의 아내다. 옛날식으로 표현하면 그의 소유가 되었다고, 현대식으로 표현하면 동반자가 되었다는 뜻이다. 쉽게 말하자면 그녀는 자기 편이니 직접 챙기겠다는 소리다. 한마디로 '내 거, 아무도 손대지 마!' 이런 것이다. 그렇게 결론을 내리니 태도의 변화를 이해 못 할 것도 없었다. 그래도 분위기가 어색한 건 어색한 거라서, 리아는 슬그머니 화제를 돌렸다.

"그런데 이 시간에 웬일이야? 벌써 퇴근한 거야?"

"응. 시차 때문에 힘들어서…… 눈 좀 붙여야겠어."

피곤한 듯 넥타이를 느슨하게 풀며 그가 대답했다.

잠깐, 저번처럼 옷 갈아입는다고 막 벗는 건 아니겠지?

리아는 재빨리 저만치 옆으로 떨어졌다.

절대로 벗은 몸을 보는 게 창피해서가 아니다. 다만 볼 땐 보더라도 가까운 데서 보면 눈이 나빠질까 그런 거다. 내 눈은 소중하니까.

넥타이를 푼 태호는 셔츠의 맨 위 단추를 끄르며 침대맡에 등을 기댔다. 언뜻 보기엔 피곤해 보였다. 하지만 그건 사실이 아니다. 피곤과는 거리가 멀었다.

오늘 태호는 그 어느 때보다 활기찼고, 일찍 퇴근할 생각은 전혀 없었다. 그러나 미팅을 끝내고 회의실을 나가던 배우 강수미가 발을 헛디뎌 비틀거려 그가 그녀를 부축해주며 모든 게 바뀌었다. 중심을 잃은 그녀가 품 안에 쓰러지는 순간, 상큼한 레몬 향이 코끝을 자극했다. 이건? 리아가 사용하는 보디로션과 같은 향이었다. 자연스럽게 리아가 떠올랐고, 본가에 홀로 있을 그녀가 걱정돼 견딜 수 없었다.

결국 남 비서에게 오후 일정 조절을 맡기고 급히 집으로 향했다. 거실 소파에 앉은 리아를 보고 나서야, 답답하던 마음이 조금이나마 풀리는 것 같았다.

"점심은?"

셔츠의 두 번째 단추를 끄르려는데, 리아가 침대에서 일어서며 물었다.

별생각 없이 물어본 것이겠지만, 마치 아내가 남편 식사를 챙겨주는 것 같아 감동하고 말았다. 평소엔 식사했건 안 했건 전혀 신경을 쓰지 않던 그녀였기에…….

"아직."

태호가 짧게 대답하자, 리아는 무심한 얼굴로 물었다.

"라면 먹고 잘래?"

'라면 먹고 잘래?'라고? '라면 먹고 갈래?'가 아니라?

정확히 무슨 뜻인지는 알 수 없었지만, 태호는 무심결에 고개를 끄덕였다. 그러자 리아가 예쁘게 눈꼬리를 휘었다. 결혼하고 나서 처음으로 보여주는, 연기가 아닌 진짜 미소였다.

"내가 '끆새 라면' 끓여줄게. 옷 갈아입고 내려와."

방금 잘못 들은 건가? 내가 끓여줄게?

믿기지 않는다는 듯 태호의 눈이 가늘어졌다. 오랜 연애 기간 동안 대부분 그가 요리했고, 리아가 뭘 요리한 적은 거의 없었다. 있다면 식빵에 딸기잼과 땅콩버터를 바른다거나, 컵라면에 뜨거운 물을 붓는 정도? 그랬던 리아가 라면을 끓여주겠다니……. 태호에게는 상다리 부러지게 진수성찬을 차려준다는 말로 들렸다.

우리는 이제 한 팀이란 말에 그녀만의 방식으로 화답하는 걸까?

이유가 어찌 됐든 상관없었다. 그녀가 그를 위해서 뭔가를 만들어준다는 것이 중요했다. 한편으론 은근히 당황스럽기도 했지만 가슴 설레게 기분은 좋았다.

"자, 여기."

리아는 뿌듯한 얼굴로 라면을 담은 그릇을 태호의 앞에 내려놓았다.

……음, 냄새는 라면이 맞는데.

태호는 이상한 비주얼의 음식을 조심스럽게 노려보았다. 맞은편에 앉은 태희도 같은 표정이었다.

"라면이 좀 불었어요, 아가씨. 우리 집 가스레인지랑 화력이 달라서요."

리아는 마지못해 젓가락을 드는 태희에게 양해를 구했다.

"아, 네."

태희는 영혼 없는 얼굴로 대답하며 라면 그릇으로 눈길을 내렸다.

와, 이게 뭐냐, 정말?

전문 요리사가 있었지만, 주원식품 따님이 직접 '낌새 라면'를 끓여주겠다는데 마다할 이유가 없었다. 그 누구보다 완벽하게 끓일 것이라고 확신했다. 그런데 현실은 그게 아니었다. 완전 망해버렸다. 라면은 좀 불은 정도가 아니라 칼국수처럼 퍼져서 라면인지 칼국수인지 구별이 어려웠고, 물도 얼마나 많이 넣었는지 한강 같은 멀건 국물 안에서 라면 면발이 살려달라고 허우적거렸다.

비주얼이 이러니 맛이 좋을 리 있나! 간도 밍밍하고, 하나도 얼큰하지 않았다. 그런 태희의 속마음을 읽은 듯 리아가 설명을 덧붙였다.

"해장하는 건데 너무 맵고 짜면 안 되잖아요. 일부러 좀 싱겁게 끓였어요."

와, 누가 마케팅팀장 아니랄까 봐! 처참한 수준으로 망치고도 변명이 제법이었다.

에잇, 이런 걸 누가 먹어!

태희는 짜증 난 얼굴로 젓가락을 내려놓았다. 하지만 맞은편에 앉은 태호와 눈이 마주치자 다시 서둘러 젓가락을 집었다. 호랑이가 노려보듯 번뜩거리는 눈빛이 그녀를 산 채로 잡아먹을 기세였다. 태희는 할 수 없이 한약 먹는 기분으로 라면을 입에 넣었다.

흑, 맛없는 거 먹으면 살찌는데…….

"맛 괜찮죠, 아가씨?"

태호가 무서워 허겁지겁 먹는 건데, 리아는 맛있어서 빨리 먹는 줄 아는지 흐뭇한 엄마 미소를 떠올렸다.

때리는 오빠보다 말리는 새언니가 더 밉다더니…….

태희는 투덜거리며 리아의 앞에 놓인 샌드위치 접시를 노려보았다.

"새언니는 왜 안 먹어요?"

"전 집에선 라면 안 먹어요."

갓 구워낸 바삭한 크루아상 샌드위치를 베어 물며 리아가 말했다.

"품평하느라 하도 먹어서 집에까지 와서 먹긴 질리더라고요."

그렇다고 집에서 전혀 안 먹는 건 아니지만…….

솔직히 리아가 보기에도 오늘 그녀가 끓인 라면은 면발도 퍼지고, 물 조절에 실패해 영 아니긴 했다.

그냥 요리사가 끓이게 놔두지, 괜히 직접 한다고 했나? 잠깐 후회도 됐지만…… 그럴 수 없지! KJ푸드 오너 집에서 KJ푸드 제품이 아닌, 주원식품 '낌새 라면'을 끓이는 기쁨을 양보할 순 없었다.

그게 정확히 어떤 기분인지 알려나? P 콜라 공장에서 C 콜라 1병을 쭈욱 들이켜는 기분이랄까? 마치 눈보라를 뚫고 적진 한가운데 승리의 깃발을 꽂는 것처럼 통쾌했다. 단, 너무 흥분한 나머지 그녀가 요리엔 젬병이라는 사실을 깜빡했다. 리아가 망치지 않고 할 수 있는 건, 용기 선을 따라 끓는 물을 붓고 얌전히 기다리는 컵라면 정도였다. 그것도 요리라고 한다면 말이다.

그래도 입맛 까다로운 태호가 불평 없이 묵묵히 먹는 걸 보면, 아주 망한 건 아닌가 보다. 태희는 새 모이 먹듯 라면을 깨작거렸지만, 숙취로 입맛이 없어서 그런 거라고 맘 편하게 해석했다. 결국, 태희는 반도 없어지지 않은 그릇을 옆으로 밀고 자리에서 일어나려 했다.

"먹다 말고 어디가? 국물 한 방울 남기지 말고 다 먹어."

하지만 태호의 살벌한 말투에 도로 의자에 앉았다.

"오빠, 나 지금 다이어트 중이라……."

"다이어트는 내일부터 하고, 마저 먹어."

"네."

태희는 찍소리 못 하고 다시 젓가락을 들었다. 불은 면발 따위에 목숨을 걸 순 없으니까.

"아가씨, 김치랑 같이 먹어요."

지금 누구 때문에 이 난리인데, 리아는 아무것도 모른다는 얼굴로 김치 그릇을 태희 쪽으로 밀었다. 불여우가 따로 없었다. 꼬리가 9개 달린 호랑이 작은오빠와 꼬리가 9개 달린 여우 새언니. 완벽한 한 쌍의 구미호 커플이었다.

chapter 6

몸 따로 마음 따로

다음 날, 유정과 수진을 만나기로 한 리아는 운전기사가 모는 차를 타고 약속 장소로 향했다. 발바닥이 아니라 발등을 다친 거라 운전하는 데 아무 문제 없는데도, 태호는 그녀가 운전하는 것을 허락하지 않았다. 가만 보면 강태호는 은근히 과보호 성향이 있는 것 같다.

"신혼여행은 어땠어?"

자리에 앉기도 전에 유정이 질문부터 던졌다. 정략결혼이라는 걸 뻔히 알면서도 유정은 은근히 핑크빛을 기대하는 것 같았다.

"어떻긴 뭐가 어때? 그냥 그렇지."

리아의 시큰둥한 대답에 유정은 실망한 표정을 지었다.

수진은 티 날 듯 말 듯 입꼬리를 올렸다. 오늘 리아가 유정을 만난다는 소리에 수진은 월차까지 내가며 달려왔다. 신혼여행 중에 무슨 일이 있었나, 혹시 그새 태호에게 넘어간 건 아닐까 하는 걱정에 도무지 가만히 있을 수 없었다. 그런데 낌새를 보니 아무 일도 없었던 것 같다. 그래도 확실히 확인해둘 필요는 있었다.

"그럼 인터넷에 떠도는 사진은 뭐야?"

수진은 공항에서 찍힌 사진을 휴대폰으로 보여주었다. 리아는 아무것도 아니라는 듯 어깨를 으쓱거렸다.

"각도가 애매해서 그렇지, 별거 아냐."

"정말? 우린 또 신혼여행에서 뭔 일 생겼나 했지."

"뭔 일은 무슨……."

리아는 혼잣말처럼 투덜거리며 레모네이드를 쭉 들이켰다. 전혀 아니라고 하기엔 조금은 양심에 걸렸다. 꼭 껴안고 원형 침대에서 잠을 자고, 비키니 상의를 벗기고 선크림을 발라주는 등등. 나름 굵직한 일이 많았으니까.

만약 일광 화상을 당하지 않았더라면 뭔 일까지 생겼을까? 낯선 여행지에서 일어나는 불장난은 로맨스 소설의 단골 소재이기도 하다. 하지만 환상은 길지 않았을 것이다. 한국에 돌아온 순간 땅을 치며 후회했겠지.

"강수미, 재계약했더라. 스캔들 났는데도 계속 쓰는 걸 보면 둘이 뭔가 있긴 있나 봐."

신혼여행을 되짚던 리아는 수진의 말에 현실로 돌아왔다.

"두 사람 정말 그렇고 그런 사이인 거야?"

흥분한 듯 유정이 목청을 높였다.

"그렇고 그런 사이든 말든, 난 관심 없어."

리아는 눈살을 찌푸리며 유리잔을 들어 입으로 가져갔다. 말은 그렇게 했지만 심기가 불편해져 얼음을 입에 넣고 와그작 씹었다.

그런 리아를 유심히 바라보던 수진은 손에서 미끄러진 것처럼 휴대폰을 떨어뜨렸다. 얼음을 꺼내 먹고 유리잔을 내려놓는 리아의 동작과 완벽한 타이밍이었다. 혹시라도 리아가 못 보고 지나칠까, 일부러 당황한 듯 말을 보탰다.

"어머, 미안. 이게…… 어쩌다."

리아의 시선이 저절로 휴대폰에 닿았다. 수진의 휴대폰 화면 안에서 태호와 강수미가 서로를 애틋하게 끌어안고 있었다.

"이게 뭐야?"

리아는 무심한 얼굴로 툭 던지듯 물었다.

"어제 회사에 강수미 왔었는데⋯⋯. 하, 기가 막혀서!"

덤덤한 리아와는 달리, 수진은 못 볼 꼴 봤다는 듯 불쾌한 표정을 지었다. 태호가 강수미를 만난다는 말을 듣고 회의실에 갔다가 우연히 찍은 사진이다. 발을 헛디딘 강수미를 태호가 잡아주느라 제법 그럴싸한 장면이 연출되었지만 볼 때마다 화가 났다.

"회의실 앞에서 둘이 이러고 있더라고. 보는 순간 열이 팍 올라서 나도 모르게 사진부터 찍었어. 너한테 알려줘야 하나, 고민하다가 그만⋯⋯."

수진이 미안하다는 듯 말꼬리를 흐렸다. 리아는 다시 한번 사진을 힐끔 쳐다보더니 시큰둥하게 말했다.

"사진 잘 나왔네."

이번엔 유정이 눈살을 찌푸렸다.

"리아야, 태호 바람피우는 거 가만히 놔둘 거야? 아예 대놓고 이러는데?"

"⋯⋯글쎄 어쩔까?"

리아는 혼잣말처럼 중얼거리며 두 번째 얼음을 유리잔에서 꺼내 입에 넣었다. 어쩌긴 뭘 어째? 당장 전화해서 '야, 너 제대로 안 하지!' 하며 한바탕하고 퍼붓고 싶다. 어제 찍은 거라면 시차로 피곤하다고 일찍 퇴근한 날이라는 건데.

와, 진짜 개뻔뻔! 전 여친을 만나서 애정 행각을 벌이고⋯⋯ 아니다,

전 여친이 아니라 현 여친. 두 사람 아직 진행형일지도 모르니까. 하여간 그래 놓고 집에 와선 우리는 이제 부부라느니, 한 팀이라느니, 자신이 챙겨줘야 편할 거라느니 등등 사탕발림을 한 거야? 하, 누굴 바보로 아나?

와그작, 리아의 입에서 얼음이 산산조각 부서졌다.

"아무리 정략결혼이라도 이건 좀 아니지 않니? 너희, 따로 애인 두기로 한 거 아니지?"

유정의 질문에 리아는 고개를 저었다. 하지만 생각해보니 어떻게 할지 구체적으로 논의한 적은 없었다. 당연히 결혼하면 과거 인연은 말끔하게 정리하는 거라고 생각했다. 결혼을 제안했을 때, 태호는 분명 남자가 있다면 정리하라고 못 박았었다. 그래 놓고선 자기는 뒤에서 호박씨를 깐 거야?

"급하게 결혼하느라 제대로 이별 못 했나 보네. 누가 아니? 마지막 인사로 껴안은 건지……."

리아는 말은 그렇게 했지만, 짜증이 나는 건 어쩔 수 없었다. 강수미를 껴안은 태호 표정이 아주 애틋해 보였기 때문이다. 마치 '널 보내고 내가 어떻게 살아.' 하는 것처럼. 물론 그가 누구와 사랑을 했든 말든 전혀 관심 없었다.

하지만 리아는 자꾸만 떠오르는 못마땅한 상상을 물리칠 수 없었다. 강수미와도 요트를 타고 바다로 나가서 자국 남는다며 비키니 끈을 풀어주고 벗은 등에 선크림을 발라줬을까? 유치원생 소꿉장난도 아니고 다 큰 성인 남녀가 만났는데, 당연히 더한 장면이 연출됐겠지?

강수미의 뺨을 부드럽게 쓰다듬던 태호가 그녀와 입술을 겹치는 모습에까지 상상이 이어지자, 리아는 저도 모르게 유리잔을 움켜쥐었다.

질투까진 아니더라도 묘하게 찜찜했다. 좀 더 정확하게 표현하자면, 목이 메고 가슴이 막힌 듯 답답했다. 하지만 그렇다고 겉으로 감정을 드러낼 순 없었다. 사랑 없는 결혼에 괜한 감정을 소모하는 건 본인에게 손해일 뿐이라고 되뇌며 리아는 별거 아니라는 듯 생긋 웃었다.

"혹시 모르니까 남들 시선 조심하라고 주의를 좀 줘야겠네."

리아가 그렇게 나오는데, 수진도 더는 뭐라고 할 수 없었다.

한 시간 넘게 수다를 떨고 친구들과 헤어진 리아는 잠시 고민에 빠졌다. 한남동 시댁으로 돌아가야 하지만, 이런 기분으론 가고 싶지 않았다. '남편이 꼴 보기 싫으면 시댁 말뚝 보고도 욕부터 나간다'라는 말이 괜히 있는 말이 아니다.

친정에 갈까 하다가 마음을 바꿨다. 눈치 빠른 민 여사는 리아를 보자마자 무슨 일이 있다는 것을 알아차릴 테니까. 가뜩이나 정혼을 탐탁지 않게 여겼는데 괜히 걱정을 끼칠 순 없었다. 민 여사는 처음엔 두 사람의 결혼을 반대했다가 주 회장의 설득에 넘어갔다. 만약 주원식품이 부도 위기에 처해서 어쩔 수 없이 하는 결혼이란 걸 알았다면 민 여사는 끝까지 반대했을 것이다.

리아는 민수나 보고 가야겠다는 생각에 주원식품으로 향했다. 그런데 가는 날이 장날이라고 항상 연구실에만 틀어박혀 있던 민수가 오늘따라 외출 중이란다. 결국, 리아는 가족 같은 팀원들이 있는 마케팅 1팀 사무실로 걸음을 옮겼다.

"팀장님!"

사무실로 들어오는 리아를 발견하고 채영이 깜짝 놀란 얼굴로 자리에서 일어났다.

"휴가 아직 안 끝났는데 어쩐 일이세요?"

"그냥 지나가다 들렀어."

그때 탕비실 문이 열리며 민훈이 걸어 나왔다. 그는 리아를 보자 깜짝 놀란 표정을 짓더니 도로 탕비실에 들어갔다. 결혼식 이후로 처음 보는 거라서 아직은 그녀를 대하기가 껄끄러운가 보다. 리아는 애써 씁쓸한 미소를 감추었다. 휴가가 끝나고 출근하게 되면 제일 먼저 민훈과 대화를 나눠야겠다.

만약 민훈이 부서 이동을 원한다면 그를 마케팅 2팀으로 보내는 것도 고려해볼 생각이었다. 좋은 선배와 직장 동료를 잃은 것 같아 마음 아팠지만 어쩔 수 없었다.

"참, 팀장님 휴가 중이라서 말씀 못 드렸는데……. 아, 아니다. 팀장님은 당연히 알고 계셨겠죠."

리아가 의아해서 바라보자, 채영이 빠르게 말을 이었다.

"KJ푸드에서 하명은 여사님 들깨 요리 기획을 완전히 백지화했다던데요."

정말? 완전 금시초문이다.

"그래? 난 몰랐어."

"들깨 요리 기획 대신 스테이크 세트 출시에 집중할 거래요. 그래서 이번에 강수미 데리고 홍보 이벤트도 대대적으로 한다던데요."

'강수미'란 말에 리아는 저도 모르게 눈을 흘겼다. 아무리 전속 모델이라곤 하지만, 그렇게 삐쩍 마른 애를 데리다가 스테이크 광고라니! 그저 헛웃음만 나왔다.

업무에 방해되지 않게끔 리아는 팀원들에게 간식을 사주고는 곧 사무실을 나왔다. 강수미 문제로 우울해서 들렀는데 오히려 기분만 더 나빠진 것 같았다.

그런데 저러다가 또 강수미랑 스캔들 나면 어쩌지?

회사 로비를 빠져나가던 리아의 머릿속에 돌연 경고가 떠올랐다. 세기의 사랑 어쩌고저쩌고하면서 결혼까지 했는데, 또다시 강수미와 스캔들이 난다면 반듯한 이미지에 타격을 입을 게 뻔하다. 최악의 경우, 후계자 자리를 차지하는 데 걸림돌이 될지도 모른다. 결혼한 이유 중 하나도 얼룩진 사생활을 지우기 위해서였는데……. 그래 놓고선 또다시 삐딱선이라니.

그가 그룹 경영권을 물려받아야만 그녀가 KJ푸드를 인수할 수 있게 된다. 그래야 예정대로 이혼할 수 있을 테고.

아무래도 안 되겠어.

리아는 태호와 대화할 필요를 느꼈다. 쇠뿔도 단김에 빼랬다고 당장 KJ푸드 본사로 향했다. 이건 질투가 아니라, 사업적인 문제로 이러는 거라고 계속해서 자신에게 되뇌며……

"어제 강수미 만난 일은 어떻게 됐어?"

조금은 흥분한 듯한 목소리로 민수가 물었다. 전화상으로 물어도 되지만, 혹시 모를 도청을 피해 직접 태호를 찾아왔다. 태호의 집무실은 도청 장치로부터 완벽히 자유로우니까.

"위험하긴 하지만 우리 측 부탁 들어주기로 했어."

"그래? 이제 그거만 손에 넣으면 다 모으는 건가? 한 사장이 눈치채는 건 아니겠지?"

"한 사장은 강수미가 자신을 배신할 거라곤 상상도 못 할 거야. 자신에게 약점을 잡혔다고 생각하니까."

강수미는 다른 한류 스타에 비해 무명 시절이 길었다. 단역을 따내기도 어렵던 그녀에게 한정안 사장으로부터 스폰서 제의가 들어왔다. 처음엔 단호히 거절했지만, 계속되는 오디션 탈락에 결국 마음을 바꿀 수밖에 없었다.

그리고 1년 후, 조연으로 출연한 드라마에서 주연보다 인기를 얻으며 세계적으로 흥행에 성공한 덕분에 하루아침에 한류 스타 자리에 올랐다. 이제 더는 한 사장에게 끌려다니지 않아도 된다고 생각했지만, 그는 쉽게 놓아주지 않았다. 우연히 파티에서 태호와 마주친 강수미는 다음 날 그를 찾아왔다. 그녀의 손에는 한 사장이 비밀 장부를 숨겨 둔 금고 사진이 들려 있었다.

자신이 한 사장의 비리 증거를 가져올 테니, 한 사장에게서 자유롭게 해달라는 조건을 걸었다. 그리고 얼마 후, 강수미와 강태호의 핑크빛 스캔들이 터졌다. 하지만 두 사람 모두 신경 쓰지 않았다. 오히려 그쪽이 세인의 눈에 자연스러울 테니까.

그녀와의 거래는 오로지 태호와 민수, 남 비서 세 사람만 알고 있다. 그 이유로 대화 중 강수미와 연관된 내용이 나올 때면 특별히 신경 써서 조심하곤 했다.

그때였다.

"알았어요."

문밖에서 익숙한 목소리가 흘러들었다. 태호와 민수는 동시에 문을 향해 시선을 돌렸다.

"밖에서 기다릴게요."

이 목소린? 리아의 목소리였다.

"사모님."

리아를 본 남 비서는 황급히 자리에서 일어났다. 남 비서를 보아온 5년 동안, 한 번도 이렇게까지 당황하는 모습을 본 적 없었다.

뭐지? 뭔가 수상해.

리아의 육감이 안테나를 세웠다.

"이사님, 자리에 계시죠?"

남 비서의 대답을 기다리지 않고 리아가 곧장 집무실로 향하자, 남 비서는 굳은 얼굴로 문 앞을 가로막았다.

"잠시만. 지금 손님이 안에 계십니다."

"알았어요. 밖에서 기다릴게요."

만약에 저 안에 있는 손님이 강수미라면? 회사에서 이상한 짓을 하는 건 아니겠지?

불길한 상상에 얼굴이 붉어지려고 하는데 달칵 집무실 문이 열렸다. 동시에 놀란 리아의 두 눈이 휘둥그레졌다.

"민수야, 네가 왜 거기서 나와?"

"미안, 나중에 설명할게. 나 지금 약속 늦었거든."

말을 마친 민수는 부리나케 눈앞에서 사라졌다. 평소의 그녀라면 민수의 행동이 이상하다고 느꼈겠지만, 지금은 자신의 코가 석 자라 깊게 생각하지 않았다.

"같이 퇴근하려고 온 거야?"

집무실로 들어온 리아가 소파에 앉자, 태호는 책상에서 일어나 소파로 다가왔다.

"응, 뭐……. 근처 지나가다가……."

얼떨결에 대답해놓고 리아는 속으로 한숨을 쉬었다.

말도 안 되는 소리다. 그냥 지나가다 찾아오다니, 모르는 사람이 들으면 애정 넘치는 부부인 줄 알겠네. 그나저나 어떻게 말을 꺼내지?

리아는 열심히 할 말을 궁리했다.

둘이 껴안고 있는 사진을 수진을 통해 봤다고 하면 괜히 수진이 입장만 난처해질 텐데……. 아, 그래!

리아는 방금 채영에게 들은 정보를 써먹기로 했다.

"하명은 여사님의 들깨 요리 기획, 전면 백지화시켰다고 들었어."

"응. 조금이나마 여사님 마음 편하게 해드리려고."

말을 해도……. 내가 여사님 맘 불편하게 한다는 소리로 들리잖아. 하지만 지금은 그런 사소한 것에 신경 쓸 때가 아니다.

"스테이크 세트 출시에 집중할 거라며? 이번에도 강수미가 광고 모델하고."

"응."

좋아! 제대로 대화가 돌아간다.

리아는 소파에 등을 기대며 다리를 꼬고 도도하게 턱을 들어 올렸다. 그리고 최대한 감정을 담지 않고 말을 꺼냈다.

"언제까지 강수미와의 관계 유지할 거야?"

"전속 모델 관계를 묻는 거라면 이번에 5년 재계약했어."

와, 전속 모델이라고 하면서 계속 옆에 데리고 있으시겠다? 양심에 털 나다 못해 그 털로 스웨터도 뜰 기세네.

순간 발끈했지만, 리아는 잠자코 그의 말에 귀를 기울였다.

"만약에 다른 의미로 묻는 거라면……."

드디어 사실을 털어놓으려는 걸까?

리아는 숨을 죽이고 그의 다음 말을 기다렸다.

"아무 관계 아니야."

"아무 관계 아니라고?"

뻔뻔한 거짓말에 기가 막힌 나머지 리아는 저도 모르게 말이 헛나가고 말았다.

"그런데 사람들 보는 앞에서 강수미와 끌어안았어?"

"뭐?"

"어제, 그것도 어제 그랬잖아."

"주리아, 대단한걸. 우리 회사에 정보원 심어놨어?"

"사내에선 자제 좀 하지. 누가 사진 찍어서 인터넷에라도 올리면 귀찮아져."

"우리 직원이 그런 짓을 할 거라곤 생각 안 해. 그런데 지금 그거, 질투야?"

뭐라니?

리아는 못마땅한 얼굴로 눈살을 찌푸렸다.

질투라니! 혹시라도 후계자 경쟁에서 불리해질까, 아내가 아닌 사업적인 파트너로서 우려하는 것뿐이다. 그런데 왜 가슴은 뜨끔하지? 흔들리는 리아의 두 눈에 미소를 떠올리는 태호의 얼굴이 가득 찼다.

"질투 맞네."

"질투 아니거든."

맹세코 질투는 아니다. 질투는 상대에게 감정이 있을 때나 생기는 거다. 백번 양보해서 희미한 흔적이 남았다면 몰라도 사사로운 감정은 남아 있지 않았다. 그러니까 이건 질투일 리가 없어.

"질투가 아니면 뭐지?"

리아의 단호한 부정에도 태호는 곧이곧대로 받아들이지 않았다. 눈을 빤히 들여다보던 그가 앞으로 상체를 기울였다.

"몰라서 물어?"

태호를 피해서 뒤로 몸을 빼며 리아가 톡 쏘아붙였다.

"응. 몰라서 묻는 거야."

아니면 아닌 거지, 끝까지 캐묻긴⋯⋯. 정말 집요하다. 하지만 그런 성격이 오늘날 태호를 지금의 위치에 있게 했을 것이다. 대충 얼버무려선 쉽게 물러서지 않을 테니까, 리아는 그녀 자신을 설득했던 말을 그대로 써먹었다.

"사업적인 파트너로서 경고하는 거야. 넌 지금 계약을 성실히 이행하지 않고 있으니까. 사생활이 깨끗해야 후계자 경쟁에서 유리해. 자칫 스캔들이라도 터지면 골치 아프게 된다고. 네가 회장 자리를 차지해야 내가 KJ푸드를 인수할 수 있잖아, 안 그래?"

말을 마친 리아는 한 치의 흔들림 없는 눈으로 그를 바라보았다. 그녀의 단호한 태도에 태호는 피식 웃으며 기울였던 상체를 일으켰다.

"좋아. 그렇다면 내가 어떻게 해야 성실히 계약을 지키는 건지 말해봐."

어떻게 해야 할지 말해보라고? 딱히 구체적으로 생각해본 적은 없었기에 리아는 조금 당황했다. 하지만 말이 나온 김에 상세히 짚고 넘어가는 것도 나쁘진 않다고 본다.

잠시 생각에 잠긴 리아는 이윽고 할 말을 찾은 듯 고개를 끄덕였다.

"더는 강수미와 스캔들 일으키지 마. 만약에 아직도 관계를 정리하지 못했다면, 일주일 시간 줄게. 그 안에 끝내."

그녀 나름대로 상대를 배려한 결정이었다. 마음 같아선 당장 내일 안으로 해결하라고 말하고 싶지만, 일주일이나 시간을 주었다. 그러나 태호는 그렇게 받아들이지 않는 것 같았다.

"방금 재계약했다고 말했을 텐데? 계약을 무르려면 위약금을 내야 해. 액수가……."

"공적인 관계 말고, 사적인 관계를 말하는 거야."

말을 중간에 끊으며 리아가 재빨리 덧붙였다.

"전속 모델이라 어쩔 수 없이 만나더라도 앞으론 공적으로만 대해. 그리고 주위에 있는 여자, 연인 사이든 썸만 타는 사이든 모두 정리하고."

모든 여자?

"하하."

터무니없는 말에 태호는 짧게 웃음을 터뜨렸다. 어째서인지 리아는 그의 여자관계가 꽤 복잡하다고 믿고 있었다. 물론 본의 아니게 종종 핑크빛 소문에 휘말리긴 했다. 그렇지만 주위 여자를 정리하란 말을 들을 만큼은 아니었다. 정리할 여자가 없다고 해도 그녀는 그가 거짓 말한다고 생각할 것이다. 그래서일까? 태호는 자신도 모르게 빈정거리는 투로 말했다.

"지금 나보고 수도승같이 살라는 거야?"

"스캔들로 얼룩진 사생활을 덮으려고 결혼까지 했는데, 스캔들 일으키지 말라는 소리가 그렇게 들려? 그리고 수도승처럼 사는 게 어때서? 평생도 아니고 고작 5년인데, 그것도 못해?"

못할 것도 없다. 아니, 벌써 그렇게 살고 있다. 하지만 그렇게 말하면 리아는 뭐라고 반응할까? 후, 어디서 귀신 씻나락 까먹는 소리 하냐며 비웃겠지?

태호가 미간을 찌푸리며 고개를 흔들자, 리아는 다른 의미로 해석했다.

5년 동안 따로 애인을 두지 말자는 말이 그렇게나 곤혹스러운 거야? 만약에 그렇게 못하겠다고 하면 어쩌지?

너무 강하게 나가다간 역효과가 날지도 모른다. 리아는 살짝 방법을 바꾸기로 했다.

"너무 걱정하지 마. 5년쯤 금욕한다고 죽진 않으니까. 너만 그러라는 거 아냐. 나도 수녀처럼 살 거라고."

둘이 함께 금욕하자는 건데, 억울해할 건 없다고 본다. 그러나 태호는 즉시 대답하지 않고 생각에 잠긴 얼굴로 소파에 등을 기댔다.

─ 그런데 사람들 보는 앞에서 강수미와 끌어안았어?

리아는 분명히 그렇게 말했다. 그가 배우 강수미를 껴안았다는데 조금의 의심도 없다는 투였다. 비틀거리는 강수미를 잡아주다 그녀가 그의 품으로 쓰러지긴 했지만, 그건 아주 찰나였다. 누가 보더라도 해프닝에 지나지 않는 일이었다. 그렇다면 누군가 리아에게 과장되게 말을 전했거나, 순간 포착으로 사진을 찍었거나 둘 중의 하나일 것이다.

물론 짐작 가는 인물은 있었다. 한정안 사장의 외동딸인 한수진. 그녀 아니면 이런 장난을 칠 사람은 없었다.

태호는 처음 만났을 때부터 그녀가 마음에 들지 않았다. 한 사장의 딸이라는 이유로 자꾸만 옆에서 맴도는 것도 마음에 들지 않았고, 계속 뚫어지게 바라보는 시선도 영 불편했다. 그녀가 아버지 한 사장을 위해서 그런 짓을 하는 건지, 아니면 원래 성격이 그런 건지⋯⋯. 그건 그가 알 바 아니었다. 아예 관심 자체가 없었다. 그러나 이런 식으로 리아에게 나쁜 영향을 준다면 가만히 있을 수 없다. 어떻게 하면 반발 없이 수진을 떼어놓을까? 고민에 빠진 태호의 표정이 굳어졌다.

왜 저래?

불쾌해서인지, 아니면 금욕할 자신이 없어서인지, 태호의 안색이 어두워 보였다.

그만큼 여자관계가 복잡했던 거야? 도대체 강수미 말고도 얼마나 많은 여자가 있는 거야?

— 강태호, 여자관계 엄청 복잡하잖아. 솔직히 들이대는 여자가 한 둘이겠어?

— 비키니 사진을 DM으로 보내는 여자도 있대.

— 저번에 새로 들어온 신입사원이랑 회식 도중에 말도 없이 사라졌다니까. 다음 날 둘 다 같은 옷 입고 회사로 출근하고. 그게 무슨 뜻이겠어.

수진이 지금까지 해온 말이 리아의 머릿속을 떠다녔다. 분명 질투는 아닌데, 못 견디게 속에서 열불이 난다. 리아는 열기를 식히려 손으로 빠르게 부채질을 했다. 그런 그녀를 노려보듯 응시하던 태호가 이윽고 입을 열었다.

"알았어. 그렇게 해."

어, 생각보다 순순히 결정을 따르네? 말만 그렇게 하는 건 아니겠지?

태호는 반신반의하는 리아를 소파에 남겨두고 책상으로 돌아가 컴퓨터를 끄며 말했다.

"지금 퇴근할 거니까, 함께 저녁 먹고 들어가지."

"아니, 됐어."

태호가 더 뭐라고 말하기 전에 리아는 서둘러 핸드백을 챙기고 소파에서 몸을 일으켰다.

"난 집밥 체질이라서 집에 가서 밥 먹을 거야."

집밥 체질은 무슨 집밥 체질? '세상은 넓고 맛집은 많다!'라고 할 정도로 리아는 외식을 즐겼다. 만에 하나 그녀가 진정한 집밥 체질이라고 해도 친정집에서 먹는 밥이 집밥이지, 불편한 시월드에서 먹는 밥은 결코 집밥이 될 수 없었다. 그래도 단둘이 식사하는 것보단 나을 것이다. 괜히 데이트하는 것 같아 영 내키지 않았다. 강수미와 껴안은 사진을 본 지 얼마나 지났다고, 뭐가 예뻐서 단둘이 얼굴을 맞대고 밥을 먹을까! 또 한 번 강조하지만, 절대로 질투는 아니다.

태호는 의외라는 표정을 지었지만, 더 뭐라고 하지 않았다.

"그래, 그럼. 5분만 기다려."

차를 가져왔다면 먼저 가겠다고 했겠지만 애석하게도 오늘 그녀는 차를 가져오지 않았다. 함께 차를 타는 것도 피하고 싶으나, 그래도 함께 저녁 먹는 것보단 나을 테니 뭐라고 토를 달진 않았다.

다행히 교통이 혼잡하지 않아, 30분 만에 한남동에 도착할 수 있었다. 그러나 시댁에 발을 들여놓고 얼마 지나지 않아 리아는 자신의 결정을 후회했다.

왜 또 산 넘어 산인 거야!

에이, 그냥 밖에서 먹을걸.

평소엔 다들 따로따로 먹는다더니, 오랜만에 모두 비슷한 시간에 귀가했다며 또 함께 식사하잔다. 밥 생각이 없다고 거절하고 싶었지만 그러기엔 배가 고팠다. '아니, 도대체 왜 이러시는 거예요?'라고 말하고 싶은 걸 꾹 참으며 리아는 식당으로 향했다. 같이 밥 먹자는데 화낼 수는 없는 일이니까. 이번에도 꾹 참아보기로 했다.

누가 뭐라든 신경 쓰지 않고 열심히 밥만 먹어야지!

굳게 다짐까지 했다. 하지만 오늘도 어김없이 강 회장의 입에서 핵폭탄급 발언을 흘러나왔다.

"애 잘 들어서는 보약 한 첩 지어주마. 여보, 이번 주말에 당신이 새 아가 데리고, 판 원장 만나봤으면 하는데, 어떻소?"

"풉."

이제 막 한 숟갈 뜨려는 찰나에 깜짝 놀란 리아는 뜨거운 국물을 꿀꺽 삼켜버렸다. 입 안과 목구멍이 동시에 얼얼했지만, 그것보단 강 회장의 발언이 더욱더 뜨겁게 느껴졌다.

결혼식도 그렇게 서두르더니, 이 집은 번갯불로 멧돼지 통구이 하는 게 가훈인가? 아무래도 안 되겠다. 더 일이 꼬이기 전에 확실히 해둘 필요가 있었다. 리아는 짧게 심호흡을 한 후, 조심스럽게 강 회장에게 의견을 건넸다.

"저희 이제 막 신혼여행에서 돌아왔습니다. 숨 돌릴 시간 좀 주시겠어요?"

"아, 그래. 이번 주말은 너무 빠르겠구나. 그럼 다음 주말로 할까?"

지금 제 말은 그런 뜻이 아니잖아요!

일순간 짜증이 밀려왔지만 며느리로서, 그리고 지성인으로서 알아들을 수 있도록 좋게 말로 설득하기로 했다.

"다음 주말이 아니라, 다다음 주말도 안 될 것 같습니다. 제 말은 아직 아이를 갖기엔 너무 이르다는 뜻이에요. 형님 내외도 아직 아기가 없⋯⋯."

"너희는 태문이네와 다르지. 두 사람 사이에서 2세가 나와줘야, 내 면목이 선다. 손주 태어나기만 하면 바로 KJ푸드 지분 넘겨주마."

KJ푸드를 넘겨준다는 말은 귀가 솔깃할 정도로 좋지만, 그래도 이건 아니었다.

"아무리 급해도 이건 아니죠, 아버님. 전 회사도 나가야 하고, 지금 아이를 낳으면⋯⋯."

"그건 걱정하지 마라. 네 손으로 직접 키울 일은 없을 테니까."

"육아 때문에 이러는 게 아닙니다."

'네' 하고 따를 줄 알았는데 리아가 또박또박 반론을 제기하자, 분위기는 어느새 싸늘하게 가라앉았다. 태문과 소정, 태희는 어쩔 줄 모르고 서로 눈치만 보았다. 정 여사와 태호만이 태연하게 식사를 계속했다.

정 여사는 이미 리아와 대화한 적이 있기에 별로 놀라지 않았다. '저도 원해서 한 결혼 아니에요.'라고 말하던 리아가 강 회장의 애부터 낳으란 소리에 '네' 하고 따를 리가 없었다. 주책이라고, 벌써 손주 타령이냐고 한소리 했건만, 강 회장은 정 여사의 말에 귀 기울이지 않았다. 며느리에게 타박 당해도 싸다고 생각하며 정 여사는 모른 척 외면하기로 했다.

태호도 마찬가지다. 이미 회사에서 한바탕했기에 지금 리아가 전투 모드라는 것을 알고 있었다. 괜히 어설프게 끼어들었다간 상황만 나빠질 뿐이다. 대신 아무도 눈치채지 못하게 식탁 밑으로 손을 뻗어 리아의 손을 잡았다. 네 편이 옆에 있다고, 그러니 하고 싶은 말 모두 하라고. 그녀에게 제 뜻이 전달되길 바라며⋯⋯.

태호가 살며시 손을 움켜쥐자, 리아는 흠칫 입을 다물었다.

뭐야? 그만하라는 거야?

그러나 곧이어 그가 그녀 손등에 엄지로 부드럽게 원을 그리자, 리아는 손끝을 움찔거렸다.

이건……?

오래전 일이라 그만 깜빡했는데, 손등에 원을 그리는 건 같은 의견이라는 둘만의 표현이었다.

그러니까 괜찮다는 거지?

그의 동의에 용기를 얻은 리아는 다시 말을 이었다.

"저희 연애도 안 해보고 어쩔 수 없이 결혼했습니다. 모두가 찬성하는 결혼도 아니었고요. 결혼 전엔 앙숙이었던 거, 아버님도 아시죠?"

리아가 단도직입적으로 나오자, 강 회장은 할 말을 잃은 듯 입을 다물었다.

"이런 관계에서는 아이가 태어난다고 해도 아이 심리에 좋을 것 하나도 없습니다. 저희 관계를 회복하는 게 우선이에요. 안 그런가요?"

와, 새언니 대박!

태희는 청산유수로 자기주장을 늘어놓는 리아를 존경의 눈으로 바라보았다. 불어 터지게 라면을 끓여놓고도 해장하느라 일부러 그랬다며 끝내주게 자기변명 할 때부터 알아봤다.

"계획이 조금 늦춰진다고 큰일 나는 건 아닙니다. 1년간의 유예 시간을 주세요. 그동안 저희 관계 호전시킬게요."

강 회장은 아무 말 없이 태호에게 시선을 돌렸다. 태호는 강 회장만 알아볼 수 있게 살짝 고개를 끄덕였다. 원래 아이디어를 제공했던 태호까지 저렇게 나오는데, 강 회장 혼자 밀어붙일 순 없었다.

할 수 없다는 듯 강 회장은 짧게 숨을 내쉬었다.

"후, 좋다. 서로 마음이 없는데 억지로 아이부터 낳는 거…… 그래, 모두 행복한 가족을 이루려고 이러는 건데, 아이는 사랑의 축복일 뿐 사업의 수단이 될 순 없겠지."

강 회장은 한발 물러서는 것처럼 보였다.

"대신 둘 사이가 어떻게 호전되어가는지, 한 달마다 보고하도록 해라."

보고서를 작성해서 올리는 것도 아니고, 프레젠테이션을 할 것도 아니면서 어떻게 보고해야 하는지 감은 잡히지 않았지만, 리아는 오늘은 이쯤에서 끝내기로 했다.

"네, 그렇게 하겠습니다."

리아가 순순히 동의하자, 강 회장은 다시 식사를 시작했다. 그제야 나머지 식구들도 다시 수저를 들었다. 그러나 리아는 기운이 쭉 빠져버려 아무것도 먹을 수 없었다.

그래도 그게 어딘가! 1년이란 시간을 얻었는데…… 1년 후에는? 1년 후의 일은 1년 후에 생각하자.

"내 딸이지만 리야, 걔도 참 무심해. 어쩜 신혼여행 잘 다녀왔다고 전화 1통 하고 끝이니?"

숟가락을 내려놓으며 민 여사가 한탄조로 투덜거렸다. 주 회장이 해외 출장으로 자리를 비운 지금, 그녀의 하소연 상대는 오롯이 민수였다. 민수는 또 시작이냐는 얼굴로 그녀의 손에 다시 숟가락을 쥐여주었다.

"엄마, 무소식이 희소식이야. 잘 지내니까 연락 없겠지. 그리고 리아, 엊그제 신혼여행에서 돌아왔어. 이제 겨우 이틀 지났다고."

"아이고, 누가 쌍둥이 아니랄까 봐, 너도 참 무심하다."

민 여사는 이번엔 야속하다는 얼굴로 민수를 흘겨보았다.

"민수야, 지금 리아가 어디에 있니? 시댁에 있잖니, 시댁. 호랑이 굴에 끌려간 거랑 뭐가 달라? 이틀이 아니라, 2분만 있어도 숨 막히는 곳이 시댁이라고. 네가 시월드를 알아?"

직접 시집살이해본 적은 없지만 주위에서 생생하게 전해 들은바, 시월드가 어떤 곳인지 충분히 간접 체험한 민 여사다. 그래서 기회만 되면 '내 딸은 절대로 시집살이 안 시킬 거야!'라고 노래를 불렀다.

일주일만 시댁에서 지내고 바로 신혼집으로 간다고 하니 엄밀히 따지자면 시집살이까진 아닐지도 모른다. 그래도 민 여사는 걱정이 이만저만이 아니었다. 라면 하나 제대로 못 끓이는 딸이 괜히 시댁 식구에게 책이라도 잡힐까 봐 걱정스러웠다.

요즘 시대에 요리 못하는 게 흠도 아니고 뜨거운 물만 붓거나, 전자레인지에 돌리기만 하면 되는 즉석 제품이 넘쳐난다곤 하지만, 그래도 강씨 집안이 어디 보통 집안인가? 평소에 사이좋던 집안으로 시집가도 시댁이 되면 분위기가 싸해진다는데, 리아는 지금 적진과도 같은 강회장의 집에 혈혈단신으로 들어간 처지였다.

"엄마도 참, 리아 성격 몰라서 그래? 걔가 시월드라고 기죽을 애야?"

민수의 말에도 민 여사는 땅이 꺼져라 한숨을 내쉬었다. 자신을 닮아 리아의 성격이 보통은 아니라는 걸 알고 있었지만, 그래도 걱정이 되는 건 어쩔 수 없었다.

"우리 리아만 두고 막 불어 하거나 독어로 대화는 하는 건 아니겠지? 리아는 영어밖에 못하는데⋯⋯."

이젠 별게 다 걱정이었다.

"그건 아닐 거야, 엄마. 그 집 막내딸 태희, 걘 영어도 잘 못해."

"정말? 불행 중 다행이네."

다시 젓가락을 든 민 여사는 식탁에 놓인 민어구이를 보자 울컥 목이 멨다.

우리 리아가 좋아하는 반찬인데⋯⋯.

"얘가 끼니는 제대로 챙기고 있으려나? 그 집 음식이 입에 안 맞으면 어쩌니?"

"일류 요리사가 요리할 텐데, 뭘. 그리고 리아, 아무거나 잘 먹잖아. 아프리카에 떨궈놔도 코뿔소 잡아먹고 살 거라며."

"후, 그렇긴 한데⋯⋯."

아예 아프리카로 보냈으면 이보단 덜 걱정할 텐데⋯⋯.

민 여사는 또다시 긴 한숨을 내쉬었다.

꼬르륵―.

리아는 침대에 누워 슬픈 얼굴로 천장을 바라보았다. 당당하게 1년 유예를 받아냈지만, 배 속은 살려달라고 비명을 지르고 있었다. 이럴 줄 알았으면 체하는 일이 있더라도 억지로 먹어둘 걸 그랬다.

아래층에 내려가 뭐라도 먹을까? 하다가도 저번과 같은 사태가 일어날까 꾹 참았다.

그래, 이참에 살이나 빼자. 저녁 굶으면 살 쫙쫙 빠진다잖아!

그러나 1분도 지나지 않아 마음이 바뀌었다.

내가 여기서 더 뺄 살이 어디 있어! 잘 먹어야지. 다 먹고살자고 하는 일인데…… 도저히 안 되겠다!

슬그머니 침대에서 빠져나온 리아는 소리 내지 않게 조심하며 아래층으로 내려갔다. 태희도 집에 있고, 저번에 라면을 끓이면서 주방 구조도 눈에 익혔으니까 지난밤과 같은 불상사는 일어나지 않을 것이다. 이번엔 슬리퍼도 단단히 챙겼다.

주방에 들어선 리아는 저번에 열어본 음료 전용 냉장고를 지나쳐, 음식 전용 냉장고 문을 열었다.

"어?"

냉장고 문을 연 리아의 눈이 휘둥그레졌다.

아니, 왜 또 텅 빈 거야!

정확하게 말하자면 텅 빈 건 아니었다. 하지만 저녁 식탁에 올라온 음식은 하나도 없고 식자재만 잔뜩 쌓여 있었다.

식자재 냉장고인가? 요리 냉장고는 또 따로 있나?

그때 뒤에서 나직한 목소리가 들렸다.

"……우리 집은 한 번 식탁에 올라간 음식은 냉장고에 넣지 않고 다 버려."

"꺅!"

전혀 예상하지 못한 목소리에 리아는 화들짝 놀라며 뒤로 돌아섰다. 언제 왔는지 태호의 얼굴이 아슬아슬하게 코앞에 다가와 있었다. 리아는 재빨리 뒤로 물러섰다.

"갑자기 나타나면 어떡해? 애 떨어질 뻔했잖아!"

"놀랐다면 미안. 진짜로 애 떨어진 거였으면 아버지 상심이 크셨겠네."

전혀 미안하지 않은 표정으로 태호가 말했다. 리아는 놀란 가슴을 쓸어내리며 냉장고 문을 닫았다.

아까 분명히 등 돌린 채 자고 있었는데, 언제 깨서 따라온 거지?

"오늘도 잠이 안 와?"

"응."

"배고파서?"

"……응."

아니라고 해봤자, 배에서 나는 꼬르륵 소리 때문에 아무 소용없었다. 잠시 침묵을 지키던 태호가 냉장고에서 재료를 꺼내기 시작했다.

"오므라이스 해줄까?"

"햄 넣어서?"

"응, 햄 넣어서."

상대가 저렇게 선의를 보여주는데, 자존심 때문에 거절하는 것은 도리가 아니다. 리아는 잠시 '적과의 동맹'을 맺기로 했다. '적과의 동침'도 하는데 동맹 하나 못 맺을까!

그렇게 해서 리아는 태호와 한밤중에 서로 힘을 합쳐 야식을 만들게 되었다. 이제부터 관계를 호전할 것이라고 선언까지 했으니, 누가 봐도 이상하게 생각하지 않을 것이다.

"즉석 밥이랑 햄이 거기 있을 거야."

"여기?"

태호가 가리키는 찬장을 열어 본 리아는 또다시 깜짝 놀라고 말았다. 이름도 당당한 주원식품 즉석 밥과 브런치용 햄 통조림이 차곡차곡 쌓여 있었다. 놀라운 건, 그것 말고도 주원식품 제품이 곳곳에 보인다는 사실이었다.

뭐지? 경쟁사 제품을 집에 놓고 분석이라도 하나? 아니면 단지 맛이 뛰어나서?

리아가 통조림을 들고 빤히 바라보고만 있자, 태호가 옆으로 다가왔다.

"아버지가 그것만 드셔. 원래 '정직'이었을 때, 아버지가 관리하시던 제품이었거든."

두 회사로 쪼개지면서 KJ푸드는 간장, 고추장, 카레, 설탕 같은 장과 조미료와 껌, 과자, 아이스크림 같은 스낵 부분을, 주원식품은 라면, 당면 같은 면류와 소시지, 햄 같은 가공 육류 부분을 나누어 가졌다. 나중에는 두 회사 모두 비슷한 제품을 생산하게 취급 분야를 넓혔지만, 초기에는 구분이 확실했다.

"회장님이 가공 육류 부분을 관리하셨어?"

"응."

어째서인지 KJ푸드에선 다른 제품은 다 생산해도 소시지, 햄 같은 가공 육류는 생산하지 않았다. 그러고 보면 라면도 건면은 생산하지 않고 생면만 생산한다. 무슨 특별한 이유라도 있나?

"달걀 좀 풀어줄래?"

태호의 목소리에 리아는 문득 상념에서 깨어났다.

"어, 그래."

그릇을 꺼내 달걀을 깨뜨리려는데 갑자기 태호의 손이 목덜미를 간질였다. 움찔한 리아는 손에 과도하게 힘을 준 탓에 퍽 소리 내며 달걀을 부서뜨렸다.

"뭐야?"

"머리 묶어줄게. 불편하지 않아?"

"⋯⋯아, 그래."

태호는 그녀의 머리를 하나로 묶어주고는 걸리적거리는 파자마 소매까지 위로 걷어줬다. 그러곤 아무것도 아니라는 듯 자신의 자리로 돌아갔다.

리아는 부서진 달걀 껍데기를 집어내며 힐끔 태호에게 눈길을 돌렸다. 아주 순간이었지만, 예전으로 돌아간 것 같은 느낌에 가슴이 철렁 내려앉았다. 연인이었던 시절, 태호는 그 누구보다 자상했었다. 항상 흘러내린 머리카락을 쓸어 올려주고, 불편할까 소매를 걷어주고, 추울까 재킷으로 감싸주고, 흙탕길이라고 업어주는 등등. 다 나열하기도 힘들 정도였다.

헤어진 후에는 찬바람이 쌩쌩 불 정도로 차갑게 변해버렸지만⋯⋯.

결혼하고 난 후에는 조금 태도가 변하긴 했지만, 그렇다고 예전의 강태호로 돌아간 건 아니었다. 하지만 가끔 이렇게 예전 버릇이 튀어나오면 저절로 바보 같은 감성에 빠지게 된다.

정말 아무 의미 없는 행동일 뿐인데⋯⋯.

그녀의 시선을 느낀 듯 그가 고개를 돌리자, 리아는 재빨리 달걀을 집어 퍽 소리가 나게 힘주어 깨뜨렸다. 아까처럼 달걀이 산산조각이 나며 껍질이 그릇 안에 쏟아졌다.

"아이 씨."

리아는 저도 모르게 눈살을 찌푸리며 아랫입술을 깨물었다.

너무 어려운 부탁이었나?

달걀 깨기가 어려운지 리아는 달걀을 형체도 알 수 없는 수준으로 박살 내고 있었다. 저렇게 깨면 껍질이 남을 텐데…….

혼자 멀뚱멀뚱 기다리기 지루할까 봐 간단한 부탁을 한 건데, 아무래도 실수한 것 같다. 태호가 힐끗 옆으로 훔쳐보니, 달걀 깨뜨리기에 심취한 듯 리아의 두 뺨이 발갛게 물들어 있었다.

아, 미치겠다! 정말.

너무 귀여워서 도저히 가만히 있을 수가 없었다. 성격 참 이상하다고 한다면 할 말 없겠지만, 태호는 그녀의 끙끙거리는 모습이 너무도 사랑스러웠다. 집중하느라 미간에 주름을 짓는 모습도 귀엽고, 아랫입술을 깨무는 행동도 깜찍하고, 눈을 부릅뜨는 것마저 예뻤다.

그럴 때마다 그는 뒤에서부터 그녀를 와락 끌어안곤 했었다. "뭐야, 왜 훼방하고 그래?"라고 소리 지르는 리아를 벽으로 끌고 가 키스를 퍼부었다. 처음엔 약 올리냐고 화내던 그녀도 나중엔 더 적극적으로 그에게 키스를 돌려주곤 했었다. 하지만 헤어지고 난 후에는…… 애써 못 본 척 고개를 돌려 외면해야만 했다.

그를 향해 언성을 높이는 리아를 대하면서도 속으론 끌어안고 키스하고 싶다는 욕망과 힘겹게 싸워야만 했다는 사실을 그녀는 절대로 모를 것이다.

지금도 이대로 껴안고 싶은 충동을 물리치느라 얼마나 힘든지……리아는 전혀 눈치채지 못하고 있었다.

오므라이스 하나 만들면서 뭐 저리 심각하지?

리아는 입을 다문 채, 묵묵히 요리에 열중하는 태호를 물끄러미 바라보았다.

맛있는 냄새가 진동하는 것을 보니 미슐랭 쓰리 스타 저리 가라 할 정도로 훌륭한 음식이 나오려나 보다.

드디어 끝났는지 그가 가스레인지의 불을 껐다.

"다 됐어? 어디 봐."

리아는 재빨리 태호의 뒤로 다가갔다. 그리고 아무 생각 없이 뒤에서 끌어안으려 팔을 뻗었다.

앗!

다행스럽게도 껴안기 직전에 재빨리 팔을 거두었다.

내 정신 좀 봐.

분위기가 너무 자연스러워 그녀도 모르게 예전 버릇처럼 뒤에서 껴안으려 했다. 태호가 요리하면 항상 그런 식으로 뒤에서 끌어안고 맛을 보곤 했었다.

미친…….

김유신 장군처럼 애마의 목을 치진 못해도 손을 꼬집기라도 할 것을. 그녀의 어리석은 손은 얼마 후, 또다시 실수를 저질렀다. 데미그라스 소스의 간을 보던 그의 입술에 소스가 묻자, 리아는 아무 생각 없이 손을 뻗어버렸다. 자신이 무슨 일을 저질렀는지는 태호의 입술에 손이 닿고 난 후 깨달았다. 부드러우면서 딱딱한 감촉이 손끝에 느껴졌다.

또 이놈의 버릇! 까마득하게 오래된 일인데도, 왜 이러는 거야!

이런 걸 보고 몸 따로 마음 따로라고 하는 것이다. 그런데 반사 행동은 그녀만 하지 않았다. 소스를 훔친 그녀의 손이 순식간에 그의 입 안으로 빨려 들어갔다. 이번엔 뜨겁고 촉촉한 감촉이 손끝에 느껴졌다. 이것도 과거를 기억하는 그의 몸이 일으킨 반사적인 행동일 것이다. 순간 두 사람 모두, 잠시 얼어붙은 듯 굳어버렸다.

먼저 사태 수습에 나선 사람은 리아였다. 그녀는 신속히 손을 빼내고는 자신의 접시를 들고 식탁으로 걸어갔다. 아무렇지도 않은 듯 아주 자연스럽게 숟가락 가득 밥을 퍼서 맛있게 먹는 퍼포먼스까지 해 보이자, 그제야 태호가 그녀의 맞은편에 자리를 잡았다.

"맛있다, 정말 맛있어. 고마워."

어색한 분위기를 피하려고 한 말이었지만, 진심으로 맛있었다. 사실 태호가 해줬던 음식은 모두 맛있게 먹었던 것 같다. 결혼 전 그가 말한 것처럼 두 사람의 식성은 꽤 일치하는 부분이 많았다.

"고맙다고 말로만?"

숟가락을 집으며 그가 빈정대듯 말했다.

됐다!

저리 삐딱하게 나온다는 건, 방금 일어난 일을 대수롭지 않게 여긴 다는 뜻이다.

리아는 그제야 긴장을 풀며 짐짓 허세를 부려보았다.

"얼마면 돼?"

"글쎄……?"

태호는 제법 진지한 얼굴로 그녀를 빤히 바라보았다.

그냥 해본 소린데, 정말로 값을 치를 거라고 생각한 건 아니겠지?

"저번에 라면 끓여준 거, 이걸로 갚은 걸로 하자."

"오케이, 좋아."

리아가 흔쾌히 거래를 받아들이자, 태호는 피식 입꼬리를 끌어 올렸다. 환하게 웃는 것도 아니고, 그렇다고 비웃는 것도 아닌, 어딘지 모르게 뜻이 담긴 것 같은 묘한 미소. 더 이상한 건 그 미소에 가슴이 두근거린다는 것이다. 리아는 슬그머니 시선을 피하며 묵묵히 음식을 입으로 가져갔다. 그러다 말 것이라고 여겼는데 어째서인지 두근거림은 좀처럼 멈추지 않았다. 행복해서 그런 거겠지? 엄청나게 배고팠는데 맛있는 음식이 입으로 들어가니까 너무 행복해서. ……그래서 두근거리는 게 분명하다.

그날 밤, 리아는 뜬눈으로 밤을 새웠다. 왠지 모를 두근거림에 잠을 잘 수 없었다. 누군가의 존재감이 크게 느껴져서일까? 몸은 닿지 않았지만, 보이지 않는 끈으로 묶인 것 같고 옆에서 들리는 숨소리와 몸을 뒤척이는 소리 하나하나가 심장을 콕콕 내리눌렀다.

그러다 보니 새벽녘에야 겨우 잠들 수 있었다. 그녀가 깨어났을 때 시계는 아침 9시를 가리켰고, 태호는 이미 출근한 후였다. 아무리 형식적인 부부라지만 출근하는 것도 모르고 잠만 자다니……. 조금은 자신이 게으르다는 생각이 들었다.

하지만 내일은 주말이고 월요일부턴 그녀도 출근해야 하니까, 게으른 것도 오늘까지만이다. 아래층으로 내려가니 정원 테라스에 아침이 차려져 있었다. 느긋하게 아침을 먹고 자리에서 일어나는데, 정 여사가 그녀를 거실로 불렀다.

"어젠 미안하게 됐구나. 회장님이 가끔 그렇게 주책을 부리신다. 네가 이해해라."

"네?"

시어머니의 입에서 사과의 말이 나올 것이라곤 전혀 예상하지 못한 리아는 잠시 멍한 표정을 지었다. 정 여사는 찻잔을 입에 가져가며 고상한 말투로 말을 이었다.

"거두절미하고 본론만 말할 테니 잘 들어라. 난 그리 다정한 사람이 아니다. 결혼 전부터 내가 널 예뻐한 것도 아니고, 막말로 원수나 다름없는 집안에서 온 너를 내가 자상하게 대할 거란 기대는 하지 않았으면 좋겠다."

리아는 가만히 고개를 끄덕였다.

그럼요, 어머니. 저도 누울 자리 봐가며 발을 뻗는답니다.

"하지만 그렇다고 못살게 굴거나 박대하진 않으마. 그것도 일종의 감정 소비거든. 그리고 사이가 어떻든 옳고 그름은 정확하게 따져야 하니까. 어제 일은 회장님이 실수한 거 맞아. 그래서 난 거기에 관해 사과하는 거고."

말대답하지 않고 가만히 경청하는 리아의 태도가 마음에 들었는지 정 여사의 입가에 흐릿한 미소가 떠올랐다.

"너는 어릴 때부터 영특했으니까, 내가 어떤 뜻으로 이런 말을 하는지 잘 알 거라 믿는다."

그 말은 강 회장과 언쟁을 부렸던 리아도 사과하는 게 좋을 것이라는 뜻이다. 원래 대하기 어려운 상대는 대놓고 앞에서 화내는 사람이 아니라, 은근슬쩍 돌려서 불만을 표현하는 사람이다.

"저도 어제 좀 심했습니다. 죄송해요, 어머니."

리아도 자신의 잘못을 시인했다. 상대가 먼저 낮추고 나오는데 그녀 혼자만 고개를 뻣뻣하게 들고 있을 순 없으니까.

리아가 사과하자, 정 여사는 부드럽게 미소를 지으며 차를 들이켰다.

말귀를 잘 알아들어 다행이다. 못 알아듣고 눈만 끔뻑끔뻑하면 한소리 하려던 참이었는데……

역시 태호의 짝으론 그만이라는 생각이 들었다. 성격 까다롭기로 둘째가라면 서러운 태호에게는 착하고 온순한 아내보다는 톡 쏘지만 머리 회전이 빠른 아내가 어울릴 테니까.

"그래도 이젠 한 가족이 되었으니, 나도 너와의 관계 호전을 위해 노력은 하마."

얼핏 들으면 좋게 들리겠지만, 리아는 토씨 하나하나에 담긴 의미를 놓치지 않았다. 정 여사는 '노력하마.'라고 하지 않고 '노력은 하마.'라고 말했다. 그건 호전해도 그만, 못 해도 그만이라는 뜻이다. 어차피 5년 살고 헤어질 거니까 문제 될 건 없다.

만약에 태호를 진심으로 사랑해서 결혼했다면, 깊게 상처 받았을 테지만 리아는 자신 앞에 있는 찻잔을 가만히 입에 가져갔다. 시중에서 구할 수도 없는 최상급 차였지만, 씁쓸한 맛이 그녀의 취향은 아니었다. 어쩌면 시월드에서 마시는 차라서 더 쓰게 느껴지는지도 모르겠다.

"내가 저번에도 얘기했다만, 집안 행사는 일일이 챙길 필요 없어도 공식 행사에는 나가줘야 한다. 다음 주에 LS그룹 창립 파티가 있는데 이번엔 네가 태호와 참석해라. 원래는 태문이네가 참석하는데, 갑자기 해외 출장 일정이 잡혔거든."

LS그룹은 재계 서열 상위 5위 안에 드는 기업으로 해마다 열리는 창립 파티에 막강한 재계와 정계 인사가 모이는 것으로 유명하다.

아무나 초대받을 수 없는 파티로도 유명한데, 리아네 부모님인 주 회장과 민 여사는 아직 한 번도 초대받지 못했다. 재계 200위 안에 겨우 드는 중견 기업에게까지 기회가 돌아오진 않을 테니까. 재벌끼리도 그들만의 리그가 따로 있어서, KJ그룹이 메이저 리그라면 주원식품은 마이너 리그였다.

"모두에게 첫선을 뵈는 자리니까, 빈틈없이 준비하길 바란다."

아이돌이 데뷔 쇼케이스에 나가는 것도 아닌데 뭘 빈틈없이 준비하란 거지?

리아가 뭐라고 물으려는데 파자마 차림의 태희가 머리를 긁적이며 거실에 들어왔다. 부스스한 얼굴을 보니 막 일어난 것 같았다.

"어머, 태희야."

태희를 보자, 엄숙하던 정 여사의 표정이 180도 달라졌다. 환하게 웃는 입매하며 딸을 바라보는 눈에선 꿀이 뚝뚝 떨어졌다. 완벽한 엄마 미소였다.

"아직 10시밖에 안 됐는데 왜 이렇게 일찍 일어났니? 푹 자지 않고."

"아하암, 배고파서 깼어."

늦게 낳은 자식이라 그런지, 아니면 외동딸이어서 그런지 막내딸을 향한 정 여사의 사랑은 차고 넘쳤다. 정 여사는 태희의 얼굴을 손으로 감싸더니 연이어 헝클어진 머리카락을 쓰다듬었다.

"우리 아가, 아침 뭐 먹을래?"

딸에겐 저리 다정하게 나오는 정 여사가 자신은 그리 다정한 사람이 아니라고 말하다니⋯⋯. 다정한 사람이 아닌 게 아니라, 며느리에게 다정하고 싶지 않다는 뜻일 것이다.

리아는 쓴웃음을 삼키며 다시금 찻잔을 입에 가져갔다.

"참, 태희야, 너 아침 먹고 오후에 새언니 드레스 고르는 것 좀 도와주렴."

"내가?"

"어차피 너도 파티 참석하니까 드레스 골라야 하잖니."

"그러지 뭐."

"새아가, 오늘 오후 시간 괜찮지?"

시간이 괜찮냐고 물었지만, 사실 이미 정해진 것이나 다름없었다. 리아는 대답을 미룬 채 천천히 찻잔을 입에 가져갔다.

태희와 쇼핑하는 것 자체는 크게 문제 될 게 없다. 퉁퉁 불어 터진 라면을 찍소리 안 하고 먹은 걸 보면 막내라서 철은 없지만, 성격이 나쁜 것 같진 않았으니까.

하지만 정 여사는 태희가 아니라 리아에게 먼저 시간이 되냐고 물어봐야 옳았다. 오후에 약속이 있었던 건 아니지만, 그래도…… 사소한 일이라도 저항 없이 받아들이면 나중엔 당연히 여길 게 뻔했다. 차를 한 모금 마신 리아는 일부러 크게 인상을 찌푸렸다.

"마시면 마실수록 차 맛이 참 쓰네요, 어머니."

질문과 동 떨어진 말을 꺼내는 리아에게로 두 모녀의 시선이 모였다. 리아는 우아한 동작으로 찻잔을 내려놓으며 소파에서 몸을 일으켰다.

"오늘 오후에 약속이 있긴 한데, 어머님 말씀이니 어쩌겠어요? 제가 약속을 취소해야지."

"그래, 잘 생각했다."

정 여사는 아직도 뭐가 문제인지 모르는 것 같았다. 어쩔 수 없다. 콕 집어서 지금이 어떤 상황인지 설명해야지. 리아는 생글생글 웃으며 정 여사에게 다가갔다.

"저한테 빚 한번 지신 거예요. 다음번엔 어머님이 저를 위해 약속 취소해주실 거죠?"

"뭐?"

그제야 정 여사는 한 방 먹은 표정으로 입매를 굳혔다. 태희만 무슨 소린지 모른다는 듯 눈동자를 이리저리 굴렸다.

"전 이만 외출 준비하러 올라갈게요."

웃는 얼굴에 침 못 뱉는다고, 리아는 정 여사를 향해 환하게 웃어 보이고는 느긋한 걸음으로 거실을 빠져나왔다.

"이사님, 괜찮으십니까?"

"뭐가?"

서류에서 눈을 떼지 않은 채 태호가 건성으로 묻자, 남 비서는 한숨을 내쉬며 커피잔을 내려놓았다.

"눈이 발갛게 충혈됐습니다. 어제 통 못 주무셨어요?"

태호는 출근과 동시에 커피를 찾았고, 지금 내려놓은 잔까지 합하면 벌써 5잔째였다. 누가 봐도 이건 밤을 꼬박 새워서 나타나는 현상이었다.

"응."

이번에도 태호는 짤막하게 대답하고는 검토하던 서류철을 덮으며 자리에서 일어났다.

"중역 회의까지 얼마 남았지?"

"10분 정도 시간 있습니다."

"그래?"

남 비서는 묵묵히 커피를 들이켜는 태호를 바라보며 눈을 가늘게 모았다. 신혼여행에서 갓 돌아온 남자가 밤에 잠을 제대로 자지 않았다면 이유는 뻔했다. 하지만 태호에게는 해당 사항이 없었다. 결혼 사정을 속속들이 알고 있는 남 비서는 그래서 더 속이 탔다.

혹시 밤새도록 싸우기라도 했나? 신혼여행 가서 아무 문제 없었다고 안도했는데 집에서 새는 바가지, 밖에선 안 새다가 다시 집에 와서 새는 꼴인가?

별별 생각에 남 비서는 저도 모르게 인상을 찌푸리고 말았다. 다 마신 커피잔을 남 비서에게 돌려주던 태호가 그 모습을 보고 짧게 웃음을 터뜨렸다.

"표정이 왜 그래?"

"선배, 정말 아무 일 없는 거 맞아요? 어째 꼴이 밤새도록 부부 싸움하다 온 것 같죠?"

흥분했는지 남 비서의 입에서 '이사님' 대신 '선배'라는 호칭이 튀어나왔다. 대학 후배이며 회사 직속 부하인 남 비서는 작은 것 하나 허투루 놓치지 않고 완벽히 태호를 보좌했다. 그래서인지 이런 태호의 모습에 안절부절못할 수밖에 없었다.

"회의 늦겠다. 이만 가자."

태호는 남 비서의 어깨를 툭 치는 것으로 대답을 대신했다. 부부 싸움이 아니라 너무 설레서 잠을 설쳤다는 말을 어떻게 할 수 있을까? 잠만 설쳤나? 소화도 안 된다. 결국 점심도 거르고, 커피로만 배를 채우는 중이다. 다행히도 업무에는 집중할 수 있었다. 하지만 서류만 덮으면 어젯밤 일이 떠올라 속이 바짝 타들어갔다. 커피를 많이 마셔서 두근거리는 것인지, 아니면 어제 일로 그런 건지는 알 수 없었다.

아직도 입술엔 리아의 감촉이 남아 있었다. 그녀는 별생각 없이 입술에 묻은 소스를 닦아줬겠지만, 매만지는 손길이 느껴지는 순간 저절로 입 안으로 빨아들였고 매끄러우면서도 말캉한 촉감에 숨이 멎었다. 그 느낌, 그 체취, 그 순간. 그대로 껴안고 싶은 충동을 참느라 머리카락이 쭈뼛쭈뼛 곤두서는 것만 같았다. 아무렇지 않은 듯 그녀와 앉아서 음식을 먹었지만, 머릿속에선 온통 그녀를 껴안고 키스를 퍼붓고 싶다는 욕망뿐이었다. 그러니 한 침대에 누운 상태에서 잠이 올 리 없었다. 옆으로 조금만 손을 뻗으면 안을 수 있는데, 몸을 뒤로만 굴려도 따뜻한 몸을 느낄 수 있는데.

하지만 그럴 순 없었다. 손끝 하나 건드리지 않겠다고 약속한 건 그 자신이었다. 약속을 깨트릴 순 없었다.

"저런, 강 이사. 얼굴이 많이 상했네. 이번 주는 그냥 집에서 쉬지 그랬나."

속에서 일고 있는 감정의 소용돌이가 얼굴에도 나타난 걸까. 태호가 회의실에 들어서자, 최 전무가 옆으로 다가오며 말을 건넸다.

"강 이사가 출근하지 않아도 우리 회사 잘 돌아가네."

태호의 빨갛게 충혈된 눈을 보며 다른 중역 모두 흐뭇한 웃음을 지었다. 사람 생각이 다 비슷하다고, 태호가 어떤 이유로 밤잠을 설쳤는지 넘겨짚는 것 같았다. 갓 결혼한 남자가 밤잠을 설치는 이유야 뻔하니까.

"자, 자. 실없는 소리 그만들 하고 회의 시작합니다."

오직 한 사람만이 딱딱한 표정으로 회의실을 둘러보았다. 회의실 최고 상석에 앉은 한정안 사장이었다.

도대체 어떻게 된 일이야?

한 사장도 티는 내지 않았지만 태호의 모습에 적잖이 놀랐다. 다 큰 성인 남녀가 결혼했으니, 아무리 결혼 전엔 앙숙이었더라도 신혼여행 도중 사건이 일어나지 말란 법은 없었다. 원래 몸 따로 마음 따로 노는 거다. 정신적으론 먼 사이라도 육체적으론 얼마든지 가까워질 수 있는 게 남녀 사이고.

하지만 문제는 거기에서 끝나는 게 아니다. 몸의 대화로 시작한 관계는 언제든지 마음의 대화까지 나누는 사이로 발전할 수 있었다.

한시라도 빨리 손을 써야지, 안 그랬다간 큰일나겠군.

한 사장은 애써 초조한 마음을 달래며 회의 자료로 눈길을 돌렸다.

"아가씨?"

외출 준비를 끝내고 아래층에 내려간 리아는 아직도 파자마 차림인 태희를 발견했다. 그녀는 팝콘을 옆에 끼고 TV를 보며 편안한 자세로 소파에 널브러져 있었다.

"아가씨? 슬슬 준비해야 하는 거 아니에요?"

그 말에 태희가 팝콘을 입에 넣으며 시큰둥하게 물었다.

"왜요?"

'왜요?'라니! 드레스 고르는 거 도와준다며!

마음 같아선 한마디 하고 싶었지만, 태희는 리아의 여동생이 아닌 태호의 동생이다. 할 수 없이 리아는 최대한 상냥한 목소리로 달래듯 말했다.

"외출하려면 준비해야죠?"

"저 외출 안 할 건데요?"

"네?"

방금 자신이 잘못 들은 건 아닌가 하는 리아에게 태희가 한 번 더 확인시켰다.

"외출 안 한다고요."

얘, 뭐니? 막내라서 철은 없지만, 성격이 나쁜 것 같진 않다고 한 거 모두 취소다.

리아는 어이가 없다는 눈으로 태희를 바라보았다.

"아까 어머님께서 저 드레스 고르는 거 도와주라고 하셨잖아요."

"그랬죠."

태희는 한주먹 꺼낸 팝콘을 입에 집어넣으며 고개를 끄덕거렸다.

"그런데 외출을 안 한다고요?"

"아니, 아니."

이번엔 팝콘을 오물거리며 태희가 고개를 흔들었다.

어쭈, 이젠 은근히 반말이네?

저절로 리아의 눈길이 매서워졌다. 마음 같아선 쌍둥이 민수에게 그러듯 한 대 콱 쥐어박고 싶었다. 하지만 여긴 홈그라운드가 아니니 우선은 사태를 관망하기로 했다.

"새언니, 저 맘에 안 들죠?"

태희는 팝콘을 오물거리며 순진한 얼굴로 리아를 빤히 바라보았다.

"아가씨가 이렇게 나오는데 마음에 들 리 없죠."

리아는 솔직하게 자신의 감정을 말했다. 시누이와 밀당할 여유는 없으니까.

"난 새언니가 되게 맘에 드는데⋯⋯. 흑, 나, 상처 받았어."

이런 걸 보고 '병 주고 약 준다'고 하는 거다. 바짝 약을 올릴 때는 언제고 태희는 시무룩한 얼굴로 아랫입술을 내밀었다. 하지만 리아에게 불쌍한 척하는 연기는 통하지 않았다.

"아가씨, 시간 없어요. 빨리 외출 준비하세요."

"드레스를 고르는 데 왜 외출해요?"

그럼? 인터넷으로 온라인 쇼핑이라도 하게?

그때 강 회장 집의 집안일을 총체적으로 관리하는 최 과장이 거실로 들어섰다.

"아가씨, 지금 막 도착했습니다. 어디에 셋업 하라고 지시할까요?"

"음⋯⋯. 그냥 거실로 오라고 하세요."

"네, 알겠습니다."

최 과장이 나가기 무섭게 태희는 생글거리며 리아의 팔을 잡아당겼다.

"언니는 내가 맘에 안 들겠지만, 드레스 고르는 능력은 맘에 들 거예요."

'그러려면 어서 외출 준비해요!'라고 쏘아붙이려는데 거실 입구에서 웅성거리는 소리가 들렸다. 곧이어 최 과장의 안내를 받으며 여러 명의 직원이 종이 상자와 드레스가 걸린 이동식 행거를 끌고 거실로 들어오기 시작했다. 순식간에 거실은 패션쇼 대기실처럼 각종 드레스와 패션 소품으로 가득 찼다.

"이게 다 뭐예요?"

리아는 잠시 문화 충격에 빠지고 말았다.

"오늘 우리가 고를 드레스요. 전화 한 통이면 퍼스널 쇼퍼가 직접 방문하거든요."

매장 전체를 거실로 옮겨놓았다 싶을 만큼, 드레스는 물론 구두와 액세서리가 담긴 상자가 주위에 차곡차곡 쌓여 있었다.

이게 바로 주원식품과 KJ그룹의 클래스 차이인가 보다. 신상품이 들어왔다며 먼저 연락을 주거나, VIP 쇼핑을 위해 잠시 스토어 문을 잠 근다거나 하는 게 아닌, 매장 전체를 트럭에 실어서 고객의 집으로 가 져오는 수준의 차이 말이다.

"새언니, 이거 어때요?"

태희는 아직도 파자마 차림이었지만, 어색함 없이 바쁘게 드레스를 골랐다. 아무래도 이런 적이 한두 번이 아닌 것 같았다. 자신을 '그레 이스 박'이라고 소개한 퍼스널 쇼퍼는 태희와 함께 꽤 다양한 디자인 의 드레스를 리아에게 권했다.

"사모님, 이 드레스는 어떨까요?"

그레이스는 진한 빨간색의 드레스를 골라 리아에게 내밀었다. 크고 작은 파티에 참석해보았지만 칵테일 드레스라면 모를까, 이브닝드레스 까지 챙겨 입은 적은 한 번도 없었다. 그러니 영화제에나 어울릴 것 같 은 이브닝드레스를 보자, 리아는 저도 모르게 미간에 주름을 잡았다. 과하다. 과해도 너무 과하다.

"너무 화려하지 않을까요?"

"에? 이게 뭐가 화려해요, 새언니. 이거 완전 심플한 디자인이에요."

"그러지 말고 한번 입어보세요, 사모님."

두 사람의 성화에 어쩔 수 없이 입어보긴 했지만, 역시나…….

리아는 거울에 비친 낯선 자신의 모습에 고개를 내저었다. 드레스는 어깨가 훤히 드러나며 가슴골이 살짝 보일 정도로 파진 데다, 짝 달라 붙는 디자인이라 몸 선이 그대로 나타났다. 그녀가 배우나 모델이라면 모를까, 왠지 얼굴이 화끈해지는 그런 비주얼이었다. 하지만 태희와 그 레이스는 리아와 정반대인 것 같았다. 두 사람의 입에서 연신 감탄사 가 흘러나왔다.

"와, 대박! 새언니, 이거 완전 짱이에요."

"정말 잘 어울리십니다. 이 드레스를 사모님보다 잘 소화한 사람은 지금까지 없었답니다."

그렇다고 두 사람 의견에 귀를 기울일 생각은 없었다. 드레스를 착용할 사람은 그들이 아니니까. 너무 튀는 디자인 같아서 불편했다. 물론 군더더기 레이스나 과한 장식 없이 깔끔할 정도로 단순하긴 했다. 하지만 그래서 더 자연스럽게 몸매에 시선이 집중되는 드레스였다.

"아무래도 이건 아닌 것 같아요."

리아가 드레스를 벗으려 하자, 태희는 휴대폰으로 뭔가를 급히 찾더니 리아에게 내밀었다.

"새언니, 이거 좀 봐요."

화면 속에는 배우 강수미가 지금 리아가 입은 드레스와 똑같은 드레스를 입고 영화제 레드 카펫에서 포즈를 취하고 있었다.

지금 누구 약 올리려는 거야?

리아는 저도 모르게 뾰족한 눈이 되어 태희를 흘겨보았다.

"그죠? 새언니가 보기에도 언니가 훨씬 더 잘 어울리죠."

"네?"

"보세요. 강수미는 가슴이 빈약해서 핀으로 고정했잖아요. 허리도 굵은 편이라서 선도 안 예쁘고. 근데 새언니는 수선할 필요도 없이 바로 입어도 되겠는데요, 뭘."

정말?

사탕발림이란 걸 알면서도 괜히 귀가 솔깃해지고 말았다. 강수미를 질투하는 건 절대로 아니지만, 그래도 배우인 강수미보다 어울린다고 하니까 왠지 모르게 어깨가 으쓱해졌다. 하지만 유혹에 흔들린 건 잠시일 뿐, 리아는 냉정한 현실로 눈을 돌렸다.

아무리 그래도 그녀는 일반인. 강수미는 한류 스타였다. 괜히 같은 드레스를 입어서 비교될 만한 거리를 제공하고 싶지 않았다. 막 드레스를 벗으려고 하는데, 뒤쪽에서 익숙한 목소리가 들렸다.

"이게 다 뭐지?"

뒤를 돌아보자, 굳은 표정의 태호가 눈살을 찌푸린 채로 거실 입구에 서 있었다.

"와, 오빠 잘 왔어. LS그룹 창립 파티에 입고 갈 드레스 고르는 중이었거든."

태희는 태호를 보자마자 지원군을 만난 듯 쪼르르 다가왔다.

"새언니, 너무너무 예쁘지? 근데 언니는 너무 화려하다고 싫대."

태호가 생각하기엔 전혀 화려하진 않았다. 리아 그 자체가 이미 눈부시게 화려한데 감히 드레스 따위가 그녀의 화려함에 비할 수 있을까. 하지만 리아의 저런 모습을 자신 외에 다른 남자가 본다는 사실 자체를 용납할 수 없었다.

"안 돼. 너무 야해."

태호는 평정을 가장하며 차갑게 말했다.

"에? 이게 야하긴 뭐가 야해?"

기가 막힌다는 듯 태희의 눈이 휘둥그레졌다.

"오빠, 지금이 무슨 조선 시대인 줄 알아? 왜, 그럴 거면 치마저고리 입으라고 그러지?"

태희는 목청을 높여가며 고리타분한 태호의 안목을 나무랐다. 그러나 태호는 한 귀로 듣고 한 귀로 흘렸다.

"너나 실컷 입어. 하지만 리아는 절대로 안 돼."

"왜 안 돼? 새언니 라인에 딱 어울리는데. 새언니, 완전 콜라병 몸매 잖아."

"안 된다면 안 되는 줄 알아."

둘이 지금 뭐 하는 거야?

리아는 투덕거리는 태호와 태희를 바라보며 가슴 앞으로 팔짱을 끼었다. 그녀가 입을 드레스를 가지고 왜 타인이 저리도 심하게 언쟁을 벌이는지 모르겠다. 원래 입을 생각이 전혀 없었지만, 태호가 저렇게 나오니 은근히 입고 싶다는 반발심이 일었다.

절대로 안 돼다니, 뭐가 절대로 안 돼? 그리고 야하다니, 이게 뭐가 야한데? 가슴골이 보여서 그런가? 그게 뭐 어때서!

아주 많이 파인 것도 아니고 보일락 말락 파진 것뿐이다. 강수미와 비교당할까 봐 안 입겠다고 한 거지, 야하다는 생각은 조금도 해본 적이 없었다.

혹시 강수미가 입었던 드레스라서 못 입게 하는 걸까? 옛 여친이었으니 그가 이 드레스를 모를 리가 없었다. 누가 알아? 사진에 안 찍혔지만, 영화제에 함께 참석했었는지…….

순간 설명할 수 없는 불길이 속에서 화르르 타올랐다. 다시 한번 더 말하지만, 절대로 질투심은 아니다. 그냥 조금, 아주 조금, 마음에 거슬릴 뿐이다.

"나, 그냥 이걸로 할게요."

리아의 결정에 오누이의 언쟁이 멈췄다.

"난 분명 안 된다고 했어."

태호는 기분 나쁜 듯 인상을 찌푸렸다. 그러자 리아도 기분 상한 듯 눈살을 찌푸렸다.

"난 분명 이걸로 한다고 했어."

순간 두 사람의 싸늘한 시선이 허공에서 뜨겁게 얽혔다. 파직, 불꽃이 튈 만큼 한 치의 양보도 없는 팽팽한 눈싸움이었다. 먼저 눈길을 거둔 쪽은 태호였다.

"좋아, 마음대로 해."

못마땅한 눈으로 노려보던 태호는 그대로 등을 돌려 거실을 걸어 나갔다.

흥, 강수미가 입었던 드레스와 같은 걸로 골라서 화난 게 분명하네.

리아는 속으로 투덜거리며 멀어지는 태호의 뒷모습을 노려보았다.

"언니, 구두는 어떤 걸로 할까요. 음, 보석은 뭐로 골라야 하지?"

"아무래도 다이아몬드가 어울리겠죠?"

태희와 그레이스는 제법 심각한 얼굴로 다양한 스타일의 구두와 보석을 골랐다. 하지만 리아의 관심은 거실을 걸어 나간 태호에게 온통 쏠려 있었다. 처음엔 야하다느니 뭐니 하면서 반대하는 태호에게 불만이 있었지만, 곰곰이 생각해보니 오늘도 그는 평소보다 이른 시각에 퇴근했다.

워커홀릭에 가까운 그가 이렇게 일찍 집에 오다니 웬일이지?

혹시 저번처럼 컨디션이 좋지 않은 건 아닐까, 은근히 걱정되었다. 그러고 보니 두 눈이 빨갛게 충혈돼 있었다. 목소리도 조금 가라앉은 것 같고. 그녀가 자신의 의견을 무시해 화나서 그런 것 같진 않았다.

원래부터 그랬었나?

아침에 늦잠을 자느라 출근하는 모습을 보지 못했으니 그가 어떤 상태인지 알 수 없었다. 같이 한배를 탄 동지인데 상대에게 너무 무심한 건 아닌가 하는 자책감이 들었다.

아무래도 안 되겠어. 싸운 건 싸운 거고, 괜찮은지 한번 물어라도 보고 와야 마음이 편해질 것 같았다.

"저 잠시만요. 잠깐 위층에 올라갔다 올게요."

리아는 두 사람에게 양해를 구하고 급히 거실을 빠져나왔다. 긴 드레스 자락이 걷기에 거추장스럽긴 했지만, 그렇다고 옷을 갈아입고 갈 여유는 없었다. 리아는 두 손으로 드레스 자락을 움켜쥐고 계단을 올라 침실로 향했다.

문을 열자, 커튼을 닫았는지 어둑한 실내가 눈에 들어왔다. 그렇다고 완전히 어두운 것은 아니어서 어렴풋이 침대 중앙에 누워 있는 태호의 모습이 보였다. 그는 옷을 그대로 입을 채 한쪽 팔을 이마에 얹고 이불 위에 누워 있었다. 불을 켤까도 생각했지만 혹시라도 잠든 상태라면 수면에 방해라도 될까, 그대로 천천히 침대로 걸어갔다.

"강태호?"

나직하게 불러보았지만, 아무런 반응이 없었다.

잠들었나?

리아는 매트리스가 흔들리지 않게 조심하며 침대에 올라 태호에게 다가갔다.

"어디 아픈 건 아니지?"

역시나 그에게선 대답이 없었다. 리아는 슬슬 걱정되기 시작했다.

혹시라도 열이 있는 건 아닐까?

한쪽 팔을 이마에 얹고 있으니 열을 재볼 수도 없고. 목덜미라도 만져봐야 하나?

리아는 살며시 귀 뒤쪽 목덜미를 감싸듯이 만져보았다. 은근히 미열이 느껴지는 것 같다고 생각한 순간, 억센 손이 그녀의 손을 잡아챘다.

"앗."

눈 깜짝할 순간, 단단한 품에 빨려들 듯 갇혀버렸다. 단숨에 그녀의 몸이 그의 몸 아래 깔린 자세가 되었다. 너무 순식간에 일어난 일이라 리아는 잠시 멍한 표정으로 위를 올려다보았다.

"······리아야, 제발."

열에 들뜬 탁한 목소리와 함께 위험한 눈빛이 어둠 속에서 그녀를 향해 반짝거렸다.

침실에 돌아와서도 빨간 드레스를 입은 리아의 모습이 머릿속에서 사라지지 않았다. 커튼을 걷어 방을 어둡게 해도 마찬가지였다. 심장 박동은 아까보다 더 빨라진 것 같았고, 후끈후끈 열도 오르는 것 같았다. 왜 리아는 사람 홀리게 예뻐서 이리도 힘들게 하는지 모르겠다. 아니면 빈속에 5잔이나 마신 커피 부작용이 이제야 나타나는 걸까.

태호는 두근거림을 가라앉히려 침대에 몸을 눕히고 눈을 감았다.

얼마나 지났을까? 호흡을 가다듬으며 겨우 들뜬 감정이 진정되려는데 달칵 문이 열렸다.

"강태호?"

혼동으로 몰아놓은 장본인이 그의 이름을 부르며 조심스럽게 안으로 들어왔다. 겨우 진정됐던 심장이 리아의 목소리를 듣자마자 미치듯이 날뛰기 시작했다.

가만히 있으면 잠든 줄 알고 도로 나가겠지.

태호는 대답 대신 조용히 숨을 들이마셨다. 하지만 리아는 나가기는

커녕 오히려 침대 위로 올라오더니 옆으로 바짝 다가왔다.

"어디 아픈 건 아니지?"

이번에도 대답하지 않았다. 그저 그녀가 어서 이곳을 나가주었으면 하고 바랄 뿐이었다. 하지만 다른 한편으론 곁에 머물러주었으면 하는 마음도 들었다. 태호가 마음을 정하지 못하고 갈팡질팡하는데 갑자기 목덜미에 시원한 손길이 느껴졌다. 그녀 딴에는 걱정한다고 열이 있는지 알아보는 것이었지만, 태호의 몸은 그 손길 때문에 식어가던 열기가 다시 화르르 불타올랐다. 가뜩이나 수면 부족에 카페인 과다 섭취까지 합쳐져, 이성보다는 감성이 앞서서 미치겠는데.

태호가 그녀의 손목을 낚아채 자신 쪽으로 끌어당기며 빙그르 몸을 돌리자, 리아는 순식간에 그의 몸 아래 깔린 자세가 되어버렸다. 리아는 무슨 일이 일어났는지 파악하지 못한 듯 잠시 멍한 얼굴로 그를 올려다보았다.

"……리아야, 제발."

태호는 마지막 이성의 끈을 붙들며 쥐어짜듯 겨우 내뱉었다. 그러다 보니 탁하고 거친 소리가 되고 말았다.

"왜 그래?"

아까보다 더 걱정스러운 목소리로 리아가 물었다. 낮게 깔린 그의 목소리가 열에 들뜬 것처럼 힘겹게 들렸다.

정말 어디가 아픈가?

리아는 잡히지 않은 다른 손으로 재빨리 그의 이마를 짚어보았다. 목덜미와 마찬가지로 평소보다 뜨겁게 느껴졌다.

"열나는 것 같아."

재빨리 품에서 빠져나온 리아는 태호의 가슴을 밀어 그를 침대에 눕혔다.

바보야, 이런 몸으로 출근한 거야? 이렇게까지 안 좋은 줄 알았으면 출근하지 못하게 막을걸.

출근하는 것도 모르고 계속 잠만 잔 자신이 리아는 또 한 번 원망스러웠다.

"어떻게 된 거야? 언제부터 이랬어?"

리아는 그가 아파서 몸에 열이 나는 걸로 오해한 것 같았다.

너 때문에 뜨거운 건데…… 네가 달아오르게 만든 건데…….

태호는 한숨을 쉬며 천천히 눈을 감았다. 사실을 털어놓을 수는 없으니 아픈 척하는 것도 나쁘진 않을 거란 생각이 들었다. 그러면 그를 가만히 놔둘 테니까. 리아가 방을 나가면 찬물 샤워로 몸을 식히면 그만이다.

"……아침부터, 조금 이상했어."

그는 뜸을 들이며 대충 둘러댔다.

"괜찮을 거야. 나 혼자 있고 싶으니까……."

하지만 태호의 다음 말은 넥타이를 잡아당기는 리아의 손길에 이내 끊어지고 말았다. 아프다고 하면 가만히 놔둘 거란 생각은 잘못된 판단이었다.

"편하게 하고 있어."

리아는 빨간 드레스 자락을 걷어 올리더니 그의 위에 올라타 넥타이를 풀고 셔츠 단추를 신속하게 풀기 시작했다.

얼마나 몸이 안 좋으면 옷도 갈아입지 못하고 누운 거야?

한 번도 이런 모습의 태호를 본 적이 없기에, 리아는 머릿속이 어지러웠다.

혹시 신혼여행에서 돌아오고 나서 쭉 몸이 안 좋았던 건 아닐까?

고개를 숙이고 단추를 푸느라 긴 머리카락이 그의 살갗에 닿았지만, 생각에 잠긴 탓에 리아는 전혀 알아차리지 못했다. 그녀의 머리카락이 살짝살짝 스칠 때마다 달콤한 향기가 코끝에 스며들었다.

고문을 해도 유분수지! 그를 미치게 하는 데에는 세상 그 누구도 주리아와 대적할 수 없을 것이다. 더는 못 하게 그녀를 막아야 하는데 온몸이 마비된 것처럼 꼼짝도 할 수 없었다. 솔직히 너무 좋았으니까.

아까부터 꿈틀거리던 욕망이 시뻘건 입을 벌리며 그를 삼키려 한다. 여기서 조금 더 나가면 도저히 통제할 수 없을지도 모른다. 그러나 그만하라고 할 수 없었다. 단추를 풀다 미끄러진 리아의 손끝이 툭 공기 중에 드러난 맨살을 건드렸다.

"……으음."

소름이 돋을 것 같은 짜릿함에 입에서는 저절로 탄성이 흘러나왔다.

진짜 돌아버리겠네.

태호는 신음을 참으려 두 눈을 감으며 이를 악물었다. 서서히 이성의 끈이 끊어지려 하고 있었다. 이제 그만하라고 말하려는데 순간 그를 내리누르던 무게가 사라졌다. 눈을 뜨자, 침대에서 내려간 리아가 드레스 룸으로 향하는 모습이 보였다.

후, 다행이다.

태호는 그제야 참았던 숨을 길게 내쉴 수 있었다.

잠시 후, 다시 침대로 돌아온 리아는 환자 대하듯 그를 다루었다.

"셔츠는 땀 흡수 안 돼서 안 좋아. 어서 이걸로 갈아입어."

아예 그녀가 대신 파자마로 갈아입혀줄 기세였다. 그가 누운 채로 꿈쩍도 하지 않자, 리아는 벌어진 셔츠의 깃을 잡아당겼다. 그제야 잠자코 있던 태호가 그녀의 손을 잡으며 상체를 일으켰다.

"됐어. 내가 갈아입어."

다행히도 아까보단 거친 숨소리가 안정된 것 같았다. 리아는 안도하는 마음에 순순히 파자마를 건넸다.

"속도 안 좋다며? 점심도 걸렀겠네."

"……음."

태호는 대답 대신 짧게 고개를 끄덕이며 셔츠를 벗고 파자마를 걸쳤다. 사람은 적응의 동물이라고 했던가? 그새 몇 번 봤다고 셔츠 아래로 드러나는 벗은 상체를 덜 당황스러운 눈으로 바라볼 수 있었다. 오히려 아프다고 하니까 크고 단단한 몸마저도 쉽게 깨지는 도자기처럼 약하게 느껴졌다.

"엄마가 그러는데 속 안 좋을 땐 흰죽이 최고래. 내가 죽 가져다줄게."

리아는 파자마 상의 단추를 잠그는 태호를 바라보며 침대에서 일어섰다. 그녀의 호의가 적응되지 않는다는 듯 그가 미간을 찌푸렸다.

발을 다쳤을 때 보여줬던 그의 행동에 그녀가 어리둥절했듯이 지금 그도 그녀의 행동이 이해되지 않는 것 같았다. 그녀도 그와 마찬가지였다. 어찌 됐든 법적으로 한동안은 그녀의 남자였다. 그러니 그녀가 챙겨줘야 한다. 하지만 그렇게 말했다간 그가 발끈할 수도 있으니, 좋게 설명하기로 했다. 원래 꿈보단 해몽이 좋은 거니까.

"너, 몸 안 좋으니까 우리 잠시만 휴전하자. 전쟁 중에도 포로가 부상하면 인도적인 차원에서 치료해주잖아."

휴전? 전쟁? 애석하게도 그녀의 비교는 지금 상황과는 전혀 맞지 않았다.

전쟁 중이라니? 누가 전쟁하는데……. 사랑의 포로라면 또 모를까.

"죽 가져올 때까지 잠깐 눈 붙이고 있어."

태호가 다시 침대에 눕자 리아는 어깨까지 이불을 덮어주고 침실을 나섰다. 문이 닫히고 잠시 정적이 흘렀다.

"후."

가만히 누워 천장을 바라보던 태호의 입에서 짧은 웃음이 흘러나왔다. 자신을 환자 취급하는 그녀에 웃음이 나면서도, 이 상황을 은근히 즐기는 자신에게도 웃음이 나왔다.

이런 게 꾀병을 부린다는 건가?

그는 태어나서 한 번도 꾀병을 부린 적이 없었다. 동생 태희가 태어나기 전까진 꾀병이라는 것도 알지 못했다. 아프지도 않으면서 끙끙 아픈 척하는 태희를 보며 '왜 이런 멍청한 짓을 할까?' 하며 눈살을 찌푸리곤 했었다. 하지만 리아에게 이런 대우를 받을 수 있다면, 꾀병도 그리 나쁠 건 없다는 생각이 들었다.

태호는 입가에 미소를 떠올리며 스르르 두 눈을 감았다.

"태호, 오늘도 일찍 퇴근했다고?"

드레스 룸에 들어서던 강 회장이 정 여사의 말에 걸음을 멈췄다.

"네, 그런가 봐요. 첫째랑 외출했다가 돌아오니까 이미 와 있더라고요. 피곤한지 아까부터 자고 있어요."

정 여사가 무덤덤한 표정으로 대답했다.

"새아기도 같이?"

"그거는 모르죠. 방에서 안 나오는 거 보니까, 함께 있는 것 같긴 한데……."

강 회장은 생각에 잠긴 듯 잠시 침묵을 지켰다. 그러다 재킷을 벗으며 다시 입을 열었다.

"생각보다 둘 사이가 나쁜 것 같지 않아서 다행이군."

"어쩌겠어요? 싫든 좋든 결혼했는데, 평생 미워하면서 살면 본인들만 손해지."

강 회장은 정 여사의 말에 동의한다는 듯 고개를 끄덕였다.

처음 태호가 정혼 이야기를 꺼냈을 때 두 사람 모두 적잖이 놀랐었다. 평생 결혼을 안 하고 독신으로 살겠다고 할 줄 알았는데, 까맣게 잊고 있었던 주씨 집안과의 정혼을 끄집어내다니……

"새아가가 관계를 호전시키려 노력한다고 했으니 지켜보면 되겠지."

그러자 정 여사는 짧게 실소를 내뱉었다.

"하, 애들끼리 좋으면 뭐 해요? 집안끼리는 아직도 철천지원수 같은데……. 당신이야말로 사돈이랑 관계 호전시킬 궁리 좀 해요."

"그게 말처럼 쉬운가?"

하소연하듯 투덜거리는 강 회장의 얼굴에 어두운 그림자가 내려앉았다. 어디서부터 꼬여버린 건지, 두 집안의 관계는 해가 지날수록 더욱더 나빠졌다. 두 집안의 반목은 5년 전 주원식품이 부도 위기에 몰리면서 최악으로 치달았다.

주원식품이 부도 위기에 몰렸는데 왜 비난의 화살이 자신에게 향했는지, 강 회장은 지금도 이해되지 않았다. 이미 KJ그룹은 대기업으로 승승장구하며 잘나가고 있을 때라 주원식품을 견제할 필요가 전혀 없었다. 아니, 견제할 필요가 있다고 해도 그런 유치한 방법으로 상대를 치는 건 강 회장의 스타일이 아니었다. 그것 때문에 오해를 풀려 주 회장을 따로 만나기도 했었다. 하지만 주 회장은 강 회장의 결백을 끝내 믿지 않았다.

갈라서기 전까진 형 동생 하며 친형제처럼 지내던 두 사람이었다. 주 회장보다 다섯 살 많은 강 회장은 자신을 야비한 사업가 취급하는 주 회장이 못 견디게 괘씸했다.

회사가 2개로 쪼개진 이유가 누구 때문이었는데……. 본인 잘못은 전혀 인정하지 않고 남 탓만 하는 것으로밖엔 보이지 않았다. 그러나 어쩌겠는가? 형 동생 하던 사이로 돌아갈 수야 없겠지만, 이젠 사돈의 연을 맺었으니 서로 얼굴 붉히는 일은 자제해야 한다.

"후우."

강 회장은 길게 한숨을 내쉬며 천천히 넥타이를 풀었다.

"으음."

태호가 눈을 뜨며 몸을 뒤척거리자, 리아는 읽던 책을 내려놓고 뒤를 돌아보았다.

"깼어?"

태호는 대답 대신 천천히 몸을 일으켰다.

"……몇 시야?"

"밤 8시."

벌써 시간이 그렇게 됐다고?

"뭐 좀 먹어야지?"

리아가 일어나려 하자, 태호는 재빨리 그녀를 잡았다.

"잠깐만."

그녀가 의아한 표정으로 바라보자, 그가 재빨리 말을 이었다.

"내일 저녁에 청담동 가자."

"갑자기? 아빠 출장에서 돌아오면 그때 가자며?"

"장인어른 돌아오시면 그때 또 가고. 아무리 그래도 신혼여행에서 돌아왔는데도 얼굴 한번 내비치지 않는 건 도리가 아닌 것 같아."

리아는 오늘 두 번이나 그녀의 엄마인 민 여사 이야기를 꺼냈다. 말은 안 하지만, 가족이 보고 싶을 것이다. 문득 리아를 전혀 배려하지 못했다는 후회가 들었다.

"너 아프잖아."

"잠이 좀 모자랐던 것뿐이야. 오늘 푹 자고 나면 내일은 괜찮을 거야."

친정에 가자는데 리아는 마다할 이유가 전혀 없었다. 저녁 식사 때마다 터지는 핵폭탄급 발언에 불편하던 참이었는데…….

"그래, 그럼."

리아는 밝게 웃으며 고개를 끄덕였다. 결혼하고 나서 처음으로 보여주는, 아주 마음 편한 미소였다.

토요일 오후, 외출했다 돌아온 민수는 집 안을 가득 채운 음식 냄새에 어리둥절한 얼굴로 주방에 들어섰다. 웬만해선 주방에 들어서지 않는 민 여사가 오늘은 무슨 바람이 들었는지 앞치마를 입고 식탁에 앉아 손수 만두를 빚고 있었다.

그 뒤로는 도우미 여럿이 분주하게 음식을 준비하고 있었다. 싱크대와 조리대, 식탁 위에는 온갖 음식 재료가 널려 있었다.

"엄마, 오늘 무슨 날이야?"

"응, 이따가 리아랑 강 서방이 저녁 먹으러 온다고 해서."

만두피에 속을 채우며 민 여사가 대답했다.

"아버지 출장에서 돌아오시면 오기로 한 거 아니었어?"

"그건 그거고, 오늘은 그냥 들르겠대."

민 여사가 섭섭해한 걸 아는 것처럼, 리아는 갑자기 전화를 걸어 친정에 들르겠다고 말했다. 민 여사는 전화를 끊자마자 서둘러 장을 보고 손님 맞을 준비에 들어갔다.

"그런데 무슨 동네잔치라도 해? 무슨 음식을 이렇게나 많이 했어?"

"얘는! 강 서방 온다잖아."

민수가 자꾸 말을 거는 바람에 만두 모양이 제대로 안 잡히고 망가지자, 민 여사는 왜 그런 질문을 하느냐는 듯 눈을 흘겼다. 민수는 서둘러 손을 씻고 민 여사의 맞은편에 자리를 잡았다. 그리고 아주 능숙한 솜씨로 만두를 빚기 시작했다.

"태호, 마음에 안 든다고 할 땐 언제고?"

"그건 그거고 이건 이거지. 사위는 백년손님이란 거 몰라?"

민 여사는 또다시 민수를 향해 눈을 흘겼다.

"그래, 시월드를 모르는 네가 백년손님인들 알겠니?"

민수는 민 여사보다 더 능숙하고 예쁘게 만두를 빚어 차곡차곡 쟁반에 올려놓았다.

"그런데 엄마가 직접 만두를 빚으니까 좀 안 어울린다."

그 말에 민 여사는 어깨를 으쓱거렸다. 민수의 말대로 민 여사가 주방에서 직접 요리하는 건 가뭄에 콩 나듯 아주 뜸했다.

"기억 안 나니? 태호 어릴 때 우리 집 놀러 오면 내가 만든 손만두를 그렇게 좋아했잖니."

"그랬었나?"

그때만 해도 민 여사는 야무지게 만두를 먹는 태호를 보며, '똘똘한 녀석, 사위로 삼으면 참 좋겠네.'라고 생각했었다. 하지만 두 집안이 서로 등을 돌리고 난 이후론 눈길 한번 주지 않았다. 오히려 천재 소년이라 불리며 잘나가는 태호를 볼 때마다 괜한 경쟁심과 시기심에 마음이 불편했었다. 그랬는데…… 민 여사는 씁쓸한 미소를 떠올리며 고개를 흔들었다.

"참 사람 인연이라는 게, 내가 태호를 사위로 맞을 줄 누가 알았겠니?"

지금도 리아가 태호와 결혼하겠다고 말하던 순간을 떠올리면 가슴이 철렁 내려앉았다.

도대체 정혼이 뭐라고? 하고많은 집안 중에서 왜 하필 철천지원수 집안과 사돈을 맺어야 하는지 아직도 민 여사는 이해되지 않았다. 혹여 둘이서 남몰래 사랑하는 사이였다면 몰라도 말이다.

"그래도 이왕 결혼한 거 잘 살아야지."

"잘 살 거야, 엄마, 걱정하지 마."

"그래야 하는데……. 난 리아가 저녁 잘 먹고 시댁으로 안 돌아간다고 할까 봐 겁나 죽겠다."

민 여사의 쓸데없는 걱정에 민수는 나오려는 웃음을 억지로 참으며 고개를 숙였다. 그럴 일은 절대로 일어나지 않을 테니까. 어떻게 계획한 결혼인데……. 민수는 근질거리는 입술을 꽉 깨물며 만두피를 서로 겹쳐 꾹꾹 눌렀다.

혹시라도 식사 도중에 안 좋은 소리가 나오는 건 아니겠지?

리아는 조마조마한 마음을 달래며 수저를 들었다. 다행히 아직까진 아무 일도 일어나지 않았다.

"리아야."

두 사람이 집 안에 들어서자, 민 여사는 한걸음에 리아에게로 달려 왔다. 마치 전쟁터에서 포로로 잡혀갔던 딸이 살아서 돌아온 것처럼 감격한 얼굴이었다. 민 여사는 정 여사가 태희에게 하듯 리아를 껴 안고는 두 손으로 뺨을 감쌌다.

"아니, 왜 그새 얼굴이 반쪽이 됐어? 제대로 먹기는 하는 거니?"

민 여사는 한참 동안 호들갑을 떤 이후에야 태호에게로 관심을 돌렸다.

"강 서방, 왔나."

그녀 딴엔 최대한 노력했지만, 예의상 억지로 웃는다는 걸 한눈에 알 수 있었다. 태호는 리아가 한남동에서 느꼈던 감정을 청담동에서 느꼈을 것이다. 그래도 남의 집 귀한 아들, 사위가 되었다고 다운그레 이드된 건 아니니 너무 서러워하진 말도록.

"지금에서야 하는 말이지만, 내가 강 서방을 많이 좀 원망했었어."

아니나 다를까, 식사 도중 민 여사의 입에서 듣기 거북한 말이 튀어 나왔다.

에고, 오늘도 저녁 제대로 먹긴 글렀네!

리아는 속으로 투덜거리며 젓가락을 내려놓았다.

"리아 유치원 다닐 때 충치로 고생했거든. 그래서 단걸 못 먹게 했는데도 자꾸만 충치가 생기는 거야. 알고 보니까 자네 집에 갈 때마다 초콜릿을 넙죽넙죽 받아먹었더라고."

"엄마, 그 소린 왜?"

영구치도 아니고 어차피 곧 빠질 젖니인데, 썩으면 좀 어때서…….

리아는 그만하라고 눈치를 줬지만, 민 여사는 계속해서 말을 이었다.

"그런데 어느 날은 자기 얼굴만큼 큰 초콜릿을 먹고 있더라고. 그거 자네가 준 거였다며?"

응? 정말?

리아는 금시초문이라는 얼굴로 민 여사와 태호를 번갈아 바라보았다.

"엄마, 왜 나한텐 그런 얘기 안 했어?"

"어릴 때 일 잘 기억 못하는 애한테 해서 뭐 하니?"

기억은 잘 안 나지만, 누군가 그녀에게 초콜릿을 주던 건 기억난다. 아주 커다래서 너무너무 행복해했던 기억. 너무 행복해서 한동안 꿈도 꾸었었다. 그런데 그 초콜릿을 준 사람이 태호였다고?

"어머님이 손수 만드신 만두, 여전히 맛있네요."

분위기가 어색해지려고 하자, 태호는 자연스럽게 화제를 돌렸다.

"오래전인데, 아직도 맛이 기억나?"

효과가 있었는지, 민 여사는 방금 자신이 한 말을 잊고 기분 좋게 활짝 웃었다.

"당연히 기억납니다. 제가 꽤 좋아했죠."

"어릴 때부터 천재라는 소릴 달고 살더니, 다 까먹은 우리 애들과는 다르네."

"워낙 어머님이 해주신 만두가 맛있어서요."

리아는 겉으론 티를 내지 못하고 속으로 혀를 내둘렀다. 그때 로미오 어쩌고 하면서 기사를 냈을 때도 그러더니, 어쩜 입에 침도 바르지 않고 거짓말을 저리 잘하는지.

친딸인 리아가 먹기에도 민 여사의 손만두는 그저 그런 평범한 맛이었다. 솔직히 주원식품 냉동만두가 10배는 더 맛있을 거다. 그런데도 태호는 맛있게 먹는 연기를 하며 그릇을 말끔히 비웠다. 그의 입맛이 얼마나 까다로운지 알기에 리아는 믿을 수 없다는 얼굴로 태호를 바라보았다.

그래서일까? 저녁이 끝날 때쯤에는 민 여사의 얼굴에 머물던 그림자가 말끔히 씻겨나갔다.

아직도 태호를 사위로서 흡족해하는 건 아니지만, 리아가 맘고생 할 거란 불안이 얼마만큼은 사라진 것 같았다.

그것 하나만으로도 오늘의 친정 방문엔 큰 성과가 있었다.

"덕분에 엄마가 한시름 놓으신 것 같아."

한남동에 도착해 태호가 시동을 끄자, 리아는 안전벨트를 풀며 말을 건넸다.

오늘 밤, 민 여사는 오랜만에 마음 편하게 잠들 수 있을 것이다. 5년 후에 갈라설 땐 갈라서더라도, 함께 사는 동안만큼은 조금이라도 민 여사의 걱정을 덜어주고 싶었다. 적진으로 시집간 딸을 걱정하며 민 여사는 하루하루 마음을 졸일 게 뻔하니까.

솔직히 오늘 태호가 민 여사 앞에서 괜찮은 사위를 연기할 줄은 몰랐다. 묻는 말에 빈정거리지 않고 대답만 해도 다행이라고 여겼다.

예전에 지나가는 말로 민 여사가 예민한 편이라고 말했었는데, 그걸 기억해준 걸까?

"오늘 고마웠어."

진심이었다. 그 말에 태호는 피식 입꼬리를 비틀며 살며시 고개를 옆으로 기울였다.

"말로만 고맙다고 할 거야?"

이런, 또 시작이네!

'얼마면 돼?'라고 허세를 부리려던 리아는 갑자기 떠오른 생각에 입을 다물었다. 예전에도 그는 그녀의 말을 이렇게 받아친 적이 있었다.

— 말로만 축하해줄 거야?

그것뿐만이 아니었다. 기억은 꼬리에 꼬리를 물고 되살아났다. 완전 까맣게 잊고 있었는데, 초콜릿을 건네주던 꼬마에게 감사의 표시로 뺨에 뽀뽀해주던 게 생각났다. 그 초콜릿을 건넨 꼬마가 태호였다는 사실을 오늘 알아버렸고. 그렇다면……? 오늘만큼은 예전의 방법으로 고마움을 표현해도 괜찮을 것 같았다.

리아는 태호의 뺨에 입술을 가져가려 운전석으로 몸을 기울였다. 리아가 다가오자, 저절로 그의 얼굴이 그녀를 향해 돌아갔다.

분위기 탓이었을까? 리아는 멈추지 않고 그대로 그의 입술에 쪽 소리 나게 입을 맞췄다. 찰나 같은 순간에 일어난 일이라, 뺨이나 입술이

나 크게 다르진 않을 거다. 정말로 감촉을 느낄 새도 없이 그녀는 재빨리 입술을 뗐다.

"그만 들어가자."

그래도 뭔가 어색한 리아는 차에서 내리려 서둘러 손잡이에 손을 뻗었다. 하지만 태호는 운전석에 앉은 채 꿈쩍도 하지 않았다.

"안 들어가?"

리아가 독촉하자, 태호는 천천히 안전벨트를 풀었다. 하지만 손잡이를 잡는 대신 그녀 쪽으로 몸을 돌렸다.

그리고 리아가 무슨 일이 일어나는지 깨닫기도 전에, 그가 한 손으로 그녀의 목을 받치며 그대로 입술을 겹쳤다.

예상치 못한 갑작스러운 행동에 리아의 눈이 커다래졌다. 하지만 뒤로 물러나기엔 너무 늦어버렸다. 태호는 다른 한 손으로 잘록한 허리를 끌어당기며 리아의 아랫입술을 살짝 깨물었다. 짜릿한 감각에 그녀의 입술이 무방비하게 열리자, 그가 틈새로 깊숙이 혀를 밀어 넣었다.

"……아."

몸이 기억하는 감각은 물 흐르듯 단숨에 온몸으로 퍼져나갔다.

타인의 시선을 의식했던 공항에서의 키스와는 차원이 달랐다. 둘만이 있는 차 안에서의 키스는 찐득하고도 아찔했다.

"하아."

하나로 엉키는 물기 어린 숨소리에 머릿속이 하얗게 비워지는 것 같았다. 머리는 그만 밀어내야 한다고 했지만, 잊었던 감각을 되찾은 몸은 적극적으로 다가가길 원했다. 어느새 리아는 저도 모르게 그의 목에 손을 둘렀다. 단단해진 혀끝이 거칠게 비벼지며 서로를 강하게 빨아들였다.

228

한참 후에야 그가 입술을 떼어내고 나직이 속삭였다.

"고마워."

……응?

리아는 열기로 흐릿해진 시선으로 멍하니 태호를 바라보았다. 방금 그의 입에서 나온 말이 잘 이해되지 않았다.

난데없이 뭐가 고맙다는 거지?

태호는 커다란 손으로 달아오른 리아의 뺨을 부드럽게 감싸며 말을 이었다.

"어제 간호해준 거. 나도 말로만 고맙다곤 할 수 없어서……."

그러니까…….

리아는 천천히 눈을 깜빡이며 태호가 한 말을 찬찬히 곱씹어보았다.

그러니까 지금 한 키스는 감사의 표현이란 거야? 내가 감사의 키스를 해준 것처럼?

확실한 뜻을 깨닫는 순간, 조금 전까지 그녀를 휘감던 열기가 싸늘하게 식어버렸다.

하!

기가 막힌 나머지 실없는 웃음이 흘러나왔다.

하여간 강태호, 사람 한 방 먹이는 데 선수다.

"고…… 고맙다는 표현이라고?"

화난 상태라 혀가 꼬여버려 앞부분을 더듬고 말았다. 물론 그녀도 감사의 표시로 입술에 키스했으니, 뭐라고 따질 순 없었다. 하지만 그건 단순한 키스였다. 유럽에선 인사 정도로 통하는 아주 가벼운 접촉 정도? 태호가 한 키스는 그것과는 상대가 안 될 정도로 진하면서도 질척거리는 접촉이었다. 그러면서 뭐?

"그런 것치곤 너무 과한 거 아냐?"

리아는 뺨을 감싼 손을 매몰차게 뿌리치며 매섭게 노려보았다. 하지만 그는 그녀가 노려보든 말든 태연한 얼굴로 대답했다.

"난 감사한 마음을 표현하는데 쩨쩨한 사람이 아니라서."

그 말은 즉 내가 해준 키스는 쩨쩨한 거고, 자기가 해준 키스는 후한 거라는 거네?

리아의 입이 황당하다는 듯 벌어졌다. 뭐라고 한마디 해야 하는데, 너무 어이가 없어 할 말을 잃어버리고 말았다. 그녀가 가만히 있자 그는 다른 뜻으로 해석한 것 같았다.

"왜? 부족해? 좀 더 해줄까?"

이게 지금 장난하나! 마음 같아선 한 대 때려주고 싶었지만, 아무리 세게 때린다고 해도 그에겐 기별도 안 갈 거다. 오히려 그녀가 바짝 약올랐다는 사실만 증명해 보이는 꼴이 된다. 한두 살 먹은 아이도 아니고, 이런 일에 버럭 화내면 안 되지.

참자. 우선 참고, 복수는 다음을 기약하는 거야.

리아는 커다란 인내심을 발휘하며 양쪽 입꼬리를 최대한 끌어 올렸다.

"아픈 건 어때?"

화낼 줄 알았는데 그녀가 활짝 웃어 보이자, 태호는 의아하다는 듯 가늘게 눈을 모았다.

리아 성격에 가만히 있을 리가 없는데……. 아직도 아픈 줄 알고, 화를 참는 걸까?

"……다 나았어. 이젠 괜찮아."

말이 끝나는 순간, 리아는 쏘아붙이듯 차갑게 내뱉었다.

"그렇다면 휴전 종료!"

재빨리 차에서 내린 리아는 태호를 기다리지 않고 뛰어가듯이 집 안으로 들어가버렸다. 신호등이 달린 것도 아닌데, 그녀의 등 뒤로 '빨간불'이 반짝이는 것 같았다.

"풉."

멀어지는 리아의 뒷모습을 바라보던 태호의 입에서 참았던 웃음이 터져 나왔다. 찬바람 불게 쌩 토라진 모습이 미치도록 귀엽다는 사실은 그녀는 알까? 버럭 화내서 다행이다. 부담스러워하며 그를 피하는 것 같진 않았으니까. 태호는 씁쓸하게 웃으며 차 문을 열었다.

제길, 바보처럼 또 선을 넘어버렸다.

처음엔 그도 리아처럼 살짝 입술만 맞출 생각이었다. 하지만 입술이 닿는 순간, 머릿속에서 무언가가 펑 터져버렸다.

어제 내내 힘겹게 내리눌렀던 감정이 방심한 틈에 폭발해버린 걸까. 다행히 리아는 그의 감정을 눈치채지 못하고 자신을 약 올린다고만 생각하는 것 같았다.

"……으음."

차에서 내려 차 문을 닫던 태호는 순간 행동을 멈추며 미간을 찌푸렸다. 아까부터 거북했던 속이 갈수록 상태가 나빠지고 있었다.

"너무 먹었나?"

솔직히 털어놓자면 민 여사의 요리 솜씨는 뛰어나다고는 할 수 없었다. 하지만 그녀가 누구인가? 리아를 낳아준 장모님이 아닌가? 어릴 때도 민 여사에게 잘 보이려 싫은 내색하지 않고 손만두를 하나도 남김없이 깔끔히 해치웠는데, 사위가 된 지금에 하나라도 남길 수는 없었다. 그러나 억지로 너무 많이 먹은 것 같다. 태호는 손바닥으로 가슴을 문지르며 천천히 집 안으로 향했다.

결국, 다음 날 태호는 심하게 체하고 말았다. 그러나 이미 한 번 꾀병을 부렸으므로 리아에게 아픈 티를 낼 순 없었다. 약한 모습을 보이는 것도 어쩌다 한두 번이지, 너무 자주 보여주면 곤란하다.

할 수 없이 태호는 급히 처리할 업무가 있다고 둘러대고 집을 나섰다. 그리고 남의 눈에 띄지 않게 혼자 시간을 보낼 수 있는 여의도 오피스텔로 향했다.

그날 그는 밤늦게 돼서야 한남동으로 귀가했다.

Chapter 8

지금만큼은 넌, 내 거야

월요일 아침, 주원식품 본사.

"좋은 아침."

"팀장님."

리아가 활기찬 모습으로 마케팅 1팀 사무실에 들어서자, 막내 사원 채영이 반가운 얼굴로 제일 먼저 달려왔다.

"팀장님, 어서 오세요."

그 뒤로 나머지 팀원들이 밝은 미소로 그녀를 맞이했다.

"오랜만에 회의나 할까요?"

리아는 팀원들과 간단히 회의하며 업무가 어떻게 진행되고 있는지 체크했다. 결혼식과 신혼여행으로 오래 자리를 비웠지만, 마케팅 2팀과의 협동 덕분인지 대부분은 말끔하게 처리되어 있었다. 몇 가지 수정이 필요한 부분만 제외하곤 흠잡을 데 없었다.

회의를 마치고 개인 사무실로 들어가기 전, 리아는 민훈의 자리로 다가갔다.

"정 대리님, 시간 괜찮으면 이따 점심 같이해요."

"네, 팀장님."

오늘은 리아를 만날 마음의 준비를 하고 왔는지 민훈의 표정은 예전과 다름없었다. 편안해 보인다고는 할 수 없었지만, 그녀를 피해 탕비실로 들어가던 모습과는 달랐다. 그래도 확인해둘 필요는 있었다. 조금이라도 민훈이 힘들다고 한다면 부서 이동을 권할 참이었다.

점심시간이 되고, 두 사람은 사내 식당이 아닌 회사 근처 이탈리안 레스토랑으로 향했다.

"신혼여행은 어땠어?"

민훈이 어색하게 웃으며 먼저 운을 뗐다.

"생각보다 나쁘진 않았어."

"다행이네. 지금 시댁에 있다며. 어때? 견딜 만해?"

"그럼, 당연하지. 아주 잘 지내고 있어."

견딜 만한 건 사실이지만, 잘 지내고 있다는 건 반은 거짓말이다. 일요일인 어제만 하더라도 그녀 혼자 멀뚱하니 침실에서 시간을 보내야 했으니까. 전날 밤 뭐라고 한마디 했다고 태호는 다음 날 밖에 나가서 온종일 돌아오지 않았다. 댕댕이 웅아도 찾을 땐 없다고. 태호가 뭘 어떻게 해주는 건 아니지만, 시월드에서 남편이 옆에 있고 없고는 그 느낌이 확연히 달랐다.

그는 업무 핑계를 댔지만, 리아가 불편해서 밖으로 나돈 게 분명했다. 누가 봐도 매우 화가 난 듯 딱딱하게 굳은 표정으로 나갔으니까.

하, 웃기지도 않아. 지금 화내야 할 사람이 누군데!

속으로 투덜거리느라 그녀도 모르게 표정이 일그러졌나 보다. 민훈이 걱정스러운 눈으로 그녀를 바라보았다. 그리고 가라앉은 목소리로 말했다.

"리아야, 언제라도 도움이 필요하면 말해. 내가 힘닿는 데까지 도울게. 직장 동료이기 전에, 난 너의 학교 선배이기도 하잖아."

"……선배."

리아는 난처한 얼굴로 민훈을 바라보았다. 말은 고맙지만, 그럴 일은 없을 것이다. 민훈을 생각한다며 한시라도 빨리 그녀를 잊고 새로운 상대를 만나게 도와야 했다. 5년 후 태호와 헤어진다고 해도 그녀가 민훈에게 갈 가능성은 전혀 없으니까. 리아는 대답을 회피하려 자연스럽게 화제를 돌렸다.

"그런데 내가 시댁에 있다는 건 어떻게 알았어?"

"주말에 종로 갔다가 우연히 유정이 봤어. 유정이가 그러더라고."

"그랬구나."

주문한 음식이 나오자, 민훈은 평소에 하던 대로 자신의 접시에 있는 왕새우 튀김을 리아의 접시에 올려놓았다.

"너, 이거 좋아하잖아."

처음엔 리아도 사양했었지만, 민훈이 끝까지 고집을 피운다는 걸 알기에 어느 순간부터 순순히 그의 호의를 받아들였다.

"고마워. 선배도 어서 먹어."

"응."

리아와 민훈은 미소를 교환하고는 말없이 식사를 시작했다.

찰칵―.

건너편 테이블에서 누군가 함께 식사하는 둘의 모습을 휴대폰에 담기 시작했다.

"하, 이거 진짜 당돌하네."

사진을 들여다보던 한 사장이 기가 막힌 듯 입매를 뒤틀었다. 사진 속에는 뮤지컬 관람을 끝내고 나란히 극장을 걸어 나오는 리아와 민훈의 팔짱 낀 모습이 담겨 있었다.

"강 이사와 결혼하기 몇 주 전까지만 해도 회사 직원과 사귀던 사이였다?"

"네. 이 사진이 마지막으로 단둘이 만난……. 아, 그리고 이건 오늘 갓 찍은 사진입니다. 단둘이 점심을 먹더군요."

사진 속에서 민훈은 자신의 음식을 리아의 접시에 덜어주고 있었다. 모르는 사람이 보기에도 다정해 보이는 모습이었다. 한 사장의 입가에 빈정거리는 웃음이 떠올랐다.

"어디서 급도 안 되는 게 재벌 흉내를 내고 있네. 결혼 따로 사랑 따로, 뭐 그런 건가? 강 이사도 이 사실 알고 있나?"

"글쎄요, 알았다고 하더라도 어차피 정략결혼인데 신경 썼을까요?"

"흠."

표 과장의 말에 한 사장은 사진을 내려놓으며 잠시 생각에 잠겼다. 아무리 사랑 없는 정략결혼이라도 리아가 아직도 전 남자 친구를 정리하지 않았다는 걸 알게 되면 자존심에 스크래치 좀 날 거다.

강태호가 어떤 녀석인가! 자기 잘난 맛에 사는 완벽주의자 아니던가! 아무리 이름뿐인 아내라고 하더라도 출근 첫날부터 전 남자 친구를 옆에 끼고 밀회를 즐긴다는 걸 알게 된다면? 어떻게 나올지 그림이 딱 그려진다.

음흉한 미소를 짓는 한 사장의 앞에 표 과장은 또 다른 사진을 내밀었다.

"이건 '팩트 폭' 우창민 기자에게서 받은 사진입니다. 어제 강 이사님이 여의도 오피스텔에서 온종일 머무르셨답니다."

여의도 오피스텔 안으로 들어가는 태호의 모습이 찍힌 사진이었다. 그곳은 중대한 프로젝트가 있을 때마다 철저한 보안을 위해 팀원들과 머무는 장소이다. 하지만 지금은 신혼여행에서 갓 돌아온 터라 진행하는 일도 없을 텐데, 왜 거기에 간 걸까?

"전략기획팀에서 특별히 진행하는 거라도 있나?"

"없는 걸로 알고 있습니다. 그리고 어젠 이사님 혼자 머무셨답니다."

표 과장은 빠르게 다른 사진을 내밀었다.

"그리고 이건 한 시간 후, 오피스텔 로비에서 찍힌 사진입니다."

사진을 보자마자, 한 사장의 얼굴이 일그러졌다.

"얘 사진이 왜 여기서 나와?"

사진 속의 인물은 강수미였다. 넙죽 스폰서 제안을 받아들일 땐 언제고 요새 좀 떴다고 아주 콧대가 높아진 그의 숨겨진 애인. 강수미와 한 사장과의 관계를 전혀 모르는 표 과장은 심각한 얼굴로 설명하기 시작했다.

"우 기자가 사실 확인 겸 연락을 했더군요. 이사님이 신혼여행에서 돌아오자마자 강수미와 같은 장소에 있었으니까요. 우연이라고 하기엔……."

"하여간 쓰레기 같은 놈들, 아무거나 닥치고 쓸어 담지."

한 사장은 작게 욕설을 내뱉으며 사진을 노려보았다. 강수미와 태호가 아무 관계 아니라는 건 그 누구보다 한 사장이 제일 잘 알고 있었다. 그리고 만에 하나, 그런 관계라고 해도 태호 성격에 업무 보는 장소로 여자를 끌어들일 리 없었다. 어찌 됐든 태호는 보호해야 한다. 미래에 사위가 될 예정이며, KJ그룹 회장이 되는 날엔 자신에게 날개를 달아줄 인물이니까.

"우 기자에게 이거 말고 다른 특종감이 있다고 전해. 대신 이 사진은 우리에게 넘기라고 하고."

"네, 알겠습니다."

표 과장이 사장실을 나가자, 한 사장은 다시금 책상 위에 놓인 사진으로 시선을 돌렸다.

"……후. 생각보다 재미있을 것 같군."

사진을 바라보는 한 사장의 눈빛이 차갑게 반짝였다.

퇴근을 앞두고 이메일을 확인하던 태호는 낯선 메일을 발견했다.

제목   급확인 요망: 안녕하세요. '팩트 폭' 우창민 기자입니다.

아무래도 스팸 메일일 가능성이 컸다. 그의 이메일 주소를 아는 이는 극히 드물어, 매우 중요한 업무 메일 외엔 전달되지 않기 때문이다.

그래도 확인은 해봐야겠지.

파일을 클릭하자, 메일이 열리며 첨부된 사진이 화면을 가득 채웠다.

"이건……?"

한순간에 사진을 바라보는 태호의 표정이 일그러졌다.

사진 속에서 리아와 민훈이 다정하게 웃으며 레스토랑에 앉아 있었다. 사진 밑에 적힌 날짜가 오늘인 것으로 보아 아무래도 오늘 점심에 찍힌 것 같다.

또 다른 사진에는 두 사람이 팔짱을 끼고 뮤지컬 극장을 걸어 나오는 모습이 담겨 있었다. 사진의 날짜는 결혼하기 몇 주 전이었는데, 서로를 바라보는 표정이 영락없는 연인이었다.

리아와 민훈이 잠시 사귀었다는 건 이미 아는 사실이었지만, 막상 사진으로 보게 되니 기분이 썩 좋진 않았다. 다른 남자에게 미소 짓는 리아를 보는 건 쉬운 일이 아니니까.

뚫어지게 사진을 노려보던 태호는 한참 후에야 본문으로 시선을 돌렸다. 이메일 내용은 간단했다.

> 기사화하기 전에 이사님과 대화를 나눠야 할 것 같아, 실례를 무릅쓰고 메일을 보냅니다. 메일 보시면 연락해주시기 바랍니다. 내일 아침 데스크에 기사를 넘길 예정입니다.

"흐음."

태호는 못마땅한 얼굴로 메일 아래에 적힌 우 기자의 연락처를 노려보았다. '팩트 폭'이라면 이름만 인터넷 신문이지, 뉴스보다는 연예인 가십이나 헛소문을 다루는 지라시 양성소나 다름없는 곳이다. 수준 미달의 기자까지 그가 일일이 상대할 필요는 없었다. 홍보실에 넘기면 그쪽에서 알아서 처리할 것이다.

하지만 이건 다른 누구도 아닌 리아와 연관된 일이었다. 내키진 않았지만, 태호는 메일에 적힌 연락처로 전화를 걸었다. 기다리고 있었는지 신호음 몇 번만에 바로 연결되었다.

"KJ푸드 강태호입니다."

[아, 강 이사님. 신속히 연락해주셔서 감사합니다.]

과장되게 밝은 목소리가 수화기 저 너머에서 흘러나왔다.

[방금 사진, 기사 내보내도 되겠습니까? 원래대로라면 그냥 내보내겠지만, 아무래도 아내분과 상대분이 일반인이다 보니 조심스럽군요.]

사실을 말하자면 데스크에서 퇴짜 놓은 기사였다. 연예인도 아닌 일반인을 건드려봤자 조회 수가 오르는 것도 아닌데 괜히 긁어 부스럼 만들지 말자는 게 이유였다. 그러나 한 사장의 협박으로 태호와 강수미의 사진마저 써먹지 못하게 된 상황이라, 우 기자는 이대로 물러날 순 없었다. 그런 사실을 알 리 없는 태호는 불쾌한 감정을 숨기지 않았다.

"무슨 기사를 어떻게 내보낸다는 거죠? 사진 속의 인물은 아내의 직장 동료이자 대학 선배입니다. 요즘 시대에 남사친이 문제 될 건 없을 텐데?"

[그렇다면 이사님도 두 분이 따로 만나는 사이라는 걸 알고 계셨습니까?]

알고 있었다. 알고 있었으니까 급하게 결혼을 앞당겼지! 그뿐인가? 태호는 민훈의 존재를 대학교 시절부터 알고 있었다. 자신이 사랑하는 여자의 곁을 맴돌며 호시탐탐 고백할 기회를 엿보는 상대를 어찌 모르고 지나칠 수 있을까!

"물론입니다. 정민훈 씨와는 대학교 때부터 아는 사이니까, 괜한 기사로 서로 곤란한 상황 만들지 말죠. 한 줄이라도 기사가 나갔다간 KJ 법무팀에서 명예 훼손으로 고소할 겁니다."

어차피 내보내지 않을 기사였지만, 강수미와의 스캔들이 터졌을 땐 반박조차 하지 않던 강태호 이사가 법무팀과 명예 훼손을 운운하니 조금은 당황스러웠다. 강수미와 아직도 관계를 정리하지 못한 주제에 아내의 불륜을 감싸는 태호를 우 기자는 도무지 이해할 수 없었다. 순간 좀 더 상황을 파봐야겠다는 기자의 직감이 발동했다.

[……뭐, 알겠습니다. 이번 건은 기사화하지 않는 걸로 하죠.]

잠시 침묵이 흐르고 우 기자는 우물거리듯 대답하고 전화를 끊었다. 태호는 곧바로 리아에게 전화를 걸었다. 하지만 그녀는 전화를 받지 않았다. 문자를 보내려던 태호는 마음을 바꾸고 자리에서 일어났다. 아무래도 얼굴을 직접 보면서 이야기해야 할 것 같다.

태호는 빠른 걸음으로 사무실을 나섰다.

"팀장님, 저희 먼저 퇴근하겠습니다."

채영이 팀원들을 대표해 리아의 사무실로 들어오며 말했다.

"응, 그래. 오늘 모두 수고했어."

리아는 컴퓨터 모니터에서 시선을 떼지 않은 채 손을 흔들었다. 그런 리아를 보며 채영이 미간에 주름을 잡았다.

"팀장님도 어서 들어가세요. 첫날부터 무리하지 마시고."

"응. 생각보다 일이 좀 밀려서……. 괜찮아, 이것만 하면 끝나."

"신혼인데 이러시면 안 되죠. 팀장님 퇴근하시기만 눈 빠지게 기다리시는 분이 계실 텐데요?"

두 사람이 불타게 사랑해서 결혼한 줄 알고 있으니 그렇게 오해하는 것도 무리는 아니다. 리아는 채영을 향해 억지로 웃어 보였다.

"응. 그러니까 채영 씨, 방해하지 말고 빨리 가."

"네에."

채영은 키득거리며 사무실을 나갔다. 서두른다고 했지만 1시간 가까이 퇴근 시간을 넘겨버렸다. 리아는 서둘러 컴퓨터를 끄고 자리에서 일어났다. 가방에 넣었던 휴대폰을 꺼내니, 태호에게 전화 1통이 와 있었다. 마케팅 2팀 팀장과 회의하느라 휴대폰 전원을 꺼놓고는 깜빡했나 보다. 전화를 걸려던 리아는 도로 휴대폰을 가방에 집어넣었다.

어차피 집에 가면 볼 텐데. 급한 일이었으면 문자라도 보냈겠지.

밖으로 나가자, 사무실에 혼자 남은 민훈의 모습이 눈에 들어왔다. 그는 작업에 집중한 탓에 그녀가 다가오는 것도 모르고 있었다.

"선배, 아직도 퇴근 안 하고 뭐 해?"

리아의 목소리에 그제야 민훈이 컴퓨터 모니터에서 시선을 돌렸다.

"아, 보고서 급히 수정할 부분이 생겨서. 거의 다 끝나가."

"뭔데?"

리아는 작성 중인 보고서를 좀 더 자세히 보기 위해 모니터를 향해 허리를 숙였다. 모니터 앞에서 두 사람 얼굴이 가깝게 모였다.

"……아, 이 부분. 아까 최 팀장이랑 회의할 때 의견 나왔었어. 이렇게 한번 수정해봐."

리아는 자연스럽게 민훈에게서 마우스를 넘겨받아 수정이 필요한 부분을 클릭했다. 그리고 자판을 두드렸다.

그때 마침 사무실 문이 열리며 태호가 사무실 안으로 들어섰다.

두 사람, 지금 뭐 하는 거지?

태호는 우뚝 걸음을 멈추며 눈살을 찌푸렸다. 리아와 민훈 모두 작업에 열중한 상태였지만, 멀리서 보면 자칫 얼굴을 맞대고 사랑의 밀어를 속삭이는 것처럼 보였다. 우 기자가 보낸 사진으로 가뜩이나 심기가 불편했던 태호는 실제로 다정한 두 사람의 모습을 보게 되니 속에서 화가 치솟았다.

그렇게 행동하니까 기자가 냄새를 맡는 거잖아! 아니, 그보단 아직 두 사람에게 감정이 남은 건 아닐까, 하는 불안감이 밀려왔다. 민수는 리아와 민훈이 갓 사귀기 시작한 사이였다고 귀띔했지만, 태호와도 사귀기 전에 이미 두 번이나 입을 맞춘 사이였으니, 민훈과도 그러지 말란 법은 없었다.

두 사람, 꽤 진전된 사이였을까? 아직도 서로를 잊지 못해서 애틋한 걸까?

거기까지 상상이 이르자, 숨이 탁 막힌 것처럼 가슴이 답답했다.

사무실 입구에 선 태호를 먼저 본 사람은 민훈이었다. 그는 죽일 것처럼 자신을 노려보는 태호를 발견하고 팔꿈치로 리아를 툭 건드렸다. 모니터에 코를 박고 있던 리아는 왜 그러냐는 듯 고개를 돌렸다. 그리고 태호를 보자 놀란 얼굴로 상체를 일으켰다.

"여기서 지금 뭐 하는 거야?"

마음 같아선 '왜 우거지상을 하고 거기 서 있어?'라고 묻고 싶었다. 그 정도로 태호의 표정이 좋지 않았다. 이글이글하는 눈빛은 한마디로 사람을 잡아먹으려 산속에서 내려온 호랑이 같았다. 그렇다고 겁먹을 리아는 아니다. 호랑이 굴에서도 아무렇지 않았는데 자신의 사무실, 홈그라운드에서 겁을 먹으랴. 불쾌한 듯 잔뜩 찡그린 얼굴로 바라보던 태호가 이윽고 입을 열었다.

"집에 같이 가려고 왔어."

아내와 함께 퇴근하려고 회사까지 찾아온 남편이라……. 당연히 설레는 게 정상이겠지만, 지금 태호의 어두운 표정을 본다면 아니다.

"다음부턴 연락하고 와. 나 아직 일이 남았어."

쌀쌀맞은 말투로 그녀가 말했다. 민훈의 보고서 수정을 돕고 있었으니, 하던 일은 마저 끝내야 한다. 그러나 태호는 그녀의 말을 한 귀로 흘려버린 듯 뚜벅뚜벅 다가왔다.

"그만 가지. 출근 첫날부터 무리하지 마."

태호가 리아의 팔을 쥐자, 그녀는 불쾌하다는 듯 눈살을 찌푸렸다.

"왜 그래?"

"긴히 할 말도 있으니까, 어서 가자."

두 사람의 분위기가 싸해지려고 하자, 민훈은 서둘러 중재에 나섰다.

"팀장님, 저 혼자 끝내면 됩니다. 먼저 퇴근하시죠."

자신의 편을 들어주는데도 태호는 마음에 들지 않는다는 눈으로 민훈을 바라보았다. 병 주고 약 주는 것처럼 느껴졌으니까. 민훈이 리아의 옆에 맴돌지 않았다면 애초에 이런 일이 일어나지도 않았을 것이다.

리아는 굳게 입을 다문 채로 태호를 노려보았다. 마음 같아선 손을 뿌리치고 싶었다. 하지만 민훈 앞에서 서로 으르렁거리는 모습을 보이기 싫었다. 가뜩이나 그녀가 힘든 건 아닌가 걱정하고 있을 텐데, 거기에 걱정을 더 보탤 순 없었다. 그녀는 최대한 인내심을 발휘하며 입꼬리를 끌어 올렸다.

"그렇다면 먼저 들어갈게요. 정 대리님도 너무 늦게까지 하진 말아요."

리아가 발걸음을 떼자, 태호는 아예 그녀의 허리를 끌어안으며 서둘러 사무실을 빠져나갔다.

별 저항 없이 얌전히 태호를 따라간 그녀는 엘리베이터 앞에 도착하자 매몰차게 그의 손을 뿌리쳤다.

"도대체 왜 그래?"

그녀의 물음에도 태호는 엘리베이터 층수를 알리는 불빛을 말없이 바라만 보았다.

"강태호."

"오빠."

"뭐?"

"밖에선 오빠라고 부르기로 했잖아. 오빠로 불러."

하, 기가 막혀서. 뚱한 얼굴로 갑자기 나타나서 웬 오빠 타령?

그러는 사이 엘리베이터가 도착했다. 태호를 상대하기 싫은 리아는 빠르게 엘리베이터 안으로 들어갔다. 하지만 엘리베이터 문이 닫히자, 왜 난데없이 그가 이렇게 나오는지 궁금해서 참을 수 없었다.

"어제오늘 사이 무슨 일 있었어? 어젠 온종일 어디 갔던 거야?"

"그보단 먼저 이걸 좀 봤으면 하는데……."

태호가 내민 휴대폰 화면에는 방금 그가 우 기자에게 받은 사진이 떠 있었다. 하지만 리아의 표정엔 아무런 변화가 없었다.

"이게 뭐 어때서? 직장 동료와 밥도 못 먹어?"

"다음 사진도 봐."

역시 그녀의 표정은 처음과 마찬가지였다.

"직장 동료 이전에 친한 대학 선배야. 호텔에서 나온 것도 아니고, 극장에서 나온 건데 이게 뭐? 아니, 그리고 막말로 호텔에서 나왔다고 해도 그게 무슨 상관이야? 우리 결혼하기로 하기 전이잖아."

리아의 말이 모두 맞았다. 하지만 그렇게 간단한 문제만은 아니었다.

"결혼하기 전, 사귄 남자가 정민훈 대리라는 거 나도 알아."

"그래서?"

"기자가 냄새를 맡았어. 로미오와 줄리엣처럼 사귀다가 결혼한 거라고 발표했는데, 넌 다른 남자를 만나고 있던 게 되니까."

그 말에 리아의 표정이 미묘하게 변했다.

듣고 보니 그러네? 나만 어장 관리한 여자가 된 거네?

리아는 인상을 찡그리며 화면 속 사진을 다시 들여다보았다. 그때
그녀는 속으론 '결혼해야 하나, 마나?' 하면서 고민 중이었지만, 마지막
데이트를 망치지 않으려 억지로 밝은 척하며 애쓰고 있었다. 그래서인
지 평소보다 더 밝게 웃으며 민훈을 바라보고 있었다. 까닭을 알 리
없는 태호는 두 사람이 아주 깊은 관계였다고 믿는 듯싶었다. 그러나
만에 하나 깊은 관계였다고 해도, 그가 불평할 자격은 없었다.

"그러게 왜 거짓 정보를 흘려서 이 사달은 만들어?"

리아가 톡 쏘아붙이자 태호는 길게 한숨을 내쉬었다.

"후, 그래. 인정한다. 그건 내가 잘못했어. 앞으론 조심하지."

어라? 이렇게 순순히 잘못을 인정하는 성격이 아닌데?

"그러니까 너도 조심해."

하, 이럴 줄 알았다. 결국엔 그녀보고 조심하라는 소리다.

"사귀던 사이인데 서로 얼굴 보며 근무하기 껄끄럽지 않아? 정 대리,
마케팅 2팀으로 부서 옮기게 해."

그녀도 한때 그럴 생각이었지만 막상 태호의 입에서 그런 말이 나오
기 기분이 상했다.

"내 팀원의 거처는 내가 알아서 결정해. 네가 왈가불가할 건 아니
지."

"기사 나갈 뻔한 거, 내가 막았어. 다음번에 또 이런 일이 일어난다
면……."

"앞으로 조심할게."

"그게 조심한다고 될 일인가?"

그때 띵 소리와 함께 로비에 도착한 엘리베이터의 문이 열렸다. 태호와 더는 말을 섞고 싶지 않은 리아는 재빨리 엘리베이터를 빠져나갔다. 그러자 그가 뒤를 바짝 다가오더니 그녀의 팔을 잡아 돌아보게 했다. 그리고 무슨 일이 벌어졌는지 깨닫기도 전에 그가 그녀를 강하게 품에 끌어안았다.

"갑자기 왜 그래?"

그녀가 품에서 벗어나려 하자, 오히려 꼼짝도 할 수 없게 안은 팔에 힘을 주었다.

"가만히 있지 말고 너도 날 끌어안아."

"뭐?"

"정민훈을 2팀으로 보내기 싫으면 날 껴안으라고."

리아는 기가 막힌 듯 실소를 터뜨렸다.

뭐야, 지금 날 협박하는 거야?

하지만 그녀를 감싸는 따뜻한 품이 나쁘지만은 않았다.

그래, 무슨 생각이 있으니까 로비에서 이런 짓을 벌이는 거겠지.

리아는 자신을 설득하며 조심스럽게 그의 허리에 팔을 감았다.

태호는 한참 후에야 그녀를 안은 팔을 풀었다. 하지만 그렇다고 그녀를 완전히 놓아준 건 아니었다. 그는 리아의 허리에 감싸듯 팔을 두르고 지하 주차장과 연결된 엘리베이터로 향했다.

"방금 그거 뭐야?"

"차에 타서 설명해줄게."

리아도 차를 가져왔지만, 잠자코 태호를 따라갔다. 굳이 차 2대로 움직일 필요는 없거니와, 무슨 일인지 궁금해 한남동에 도착할 때까지 기다릴 수 없었기 때문이다.

차 안에 오르자, 태호는 시동을 걸고 차를 출발시켰다.

지하 주차장을 빠져나와도 그에게서 아무런 말이 없자, 리아가 먼저 말을 꺼냈다.

"설명해. 아까 왜 그랬는지……."

"맞불 놓은 거야."

"뭐? 맞불?"

전혀 예상하지 못한 대답에 리아는 완전히 태호 쪽으로 몸을 틀었다. 그는 여전히 무표정이었다. 도로 앞을 바라보며 그가 말을 이었다.

"만약 그 사진들이 기사화된다고 해도 너랑 나, 뜨겁게 로비에서 끌어안는 모습 한두 사람이 목격한 게 아니야. CCTV에도 찍혔을 거고."

그러니까 그런 사진을 보고도 아무렇지 않게 곧바로 애정 행각을 벌일 만큼 두 사람 사이가 견고하다는 것을 증거로 남겼다는 거다. 누가 구미호 아니랄까 봐, 완전 고단수다.

"이미 기자에게는 너와 정 대리, 직장 동료이기 전에 대학 선후배 사이라고 말해두었어. 요즘 세상에 남사친 있는 게 이상할 건 전혀 없으니까."

"그런데 아깐 왜 그렇게 행동한 거야? 너, 선배에게 인사도 하지 않고 아주 무례했어."

젠장, 그걸 몰라서 물어?

태호는 운전대를 꽉 움켜쥐며 속으로 욕설을 내뱉었다.

내 여자가 다른 남자와 단둘이 다정하게 있는 모습을 보고 아무렇지 않을 사람이 어디 있을까!

하지만 그렇게 말할 순 없었다. '내 여자'라는 말을 입에서 꺼내는 순간, 리아는 크게 웃음을 터뜨릴 것이다.

"내가 뭘 어떻게 행동했는데?"

태호는 짐짓 모르는 척 물어보았다. 그러자 리아는 태호가 그랬던 것처럼 이글거리는 눈으로 노려보았다.

"완전 산 채로 잡아먹을 것처럼 선배를 노려보던데!"

"……난 원래 경쟁 상대에 있는 사람들, 다 그렇게 쳐다봐."

경쟁 상대라서? 선배가 주원식품에 근무하기 때문에?

태호는 다른 뜻으로 말했지만, 리아는 경쟁사에 근무하기 때문이라고 해석했다. 태호가 질투심에 휩싸여 민훈을 죽일 듯이 노려보았다고는 전혀 눈치채지 못했다. 자신이 사심으로 강수미를 죽일 듯이 노려본다면 몰라도 그가 민훈에게 그럴 리 없었다.

"그나저나 어젠 온종일 어디 갔던 거야?"

"급한 업무가 있었다고 말했을 텐데……."

"그럼 쭉 사무실에 있었던 거야?"

"사무실 비슷한 곳."

'그게 어딘데?'라고 물어보려던 리아는 가만히 입을 다물었다. 그가 어디에 있었든 무슨 상관이랴. 꼬치꼬치 캐묻고 싶진 않았다. 그가 그렇다니까 그렇다고 받아들이면 되겠지.

그나저나, 정말 하릴없는 기자인가 보네?

리아는 창밖으로 스쳐 지나가는 야경을 바라보며 곰곰이 생각에 잠겼다. 아무리 생각해도 쉽게 이해가 되지 않았다. 그녀가 재벌 2세인 강태호와 결혼하면서 잠시 타인의 시선을 끌긴 했지만, 그래도 그녀는 아직은 일반인에 가까웠다. 그런데 왜 기자가 지극히 평범한 자신을 몰래 따라다니면서 사진을 찍었을까? 그러고 보니 아까 보여준 사진도

망원 렌즈로 찍은 게 아닌, 휴대폰으로 찍은 사진이었다. 고개를 갸우뚱거리던 리아는 또다시 태호에게로 질문을 던졌다.

"왜 기자가 내 뒤를 밟았을까? 난 연예인도 아니고, 아무것도 아닌데……."

마침 신호가 빨간불로 바뀌자, 태호는 차를 세우고 리아를 향해 고개를 돌렸다. 그도 의아한 표정이었다. 골똘히 생각하던 리아는 파란불로 변해 차가 출발하자, 조심스럽게 입을 열었다.

"어쩌면 그거, 기자가 찍은 사진이 아닐지도 몰라. 혹시 누군가 너의 약점을 잡으려고 날 미행했던 건 아닐까?"

태호는 아무 말도 하지 않았지만, 그럴 수도 있다고 동의했다. 거기까지 생각하지 않은 건 아니지만, 그보다는 리아와 민훈이 서로를 마주 보며 행복하게 웃는 모습이 마음에 들지 않았다. 질투심에 상황 판단이 느려지고 말았다.

그러나 당연한 거 아닌가?

태호는 민훈을 향한 자신의 분노에는 명백한 이유가 있다고 믿었다.

차가 한남동에 도착하자, 태호는 시동을 끄며 말했다.

"하여간 앞으론 조심해. 또 이런 일이 일어나지 말란 법은 없으니까, 웬만하면 정 대리와 단둘이 있는 거 피해. 특히 오늘처럼 단둘이 점심을 먹거나, 사무실에 남아서 야근하거나."

그 말이 리아의 신경을 건드렸다. 안전벨트를 풀던 리아는 기가 막힌다는 듯 입을 벌렸다.

하, 웃기지도 않아. 응가 묻은 댕댕이가 겨 묻은 댕댕이 나무란다더니…….

"뭐라니? 그러는 너는 그래서 지금까지 강수미와 단둘이 있곤 했어?"

저절로 언성이 높아졌다.

"난 강수미와 단둘이 있었던 적, 한 번도 없어. 항상 남 비서가 옆에 있었지. 확인하고 싶으면 확인해."

"지금 나보고 남 비서가 하는 말을 믿으라고? 그는 네 사람이야. 내 사람이 아니라."

리아는 코웃음을 치며 손잡이를 잡아당겼다.

"내 말 아직 다 안 끝났어."

차에서 내리려는 리아의 팔을 태호가 황급히 움켜잡았다. 그러다 보니 힘 조절에 실패하고 말았다.

"아!"

아플 정도로 세게 잡았는지 리아는 비명을 지르며 단번에 표정을 일그러뜨렸다.

"미안."

깜짝 놀란 태호는 곧바로 팔을 놓았지만, 리아는 여전히 고통스러운 얼굴로 그에게 잡혔던 팔을 손바닥으로 문질렀다. 태호는 미안한 마음에 서둘러 옆으로 눈길을 돌렸다.

한 번도 이런 적이 없었는데…….

리아 앞에선 가끔 충동적이게 되긴 하지만, 확실히 오늘은 평소보다 감정의 소용돌이가 거셌다. 민훈과 즐겁게 데이트하는 모습을 본 후유증이 생각보다 큰 것 같았다.

감정을 통제 못하는 자신이 못마땅한 태호는 크게 인상을 찌푸렸다. 하지만 리아의 눈에는 그녀에게 신경질을 내는 것으로 보였다.

지금 여기서 누가 화내야 하는 건데!

"오늘은 여기까지 하자. 더는 네 말 듣고 싶지 않아."

리아는 그렇게 차갑게 한마디 던지고는 재빨리 차에서 내렸다. 그리고 그대로 집 안으로 들어갔다.

태호는 선뜻 그녀의 뒤를 따라갈 수 없었다. 차에 남아 조금은 혼자 감정을 내리누를 시간이 필요했다. 그리고 냉철하게 사태를 파악해야 한다.

리아가 사라진 쪽을 말없이 바라보던 태호는 휴대폰을 들고 어디론가 전화를 걸었다. 상대방과 통화 연결이 되자, 태호는 다짜고짜 질문을 던졌다.

"한 가지만 묻죠. 그 사진, 본인이 직접 찍은 겁니까?"

잠시 침묵이 흐르고, 우 기자의 대답이 돌아왔다.

[아닙니다. 저도 제보받은 겁니다.]

"누구한테서요?"

[그건 말씀드릴 수 없습니다.]

"저도 아는 사람입니까?"

[죄송합니다. 그것도 말씀드릴 수 없습니다.]

"죄송할 필욘 없을 것 같군요. 이미 답이 됐으니까."

우 기자가 뭐라고 묻기 전에 태호는 바로 전화를 끊었다.

"후우."

의자 등받이에 머리를 기대며 그가 길게 한숨을 내쉬었다. 리아의 예상이 맞았다. 기자가 아니라, 누군가 제보한 것이다. 그 상대가 누구 인가는 우 기자의 입을 통해 들을 필요는 없었다. 누가 봐도 뻔하니까.

주원식품과 KJ푸드의 관계가 회복되길 꺼리는 사람, 한 사장이 제보 한 게 틀림없었다.

혹시라도 우리가 계획한 일을 한 사장이 눈치챈 건 아니겠지?

창밖을 바라보는 태호의 얼굴에 어두운 그림자가 내려앉았다.

그날 밤, 태호는 잠들기 전까지 게스트 룸으로 오지 않았다. 그동안 서재에 있었는지, 아니면 그의 방에 있었는지는 알 수 없었다. 아침에 일어났을 때 옆자리에 잔 흔적이 있는 걸로 봐선 그래도 각방을 쓰진 않은 것 같았다. 그는 평소보다 일찍 출근했는지 모습은 보이지 않았다.

어제는 태호 차로 퇴근한 탓에 그녀의 차는 아직도 회사 주차장에 있었다. 택시를 부르려고 휴대폰을 꺼내는데 노란색 스포츠카가 리아의 앞에 멈추며 동시에 조수석 유리창이 내려갔다.

"새언니, 오늘 차 없어요?"

믿기지 않았지만, 스포츠카의 주인은 태희였다. 리아는 서둘러 휴대폰으로 시간을 확인했다. 혹시 너무 늦은 건 아닐까 불안해서였다. 숫자는 아침 7시 50분을 나타내고 있었다.

어떻게 된 거지? 오늘은 해가 서쪽에서 뜨기라도 했나?

리아는 한 번도 이 시간에 깨어 있는 태희의 모습을 보지 못했다. 어리둥절한 표정으로 리아가 자신을 바라보자, 태희는 손을 뻗어 조수석 문을 열었다.

"타요, 내가 회사까지 바래다줄게요."

마다할 이유가 없기에 리아는 순순히 차에 올랐다.

차에 타는 순간, 숨 막힐 정도로 강한 향수 냄새가 풍겼다. 그리고 태희의 화려한 차림이 한눈에 들어왔다.

혹시 밤새우고 지금 들어온 거?

아니라 다를까, 태희가 곧바로 이실직고했다.

"참, 새언니에게 고맙다고 인사하는 거 깜빡했어요. 새언니가 저번에 작은오빠 대학교 다닐 때 클럽 다녔단 말 해준 덕분에 저 자유롭게 클럽 갈 수 있게 됐어요."

"그래요? 잘됐네요."

리아는 건성으로 대답하고 창밖으로 시선을 돌렸다. 그 나이 또래에는 클럽에 가는 게 대단한 일이겠지만, 리아에겐 그리 크게 특별할 게 없는 일이었다. 그보단 어젯밤 태호와 벌인 언쟁이 아직도 그녀의 마음을 무겁게 했다.

왜 자꾸만 둘의 관계가 삐거덕거리게 되는지 모르겠다. 하루에도 수십 번 냉탕과 온탕을 드나드는 느낌이었다. 게다가 누군가 그녀를 따라다니며 사진을 찍는다는 사실을 알게 되자, 매우 기분이 나빠졌다. 그래서인지 그녀도 모르게 표정이 굳어버렸다.

아직도 냉전 중인가?

힐끗 리아를 훔쳐보던 태희가 속으로 중얼거렸다.

요 며칠, 새언니와 작은오빠 사이에서 찬바람이 쌩쌩 부네.

태희는 드레스를 고르던 그날부터 지금까지 냉전이 계속되고 있다고 믿었다. 한 번도 싸우는 걸 본 적 없는 큰오빠 내외와 달리, 리아와 태호는 언제 터질지 모르는 활화산처럼 아슬아슬해 보였다. 한 가지 이상한 건, 언제나 상냥한 소정보다 까칠한 리아에게 더 끌린다는 거다. 그래서일까? 태희는 저도 모르게 위로의 말을 건넸다.

"새언니, 오빠랑 싸웠죠? 그래도 속상해하진 말아요. '부부 싸움은 물로 칼 베기'라잖아요."

"'칼로 물 베기'겠죠."

리아는 기분 상하지 않도록 자연스럽게 말실수를 정정해주었다. 그러자 태희는 집게손가락을 들며 좌우로 흔들었다.

"아뇨, '물로 칼 베기'. 칼로 물을 벤다는 건 칼로는 물을 벨 수 없으니까 아무리 칼로 그어도 물은 다시 하나가 된다는 의미겠지만, 물로 칼 벤다는 건, 예를 들면 뜨겁게 달군 칼을 물에 담가야 단단해지잖아요. 그러니까 부부 싸움을 해야 두 사람 사이가 단단해진다는 뜻이에요."

뭔가 말이 되는 것 같으면서도 아닌 것 같기도 하고. 결국엔 말장난처럼 느껴졌다. 그래도 의미는 뜻깊게 다가왔다.

사이가 단단해진다고? 글쎄?

리아는 피식 웃으며 다시금 창밖으로 시선을 돌렸다.

드디어 신혼집으로 옮기는 날이 다가왔다.

리아와 태호는 간단하게나마 강 회장 내외에게 인사를 한 후, 각자 회사로 출근했다. 고용인이 두 사람의 짐을 옮겨놓을 예정이고, 둘은 퇴근 후 따로따로 갈 계획이었다.

그날 저녁, 리아와 태호의 차가 약속이라도 한 것처럼 집 앞에서 맞닥뜨렸다. 월요일에 작은 언쟁이 있는 이후 아직 서먹서먹한 상태였기에 차에서 내린 두 사람은 아무 말 없이 현관으로 향했다.

집 안에 들어선 리아는 천천히 주위를 둘러보았다. 결혼 전에 이미

한 번 와보았었지만, 그새 손을 보았는지 몇 군데 달라진 점이 있었다.

제일 먼저 침실 안으로 들어가던 태호는 곧 제자리에 우뚝 멈추었다. 그리고 황당하다는 눈빛으로 뒤에 선 리아에게로 고개를 돌렸다.

"뭐지, 이건?"

리아는 답하는 대신 태호를 지나쳐 침실로 들어섰다.

역시…….

침실 가운데에 놓인 침대를 바라보는 리아의 얼굴에 흐뭇한 미소가 떠올랐다. 그녀는 곧바로 태호를 향해 뒤를 돌았다. 그리고 당당하게 말했다.

"침대는 내가 고른다고 했잖아."

리아의 말에도 태호는 기가 막힌다는 듯 고개를 내저었다. 말만 침대지, 전혀 침대 같지 않은 크기의 침대가 방 한가운데를 차지하고 있었다. 꽤 넓은 방이었지만, 태평양처럼 넓은 침대가 놓이니 자연스럽게 좁은 것처럼 느껴졌다.

리아가 고른 침대는 알래스카 킹사이즈였다. 성인 네 명이 넉넉하게 잘 수 있는 침대로, 잠결에 옆으로 두세 번은 굴러야 서로 몸이 닿을 수 있을 크기였다.

매장에선 볼 수도 없고 구하기도 어려워 주문 제작을 해야 할 텐데, 저걸 또 언제 준비한 거지?

말문이 막힌 태호는 연신 헛웃음만 지었다.

하, 최대한 넓은 침대를 고를 거라고 예상하긴 했지만, 알래스카 킹을 구해올 줄이야!

이번엔 확실히 그가 한 방 먹었다.

리아는 행복한 얼굴로 생글생글 웃으며 침대에 다리를 꼬고 앉았다.

그리고 반려동물을 다루듯 침대를 손바닥으로 부드럽게 쓰다듬었다.

"내가 잠버릇이 좀 심한 편이거든. 이 정돈 넓어줘야 편히 잘 수 있어. 그동안 얌전하게 자느라 얼마나 불편했는데……."

침대를 덮은 침구류 역시 알래스카 킹사이즈에 맞춰 따로 제작한 물건이다. 신혼집에 들어오기 전 작업을 끝내야 했기에, 리아는 웃돈을 주고 익스프레스 서비스를 요구했고, 다행히 제날짜에 배달되었다.

잠자코 침대를 노려보던 태호가 이윽고 입을 열었다.

"좋아. 네가 편하게 자고 싶다면야……."

이렇게까지 머리를 굴려가며 거리를 유지하는 그녀가 야속하면서도 한편으론 깜찍하게 느껴졌다. 리아가 원한다면 어느 장단이라도 맞춰줄 생각이었다. 가끔 터무니없게 나와서 문제일 뿐…….

태호 자신도 신혼여행에서 원형 침대를 써먹었으니, 이번 건은 무승부로 받아들이는 게 정신 건강에 좋을 것이다.

"그래도 오늘이 신혼집 첫날인데 같이 저녁 먹자. 내일부턴 따로 먹고."

재킷을 벗은 태호가 넥타이를 풀며 말했다. 그러자 리아는 아까보다 더 행복한 얼굴로 생글생글 웃었다.

"어머, 이런 어떡하지? 퇴근 직전에 신제품을 시식했거든. 나 아무래도 저녁은 무리일 것 같아."

거짓말은 아니다. 퇴근하려는데 민수가 이것저것 신제품을 한 아름 안고 그녀의 사무실로 찾아왔다. 평소라면 한 입 먹고 말았겠지만, 첫날이니까 함께 저녁을 먹자는 말이 나올 줄 알고 일부러 바닥까지 싹싹 긁었다. 서먹서먹한 분위기에서 함께 식사할 마음은 전혀 없었으므로.

'나, 아직 기분 안 풀렸다고!'

리아는 눈빛으로 말하며 가슴 앞으로 팔을 모아 팔짱을 꼈다. 태호는 넥타이를 풀다가 멈추고 말없이 리아의 싸늘한 시선을 마주했다.

오늘은 신혼집에서의 첫날이다.

시작부터 그녀와 부딪치고 싶진 않았다. 하지만 계속 있다간, 입에서 싫은 소리가 나올지도 모른다. 태호는 재킷을 집어 들고 그대로 등을 돌려 침실을 걸어 나갔다.

"이 시간에 웬일이야?"

태문은 어리둥절한 얼굴로 태호 앞에 자리를 잡았다. 막 저녁을 먹으려던 태문은 태호의 연락을 받고는 부랴부랴 집을 나섰다. 평소엔 바쁘다며 차 한 잔도 마시지 않고 가버리는 동생이 갑자기 만나자고 하니, 이상할 수밖에……. 게다가 오늘은 신혼집으로 입성하는 첫날 아닌가! 그런데 왜 불러낸 거지?

"오랜만에 형이랑 밥이나 먹으려고."

태문이 오기 전에 이미 주문을 끝냈는지, 종업원이 식탁 위로 음식을 나르기 시작했다. 그런데 밥 먹자고 불렀다더니, 태호는 밥 대신 술잔을 묵묵히 비웠다. 딱 봐도 부부 전선에 이상이 생긴 게 분명했다.

시댁에 있을 때는 가족 눈치 보느라 잠시 휴전 중이었나?

리아와 태호가 앙숙 중의 앙숙이었다는 것을 알기에, 태문은 연거푸 술잔을 비우는 태호를 걱정스러운 얼굴로 바라보았다.

"형은 형수랑 부부 싸움 안 하지?"

빈 술잔을 내려놓으며 태호가 툭 던지듯 물었다. 그러자 자타 공인 팔불출 태문의 얼굴에 환한 미소가 떠올랐다.

"하하하, 어떻게 해서 한 결혼인데 싸우겠냐? 어쩌다 토라지는 경우는 있어도 우리 사이에 부부 싸움이란 없다. 내가 소정이를 얼마나 사랑하는데. 물론 우리 소정이도 날 엄청나게 사랑하지. 막 무서울 정도야."

태호가 왜 그런 질문을 했는지 잘 알면서도, 태문은 부부 금실을 자랑하느라 바빴다.

진심 꼴불견이군.

태호는 속으로 투덜거리며 술병을 들었다. 그러자 태문이 얼른 술병을 빼앗아, 대신 술을 따라주었다.

"그때 그 일은 지금도 고맙게 생각해. 태호, 너 아니었으면 우리 결혼 못 했다."

그 말에 태호는 피식 입매를 비틀며 단번에 술잔을 비웠다. 그리고 다시 잔에 술을 채웠다.

소정과 태문이 결혼할 수 있게 도운 일등 공신을 꼽으라면 단연 태호였다. 태호의 집요하고 끈질긴 설득에 강 회장 내외도 결국 두 손을 들 수밖에 없었다. 만약에 그때 태호가 없었다면, 태문은 최고 실세인 정치인의 딸과 결혼했을 것이다.

"고마울 것까지야…… 우린 거래를 한 거잖아."

태호는 태문에게 강 회장이 한 사장의 사탕발림에 넘어가지 않게 옆에서 보좌해달라고 주문했다. 오랜 세월, 한 사장은 강 회장의 오른팔임을 자처하며 궂은일을 마다하지 않았기에 강 회장의 신뢰가 대단했다. 특히 강 회장은 한 사장이 자신을 대신해 교도소에 갔다 왔다고 믿었다. 물론 강 회장의 잘못은 아니었지만, 그는 자신이 억울하게 모든 죄를 뒤집어쓸 뻔했다고 생각했다.

㈜정직이 쪼개지게 된 결정적 이유는 당시 강 회장이 관리하던 가공 육류에서 식용에 사용할 수 없는 성분이 검출됐기 때문이다. 다행히 시장으로 제품이 유통되기 직전, 누군가의 밀고로 제시간에 출동한 경찰에 의해 전량 수거되었다. 그리고 한정안 사장, 그때 당시 과장이었던 그가 강 회장 대신 모든 책임을 지고 수사를 받았다. 결국 한 사장은 식품 위생법 위반으로 3년 형을 받고 복역하다가 1년 후 특별 사면으로 출소했다.

그 이후 강 회장의 신뢰는 더욱더 두터워졌다. 아들인 태문과 태호의 말보다 한 사장의 말에 더 귀를 기울일 정도였다. KJ쇼핑 사장 자리에 한 사장을 임명하려는 강 회장을 벌써 몇 번이나 말렸는지 모른다.

"그런데 갑자기 부부 싸움은 왜 물어? 너, 리아와 싸웠어?"

"……글쎄."

태호는 씁쓸한 얼굴로 손에 든 술잔을 빙글빙글 돌렸다.

이런 걸 가지고 부부 싸움이라고 할 수나 있을까? 오히려 화를 냈다면 상대하기 쉬웠을 텐데…….

생글생글 웃으며 자신과의 거리를 두는 리아를 어떻게 대해야 할지 정말 모르겠다. 그리고 그녀의 가식적인 웃음에 마음이 아팠다. 민훈에게는 진심으로 웃어주면서 왜 그에게는 영혼 없는 미소를 던지는지. 물론 아직도 갈 길이 멀다는 것은 잘 알고 있지만, 그래도 가슴이 텅 빈 것처럼 허한 기분이 드는 건 어쩔 수 없었다.

"……후."

태호는 한숨을 내쉬고는 단번에 잔을 비웠다.

리아는 거실 소파에 우두커니 앉아 벽에 걸린 시계를 쏘아보았다. 시간은 자정을 넘어 새벽 1시에 가까워지고 있었다.

와, 어디 한번 해보자, 이거지?

저녁을 먹을 생각이 없다는 말에 횡 밖으로 나가더니, 지금 시간이 몇 신데 태호는 아직도 귀가하지 않고 있었다.

전화 1통도 없고 말이야. 무소식이 희소식이라곤 하지만, 늦어도 너무 늦는 거 아닌가? 한두 살 먹은 아이도 아니니 어련히 알아서 집에 들어오겠지만, 그래도 은근히 걱정되긴 한다.

리아는 손에 쥔 휴대폰을 만지작거렸다.

전화라도 해볼까?

속으로 중얼거리던 리아는 갑자기 휴대폰을 떨어뜨리며 양팔을 문질렀다.

"아우, 닭살!"

마치 태호의 진짜 아내가 된 것만 같아서 기분이 이상했다. 자신이 무슨 현모양처라고 늦게 들어오는 남편을 걱정하나, 싶은 생각이 들었다. 무슨 일이 있으면 어련히 알아서 연락했을 것이다. 하지만 몇 초 후, 리아는 다시금 휴대폰을 집어 들었다.

그래도 혹시 모르니까, 남 비서에게 연락해볼까?

강태호의 그림자란 소릴 듣는 사람이니까, 지금 그가 어디에 있는지 알고 있을지도 모른다. 하지만 연락하기엔 너무 늦은 시각이 아닐까? 퇴근해서 집에서 잘 쉬고 있는 사람에게 전화하는 건 갑질인 동시에 민폐겠지? 그래도 연락도 없이 새벽 1시까지 안 들어오고 있는데 어떻게 가만히 있으라고! 걸어? 걷지 마?

쉽게 마음을 정하지 못한 리아는 아랫입술을 잘근잘근 씹으며 휴대폰 화면을 노려보았다.

띠리릭─.

그때 현관문 잠금장치가 열리는 소리가 들렸다.

앗! 왔나 보다.

리아는 용수철처럼 소파에서 벌떡 일어났다. 괜히 거실에서 서성거리고 있으면 걱정해서 잠도 안 자고 기다렸다고 오해할지 모른다.

잠깐만!

후다닥 침실로 뛰어가던 리아는 우뚝 제자리에 멈춰 섰다. 오해하는 건 오해하는 거고, 그래도 한마디 하긴 해야겠다.

지금이 도대체 몇 신데 말도 없이 이렇게 늦는 거야! 같이 사는 동거인으로서 지켜야 할 규칙이 있는 거다. 마음을 바꾼 리아는 싸늘하게 표정을 바꾸며 현관 쪽으로 걸어갔다.

"많이 늦었네?"

현관문이 열리는 소리를 들은 게 언제인데, 어째서인지 태호는 아직도 현관에 있었다. 그는 어딘지 모르게 지친 모습으로 벽에 몸을 기대고 서 있었다. 태호에게 다가가던 리아는 풍겨오는 강한 술 냄새에 미간을 찌푸렸다.

"너 술 마셨어?"

"응. 형이랑 저녁 먹다가 한잔했어."

그 말에 리아는 짧게 웃음을 터뜨렸다.

"하, 한잔은 무슨 한잔! 적어도 열 잔은 한 얼굴이네."

태호나 그녀나 술이 센 편이라 웬만해선 취하지 않았다. 그러나 가끔 주량을 넘겨 마실 때가 있었는데, 그러면 리아는 그대로 기절한 듯 잠들어버렸고, 태호는…….

앗!

순간 태호의 술버릇이 생각난 리아는 재빨리 뒤로 물러섰다. 하지만 애석하게도 한발 늦고 말았다. 태호가 그녀를 덮치듯 끌어안더니 벽으로 밀어붙였다.

"야! 이거 놔. 빨랑 못 놔?"

리아는 태호와 벽 사이에 낀 상태로 힘겹게 버둥거렸다. 태호의 술버릇은 리아를 숨도 못 쉬게 끌어안고 놓아주지 않는 것이다.

"……리아야, 리아야."

그가 그녀의 목덜미에 얼굴을 묻은 채 뜨거운 숨결을 토해냈다.

"놓으라니까!"

하지만 뿌리치면 뿌리칠수록 그녀를 안은 팔에 힘이 들어갔다. 결국 품에서 벗어나는 걸 포기한 리아는 손바닥으로 태호의 등을 부드럽게 문질렀다.

안 되겠다. 살살 달래서 재워야지.

"도대체 무슨 술을 이렇게 많이 마신 거야?"

그녀가 차분하게 묻자, 태호는 혼잣말처럼 중얼거렸다.

"……형이, ……그러니까 형이……."

'자기들은 부부 싸움도 안 한다고 약 올렸거든. 서로 너무 좋아서 미치겠다고 웃으니까. 너와 난, 그보다 더한 사이였는데……. 그런데 이젠 먼 과거가 돼버렸으니까. 그래서, 그게 너무 속상해서 마셨어.'라고 말하고 싶었다. 하지만 술기운에 혀가 제대로 움직이지 않았다. 태호는 리아의 목덜미에 얼굴을 비비며 혼자만 알아들을 수 있는 말을 웅얼거렸다.

무슨 일이래? 후계자 경쟁으로 태문과 사이가 안 좋다고 하더니, 술 마실 일은 또 있나 보다. 리아는 태호에게 몸을 맡긴 채 천장을 바라보았다. 아무래도 그가 힘이 빠질 때까지 이러고 있어야 할 것 같다.

그러고 보니, 헤어진 이후로 꽤 오랫동안 태호의 만취한 모습을 보지 못했다. 태호의 또 다른 술버릇은 리아가 어디를 가든 댕댕이처럼 그녀의 뒤를 따라다니는 거였다. 그가 그렇게 나올 때마다 리아는 강아지를 대하듯 그의 뺨에 뽀뽀를 퍼붓고 머리를 쓰다듬어주곤 했었다.

문득 리아의 머릿속에 궁금증이 떠올랐다.

그녀와 헤어지고, 태호는 이런 술버릇을 누구한테 보였을까? 사귀던 연인들에게 그랬겠지?

그가 다른 여자를 껴안는 모습을 상상하자, 바늘로 심장을 찔린 듯한 고통이 밀려들었다. 그래서일까? 저도 모르게 힘이 솟은 리아는 두 손으로 태호의 가슴을 힘껏 밀어냈다. 순간 작은 틈이 생기자, 리아는 재빨리 그의 품에서 벗어났다. 하지만 몇 걸음도 채 옮기기 전에 태호의 손에 다시 붙잡혔다. 그가 뒤에서부터 그녀를 와락 끌어안았다.

"……리아야."

술에 취한 탓에 그는 지금 사리 분별이 어려운 게 분명했다. 혹시 두 사람이 헤어지던 날로 혼동한 건 아닐까?

"가지 마."

얼굴을 숙인 채, 그가 나직한 목소리로 속삭였다.

"……난 너 없으면 안 돼. 제발…… 가지 마."

세상에 쉬운 이별이 어디 있겠냐마는, 두 사람의 이별 과정은 특히 힘들었고, 서로에게 상처를 주었다. 리아는 헤어지려 했고, 태호는 헤어질 수 없다며 화를 냈다. 팽팽하게 맞선 이견은 좀처럼 좁혀지지 않았다.

하지만 그러는 와중에도 태호는 리아를 붙잡고 '난 너 없으면 안돼.'라거나, '제발 가지 마.'라는 말은 하지 않았다. 그때 하지 못했던 말이 가슴 깊숙이 후회로 남아서일까?

태호는 그녀를 끌어안고 낮게 중얼거렸다.

"……리아야. ……가지 마."

이러지도 저러지도 못하는 상황에 리아는 곤란한 표정을 지었다.

사람 마음 약해지게 목소리가 왜 이리도 애절한 거야. 나중에 술 깨고 나면 어떻게 얼굴을 보려고 이러는지 모르겠다. 어차피 필름 끊어졌다고 둘러댈 테니, 상관없으려나?

상대가 강하게 나오면 강해지고, 반대로 약하게 나오면 약해지고 마는 성격인 리아는 버럭 화를 낸다면 몰라도 나긋나긋한 목소리로 애원하는 태호를 도저히 뿌리칠 수 없었다.

"알았어. 잠시만이야."

결국 리아는 이번 한 번은 모른 척 눈감아주기로 했다. 그가 술에 취하는 건 자주 있는 일이 아니니까. 허락이 떨어지자, 태호는 그녀를 더욱더 힘껏 끌어안았다. 조금의 빈틈이라도 용납할 수 없는 것처럼……. 모르는 사람이 보면 그가 정말로 그녀를 너무나 사랑하는 줄 착각할 것이다. 과거엔 그랬지만, 지금은 아무런 감정도 남아 있지 않은데 말이다.

"하."

리아는 짧게 한숨을 내쉬며 자신을 꽉 끌어안은 태호의 두 손을 가볍게 토닥거렸다.

만약 5년 전 그때, 그가 지금처럼 매달렸다면 어떻게 되었을까? 그랬다면 헤어지지 않았을까? 괴롭더라도 그의 곁에 남았을까?

잠시 생각에 잠겼던 리아는 곧 세차게 고개를 가로저었다.

아니, 그렇지 않다. 그땐 헤어질 수밖에 없는 상황이었다. 멀쩡하던 회사가 뿌리째 흔들리며 곤두박질쳤는데 어떻게 아무렇지 않게 관계를 유지할 수 있을까.

주위의 사람들은 태호의 아버지인 강 회장이 주원식품을 부도 위기로 몰았다고 입을 모았다. 물증만 없었을 뿐, 모든 정황 증거가 강 회장을 가리켰다.

— 아버지가 그러셨을 리가 없어.

태호는 끝내 사실을 받아들이지 않았다. 이미 재벌로 성장한 KJ그룹이 왜 구태여 주원식품을 내리누르냐고 하면서. 하지만 리아의 생각은 달랐다.

— 왜겠어? 아예 처음부터 싹을 밟아버리려는 거지.

그 당시 주원식품은 국내 판매뿐 아니라, 해외로의 수출 규모를 늘리며 제2의 도약을 준비하던 중이었다. 혹여 주원식품이 커질까 두려운 나머지 강 회장이 꾸민 일이라고 리아는 굳게 믿었다. 그녀가 아는 한, 강 회장은 피도 눈물도 없는 비정한 재벌이었으니까.

주 회장은 한 번도 ㈜정직이 둘로 쪼개진 이유를 말해주지 않았다. 리아가 그 배경을 알게 된 것은 대학 입학 후, 수진을 만나고 나서다.

신입생 환영회에서 처음 만나 친구가 된 수진은 자신의 아버지가 KJ푸드 한정안 사장이라고 밝혔다. 하지만 리아는 신경 쓰지 않았다. 부모가 경쟁사에 몸담았다고 자식까지 사이가 나쁠 필요는 없으니까.

그러던 어느 날, 어머니의 기일을 맞이한 수진이 하소연하듯 이야기를 쏟아냈다.

　─ 나도 얼핏 듣긴 했는데, 당시 식품 생산 과정에 문제가 생겼대. 근
　　데 그걸 해결하는 과정에서 잡음이 많았나 봐.

　주 회장과 강 회장의 의견이 극명하게 엇갈렸고, 결국 회사가 갈라지
는 계기가 되었다고 했다. 그뿐만이 아니다. 수진의 아버지 한 사장은
강 회장 대신 식품 위생법 위반으로 징역 3년 형을 선고받았단다.

　─ 말도 마. 그때 우리 집 완전 초상집 분위기였대. 우리 엄마, 그때
　　맘고생 하다가 병 얻어서 일찍 돌아가신 거고.

　그래서인지 수진은 단 한 번도 강 회장과 그 집안에 관해 좋은 소릴
하지 않았다. 부하 직원에게 죄를 떠넘길 수 있는 강 회장이라면, 경쟁
사 하나쯤 부도로 내모는 일은 아무것도 아닐 것이라고 리아는 생각
했다.

　─ 너희 아버지, 보기보다 잔인하신 분이야.

　매정한 말을 쏟아내는 리아의 얼굴에는 한 치의 흔들림도 없었다.
태호는 화난 듯 입을 일자로 다물었지만, 눈빛은 상처 받은 것처럼 불
안스럽게 흔들렸다. 지금도 그때의 눈빛을 떠올리면 가슴이 아프다. 그
리고 동시에 짜증이 난다.

　왜 네가 그런 눈으로 바라보는 건데? 네 아버지 때문에 지옥을 맛본
건 우리 가족이라고!

　스트레스를 이기지 못한 민 여사가 쓰러졌을 땐, 수진의 어머니가
겪은 것처럼 마음의 병을 얻어 돌아가시는 건 아닌가 덜컥 겁이 났다.
그런데 그런 자신보다 태호가 더 슬픈 표정을 지었다. 그래서 더 그를
멀리하려고 했다. 결정을 번복하고 그에게 돌아갈 것 같아 두려웠다.
태호가 해외 지사로 발령받았다는 소식을 듣고서야 리아는 안도의 한

숨을 내쉬었다.

5년이 지나고 본의 아니게 태호와 결혼까지 하게 되었지만, 아직도 마음속 깊은 곳에는 강 회장에 관한 원망이 남아 있었다. 그러나 한남동 강 회장 댁에서 일주일을 지내게 되자, 의구심이 싹트기 시작했다. 가까이에서 본 강 회장은 그녀가 생각하던 인물과 너무나 달랐다.

비열하고 냉혈한 사업가라는 사람이 아내의 잔소리에 꼼짝을 못 했고, 은근슬쩍 아들의 눈치를 살폈으며, 막내딸 앞에선 어김없이 딸 바보가 되었다. 리아에게는 살갑게 다가오지만 않았을 뿐이지, 가족의 일원으로 받아들이려 노력하는 게 눈에 보였다. 가족에게만은 다정한 걸까? 수많은 사람을 희생시킨 독재자도 가족에게만은 부드럽다니까.

"……리아야."

자신을 부르는 소리에 리아는 상념에서 깨어나며 태호의 손을 풀고 뒤를 돌아보았다.

아직도 술에 취한 걸까?

그는 짙은 애정이 물씬 담긴 눈으로 그녀를 내려다보고 있었다. 저 눈빛, 헤어진 후엔 완전히 사라졌던 눈빛이다. 리아는 저도 모르게 손을 들어 태호의 뺨을 감쌌다. 그를 시험해보려고 한 행동은 아니었다. 그저 그립던 눈빛을 보게 되자, 저절로 몸이 움직였다.

태호는 희미하게 미소를 지으며 그녀의 손바닥에 가만히 입술을 가져갔다. 아직 술에서 깨어나지 않은 게 분명하다. 그렇지 않고선 이렇게 다정하게 나올 리가 없었다.

"너, 5년 전, 그때 그 강태호야?"

그녀의 말이 이해되지 않는 듯, 태호는 미간을 구기며 고개를 옆으로 기울였다. 그리고 또다시 그녀의 손바닥에 살며시 입을 맞추었다.

그 작은 움직임이 리아에게 확신을 주었다.

술의 힘이 5년이라는 시간을 연기처럼 사라지게 한 게 분명하다. 그러니까 지금 여기에 선 남자는 그녀가 사랑했던 5년 전 강태호가 맞다. 그렇다면…… 리아는 발돋움하며 두 손으로 그의 목을 끌어안고 천천히 입술을 가져갔다. 그녀도 잠시만이라도 5년 전으로 돌아가고 싶었다. 그도 그러는데 그녀도 못 하라는 법은 없었다.

왜 너만 그때로 돌아가서 감정에 취하는데? 왜 나만 멀쩡한 채 너의 주정을 다 받아줘야 하는 거냐고. 너 혼자 제멋대로 감정에 휘둘리는 건 반칙이야!

리아는 그대로 입술을 밀어붙였다. 입술이 닿자, 그가 흠칫 뒤로 물러서는 게 느껴졌다. 하지만 곧 입술이 열리며 그가 먼저 맹렬히 파고들었다. 이번엔 리아도 뒤로 물러서지 않았다.

지금 그녀는 현재가 아닌 과거의 주리아니까.

잠시 현실을 망각한 그에게 장단을 맞춰주는 것뿐이다. 그러니까 싫은 척, 뒤로 뺄 필요는 없었다. 지금만큼은 그녀도 예전으로 돌아가 마음껏 사랑하고 싶었다.

어차피 필름이 끊겨서 기억하지 못할 거잖아. 네가 즐기는 만큼 나도 즐길 거야. 지금만큼은 넌, 내 거야.

어떻게 침실로 왔는지 정확하겐 기억나지 않지만 힘들진 않았다. 그는 깊고 진한 키스 이후 산소가 부족했는지 양처럼 온순해졌다. 그는 몸을 기댄 채 순순히 침실로 왔고 리아는 비틀거리는 그를 밀어버리듯 침대에 눕혔다. 빠른 손놀림으로 넥타이와 셔츠 단추를 푸는 동안 태호는 어느새 잠이 들었는지 고분고분하게 그녀의 손에 몸을 맡겼다.

"하아."

태호의 셔츠를 벗긴 리아는 길게 숨을 내쉬며 흘러내린 머리카락을 손으로 쓸어 올렸다. 잠시만 한숨을 돌렸다가 파자마로 갈아입힐 생각이었다. 그런데 갑자기 그가 팔을 뻗어 그녀를 끌어안고 자신 쪽으로 잡아당겼다.

"앗!"

리아는 태호의 맨가슴에 뺨을 댄 자세 그대로 그의 몸 위로 쓰러졌다.

"태호야, 이거 놔. 강태호!"

하지만 강철 같은 팔은 그녀를 꽉 끌어안은 채 놓아주지 않았다.

이런, 깜빡했다!

태호에게는 술에 취해 잠든 후에 나타나는 특이한 잠버릇이 있다. 그건 바로 술에 취했을 때와 똑같이 그녀를 꽉 끌어안는 것이다.

그전에 멀찍이 떨어져 있어야 했는데…….

리아는 태호의 맨 가슴에 얼굴을 댄 채, 방심한 자신을 꾸짖었다.

"알았어. 알았으니까……. 좀 놔봐. 숨 좀 쉬자고."

달래고, 화내고, 뿌리치고. 모든 방법을 다 동원했지만, 그녀를 안은 팔은 꼼짝도 하지 않았다.

아, 정말 미치겠네. 일부러 골탕 먹이려고 이러는 건 아니겠지?

아주 커다란 4인용 알래스카 킹 침대를 구해왔음에도…… 리아는 그날 밤, 태호의 품에 안긴 채로 신혼집에서의 첫날밤을 보내야 했다.

Chapter 9

난 네가 어젯밤 한 짓을
알고 있다!

"……아."

다음 날 태호는 머리가 빠개질 것 같은 두통을 느끼며 잠에서 깨어났다. 하지만 두통은 날카로운 칼날로 속을 긁어내리는 것 같은 고통에 비하면 아무것도 아니었다.

태호는 신음을 흘리며 갓난아이처럼 몸을 웅크렸다.

도대체 왜 이러는 거야?

평소보다 좀 많이 마시긴 했지만, 이렇게까지 숙취가 심할 정도는 아니었다.

아닌가? 빈속에 너무 많이 마셨나?

집에 도착하고 나서부턴 필름이 끊어진 것처럼 아무것도 생각나지 않았다. 드문드문 영상이 이어지긴 했지만, 실제인지 꿈인지 확실하지 않았다. 리아가 먼저 끌어안고 키스한 것 같은데……. 그렇다면 분명 꿈일 것이다. 하늘이 무너지지 않고서야, 그녀가 먼저 그에게 키스했을 리가 없다.

현관에 몸을 힘없이 몸을 기댔던 게 그가 기억하는 마지막이었다. 그리곤 믿을 수 없게 달콤한 꿈밖에 떠오르지 않았다. 얼마나 황홀했으면 아직도 심장이 쿵쿵 소리를 냈다. 오랜만에 사랑을 나누는 꿈이 너무나 생생해서 지금도 온몸에 닿던 부드러운 감촉이 느껴지는 것만 같았다. 그러나 동시에 두통과 속 쓰림이 그를 괴롭혔다. 혼자 엉큼한 상상의 나래를 펼치는 그를 벌주려는 것처럼.

"아……."

태호는 손바닥으로 가슴을 누르며 작게 신음을 흘렸다. 그때 밖에서 리아의 목소리가 희미하게 들렸다.

"남 비서님, 아침 일찍 전화해서 미안한데요. 이사님, 어제 과음해서 아마도 조금 늦게 출근할 것 같아요. 오늘 오전 일정 비워주세요."

잠시 후, 침실로 돌아온 리아는 침대 헤드에 몸을 기대고 있는 태호에게 다가왔다.

"남 비서에게 오늘 늦을 거라서 이야기해뒀어."

"그럴 필요 없어. 나 괜찮아."

괜찮다는 태호의 말에 리아는 속으로 투덜거렸다.

당장에라도 기절할 것 같은 핏기 없는 얼굴이면서…….

숙취로 안색은 좋지 않았지만, 태호는 평소와 다름없는 표정으로 그녀를 바라보았다. 어젯밤 일이 하나도 생각나지 않는 듯했다. 만약에 조금이라도 생각난다면 저렇게 가만히 있진 않겠지? 뭐라고 비아냥거리거나, 짜증을 부렸을 것이다. 이번엔 그녀가 먼저 그에게 키스한 거니까. 하지만 사건의 발단은 그가 먼저 술에 취해 그녀를 껴안았기 때문이다. 피차 비긴 걸로 하고, 없었던 일로 덮을까? 아니면 그 때문에 제대로 잠을 못 잤다고 한마디 해야 할까?

리아는 팔짱을 낀 자세로 곰곰이 생각에 잠겼다. 그녀의 생각을 읽은 듯 태호가 먼저 입을 열었다.

"어젯밤에 네가……."

리아는 그다음 말을 기다리며 꿀꺽 마른침을 삼켰다. 만약 그녀가 먼저 키스한 걸 따진다면 다다다 쏟아부을 준비가 되어 있었다. '덤빌 테면 덤벼라.' 하는 심정이었다.

네가 먼저 끌어안았잖아. 그러니까 왜 잠자는 사자의 코털을 건드려! 너만 못 참으란 법 있어? 나도 똑같아. 다만 내가 너보다 이성이 뛰어날 뿐이지!

할 말은 차고 넘쳤다.

잠시 두 사람 사이에 어색한 침묵이 흘렀다. 태호는 뭐라고 말하려는 듯 몇 번이고 입술을 달싹거렸지만, 끝내 말을 잇지 않았다. 대신 천천히 침대에서 몸을 일으켰다.

"······숙취가 있긴 하지만 늦게 출근할 정도는 아니야."

어? 전혀 기억나지 않는 거야?

리아는 눈을 가늘게 뜨며 그의 표정을 살폈다. 하지만 큰 변화는 없었다. 기억을 못하는 게 분명했다. 필름 끊어진 거 맞지? 그렇다면 구태여 그녀가 먼저 말을 꺼낼 필요는 없었다.

한숨을 돌리자, 이제는 태호의 상태가 걱정되기 시작했다. 필름이 끊어질 정도로 마셨으니 속이 말이 아닐 것이다.

"속 많이 쓰려?"

"······응, 조금."

역시나 엄청 속이 쓰린 모양이다. 리아는 아무 말도 하지 않고 등을 돌려 침실을 나왔다. 원래는 따로따로 식사하고 출근해야겠지만 저번에 그가 그녀를 위해 해장국을 준비해준 적도 있고, 어젯밤 그의 입술을 훔친 죄도 있으니 오늘은 그녀가 그를 위해 해장국을 준비하기로 했다.

해장국이 별건가? 어차피 즉석식품에 뜨거운 물만 부으면 되는 건데
뭐 그리 힘들겠어?

경쟁사 제품을 사용해야 한다는 게 마음에 걸리긴 하지만, 그렇다고
주원식품 제품을 사러 일부러 마트에 갈 생각은 없었다. 리아는 찬장
에 차곡차곡 쌓인 KJ푸드 즉석식품을 쭉 훑어보았다.

어떤 제품으로 끓인 거지? 즉석 콩나물국도 있고 사골 해장국도 있
었지만, 저번에 그가 끓여준 사골 콩나물 해장국은 보이지 않았다. 설
마 두 제품을 섞어서 끓였나?

혼자 고민하던 리아는 두 제품을 들고 도로 침실로 들어갔다. 태호
는 샤워하러 막 욕실에 들어가려던 참이었다.

"그때 네가 끓여준 해장국, 어떤 제품이야?"

"……응?"

무슨 말인지 모르겠다는 표정을 짓던 태호는 곧 깨닫고 피식 웃었
다.

"후, 그거 내가 직접 끓인 거야. 즉석식품이 아니라."

"뭐?"

깜짝 놀란 듯 리아의 두 눈이 커다래졌다. 어쩐지 즉석식품치곤 국
물 맛이 엄청 진하다 했다. 그런데 어쩌나? 그녀는 죽었다 깨어나도 직
접 해장국을 끓일 재주는 없었다.

"괜찮으니까 토마토나 갈아줄래? 괜히 멀쩡한 주방 폭파하지 말고."

"뭐?"

그의 말이 사실이긴 하나, 그래도 막상 정곡을 찌르니 은근히 기분
이 나빴다.

흥! 내가 못할 것 같아?

하기 싫어서 안 했을 뿐이지, 하려고 마음만 먹으면 누구보다 더 잘할 자신 있었다. 그렇지 않다고 해도 속 아프다고 울상을 짓는 사람에게 토마토 주스만 달랑 던져주고 출근할 생각은 없었다.

나, 주리아, 나름 마음이 따뜻한 여자라고!

"걱정하지 마. 내가 해장국 끓여줄게."

리아는 그를 향해 생긋 웃어 보이곤 서둘러 침실을 나섰다.

처음엔 리아가 한 말이 이해되지 않는다는 듯 미간을 찌푸렸던 태호는 시간이 지남에 따라 점점 표정이 굳어버렸다.

그러니까 그 말은 즉, 직접 해장국을 끓이겠다고?

사태를 파악한 태호의 얼굴이 순식간에 창백해졌다.

갑자기 왜 저러지?

태호는 당황스러운 얼굴로 입을 틀어막았다.

가뜩이나 속 쓰려서 미칠 것 같은데, 리아가 해준 음식을 먹어야 하나? 평소라면 몰라도, 오늘은 도저히 안 될 것 같은데…… 어떻게 해야 하지?

상상만으로 이마에서 식은땀이 흐르기 시작했다.

"이사님, 도대체 술을 얼마나 마신 겁니까? 안색이 말이 아니에요."

창백한 얼굴로 들어서는 태호에게 남 비서가 빠르게 다가왔다. 제시간에 출근하긴 했지만, 태호의 상태는 한눈에 보기에도 매우 안 좋아 보였다.

"괜찮아. 숙취 때문에 그런 거 아니야."

"숙취 때문이 아니라면……?"

"하아, 그럴 일이 있어."

남 비서의 질문에 태호는 자세한 설명을 피한 채 고개만 내저었다. 리아가 내민 정체불명의 해장국을 억지로 먹어 치우느라 숙취고 뭐고 다 사라졌다고 하면 남 비서는 뭐라고 할까?

태호는 힘없이 의자에 앉으며 아침에 일어난 일을 회상했다.

그냥 출근해도 된다고, 토마토 주스도 필요 없다고 했지만, 리아는 기어코 직접 해장국을 끓였다.

그녀가 국그릇을 내려놓자, 태호는 자신도 모르게 숨을 참았다. 딴에는 콩나물국이라고 끓이긴 끓였는데, 콩 비린내가 확 올라왔다.

"자, 식기 전에 먹어."

"어, 그래."

태호는 단념한 얼굴로 천천히 숟가락을 들었다. 마음 같아선 손도 대기 싫었지만, 리아가 하도 진지한 얼굴로 권해 도저히 거절할 수 없었다.

"흠."

한입 먹는 순간, 역시나 콩 비린내가 확 올라왔다. 끓는 도중에 뚜껑을 연 게 분명했다. 그리고 멸치로 육수를 내려고 했는지는 몰라도 너무 오래 끓여서 떫다 못해 쓴맛이 느껴졌다.

자신 없으면 그냥 멸치 다시다 써도 되는데…….

"맛 어때?"

끓이면서 맛도 확인하지 않았는지, 리아는 정말로 궁금한 얼굴로 물어보았다. 태호는 길게 숨을 내쉬며 최대한 장점을 찾아내려 머리를 굴렸다.

"간 딱 맞네."

"그래?"

거짓말은 아니었다. 비리고 떫고 이상야릇한 맛이었지만, 불행 중 다행이랄까? 짜지도 싱겁지도 않게 간은 딱 맞았다.

"그런데 넌 안 먹어?"

태호는 억지로 국을 떠먹으며 리아를 바라보았다. 그녀의 앞에는 토스트와 샐러드가 담긴 그릇이 놓여 있었다.

"난 술도 안 마셨는데 웬 해장국?"

잘게 썬 토마토를 포크로 콕 찍어 맛있게 오물거리며 그녀가 말했다.

하, 토마토 주스나 만들어달라니까.

만약에 그를 골탕 먹이려고 일부러 그런 거라면 100% 성공이다. 고역도 이런 고역이 없으니까. 할 수만 있다면 콩나물국을 싱크대에 다 쏟아버리고 찬물이나 벌컥벌컥 마시고 싶었다. 그러나 그럴 순 없었다. 비리고 떫은맛의 콩나물국이지만, 그래도 그녀가 그를 위해 요리한 두 번째 음식이었다. 적어도 사약이 아닌 게 어딘가! 그리고 어찌 되었든 간은 정확하게 맞추었으니까.

아침 일을 회상하던 태호의 입가에 어느덧 희미한 미소가 떠올랐다.

"이사님."

그때 남 비서의 목소리가 그를 현실로 이끌었다.

"오늘 밤, LS그룹 창립 파티에 참석하셔야 합니다."

"알고 있어."

"저 그런데…… 말입니다."

남 비서는 심각한 얼굴로 태호의 귀에 조그맣게 속삭였다.

"파티요?"

리아는 회사로 찾아온 태희를 곤혹스러운 표정으로 바라보았다.

어떡해! 완전 까맣게 잊고 있었다. 그래서 아침에 그렇게 말했던 걸까?

오늘 리아는 해장국을 끓인다고 난리 치느라 하마터면 늦게 출근할 뻔했다. 서둘러 현관문을 나서는데 태호가 오후에 태희가 회사로 찾아갈 테니, 함께 오라고 했던 것 같다. 하지만 리아는 급히 나서느라 그의 말을 한 귀로 듣고 한 귀로 흘렸다.

"아가씨, 나 준비 하나도 안 했는데 어쩌죠?"

그러자 태희는 아무것도 아니라는 듯 어깨를 으쓱거렸다.

"준비할 게 뭐 있나요? 그레이스가 다 알아서 해줄 텐데."

얼마 후, 리아는 그 말이 무슨 뜻인지 알게 되었다. 태희의 손에 이끌려 간 KJ호텔 스위트룸에는 그레이스와 스태프들이 두 사람을 기다리고 있었다.

1시간 남짓 동안 머리에서부터 발끝까지 전문가의 손질을 거친 후, 이번에는 호텔 꼭대기 층으로 자리를 옮겼다. 그레이스는 복도 끝에 놓인 은행 금고 같은 육중한 방범 문 앞으로 두 사람을 안내했다.

그레이스를 따라 안에 들어선 리아는 전혀 상상하지 못한 풍경에 제자리에 멈춰서고 말았다. 온통 검은색과 은색으로 꾸며진 벽에는 한국엔 아직 들어오지 않았다고 알려진, 주로 유럽이나 아랍 왕실의 보석 디자인을 맡는 유명한 디자이너의 작품이 진열돼 있었다. 민 여사가 워낙 보석을 좋아해 함께 유명한 보석 회사 매장을 여러 군데 다녀보았지만 이런 곳은 처음이었다.

"여기 있는 작품은 일반인에겐 판매되지 않습니다. 오로지 명단에 있는 고객님께만 소개되죠."

이곳이 처음인 리아를 위해 그레이스가 짧게 설명했다.

"시간 없으니까, 그때 내가 고른 거 보여주세요."

태희의 말에 그레이스는 진열장에서 꽤 묵직해 보이는 다이아몬드 팔찌를 꺼냈다. 태희는 건네받은 팔찌를 리아의 손목에 채웠다.

"새언니는 목선이 예쁘니까, 목걸이로 가리면 안 돼요. 대신 팔찌를 화려한 걸로 해야지."

그 말에 리아는 손목에 채워진 팔찌를 내려다보았다. 얼마나 많은 다이아몬드가 촘촘히 박혔는지 손목에 무게가 느껴질 정도였다. 다이아몬드 하나에 적어도 1캐럿은 넘는 것 같았다. 그런데 그런 다이아몬드가 도대체 몇 개나 박힌 거야? 수백 개는 넘는 것 같은데…… 이 정도라면 단순한 억이 아니라, 억에서 공 하나는 더 붙을 것이다.

화려한 보석을 좋아하는 민 여사라도 그녀만의 규칙이 있었다. 아파트 가격보다 비싼 보석은 사지 말자. 자신뿐만 아니라, 딸인 리아에게도 항상 말하곤 했다.

─ 우리가 왕족도 아니고. 그렇게까지 사치할 필요 없잖니.

민 여사와 달리 보석에 그리 관심이 없던 리아는 그 말을 대수롭지 않게 흘려버리곤 했었다. 그런데 지금 그녀의 손목에 민 여사의 규칙에 어긋나는 팔찌가 채워져 있었다.

"아가씨, 이거 너무 지나친 거 아니에요?"

"아뇨. 전혀요."

"그래도……."

리아가 뭐라고 한마디 하려는데 태희가 먼저 말을 꺼냈다.

"강수미, 이거 저번 시상식 때 하고 나왔었어요. 하지만 잠시 빌린 거죠. 시상식 끝나자마자 도로 반납해야 했고."

그래서 뭐? 내가 무슨 한류 스타도 아니고…….

"참, 그리고 새언니, 오늘 강수미 파티에 참석한대요."

"네?"

팔찌를 풀려던 리아는 그 한마디에 움찔 동작을 멈췄다. 절대로 경쟁심에 그러는 건 아니지만, 강수미가 온다는데 왠지 조금은 화려하게 꾸미고 싶다는 생각이 들었다.

"그리고 이거 엄마가 새언니에게 주는 선물이에요. 결혼식 급하게 하느라, 제대로 패물 준비 못 했다고 지금부터 하나하나씩 장만해주신대요."

"어머님이요?"

부담은 됐지만 정 여사의 뜻을 거스를 순 없었다. 5년 후, 태호와 이혼하게 되면 그때 돌려드리면 되겠지. 이런 보석은 시간이 지나면 지날수록 가치가 떨어지는 게 아니라 오르니까 크게 상관없을 것이다.

결국 리아는 팔찌를 착용한 채 운전기사가 모는 차를 타고 파티 장소로 향했다.

"이런, 오빠가 급한 회의가 생겼다고 좀 늦을 거라네요."

파티 장소에 거의 다다랐을 때쯤, 태희가 휴대폰을 보며 말했다. 그 말에 리아는 얼른 그녀의 휴대폰을 확인해 보았다. 하지만 아무런 문자도 오지 않은 상태였다. 은근히 소외된 느낌이 들었다. 하지만 어차피 둘이 함께 있는 것을 아니까 한 사람에게만 보냈겠지, 하며 상한 마음을 달랬다.

"참, 새언니. 이따 파티에서 '빙쌍' 조심해야 해요."

휴대폰을 핸드백에 집어넣으며 태희가 지나가는 투로 말했다.

이건 또 무슨 소리래?

"'빙쌍'이라면 '빙그레 쌍' 어쩌고저쩌고, 그거 말이에요?"

리아가 조심스럽게 확인하자, 태희는 활짝 웃으며 고개를 끄덕거렸다.

"네, 맞아요. 살살 웃으면서 욕인지 칭찬인지 사람 헷갈리게 하는 여자들 많거든요. 특히 새언니는 LS그룹 창립 파티에 처음으로 참석하는 거라서, 아마 단단히 벼르고 있을 거예요."

리아는 기가 막힌다는 듯 눈살을 찌푸렸다. 아무나 초대받을 수 없는 그들만의 파티라 이건가? 사실 그녀의 부모인 주 회장과 민 여사는 아직 한 번도 초대받지 못하긴 했다.

"그러니까 한마디로 기 싸움과 영역 싸움이 펼쳐질 거라는 말이에요?"

"와, 새언니 역시 빠르다. 맞아요. 일종의 텃세죠. 하지만 걱정하지 말아요. 내가 옆에 있으면 괜찮을 거예요. 오빠 올 때까지, 내가 쭉 새언니 곁에 붙어 있을게요."

……는 개뿔.

파티 장소에 도착하고 또래 친구들이 부르자, 태희는 리아를 본체만체하고 쌩 친구들 쪽으로 달려갔다.

하, 시월드를 믿는 게 아니었는데…….

혼자 덩그러니 남겨진 리아는 외롭게 샴페인 잔을 홀짝거렸다. 리아를 빼곤 모두 이미 아는 사이인지 삼삼오오 모여 대화를 나누었다. 그러나 그중 그 누구도 먼저 리아에게 다가와 말을 거는 사람은 없었다.

태희는 어디로 갔는지 모습도 보이지 않았고, 샴페인 잔을 다 비울 때까지도 돌아오지 않았다.

그렇다고 파티에서 혼자 멀뚱히 서 있는 건 그녀의 취향이 아니었다. 리아는 두 번째 샴페인 잔을 홀짝거리며 말을 건넬 만한 대상을 찾았다. 하지만 모든 사람들이 서둘러 그녀의 시선을 피했다. 쉽게 설명할 수 없는 견고하고도 투명한 막이 사방에 놓인 느낌이랄까?

그때 어디선가 익숙한 목소리가 들렸다.

"안녕하세요."

리아는 아무 생각없이 소리가 나는 쪽으로 고개를 돌렸다.

이런!

목소리 주인공을 확인한 리아의 얼굴이 순간 굳어졌다. '원수는 외나무다리에서 만난다'더니…….

그녀에게 말을 건 사람은 바로 강수미였다.

"이사님 어디 가셨어요?"

태호의 모습을 찾는 듯 주위를 둘러보며 강수미가 물었다. 리아는 대답해주는 대신 샴페인 잔을 입에 가져갔다. 마음 같아선 '그쪽이 왜 내 남편을 찾아요?'라고 묻고 싶었지만, 두 사람이 어떤 관계인지 뻔히 아는데 쓸데없는 질문일 것이다. 보고 싶으니까 물었겠지.

강수미를 정리하라고 태호에게 준 시간은 일주일이었다. 아직 기한이 남았으니, 불편해도 참아야겠지. 오늘 아니면 내일 중으로 관계를 정리할 것이라고 믿는다.

사실 강수미의 입장에서 보면 졸지에 연인을 잃어버린 것이다. 같은 여자로서 안됐다는 생각이 들기도 한다. 하지만 이 상황에서 누가 누구를 걱정하는 걸까? 지금은 그녀의 코가 석 자였다. 리아는 한 모금 샴페인을 마신 후, 차분한 목소리로 대답해주었다.

"이사님은 급한 회의가 생겨서 좀 늦을 거예요."

"아, 그렇구나."

강수미는 반말도 아니고 존댓말도 아닌 혼잣말을 중얼거리며 고개를 끄덕였다. 상대가 저리 나오면 보통은 얄밉다거나 재수 없다는 생각이 들어야 하는데, 이상하게도 그런 느낌은 들지 않았다. 그보단……하아, 뭐지? 그새 미모에 홀렸는지, 리아는 강수미의 얼굴에서 시선을 돌릴 수가 없었다.

얘, 왜 이렇게 예뻐?

물론 강수미의 실물을 오늘 처음 본 건 아니다. 하지만 이렇게까지 가까이에서 보게 된 건 처음이었다. 막상 코앞에서 강수미를 보니, 여자인 리아도 한순간에 반할 것 같았다. 보자마자 가슴이 두근거리게 만드는 미모였다. '여신 미모'라는 표현은 바로 이럴 때 사용하는 거다.

리아가 자신을 빤히 바라보자, 강수미는 왜 그러는지 안다는 듯이 눈꼬리를 휘었다. 마치 자기가 예쁜 줄 알고 교태를 부리는 한 마리의 고양이 같달까? 강수미는 눈을 빠르게 깜빡이며 리아에게 바짝 다가왔다. 그리고 그녀의 귀에 속삭이듯 말했다.

"주위에서 도는 소리, 너무 믿지 말아요. 사람들은 하고 싶은 소리만 골라서 하니까."

무슨 말이냐는 듯 리아가 미간을 찌푸리자, 강수미는 생긋 웃으며 말을 이었다.

"뒤에 핑크빛 드레스 입은 여자, 특히 조심해요. 금융 재벌 디코인 은행장 딸, 채연희예요. 이사님과 결혼하려고 온갖 수단을 동원했었는데 잘 안됐거든요."

리아가 반사적으로 뒤를 돌아보려 하자, 강수미는 재빨리 그녀의 팔을 움켜잡았다.

"티 내지 말고 천천히 고개 돌려요. 지금 무리 지어서 우리를 노려보고 있으니까."

무리를 지어서 노려본다고? 리아는 샴페인을 마시는 척 고개를 돌려 힐끗 시선을 옮겼다. 정말 강수미가 말한 대로 서너 명의 여자들이 무리를 진 채 두 사람을 바라보고 서 있었다.

그중에서 단연 핑크빛 드레스를 입은 여자가 눈에 확 띄었다. 외모가 뛰어나거나 분위기가 화려해서는 아니다. 불타듯 이글거리는 눈으로 노려보고 있었기 때문이다.

누구를 향한 적대감일까? 강태호와 결혼한 주리아? 아니면 강태호의 진짜 연인인 강수미? 아니면 둘 다? 그건 그렇고, 저렇게 얼굴에 티 내도 되나? 아무리 마음에 안 들어도 겉으로는 아닌 척해야 하는 거 아닌가?

"너무 신경 쓰진 말아요. 누가 뭐래도 게임의 승자는 언니니까."

"네?"

'언니'라고 부른 것으로도 모자라 강수미는 아예 매달리듯 리아의 팔에 팔짱을 꼈다.

"어머, 언니라고 불러서 기분 나쁜 건 아니죠? 저보다 나이 훨씬 많으시잖아요."

"아뇨, 기분 나쁜 게 아니라……."

말을 그렇게 했지만 나이가 많다는 걸 강조하니 살짝 기분이 그렇긴 했다. 강수미보다 고작 세 살 많을 뿐인데……. 이게 바로 태희가 조심하라고 경고한 '빙쌍'인가?

"이제 앞으로 자주 볼 텐데, 편하게 언니라고 부를게요. 그래도 괜찮죠?"

"네. ……뭐……."

리아는 살갑게 다가오는 강수미가 도무지 이해되지 않았다.

태호와의 관계를 곧 정리해야 한다는 사실을 몰라서 이러나? 혹여 형님 아우 하면서 잘 지내보자고 이러는 건 아니겠지? 탁 터놓고 물어볼까? 도대체 원하는 게 뭐냐고?

그러나 애석하게도 물어볼 기회를 놓치고 말았다. 마침 누군가가 강수미를 불렀기 때문이다. 강수미는 자신을 부른 사람을 보더니, 아차 하는 표정이 되었다.

"이만 가봐야겠어요. 이따 이사님 오시면 그때 다시 올게요."

그리고 그녀는 리아가 잡을 새도 없이 빠르게 눈앞에서 사라졌다. 다시 혼자가 된 리아는 웨이터가 내미는 은쟁반에서 세 번째 샴페인 잔을 집었다. 강수미가 반가운 건 아니었지만, 그래도 잠시나마 옆에 있어줘서 덜 적적했던 건 사실이다.

그녀마저 가버리자 외딴 섬에 남겨진 것처럼 다시 홀로가 되었다.

아, 집에 가고 싶다.

리아는 클러치 백에서 휴대폰을 꺼내 시간을 확인했다. 그리곤 믿을 수 없다는 듯 미간을 구겼다.

이럴 수가! 파티장에 들어선 지 30분도 채 지나지 않았다니…….

리아는 실망한 표정을 애써 감추며 휴대폰을 만지작거렸다.

그나저나 태호는 왜 이렇게 안 오는 거지? 전화라도 해볼까?

하지만 결국엔 도로 휴대폰을 클러치 백에 집어넣었다. 급한 회의 때문에 늦는다는데 괜히 방해하고 싶지 않았기 때문이었다.

어련히 알아서 오겠지. 아프리카 정글 한가운데 떨어진 것도 아니고, 먹을 것 가득한 파티장에서 뭐가 아쉬울까 하는 생각도 들었다. 파티에 왔으니 맘껏 즐기면 된다. 혼자 멀뚱멀뚱 서 있는 건 그녀에게 어울리지 않았다.

"초콜릿 주면 안 잡아먹지~"

리아는 콧노래를 흥얼거리며 알록달록 다양한 음식으로 가득한 테이블로 다가갔다. 이것저것 맛보다 보면 강태호나 강태희나, 망할 놈의 오누이 중에서 한 명은 나타나겠지.

리아는 속으로 투덜거리며 살이 통통한 새우튀김을 집어 들었다. 먹고 욕한 귀신은 때깔도 곱다더라.

"와, 너희 새언니 대박!"

멀리서 리아를 지켜보던 서현이 놀란 듯 입을 벌렸다. 태희는 그럴 줄 알았다는 듯 어깨를 으쓱거렸다.

"내가 뭐랬어. 새언니, 장난 아니라고 했지. 작은오빠랑 싸우면서도 눈빛 한번 흔들리지 않더라."

원래 태희는 친구들과 짧게 인사를 나누고, 서현과 함께 리아에게 돌아갈 생각이었다. 그런데 갑자기 호기심이 발동했다.

언제 어디서나 당당한 새언니가 낯선 곳에선 어떻게 행동할까? 조금은 어색해하거나 약한 모습을 보이지 않을까? 혼자 어쩔 줄 모르고 있을 때, 자신이 돌아오면 반갑게 맞아주겠지? 등등. 그런데 리아는 태희가 돌아오든 말든 전혀 상관없다는 얼굴로 파티장을 돌아다녔다.

"너, 지금 가면 반가워하는 게 아니라 왜 지금 왔냐며 혼내는 거 아니니?"

서현의 말에 태희는 저도 모르게 눈살을 찌푸렸다.

"야, 그러지 마. 농담이라도 무서워."

누가 호랑이 신부 아니랄까 봐, 기가 장난이 아니었다. 웬만큼 기가 센 사람도 아는 사람 하나 없는 파티장에 혼자 남겨지면 조금은 어깨가 움츠러들기 마련인데…… 웬걸! 리아는 오히려 혼자라서 홀가분하다는 듯한 표정이었다.

"태호 오빠는 언제 와?"

"올 때가 되긴 했는데……. 한 30분쯤 늦는다고 했거든."

"그럼 빨리 가자. 너희 새언니 혼자 됐다고 한 소리 듣기 전에."

"그래야겠지?"

하지만 두 사람은 몇 걸음 떼지 못하고, 우뚝 자리에 멈춰 섰다. 익숙한 무리가 리아에게 가까이 다가가고 있었기 때문이다.

순간 태희와 서현은 동시에 서로를 마주 보았다.

이거 완전 팝콘 각이겠는걸!

태희와 서현은 리아가 눈치채지 못하게 조심히 옆으로 다가갔다.

새우튀김을 크게 한입 베어 물자, 달콤하고 고소한 맛이 입 안 가득 번졌다. 바삭바삭한 튀김옷의 씹히는 맛이 그만이었다. 리아는 행복한 미소를 지으며 나머지 새우튀김을 마저 입에 넣었다. 그때 뒤에서 재잘거리는 대화 소리가 들렸다.

"너무 잘생긴 남자는 얼굴값 해서 안 된다니까."

"맞아. KJ 강태호 보면 몰라?"

KJ 강태호?

난데없이 태호의 이름이 거론되자, 리아는 숨을 죽이고 대화에 귀를 기울였다.

"한 인물 해서 날파리가 끊임없이 달라붙잖아."

"그렇긴 하네. 강태호 주변엔 날파리가 너무 꼬여."

날파리?

듣기 거북한 저속한 표현에 리아는 눈살을 찌푸렸다.

지금 누가 누구보고 날파리라는 거야?

거슬리는 표현에 발끈한 리아는 힐끗 뒤를 돌아보았다. 대화하는 무리는 아까 강수미가 가리켰던 채연희 일행이었다.

"그래, 날파리가 얼마나 꼬였으면 그렇게 서둘러서 결혼을 시켰겠니."

리아가 가까이 있다는 걸 알아서도 목소리를 크게 내는 걸 보니 일부러 들으라는 것 같다.

예의를 밥 말아먹었나? 보통은 파우더 룸 같은 곳에서 당사자 몰래 수군거리는데, 아예 대놓고 이러네.

"이번에 급하게 결혼한 것도 강수미 스캔들 덮으려고 그런 거잖아. 로미오와 줄리엣, 세기의 사랑? 그거 다 헛소리야."

어이없는 내용에 리아는 저도 모르게 픽 웃음을 흘렸다.

어떡하지? 정말 로미오와 줄리엣같이 사랑했는데…….

그 점에 관해선 당당하게 말할 수 있다. 부모님 눈을 피해서 얼마나 힘들게 사랑했는지, 책으로 써낼 수도 있다고.

채연희 일행의 뒷담화는 계속해서 이어졌다.

"어쩐지 이상하다 했어. 그러면 맘에도 없는 여자 데려다가 허수아비 시키는 거네."

"다루기 쉬운 여자라서 그런 거겠지?"

"그게 KJ 스타일인가 봐. 그 집 첫째는 완전 흙수저 집에서 데려왔잖아."

"진짜 수준 안 맞아."

흙수저? 수준이 안 맞아?

결국 리아는 인상을 찌푸리며 그들을 향해 뒤돌아섰다. 그녀의 흉만 보는 거라면 그냥 못 들은 척 넘어가려고 했다. 모자란 사람들끼리 뒷담화를 까는 것에 일일이 상대하고 싶진 않았으니까. 하지만 소정까지 걸고넘어지자 도저히 참을 수 없었다. 그녀가 소정에 관해 잘 아는 건 아니다. 솔직히 소정이 같은 편인지, 적인지도 아직 정확하지 않았다. 그래도 소정은 엄연한 가족이었다. 5년간의 시한부 가족이라도 말이다.

채연희와 일행은 리아와 시선이 마주치자, 모두 들었냐는 듯 생긋 웃어 보였다.

와, 이런 게 '빙쌍'이라는 거구나. '웃는 낯에 침 뱉으랴'라는 속담도 있지만, 그건 그 당시에 '빙쌍'이 없었기에 가능한 말일 것이다. 저런 '빙그레' 미소라면 침이 아니라 주먹을 날려도 분이 풀리지 않을 것 같다.

리아는 한 치의 주저함 없이 그들에게 다가갔다.

"이봐요. 말이 좀 심한 거 아닌가요?"

리아가 한소리 하자, 연희는 이해할 수 없다는 얼굴로 고개를 갸우뚱거렸다.

"심해요? 뭐가요?"

"그쪽이 우리 형님에 관해서 뭘 안다고 그렇게 떠드는 거죠?"

"틀린 말은 아니잖아요. 없는 집 보고 흙수저 집이라고 한 게 뭐가 잘못이에요?"

연희는 진심으로 자신이 무슨 잘못을 했는지 모르는 것 같다. 오히려 더욱더 기세등등해져서 목소리를 높였다.

"돈 없어서 쩔쩔매는 거 맞잖아요. 아, 그러고 보니 그쪽도 그러네. 주원식품도 얼마 전에 부도날 뻔했었죠? 아빠가 그러던데…… 제발 도와달라고 매달렸다고."

리아는 순간 할 말을 잃고 말았다. 확실하진 않지만 주 회장은 급히 자금을 마련하기 위해 디코인 은행도 찾아갔을 것이다. 하지만 그게 이상한 건가? 기업인이 은행에 돈 빌리러 가는 게 뭐가 어때서?

하도 기가 막혀서 말문이 막힌 건데, 연희는 리아가 꼬리를 내렸다고 오해했는지 같잖다는 표정으로 웃음을 흘렸다.

"후, 비슷한 급끼리 서로 돕는 거예요? 없는 집 자식끼리?"

은행장 딸이라더니, 집에 앉아서 돈만 세나? 사람을 판단할 때 '돈 있고 없고'로 따지는 거야?

태호를 진심으로 사랑해서 결혼했다면 이런 상황에 상처 좀 받았을 것 같다. 그게 아니라서 정말 다행이다.

리아는 가슴 앞으로 팔짱을 끼며 비스듬히 고개를 기울였다.

"그래요. 그쪽은 있는 집 자식이라서 참 좋겠어요."

"물론이죠."

뭐라니? 이렇게까지 유치한 대화를 하게 될 줄은 정말 몰랐다. 유치원 다닐 때도 이런 대화는 나누지 않았던 것 같다. 그러나 시작했으니 끝을 봐야 한다. 리아는 채연희 일행을 둘러보며 활짝 웃어 보였다.

"그렇구나. 덕분에 하나 배웠어요."

저쪽에서 '빙쌍'으로 나왔으니 자신도 '빙쌍'으로 나오지 말라는 법은 없었다.

"막장 드라마에 나오던 대사가 모두 허구만은 아니었네요. 세상엔 정말 이렇게 수준 떨어지는 사람들이 존재하는군요."

"뭐요?"

"머리가 똑똑하길 하나, 인성이 바르길 하나, 있는 거라곤 돈밖에 없고. 정말 수준 떨어지네."

먼저 '빙쌍'의 가면을 벗은 연희였다. 그녀는 목덜미까지 빨개진 얼굴로 앙칼지게 외쳤다.

"야! 너 말 다 했어?"

"그럴 리가요. 해줄 말이 너무 많아서 탈이죠."

이성을 잃고 폭발한 연희와는 달리 리아는 웃는 얼굴로 차분하게 대응했다.

"그런데 문제는 내가 하는 말을 그쪽이 이해 못 할 거라는 거죠. 많이 어려울 테니까……"

"뭐, 뭐야?"

도저히 화를 참을 수 없었는지, 연희의 두 눈에 눈물이 맺혔다. 지금까지 이런 경우 눈물을 흘리던 사람은 소정이었다. 그런데 오늘은 판세가 뒤집혔다. 연희는 부르르 떨며 죽일 듯이 리아를 노려보았다.

"꼭 가진 것 없는 것들이……"

하지만 연희의 말은 끝까지 이어질 수 없었다.

"오빠! 아니, 내가 그러려고 그런 게 아니라……."

어디선가 숨넘어가는 것처럼 캑캑거리는 태희가 목소리가 들렸기 때문이다. 순식간에 모두의 시선이 소리가 나는 쪽으로 향했다. 멀지 않은 곳에서 태호가 잔뜩 미간을 찌푸린 얼굴로 태희의 팔을 움켜쥐고 서 있었다.

교통 체증 탓에 태호는 예정보다 더 늦게 파티장에 도착했다. 급한 마음에 거의 뛰듯이 안으로 들어서자, 홀로 있는 리아의 모습이 들어왔다. 옆에서 잘 챙기라고 그렇게 신신당부했건만, 태희는 어디로 사라졌는지 코빼기도 보이지 않았다.

이럴 줄 알았어.

태호는 속으로 투덜거리며 빠르게 리아에게 걸어갔다. 가까이 다가가자, 아무것도 없는 리아의 목과 훤한 가슴이 눈에 들어왔다. 물론 길고 아름다운 목선이었다. 살짝 보이는 가슴골까지 더하면 황홀한 정도로 완벽했다.

그러나 그건 자신만이 아는 비밀이어야 했다. 다른 남자의 시선이 쏠리는 게 싫어서 화려한 목걸이로 시선을 분산시킬 계획이었다. 하지만 갑자기 일이 생겨 태희에게 부탁했건만…… 있어야 할 목걸이는 보이지 않고 묵직한 다이아몬드 팔찌만이 눈에 들어왔다.

태희, 이 녀석!

그것보다 더 중요한 건, 파티장에 리아 혼자 있다는 사실이다. 태호는 더더욱 걸음을 빨리했다. 그런데 태호보다 먼저, 리아가 휙 방향을 바꿔 어떤 일행에게 다가갔다. 태호는 일행 중에서 익숙한 얼굴을 발견하고 우뚝 걸음을 멈춰 섰다.

저 여자는?

금융 재벌 디코인 그룹, 채 은행장의 외동딸 채연희였다. 한동안 채 은행장 집에서 끈질기게 정략결혼을 제안했던 기억이 난다. 강 회장은 은근슬쩍 태호에게 의견을 물었지만, 그는 단호히 거절했었다. 무슨 대화를 하고 있는지는 모르겠지만, 리아와 연희 두 사람 모두 매우 심각해 보였다.

그때 태호의 눈에 키득거리는 태희와 서현의 모습이 들어왔다. 그렇다면 리아는 잠시 대화하게 놔두고 태희부터 처리해야겠다.

"강태희, 너 지금 여기서 뭐 하는 거야?"

"히익."

태호를 본 태희와 서현은 도망가려는 듯 동시에 뒤로 물러섰다. 하지만 한 걸음도 떼지 못하고 태호의 손에 붙잡혔다.

"오라버니."

"사극 버전은 됐고."

태희의 팔을 움켜쥔 채 태호가 차갑게 말했다.

"내가 분명히 리아 목걸이 골라주라고 했는데, 왜 팔찌만 하고 있지?"

"아, 그게, 오빠. 새언니 목선이 너무 예술이라서 목걸이 따위가 가리는 건 범죄거든."

안다. 너무 잘 알아서 목걸이로 가리려던 거다.

"누가 너보고 그런 걸 결정하라고 그랬지?"

그때 갑자기 커진 연희의 목소리가 들렸다.

"돈 없어서 쩔쩔매는 거 맞잖아요. 아, 그러고 보니 그쪽도 그러네. 주원식품도 얼마 전에 부도날 뻔했었죠? 아빠가 그러던데…… 제발 도와달라고 매달렸다고."

분명 귀로 듣고도 태호는 믿을 수가 없었다. 어떻게 저런 말을……. 태호는 태희의 팔을 잡은 채 리아가 있는 쪽으로 걸어갔다.

"아, 오빠. 우선 팔 좀 놓고."

태희는 태호에게서 벗어나려 버둥거렸고, 서현은 친구를 두고 도망을 가야 하나, 옆에 남아 의리를 지켜야 하나 고민에 빠졌다.

"야! 너 말 다 했어?"

그때 갑자기 연희가 버럭 소리를 질렀다. 동시에 태희의 팔을 움켜쥔 태호의 손에 힘이 들어가 태희는 고통스러운 목소리로 캑캑거렸다.

"오빠! 아니, 내가 그러려고 그런 게 아니라……."

그 소리에 격렬했던 대화가 끊어지고 모두의 시선이 태희와 태호에게로 쏠렸다. 태호를 발견한 리아의 얼굴이 순식간에 환하게 밝아졌다. 이어서 믿을 수 없을 정도로 상냥한 목소리로 그를 불렀다.

"어머, 오빠! 지금 온 거야?"

리아는 빠르게 태호에게 다가와, 살살 녹는 눈웃음을 치며 태호의 허리를 끌어안았다. 그리고 그의 가슴에 턱을 댄 채로 태호를 향해 고개를 들었다. 공식적인 장소라서 연기 중이라는 건 알겠는데 조금 지나칠 정도로 사랑스러웠다. 예전에 뜨겁게 사랑하던 시절에도 보여주지 않았던 모습이었다. 주리아가 이리도 애교를 잘 부릴 줄이야.

"미안, 좀 늦었어."

"괜찮아, 오빠. 파티 아주 재밌거든."

리아는 함박웃음을 머금은 채, 연희에게로 시선을 돌렸다.

역시나……!

어쩔 줄 모르고 부들부들 떠는 연희의 모습이 한눈에 들어왔다. 강수미가 해준 말이 사실이라면, 연희는 지금 두 사람의 다정한 모습에 엄청나게 배가 아플 것이다.

그렇게나 결혼하고 싶었던 남자가 다른 여자를 아내로 맞이해 코앞에서 끌어안고 있으니 얼마나 배알이 꼴릴까! 게다가 평소엔 잘 웃지도 않는 강태호가 리아를 보며 환하게 웃기까지 한다. 원래 리아의 성격이라면 상대의 앞에서 다정한 티를 안 내려 배려했겠지만, 이번엔 달랐다. 배려라는 것도 상대를 봐가면서 하는 거다. 인성 쓰레기에게까지 베풀 배려는 없었다. 리아는 일부러 더 보란 듯이 태호에게 몸을 기댔다.

"재밌었던 거 맞아? 내가 듣기론 아닌 것 같은데."

"……들었어?"

태호는 말없이 고개를 끄덕이고, 자신을 끌어안은 리아의 손을 조심스럽게 풀었다.

"리아야, 잠깐만 여기 있어 봐."

그리고 연희의 일행을 향해 뚜벅뚜벅 걸어가기 시작했다. 조금 전에만 해도 환하게 웃던 그의 얼굴은 어느새 서늘하게 식어 있었다. 반대로 태호가 다가오자, 어쩔 줄 모르고 부들부들 떨던 연희의 얼굴은 환하게 밝아졌다. 연희는 그가 하룻강아지처럼 멋모르고 까부는 아내를 대신해서 사과하러 오는 거라고 넘겨짚었다.

역시 KJ그룹의 차기 후계자는 다르네.

흐뭇한 마음에 연희는 입가에 미소를 떠올렸다.

그러면 그렇지, 날아가는 새도 떨어뜨린다는 금융 재벌 디코인에게 밉보이면 안 되겠지.

다른 사람도 아니고 KJ그룹의 강태호라면 모르고 지나치지 않을 것이다. 그는 사업에 관해선 아주 이성적이면서도 냉철하고, 또…….

"채연희 씨."

자신을 부르는 나직한 목소리에 연희는 퍼뜩 상념에서 깨어났다. 얼음처럼 싸늘한 눈빛이 그녀를 향하고 있었지만, 연희는 태호가 자신을 바라본다는 사실에 가슴이 쿵쾅거렸다.

아까워, 정말 아까워. 내 남자가 될 뻔했는데…….

연희는 아쉬움을 담은 표정으로 그의 얼굴을 빤히 쳐다보았다. 쳐다보는 것만으로 아찔하게 현기증이 나는 것만 같았다. 그런데 주리아는 고작 주원식품 딸내미 주제에 KJ 강태호를 그녀에게서 가로챘다. 그러다 보니 저런 남자를 차지한 리아가 더더욱 괘씸하고 재수 없게 느껴졌다.

"주원식품이 부도날 뻔했다는 말, 채 은행장님께 직접 들은 겁니까?"

"네?"

예상외의 말이 태호의 입에서 흘러나오자, 연희는 미간에 주름을 잡았다. 난데없이 사실 여부를 확인하려는 저의가 무엇인지 선뜻 이해 가지 않았다.

직접 들었든 아니든, 그게 그리 중요한가?

사실 연희는 아버지 채 은행장이 서재에서 전화하는 걸 슬쩍 엿들었을 뿐이지 직접 들은 건 아니었다. 하지만 그런 사실까지 태호에게 일일이 알릴 필요는 없었다.

"그게 왜 궁금하죠?"

연희가 대답을 회피하려 하자, 태호의 눈빛은 더욱더 싸늘해졌다. 그는 연희가 슬그머니 빠져나가려고 하는 것을 용납할 수 없다는 엄한 표정을 지었다. 어린아이가 아닌 이상, 자신이 한 말에 책임을 져야 한다. 특히 그 혀끝이 리아의 마음에 상처를 주었다면 더더욱.

"방금 채연희 씨 입에서 나온 말, 기업 기밀인 거 모릅니까? 채 은행장님이 그런 이야기를 따님에게 시시콜콜 이야기할 줄 몰랐군요."

정확하게는 시시콜콜 이야기한 게 아니라 엿들은 것이지만 연희는 잠자코 입을 다물었다. 체면상 쥐새끼처럼 엿들었다는 사실을 말할 순 없으니까. 연희에게서 아무런 대답이 없자, 태호는 차갑게 말을 이었다.

"이런 식으로 기업 기밀이 쉽게 흘러나간다면, 디코인 은행과의 거래는 다시 한번 고려해봐야겠군요."

순간 연희의 얼굴이 창백해졌다. 아무리 기세등등한 금융 재벌 디코인이라지만, 기업 간의 이해관계가 아닌 자신 때문에 KJ그룹과의 사이가 틀어지는 것이라면 곤란했다.

채 은행장에겐 다섯 명의 자녀가 있었고, 연희는 그중의 하나일 뿐이다. 한 푼이라도 더 유산 상속받으려 형제들과 경쟁 중인데 괜히 이런 일로 책잡힐 순 없었다. 엿들은 것을 털어놓으면 망신은 당하겠지만, 아버지의 눈 밖으로 밀려나는 것보단 나을 것이다.

연희는 애써 표정을 가다듬으며 상냥하게 말했다.

"강 이사님. 뭔가 오해가 있었나 보네요. 아빠에게 직접 들은 이야기가 아니라, 서재를 지나다가 우연히 통화하는 걸 듣게 되었어요. 그래서……."

"그것도 문제군요. 어찌 되었든 은행장님이 비밀 유지에 허점을 보인 건 사실이니까. 서재를 지나다 들을 정도라면 이미 예전에도 그런 일이 종종 있었겠군요."

그 말에 연희의 얼굴이 새파랗게 질렸다. 결단코 이번이 처음이었지만, 그녀가 뭐라고 해도 태호는 믿어줄 것 같지 않은 분위기였다.

"저, 이사님……."

아까 리아에게 당해 부들부들 떨던 모습과는 상대가 되지 않게 연희의 얼굴이 일그러졌다. 만약 옆에서 누가 툭 건드린다면 그대로 자리에서 무너질 것 같았다.

잠시 무거운 침묵이 흐르고, 태호가 다시 입을 열었다.

"좋아요. 사람은 누구나 실수를 하니까, 오늘은 이쯤에서 그만하죠. 하지만……."

태호가 한발 물러서자, 연희의 얼굴에 화색이 돌아왔다. 그러나 바로 이어지는 말에 다시금 어두워졌다.

"우리 아내에게 사과는 해야죠."

"네?"

"방금 자신이 한 말, 사과해야 한다는 거 모르는 건 아니겠죠? 채연희 씨."

목에 칼이 들어와도 리아에게 사과하고 싶은 마음 따윈 없었다. 하지만 그렇다고 태호의 뜻을 거스를 수도 없었다. 그를 좋아하고 말고를 떠나서, 그가 얼마나 잔인해질 수 있는지 모르지 않으니까. 내키지 않았지만 어쩔 수 없었다. 연희는 리아에게 다가가 형식적으로나마 사과의 말을 건넸다.

"아깐 내 말이 좀 지나쳤네요. 그냥 흘려들어요."

그러곤 리아가 뭐라고 말하기도 전에 등을 돌려 뛰어나가듯 파티장을 빠져나갔다. 연희의 뒤를 그녀의 일행이 빠르게 뒤따랐다.

리아는 황당하다는 얼굴로 연희 일행을 바라보았다.

그렇게 대단한 집 딸이라면 사과를 제대로 해야 하는 거 아닌가?

"사과 같지 않은 사과이지만, 그래도 그만하면 저 여자 딴에는 노력한 거야."

태호의 말에 리아는 기가 막힌다는 듯 짧게 실소를 흘렸다.

"하, 미안하단 말 한마디도 하지 않았는데 저게 사과라고? 그리고 나보단 형님에게 사과해야지."

웬만한 준재벌인 리아도 이런 취급을 받는데, 지금까지 소정이 어떤 취급을 당했을지 알 것 같아서, 리아는 저도 모르게 화가 치밀었다. 아직 소정을 잘 모르지만 저들에게 그런 대접을 받을 사람이 아니라는 건 확실했다.

"그건 차차 하고."

"너, 형님이 저렇게 당하는 줄 알고 있었어?"

"쉽게 어울리지 못한다는 건 알았지만, 이런 식일 줄은 몰랐어. 알았다면 가만히 있지 않았을 거야."

"그래."

몰랐다니 다행이다. 알면서도 가만히 있었다면 한 대 때려주려고 했다. 아무리 형과 치열한 후계자 경쟁을 벌이고 있다지만, 가족은 가족이니까. 내가 가족을 때릴 순 있어도 남이 가족을 때리는 걸 지켜만 보아선 안 된다. 그게 가족이다.

"그런데 태희는?"

태호의 말에 리아는 재빨리 주위를 두리번거렸다. 그새 도망갔는지 태희와 서현의 모습은 보이지 않았다.

"어, 방금까지 여기 있었는데……."

태희를 찾으러 파티장을 둘러보려는데 리아가 생글생글 웃으며 끌어 안듯 태호의 허리에 팔을 둘렀다.

"그나저나 숙취는 좀 어때?"

"많이 나아졌어."

"역시 내가 끓여준 해장국이 효과가 있었네."

그건 사실이다. 비리고 떫은, 아주 오묘한 맛이 모든 통증을 날려버 렸으니까.

"물어보고 싶은 게 있어."

태호는 리아의 허리에 팔을 감고 자연스럽게 인적이 드문 발코니로 자리를 옮겼다. 그리고 주위에 아무도 없는 걸 확인한 후, 그녀의 귀에 나지막하게 속삭였다.

"너 어젯밤, 나에게 키스했지."

순간 리아의 얼굴이 흠칫 굳어졌다. 이런, 방심하고 있는데 훅 치고 들어왔다. 물어보고 싶은 거라면서도 '키스했지?'라며 말꼬리가 올라가 는 게 아닌, '키스했지.' 하고 말꼬리가 내려가는 말투. 완전 사실이라고 확정하는 느낌이었다.

찰나 가슴이 덜컹했지만, 리아는 짐짓 이해가 안 된다는 얼굴로 미 간을 찌푸렸다.

"무슨 소리야? 내가 왜 너에게 키스해?"

사실은 '다짜고짜 남 끌어안고 안 놓아준 게 누군데? 그러니까 잠자 는 사자의 코털을 왜 건드리고 난리야!'라고 쏘아붙이고 싶었다. 하지 만 세게 나가면 상대도 세게 나올 테니까 수위를 낮추어 차분하게 대 꾸했다.

그와 언성을 높여가며 싸운 게 벌써 몇 년째인가! 어떻게 해야 유리하게 고지를 점령할 수 있는지, 이제 슬슬 그녀만의 노하우가 생겼다. 강태호는 강하게 나가는 것보다 약하게 나가는 것에 약했다. 아예 모르는 척 순진하게 나가는 것도 효과가 좋은 편이었다.

태희가 하는 행동을 옆에서 지켜봤더니, 가끔은 그녀는 정말 뭘 몰라서 어리둥절한 표정을 짓는 게 아니라, 정확히 대답하지 않고 은근슬쩍 위기를 피하려 그런다는 것을 알 수 있었다. 리아는 태희처럼 무슨 질문인지 전혀 모른다는 얼굴로 말했다.

"너 어제 술 많이 취했었어. 기억은 나니?"

그러자 태호가 다시금 물었다.

"그러면 목에 남은 흔적은 뭐지?"

흔적? 그런 거 없었는데? 헐, 나중에 생겼나!

리아는 곤혹스러운 얼굴로 곰곰이 어젯밤 일을 되짚었다. 셔츠를 벗기던 중 조각처럼 완벽한 몸매에 저도 모르게 감탄한 건 맞다. 그래서 금화나 진주를 깨물듯 자신의 소유라는 사실을 잠시 만끽해보았다. 하지만 맹세코 흔적이 남을 정도로 세게 물진 않았다. 그리고 취한 상태이긴 했지만, 제발 그만두지 말라고 애원한 쪽은 태호였다. 그런데 이제 와서 뭐?

하지만 막 되받아치다 흥분이라도 하게 되면 어젯밤 일을 들킬지도 모른다. 이럴 땐 뭐니 뭐니 해도 오리발을 내미는 게 최고다. 리아는 톡 쏘아붙이는 대신 도통 모르겠다는 순진한 얼굴로 태호를 올려다보았다.

"왜? 상처라도 생겼어? 어제 네가 하도 끌어안아서 그거 뿌리치느라 내가 좀 거칠게 대하긴 했어. 그때 생겼나?"

뿌리치느라 거칠게 대하다 그랬다고?

태호는 의심스럽다는 표정으로 입매를 일자로 다물었다. 리아의 말을 백 퍼센트 믿을 순 없지만 그렇다고 거짓이라고 단정 지을 수도 없었다. 잠시 생각에 잠겼던 태호는 오늘은 이쯤에서 그만하는 게 나을 거라고 결론을 내렸다. 계속해서 리아를 자극하고 싶진 않았다.

"그만 들어가자."

태호는 뭐라고 대답하는 대신 리아를 이끌고 다시 파티장으로 돌아갔다.

파티에서 돌아온 그날 밤, 리아는 드디어 태호에게서 멀찍이 떨어져서 편히 잠들 수 있었다. 과장을 조금 보태자면, 혼자 침대에서 대자로 팔다리를 벌리고 자던 때처럼 자유로웠다. 그래, 자고로 이래야 잠들 맛이 나는 거지.

그런데 어째서인지 쉽게 잠들 수 없었다. 연신 눈을 깜빡이던 리아는 침대맡에 놓인 시계로 시선을 돌렸다. 새벽 1시가 훌쩍 넘은 시간이 눈에 들어왔다.

왜 잠이 안 오지? 저녁도 아주 넉넉하게 먹었고, 침대도 매우 마음에 쏙 들게 널찍한데…….

잠들지 못하고 이리저리 몸을 뒤척이던 리아는 저도 모르게 작게 속삭였다.

"……추워."

언제나 느껴지던 태호의 체온이 없으니 왠지 모르게 허전했다. 옆을

슬쩍 훔쳐보니, 태호는 이미 잠들었는지 꼼짝도 하지 않았다.

조금만 가까이 다가가면 덜 추우려나? 리아는 슬금슬금 티 나지 않게 태호 쪽으로 다가갔다. 어깨가 맞닿을 정도로 가깝게 다가가니 따뜻한 온기가 느껴졌다. 동시에 말로 설명할 수 없는 안도감이 들었다.

이러다 혼자 자는 것보다 함께 자는 게 익숙해지면 어쩌지?

은근히 불안하긴 했지만, 리아는 잠결에 그러는 것이라고 자신을 설득했다.

자다가 따뜻한 곳으로 몸을 움직이는 건 동물의 본능일 뿐이다. 잠시 본능에 충실해지자!

하지만 한번 발동한 본능은 어깨가 맞닿는 것만으론 만족할 수 없었다. 그녀가 정신을 차렸을 땐 이미 태호의 가슴에 파고든 후였다.

헐! 나 지금 뭐 하는 거야?

제멋대로인 자신의 행동에 당황하면서도 차마 리아는 그를 껴안은 팔을 풀 수 없었다.

눈물이 핑 돌 정도로 따뜻해서…….

단단한 가슴이 완벽하게 포근해서…….

"하아."

미치도록 좋았다.

Chapter 10

질투하는 거 맞아

"팀장님, 무슨 안 좋은 일이라도 있으세요?"

회의를 끝내고 팀원이 모두 자리에서 일어나자, 채영이 걱정스러운 얼굴로 물었다. 그도 그럴 것이 회의 도중 리아의 표정이 마치 화가 난 것처럼 심상치 않았기 때문이다.

회의 내용이 마음에 안 들어 그런 것 같진 않은데……. 업무보단 개인적인 이유로 안색이 나쁜 건 아닐까?

그래서 이번에도 막내인 채영이 총대를 메고 리아에게 질문을 던졌다. 리아는 채영의 물음에 피식 웃으며 힘없이 고개를 내저었다.

아침에 마주한 남편의 표정이 마음에 걸려서라면 누가 이해할 수 있을까? 하지만 사실이 그랬다. 오늘 아침 태호는 어딘지 모르게 기분이 좋아 보였다. 입가에 걸린 묘한 미소 하며, 눈빛 하며. '너, 나한테 들켰어.' 하는 것 같은 느낌이랄까? '난 네가 어젯밤 한 짓을 알고 있다!' 하는 것 같은 표정이랄까? 하여간 왠지 모르게 찝찝했다. 리아는 아무렇지 않은 척 자리에서 일어났지만, 등 뒤로 식은땀이 흘렀다.

혹시 밤중에 몰래 껴안은 걸 들킨 건 아니겠지?

따뜻한 품을 만끽하던 리아는 잠시 후, 자신이 무슨 짓을 했는지 깨달았다. 퍼뜩 정신을 차리고 재빨리 제자리로 돌아가긴 했지만, 그래도 껴안은 건 껴안은 것이다.

찰나의 순간이었지만, 어쩌다 이성을 잃고 본능에 빠져버렸는지 리아는 자기 자신이 실망스러워 참을 수 없었다. 그러나 이미 저지른 일. 쏟아진 물을 주워 담으려는 것은 어리석은 짓이겠지.

리아는 애써 마음을 가다듬었다.

"안 좋은 일은 무슨. 그냥 어젯밤 늦게까지 파티에 참석하느라 좀 피곤해서."

새빨간 거짓말은 아니다. 어젯밤 파티가 늦게 끝나긴 했다. 그래서 피곤하기도 했고.

"파티 어땠어요?"

"뭐, 나쁘진 않았어."

그렇다고 좋았던 것도 아니지만, 리아는 말을 아꼈다. 채영은 그걸로 답이 되었는지 더 이상 물어보지 않았다.

자리로 돌아간 리아는 잡념을 떨치고 업무에 집중하려 노력했다. 하지만 그건 그리 오래가지 않았다. 점심시간이 가까워졌을 무렵 연락도 없이 태희가 불쑥 회사로 찾아왔기 때문이다.

"새언니."

어제 말도 없이 파티장에서 사라진 주제에 태희는 마치 이산가족 상봉하듯 와락 리아를 끌어안았다. 팀원들 앞에서 친한 척 연기를 하려는 건가? 아니면 원래 성격이 이런 건가?

리아는 자신을 향해 눈꼬리를 휘는 태희를 어떻게 대해야 할지 혼란스러웠다.

"아가씨, 무슨 일이에요?"

"무슨 일이긴요. 새언니랑 같이 점심 먹으려고 왔죠. 근처에 맛집 많다면서요?"

태희는 리아의 팔에 매달리며 부산스럽게 조잘거렸다. 모르는 사람이 보면 무척이나 싹싹한 시누이라고 생각할 것이다. 하지만 사실은 어제 파티에서 무슨 일이 있었는지 리아를 통해 알아내려고 애교를 부리는 중이었다.

태호가 연희에게 다가가는 모습을 보자마자 서현과 함께 걸음아 나 살려라 파티장을 빠져나왔지만, 도대체 무슨 일이 있었는지 궁금해서 참을 수가 없었다. 평소에도 재수 없기로 소문난 채연희에게 작은오빠가 도대체 어떤 빅엿을 선사했을까? 하지만 대놓고 묻긴 뭣하니, 슬그머니 접근해야 한다.

"새언니, 어제 화제의 중심에 섰던 거 모르죠?"

회사 근처에 있는 에그 샌드위치 전문점으로 자리를 옮기고, 태희가 먼저 말을 꺼냈다.

"그래요?"

리아는 시큰둥한 얼굴로 어깨를 으쓱거렸다.

"다들 채연희, 그 여자 언젠가 한 방 먹이려고 벼르고 있었거든요. 그런데 어제 새언니가 따악 터트린 거죠."

한 방 먹이려고 벼르고 있었다고? 전혀 아니던데?

파티장에 있던 다른 이들은 오히려 재미있다며 구경하는 느낌이었다. 타인의 불행은 자신과 전혀 상관없다는 태도랄까.

리아가 의심스럽다는 듯 미간을 찌푸리자, 태희는 기다렸다는 듯이 다다다 말을 쏟아내었다.

"그뿐 아니라 작은오빠까지 합세하니까 다들 놀란 거죠. 완전 대박!"

솔직히 태희는 그가 채연희에게 다가가는 모습만 보았지, 그 후엔 어떻게 되었는지 모른다. 하지만 태호의 성격에 아는 척 인사하러 갔을 리는 없고, 뭐라고 한마디 했을 게 분명했다.

그녀의 예상이 맞았는지, 리아는 놀란 듯 미간에 주름을 잡았다.

"웬만해선 채연희 심기는 안 건드려요. 하늘에 나는 새도 떨어뜨린다는 디코인 그룹이 뒤에 있잖아요. 그러니 괜히 밉보여서 좋을 게 하나도 없다는 거죠."

디코인 그룹은 '대한민국 기업의 자금줄'이라고 불리는 금융 재벌이긴 했다. 하지만 그 정도로 재계에서 입김이 세다고? 그런데도 태호는 어제 리아를 위해 채연희에게 차갑게 경고했다. 그냥 모른 척하고 넘길 수도 있었는데 말이다.

"그래서 오빠가 정확히 채연희에게 뭐라고 그랬어요?"

"기업 기밀을 쉽게 흘린다면 앞으로는 디코인과 거래 못 하겠다고 했어요."

"네에? 정말이요?"

태희의 두 눈이 당장에라도 쏟아질 것처럼 커다래졌다.

와, 작은오빠!

아무리 성질 더러운 강태호라지만, 그렇게까지 단도직입적으로 나올 줄은 몰랐다. 태희는 이렇게까지 리아를 두둔하는 태호가 이해되지 않았다. 소정을 사랑한다고 외치는 태문조차도 디코인 그룹과의 관계가 틀어질까 봐, 채연희에게 아무 말도 하지 못했던 걸로 알고 있다. 그런데 태호는 리아를 사랑하는 것도 아닌데 왜 그랬을까? 혹시 내가 모르는 다른 이유라도 있나?

태희는 리아의 표정을 살피며 이리저리 궁리해보았지만, 그녀의 머리로는 한계가 있었다. 결국 아무것도 알아내지 못한 채, 에그 샌드위치를 한입 크게 베어 물었다.

원래부터 태호를 이해할 순 없었지만, 결혼하고 나서 더 어려워진 것 같았다. 사실 불어 터진 라면을 군말 없이 먹을 때부터 이상하긴 했다.

식품 회사 딸내미가 라면 하나 제대로 끓이지 못하냐고 짜증 내도 시원찮을 판에 왜 그걸 먹는 거냐고! 도대체 왜? 혹시?

유심히 리아를 바라보던 태희 눈이 순간 반짝 빛났다.

어쩌면 새언니는 전생에 호랑이 조련사가 아니었을까? 그렇다면 작은오빠는 완전 제대로 된 짝을 만난 게 분명하다.

태희는 묵묵히 에그 샌드위치를 입으로 가져가는 리아를 말없이 바라보았다. 지금 찬찬히 보니, 리아가 태호의 이상형처럼 생긴 것 같기도 하다. 강태호의 이상형이 어떻게 생겼냐고? 솔직히 잘 모르겠다. 하지만 태희는 리아 같은 타입이 태호의 이상형이 아닐까 생각해보았다. 확실한 건 아니지만 말이다.

퇴근이 가까워질 때쯤, 리아는 민수의 연구소 사무실로 찾아갔다. 바쁘게 작업 중이던 민수는 놀란 얼굴로 리아를 맞이했다.

"네가 여긴 웬일이야?"

"왜? 넌 내 사무실에 오는 거 괜찮고 난 네 사무실에 오면 안 돼?"

"그게 아니라, 너 여간해선 여기 안 오니까 그런 거지."

리아가 앉을 수 있게 소파 위에 쌓아놓은 파일을 치우며 민수가 말했다. 리아뿐만 아니라, 그의 사무실을 찾는 사람은 거의 없었다. 그래서 접대용 소파 위에는 파일이 산더미같이 쌓여 있곤 했다.

"물어본다고 하고선 계속 까먹었는데, 저번에 왜 태호 사무실에 찾아갔던 거야?"

순간 민수의 얼굴이 눈에 띄게 굳어졌다. 그날 이후, 물어보지 않아서 그냥 그렇게 지나간 줄 알았었다. 그런데 갑자기 이렇게 물어보면 어쩌라고.

"그게……."

민수는 커피 머신 앞으로 걸어가며 시간을 끌었다. 뭔가 적당한 이유를 둘러대야 하는데……. 최대한 천천히 커피를 내린 민수는 태연한 목소리로 말을 이었다.

"태호에게 한마디 하러 갔었어."

"한마디?"

"응."

민수는 리아 앞으로 잔을 내려놓으며 고개를 끄덕였다.

"네 눈에 눈물 한 방울이라도 흘리게 하면 가만두지 않겠다고 경고했어."

"네가? 태호에게?"

리아는 황당하다는 얼굴로 민수를 바라보았다.

"왜 이래? 나 이래 봬도 네 오빠라고."

누가 그걸 몰라서 그러나? 토끼 같은 민수가 호랑이 같은 태호에게 경고하러 갔다고 하니, 믿겨지지 않을 뿐이지. 그러나 민수의 표정이 너무나 심각해서 리아는 뭐라고 더는 물어볼 수 없었다. 몸은 약하지만 멘탈은 그 누구보다 강한 민수니까, 뭐 그럴 수도 있겠다고 자신을 설득했다.

리아가 아무 말 없이 잔을 입으로 가져가자, 민수가 넌지시 물었다.

"결혼 생활은 어때?"

"결혼 생활이랄 게 뭐 있나."

"그래도 좋다, 나쁘다는 있을 거 아냐."

"뭐, 그럭저럭."

리아는 애매하게 대답하며 커피를 한 모금 마셨다. 태호와의 결혼은 예상했던 것보다 나쁘진 않았다. 솔직히 털어놓자면 좋은 쪽에 가까웠다. 그래서 몹시도 불안했다. 이러다 태호와 함께 있는 생활에 익숙해지는 건 아닌지. 5년 후, 그가 없는 옆자리를 보며 우울해지는 건 아닌지. 강태호란 존재가 하루하루 새록새록 커지는 것만 같아, 마음이 편치 않았다.

괜한 이야기를 나누는 바람에 리아는 심각한 얼굴로 민수의 사무실을 나서게 되었다.

퇴근길에 리아는 신혼집으로 차를 몰며, '태호는 벌써 왔을까?' 하는 생각을 해보았다. 태호를 보면 반가운 것도 아니면서 집이 가까워질수록 이상하게 가슴이 설렜다. 그래도 같이 사는 동거인인데, '나 왔어.'라고 먼저 말을 걸어볼까? 아니면 '오늘 어땠어?'라고 물어봐도 나쁘진 않을 것 같다. 그저 단순한 인사일 뿐이니까.

이런저런 인사말을 떠올리다 집에까지 도착했지만, 막상 리아를 기다린 건 텅 빈 실내였다. 만약에 평범한 신혼부부였다면 태호에게 전화를 걸어, '오늘 늦어?'라고 물어보았을 것이다. '저녁은 먹었어?'라고도 물어보았을 것이다. 하지만 두 사람은 평범한 신혼부부가 아니니 상대가 야근하든 말든, 저녁을 먹든 말든 알 바 아니었다.

태호가 돌아오기 전에 저녁 식사를 마칠 생각으로 리아는 주방으로 향했다. 하지만 냉장고 문을 열지도 못하고 침실로 돌아갔다. 이상하게도 전혀 식욕이 나지 않았다. 오늘은 태희의 수다를 들어주느라 점심도 먹는 둥 마는 둥 했는데 말이다.

시댁에 있을 때는 마음은 불편해도 식욕이 떨어지거나 하진 않았었다. 오히려 너무 배고파서 한밤중에 몰래 주방으로 내려가기도 했었다. 그런데 왜 지금은 아무 입맛도 없는 걸까?

리아는 대답을 찾지 못한 채 벽에 걸린 시계로 눈길을 돌렸다. 시곗바늘은 저녁 8시를 향해가고 있었다.

태호는 퇴근 시간을 2시간 조금 넘기고, 일거리를 챙겨 들고 집으로 향했다. 서재에 틀어박혀 일한다고 해도 리아가 있는 집에서 하고 싶었다. 고작 며칠 살았다고 신혼집에 들어서자, 포근하고 안락한 기분이 그를 감싸 안았다. 그런데…… 현관에 들어서던 태호는 문득 평소와 다른 분위기를 느끼고 우뚝 자리에 멈춰 섰다.

"리아야?"

주위를 둘러보는 그의 얼굴에 당혹스러운 표정이 떠올랐다. 환하게 불이 켜진 거실은 아침에 그가 집을 나섰을 때와 다른 모습이었다. 180도 전혀 다른 것은 아니었다. 가구도, 벽에 걸린 액자도 그대로였다. 하지만 위치가 변해 있었다. 벽 쪽에 붙어 있던 소파는 거실 중앙으로, 현관 쪽에 놓인 액자는 창가로 옮겨지는 등 세세한 변화가 있었다.

이게 도대체 무슨 일이지?

태호는 의아하다는 표정을 지으며 거실을 둘러보았다. 그때 주방 쪽으로부터 부스럭거리는 소리가 들렸다. 급히 주방으로 들어간 태호는 가스레인지 앞에 서 있는 리아를 발견하고 미간을 찌푸렸다. 그녀 주위로 이것저것 식자재가 어지럽게 널려 있었다.

보통 사람이 가스레인지 앞에 서 있었다면 당연히 요리하고 있다고 생각하겠지만, 눈앞에 있는 사람은 주리아였다. 요리라곤 컵라면에 뜨거운 물을 붓는 것과 빵에 잼을 바르는 것이 고작인 주리아의 말이다. 물론 결혼하고 난 후, 불어 터진 라면이나 씁쓸하고 비린내 나는 해장국을 끓이긴 했지만, 그건 정말 어쩌다 일어난 사고 같은 일이었다.

"리아야, 너 지금 여기서 뭐 하는 거야?"

그러니까 태호의 입에서 이런 물음이 나올 만했다.

"어, 왔어?"

태호의 목소리에 리아는 국자를 든 채로 뒤를 돌아보았다. 앞치마를 두른 리아의 모습에 태호는 숨을 들이마셨다. 앞치마를 두른 모습이 그녀와는 너무나도 어울리지 않았다. '얘, 왜 저래?'라는 말이 튀어나올 만큼. 혼란스러운 태호와는 달리 리아는 태연한 얼굴이었다. 그리고 또다시 그녀의 입에서 믿을 수 없는 말이 흘러나왔다.

"저녁은?"

지금 밥 먹었냐고 물어보는 거야?

"……아직."

"아직? 저녁이 늦네."

가스레인지 불을 끄고 앞치마를 벗으며 리아가 말했다. 사실은 그녀도 아직 식사 전이다. 혼자서는 통 입맛이 없어 운동이라도 하면 식욕

312

이 돌까 해서 러닝 머신 위에서 30분을 달렸지만, 사라진 식욕은 돌아오지 않았다.

결국, 소파를 옮기고 액자를 재배치하는 등 쓸데없는 일에 체력을 소비했다. 그 덕분에 아주 조금 배가 고픈 것 같기도 했다. 그러나 냉장고에서 음식을 꺼내 데워 먹으려니 식욕이 다시 저만치 도망갔다.

간단한 음식이라면 만들 수 있지 않을까 하는 생각에 인터넷에 뜬 요리 동영상을 검색해 보았다. 항상 칼질이 어려워서 피했는데 동영상에선 가위 하나로 모든 걸 자유자재로 손질하는 등 그리 어려워 보이진 않았다.

그래, 요리가 뭐 별거라고.

그녀가 끓여준 라면과 해장국을 입맛 까다로운 태호가 국물 한 방울 남기지 않고 해치우는 것을 보며 용기를 얻기도 했다. 그래서 제일 만들기 쉬울 것 같은 김치찌개에 도전했다. 그리 나쁘진 않았다. 먹고 죽을 것 같은 비주얼은 아니었다. 한입 맛을 보니 약간 시큼한 게, 뭔가 맛이 빠진 것 같긴 했다. 동영상에선 맛이 덜하다 싶으면 마지막으로 설탕 한 숟갈과 화학조미료를 1/4 숟갈을 첨가하라고 조언했기에 리아는 과감히 설탕과 화학조미료 MSG가 담긴 통을 집어 들었다.

"옷 갈아입고 와. 저녁 먹자."

"어? 아……."

'같이 밥 안 먹을 거라더니 무슨 일이야?'라는 말이 자동으로 흘러나오려 하자, 태호는 급히 입을 다물었다. 무슨 이유로 저러는지는 모르겠지만, 이런 기회는 쉽게 오지 않을 테니까.

태호가 옷을 갈아입고 오자, 식탁엔 이미 저녁이 차려져 있었다. 본가에서 요리사가 준비해준 다양한 반찬 가운데에 리아가 끓인 김치찌개가 떡하니 자리를 잡고 있었다. 김치찌개는 김치의 맛이 8할을 차지하니, 본가에서 가져온 김치를 사용했다면 그럭저럭 먹을 만할 것이다.

태호가 식탁에 앉자, 리아는 그릇에 김치찌개를 덜어 태호 앞에 놓아주었다. 그리고 말을 덧붙였다.

"미처 인사하지 못했는데 어제는 고마웠어."

"어제 일이라면 채연희에게 경고한 거?"

"응."

"당연히 할 일을 했을 뿐이야."

"그래도 고마운 건 고마운 거야."

그렇다면 보답의 의미로 저녁을 차린 건가?

태호는 입가에 미소를 떠올렸다. 어떠한 보답보다 값지게 느껴졌다. 라면으로 시작해서 해장국, 이젠 김치찌개까지 끓여주는 정성이라니……. 그러나 기쁨은 얼마 가지 못했다.

욱!

김치찌개를 한 입 맛본 태호는 급히 일그러지려는 표정을 바로잡았다. 어떻게 요리하면 이런 묘한 맛이 나는 걸까? 아무런 티 내지 않고 목구멍으로 삼켰지만, 몸이 제발 뱉으라고 비명을 내질렀다. 느끼하면서도 한마디로 확 질리는 맛이었다.

단순한 김치찌개에서 이런 엄청난 맛을 낼 수 있다니……. 주리아, 정말 대단하다!

큭!

태호와 함께 김치찌개를 맛본 리아 역시 표정 관리에 들어갔다.

왜 이러지? 마지막으로 맛을 봤을 때만 해도 뭔가 2% 부족했지만, 이런 맛은 아니었는데?

리아는 슬그머니 자리에서 일어나 컵에 물을 따르는 척하며 가스레인지 옆에 놓인 조미료 통을 확인해보았다.

앗, 이럴 수가! 태호가 뭐라고 할까 봐 몰래 MSG를 넣다가, 그만 설탕과 헷갈렸나 보다.

1/4 숟갈만 넣는 MSG를 한 숟갈이나 넣어버렸으니…….

으, 감칠맛이 너무 돌다 못해 느끼하고 MSG 특유의 역한 향이 올라왔다. 다행히 태호는 불평하는 대신 묵묵히 김치찌개를 먹었다. 리아는 아무렇지 않은 얼굴로 자리에 돌아왔다.

"어때? 먹을 만해?"

"응."

이게 뭐냐고 짜증 낼 줄 알았는데 계속 먹는 걸 보니, 먹을 만한 걸 떠나서 맛있나 보다. 맨날 입맛 까다롭게 굴어서 고급 입인 줄 알았는데 이제 보니 MSG 들어간 음식을 좋아하는 거였네.

리아는 흐뭇한 얼굴로 태호가 식사하는 모습을 바라보며 다음번엔 그의 음식엔 따로 MSG를 팍팍 쳐야겠다고 속으로 중얼거렸다.

"이사님, 괜찮으십니까?"

남 비서는 연거푸 물병을 비우는 태호를 걱정스러운 얼굴로 보았다.

"괜찮아. 갈증이 좀 심해서. 가봐."

"네."

목이 타는 게 아니라 속이 타는 거겠지?

남 비서는 속으로 중얼거리며 조용히 집무실을 나섰다.

태호는 남 비서의 뒷모습을 바라보며 새 물병의 마개를 땄다. 밤새도록 물을 마셨지만, 계속해서 입 안이 바짝바짝 말랐다. 아무래도 어제 오묘한 맛의 주인공은 화학 조미료인 게 분명했다. 평생 먹을 MSG를 어젯밤 한꺼번에 다 먹은 것 같다.

"한번 상에 올린 음식은 또 안 먹는다고 했지?"라며 남은 김치찌개를 버리는 리아를 보며 태호는 속으로 안도의 숨을 내쉬었다. 그래도 고맙다는 의미로 끓여준 김치찌개인데, 하루 정도 고생하는 건 참을 수 있었다.

오후가 되어 어느 정도 몸이 정상으로 돌아갈 때쯤, 연락도 없이 강수미가 불쑥 찾아왔다. 태호는 곤혹스러운 얼굴로 집무실로 들어서는 그녀를 바라보았다.

"갑자기 무슨 일이야?"

앉으라는 소리도 안 했는데, 강수미는 생글생글 웃으며 소파에 자리를 잡았다.

"저번 파티 때 만나서 이야기하려고 했는데 그만 기회를 놓쳐서요. 성후 씨도 들어오라고 해요. 괜히 우리 둘만 있다가 스캔들이라도 나면 곤란할 테니까."

태호는 잠자코 남 비서를 호출했다.

얼마 후, 불만 가득한 얼굴로 남 비서가 집무실에 들어섰다. 남 비서는 예정에 없는 방문을 싫어했다. 이렇게 한번 일정이 틀어지면 태호의 하루가 뒤죽박죽이 돼버리니까. 원래대로라면 강수미는 유리 벽으로 된 개방형 회의실에서 만나야 했다. 그러나 예정에 없던 방문이라 이미 다른 팀이 그곳에서 회의를 진행 중이었다.

남 비서가 소파에 앉자, 태호가 말을 꺼냈다.

"그래서 용건이 뭐야?"

"조심하세요. 늙다리가 드디어 기지개를 켜기 시작했어요."

여기서 '늙다리'는 한 사장을 가리킨다. 강수미는 그의 존재 자체를 입에 올리기도 싫다는 듯, 한 사장을 '라떼'나 '꼰대' 또는 '늙다리'라고 불렀다.

"알아."

"공격 상대가 주리아 팀장님이라는 것도요? 주 팀장님 주변을 돌며 예의 주시하는 이가 있대요. 그러다 특이한 사항이 생기면 바로 사진 찍어서 보고하고, 어떨 땐 기자에게도 흘려보내는 거죠."

이미 한 번 당했다. 하지만 태호는 이야기를 꺼내지 않았다. 아무리 강수미가 같은 편이라고 해도, 혹여 실수라도 해서 한 사장의 귀에 흘러갈 수도 있으니까. 되도록 강수미에게선 정보만 얻어내는 것이 안전하다.

"그 말은 즉, 주원식품에 한 사장이 누군가를 심어놨다는 거 아닙니까?"

남 비서의 추리에 태호는 가만히 고개를 끄덕였다.

"리아 주변에 있는 인물일 거야. 어쩌면 그 인물이 한 사장에게 기업 정보를 넘길지도 모르겠군."

"그러면 그 인물을 잡게 되면 동시에 한 사장의 꼬리도 잡게 되는 거군요."

하지만 그건 말만 쉬울 뿐이지, 좀처럼 상대는 모습을 나타내지 않을 것이다. 함정을 파놓고 기다리기 전까진……

용건이 끝나고 자리에서 일어나며 강수미가 한마디를 꺼냈다.

"그나저나 주 팀장님, 가까이서 보니까 더 아름다우시더라고요. 막 질투 날 정도로."

"직접 말해주지 그랬어. 좋아했을 텐데."

"다음번에 만나게 되면 그럴게요. 그땐 정말 잘 보여야 하니까요."

강수미는 환한 미소와 함께 애매한 말을 남기고 집무실을 나섰다. 못마땅한 얼굴로 강수미의 뒷모습을 노려보던 남 비서는 문이 닫히자 빠르게 태호에게 고개를 돌렸다.

"어떻게 할까요?"

"우선은 지켜만 봐. 아직은 섣불리 움직일 수 없을 테니까. 민수에게 연락해서 주원식품 직원들의 배경도 살펴보고."

"네. 하지만 그것보단 문제를 일으킬 만한 인물을 다른 부서로 보내는 게 낫지 않을까요?"

정민훈 대리를 가리키는 말이다. 그가 마케팅 2팀으로 옮긴다면 가장 큰 장애물은 제거하는 셈이니까. 결혼 직전, 민훈과 리아가 사귀는 사이였다는 사실은 언젠가 역공 당할 수도 있는 아킬레스건이었다. 자칫 잘못하면 리아가 파렴치한 '어장 관리녀'로 오해받을 수도 있었다.

민훈이 두 사람의 연애를 도우려 연기해준 거라고 말해 준다면 다행이지만, 과연 그렇게까지 해줄까 의문이었다. 물론 돈으로 매수할 수도 있었다. 하지만 순수하게 돕고 싶은 마음 없이 돈만 오간다면 언젠가 그 역시 시한폭탄이 될지도 모른다.

태호의 얼굴에 어두운 그림자가 내려앉았다. 솔직히 리아와 민훈이 서로의 감정을 말끔히 정리했는지 확신이 서지 않았다. 만에 하나라도 5년 후, 이혼이 성립되고 민훈에게 돌아갈 계획이라면?

"하아."

순간 MSG를 과다 섭취했을 때와는 비교도 되지 않을 만큼 타는 것 같은 갈증이 덮쳤다.

태호는 마지막 남은 물병의 마개를 거칠게 열었다.

"아, 참!"

위로 올라오는 엘리베이터 층 불빛을 바라보던 강수미의 미간에 고운 주름이 잡혔다. 자신을 벌레 보듯 쳐다보는 남 비서가 신경 쓰여 묻고 싶던 말을 깜빡하고 하지 못했기 때문이다. 그렇지만 않았다면 그녀는 태호에게 저번 일요일, 여의도 오피스텔에 들른 적 있었냐고 물었을 것이다.

그날 그녀는 후속작의 작가를 만나러 그곳에 들렀었다. 하지만 우연히 태호도 그날 그곳에 머물렀던 것 같다. 문제는 한 사장도 그 사실을 아는 것 같았다. 혹시 모르니 조심하라고 주의를 줄 생각이었다.

도로 태호 사무실에 돌아가려는데 땅 소리와 함께 엘리베이터 문이 열렸다. 순간 강수미의 얼굴에 갈등의 빛이 떠올랐다. 갑자기 돌아가기가 귀찮아졌다. 또한 경멸하듯 쳐다보는 남 비서의 눈빛 역시 다시 마주하고 싶지 않았다.

한 사장이 작업에 들어갔다고 경고했으니까, 알아서 대처하겠지.

잠시 주춤거리던 강수미는 그대로 엘리베이터에 올라탔다.

그날 리아와 태호는 약속이라도 한 듯 늦게까지 야근하고 저녁을 먹은 후 귀가했다. 둘은 별 대화 없이 곧바로 잠자리에 들었다. 하지만 몇 시간 지나지 않아서 리아는 띠링, 울리는 문자 소리에 잠에서 깨어 났다.

"으응."

새벽 12가 조금 넘은 시간이었다.

이렇게 늦은 시간에 누구지?

리아는 손을 더듬어 침대 옆에 놓인 휴대폰을 집어 들었다.

> 리아야, 급한 일인데 지금 만날 수 있을까?

민훈으로부터 온 문자였다. 그 밑으론 만날 장소가 링크로 첨부되어 있었다.

무슨 일이지?

잠이 확 달아난 리아는 황급히 침대에서 몸을 일으켰다.

얼마나 급한 일이기에 이 시간에 만나자고 하는 걸까?

침대에서 일어난 리아는 곧바로 전화를 걸어보았다. 하지만 아무리 신호가 가도 민훈은 전화를 받지 않았다. 그러자 슬슬 걱정되기 시작 했다. 그때, 또 다른 문자가 날아왔다.

> 지금은 전화 받을 수 있는 상황이 아니야.
> 링크 보낸 곳으로 빨리 와줘.
> 기다리고 있을게.

민훈의 성격상 이런 문자를 보냈다면, 정말 다급한 일이 있거나 심각 한 일이 생겼을 것이다.

어떡하지? 리아는 곤혹스러운 얼굴로 옆을 바라보았다. 태호는 등을 돌린 채 깊이 잠든 상태였다.

그를 깨우려 손을 뻗던 리아는 잠시 후 생각을 바꾸었다. 늦게까지 야근하고 피곤할 텐데, 괜한 일로 깨우고 싶진 않았다. 그냥 살짝 나갔다가 돌아오면 되겠지.

리아는 서둘러 침대를 빠져나갔다.

자정이 넘은 시간이었지만, 휘황찬란한 간판의 불빛이 거리를 대낮같이 훤히 밝히고 있었다.

민훈이 만나자고 한 장소는 번화가를 지나 주택가 사이에 있었다. 겉에서 보기엔 디저트와 커피를 파는 평범한 커피숍 같았다. 하지만 안으로 들어서자, 뭔가 묘한 분위기에 리아는 다시 한번 밖으로 나가 간판을 확인해야 했다.

커다란 에스프레소 머신과 디저트 진열장이 놓여 있었지만, 고객이 앉을 수 있는 테이블과 의자는 보이지 않았다. 에스프레소 머신 뒤로 길게 연결된 복도만 보일 뿐이었다.

복도를 양쪽에 두고 프라이빗 룸이 들어서 있었다. 식당도 아니고 누가 커피숍을 이렇게 만들었을까? 그래도 다행히 유흥업소는 아닌 듯했다. 그런 곳으로 리아를 불러낼 민훈도 아니긴 했지만. 주위를 둘러보는 리아에게 종업원이 다가왔다.

"예약하셨나요?"

"동행이 먼저 와 있을 거예요."

"성함이 어떻게 되시죠?"

태블릿을 훑어보며 종업원이 물었다.

"정민훈이요."

"아, 네. 이쪽으로 오세요."

태블릿으로 명단을 확인한 종업원은 곧바로 리아를 복도 맨 끝에 있는 룸으로 안내했다. 리아가 안으로 들어오자, 테이블에 앉아 있던 민훈이 벌떡 자리에서 일어났다.

"리아야!"

한눈에 보기에도 민훈의 표정은 꽤 심각하게 굳어 있었다.

"선배, 무슨 일이야?"

민훈을 알고 지낸 지 꽤 오래되었지만, 한 번도 이런 표정의 그를 본 적이 없었다. 태호와 결혼한다고 말했을 때조차 이런 표정은 아니었다. 도대체 무슨 일이지?

"리아야, 너 괜찮은 거야?"

민훈은 그대로 달려와 리아의 어깨를 감싸 안았다.

"어디 다친 덴 없어?"

혹시라도 어디 다친 곳은 없나, 민훈은 걱정스러운 얼굴로 리아의 몸을 확인했다. 급한 일로 보자고 하더니 이게 도대체 무슨 일인지 모르겠다.

잠시 후, 민훈의 입에서 믿기 어려운 말이 흘러나왔다.

"큰 문제가 생겼다고 이곳에서 보자고 했잖아. 아주 급한 일이라고."

"어?"

리아는 기가 막힌다는 듯 입을 벌렸다.

이게 무슨 귀신 보고 큰절하라는 소리야? 지금 누가 누구를 불러냈는데?

"내가 선배에게 이곳에서 만나자고 했다는 거야, 지금? 난 선배가 여기로 오라고 해서 온 건데?"

"그게 무슨 소리야?"

이번에는 민훈이 혼란스러운 얼굴로 리아를 바라보았다.

"난 선배 문자 받고 왔다고."

"나도 네 문자 받고 온 거야."

리아와 민훈은 동시에 휴대폰을 꺼내 서로의 문자를 확인해 보았다. 휴대폰 화면에 거의 같은 내용인 문자가 떠올랐다. 두 사람은 믿을 수 없다는 얼굴로 서로의 휴대폰을 번갈아 바라보았다.

"말도 안 돼."

그 순간, 문이 벌컥 열리며 팡팡 플래시가 연달아 터졌다.

"앗!"

눈도 뜰 수 없게 쏟아지는 밝은 불빛에 리아가 중심을 잃고 휘청거렸다. 그러자 민훈은 리아가 넘어지지 않게 끌어안듯 허리를 잡아주었다. 팡팡, 연속으로 터지는 플래시 탓에 두 사람은 눈도 제대로 뜰 수 없었다.

잠시 후, 방금 있었던 일이 모두 꿈이었던 것처럼 모든 불빛이 사라졌다. 그러나 바로 눈앞에서 플래시가 터진 탓에 리아와 민훈은 한동안 앞을 볼 수 없었다. 몇 번이나 눈을 깜빡인 후에야 캄캄했던 시야가 정상으로 돌아왔다.

"선배, 방금 그거 뭐였어?"

리아는 아무도 없는 앞을 바라보며 미간을 찌푸렸다.

"글쎄, 나도 뭐가 뭔지 모르겠어."

두 사람은 어리둥절한 표정으로 서로를 바라보았다. 순간 불길한 예감이 리아의 머릿속에 떠올랐다. 누군가 이 시간에 두 사람이 함께 있도록 유인했고, 때를 맞춰 사진을 찍어갔다. 몰래 찍은 것도 아니고, 대놓고 앞에서 플래시를 터뜨리며. 완전히 계획을 세워놓고 실행에 옮긴 것처럼……. 하지만 누가? 왜? 무슨 이유로? 아무래도 누구보다 먼저 태호에게 이 사실을 알려야 할 것 같았다.

"선배, 나, 이만 가볼게."

약속 장소를 빠져나온 리아는 급히 집으로 차를 몰았다. 전화부터 하려고 했지만, 아무래도 직접 얼굴을 보면서 설명하는 게 나을 것 같았다.

집에 도착하니, 훤히 불 켜진 거실이 그녀를 기다리고 있었다. 안으로 들어서니 휴대폰을 들고 누군가와 통화 중인 태호의 모습이 눈에 들어왔다.

"어떻게 된 거야?"

[조사해보니까 이번 건은 '팩트 폭'이 먼저 터뜨린 게 아니었습니다.]

스피커 설정이라, 상대 목소리가 그대로 흘러나왔다.

[거의 동시에 기사가 떴지만, '센트럴'에서 먼저 보도했답니다.]

태호의 통화 상대는 남 비서였다. 새벽 2시가 넘은 시간에 통화하는 것을 보면 꽤 심각한 사항인가 보다. 그래도 리아는 방금 자신에게 일어난 일을 태호에게 말해야 했다. 리아는 통화가 끝나길 기다리며 가만히 소파로 걸어갔다.

"그래서……."

태호는 소파에 앉는 리아를 힐끗 쳐다보더니 다시금 통화에 집중했다.

"인터넷 지라시도 아니고 정규 신문사가 그런 기사를, 그것도 이 새벽에 터뜨렸다고?"

말은 그렇게 했지만, 조회 수를 올리기 위해선 어떤 기사라도 마다하지 않을 것이다. 특히 구독률이 예전 같지 않다는 '센트럴'이고 보면 전혀 이해가 안 되는 것은 아니다. 그래도 왜 군이 센트럴이 KJ그룹을 건드린 걸까? 그러다 고소라도 당하면 꽤나 골치 아플 텐데…….

[어찌 된 일인지 알아보는 중입니다. 기자가 단독으로 올린 기사인지, 아니면 국장 선까지 개입된 건지 아닌지.]

"아니, 그보단 당장 기사 내려. 한 줄이라도 남아 있어선 안 돼."

[네, 알겠습니다.]

남 비서와 통화를 끝낸 태호는 그제야 소파에 앉은 리아에게로 시선을 돌렸다. 표정을 보아 리아는 자신이 무슨 일을 저질렀는지 전혀 모르는 눈치였다.

태호는 씁쓸한 미소를 삼키며 손에 쥔 휴대폰을 꽉 움켜쥐었다. 그는 15분 전, 다급한 남 비서의 전화로 잠에서 깨어났다. 리아가 집에 없다는 사실을 깨닫기도 전에 남 비서로부터 지금 그녀가 있는 곳을 알게 되었다. 24시간 모니터하는 홍보팀에서 남 비서에게 곧바로 보고한 덕분이다. 휴대폰으로 리아와 민훈의 사진이 실린 인터넷 기사를 확인한 태호는 순간 자신의 눈을 믿을 수 없었다.

분명 옆자리에서 자고 있었는데, 왜 저기 있는 거야? 그리고…….

자석에 이끌리듯 리아의 허리를 안고 있는 민훈의 손에 시선이 모아졌다.

두 사람, 이리도 절절했나? 애달파 한밤중 서로에게 달려갈 정도로?

"무슨 일이야?"

리아가 조심스럽게 묻자, 태호는 툭 던지듯 휴대폰을 그녀의 앞에 내려놓았다.

"그보단 이 한밤중에 어디를 갔다 왔는지 말하는 게 먼저 아닐까?"

"그건 말이지……"

"됐어."

설명하려고 했지만, 태호는 듣기 싫다는 듯 손을 들어 올렸다.

"말할 필요 없어. 거기 다 있으니까."

빈정거리는 말투에 리아는 저도 모르게 인상을 찌푸렸다.

말하지 못하겠다는 것도 아니고, 설명하는 걸 막으면서 뭐 저리도 못마땅한 거야?

"……아!"

아무 생각 없이 휴대폰을 들여다보던 리아의 두 눈이 튀어나올 것처럼 커다래졌다. 화면에는 서로 껴안고 있는 그녀와 민훈의 사진이 담겨 있었다. 알아보지 못하게 모자이크 처리했지만, 누가 봐도 그녀와 민훈의 사진이었다. 그것도 바로 좀 전에 있었던 모습 그대로.

플래시가 터져서 사진을 찍혔다는 건 알았지만, 이런 새벽 시간에 기사로 터질 줄이야!

기사가 올라가기 전에 막을 수 있다고 생각했던 리아는 어두운 얼굴로 기사를 노려보았다.

한밤중 밀회를 즐기는 J. K와의 세기의 사랑은 모두 거짓이었나?

기사는 노골적으로 리아를 파렴치한 상간녀로 몰고 갔다. K와는 몰래 애달픈 사랑을 한다고 속이며 뒤에선 다른 남자와 바람을 피우는 여자로, 겉으론 고상한 척하지만, 속을 들여다보면 천박하기 그지없는 여자라는 내용이 이어졌다.

"하!"

리아의 입에서 연신 웃음이 흘러나왔다. 기사를 모두 읽은 리아는 완전히 황당하다는 표정을 지으며 고개를 들었다.

"뭐 이런 쓰레기 같은 기사가 다 있어? 심지어 여기저기 맞춤법도 틀렸어."

"그래도 한밤중에 정민훈을 만나러 간 건 사실이지 않나?"

"그건 사실이야."

그것만 사실이다. 하지만 그것만 빼곤 기사에 오른 내용은 전부 사실과는 거리가 멀었다.

"이야기하고 나가려고 했었어. 그런데 괜히 자는 사람 깨우기도 그렇고."

"그래서 이 한밤중에 왜 나간 거야?"

"급한 일이라고 하니까. 그런데……."

리아는 어떻게 된 일인지 차근차근 자초지종을 설명했다. 하지만 태호의 굳은 표정은 쉽게 풀리지 않았다.

"난 이미 경고했어. 넌 조심하겠다고 했고. 그런데 결과는 어떻게 되었지?"

"……그건."

태호의 말대로 참혹한 결과이기는 하다. 하지만 사내에서 단둘이 있거나, 오해받을 행동을 삼가는 것으로 충분할 줄 알았다. 이렇게 두 사람을 한곳으로 유인해서 사진을 찍을 거라곤 상상도 하지 못했다.

"정민훈 대리, 내일 당장 2팀으로 보내."

"말도 안 돼. 왜 여기서 불똥이 선배한테 튀어? 이게 선배 잘못은 아니잖아."

"아직도 녀석을 감싸겠다는 거야?"

화난 건 이해하지만, 그는 너무 흥분한 나머지 이성을 잃은 것 같았다. 평소의 태호라면 민훈에게 화살을 돌릴 게 아니라, 누가 이런 장난을 쳤는지부터 알아내려고 했을 것이다. 게다가 뭐라고? 녀석?

"아무리 화났어도 녀석이 뭐야?"

"한밤중에 남의 아내 불러내는 녀석을 그럼 녀석이라고 부르지. 왜? 놈이라고 불러줄까?"

마음 같아선 죽일 놈, 개새끼, 미친 자식 등등 마구 욕을 퍼붓고 싶었다. 욕만 퍼붓나? 당장에라도 달려가 먹살을 잡고 얼굴을 후려갈기고 싶었다. 하지만 그러면 리아가 기겁할 테니까, 최대한 인내하며 참는 중이다.

리아는 죽일 듯이 노려보는 태호를 마주 보며 작게 한숨을 내쉬었다. 왜 이토록 화가 났는지 이해는 간다. 어찌 됐든 그녀의 책임이니 미안하기도 했다. 말하고 나갔더라면, 일이 이렇게까지 꼬이진 않았을지도 모른다. 그러나 변명이란 걸 하자면, 곤히 자는 그를 깨울 수 없어서 말없이 나간 거다. 그런데 저리 나오니 '곤히 자든 말든, 내일 피곤하든 말든 상관없이 깨웠어야 했나?'라는 후회가 들기도 했다.

그런 속마음을 알 리 없는 태호는 싸늘한 표정으로 그녀를 노려보았다. 냉랭한 시선이 계속되어 쏟아지자, 결국 리아의 입에서 한마디가 튀어나왔다.

"뭘 그렇게까지 오버해? 어차피 남 비서가 기사 모조리 내릴 거잖아. 그리고 내가 설명했듯이 이건 누군가 우릴 함정에 몰아넣은 거라고."

그런데도 태호의 표정엔 아무런 변화가 없었다. '정말 왜 저래?'라는 말이 나올 정도였다. 누가 보면 질투심에 어쩔 줄 모르고 부들부들 떠는 줄 알겠다. 그래서 툭 던지듯 물어본 거였다. 절대로 진지하거나, 심각하게 던진 물음은 아니었다.

"설마 질투라도 하는 거야?"

하지만 그 말에 분노에 휩싸였던 태호의 얼굴이 눈에 띄게 굳어졌다. 그냥 해본 소리인데 분위기가 무겁게 가라앉자, 리아는 저도 모르게 숨을 들이마셨다.

왜 저래?

두 사람의 사이에 한동안 어색한 침묵이 흘렀다. 그리고 이윽고 무겁게 닫혔던 그의 입이 열렸다.

"그래."

이글거리는 눈빛으로 리아를 쏘아보며 그가 천천히 말을 이었다.

"질투하는 거 맞아."

전혀 상상도 하지 못한 대답이어서일까? 분명 한국말이 맞는데도 리아의 귀에는 저기 안드로메다의 외계인 말처럼 들렸다.

뭐? 천하의 강태호가 질투한다고? 고양이가 반신욕을 즐긴다고 해도 이보단 놀랍지 않을 것이다.

리아가 말문을 잃은 듯 입만 벌리자, 태호의 미간이 살며시 찌푸려졌다. 그녀의 이런 반응을 예상 못한 건 아니었지만, 그래도 속이 쓰린 건 어쩔 수 없었다.

"왜? 질투한다고 하니까 안 믿겨?"

"당연하지."

리아는 한 치의 망설임 없이 차갑게 말했다.

"너, 어떻게든 정 선배를 처리하려고 이러는 거잖아."

"뭐?"

완전 기승전 '정민훈'이군.

"……하."

태호는 기가 막힌다는 얼굴로 입매를 비틀었다. 그리고 애써 화를 죽이며 단호한 음성으로 말했다.

"누가 뭐라도 넌 내 아내야."

"누가 그걸 몰라?"

리아는 난데없이 무슨 소리냐는 듯 미간을 찌푸렸다.

방금 올라온 기사 때문에 심기가 불편하다는 건 알겠는데, 그래도 태호의 이런 반응은 낯설었다. 사귈 때조차도 그는 이런 반응을 보인 적 없었다.

사실 그땐 어른들의 눈을 피해 몰래 사귀느라, 질투 어쩌고 하는 사소한 감정싸움에 휘말릴 여유가 없긴 했다. 서로 목소리를 듣는 것만으로도, 서로 얼굴을 보는 것만으로도, 서로 손을 맞잡는 것만으로도 심장이 멈출 것처럼 설렐 뿐이었다. 그땐 그랬다. 질투 따위가 흘러들 틈새는 없었다. 그런데 아무 사이도 아닌 지금에 와서, 태호는 왜 질투 운운하며 과잉 반응을 보이는 걸까?

"다른 남자들이 네 주위를 어슬렁거리는 거, 눈에 거슬려. 특히 네 전 남친."

"뭐?"

리아는 황당할 뿐이었다.

이게 그 말로만 듣던 소유욕이라는 건가? 이제 그녀는 자신의 아내이니, 자신의 소유라고 못을 박는?

"지금이 조선 시대라도 되는 줄 알아? 외간 남자와는 눈도 마주치지 말라는 거야?"

리아가 짜증 어린 목소리로 물었지만, 태호는 선뜻 대답하지 않았다. 그녀가 원하는 대답을 줄 수 없으니까. 솔직히 털어놓자면, 다른 남자는 아무리 업무상이라도 단둘이 만나지 않았으면 좋겠다. 태호는 리아를 뚫어지게 바라보며 느릿한 걸음으로 천천히 다가갔다.

갑자기 왜 저래?

뭔가 이상한 분위기를 감지한 리아는 슬그머니 뒤로 물러섰다. 그러나 뒤로 피할수록 그는 더 가까이 다가왔고, 어느새 등에 거실 벽이 닿았다. 더는 뒤로 물러설 수 없게 되자, 리아는 가슴 앞으로 팔짱을 끼며 '그래서 뭘 어쩌라고?'라는 눈으로 날카롭게 노려보았다. 그러나 태호는 다가오는 것을 멈추지 않았다. 그가 팔을 벌려 벽을 짚자, 단숨에 단단한 품에 갇힌 꼴이 되었다.

순간 속이 뜨끔했지만, 리아는 아무렇지 않은 척 표정을 다잡았다. 동물의 세계에서 서로 우위를 차지하려고 눈빛을 교환하는 것처럼, 이건 한 치의 양보도 없는 치열한 기 싸움이다. 그러니까 상대에게 허점을 보여선 안 된다.

허공에서 두 사람의 시선이 불꽃을 튀며 부딪쳤다. 그런데…… 잠시 후, 리아를 향하던 날카로운 눈빛이 물결이 출렁이는 것처럼 크게 흔들렸다.

어라?

어느새 변한 분위기에 리아는 저도 모르게 숨을 들이켰다.

분명 서로 못 잡아먹어서 안달 난 눈빛으로 시작했는데 왜 갑자기 달콤해진 거지?

리아는 자신을 향해 쏟아지는 말랑말랑한 눈빛에 말문이 막혔다. 어떻게 아느냐고? 헤어진 지는 오래되었지만, 둘이 연인이었던 시간이 얼마인데……. 눈꼬리가 조금만 내려가도, 미간에 약간만 주름이 잡혀도 그가 어떤 기분으로 그녀를 바라보는지 알 수 있었다.

헤어지고 난 후 그는 대부분 감정을 자제한 눈으로 바라보았지만, 가끔 화가 난 듯 싸늘한 눈으로 노려보곤 했었다. 이런 다정한 눈빛으로 바라보는 건 오로지 타인의 앞에서 연기할 때뿐이었다. 그런데 지금 그는 둘만의 공간에서 부드러운 눈빛을 보내고 있었다. 단지 눈빛만 바꾸었는데, 리아의 심장이 미친 듯 거칠게 날뛰기 시작했다.

공격하는 방법을 바꾸었나? 강한 바람이 코트를 벗기는 게 아니라, 따뜻한 햇볕에 스스로 코트를 벗는 이솝우화처럼?

"……리아야."

그가 나직이 그녀를 부르며 입술에 숨결이 닿을 정도로 가까이 고개를 숙였다.

와, 미쳤다! 이 와중에 왜 이리도 목소리가 매혹적으로 들리는 건데?

너무 설레서 오소소 소름이 돋는 것만 같았다. 리아는 조금 전까지 격렬하게 언쟁했다는 사실을 잊어버리고 숨을 죽였다. 그가 다시금 낮은 목소리로 그녀를 불렀다.

"리아야."

너무 떨려서 아무 말도 할 수 없자, 리아는 스르르 두 눈을 감아버렸다. 혼란스러운 감정이 눈을 통해 그에게 전달될까 봐 두려웠다. 그러나 그런 모습이 태호에게는 그녀가 무척 지친 것처럼 보였다. 한밤중에 문자를 받고 나갔다가 돌아왔으니 피곤할 만도 했다.

더는 밀어붙여선 안 되겠지?

태호는 벽을 짚었던 팔을 내리며 한 발 뒤로 물러섰다.

"……피곤하겠다. 내일 이야기하자."

그리고 그대로 등을 돌려 침실로 향했다.

"하아."

태호가 시야에서 사라지고서야, 리아는 참았던 숨을 한꺼번에 내 쉴 수 있었다.

큰일 날 뻔했어.

리아는 두근거리는 가슴을 손바닥으로 꾹 누르며 침실 쪽으로 고개를 돌렸다. 왜 큰일 날 뻔했는지 이유는 모르겠지만, 하여간 등줄기에서 식은땀이 흘렀다.

그날 밤, 두 사람은 서로에게 등을 돌린 채로 잠자리에 들었다. 원래도 그렇게 잠들었지만, 오늘은 왠지 모르게 둘 사이를 가로막은 투명한 막이 느껴졌다.

잠을 청하려 침대에 누웠지만, 리아는 한숨도 잘 수 없었다.

함정에 빠진 게 억울해서도, 민훈이 걱정돼서도 아니었다. 태호 때문에 미친 듯 뛰는 심장이 밤새도록 진정되지 않았기 때문이다. 태호에게 화가 나서인지, 설레어서인지, 호르몬 이상으로 감정이 널뛰어서인지는 알 수 없었다.

그렇게 뜬눈으로 밤을 새운 리아는 동이 트자마자, 용수철처럼 침대에서 일어나 샤워를 하고 출근을 서둘렀다. 아침도 거르고 회사로 향한 리아는 사무실에 있는 일회용 컵 수프로 대충 아침을 해결했다.

잠을 설친 탓에 푸석푸석해진 얼굴로 수프를 떠먹는데 민훈이 사무실로 들어섰다. 그는 리아를 발견하고 빠른 걸음으로 다가왔다.

"일찍 출근했네. 어젯밤, 별일 없었어?"

민훈은 어젯밤 온라인을 뒤덮은 뉴스에 관해 전혀 모르는 눈치였다. 남 비서가 어떻게 처리했는지 모르겠지만 아침이 되자, 스캔들 기사는 말끔히 인터넷에서 사라진 상태였다.

누군가 개인 블로그로 퍼갔지만, 그 역시 오래지 않아 사라졌다. 그뿐만이 아니다. 인터넷에서 소문이 가장 먼저 퍼지기로 유명한 유명 커뮤니티 사이트들은 한동안 접속이 안 되기도 했단다.

단지 우연이었을까? 아니면 KJ에서 서버 회사에 압력을 넣어서일까? 하여간 처리 속도는 혀를 내두를 정도로 빨랐다.

"별일 없었어. 내 생각엔 누가 그냥 장난친 것 같아."

리아의 대답에 민훈은 인상을 찡그렸다.

"한밤중, 우릴 끌어내 단둘이 만나게 하고 갑자기 들이닥쳐서 사진 찍는 게 고작 장난이라고? 그건 누군가 우리 사이를 알고 있다는 거잖아. 아무리 생각해도 기자였던 것 같은데. 너, 강 이사에게 어제 일 말했어?"

"응. 말했어."

"뭐래?"

뭐라긴, 선배 당장 다른 부서로 옮기라고 하지. 하지만 아무리 태호가 강력히 원한다고는 하지만, 민훈의 잘못이 아닌데 애꿎은 사람에게 사태의 책임을 지게 할 순 없었다. 민훈은 리아에게 무슨 일이 생긴 줄 알고 달려온 거니까. 그것보단 누가 그들을 함정에 빠지게 했는지를 찾는 게 우선이다. 잡히기만 해봐라. 절대로 가만히 두지 않을 거야.

"누가 그랬는지 꼭 찾아내겠대. 태호도 우리 잘못 아니라는 거 알아."

"그렇다면 다행이고."

두 사람의 대화는 거기에서 끝을 맺었다.

"팀장님, 정 대리님, 좋은 아침입니다."

"앗, 두 분 오늘 일찍 출근하셨네요."

팀원들이 속속 사무실에 들어섰기 때문이다. 각자 자리에 돌아간 두 사람은 어젯밤 일을 잠시 옆으로 밀어놓고 업무에 집중했다.

이것 좀 읽어봐.

점심시간이 끝나고 오후에 접어들고 얼마 지나지 않아, 민훈으로부터 문자가 날아왔다. 문자와 함께 온라인 뉴스가 링크되어 있었다.

뭐야? 기사가 다시 뜬 거야?

초조한 얼굴로 링크를 열어본 리아의 얼굴이 순식간에 굳어졌다. 제일 먼저, 강한 볼드체의 헤드라인이 눈에 들어왔다.

강수미, 아직 옛 연인을 정리하지 못했나?

기사 내용은 그녀와 민훈의 이야기가 아닌, 태호와 강수미의 이야기였다. 연인이었던 재벌 3세가 유부남이 돼서도 강수미와 계속 관계를 이어간다며, 그 증거로 시간 차이를 두고 몰래 오피스텔로 들어가는 두 사람의 사진을 기사에 실었다. 모자이크 처리해 얼굴은 확인할 수 없었지만, 누가 뭐래도 사진 속 인물은 강태호였다.

사진이 찍힌 날의 숫자를 들여다보던 리아는 눈을 가늘게 모았다.

이날은?

급한 일이 있다면 일요일인데도 출근해서 밤늦게 돌아온 날이다. 리아에겐 분명히 업무 때문이라고 했다.

그런데 그게 아니라 오피스텔에서 강수미랑 밀회를 즐긴 거였어? 자긴 재미 볼 거 다 보면서 나보곤 질투하니 어쩌니 하면서 까칠하게 나왔던 거야? 내 옆에 외간 남자가 얼쩡거리는 거 보기 싫다고?

"하!"

순간 머리끝까지 화가 치밀었다.

강태호! 이렇게 나온다 이거지!

아직 퇴근 시간은 멀었지만, 리아는 반차를 내고 사무실을 나와 태호의 회사로 차를 몰았다. 바람피운 남편을 응징하러 가는 아내의 몸에 빙의된 것처럼 참을 수가 없었다.

그런데 이상한 점이 하나 있다. 리아의 기사는 오르자마자 순식간에 사라지게 하더니, 왜 태호의 기사는 막지 못했는지 모르겠다. 남 비서라면 일을 빠르게 처리할 텐데…… 어젯밤 기사를 내리느라 밤샘하고 뻗기라도 했나?

어머, 정말 그런가 보다. 이사실로 들어서자, 항상 집무실 앞을 지키고 있던 남 비서와 박 비서의 모습이 보이지 않았다. 오히려 잘된 일이다. 집무실 앞을 지키는 사람이 없으니 바로 들어가면 되니까. 리아는 노크를 생략한 채 벌컥 문을 열고 집무실 안으로 들어섰다.

하지만 한 걸음도 안으로 들이지 못하고 문 앞에서 얼어붙고 말았다. 전혀 상상도 하지 못한 일들이 앞에서 벌어지고 있었다.

"……너, ……너."

그녀도 모르게 목소리가 떨렸다. 두 남녀가 리아 앞에서 엉겨 붙은 자세로 서 있었다. 남자의 넓은 어깨에 가려 여자의 모습은 볼 수 없었지만, 허리를 감싼 손을 보면 강수미가 틀림없었다. 리아는 저번 파티에서 자신의 팔에 팔짱을 끼던 강수미의 곱고 긴 손가락, 그리고 강렬한 빨간 손톱을 아직도 기억했다.

이젠 하다 하다, 집무실 안에서 당당하게 밀회를 즐겨?

이번엔 도저히 가만히 있을 수 없다.

"야! 강태호!"

리아는 목청껏 태호의 이름을 부리며 그의 어깨를 붙잡아 강수미로 부터 떨어뜨렸다. 그리고 뒤를 돌아보려는 그의 얼굴을 강하게 핸드백으로 후려갈겼다. 그러자 어떤 물체가 저 멀리 포물선을 그리며 저 멀리 날아갔다.

"무슨 일이야?"

'어? 저게 뭐지?' 하고 물체를 따라 시선을 돌리는데, 어디에선가 아주 익숙한 목소리가 들렸다. 휙 뒤를 돌아보자, 어리둥절한 표정으로 문 앞에 서 있는 태호가 눈에 들어왔다.

어?

전혀 예상 못한 상황에 리아의 눈이 튀어나올 것처럼 커다래졌다.

네가 왜 거기 서 있어?

리아는 재빨리 자신이 폭력을 행사한 남자에게로 고개를 돌렸다.

"헐!"

안경이 벗겨진 남 비서가 리아에게 맞은 뺨을 한 손으로 감싼 채 곤혹스러운 표정으로 서 있었다.

태호가 아니었어?

그제야 리아는 자신이 무슨 짓을 저질렀는지 깨달았다.

어떡해, 어떡해!

뒷모습만 보고 그만 착각하고 말았다.

남자가 남 비서라는 걸 알았더라면 둘이 껴안고 있다고 해도, 아니 그보다 더한 행동을 하고 있다고 해도 아무 말 없이 조용히 문을 닫고 나갔을 것이다. 하지만 상대가 태호라고 생각하니까 두 눈에 불이 켜지면서 머리가 텅 비어버렸다.

리아는 자신의 폭력적 성향이 그리 높지 않다고 생각했다. 그런데 아닌가 보다. 이성이 사라지자 제일 먼저 손부터 나갔다. 아무리 그래도 폭력을 행사한 건 용납할 수 없었다. TV에 나오는 갑질하는 진상들과 뭐가 달라!

나, 이렇게 폭력적인 여자였어?

어디 쥐구멍이라도 있으면 당장 숨고만 싶었다. 남 비서의 한쪽 뺨은 대충 보기에도 빨갛게 부어올라 있었다. 리아는 빠르게 남 비서에게 다가가, 진심으로 사과했다.

"남 비서님, 정말 미안해요. 제가 그만 착각을 해서……."

그래도 '아! 강태호!'라고 외치고 때렸으니까, 그녀가 아무에게나 핸드백을 휘두른 게 아니라는 걸 알 거라고 믿는다. 하지만 그건 그거고, 아픈 건 아픈 거다. 게다가 저 멀리 날아간 안경은 안경다리가 크게 휘어져 있었다.

"안경, 내가 새로 해줄게요. 아니, 그것보다 병원부터 가봐요. 얼굴이 많이 부었어요."

"아닙니다, 괜찮습니다."

"그래도 모르니까 가봐요. 우선 얼음찜질부터 하고……."

리아가 어쩔 줄 모르고 우왕좌왕할 동안, 강수미는 뭐가 그리도 웃긴 건지 손으로 입을 막고 웃음을 참고 있었다. 그러다 더는 참을 수 없었는지 작게 웃음을 터뜨렸다.

"큭큭."

순간 리아는 잊고 있었던 강수미의 존재를 깨달았다.

그러고 보니 왜 그녀가 여기 있는 거지?

리아는 대답을 요구하는 눈으로 태호를 바라보았다. 그제야 멀리서 지켜만 보던 태호가 가까이 다가왔다.

"박 비서가 오늘 반차를 내고 자리에 없어서 다행이군. 있었으면 골치 아플 뻔했어."

그 말에 리아는 죽일 듯 살벌한 눈으로 태호와 강수미를 노려보았다.

지금 이 모든 일의 이유가 누군데 왜 두 사람은 강 건너 불구경하는 태도인 거야! 이게 다 너희 때문이라고!

리아가 속으로 어떤 생각을 하든 태호의 말은 계속해서 이어졌다.

"남 비서, 병원 들렀다가 오늘은 그냥 퇴근해. 내일, 병가 내려면 내고."

"아닙니다. 괜찮습니다."

"괜찮아도 병원 가. 안 그러면 리아가 오늘 한숨도 잘 수 없을 테니까. 그리고 강수미 씨는 볼일 끝났으면 그만 가시죠."

그 말이 끝나자마자 강수미는 재빨리 소파에 놓인 핸드백을 집어 들었다. 그래도 리아에게 따로 인사하는 것을 잊지 않았다. 강수미는 리아의 팔을 잡으며 생글생글 웃어 보였다.

"언니, 얼굴 봐서 반가웠어요. 다음엔 더 오래 봐요. 오늘은 제가 좀 바빠서."

강수미가 집무실을 나가고 잠시 어색한 침묵이 흘렀다. 먼저 침묵을 깬 건 남 비서였다.

"이사님, 병원 가는 건 가는 거고, 우선 스캔들 기사부터 처리하고 가겠습니다."

그러자 태호는 시큰둥한 표정을 지으며 책상 모서리에 걸터앉았다.

"그냥 놔둬."

"네?"

"그래야 리아의 스캔들이 잠잠해질 테니까."

그 말에 리아는 눈살을 찌푸렸다.

왜 갑자기 불똥이 나에게로 튀는 거야?

태호는 그녀를 위해 자신이 희생하고 있다는 뉘앙스를 풍겼다. 그러나 명확히 짚고 넘어가자. 그녀는 누군가의 함정에 의해 민훈을 만나러 간 거지만, 그는 제 발로 걸어서 강수미를 만나러 간 거였다. 그것도 급한 업무가 생겼다고 거짓말까지 해가면서.

"왜 난데없이 날 끌어들여? 그리고 내 기사는 안 되고, 네 기사는 괜찮아? 너, 그러다 이미지 나빠지면 어쩌려고 그래?"

"상관없어. 난 떳떳하니까."

듣고 보니 참 그렇다.

떳떳하다고? 뭐가?

"그 말은 난 떳떳하지 않다는 거네?"

태호는 리아의 물음에 대답하지 않았다. 대신 책상 모서리에서 일어나 의자에 자리를 잡고 앉았다. 그는 모니터에 시선을 고정한 채로, 건조한 목소리로 말했다.

"그 이야기라면 집에서 하자. 지금은 급히 끝낼 업무가 있어서……."

말을 끝낸 태호는 더는 할 말이 없다는 표정으로 빠르게 키보드를 두드렸다. 상대가 그렇게 나오는데, 더 이야기하자고 매달리기는 싫었다. 리아가 순순히 집무실을 나서자, 남 비서가 조용히 그녀의 뒤를 따랐다.

"정말 죄송해요, 남 비서님."

리아는 다시 한번 사과의 말을 전했다. 남 비서는 괜찮다는 듯 고개를 흔들었다. 항상 안경을 쓰고 있을 땐 몰랐는데, 남 비서의 안경 벗은 모습을 보니 평소보다 따뜻하고 부드러운 느낌이 들었다.

그래서일까? 리아는 저도 모르게 사적인 질문을 던지고 말았다.

"그런데 남 비서님, 강수미랑 언제부터 그런 사이였어요?"

그 말에 남 비서의 얼굴이 목덜미까지 눈에 띄게 붉어졌다. 그리고 항상 차분하게 말하던 그의 입에서 큰 소리가 흘러나왔다.

"절대로 그런 사이 아닙니다. 그 여자가 절 덮친 거예요."

"네?"

무슨 소리야, 강수미가 남 비서를 덮친 거라니? 강수미는 태호의 여자인데, 이젠 태호의 주변 남자에게까지 손을 뻗치는 걸까?

물어볼 새도 없이 남 비서는 꾸벅 고개를 숙여 인사하고 도망치듯 이사실을 빠져나갔다. 리아는 혼란스러운 표정으로 남 비서가 나간 문과 굳게 닫힌 집무실 문을 번갈아 바라보았다. 도대체 뭐가 뭔지 모르겠다.

Chapter 11

내가 아파!
내가 아프다고!

"이게 어떻게 된 거야? 없던 일로 하기로 했잖아."

강수미의 스캔들 기사를 접한 한 사장이 화난 얼굴로 크게 소리 질렀다. 분명 리아와 민훈의 사진을 특종으로 넘기는 조건으로 이 기사는 올리지 않겠다고 약속했었다.

"주 팀장의 기사를 올릴 수 없게 되니까 이거라도 올려야 한다고."

"우 기자가 그래? 이런 쓰레기 같은 새끼!"

"그리고 이번에 자신이 아니라 '센트럴'에 특종 기회를 줬다고 앙심을 품은 것 같기도 합니다."

"누가 그래? 내가 특종 기회를 줬다고!"

한 사장은 일그러진 얼굴로 목에 핏대를 세웠다. 그가 한 일이라곤 센트럴 기자에게 주리아 뒤를 따라다니면 재미난 일이 있을 거라고 귀띔한 게 전부다. 한밤중에 리아와 민훈이 몰래 만날 거라곤 예상하지 못했었다. 꼬리가 길면 밟힌다고 어제 드디어 센트럴 기자에게 들켰나 보다.

후, 앙큼한 년! 뒤로 호박씨를 깠다 이거지.

과정이 어찌 됐든 한 사장은 리아의 스캔들 기사에 쾌재를 불렀다. 하지만 기쁨은 잠시, 리아의 스캔들 기사는 모두 사라지고, 그가 막았던 태호와 강수미의 스캔들 기사가 온라인을 뒤덮었다. 한류 스타인 강수미의 인기가 워낙 높으니, 여기저기서 쉴 새 없이 기사를 퍼 나를 게 뻔했다.

손쓰기엔 너무 늦은 걸까?

한 사장은 불쾌한 눈으로 스캔들 기사로 도배된 태블릿 화면을 노려보았다. 솔직히 아주 비관적인 것만은 아니었다. 강태호는 배우 뺨치게 인물이 뛰어나니, 그러다 보면 스캔들이 날 수도 있다. 그것 덕분에 주리아와 사이가 삐걱거린다면 오히려 호재로 작용할지도 모른다.

한 사장은 자신이 계획한 대로 이루어지지 않아서 분통은 터졌지만, 이만 넘기기로 했다. 그래도 아쉽긴 아쉬웠다. 망신당하는 거라면, 태호가 아니라 리아가 돼야 했는데…….

"참, 운도 좋아."

한 사장은 투덜거리며 집어 던지듯 태블릿을 책상에 내려놓았다.

남 비서 일 때문에 리아는 제대로 따지지도 못하고 KJ푸드 본사 건물을 빠져나왔다. 이런 기분으로 다시 회사로 돌아갈 순 없고, 집으로 가자니 속이 터졌다.

아, 맞다! 지금 그게 문제가 아니다.

소식이 빠른 민 여사는 이미 온라인을 뒤덮은 기사를 보았을 것이다. 실제로 무슨 일이 일어났는지 아직 모르는 상황이지만, 민 여사가 걱정하기 전에 일을 수습해야 한다.

태호가 강수미를 오피스텔로 불러낸 날은, 처가를 방문한 바로 다음 날이었다. 맛있다면서 장모가 만든 손만두를 넙죽넙죽 받아먹던 사위가 다음 날 쪼르르 애인에게 달려갔다니! 이를 알게 된 민 여사가 얼마나 배신감에 치를 떨고 있을까?

가뜩이나 앙숙인 집안으로 시집간 리아가 걱정돼 바늘방석에 앉은 것처럼 마음을 졸이는 민 여사에게 또 다른 걱정을 안길 순 없었다. 리아는 서둘러 민 여사에게 전화를 걸었다. 전화를 기다리고 있었는지 신호음이 가자마자 민 여사가 전화를 받았다.

"엄마, 그거 아냐. 기사 그거, 사실 아니라고."

리아는 민 여사가 뭐라고 말을 꺼내기 전에 먼저 속사포처럼 할 말을 쏟아냈다.

"그러니까 걱정하지 마. 기자들이 괜히 이야깃거리 만든 거야."

잠시 침묵이 흐르고 민 여사가 의심스러운 듯 물었다.

[……정말 아니야?]

"응. 나, 태호가 거기 가는 거 알고 있었어. 원래 중요한 업무가 있을 때마다 보안을 위해서 가는 곳이야. 그러니까 엄마, 다시 말하는데 전혀 걱정하지 마."

[……그래, 알았어.]

리아의 말을 완전히 믿는 것 같진 않았지만, 그래도 조금이나마 민 여사는 기분이 풀린 것 같았다. 리아는 민 여사와 이런저런 일상에 관한 이야기를 나눈 후, 전화를 끊었다. 왜 그녀가 그 대신 변명해야 하는지는 모르겠지만, 그래도 급한 불을 꺼서 다행이었다.

통화를 마친 리아는 신혼집으로 차를 몰았다. 어제 잠도 설쳤고 하니, 잠이나 잘 생각이었다. 하지만 침대에 누워도 도통 잠이 오지 않았다. 오히려 눈을 감고 있자니 정신이 또랑또랑 맑아졌다. 그러다 보니

344

별별 생각이 머릿속에 떠올랐다.

혹시 남 비서와 다 같이 짜고 그녀를 궁지로 몰아넣은 건 아닐까 하는 생각까지 들었다. 강수미는 배우니까 그런 연기쯤은 식은 죽 먹기겠지? 그리고 남 비서는 태호의 오른팔이었다. 태호를 위해선 무엇이든 할 수 있는 인물이다. 리아가 왔다는 걸 로비에서 연락받고 마침 스캔들 기사 때문에 방문한 강수미와 그녀가 오해하게끔 연기한 거라면?

아니야, 아니야.

혼자 상상의 나래를 펼치던 리아는 퍼뜩 정신을 차리고 설레설레 고개를 흔들었다. 막장 드라마를 찍는 것도 아니고, 현실에선 일어날 수 없는 일이었다. 아무리 상대가 배우라고 해도 말이다.

그런데 강수미는 왜 옆에서 키득거린 거지? 내가 실수한 게 웃겨서?

'언니, 언니' 하며 착 엉겨 붙으면서 하는 짓은 천상 여우였다. 그것도 꼬리 9개가 달린 불여우! 그리고 보니 강태호와 강수미가 천생연분처럼 느껴졌다.

"하아."

끝내 리아는 한숨도 자지 못하고 침대에서 몸을 일으켰다. 자초지종을 들을 때까진 아무것도 할 수 없을 것 같았다. 리아는 저녁도 거른 채 다리를 꼬고 소파에 앉아 태호가 집에 오기를 기다렸다.

얼마나 기다렸을까? 드디어 띠리릭, 현관문 잠금 장치가 열리는 소리가 들리고, 태호가 집 안으로 들어왔다. 그는 거실에 앉아서 자신을 기다리는 리아를 보고도 아무 표정의 변화가 없었다. 단지 지나가듯 말을 건넸을 뿐이다.

"왜? 지금 그 행동, 질투하는 거냐고 물어봐줄까?"

뭐라니?

태호의 도발에 리아는 벌떡 소파에서 몸을 일으켰다.

"이거 질투하는 거 아니거든!"

물론이다. 절대로 질투일 리가 없었다. 그저, 응가 묻은 댕댕이가 겨 묻은 댕댕이 보고 뭐라고 하니까, 기가 막혀서 이러는 거다. 절대로 질투로 이러는 게 아니고, 공평하지 않으니까 그에 대한 반박일 뿐이다. 그래도 다짜고짜 핸드백을 휘두른 건 잘못한 게 맞았다.

"좋아, 폭력을 쓴 건 내 실수였어. 그건 나도 인정해."

남 비서에게 충분히 사과했지만, 원래는 태호를 때릴 작정이었으니까 그에게도 사과하는 게 옳았다. 바람피우는 남편에게 폭력을 행사하기 전에 우선은 좋게, 좋게 말로 해결해야 했다.

"나 역시 괜히 신경 쓰게 해서 미안해. 더 조심했어야 했는데……."

리아가 사과하자, 태호도 이어서 사과했다. 굳었던 리아의 표정이 조금은 풀리는 것처럼 보이자, 태호는 차분한 어조로 말을 이었다.

"그 사진은 그저 우연이야. 난 그날 강수미를 만나지 않았어. 그녀가 그곳에 갔다는 사실조차 몰랐어. 강수미도 그랬고."

그가 거짓말을 하면서까지 숨긴다고는 생각하지 않았다. 만약에 그게 사실이라면 태호는 뻔뻔스럽게 '그래서 어쩌라고?'라는 태도로 나올 테니까. 그래도 의문이 말끔히 풀리는 것은 아니었다.

"그럼 일요일에 그곳엔 왜 간 거야? 회사가 아니라, 오피스텔로 왜 갔냐고."

"……그건."

순간 태호는 난처하다는 표정으로 그녀의 시선을 피했다. 그런 태호를 바라보는 리아의 얼굴이 곤혹스럽게 일그러졌다.

반응이 왜 저래? 혹시 강수미 말고 또 다른 여자라도 있는 거야?

리아의 머릿속에 의혹이 떠올랐다. 그러나 곧 사라졌다.

아니겠지. 그녀가 아는 강태호라면 거짓말까지 하면서 뒤에서 몰래 여자를 만나진 않을 것이다. 어차피 사랑해서 결혼한 것도 아닌데, 뭐 하러 구질구질하게 그럴까. 정말 업무 때문에, 비밀 프로젝트 때문에 오피스텔에 간 거겠지?

"이유는 말해줄 수 없어. 하지만 네가 생각하는 그런 건 아니야. 지금 내게 강수미가 중요한 존재라는 건 인정해. 하지만 남녀로서는 아니야."

"그래?"

리아의 입가에 쓸쓸한 미소가 떠올랐다. '중요한 존재'라는 말이 마음에 들진 않았지만, 틀린 말은 아니었다. 어찌 됐든 강수미는 KJ푸드의 전속 모델이니까. 그녀는 잠자코 태호의 다음 말을 기다렸다.

"날 믿어. 지금 나에게 가장 가까운 사람은 너야. 그런 너를 속이면서까지 애정 행각 벌일 생각 없어."

"그건 나도 마찬가지야."

그 말이 나오길 기다렸다는 것처럼 리아는 재빨리 태호의 말을 받았다. 그녀도 그만큼이나 확실히 해두고 싶은 사항이었다. 그녀 역시 애정 행각을 벌일 마음의 여유 따윈 없었다. 그 상대가 정민훈이든, 아니면 강태호이든.

"좋아, 그럼."

리아는 이만 끝내자는 뜻으로 태호에게 손을 내밀었다. 길게 끌어봤자 서로의 입에서 좋은 소리가 나오진 않을 테니까.

"강수미와의 스캔들 기사 없던 일로 할 테니까, 너도 정 선배 일 그냥 넘어가."

태호는 못마땅하다는 표정을 떠올렸지만, 이윽고 마지못해 고개를 끄덕였다.

"좋아. 그렇게 해."

내민 손을 잡으며 그가 짧게 동의했다. 가볍게 악수를 마친 두 사람은 누가 먼저랄 것도 없이 서로의 손을 거두었다. 이상했다. 막상 화해하고 나니까 분위기가 어색해진 것 같아서 왠지 모르게 불편했다. 리아는 태호의 시선을 피해 슬그머니 고개를 돌렸다.

어째서, 싸울 때가 더 편한 거지?

그 이유는 어딘지 모르게 한층 부드러워진 태호의 눈빛 때문일 것이다. 싸늘한 눈빛은 아무렇지 않지만, 조금이라도 말랑해지려고 하면 도저히 마주 볼 수 없었다. 자꾸만 과거로 돌아가는 것만 같아서…… 좋았던 그때가 생각나서.

그러다 보면 어느새 마음도 약해지겠지? 그러면 안 되는데. 절대로 안 되는데.

"그런데 네 기사는 왜 아직도 안 내려가는 거야?"

가만히 있는 것보단 뭐라도 말하는 게 나을 것 같아, 리아는 아무 말이나 던지고 보았다. 하지만 질문하고 보니 호기심이 생겼다. 기사 뜬 지가 언제인데 그의 기사는 아직도 포털 상위권을 차지하고 있었다. 설마 오늘 일로 남 비서가 병가를 내고 일찍 퇴근해서는 아니겠지?

의외로 태호의 대답은 간단했다.

"하루에 두 기사를 한꺼번에 내릴 순 없으니까. 내 기사는 아마 내일쯤 서서히 사라질 거야."

"남 비서는 어때? 괜찮은 거지?"

"글쎄……? 내일 출근해서 보면 알겠지."

태호는 정확한 대답을 회피한 채, 빠르게 리아를 지나쳐 침실로 향했다. 사실 남 비서는 리아가 돌아가고 얼마 지나지 않아, 병원에 갈 정도는 아니라며 다시 자리로 돌아왔었다.

뺨이 약간 빨개지긴 했지만 부기는 없었고, 멍이 들 정도도 아니었다. 부러진 안경테만 그새 새것으로 바뀌어 있었다.

하지만 멀쩡해 보이던 남 비서의 얼굴은 "아까 어떻게 된 거야?"라는 태호의 질문에 보기 흉하게 일그러졌다. 남 비서는 목덜미까지 빨갛게 물들이며 억울하다는 표정으로 대답했다.

— 저도 잘 모르겠습니다. 갑자기 당한 거라서…….

— 리아가 남 비서를 나로 착각해서 갑자기 공격한 거라고?

— 아뇨. 제가 갑자기 당한 거라고 말한 상대는 사모님이 아니라 강
  수미입니다. 강수미가 난데없이 저를 껴안는 순간 사모님이 집무
  실에 들어오셔서…….

— 그래?

태호는 '왜 강수미가 너를 끌어안아?'라고 묻는 대신, 남 비서의 어깨를 한두 번 두드려주었다. 자신의 코가 석 자여서 남의 이성 문제에 관심을 가질 겨를이 전혀 없었기 때문이다.

"훗."

침실에 들어온 태호의 입에서 참았던 웃음이 흘러나왔다. 리아는 절대로 질투가 아니라고 했지만, 사실 질투가 아닐 수도 있지만 그래도 기분은 좋았다. 뭐든 깐깐하게 이성적으로 따지는 리아가 한순간 이성을 잃고 폭발했다는 사실이 뭔가 희망적으로 느껴졌다. 괜히 한 방 맞은 남 비서에게는 미안하지만 말이다. 마음이 태평양처럼 넓은 남 비서는 이해해줄 것이라고 믿는다.

태호는 미소를 띤 얼굴로 넥타이를 잡아당겨 느슨하게 풀었다.

다음 날, 오전 회의를 마친 리아는 점심도 거르고 KJ푸드 본사로 달려갔다. 도무지 남 비서가 걱정되어 일이 손에 잡히지 않았기 때문이다. 태호에게 물어봐도 되겠지만, 정확히 그녀의 눈으로 남 비서의 상태를 확인해야 마음이 놓일 것 같았다. 간 김에 병원비와 안경 값도 물어주고, 밥도 사주고. ……아, 위자료도 줘야겠지?

그러나 애석하게도 그녀를 기다린 건, 어제 반차를 낸 덕분에 자리를 비웠던 박 비서였다.

"어머, 사모님. 연락도 없이 어쩐 일이세요? 이사님은 1시간 전쯤 진천 공장 증축 현장을 둘러보러 가셨는데요."

"남 비서님도 함께 갔나요?"

"네, 그럼요."

박 비서의 대답에 리아는 겸연쩍게 웃으며 굳게 닫힌 집무실 문으로 고개를 돌렸다. 그래, 바늘이 가는데 실이 안 갔을 리가 없겠지.

"급한 일이세요? 이사님께 전화해볼까요?"

"아뇨, 아니에요. 지나는 길에 잠깐 들른 거니까 신경 쓰지 않아도 돼요."

박 비서가 수화기를 들자, 리아는 두 손을 내저으며 재빨리 이사실을 빠져나왔다. 헛걸음치긴 했지만 그래도 태호를 따라 지방 공장을 둘러보러 간 것으로 보아, 심각한 상태는 아닌 것 같았다. 만약 흉하게 얼굴이 부었거나 멍들었다면 태호를 따라 지방에 내려가지 않고 자리를 지켰을 테니까.

우선은 한숨 돌렸고, 다시 기회 봐서 남 비서를 만나야겠다. 만나서 다시 한번 진심으로 사과해야지. 이렇게 혼자 속으로 중얼거리며 엘리베이터 쪽으로 향하는데 휴대폰이 울렸다. 태호에게서 온 전화였다. 연락할 필요 없다고 했는데도 박 비서가 그에게 전화한 모양이었다.

[나 보러 왔다고. 무슨 일이야?]

역시나 통화 버튼을 누르자마자, 예상한 질문이 흘러나왔다. '너를 보러 온 거 아니야. 무슨 일이 일어난 것도 아니고.'라고 말하려 했는데……. 순간 울컥하며 그를 만나지 못하고 돌아간다는 실망감이 뒤늦게 밀려왔다.

나, 왜 이러지? 오늘 아침까지 얼굴 마주 보다가 각자 출근했는데, 실망할 게 뭐가 있다고……!

어제 일로 너무 충격을 받아서 잠시 감정이 흔들리나 보다. 리아는 숨을 들이켜며 애써 감정을 다잡았다.

"남 비서 어떤지 보려고 왔어."

[저런……. 지금 옆에 있는데 바꿔줘?]

"아냐, 아냐. 지방까지 따라간 걸 보니 괜찮은가 보네. 하지만 만약에라도 이상 있으면 바로 연락해줘."

[알았어. 그럼.]

태호가 전화를 끊으려고 하자, 다시금 실망감이 밀려왔다. 깨가 쏟아지는 신혼부부처럼 조금이라도 목소리를 더 듣고 싶은 마음이랄까?

아, 주리아, 너 정말 왜 이러니!

자신이 못마땅한 리아는 벽에 기댄 채, 눈살을 찌푸렸다.

[일 끝나면 여기서 바로 퇴근할 거야. 어때? 이따 저녁 같이할래?]

리아의 속을 꿰뚫어 본 것처럼, 태호는 전화를 끊지 않고 다음 말을 이어갔다. 우습지만, 심장이 덜컥 내려앉았다. 데이트 신청하는 것도 아니고, 같이 사는 사람끼리 '함께 저녁 먹자.'라는 말에 가슴이 설렌다니……. 그것도 결혼하게 되면 될수록 식사는 따로따로 하자고 조건을 내건 주제에 말이다. 양심에 걸리긴 했지만, 그렇다고 태호의 제안을 물리칠 생각은 없었다.

"좋아. 같이해."

[알았어. 남 비서는 해산물을 좋아하니까, 네가 알아서 장소 예약해.]

그 말을 끝으로 태호는 전화를 끊었다.

리아는 잠시 멍한 표정으로 휴대폰 화면을 바라보았다. 뭐야? '저녁 같이할래?'라는 말에 남 비서가 포함된 거였어? 점심시간을 활용해 남 비서를 보러 여기까지 왔으니, 저녁에라도 만나게 해주려는 태호의 배려가 느껴졌다. 이성적으로 이해하는 거라면 그게 맞았다. 하지만 둘만의 식사가 아니라는 걸 깨닫게 되자, 왠지 모르게 아쉬웠다.

아쉽긴 뭐가 아쉬워? 정신 차리자, 주리아!

리아는 곤혹스러운 얼굴로 고개를 설레설레 흔들었다. 그때 익숙한 목소리가 뒤에서 그녀를 불렀다.

"리아야."

뒤를 돌아보자, 수진이 환하게 웃으며 그녀를 향해 걸어오고 있었다.

"여긴 어쩐 일이야? 태호 오늘 진천 공장 증축 현장 돌아보러 갔는데……. 허탕 쳤네?"

"어, 그냥 지나는 길에 들린 거라서……."

"어머, 얘는. 그런 거라면 집에서 맨날 보는 태호가 아니라 나를 보고 가야지.”

리아의 팔에 팔짱을 끼며 수진이 서운하다는 표정으로 말했다. 그녀의 말이 틀린 건 아니다. 불과 몇 주 전만 해도 리아는 수진, 유정과 어울렸지, 앙숙인 태호와는 서로 으르렁댔으니까. 하지만 오늘 리아가 만나러 온 사람은 태호가 아니라 남 비서였다. 그러나 이유를 설명하다 보면 어제 그녀가 저지른 실수까지 튀어나올 터라, 리아는 순순히 인정했다.

“미안, 듣고 보니 그러네.”

리아가 곧바로 사과하자, 수진은 재빨리 서운한 표정을 얼굴에서 지웠다. 그리고 팔짱 낀 리아의 팔을 자신 쪽으로 끌어당겼다.

“점심은 먹었어? 난 아직 점심 전인데, 안 먹었음 같이 먹자.”

밥 생각은 전혀 없었지만, 어차피 먹긴 먹어야 했으므로 리아는 수진을 따라 구내식당으로 향했다.

점심시간이 지난 덕분에 식당은 한산한 편이었다. 점심으로 나온 생선 커틀릿이 담긴 식판을 들고 두 사람은 창가에 자리를 잡았다.

나이프로 생선 커틀릿을 자르며 수진이 먼저 말을 꺼냈다.

“너, 그 기사 때문에 태호를 찾아온 거지? 참고만 있자니, 속에서 불이 나니까…….”

그 기사라면 강수미와의 스캔들 기사를 가리키는 것일 테다. 기사는 오늘 아침이 돼서야 서서히 온라인에서 사라지기 시작했다. 그래도 거의 하루 동안 포털 검색 상위권을 기록한 탓에 이미 많은 사람의 입에 오르내렸을 게 뻔하다. 예전 같았으면 수진과 함께 욕을 실컷 했겠지만, 이젠 아니다. 리아는 피식 가볍게 웃어 보였다.

“속에서 불날 일이 뭐가 있어? 그저 추측성 기사일 뿐이야.”

리아가 대수롭지 않다는 듯 어깨를 으쓱거리자, 수진의 얼굴에 깜짝 놀란 표정이 떠올랐다.

"추측성이라니? 그날 두 사람이 거기 있었던 건 팩트 맞잖아."

"그렇긴 한데……. 태호에게 물어보니까 그날 강수미가 거기 있었다는 것도 몰랐대."

"얘, 넌 지금 그 말을 믿니?"

예전 같았으면 '미쳤니? 내가 그 말을 믿게.'라고 대답했을 것이다. 그러나 지금은 아니다. 리아는 고개를 끄덕였다.

"응. 난 태호의 그 말 믿어. 구차하게 거짓말까지 할 것 같진 않아."

리아의 입에서 확신에 찬 음성이 흘러나왔다.

"……리아야."

수진은 한동안 아무 말도 하지 못했다. 강수미와 강태호의 스캔들 기사가 뜨고 난 후, 그 누구보다 분노했던 수진이다. 자신에게는 눈길 한번 주지 않으면서 왜 강태호는 강수미 같은 수준 낮은 여자와 놀아나고, 마음에도 없는 리아와 결혼까지 했는지 도저히 이해되지 않았다. 그러나 스캔들 기사로 인해 리아가 조금이라도 태호를 더 멀리하게 된다면 그것도 나쁠 건 없다고 생각했다. 그런데 태호를 싫어한다고 믿었던 리아에게서 엉뚱한 반응이 튀어나왔다.

뭐랄까? 태호의 이름을 거론할 때마다 굳어지던 리아의 표정이 조금은 느슨하게 풀렸다고나 할까? '부부는 일심동체'라는 말이 정략결혼 부부에게도 적용되는 건 아니겠지?

수진은 불안한 마음에 아랫입술을 꼭 깨물었다. 그런 수진의 속을 전혀 모르는 리아는 차분하게 다음 말을 이어갔다.

"아니라니까 아닌 거겠지. 태호 성격에 그걸 나에게까지 속일 리는 없잖아."

어제 사건이 아니더라도, 이제는 그만 그를 믿어야 할 것 같다. 지금까지 몇 번이나 의심했지만 태호는 변함없이 진심으로 나왔다. 자세하게 설명해주지 않는 건 불만스럽지만, 그렇다고 그의 진심이 퇴색하는 건 아니었다.

"……그게 사실이라면 다행인 거고."

수진이 여운을 남기며 작게 중얼거리자, 리아는 곧바로 말을 받았다.

"응. 사실이야. 난 그렇게 믿어."

그 탓에 급격히 분위기가 어색해지고 말았다. 돌이켜보면 두 사람의 대화는 수진이 태호의 흉을 보는 것을 리아가 편들어주는 게 대부분이었다. 그런데 그걸 안 하려니까, 뭔가 중요한 것이 빠진 느낌이었다.

수진이 먼저 부자연스러운 미소를 떠올렸고, 리아 역시 억지로 입꼬리를 끌어 올렸다.

결국 수진도 분위기를 깨달았는지 슬그머니 화제를 바꿨다.

"민훈 선배는 요즘 어때? 아직도 너에게 찝쩍거리니? 유부녀가 됐는데도?"

"선배와 난 직장 동료일 뿐이야."

"그렇다면 다행이네. 난 왠지 모르게 정 선배 싫더라."

무슨 이유에서인지 수진은 민훈을 좋은 시선으로 바라보지 않았다.

— 야, 네가 주원식품 딸이라는 걸 알면서 순수한 마음으로만 다가 오겠니? 세상에 믿을 놈 하나도 없어. 그리고 정 선배 아버지, 오 래전에 '정직'에서 근무했다더라. 우리 아빠가 졸업식장에서 정 선 배 아버지를 봤대.

왜 갑자기 과거에 수진이 한 말이 떠올랐을까?

리아는 잠시 식사를 멈추고, 심각한 얼굴로 수진을 바라보았다.

"수진아……."

"응?"

"정 선배 아버지, 부산에 계신다고 했지?"

민훈과 오랜 시간 알고 지냈지만, 그에 관해 아는 것은 부산에 본가가 있다는 정도였다. 오히려 수진이 그녀보다 잘 알고 있는 것 같았다.

"응. 무슨 요양원에 계신다던데……."

"요양원?"

"응. 선배 부모님 모두 요양원에 계신다고 들었어. 꽤 됐지, 아마?"

금시초문이다. 하지만 좋은 소식도 아니고 민훈이 구태여 리아에게 털어놓을 이유도 없었을 것이다.

"그렇구나."

리아는 다시 묵묵히 식사를 계속했다. 하지만 곧 다른 의문이 떠올랐다. 강수미 스캔들로 까맣게 잊고 있었는데, 거짓 문자로 그녀와 민훈을 한밤중에 불러낸 인물은 과연 누구일까? 두 사람의 스캔들로 가장 이득을 볼 인물이겠지? 도대체 그게 누굴까?

리아는 기계적으로 음식을 입으로 가져가며 머리를 굴렸다.

하여간 잡히기만 해봐. 가만히 안 둘 거야.

띠리리릭—.

수진과 헤어지고 차에 타려는데 핸드백에 넣어둔 휴대폰이 울렸다.

"응?"

생전 처음 보는 전화번호였다. 평소 같으면 받지 않았을 테지만, 무슨 이유에서인지 리아는 통화 버튼을 눌렀다.

"여보세요."

[강태호 씨 아내 되십니까?]

휴대폰 너머에서 다급한 목소리가 흘러나왔다.

"네, 그런데요. 어디시죠?"

[진천 성모병원 응급실입니다.]

"네?"

리아는 휴대폰을 든 채로 제자리에 얼어붙어버렸다.

[보호자 동의서에 사인이 필요해서 전화를 드렸습니다.]

휴대폰 너머에서는 계속해서 말이 흘러나왔다.

"보, 보호자…… 동의서라니요?"

리아조차도 알아들을 수 없게 목소리가 크게 떨렸다.

[남편분께서 정신을 잃은 상태로 응급차에 실려오셨어요. MRI 검사를 해야 정확하게 상태를 알 수 있어서요.]

그다음부턴 아무 말도 들리지 않았다. 태호가 방금 응급실로 실려왔다는 말과 MRI 검사를 해야 정확하게 상태를 알 수 있다는 말만이 머릿속을 맴돌았다.

도대체 얼마나 심각한 거야? 조금 전까지 아무렇지 않게 통화했는데, 난데없이 왜?

병원까지 어떻게 달려갔는지도 모르겠다. 자신마저 교통사고로 응급실에 실려가면 안 된다는 각오로 최대한 교통 수칙을 따르며 빛의 속도로 차를 몰았다. 심장이 쿵쿵 거칠게 뛰며 피가 바짝바짝 마르는 것처럼 목이 탔지만, 다행히 눈물은 나오지 않았다. 응급실로 뛰어든 리아는 제일 먼저 눈에 보이는 병원 직원의 팔을 붙잡았다.

"저, 강태호 환자 보호자예요. 그이는 지금 어디 있죠?"

직원의 연락을 받은 담당 간호사가 신속히 달려왔다. 담당 간호사는 태호의 상태를 설명하며 그가 있는 곳으로 리아를 안내했다.

"보호자가 오시는 도중에 환자분이 깨어나셔서 본인이 동의서에 사인하셨어요. 지금은 검사 모두 끝나고 회복실에서 쉬고 계십니다."

"도대체 무슨 일이 있었던 거죠?"

리아의 질문에 담당 간호사는 짧게 고개를 저었다.

"저희도 자세한 건 모릅니다만 공장에서 작은 사고가 있었던 것 같아요. 다행히 환자분은 크게 다치신 것 같진 않습니다. 그래도 혹시 몰라서 MRI 검사를 한 거니까, 결과 나올 때까지 잠시만 기다려주세요."

회복실로 들어서자, 누워 있는 태호가 가장 먼저 눈에 들어왔다. 그리고 걱정스러운 얼굴로 옆을 지키는 남 비서의 모습이 보였다.

"아직 진정제가 몸에 남아 있으니까, 조금 이따 환자분이 눈을 뜨시면 그때 대화하세요."

태호의 상태를 살펴본 간호사가 회복실을 나서자, 남 비서가 리아에게 다가왔다.

"죄송합니다. 모두 제 불찰입니다. 사모님에게까지 연락할 줄은 몰랐습니다."

"어떻게 된 거죠?"

미동 없이 누워 있는 태호에게 시선을 고정한 채로 리아가 물었다. 남 비서는 군더더기를 모두 잘라내고 짧게 설명했다.

"증축 공사 현장을 둘러보던 중, 작은 사고가 발생했습니다. 다행히 이사님은 안전모를 착용하고 계셨지만, 그래도 정신을 잃으셔서 혹시

뇌를 다친 건 아닐까 하는 우려에 MRI 검사를 요청했습니다. 그런데 가족만이 검사 동의서에 사인을 할 수 있다고 해서……."

남 비서의 사과는 태호가 사고를 당한 것이 아니라, 리아에게 불필요한 연락이 간 것에 관한 것이었다. 리아는 기분 나쁘다는 듯 눈살을 찌푸렸다.

"남 비서가 동의서에 사인할 수 있었다면 내게는 연락하지 않으려고 했어요?"

"아, 네. 괜히 여기까지 오실 필요는……."

"남 비서님!"

봇물이 터진 것처럼 지금까지 꽉꽉 눌러두었던 감정이 폭발해버렸다.

나도 알아, 나도 안다고! 우리 진짜 결혼한 거 아니야. 태호가 내 진짜 남편 아닌 거 나도 안다고! 하지만 이렇게 사고가 났는데…… 저렇게 힘없는 얼굴로 내 앞에 누워 있는데, 어떻게 내게 연락할 필요까진 없었다고 하는 거야!

리아는 속으로 크게 외치며 두 손을 꼭 움켜쥐었다.

"흐윽."

참았던 눈물이 걷잡을 수 없이 쏟아지기 시작했다.

태호야…… 태호야……! 제발 아프지 마.

리아는 속으로 흐느끼며 스르르 제자리에 주저앉았다.

"뭐? 사고?"

사고 소식을 들은 강 회장이 놀란 얼굴로 자리에서 일어섰다. 함께 있던 태문도 곤혹스러운 표정을 지었다. 강 회장과 태문의 반응이 생각보다 거세자, 비서는 꿀꺽 마른침을 삼켰다.

"다행히 크게 다친 직원은 없습니다. 마침 사고 현장에 있던 이사님이 신속히 상황을 지휘하신 것 같습니다."

"그래서 평소에 내가 안전 수칙 따르면서 공사 진행하라고 몇 번이나 강조했나!"

강 회장은 화난 얼굴로 소리치며 벗어두었던 재킷을 서둘러 걸쳤다. 태문도 자리에서 일어나 강 회장의 뒤를 따랐다. 계열사이지만, KJ푸드는 KJ그룹의 상징과도 같은 존재이므로 가만히 손 놓고 지켜볼 수만은 없었다.

"아무래도 내가 직접 가봐야겠네. 한 사장은 이미 그쪽으로 출발했겠지?"

"네. 그리고 주리아 팀장도 사고 소식을 듣고 진천 성모병원으로 향했답니다."

"새아가가 거긴 왜?"

비서의 보고에 강 회장이 의아한 표정으로 물었다.

"……저, 그게……."

비서는 당혹스러운 얼굴로 뜸을 들이고는 조심스럽게 말을 꺼냈다.

"강 이사님이 사고 현장을 지휘하시던 중, 갑자기 건물이 더 부서졌답니다. 그때 잔해를 맞고 정신을 잃어 응급차에 실려가셨다고 합니다. 다행히 안전모를 착용하고 있어서……."

"뭐야?"

강 회장과 태문은 충격받은 얼굴로 동시에 크게 외쳤다.

"흑흑."

한번 터진 울음은 쉽게 그칠 줄 몰랐다. 지금 여기서 자신이 목 놓아 울면 안 되는 상황이란 걸 알았지만, 이성이 몸을 지배하기엔 한계가 있었다. 리아가 바닥에 주저앉은 채로 계속해서 눈물을 흘리자, 남비서는 어쩔 줄 모르고 리아의 옆에 무릎을 꿇었다. 자신 혼자 서 있을 수도, 의자에 앉을 수도, 그렇다고 옆에 양반다리를 하고 앉을 수도 없었기 때문이다.

"인제 그만 고정하시고……."

"……미, 미안해요. 나도 모르게…… 흑."

리아의 눈물은 MRI 검사 결과를 가진 영상의학과 전문의가 회복실에 들어오고서야 겨우 잦아들었다.

"갈비뼈에 금이 간 것 빼곤 다행히 큰 이상은 없습니다. 불행 중 다행입니다. 그래도 한동안은 진통제 복용하시고, 혹시라도 심한 두통이나 다른 통증이 따르면 바로 내원하세요."

크게 다친 곳은 없다는 의사의 진단에도 리아는 불안감을 떨칠 수 없었다. 갈비뼈에 금이 갈 정도의 충격이었는데 이상이 없다니…….

"진통제만 가지고 되겠어요?"

"네, 우선은 그렇습니다."

"하지만……."

"……난 괜찮아."

리아가 뭐라고 하려는 순간, 태호가 천천히 눈을 뜨며 작게 속삭였다. 태호의 목소리에 리아는 바로 뒤돌아 침대로 다가갔다.

"정신 좀 들어?"

"응. 별거 아니니까 걱정하지 마. ……생각보다 안 아파."

안 아프다니! 입술이 바싹 마른 주제에 태호는 리아를 향해 희미하게 웃어 보였다.

어디 찢어지거나 부러진 곳만 없을 뿐이지 말도 못 하게 아플 텐데……. 아니다. 다른 곳 다 멀쩡하고 손끝만 살짝 베었다고 해도 리아는 참을 수 없었다. 그가 아프게 되는 건 너무나 싫었다. 그런데도 태호는 계속해서 괜찮다는 말만을 늘어놓았다.

"머리만 조금 어지러울 뿐이지, 큰 통증은 없어."

이 바보야! 큰 통증이든 작은 통증이든 통증은 통증이라고!

결국, 리아는 차가운 목소리로 매몰차게 쏘아붙였다.

"네가 어떻든 난 상관 안 해."

독설에 가까운 말에 태호는 그럴 줄 알았다는 피식 입꼬리를 끌어 올렸다.

진정제를 복용하고 검사를 받은 탓에, 한동안 꿈인지 현실인지 구분할 수 없었다. 희미하게 여자의 흐느끼는 소리가 들리는 것도 같았지만, 숨죽여 울고 있어서 확실하진 않았다. 그러나 코끝이 빨개진 리아를 보는 순간, 울음소리의 주인공이 그녀라는 것을 깨달았다. 그래도 그녀가 자신을 위해서 울었다곤 생각하지 않았다. 예전에 리아의 어머니인 민 여사가 쓰러진 경험이 있었기에, 조금 겁을 먹었다고만 생각했다. 그런데 리아의 입에서 전혀 생각하지도 못한 말이 튀어나왔다.

"내가 아파! 내가 아프다고!"

순간 태호는 그녀의 말뜻을 제대로 이해하지 못했다.

아프다니? 어디가 아프다는 거야?

362

태호가 걱정스러운 눈으로 자신을 바라보자, 다시금 리아의 눈에 눈물이 그렁그렁하게 고이기 시작했다.

"네가 다치면 내가 아프다고! 그러니까…… 그러니까…… 제발 아프지 마."

흐느낌 같은 속삭임을 입 안으로 삼키며 리아는 황급히 회복실을 걸어 나갔다.

아, 미치겠네!

빠르게 복도를 걸어가며 리아는 거칠게 손등으로 흘러내리는 눈물을 훔쳤다. 가끔 힐끗 쳐다보는 시선이 느껴졌지만, 전혀 신경 쓸 겨를이 없었다.

방금 너무나 큰일이 일어났으니까.

병원 건물을 빠져나온 리아는 허탈한 마음을 다스리며 하늘을 향해 고개를 젖혔다. 눈물로 뿌옇게 흐려진 시야로 파란 하늘이 들어왔다.

"……태호야."

이름을 부르는 것만으로도 가슴이 죄이는 것처럼 아프다니…….

"흑, 태호야."

어쩌면 좋아!

굳게 잠갔던 사랑의 빗장이 힘없이 풀려버렸다.

아, 진짜 큰일이네.

"욱."

몸을 일으키던 태호가 가슴에 통증을 느끼며 신음을 흘렸다.

"이사님, 아직은 일어나시면 안 됩니다."

깜짝 놀란 남 비서가 서둘러 말렸지만, 태호는 다시 침대에 누우면서도 리아가 뛰어나간 문에서 시선을 돌리지 않았다.

"방금…… 리아, 울면서 나간 것 같은데……. 맞지?"

"네. 그런 것 같습니다."

남 비서가 고개를 끄덕이자, 태호의 얼굴이 곤혹스럽게 일그러졌다. 쉽사리 감정에 흔들리지 않는 리아가 저런 반응을 보인다는 건, 이제까지 억눌러왔던 스트레스가 폭발했다는 증거다.

"……성후야."

"네, 선배님."

태호가 나직이 남 비서의 이름을 불렀다. 사적인 호칭으로 부를 땐 대화 역시 사적인 내용으로 바뀌기 마련이다. 남 비서는 긴장한 얼굴로 태호의 다음 말을 기다렸다.

"아무래도 리아가 본 것 같다."

"아, 이런, 죄송합니다. 가린다고 가렸는데……."

남 비서는 당황스러운 얼굴로 어제 리아에게 맞았던 뺨을 손으로 감쌌다.

"신경 써서 잘 가려."

"네, 선배님."

어제 퇴근할 때까지만 해도 괜찮던 남 비서의 뺨은 다음 날이 되자 검붉은색으로 변해버렸다. 박 비서의 도움으로 얼굴에 파운데이션을 발랐지만, 완벽하게 가릴 순 없어 가까이서 보면 바로 티가 났다. 그러니 리아가 얼마나 당혹스러웠을까.

자신이 핸드백을 휘두른 상대는 한쪽 뺨이 검붉게 변해 서 있지, 원래 때리려 했던 상대는 갑자기 사고가 났다며 병실 침대에 누워 있지. 가뜩이나 원하지 않는 결혼으로 온갖 신경이 곤두서 있을 텐데……. 그러다 결국, 억눌렀던 감정이 터졌나 보다.

다시는 리아를 울리지 않겠다고 다짐했으면서, 왜 자꾸만 그녀를 힘들게 하는지 모르겠다.

뱃멀미가 난 것처럼 속이 울렁거린다. 아직 몸속에 진정제 기운이 남아서 그런 것만은 아닐 것이다. 본의 아니게 리아를 울리게 돼 나타난 후유증이랄까. 다친 몸만큼이나 마음이 무겁게 느껴졌다.

"후."

태호는 길게 숨을 내쉬며 스르르 눈을 감았다.

소식을 들은 강 회장과 태문이 달려오고, 좀 더 세밀한 정밀 검사를 위해 태호를 서울 한국대학 종합 병원으로 이송했다. 검사 결과는 성모병원과 마찬가지로 큰 이상은 없다고 나왔지만, 만일을 대비하기 위해 며칠 더 입원하기로 했다. 평소 같으면 괜찮다고 퇴원하겠다고 할텐데, 어쩐 일인지 태호는 주치의의 의견에 동의했다.

입원 첫날, 태호는 리아에게 그녀가 병원에 올 필요는 없다고 말했다.

"난 괜찮으니까 내일부턴 오지 마. 퇴원하게 되면 그때 남 비서가 연락할 거야."

태호는 자신이 병원에 있는 동안만이라도 리아에게 스트레스를 주고 싶지 않았다. 그녀에게도 마음을 진정할 시간이 필요할 테니까.

"그래, 그럼."

한동안만이라도 태호를 피하고 싶었던 리아는 그의 의견을 잠자코 받아들였다. 어쩌면 다행일지도 모르겠다. 한번 풀려버린 빗장이 도무지 다시 채워질 생각을 안 하고 있으니까. 태호 얼굴만 봐도 주책없게 가슴이 두근거려, 그녀도 모르게 표정이 일그러질 정도였다.

모르는 이가 보면 그녀가 정말 태호를 싫어한다고 오해할지도 모르겠다. 다행히도 정 여사와 강 회장은 이미 집에 돌아가고 병실엔 태희만 남은 상태였다. 태희의 표정도 리아와 비교해 그리 다를 건 없었다. 태희는 갈비뼈에 금 좀 갔다고 병실 침대를 차지한 태호가 정상이 아니라고 여긴 모양이다.

"오빠, 지금 꾀병 부리는 거지."

"내가 넌 줄 알아?"

태호의 입에서 싸늘한 목소리가 흘러나왔지만, 태희는 상관하지 않고 꼬치꼬치 캐물었다. 리아가 옆에 있으므로 태호가 자신을 어찌 못한다는 것을 알기 때문이다.

"그러면 정확히 어디가 아픈 거야? 갈비뼈에 금 간 것 빼곤 아무 이상 없다며……."

태호는 대답 대신 길게 한숨을 내쉬었다. 그리고 이내 포기한 듯 고개를 내저었다.

"자꾸 그렇게 속 긁을 거면 그냥 집에 가라."

"오케이!"

그 말을 기다렸다는 듯, 태희는 재빨리 가방을 들고 자리에서 일어났다. 그리고 방패막이로 리아의 팔을 잡아당겼다.

"새언니, 어서 가요. 새언니도 내일 출근하려면 집에 가야죠."

얄미운 시누이지만, 이럴 땐 제법 도움이 된다. 리아는 태희에게 이끌려 병실을 나섰다.

"새언니, 걱정하지 말아요. 작은오빠 멀쩡하니까. 나 갈게요."

리아의 속마음이 어떤지 전혀 모르는 태희는 혼자 키득거리며 차에 올랐다. 리아는 태희가 출발하고서야 자신의 차에 올랐다. 태희 덕분에 병실을 빠져나올 순 있었지만, 자꾸만 침대에 누운 태호의 모습이 눈에 아른거렸다.

"아, 정말······."

짜증 나 미치겠다. 그를 머릿속에 떠올리는 것만으로도 심장이 쿵 내려앉는 것처럼 속이 뜨거워졌다. 리아는 운전대를 잡고 힐끗 거울에 얼굴을 비춰 보았다. 목덜미까지 빨갛게 물든 얼굴이 시야에 들어왔다.

제발, 작작 좀 해라, 주리아!

리아는 뺨을 손등으로 꾹꾹 내리누르며 서둘러 시동을 걸었다. 애정과 애증은 정말 한 끗 차이인가 보다.

애증이 애정으로 바뀌자 '미친 거 아냐?'라는 생각이 들 정도로, 아이돌을 영접하고 온 열성 팬처럼 숨이 차고 가슴이 두근거렸다. 지금까지 어떻게 저 얼굴을 아무렇지 않게 바라볼 수 있었는지 기가 막힐 따름이다. 아, 아니다, 그냥 쳐다본 게 아니라 노려보기까지 했다.

하지만 그땐 정말 그럴 수 있었다. 완벽하게 그를 잊었다고 생각했으니까. 방사성 폐기물을 처리하듯 이중 삼중으로 꼭꼭 둘러싸서 마음속 저 깊고 깊은 곳에 영구히 격리해놓았다고 믿었다. 그런데 이렇게 쉽게 빗장이 풀릴 줄이야.

리아는 어두운 밤거리를 노려보며 가속 페달을 힘껏 밟았다. 곰곰이 생각해보면, 태호를 좋아하지 않았던 시간보다 좋아했던 시간이 더 길긴 했다.

"그래, 주리아. 인제 그만 솔직해지자."

리아의 입에서 고해 성사와도 같은 속삭임이 흘러나왔다. 사실을 털어놓자면, 태호에게 초콜릿을 받기 전부터 좋아했던 것 같다. 지금까지 한 번도 스스로 인정하지 않았지만, 그게 진실이다. 물론 하도 오래전의 일이라 정확하게 기억이 나는 건 아니다. 하지만 그녀와 놀아주던 태문보다 까칠한 표정으로 책만 읽던 태호에게 눈길이 간 건 사실이다. 확실하게 기억나는 건 아니지만……. 물론, 혼자 잘난 척하고 어른스럽게 행동하는 태호가 얄밉기도 했다.

흥, 천재가 뭐라고!

아무리 어른들이 태호를 천재라고 칭찬해도, 리아의 눈에 태호는 또래 꼬마로 보일 뿐이었다. 함께 놀고 싶은 아주 잘생긴 꼬마. 하지만 태호는 우당탕 집 안을 휘젓고 다니는 그녀를 한심하다는 눈으로 쳐다보기만 했다. 태호의 주의를 끌려고 일부러 앞에서 뛰어다닌 건데……. 뛰는 것으로 안 되자, 태호가 있는 서재로 가서 숨바꼭질 놀이를 하기도 했었다. 조금이라도 날 보아줬으면…… 같이 놀아줬으면 하는 마음으로.

그런데 매정한 태호는 커튼을 획 걷으며 태문에게 그녀가 숨은 곳을 알려줄 뿐이었다.

─아앙, 너 미워. 정말 밉다고!

결국, 리아는 울음을 터뜨리고 말았다.

그런데 이게 무슨 일이지? 항상 못마땅한 얼굴로 바라보던 태호는 우는 그녀에게 초콜릿을 건네주었다.

─ 야, 이거 너 먹어.

그 나이 또래 아이에겐 황금 덩어리보다 더 귀중한 초콜릿을 말이
다. 얼마나 심장이 떨리던지, 자칫 잘못하면 자리에 주저앉을 뻔했다.
물론 너무 어릴 때 일이라서, 조금은 더 환상적으로 아름답게 기억이
변했을 수도 있다. 그래도 초콜릿을 준 건 사실이다. 그때 한 번뿐 아
니라, 그다음부턴 계속 그녀에게 초콜릿을 양보했다. 그러나 거기까지
였다.

태호는 여전히 서재에 앉아 책을 읽었고, 아무리 앞에서 알짱거려도
같이 놀자는 말을 하지 않았다. 서운했지만, 달콤한 초콜릿을 먹으며
아쉬운 마음을 달래야만 했다.

그 후, 동업이 깨지며 두 집안 사이가 멀어지고도 리아는 가끔 어린
시절 왕자님이었던 태호를 떠올렸다.

중학교에 들어가고 태호의 외모가 공붓벌레처럼 역변했을 때는 솔
직히…… 아주 솔직히…… 다행이란 생각이 들었다.

어머, 이젠 아무도 안 쳐다보겠네.

그러다 대학교에 들어가고, 우연히 오리 새끼에서 백조로 둔갑한 태
호와 마주쳤다. 클럽에서 만났을 땐 구미호가 태호라는 건 상상도 하
지 못했다.

그렇지만 그녀의 감각은 본능으로 알아보았나 보다. 그러니 다짜고
짜 생일 선물이라며 서프라이즈 뽀뽀를 날렸겠지. 하다 보니 뽀뽀가
아니라 키스가 되었지만…….

그 후 민수의 부탁으로 대리 출석을 해주다가 다시 태호와 재회하게
되었고, 그대로 빠져들었다. 나중에 상대가 강태호라는 것을 알게 되
고서도 차마 그를 거부할 수 없었다. 운명처럼 다가오는 태호를 어찌

외면할 수 있었을까!

하지만 과거는 그랬다 치고.

"아이 씨, 망했어."

정지 신호에 차를 세우며, 리아는 두 손으로 운전대를 내리쳤다. 철없던 20대 시절에야 그럴 수 있겠지만, 이젠 아니잖아. 사랑은 사랑, 일은 일, 인생은 인생. 서로 깔끔하게 구분해야 하는 나이다. 그런데도 '사랑보다 일이 더 중요해!'를 외치며 멋지게 이혼하려던 계획에 큰 차질이 생기고 말았다.

물론 사랑한다고 무조건 일을 놓치는 것은 아니다. 노력 여하에 따라선 둘 다 차지할 수도 있다. 하지만 그녀가 상대해야 할 사람은 강태호였다. 이제는 그녀를 강가에 돌멩이처럼 바라보는, 그래서 그녀를 체스 말쯤으로 여기며 이용하는 냉정한 구미호, 강태호의 말이다.

앞으로 어떻게 해야 하지? 앞으로 같이 살아야 할 날이 5년이나 남았는데, 이리도 허무하게 태호에게 넘어가다니…… 실망이야, 주리아!

그날 밤, 집에 돌아간 리아는 '어떻게 하면 다시 마음의 문을 잠글 수 있을까?' 하는 궁리로 밤잠을 설쳤다. 그러나 끝내 뾰족한 해결 방법은 알아내지 못했다.

다음 날, 회사로 출근하고 나서도 그녀는 틈만 나면 골똘히 생각에 잠겼다. 강수미와 서로 껴안고 있는 장면을 상상하면 정이 좀 떨어지려나? 하지만 정이 떨어지긴커녕, 미칠 것처럼 질투심만 끓어오를 뿐이었다.

이번엔 그가 얼마나 독설가인가를 떠올려보았다. 칼만 안 들었을 뿐이지, 난도질할 것 같은 날카로운 말을 내뱉곤 했으니까.

그런데…… 왜 가슴이 두근거리는 거야?

리아는 화끈거리는 뺨을 감싸며 벌떡 자리에서 일어섰다.

나, 나쁜 남자가 취향이었던 거야?

그때 문이 벌컥 열리며 새로 개발한 제품을 손에 든 민수가 들어섰다. 그는 상기된 얼굴로 책상 앞에 서 있는 리아를 발견하곤 놀란 표정을 지었다. 한눈에 봐도 그녀가 매우 혼란스러운 상태라는 걸 알 수 있었으니까.

"리아야, 무슨 일이야? 얼굴이 왜 그래? 태호 걱정돼서 그러는 거야?"

리아는 대답을 하는 대신 민수를 힐끗 노려보았다. 따지고 보면 이 모든 일의 시작은 민수 때문이니까.

태호를 사랑하게 만든 원인 제공자, 주민수!

"……민수야."

"응, 그래. 말해봐."

민수가 고개를 끄덕이며 다음 말을 재촉하자, 리아는 민수의 멱살을 움켜잡았다. 갑자기 리아에게 멱살을 잡힌 민수의 눈이 휘둥그레졌다.

"야, 왜 이래?"

"책임져."

"책임지라니 뭘?"

"이게 모두 다, 너 때문이잖아. 그때 나에게 대리 출석 부탁만 안 했어도……."

오늘따라 리아는 자신의 반쪽인 민수가 너무나도 원망스러웠다.

"커억, 컥. 말로 해, 말로."

민수의 애원에도 불구하고 리아는 한참 후에야 잡았던 멱살을 놓았다. 그래도 화가 안 풀린 리아는 캑캑거리는 민수를 날카롭게 노려보왔다.

"도대체 왜 이렇게 저기압인데? 그리고 날 보고 뭘 책임지라는 거야?"

민수는 황당하다는 표정을 지으며 손으로 목을 문질렀다.

"몰라."

리아는 대답을 거부하며 다시 의자에 앉았다. 그녀도 안다. 괜한 화풀이라는 거. 민수가 일부로 두 사람을 맺어지게 하려고 대리 출석을 부탁한 건 아니니까. 그래도 자꾸만 얄밉다는 생각이 드는 건 어쩔 수 없었다.

아무래도 분위기가 심상치 않자, 민수는 힐끔 눈치를 보며 가져온 제품을 앞으로 내밀었다.

"퇴근하기 전에 이거 좀 시식해봐. 이번에 우리 팀에서 개발한 사골국인데 국물이 완전 죽이거든."

"죽이는 국물 같은 소리 한다."

리아는 꼴 보기도 싫다는 듯 민수가 건네는 제품을 손으로 밀쳐냈다. 민수는 지금 리아가 저기압인 이유가 병원에 있는 태호가 걱정되어서라고 넘겨짚었다. 아무리 그래도 전 남친이자 현 남편이 사고로 병원에 있으니 마음이 무겁겠지. 어쩌면 당장에라도 병원으로 달려가고 싶은 걸 참느라, 스트레스가 극에 달했을지도 모르겠다. 사실 그래서 일부러 태호에게 가져다주라고 사골 제품을 골라서 가져온 거다.

그런 뜻깊은 배려도 모르고 리아는 민수를 향해 신경질을 부렸다. 그래도 일부러 가져왔는데 헛수고하고 싶지 않은 민수는 다시금 사골국 제품을 리아의 앞으로 밀었다.

"그나저나 태호 녀석, 갈비뼈에 금이 간 거면 숨 쉴 때마다 꽤 고통

372

스러울 거야."

그 말에 리아의 눈가에 작은 경련이 일었다.

"정말?"

그녀가 자신의 말에 반응을 보이자, 민수는 옆으로 바짝 다가가며 재빨리 다음 말을 이어나갔다.

"응. 나도 재작년에 축구하다가 갈비뼈에 금 간 적 있잖아. 왜, 기억 안 나? 나 그때 누웠다 일어날 때마다 끙끙거리면서, 팔도 제대로 못 들었잖아."

그랬었나? 리아는 재작년의 기억을 되짚어보았다. 그러고 보니 그랬던 것 같기도 하다. 하지만 민수는 항상 비실비실하고 허구한 날 아픈 편이라서, 솔직히 왜 아픈지 샅샅이 이유를 알지는 못했다.

"그거 은근히 통증 심해. 숨 쉴 때마다 통증이 느껴진다고."

태호가 괜찮다고 해서 그 말만 믿고, 아무렇지 않은 줄 알았다. 주치의도 깁스가 필요하지 않다고 했고, 크게 다친 건 아니라고 했었다고.

그런데…… 통증이 꽤 심할 거라고?

"그렇게 많이 아파?"

리아가 조심스럽게 묻자, 민수는 크게 고개를 끄덕였다.

"당연히 아프지, 뼈에 금 간 건데."

순간 리아는 가슴에 숨을 쉴 수 없을 정도로 심한 통증이 느껴졌다.

……난 그런 줄도 모르고.

그녀는 갑자기 밀려드는 죄책감에 숨을 죽였다. 올 필요 없다는 태호의 말에 병원에 갈 생각조차 하지 않고 있었다니. 그뿐인가? 한동안 마주치지 않아도 된다며 안도의 숨까지 내쉬었다.

나, 나쁜 여자인가 봐.

리아는 울고 싶은 마음에 아랫입술을 깨물었다.

"퇴근하고 병원 들를 거지?"

"응."

리아가 힘없이 고개를 끄덕이자, 민수는 앞에 놓인 사골국 제품을 툭툭 건드렸다.

"뼈가 도로 붙는 데도 한 달쯤 걸릴 거야. 뼈 회복엔 사골국이 최고니까, 이거 가지고 가. 그래서 일부러 챙겨온 거니까."

이런 걸 보고 '병 주고 약 준다.'고 하는 걸까? 결국 리아는 잠시만이라도 민수를 용서해주기로 했다.

민수가 준 사골국 제품을 종이 가방에 가득 넣고 사무실을 나오는데 엘리베이터 앞에서 민훈과 마주쳤다.

"강 이사, 사고 났다고 들었어. 지금 병원에 있다며? 사실이야?"

증축 공장에서 일어난 사고는 이미 뉴스에 보도되었지만, 태호의 사고는 비밀이었다. 모두 쉬쉬하고 있는데 어떻게 민훈의 귀에까지 들어갔는지 모르겠다.

"응."

리아는 씁쓸한 얼굴로 고개를 끄덕였다.

"그런데 왜 내게 말하지 않았어?"

"크게 걱정할 정도는 아니야."

"병원에 입원했다며……."

"그렇긴 한데 크게 다친 건 아니고, 갈비뼈에 금이 간 정도야. 그래도 혹시 몰라서 상태 지켜보려고 입원한 거고."

민수의 말에 의하면 갈비뼈에 금이 간 것도 꽤 통증이 심할 거라지만, 이상하게도 민훈에게 태호가 아프다는 사실을 알리기 싫었다. 왜

인지 태호가 싫어할 것 같았다.

"어느 병원에 입원했어?"

엘리베이터를 내리며 민훈이 지나가는 투로 물었다. 예전 같으면 아무렇지 않게 알려주었을 테지만, 얼마 전 새벽에 있었던 일 이후로 어딘지 모르게 민훈과 거리감이 느껴졌다. 민훈의 잘못은 아니지만 누군가 계획적으로 두 사람을 불러낼 정도라면, 어디선가 두 사람을 지켜보고 있다는 뜻도 된다.

혹시 알아? 지켜만 보는 게 아니라, 대화를 엿듣고 있을지…….

"나, 늦었다. 먼저 갈게. 내일 봐."

리아는 대답을 생략한 채, 재빨리 지하 주차장으로 연결된 엘리베이터로 뛰어갔다. 민훈이 의아한 표정으로 바라봤지만, 지금 그녀는 민훈의 기분까지 살필 여유는 없었다.

리아의 머릿속에는 고통에 허덕일지도 모르는 태호만이 가득 차 있을 뿐이었다.

Chapter 12

다시 안을 수
있을 때까지……

"괜찮은가?"

주 회장이 걱정스러운 얼굴로 병실에 들어섰다. 예정보다 길어진 해
외 출장에서 돌아온 그는 태호의 사고 소식을 듣자마자, 곧장 공항에
서 병원으로 달려오는 길이다.

"검사 결과 큰 이상은 없다고 들었네만……."

주 회장이 다가오자, 몸을 일으키려던 태호는 가슴에 통증을 느끼고
도로 침대에 몸을 뉘었다.

"괜찮습니다. 심려를 끼쳐서 죄송합니다."

침대 옆에 놓인 의자에 앉으며 주 회장이 말을 이었다.

"입원하길 잘했어. 원래 사고 후유증이라는 게 언제 나타날지 모르
는 거니까, 이럴 때 푹 쉬는 것도 나쁠 건 없겠지."

"네, 회장님."

태호가 계속해서 자신을 회장님이라고 부르자, 주 회장은 입가에 희
미한 미소를 떠올렸다.

"이젠 회장님이라고 부르지 말고 장인어른이라고 부르게."

"네, 장인어른."

두 사람의 사이에 잠시 어색한 침묵이 흘렀다.

이윽고 먼저 입을 연 사람은 주 회장이었다.

"기억나나? 결혼식을 1주일 남기고 내가 자넬 찾아간 일. 아무래도 이 결혼은 안 되겠다고, 회사 살리자고 내 딸을 호랑이 굴에 보낼 수 없다고 말했었지."

그랬다. 만약 그때 주 회장이 생각을 바꾸지 않았다면 리아와 태호의 결혼은 끝내 이뤄지지 못했을 것이다.

"그때 자네가 나에게 이런 말을 했었지. 그래서 내가 한발 물러섰던 거고……"

태호와 주 회장이 시선이 조용히 맞물렸다. 이윽고 태호가 천천히 입을 열었다.

"네, 그랬었죠. 제가……"

그때 태호에겐 선택의 여지가 없었다. 이대로 거의 손에 들어왔던 것을 놓칠 순 없었으니까.

─ 회장님, 저는 진심입니다. 정략결혼이 아닌 진심으로 하는 결혼입니다.

진심은 통한다는 말을 믿으며 태호는 주 회장에게 자신의 속마음을 말했다. 그리고 리아와 자신이 과거 연인 사이였다는 사실을 털어놓았다. 당시 두 사람의 사이를 전혀 몰랐던 주 회장에겐 큰 충격이었다. 꽤 오랫동안 주 회장은 할 말을 잃은 채로 길게 한숨만을 내쉬었었다.

지금도 크게 다르진 않았다. 주 회장은 얼굴에 씁쓸한 미소를 띠며 긴 한숨을 내쉬었다.

"후우, 처음엔 화가 나기도 하고, 기가 막히기도 했지만……. 다시 생각해보니 못난 어른들 때문에 둘 다 마음고생이 심했겠더군."

주 회장이 계획보다 해외 출장 기간을 늘린 건, 두 사람을 어떻게 대해야 할지 생각을 정리하지 못한 이유도 있었다.

"난 솔직히 아무것도 모른 척 연기할 자신이 없네. 특히 집사람이 눈치가 너무 빨라서……. 내가 조금이라도 말실수를 한다면 금방 탄로 날 걸세."

"죄송합니다, 장인어른."

"아니야, 그게 자네 잘못은 아니지. 그리고 말이지, 지금 벌이고 있는 일……."

그날, 태호는 주 회장에게 또 다른 충격적인 사실을 털어놓았다.

㈜정직의 동업이 깨진 이유가 어쩌면 누군가의 계략에 의한 것이라고 말했다. 역시나 주 회장은 선뜻 태호의 말을 믿지 못했다. 하지만 지금까지 태호가 알아낸 정보를 듣고는 생각을 바꿨다.

"나도 최대한 돕겠네. 만에 하나라도 내 도움이 필요하면 언제든지 연락하게."

그 말을 끝으로 주 회장은 편히 쉬라며 병실을 나섰다.

혼자 병실에 남은 태호는 벽에 걸린 시계로 시선을 돌렸다. 시곗바늘은 저녁 6시가 조금 안 되는 곳을 가리키고 있었다.

퇴근할 시간이군. 분명 자신이 먼저 오지 말라고 말했지만, 퇴근 시간이 가까이 다가오자 은근히 기다려지는 건 어쩔 수 없었다. 물론 그녀는 오지 않을 테지만……. 며칠 안 보는 동안만이라도 리아가 편안히 지냈으면 좋겠다. 보고 싶은 마음이야 억누르면 그만이니까.

"이사님."

남 비서가 걱정스러운 얼굴로 수저를 놓는 태호를 바라보았다. 진통제나 통증 때문에 입맛을 잃었는지, 태호는 먹는 둥 마는 둥 저녁상을 물렀다. 식기에 담긴 음식은 반도 채 없어지지 않은 상태였다.

"병원 밥이 입맛에 맞지 않으시면 제가 밖에서 사올까요?"

"아니, 됐어."

"잘 드셔야 회복이 빠릅니다."

"나중에…… 나중에 먹을게. 그보다 사고 현장 수습은 어떻게 되어 가고 있지?"

"한 사장이 현장에 내려가서 직접 수습하고 있답니다."

"그래? 본인이 저지른 일이니, 본인이 직접 수습해야겠지."

태호는 피식 입매를 비틀며 남 비서가 건네는 태블릿을 받아들었다. 이곳저곳에 비리가 있다는 것을 알았지만, 공장 증축 현장에까지 손을 쓰고 있었다니. 처음 강수미에게 공장 증축 현장에서 문제가 생길지도 모른다는 말을 듣고 반신반의했었다. 하지만 우려했던 일이 일어나고야 말았다. 건축 자재를 뒤로 빼돌렸고, 건축 업체 선정에도 문제가 있었다. 모두 한 사장의 지시로 일어난 일이었다. 오히려 이 정도 사고로 끝난 게 천만다행이라는 생각이 들 정도였다.

"강 회장님도 전무님과 함께 사고 현장에 들렀다 가셨습니다."

"아버지가 눈치를 채신 건 없고?"

"한 사장이 워낙 철저하게 숨긴 터라……. 경찰 조사가 있겠지만 그냥 형식적인 절차일 가능성이 큽니다."

"그렇겠지."

태호는 표정을 굳히며 남 비서에게 태블릿을 돌려주었다. 아직은 아니다. 지금 한 사장을 건드렸다간 꼬리를 자르고 도망갈 테니까. 힘들지만 조금만 더 인내해야 한다. 완전히 몸통을 끄집어내 말끔히 정리할 수 있을 때까진…….

똑똑―.

그때 노크 소리가 들렸다.

"찾아올 사람이 없는데?"

남 비서가 뒤를 돌아보려는데 문이 스르르 열리며 리아가 안으로 들어섰다.

"무슨 일이야?"

분명 오지 말라고 했는데도 리아가 병실에 모습을 나타내자, 태호는 반가운 마음보다 걱정이 앞섰다.

혹시 무슨 문제라도 생겼나?

그의 우려가 맞는지, 리아는 그의 시선을 피하며 힘없는 목소리로 작게 중얼거렸다.

"아니, 그냥…… 근처 지나다가 들렀어."

근처 지나다가 들렀다니, 말이 안 되는 소리다. 태호는 리아의 뻔한 거짓말에 저도 모르게 눈살을 찌푸렸다. 어째 병원에 입원한 자신보다 그녀의 안색이 더 창백해 보였다.

혹시 근처 지나다가 들렀다는 말이 몸이 안 좋아서 병원에 왔다가 들렀다는 말은 아니겠지?

태호와 마찬가지로 남 비서도 눈살을 찌푸렸다. 아직 한쪽 뺨에 검붉은 흔적이 남아 있는데, 오늘 리아가 이곳에 올 것이라 예상하지 못한 탓에 얼굴에 파운데이션을 바르지 않았다.

이런!

남 비서는 서둘러 한 손으로 뺨을 가리고 급히 문 쪽으로 향했다.

"전 그럼 이만 가보겠습니다."

남 비서가 빛의 속도로 사라지고, 잠시 병실에 어색한 침묵이 흘렀다. 리아는 아무도 없는 병실을 천천히 둘러보며 조심스럽게 입을 열었다.

"저녁은 먹었어?"

"……어, 그게…….'

태호가 대답을 머뭇거리자, 리아는 민수에게 받은 사골국 제품을 종이 가방에서 꺼냈다.

"아직 안 먹었으면 이것 좀 먹어봐. 이번 가을에 출시 예정인 사골국이야."

태호는 믿을 수 없다는 표정으로 사골국 제품과 리아의 얼굴을 번갈아 바라보았다. 평범한 부부 사이였다면 당연히 뼈 잘 붙으라고 가져왔다고 믿겠지만, 두 사람은 그런 사이가 아니었다. 당연히 의문이 떠올랐다.

"왜 갑자기 이걸?"

태호가 굳은 표정으로 묻자, '도둑이 제 발 저린다'고 리아는 꿀꺽 마른침을 삼켰다.

어머, 어떡해! 티 났나 봐. 누군가 그랬지? '연기를 숨길 수 없듯이 상대를 좋아하는 감정도 쉽게 숨길 수 없다'고. 그 말이 정말 맞나 보다. 사골국만 건넸을 뿐인데도 느껴지나? 아직은 들키면 안 되는데…….

"왜겠어? 나중에 우리가 이거 출시하고 나서, KJ푸드 제품 카피했다고 시비 걸지 말라고, 먼저 시식해보라고 가져왔어."

리아는 최대한 쌀쌀맞게 말하며 제품을 뜯어 그릇에 담았다. 혹시라도 태호가 눈치챌까, 빠르게 다음 말을 이었다.

"잘 봐. 로고 디자인, 음식 사진도 완전 다르고, 포장 색상도 달라. 물론 맛도 다르고. 우리 제품이 기름을 싹 걷어내서 훨씬 더 깔끔하다고."

그제야 굳었던 표정이 풀리며 그의 입가에 희미한 미소가 떠올랐다.

"후, 알았어."

어떻게 보면 비웃는 것 같은 미소였다.

그런데 왜 이리 멋진 거지?

태호가 피식 웃어버리자, 순간 얼굴이 붉게 물들고 말았다. 화장을 진하게 하고 오는 건데 거기까진 생각하지 못했다. 당황한 리아는 재빨리 옆으로 고개를 돌리며 등을 돌렸다.

"전자레인지에 데워줄게."

음식이 데워지는 5분 동안, 리아는 손부채질하며 붉어진 얼굴을 정상으로 되돌리려 애썼다.

"뜨거우니까 조심해서 먹어."

리아는 차갑게 말하며 침대 음식 테이블 위에 국그릇을 내려놓았다. 사실 마음 같아선 먹여주고 싶었다. 하지만 그랬다간 떨고 있다는 사실을 들킬지도 모른다.

사춘기 소녀도 아니면서, 전 남친이자 현 남편인 남자 앞에서 떨고 있다니…….

리아는 그런 자신이 못마땅했지만 어쩔 수 없었다. 오늘은 마음의 빗장이 풀리고 나서 처음으로 그를 가까이서 마주하는 날이니까. 태호를 코앞에서 보니까 더 미치겠다.

사람이 양심도 없이 뭐 이리 섹시한 거야? 긴 속눈썹하며, 숟가락을 잡은 기다란 손가락하며……. 한마디로 인간 명품 그 자체였다.

다시 얼굴이 붉어지려 하자, 리아는 서둘러 창가로 고개를 돌려버렸다. 애써 무표정을 유지하려고 했지만, 입술이 가늘게 떨렸다. 이러다가는 얼마 안 가 마음을 들킬 게 분명하다. 불안한 마음에 리아는 아랫입술을 지그시 깨물었다.

아, 어쩌면 좋지?

애타는 질문에 해답은 없었다.

"……나쁘진 않네."

사골국 시식 후, 태호가 내린 평가였다. 예전 같았으면 '나쁘지 않다고? 왜? 너무 맛있어서 위기감 느낀 건 아니고?'라고 쏘아붙였을 것이다. 그러나 오늘 리아는 잠자코 종이 가방에서 즉석 밥을 꺼냈다.

"밥도 같이 먹을래? 국만 먹기 그렇잖아. 반찬도 좀 챙겨왔어."

이어서 주원식품 반찬 세트를 꺼낸 리아는 간소하게나마 테이블 위에 상을 차렸다.

왜 저러지?

태호는 아까보다 더 의심스러운 표정으로 리아를 지켜보았다. 뭔가 이상했다. 그녀의 태도가 조금은 변한 것 같았다.

도대체 무슨 일일까? 다친 남편 안 챙긴다고 안 좋은 소리라도 들었나?

하지만 태호가 아는 한, 그의 어머니 정 여사는 리아에게 그런 말을 할 사람이 아니었다. 정략결혼한 사이에 무슨 아내 노릇이냐며 말리면 말렸지. 소정도 싫은 소리를 할 리 없었고, 태희도 마찬가지였다. 그런데도 리아는 왜 안 하던 짓을 하는 걸까?

유심히 살펴보니 그릇에 반찬을 옮기는 리아의 손이 살며시 떨리고 있었다. 안색 역시 좋지 않은 것 같다. 자꾸만 아랫입술을 깨무는 것도 그렇고, 왠지 모르게 바짝 긴장한 것 같은데……. 긴히 할 말이라도 있는 건가?

결국, 태호는 단도직입적으로 물어보기로 했다.

"혹시 내게 하고 싶은 말이라도 있어?"

"어?"

예상이 맞았는지 리아는 흠칫 놀라며 동작을 멈추었다.

누가 구미호 아니랄까 봐! 귀신같이 알아챘네. 혹여 마음을 들킬까봐, 일부러 눈도 안 마주쳤는데……. 혹, 망했다.

그러나 이대로 순순히 포기할 순 없었다.

"하고 싶은 말?"

리아는 미친 듯이 쿵쾅거리는 심장을 달래며, 무슨 말이냐는 듯 고개를 갸웃거렸다. 그러자 태호가 뒷말을 이었다.

"내가 분명 올 필요 없다고 했을 텐데? 그런데도 퇴근하자마자 찾아온 걸 보면 뭔가 할 말이 있어서야. 그렇지?"

"아니……."

'아니거든! 할 말이 있어서가 아니라, 걱정도 되고, 하룻밤 못 봤다고 보고 싶기도 해서 온 거거든!'이라는 말이 튀어나오려 하자, 리아는 살며시 혀끝을 깨물었다. 속마음이야 어떻든 지금은 최대한 감정을 숨겨야 한다.

"할 말은 무슨? 근처 지나는 길에 들른 거라고 했잖아."

태호는 고갯짓으로 테이블을 가득 채운 반찬 그릇을 가리켰다.

"지나는 길에 들른 건데, 이렇게 음식을 챙겨왔어?"

흠…… 그러네.

솔직히 그녀가 보기에도 지나는 길에 들른 것치곤 좀 과하긴 했다.

너무 바리바리 싸왔나?

"맞아, 지나가는 길에 들렀다는 건 그냥 해본 말이고. 사실은……."

어쩔 수 없이 리아는 진실을 털어놓기로 했다. 하지만 '태호야, 나, 널 다시 좋아하게 됐나 봐.'라고는 목에 칼이 들어와도 말할 수 없었다.

"흠흠."

리아는 가벼운 헛기침으로 목소리를 가다듬고 천천히 말을 이었다.

"어젯밤에 곰곰이 생각해봤는데……. 내가 병원에 코빼기도 비추지 않으면 다들 이상하게 여길 거야."

태호의 입원이 대외적으론 비밀이라지만, 그를 돌보는 병원 의료진이나 직원들에겐 아니었다. 아무리 입단속한다고 해도 리아가 이곳에 발길을 끊으면, 둘 사이에 문제가 있다는 말이 퍼질지도 모른다. 불과 며칠 전만 해도 강수미와의 오피스텔 밀회 기사가 온라인을 장식했으니까. 심하면 두 사람은 이미 별거 중이라는 황당한 소문으로 커질지도 모른다.

그녀의 말에 수긍했는지 태호가 가볍게 고개를 끄덕였다. 그래도 굳은 표정은 풀리지 않았다.

"그렇다고 매일 찾아올 필요까진 없어."

하, 천하의 까칠남 아니랄까 봐, 완전 철벽을 치시네. 며칠 전의 리아였다면, '알았어. 그럼 퇴원하는 날 올게.'라고 투덜거리며 바로 병실을 나섰을 것이다. 하지만 본심을 깨달은 이상, 더는 그럴 수 없었다.

태호야, 내가 널 여기 혼자 두고 어떻게 가. 십 리도 못 가서 발병 날 거라고!

일정한 거리를 유지하려는 태호가 야속했지만, 그렇다고 가만히 물러날 생각은 없었다. 옆에서 자고 갈 순 없겠지만, 챙겨온 음식이라도 다 먹는 모습은 보고 가야겠다.

"그건 내가 알아서 할 테니까. 그래서 먹을 거야? 말 거야?"

그녀가 일부러 기분이 상한 티를 내자, 그제야 태호는 마지못해 다시 수저를 들었다. 하지만 손을 들어 올리다 통증을 느꼈는지 미간을 찌푸리며 급히 숨을 들이마셨다.

이런……!

미처 깨닫지 못했는데 팔을 들면 가슴에 통증이 오는 것 같다. 아까 민수도 그랬었다. 갈비뼈에 금 갔을 때 팔도 제대로 올리지 못했다고. 몰랐다면 무심코 넘겼겠지만, 이젠 그가 어떤 상태라는 것을 알기에 리아는 저도 모르게 아랫입술을 깨물었다.

이런, 어떡하지?

태호가 아파하는 모습을 지켜보고만 있을 순 없었다.

"이리 줘. 내가 먹여줄게."

리아는 재빨리 태호의 손에서 수저를 빼앗아 들었다.

"뭐?"

태호는 순간 자신의 귀를 의심했다.

사골국을 가져다준 것만으로도 서쪽에서 해가 뜰 판인데, 이젠 먹여주기까지 하겠다고?

"팔 올리면 갈비뼈 아프잖아. 아니야?"

"그렇긴 한데……."

그래도 한두 살 먹은 애도 아니고, 밥을 먹여준다니. 한 번도 상상하지 못한 일이었다. 어머니 정 여사가 밥을 먹여준 기억은 유년 시절 이후엔 한 번도 없었다. 아플 때마다 먹여달라고 칭얼거리던 태문, 태희와는 달리, 그는 딱히 아픈 적도 없었기 때문이다. 아니, 아프다고 해도 양팔이 부러진 것도 아닌데, 왜 남의 손을 빌려서 밥을 먹느냐 말이다. 가슴에 통증이 느껴져도 어색한 것보단 백배 천배 나을 것이다.

"……리아야."

괜찮다고 하려는데 그때 마침, 문이 열리며 간호사가 들어왔다. 간호사는 테이블 위에 놓인 사골국을 보더니 환하게 웃어 보였다.

"어머, 아까 저녁을 먹는 둥 마는 둥 하시더니, 사모님 기다리시느라고 그러셨네요. 오늘 통 드시지 못해서 걱정했는데……."

간호사는 차트를 넘기며 계속해서 말을 이었다.

"사실 병원식이 입맛에 맞진 않겠죠. 그래도 회복이 빠르게 하려면 잘 드셔야 해요."

오늘 통 먹질 못했다니!

울컥 감정이 솟아올라, 리아는 손에 쥔 숟가락을 꼭 움켜쥐었다.

그랬으면 말을 했어야지.

환자 체크를 마친 간호사가 병실을 나가자, 리아는 원망이 어린 눈으로 태호를 흘겨보았다.

오늘 이렇게 왔으니까 망정이지, 안 그랬음 남편이 병원에서 굶든 말든 전혀 신경 안 쓰는 못된 아내가 될 뻔했다.

리아는 태호에게 화가 났다기보다는 자신에게 화가 났다. 이런 줄도 모르고 혼자만의 감정에 휩쓸려 끙끙거리고 있었으니까.

마음의 빗장이야 도로 잠그든 못 잠그든 그거야 나중 일이고, 지금 태호가 아파서 제대로 먹지도 못한다는데……. 그래, 내 남자는 내가 챙겨야지.

"자, 먹어."

리아는 젓가락으로 동그랑땡 반찬을 집어 태호에게 내밀었다. 안 먹으면 큰일이 날 것 같은 비장한 표정이었다. '됐어. 내가 먹을게.'라는 말이 목구멍까지 올라왔지만, 살벌한 표정을 보니 군소리 없이 먹는게 나을 것 같다.

태호는 못 이기는 척, 그녀가 내민 음식을 받아먹었다.

"자, 이것도 먹어."

이번엔 사골국에 맑은 밥을 숟가락으로 한술 떠 가져왔다. 처음 받아먹는 게 어렵지 두 번째, 세 번째는 쉽게 넘어갔다. 물론 어색하고 불편하긴 했지만, 그래도 걱정했던 것보다 나쁘진 않았다.

닭살도 돋고 유치해도, 뭐랄까? 가슴이 뻐근하게 아픈 느낌이랄까. 절대로 갈비뼈에 금이 가서 그런 건 아니다. 태호는 다음 반찬을 심각하게 고르는 리아를 보며 희미한 미소를 떠올렸다.

다음 날 리아는 정시 퇴근 후, 곧장 한남동 본가로 향했다. 이미 전화로 연락받은 정 여사가 어리둥절한 얼굴로 리아를 맞이했다.

"그래서 나보고 반찬을 챙겨 달라고?"

"네, 어머니. 죄송해요, 제가 요리에 서툴러서요. 그리고 아플 때 제일 생각나는 게 엄마 음식이잖아요."

"그거야 그렇다만……."

정 여사는 난처한 얼굴로 말꼬리를 흐렸다. 지금까지 태호는 아픈 적이 거의 없었기에 어머니인 그녀조차 뭘 해줘야 하는지 알지 못했다. 천재 소리 듣던 둘째 아들, 어디 뇌만 튼튼했나? 몸도 아주 튼튼했다. 그 덕분에 큰 병치레 없이 건강하게 자랐다.

물론 사고 소식에 놀라서 그녀도 병원에 달려가긴 했었다. 그러나 너무나 멀쩡한 얼굴로 앉아 있는 태호를 보고 크게 걱정할 필요는 없다고 마음을 놓았었다. 그런데 어쩐 일인지, 리아는 걱정스러운 얼굴로 태호를 챙기기에 여념이 없었다.

1년 안에 사이가 좋아질 수 있게 노력한다더니, 그래서 그런가? 며느리가 아들을 챙겨준다니 기특하다는 생각이 들면서도 혹시 무슨 꿍꿍이가 있는 건 아닌가? 그런 의심도 들었다.

그때 마침 주방으로 들어서던 태희가 차곡차곡 쌓인 반찬 통을 발견하고 놀란 표정을 지었다.

"이게 다 뭐예요? 어디서 파티해요?"

"태호 씨가 입맛이 없는 것 같아서 반찬 조금 가져가려고요."

잉? 이게 '조금'이라고? 조금이라고 하기엔 너무나 많은 양이었다.

태희는 리아를 골탕 먹이려고 태호가 반찬 투정을 부린다고 넘겨짚었다. 자기는 아파서 병원에 있는데, 새언니는 집에 편하게 있는 것 같아서? 그래서 딴에는 리아 편을 들어준다며 한마디 거들었다.

"뭘 귀찮게 반찬까지 싸가요? 오빠, 그냥 병원 밥 먹으라고 해요. 병원 밥은 저염식이라서 건강에도 좋다고요."

잠자코 듣기만 하던 리아는 반찬 통을 모두 종이 가방에 담자, 태희에게로 고개를 돌렸다.

"매정한 소리 하지 마세요, 아가씨. 지금 작은오빠는 환자예요."

"네?"

"저, 이만 가볼게요."

말을 마친 리아는 양손에 종이 가방을 들고 빠른 걸음으로 주방을 걸어 나갔다. 그러면서도 살며시 태희를 노려보는 것을 잊지 않았다.

태희는 눈을 동그랗게 뜨며 '새언니, 왜 저래?'라는 듯 정 여사를 바라보았다. 정 여사는 '난들 아니?' 표정으로 어깨를 으쓱거리며 현관을 나서는 리아에게 시선을 돌렸다.

그런데 웬일일까?

오늘따라 며느리의 뒷모습이 평소보다 예쁘게 느껴졌다.

"이번에 다친 직원들, 위로금 지급하는 거 잊지 말고."

서류를 확인을 끝낸 태호는 남 비서에게 태블릿을 돌려주며 재차 강조했다.

"그건 이미 그룹 차원에서 진행하고 있습니다."

"그룹 차원 말고도 KJ푸드 단독으로도 진행해. 한 사장이 뭐라 하든 신경 쓰지 말고."

"네, 알겠습니다. 아, 저, 그런데…… 이사님."

태블릿을 가방에 넣으며 남 비서가 조심스럽게 말을 이었다.

"강수미가 문병 와도 되냐고 묻더군요."

"절대로 안 되는 거 알지?"

그 말에 태호는 크게 눈살을 찌푸렸다. 이제 겨우 화해했는데 또다시 리아와 다투는 일은 만들고 싶지 않았다.

"물론입니다. 이미 제 선에서 처리했습니다. 그래도 아서야 할 것 같아서요."

남 비서는 예상했다는 듯 빠르게 대답했다.

"이제 앞으로는 될 수 있으면 남 비서가 혼자 강수미를 만나도록 해."

"……아, 네."

태호의 지시에 남 비서의 얼굴이 잠시 굳어졌다. 분명 불만 있는 표정이었다. 하지만 할 수 없다. 아내 사랑과 후배 사랑 중에서 하나를 선택해야 한다면 단연코 아내 사랑이니까.

"강수미에게 이번 사고, 미리 귀띔해준 건 고맙다고 전해."

말을 끝낸 태호는 벽에 걸린 시계로 시간을 확인했다.

"곧 리아 올 시간이다."

그러자 남 비서는 급히 손으로 한쪽 뺨을 감쌌다. 어제보단 검붉은 기가 많이 빠졌지만, 그래도 아직은 눈에 확연히 들어왔다.

"그럼 전 이만 가보겠습니다."

남 비서가 나가고 얼마 지나지 않아 양손에 종이 가방을 든 리아가 병실에 들어왔다. 어제보다 조금 늦게 온 것 같더니, 어디서 쇼핑이라도 하고 왔나 했지만, 정작 종이 가방에선 크고 작은 반찬 통이 끊임없이 나왔다. 태호가 의아한 표정을 짓자, 리아는 별거 아니라는 듯 어깨를 으쓱거렸다.

"너, 한번 먹은 반찬도 또 안 먹잖아. 그래서 오늘 딱 먹을 만큼만 가져왔어."

오늘 딱 먹을 만큼이라면서 이 많은 반찬 통은 뭘까? 평소에 천하장사처럼 많이 먹는 것도 아닌데…… 리아가 조금이라도 편하게 지냈으면 하는 마음에 입원을 결정했던 거지, 이렇게 매일매일 병시중하러 오게 하려고 한 건 아니었다.

자신의 의도와는 정반대로 상황이 돌아가자, 태호는 못마땅한 표정으로 반찬 통을 노려보았다.

팔 아프게 왜 이 무거운 걸 혼자 들고 온 거야.

리아는 태호가 표정을 굳힌 이유가 어제처럼 주원식품 제품인 줄 알고 그런 거라고 생각했다.

"걱정하지 마. 주원식품 반찬 세트 아니니까. 어머님이 손수 준비해 주셨어. 아플 땐 엄마 밥이 최고잖아."

"어머니가 손수?"

"응."

그녀가 생각해도 조금 많이 부탁하긴 했지만, 정 여사는 군소리 없이 직접 반찬을 만들어주었다. 사실 이리도 잘생긴 아들 먹이려고 요리했으니까 하나도 힘들지 않을 것 같았다.

이런 잘난 아들은 둔 시어머니는 얼마나 뿌듯하셨을까? 밥 안 먹어도 배가 부르셨겠네!

리아는 정 여사가 한없이 부럽게 느껴졌다.

나도 태호 쪽 닮은 멋진 아들이 있으면 얼마나 좋을까! 정말 행복하겠지? ……잠깐!

상상의 나래를 펼치던 리아는 방금 자신이 한 생각을 깨닫고 흠칫 굳어버렸다.

헐!

너무 기가 막힌 나머지 순식간에 얼굴이 일그러졌다.

내가 지금 무슨 말도 안 되는 상상을!

얼굴이 화끈거리며 벌겋게 되려 하자, 리아는 용수철처럼 벌떡 자리

392

에서 일어섰다.

"아 참, 음료수 깜빡했다."

한시라도 빨리 이곳을 나가야 한다. 그러나 아무것도 모르는 태호는 속 터지는 소리로 그녀를 붙잡았다.

"괜찮아, 물 마시면 돼."

"아니, 내가 마시고 싶어서 그래. 먼저 먹고 있어. 음료수 사올게."

말을 마친 그녀는 뛰듯이 병실을 빠져나갔다. 다행히 병실 문을 닫고서야 얼굴이 빨개지기 시작했다. 리아는 한 손으로 부채질하며 무작정 복도를 따라 걸었다. 제대로 대처하지 못하는 자신에게 짜증이 치솟았다.

정말 정신 못 차리지? 네가 지금 10대 소녀야? 아니지, 10대일 때도 이런 말도 안 되는 상상은 해본 적이 없다. 친구들과 '무자식이 상팔자' 클럽을 결성한다면 몰라도 말이다.

5년 후에 이혼해달라고 당당하게 말한 주제에 머릿속으로는 두 사람의 2세를 상상하며 혼자 들뜨다니! 아무리 사랑에 빠지면 바보가 된다지만, 이건 지나쳐도 너무 도가 지나치다. 하지만 한번 물꼬를 튼 상상은 쉽게 사라지지 않고 자꾸만 크기를 키워나갔다.

"……태호를 닮았다면, 정말 사랑스럽겠지?"

어느새 음료수 자판기 앞에 도착한 리아는 작게 중얼거렸다. 그리고 자판기를 보지 않고 손 가는 대로 아무 버튼이나 꾹 눌렀다.

잠시 후, 음료수 캔이 덜컥 소리를 내며 떨어졌다. 허리를 굽혀 캔을 꺼내던 리아가 잠시 주춤거렸다.

"……식혜?"

하고 많은 음료수 중에 왜 하필 식혜지?

음료수를 확인한 리아의 표정이 오묘하게 변했다. 속담 중에 '식혜 먹은 고양이 속'이란 말이 있다. 죄짓고 들킬까 봐 안절부절못하는 마음을 비유적으로 표현한 건데…… 죄지은 거 들킬까 봐 전전긍긍하는 거나, 좋아하는 거 들킬까 봐 전전긍긍하는 거나 그게 그거 아닐까?

"하하."

왠지 자신의 처지와 비슷한 것 같아, 리아는 저도 모르게 씁쓸하게 웃고 말았다.

다음 날, 팀원끼리 간단한 회의를 마치고 자리로 돌아가려는 리아에게 민훈이 다가왔다.

"팀장님, 드릴 말씀이 있습니다."

민훈은 평소보다 어두워 보이는 표정이었다. 회의 도중에도 그렇게 느꼈지만, 집중하느라 그랬겠지 하며 대수롭지 않게 넘겼었다. 그런데 아닌가 보다.

"네, 정 대리님. 말해보세요."

"그게……."

민훈은 팀원들 모두 회의실을 빠져나갈 때까지 잠시 뜸을 들였다. 이윽고 회의실에 두 사람만 남게 되자 말문을 뗐다.

"지금 진행하는 프로젝트도 있고 해서 빠지면 안 되겠지만……. 한 3일 정도 휴가를 받을 수 있을까? 급히 본가에 내려가봐야 해서."

"본가라면 부산?"

"응."

그 순간 리아의 머릿속에 며칠 전 수진에게 들었던 말이 떠올랐다.

— 선배 부모님 모두 요양원에 계신다고 들었어. 꽤 됐지, 아마?

혹시 부모님의 상태가 안 좋은 건 아닐까? 그렇지 않고선 항상 밝기만 하던 민훈이 표정이 오늘처럼 굳어 있을 리가 없었다.

"혹시 부모님 편찮으셔? 그런 거라면 3일이 아니라, 일주일 넘게 빼줄 수도 있어."

"……아."

찰나였지만, 민훈의 눈동자가 크게 요동쳤다. 그러나 곧 평정을 되찾고 차분한 목소리로 대답했다.

"걱정해줘서 고마워. 하지만 두 분, 아주 건강하셔. 매주 등산도 함께 다니시는걸."

"아, 그래? 그렇다면 다행이고……."

말꼬리를 흐린 리아는 살며시 민훈의 시선을 피했다. 거짓말이란 걸 뻔히 알면서도 마주 보며 모르는 척할 수 없었기 때문이다. 분명 요양원에 계신다고 들었는데, 매주 등산도 함께 다닌다니? 먼저 털어놓지 않은 건 이해할 수 있었지만, 왜 지금도 사실을 숨기는 걸까.

처음으로 리아는 민훈이 지금까지 자신이 알던 사람과 조금은 다를지도 모르겠다는 생각이 들었다. 이유는 알 수 없었지만…….

"흐음."

왠지 꺼림칙한 기분에 리아는 가만히 숨을 들이마셨다.

"그날 새벽에 사모님께 문자를 보낸 이는……."

남 비서는 태블릿 화면을 손으로 가리키며 태호에게 설명을 이어갔다.

"정민훈 대리가 맞습니다."

남 비서는 리아에게 동의를 얻어 기지국으로부터 수신과 발신 정보를 받아냈다. 그날 밤, 과연 무슨 일이 있었는지 리아도 알고 싶어 했기 때문이다.

"물론 누군가 정 대리 휴대폰을 잠시 가져갔다거나, 또는 해킹으로 사모님께 문자를 보냈을 수는 있습니다. 그리고 바로 문자를 지웠다면 정 대리 본인도 몰랐을 겁니다."

"……그건 그래."

태호는 보고를 들으며 시큰둥한 얼굴로 고개를 끄덕였다. 민훈에게 좋은 감정이 있는 건 아니지만, 질투심에 눈이 멀어 애꿏은 상대를 몰아붙일 생각은 없었다.

"그런데 말입니다. 아무리 생각해도 이게 좀 이상합니다. 혹시나 해서 정민훈 대리의 뒷조사를 좀 더 해봤거든요."

그 말과 함께 남 비서는 옆에 두었던 서류 파일을 집어 태호에게 건넸다.

"제가 전에 정민훈의 아버지인 정창식이 '정직'에서 2년 동안 잠깐 근무한 적이 있다고 했잖습니까. 그런데 제가 놓친 게 있더군요."

"놓친 게 있다니?"

태호는 의아한 얼굴로 서류 파일을 들추었다. 당시 정창식은 생산직에서 근무했다고 들었다. 하도 오래전이라 그가 근무한 기록은 남아 있지 않았다.

"정창식의 아내, 그러니까 정민훈의 어머니인 배연주도 '정직'에서 경리로 근무했더군요. 그것도 10년 넘게 꽤 오랫동안……."

"뭐?"

서류를 훑어보던 태호의 미간에 깊은 주름이 파였다.

"배연주? 어디서 들어본 이름인데……."

"아마도 배연자란 이름을 들어보셨을 겁니다. 오래전에 이름을 개명했더군요. 그래서 제가 놓치고 말았습니다."

"배연자라면……?"

"네. 이사님이 생각하시는 그 인물이 맞습니다."

태호가 아는 바에 따르면 배연자는 ㈜정직이 2개의 회사로 갈라지는 원인을 제공한 인물이다. 당시 경리를 맡았던 그녀는 어느 순간부터 숫자가 일치하지 않는다며 한밤중에 강 회장을 찾아왔었다. 그리고 한 달 후, 회사가 2개로 쪼개졌다.

물론 이유는 강 회장이 관리하던 가공 육류에서 식용에 사용할 수 없는 성분이 검출됐기 때문이다. 하지만 한밤중에 찾아온 배연자의 발언 역시 강 회장이 동업을 끝내기로 마음먹은 계기가 되었다고 알고 있다.

그런데 그 배연자의 아들이 지금 주원식품에서 근무 중인 정민훈 대리라고? 얼마 전까지 리아와 사귀었던 그 정민훈? 과연 우연일까?

"그리고 석연치 않은 점이 또 있습니다. 배연자가 배연주란 이름으로 개명한 것이 5년간의 복역을 마치고 출소한 후랍니다."

"복역이라니?"

태호는 방금 자신이 들은 말이 믿어지지 않았다. 전혀 예상하지 못한 말이었다.

"'정직'이 두 회사로 나뉘면서 배연자는 다른 회사로 취직했는데, 다음 해에 공금 회령이란 죄목으로 체포되었답니다. 제가 알아낸 것은 여기까지입니다."

한 장 한 장, 서류를 넘기는 태호의 얼굴에 어두운 그림자가 내려오기 시작했다. 불길한 예감이 점점 더 강하게 느껴졌다.

분명 뭔가 있어.

그의 본능이 그렇게 말하고 있었다.

"아하."

리아는 병실 문 앞에서 보물단지라도 되는 듯 가슴에 안은 과일 바구니를 꽉 끌어안았다. 맹세컨대, 연속해서 병실을 방문할 계획은 없었다. 어제 반찬을 싸들고 왔었으니까 오늘은 퇴근 후 조용히 집으로 갈 생각이었다고! 다시 한번 강조하는데 처음부터 이럴 생각은 아니었다. 이건 모두 그녀의 반쪽인 민수 탓이다.

민수는 한창 퇴근 준비 중인 그녀에게 불쑥 찾아와서는 커다란 과일 바구니를 덜컥 안겼다.

"내가 오늘 병문안 갈려고 했는데 갑자기 일이 생겨서. 네가 이거 태호에게 전해줄래?"

무슨 소리야! 어제 내가 좋아하는 티 안 내려고 얼마나 고생했는데! 오늘 하루는 쉬어야 한다. 안 그랬다간 눈치 빠른 태호에게 그녀의 감정을 들킬 게 뻔했다. 리아는 짜증 난다는 표정을 지으며 과일 바구니를 도로 민수에게 안겼다.

"싫어, 난 오늘은 집에 가서 쉴 거야. 어제도 늦게까지 병원에 있었다고. 넌 오늘 안 되면 내일 가면 되잖아."

"나, 내일은 세미나 때문에 제주도 가. 주말까지 거기 있다가 다음 주 월요일에나 올라올 거라서⋯⋯."

그러면 너무 늦겠네. 그때쯤 되면 의사가 퇴원해도 좋다고 할 것 같은데⋯⋯.

마음이 약해져서 민수의 부탁을 들어주려던 리아는 빠르게 고개를 흔들었다.

안 돼! 그래도 과일 바구니 때문에 위험을 자초할 순 없어!

"그건 네 사정이고."

조금은 매몰차다 싶게 리아는 단호히 거절했다.

"그래?"

그러자 어깨를 으쓱거린 민수는 혼잣말을 중얼거리며 뒤돌아섰다.

"할 수 없지. 그럼 내가 제주도 가면서 먹어야겠다. 한라봉처럼 비타민 C가 많은 감귤류랑 견과류가 뼈 회복에 좋다고 해서 일부러 주문했는데⋯⋯."

"응?"

왜 하필 '뼈 회복에 좋다.'는 말이 귀에 쏙 들어왔는지 모르겠다. 그 말을 듣는 순간, 통증에 미간을 찌푸리던 태호의 얼굴이 눈앞에 떠올랐다. 아무렇지 않은 척하려고 해도 눈에 훤히 보이던데⋯⋯. 가뜩이나 약한 모습 보이기 싫어하는 성격에 혼자 얼마나 끙끙거리고 있을까!

솔직히 과일이랑 견과류를 먹는다고 오늘 당장 금이 간 뼈가 말짱하게 낫는 건 아니다. 그래도 그를 위해 준비한 과일 바구니를 매정하게 물리친다는 사실에 마음이 불편했다.

오늘 하루 더 조심하면 되지 뭐. 어차피 퇴원하고 집에 오면 매일 얼굴 봐야 하는데. 그 전에 안 들키게 연습도 할 겸, 오늘 하루 더 간다고 무슨 큰일이 있을까 싶었다.

"알았어, 이리 내."

그래서 리아는 빼앗듯이 민수에게서 과일 바구니를 건네받고 다시금 태호의 병실을 방문했다. 긴장한 채로 숨을 들이마시며 안으로 들어가니 마침 간호사가 태호의 상태를 체크하는 중이었다.

이렇게나 간호사가 반가울 수가! '백의의 천사'란 말이 괜히 있는 게 아니다! 적어도 간호사가 있는 순간에는 최대한 그녀의 감정을 드러낼 수 있었으니까!

지금이야말로 절호의 기회다. 리아가 어떻게 나와도 태호는 그저 연기라고만 받아들일 것이다. 고개를 숙여 간호사에게 인사한 리아는 환하게 웃으며 침대 옆 테이블에 과일 바구니를 내려놓았다.

"오빠, 비타민 C랑 견과류가 뼈 회복에 좋다고 해서, 좀 가져왔어."

태호는 '오빠'라는 호칭에 미간을 살짝 찌푸렸지만, 크게 싫은 내색은 하지 않았다. 분명 그 자신도 남들 앞에선 오빠라고 부르라고 했으니까.

리아는 과일 바구니에서 제일 큼직한 한라봉을 꺼내어 껍질을 깠다.

"자, 오빠. 아, 해봐."

"……거기 놔. 이따가 먹을게."

그녀의 과도한 친절이 불편했는지 태호는 고개를 저으며 한라봉을 거부했다. 그러자 옆에서 지켜보던 간호사가 생긋 웃어 보였다.

"체크 끝나자마자 바로 나가드릴게요. 제가 있어서 어색하신가 봐요."

어머, 아니에요! 이 언니가 가긴 어딜 간다고!

리아는 저도 모르게 간호사의 팔을 와락 잡아버렸다.

"그러지 마세요. 찬찬히, 아주 찬찬히 체크해주세요. 그래야 우리 오빠, 하루라도 빨리 퇴원하잖아요."

간호사가 병실을 나가버리면 리아는 다시금 쌀쌀맞게 태호를 대해야 했다. 그러니까 조금이라도 오래 간호사가 있어주는 게 그녀에겐 크나큰 도움이었다.

"네, 알겠습니다."

그런 리아의 속마음을 모르는 간호사는 부드럽게 웃으며 꼼꼼하게 태호의 상태를 차트에 적어 내려갔다. 다행히도 다 끝내려면 조금 시간이 걸릴 것 같았다.

리아는 다시 태호에게 고개를 돌려 생글생글 웃으며 흘러내린 그의 앞머리를 쓸어 올려주었다. 갑작스러운 접촉에 태호의 미간에 깊은 주름이 파였다.

이런, 소름 돋을 정도로 싫은가 보다. 연기라고 생각해도 못 견딜 정도로 거슬린 걸까?

그러자 갑자기 불쑥 오기가 생겼다.

왜 이래? 우리 그래도 예전엔 좋았잖아. 서로 죽고 못 살던 때도 있었잖아!

리아는 좀 더 달콤하게 웃으며 태호에게 상체를 기울였다. 그리고 얼굴을 바짝 들이민 상태에서 나긋나긋한 목소리로 속삭였다.

"오빠, 다 나으면 내가 꼭 안아줄게. 지금은 갈비뼈를 다쳐서 껴안지도 못하잖아."

말이 끝나는 순간, 태호의 얼굴이 설명할 수 없는 표정으로 일그러졌다.

욱!

태호는 날카롭게 가슴으로 퍼지는 통증을 느끼며 숨을 들이마셨다.

주리아! 너, 지금 일부러 이러는 거지? 뒤늦게 강수미와의 일로 복수라도 하려는 건가?

가만히 숨만 쉬어도 뻐근하게 아픈데 심장 박동이 미친 듯 빨라지자, 견딜 수 없는 통증이 밀려왔다. 그것도 모르고 리아는 눈꼬리를 휘며 손으로 그의 뺨을 감쌌다. 연기라는 걸 알면서도 손이 근질거려 참을 수가 없었다. 갈비뼈가 으스러져도 좋으니까, 리아를 숨도 쉬지 못하게 꽉 끌어안고만 싶었다. 그러나 그럴 순 없었다.

제길!

태호는 뚫어지듯 바라보며 살며시 고개를 돌려 그녀의 손바닥에 입을 맞추었다.

"그래, 기다릴게."

그녀가 안아준다고 하는데 어찌 기다리지 않을 수 있을까.

"……너도 기다려."

태호는 자신의 진심을 담아 낮은 목소리로 속삭였다.

"여깁니다."

민수가 술집 안으로 들어서자, 창가에 앉은 남 비서가 그를 향해 손을 들었다. 민수는 빠르게 주위를 둘러본 후, 남 비서가 있는 창가로 걸어갔다.

"보고 올리기 전에, 조금 더 확실하게 하려고 뵙자고 했습니다."

민수가 자리에 앉자, 남 비서가 먼저 말을 꺼냈다.

"알고 싶은 사람이 우리 회사 직원이라고요?"

"네."

남 비서는 고개를 끄덕이며 준비한 봉투를 내밀었다. 봉투에서 서류를 꺼내 첫 장을 넘긴 민수의 표정이 일순간 굳어졌다.

"신상에 관해 알고 싶다는 직원이 정민훈 대리였습니까?"

"네. 혹 정 대리에 관해 잘 알고 계십니까?"

남 비서의 질문에 민수는 가볍게 고개를 흔들었다.

"아뇨. 정 대리와는 함께 근무한 적도 없고, 항상 부서가 달랐습니다. 그런데 왜 직접 리아에게 묻지 않고 나에게 물어보는 거죠?"

정 대리에 관한 거라면 리아가 훨씬 더 잘 알 텐데……. 민수는 의혹이 담긴 눈으로 남 비서를 바라보았다. 남 비서는 물음에 답을 하는 대신 다른 질문을 던졌다.

"주 팀장님이, 그러니까 사모님이 정 대리에 관해 이야기한 적은 있습니까?"

"그거야 물론 있죠."

리아가 민훈의 이야기를 시작한 것은 대학에 들어가고 얼마 지나지 않아서였다. 처음엔 무작정 과 선배들이 무척 잘해준다고 말했다. 그러나 점점 과 선배들에서 정민훈이란 한 사람으로 좁혀졌다.

─ 그 선배라는 사람, 혹시 너 좋아하는 거 아냐?

민수의 놀림에 리아는 '에이, 그럴 리가…….'라며 가볍게 넘기기 일쑤였다. 그러다 2학년에 올라가고, 태호와 사귀고 난 후부터는 민훈이란 존재는 리아의 관심 밖으로 밀려났다.

리아가 다시 민훈에 관해 말하기 시작한 건 그의 데이트 신청을 받아들이면서다. 하지만 그것도 역시, 태호와 결혼에 관한 말이 오가면서 흐지부지돼버렸다.

리아의 말에 의하면 민훈은 그녀와 태호와의 정략결혼을 순순히 받아들이고 뒤로 물러났다고 했다. 그런데 왜 태호는 난데없이 남 비서를 통해 민훈의 배경을 캐려는 걸까? 사랑에 빠지면 질투심에 눈이 먼다더니……. 태호는 두 사람이 깊은 관계였다고 의심하는 걸까?

후, 바보 녀석.

민수는 쓴웃음을 지으며 의자 등받이에 몸을 기댔다.

"리아와 정 대리, 절대로 그런 사이 아니에요. 만약에 그랬다면 내가 이미 눈치챘을 테고."

남 비서는 그 말에 동의하는 듯 고개를 끄덕이며 서류를 한데 모아 봉투에 집어넣었다.

"그건 저도 그렇게 생각합니다. 그런데 혹시라도 정 대리의 부모가 예전 '정직'에서 근무한 사실을 알고 계십니까?"

"아뇨. 금시초문입니다."

"당시 근무 기록이 없어 제가 놓친 부분이 있었는데, 정 대리의 아버지가 생산직에서 근무 중에 다치셨더군요. 그리고 그때 책임 관리자가 주 회장님이셨습니다."

"네?"

민수는 놀란 듯 미간을 찌푸렸다. 정 대리의 부모가 ㈜정직에서 근무했었다는 사실도 놀라운데, 작업 중 다치기까지 했다니…….

"사고 있고 나서 얼마 후 회사가 둘로 갈라지는 바람에, 산재 처리가 제대로 안 된 걸로 알고 있습니다. 그리고……."

남 비서는 정 대리 어머니의 이야기도 덧붙였다. 경리로 근무하던 그녀가 결정적인 정보를 강 회장에게 넘기면서 동업이 깨졌고, 그 후 다른 회사로 옮긴 그녀가 얼마 지나지 않아 횡령죄로 교도소에 갔다는 사실을 말이다.

"그때 검찰에서 참고인 자격으로 주 회장님을 소환했었다고 하더군요."

"그러니까 지금 남 비서 말은 정 대리의 아버지는 우리 아버지 때문에 산재 처리를 받지 못했고, 정 대리의 어머니는 우리 아버지의 증언으로 감옥에 가게 됐다는 겁니까?"

민수의 추측에 남 비서는 고개를 내저었다.

"아직 거기까진 아닙니다. 다만 이 사실을 주리아 팀장님이 알고 계신가 해서요."

"아뇨. 알았다면 분명 내게 말했을 겁니다."

세상 모든 사람에게 태호와의 관계를 숨겨도 민수에게만큼은 스스럼없이 털어놓았던 리아다. 그런 그녀가 정 대리의 배경을 알면서도 숨겼을 리는 없었다.

그렇다면……?

민수의 얼굴에 어두운 그림자가 내려앉았다.

"정 대리가 리아에게 일부러 접근한 걸까요?"

"네. 제 생각은 그쪽으로 기우는군요."

지금 상황에선 남 비서가 아니라, 그 누구라도 정 대리가 순수한 마음으로 리아에게 다가가지 않았다고 의심할 것이다. 항상 옆에 있었으면서 왜 미처 알아채지 못했을까?

민수는 안일하게 대처한 자신에게 화가 났다. 동시에 걱정이 밀려왔다. 그 긴 시간 동안 정 대리는 리아의 주변을 맴돌며 도대체 무슨 짓을 꾸몄던 걸까?

"이 사실, 태호에게 보고할 건가요?"

"내일 아침에 보고드릴 예정이었습니다만⋯⋯."

"괜찮다면 시일 좀 미루죠. 내 선에서 더 조사해보고 싶은데⋯⋯."

"알겠습니다. 그러면 이건 가지고 가십시오."

남 비서가 서류 봉투를 건네자, 민수는 그를 들고 자리에서 일어났다. 장소를 나서는 민수의 얼굴은 굳어 있었다.

"늦었으니까 그만 가. 난 좀 피곤해서 쉬어야겠어."

태호는 시계로 시간을 확인하며 차갑게 말했다. 밤이 깊은 것은 사실이다. 하지만 전혀 피곤하지 않았다. 혹시라도 내일 출근해야 하는 리아가 힘들까 한 말이었다. 그러나 리아는 혼자 있고 싶다는 말로 받아들였다.

"알았어."

가방을 챙겨 자리에서 일어서며 그녀가 말했다. 겉으론 담담한 척했지만, 속이 쓰린 건 어쩔 수 없었다.

아, 오늘은 머리카락 한번 만져보지 못하고 그냥 가는구나.

과일 바구니를 들고 찾아왔던 어제와는 달리, 오늘은 어쩐 일인지 의료진이 코빼기도 보이지 않았다. 타인이 옆에 있어야 다정한 척 연기할 수 있는데⋯⋯. 그 탓에 오늘 리아는 손끝 하나 건드리지 못하고 데면데면하게 태호를 대해야만 했다. 한마디로 '그림의 떡'이라고나 할까? 하지만 너무 속상해하진 않기로 했다. 그래도 태호의 얼굴은 보았으니까.

사실 연애가 별건가? 서로 얼굴 보면서 함께 시간을 보내는 게 연애지. 그런 면에선 퇴근 후 병실에서 밤늦게까지 옆에 있었으니, 나쁠 건 없었다.

물론 진정한 연애가 아니라는 건 안다. 지금은 혼자 좋아서 이러는 것이니까. 좋아하는 쪽이 져준다고, 리아는 지금 자신이 철저한 약자라고 생각했다.

"내일은 안 와도 돼."

병실을 나서는 리아의 뒷모습에 대고 태호는 무뚝뚝하게 말했다. 리아는 뒤를 돌아보는 대신 우뚝 자리에 멈춰 섰다.

"이제 그만큼 했으면 됐어. 네가 오지 않는다고 아무도 이상하게 생각하지 않을 거야."

그 말에 리아가 천천히 뒤를 돌아보았다. 그녀의 어두운 얼굴이 태호의 시야에 가득 찼다.

날이 가면 갈수록 태호의 상태는 나아지는데, 반대로 리아는 상태는 나빠지고 있었다. 미열이 있는지 가끔 얼굴이 빨개지기도 하고, 호흡이 가빠지기도 하는 둥, 한눈에 보기에도 정상은 아니었다.

왜 아니겠어? 퇴근하자마자 병원으로 달려와서 밤늦게까지 억지로 아내 코스프레를 하는데…….

리아가 책임감이 강하다는 것은 알았지만, 이 정도일 줄 몰랐다. 말은 안 하고 있지만, 무척이나 피곤할 게 분명하다. 그랬기에 태호는 내일만큼은 리아가 집에서 편히 쉬길 원했다.

"그래. 그럴게."

리아도 지나가는 투로 가볍게 대응하고 병실 문을 닫았다.

거의 매일 찾아왔으니, 사실 내일 하루쯤은 오지 않아도 될 것이다. 그래도 내일은 태호를 볼 수 없다고 생각하니 가슴 한구석이 싸하게 서늘해졌다.

이상하다. 오지 말라는 소리에 기뻐해야 하는데……. 좋아하는 감정을 들킬까 봐 안절부절못한 주제에 또 이젠 오지 말란다고 축 기분이 처지고.

하아, 주리아. 너도 참 답이 없다.

리아는 갈팡질팡하는 자신을 탓하며 힘없이 복도를 걸었다.

집에 도착해 차고 문을 열려던 리아는 눈에 익숙한 차가 집 앞에 세워져 있다는 사실을 깨달았다.

"어?"

리아가 밖으로 내리자 차 문이 열리며 민수가 차에서 내려섰다.

"네가 이 시간에 웬일이야?"

갑작스러운 방문에 리아는 놀란 표정을 지었다.

"어, 그냥 근처 지나는 길에……. 넌 지금 병원에서 오는 길이야?"

"응."

아무 생각 없이 고개를 끄덕이던 리아는 순간 뭔가 이상하다는 걸 깨달았다.

"잠깐만!"

어제 민수는 세미나 때문에 오늘 제주도에 간다고 했었다. 그런데 왜 지금 여기에 있는 거야?

"너, 주말까지 제주도에 있을 거라며? 그래서 나보고 대신 과일 바구니 전해달라고 한 거잖아."

"어, 그랬는데……. 별장에 혼자 있으려니까 심심해서 그냥 돌아왔어."

심심하긴 무슨! 제주도 갈 때마다 이집 저집 맛집 탐방하느라 바쁘면서……. 아예 처음부터 당일로 제주도에 다녀올 계획이었던 게 분명하다.

그렇다면 혹시, 일부러?

리아는 민수의 표정을 살피며 눈을 가늘게 모았다. 눈치가 느린 것 같으면서도 아주 빠른 민수였다.

만에 하나라도 그녀가 다시 태호를 좋아하게 됐다는 걸 알아차린 것이라면? 그래서 그녀가 병원에 찾아갈 구실을 만들어준 것이라면? 다짜고짜 사골국을 들고 온 것도 그렇고, 과일 바구니를 들고 온 것도 그렇고…….

순간 리아는 민수에게 모든 걸 털어놓을까 하는 유혹이 생겼다. 고작 며칠이었지만, 끙끙거리고 혼자 고민하자니 속이 바짝바짝 타들어가는 것처럼 고역이었다.

그나마 누군가에게 털어놓으면 덜 힘들 것 같기도 하다. 그러기에 민수보다 완벽한 상대는 없었다.

그래, 너 마침 잘 왔다. 하나의 난자가 쪼개진 일란성 쌍둥이는 아니지만, 그래도 이란성 쌍둥이 역시 쌍둥이 아닌가 말이다. 우리가 남인가? 엄마 배 속에서 무려 열 달이나 꼭 붙어 지낸 사이잖아!

빠른 고심 끝에 리아는 자신의 반쪽인 민수에게 털어놓기로 마음먹었다.

"우선 안으로 들어가자."

리아는 활짝 웃으며 민수의 팔에 팔짱을 끼었다. 그러나 민수는 뒤로 물러나 팔짱을 풀며 나직한 목소리로 그녀를 불렀다.

"저기, 리아야."

"응?"

리아가 '왜 그러냐?'는 표정으로 쳐다보자, 민수는 입가에 어색한 미소를 떠올렸다. 그리고 잠시 침묵을 지키더니 이윽고 입을 열었다.

"……사람 쉽게 믿지 마. 세상에 믿을 놈 하나도 없으니까. 알았어?"

응? 다짜고짜 이게 무슨 말이야?

리아는 황당하다는 듯 미간을 찌푸렸다.

"너 지금 그 말 하려고 이 한밤중에 찾아온 거야?"

민수는 가끔 이상한 말을 그녀에게 툭 던지곤 했지만, 일부러 그녀를 찾아와서까지 한 적은 없었다.

'세상에 믿을 놈 하나 없다'는 말은 원래 당연한 말이고, 평소엔 그녀가 민수에게 충고하던 말이기도 했다.

"아니, 너 보고 싶어 왔어. 얼굴 봤으니까 됐다. 나 갈게."

민수는 부드럽게 웃으며 다독거리듯 리아의 어깨를 두 손으로 두드렸다.

"넌 강한 사람이야. 그거 잊지 마."

그 말을 끝으로 민수는 자신의 차에 올라탔다. 그리고 그대로 시동을 걸어 출발했다.

"쟤 왜 저래?"

리아는 사라지는 민수의 차를 바라보며 고개를 갸웃거렸다.

무슨 일이지? 민수는 심각한 것과는 거리가 먼데…….

— 사람 쉽게 믿지 마. 세상에 믿을 놈 하나도 없으니까. 알았어?

혹여 태호를 믿지 말라는 뜻은 아니겠지?

골똘히 생각에 잠겼던 리아는 잠시 후, 거세게 고개를 흔들었다.

아니야, 아닐 거야.

만약 경계해야 할 상대가 태호나 태호의 가족이었다면 민수는 지금처럼 아리송하게 돌려서 말하진 않았을 것이다.

그녀는 지금 호랑이 굴에 들어간 처지니까. 눈앞에서 호랑이가 날카로운 이빨을 드러내는데, '도망가!'라고 외치지, '조심하는 게 좋을 거야.'라고 속삭이진 않을 것이다.

그렇다면 민수가 말하는 상대는 누구지?

민수의 차는 시야에서 사라진 지 오래였지만, 리아는 선뜻 걸음을 옮길 수 없었다.

Chapter 13

다른 남자가 있었어?

신혼에 빠진 아내를 연기하며 거의 매일 병원에 들른 탓일까? 마음의 문을 다시 잠그기는커녕 빗장은 둘째 치고, 그나마 있던 문틈마저 흔적도 없이 사라져버렸다. 무너진 댐에서 쏟아지는 물줄기처럼, 벅찬 감정은 날이 지나면 지날수록 걷잡을 수 없이 불어날 뿐이었다.

"하아."

리아는 컴퓨터 화면에 뜬 캘린더를 들여다보며 길게 한숨을 내쉬었다. 내일이면 드디어 태호가 병원에서 퇴원해 신혼집으로 돌아온다. 그때 가서 허둥지둥하지 않으려면 지금에라도 만반의 준비를 해둬야 하는데…….

"치, 준비는 무슨 준비."

리아는 혼잣말처럼 투덜거리며 창밖으로 시선을 돌렸다. 구름 한 점 없는 파란 하늘이 눈에 들어왔지만, 지금 그녀의 상태는 맑은 하늘을 즐길 여유가 없었다.

도대체 언제부터 일이 이렇게까지 꼬여버린 걸까? 원래 그녀의 계획은 마음을 다잡아 다시 예전으로 돌아가는 거였다. 그러니까 태호와의 관계를 깨끗하게 정리한 '차갑고 이성적인 주리아'로 말이다. 하지만 그 계획은 제대로 시작도 못 해보고 폐기 처분이 되고 말았다. 아무리 마음을 차갑게 꽁꽁 얼려도, 태호를 보는 순간 사르르 물처럼 녹아버렸기 때문이다.

아, 짜증 나.

리아는 미간을 찌푸리며 아랫입술을 내밀었다. 생각하는 것만으로도 심장이 쿵 내려앉는 것 같다.

그러니까 웬만하게 잘생기지, 왜 그렇게까지 잘생겼냐고!

리아는 캘린더로 시선을 돌리며 엄지손가락을 입에 물었다.

어디 잘생기기만 했나? 모성애를 자극하는 표정은 또 어떻고!

태호는 통증이 느껴질 때마다 보일 듯 말 듯 미간을 찌푸리곤 했는데…….

어머나! SM이 취향도 아니면서 왜 이리도 심장이 쿵쾅거리는 거야!

그녀도 모르게 그만 사레에 들려 콜록콜록 기침한 적이 한두 번이 아니었다. 그것뿐인가? 꼭 감은 두 눈을 보면 속눈썹이 얼마나 길고 풍성하던지, 부러우면서도 질투가 날 정도였다. 도대체 이렇게 멋진 남자를 어떻게 남자 친구로 삼을 수 있었던 걸까? 그리고 보면 과거의 그녀는 정말 대단한 여자였던 것 같다.

리아는 곰곰이 어떻게 두 사람이 사귀게 되었나를 되짚어 보았다. 제일 먼저 클럽에서 만났던 날이 머릿속에 떠올랐다.

"……아, 내가 먼저 작업 걸었었네."

하지만 그건 어디까지 사고였고, 감정이 담긴 키스는 아니었다. 그리고 강태호의 입술을 처음으로 훔친 여자가 자신이라곤 생각하지 않는다. 태호에게 대놓고 달려든 여자가 어디 한둘이겠냔 말이다. 그런데도 태호는 모든 여자를 다 제치고 그녀를 선택했었다.

어째서일까? 그때 나에겐 어떤 매력이 있었던 걸까?

리아는 다시금 과거를 떠올렸다.

두 번째 만남은 민수의 대리 출석을 해주다 강의실에서 만나면서였다. 그때 리아는 머리도 남자처럼 짧게 자르고, 옷도 민수의 야상 점퍼를 입었기 때문에 영락없는 미소년이었다.

"앗!"

과거를 회상하던 리아는 뭔가를 깨달은 듯 두 눈이 휘둥그레졌다. 혹시 태호는 그녀의 보이시한 모습에 끌린 건 아니었을까? 대학 졸업반이 될 때까지 리아는 줄곧 짧은 머리를 유지했었다. 그러다 점점 머리를 기르기 시작했는데……. 인제 보니 머리를 기르고 1년도 채 지나지 않아 그와 헤어졌다. 물론 이별의 원인은 두 사람이 아니라 두 집안의 문제였다.

하지만 그래도…… 리아는 거울을 꺼내, 얼굴을 들여다보며 긴 머리카락을 손으로 쓸어내렸다. 찰랑찰랑 윤기 나는 머리카락이 기분 좋게 손가락에 감겼다. 이참에 짧게 확 잘라버릴까? 그러면 마법을 부린 것처럼 태호가 그녀를 다시 좋아해줄지도 모른다는 생각이 들었다. 물론 그럴 리는 없겠지만…….

리아는 쓰게 웃으며 거울을 내려놓았다.

"애석하게도 두 분 모두의 상태가 좋지 않습니다. 내일 당장 상을 치르게 된다고 해도 놀라지 않을 정도로요."

남 비서는 어두운 표정으로 요양원에서 가져온 서류를 태호에게 건넸다. 민수는 약속한 대로 좀 더 자세한 정 대리의 정보를 보냈고, 남 비서는 그대로 태호에게 보고했다.

"······흠."

서류를 훑어보는 태호의 얼굴에도 남 비서만큼 어두운 그림자가 내렸다. 서류의 맨 마지막 장을 넘기며 태호가 낮은 목소리로 말했다.

"성후야, 너라면 어떻겠어? 자신의 부모를 이렇게 만든 사람의 딸을 사랑할 수 있을까?"

"흠, 글쎄요. 확실하게 말하자면 이게 주 회장님의 잘못은 아닙니다."

그리고 아직 확실하게 밝혀진 것도 아니다. 사고는 분명 작업 중에 일어났지만, 동업이 깨지며 ㈜정직이 두 회사로 쪼개지는 와중에 정창식의 산재 처리가 흐지부지하게 돼버렸을 수도 있다. 서류 어디에도 주 회장이 일부러 산재 처리를 막았다는 기록은 없었다.

"그래도 좋은 감정으로 먼저 다가갈 수 있겠어?"

"글쎄요. 만약 상대가 정말 자신의 이상형이라면, 흠······."

중얼거리던 남 비서는 끝내 답을 찾지 못하고 고개를 흔들었다.

"잘 모르겠습니다."

태호는 굳게 입을 다문 채로 서류에 실린 사진을 노려보았다. 사진 속에는 휠체어를 탄 정창식과 배연주의 모습이 담겨 있었다. 그리고 그들 옆에 정민훈이 침통한 얼굴로 서 있었다.

"그건 어제 찍힌 사진입니다. 정민훈 대리는 지금 휴가 중이더군요. 원래는 3일이었지만, 일주일로 연장했답니다. 아무래도 부모님 상태가 좋지 않으니까 곁을 지키려는 것 같습니다."

태호는 가만히 고개를 끄덕이며 서류를 모아 봉투에 집어넣었다.

"정민훈의 뒤를 좀 더 알아봐. 특히 우리 KJ푸드와 조금이라도 연결

되는 점이 있는지 집중적으로 조사해봐."

"네."

어쩌면 한 사장 혼자 주원식품과 KJ푸드 사이를 삐걱거리게 한 게 아닐지도 모르겠다. 태호가 미처 알아차리지 못하는 사이, 두 회사에서 비슷한 제품이 나오게 되는 경우가 종종 있었다. 그리고 항상 KJ푸드가 한발 차이로 먼저 신상품을 출시하곤 했다. 그때마다 리아는 불같이 화를 냈고, 태호는 단지 우연일 뿐이라고 되받아쳤다.

주원식품 안에서 누군가가 한 사장 측에게 제품 정보를 빼돌린다는 걸 알고 있었지만, 리아까지 복잡한 일에 끌어들이고 싶진 않았다. 지금까지는 민수와 남 비서가 뒤에서 연락하며 정보를 교환했다. 덕분에 비슷한 제품의 출시는 막을 순 있었지만, 정보를 유출한 자를 찾아내기에 어려움을 겪고 있었다. 그런데 이제 누가 제품 정보를 KJ푸드에 흘렸는지 밝혀질지도 모른다.

훗, 등잔 밑이 어둡다더니…….

태호의 입가에 쓴 미소가 떠올랐다.

왜 한 번도 마케팅 부서에서 정보가 새어 나간다고 생각하지 못하고 줄곧 제품 연구소에서만 찾았을까.

만약에 짐작한 대로 정민훈이 한 사장에게 제품 정보를 빼돌린 것이라면……?

생각에 잠겼던 태호의 얼굴이 순간 딱딱하게 굳어졌다.

리아가 많이 놀라겠지?

솔직히 산업 스파이 색출보다는 혹시라도 그녀가 마음 아파할까 봐, 그게 더 걱정이었다. 그러려면 한시라도 빨리 리아의 곁에서 정민훈을 치워야 한다.

"후우."

태호는 숨을 내쉬며 날카로운 눈으로 천장을 노려보았다.

"와, 팀장님!"

점심시간이 끝나고 리아가 사무실에 들어서자, 제일 먼저 알아본 채영이 리아의 앞으로 쪼르르 달려왔다.

"점심도 안 드시고 어딜 그리 급히 가시나 했더니, 머리 자르셨구나. 진짜, 진짜 예뻐요. 완전 짱!"

"그래?"

채영의 칭찬에 리아는 어색하게 웃으며 손으로 머리카락을 쓸어 올렸다. 처음엔 예전처럼 짧게 자르려고 했다. 하지만 헤어 디자이너가 머리를 자르려 가위를 드는 순간, 마음이 바뀌었다. 도저히 곱게 기른 머리카락을 싹둑 잘라버릴 순 없었다. 대신 층층이 레이어를 주면서 전체를 다듬었다.

물론 보통 남자들 눈에는 어제나 오늘이나 똑같은 헤어스타일로 보이겠지만……

"아, 맞다. 오늘 강 이사님 퇴원하시는 날이죠? 그래서 예쁘게 보이려고 머리하신 거예요?"

리아는 말로 채영의 호기심을 충족시켜주는 대신, 피식 웃음으로 대처했다. 머리를 짧게 자르진 못해 보이시함과는 거리가 멀었지만, 그래도 조금은 예뻐 보였으면 하는 게 진심이다.

"오늘 일찍 퇴근하실 거죠?"

"응. 내가 가서 퇴원 수속해야 하거든."

사실은 거짓말이다. 퇴원 수속은 남 비서가 알아서 다 할 게 분명하다. 그래도 리아는 아내로서 태호의 곁을 지키고 싶었다. 그리고 자신이 손수 모는 차에 태워 집으로 데려가고 싶었다.

왜냐고? 난 강태호의 아내니까. 그래야 사람들 앞에서 연기인 척 부축도 하고, 팔짱도 끼고, 머리카락도 쓸어 넘겨주고 등등, 사심을 채울 수 있으니까 말이다. 아, 벌써 가슴이 두근거려!

이러니 일이 손에 잡힐 리가 없었다. 결국 리아는 예정보다 1시간 빨리 회사에서 나와 병원으로 향했다. 한시라도 빨리 태호를 보고 싶은 마음에 리아는 교통 법규에 어긋나지 않은 선에서 최대한 속도를 올렸다. 그런데 어째서일까? 병원 주차장에 차를 세우는 순간, 리아의 머릿속에 민훈과 나눈 대화가 떠올랐다.

— 선배, 그 많은 후배 중에서 왜 내가 좋았어?

그때 리아는 데이트 신청을 받아들이며 민훈에게 왜 자신을 좋아하는지 물어보았었다.

— 넌 상대와 대화할 때마다 시선을 돌리지 않고 빤히 쳐다보잖아. 그게 참 가슴 설렜어. 뭐랄까, 반짝반짝했다고 해야 하나?

솔직히 눈을 빤히 쳐다보며 이야기하는 게 그녀의 매력이란 말은 민훈에게서만 들은 건 아니었다. 종종 다른 이에게도 듣곤 했었다. 하지만 태호에겐 통하지 않을 매력이었다. 아니, 매력은 고사하고 태호의 눈을 빤히 바라보았다간, 자신도 모르게 '좋아해.'라고 고백할지도 모를 일이다.

잠깐!

차에서 내려 엘리베이터로 걸어가던 리아는 우뚝 자리에 멈춰 섰다.

이판사판 좋아한다고 확 고백해버릴까?

좋아한다는 사실을 숨기며 혼자 끙끙거리는 것만큼 힘든 일은 없을 것이다. 어차피 얼마 못 가서 들킬 텐데……. 그러기 전에 '나, 네가 다시 좋아졌어. 그러니까 네가 알아서 피해.'라고 이실직고하는 게 낫지 않을까? 그렇다고 태호가 부담을 느낄 필요는 전혀 없었다. 그녀가 좋아한다고 그도 꼭 같이 좋아해야 한다는 법은 없으니까.

태호가 그녀의 고백을 어떻게 받아들이냐에 따라서 상황은 180도 변할 수 있었다. 그렇다. 리아가 그때 태호를 좋아한 건 태호도 그녀를 좋아했기 때문이다. 만약 그에게 전혀 마음이 없다면 곧 그녀의 감정도 정리될 것이다. 혼자 아파하면서 정리하는 것보단 솔직하게 털어놓고 도움을 요청하자.

5년 후, 서로 깨끗이 이혼하고 싶으면 그가 알아서 피하면 되는 거다. 태호는 좋아하는 여자의 마음을 단번에 식게 하는 데 재주가 있으니까, 어쩌면 그녀의 마음도 싸늘하게 식혀줄지 모르겠다.

"그러면 되겠네."

어느새 리아의 얼굴에 환한 미소가 퍼졌다. 그러나 미소는 얼마 지나지 않아 연기처럼 사라졌다.

그런데 어떻게 고백하지?

리아는 지금까지 고백이란 걸 해본 적이 없었다. 고백도 생략한 채, 먼저 입술부터 맞추고 시작했으니까.

'태호야, 너 왜 나 좋아했던 거야?'라고 툭 던지듯 물어볼까? 그것보다는 '너 언제부터 날 좋아했었어? 네가 먼저 날 좋아했잖아.'라고 하는 게 나으려나? 아니다. 이렇게 말하면 태호는 삐딱한 표정으로 '무슨 소리야? 네가 먼저 날 좋아했던 것 같은데…….'라고 되받아칠 게 뻔했다. 그리고 네 살 때부터 좋아했으니까, 그녀가 먼저 태호를 좋아한 게 사실이다. 먼저 키스한 것도 언제나 리아였다. 어릴 때도, 커서도……

하아, 아무래도 그냥 담담하게 고백하는 게 나을 것 같다. 슬그머니 시선을 피하면서, 고개를 살며시 숙이면서, 조금은 나긋한 목소리로. '태호야, 나…… 널 다시 좋아하게 됐어.'라고 말이다.

리아는 병실 앞에 선 채로 달래듯 자신에게 속삭였다.

떨지 마, 주리아. 고백이 별건가? 넌 할 수 있다고.

깊게 숨을 들이마신 그녀는 이윽고 천천히 문을 열고 안으로 들어 갔다.

"헉."

병실에 들어선 리아는 저도 모르게 제자리에 얼어붙었다. 아직 침대에 누워 있을 것이라고 생각한 태호가 병실 한가운데 서 있었기 때문이다. 어느새 환자복에서 슈트로 갈아입은 그는 셔츠의 마지막 단추를 잠그고 있었다. 환자복 차림에도 가슴이 두근거렸는데 이렇게 슈트로 쫙 빼입었으니…….

아, 말해서 뭐 해?

심장은 미친 듯이 이리저리 날뛰며 얼굴마저 화끈 달아올랐다. 이런 상태로 고백했다간, 말도 제대로 못 하고 우물쭈물 약한 모습을 보일 게 분명했다.

그래, 병원에서 무슨 고백을 해. 고백은 집에 가서 하자.

"퇴원 절차는?"

리아는 붉어진 얼굴을 옆으로 돌리며, 애써 건조한 말투로 물었다.

"지금 남 비서가 하고 있어. 곧 올 거야."

그 대답은 고백을 뒤로 미룬 이유에 정당성을 부여했다.

그렇잖아! 심각하게 고백하는데 남 비서가 불쑥 들어오기라도 하면 얼마나 곤란하겠어. 그러니까 단둘이 있을 때, 분위기 보면서 자연스럽게 고백하는 게 낫지.

리아는 두근거리는 가슴을 진정시키고 다시 태호에게로 시선을 돌렸다. 그러자 목에 두른 넥타이를 풀어 주머니에 집어넣고, 와이셔츠 단추를 푸는 모습이 눈에 들어왔다. 벌어진 셔츠 사이로 맨살이 살며시 드러나자 리아는 다시 황급히 고개를 돌렸다.

웃통을 벗은 것도 아니니 별거 아닌 것 같지만, 상대가 좋아하는 남자라면 완전 다른 이야기다. 화끈 달아오른 열기로 목덜미까지 붉게 물들자, 리아는 작게 투덜거리며 손으로 부채질하는 시늉을 했다.

"병원이라서 그런지, 되게 덥네. 하아."

덥다고 불평할 정도로 실내 온도가 높진 않았으나, 다행히 태호는 그녀의 행동을 대수롭지 않게 받아들였다. 그는 어깨를 한번 으쓱하고는 리아를 쳐다보며 고개를 기울였다.

"그런데 네가 이 시간에 웬일이야?"

"웬일이긴. 퇴원하는 날이니까 왔지."

리아는 생글 웃으며 태호의 옆으로 다가갔다. 아예 얼굴이 안 보이게 바짝 붙어서는 게 나을 것 같아서다. 붙어선 김에 리아는 태호의 허리에 팔을 둘렀다.

"혼자 걸을 수 있어? 부축해줄까?"

순간 그의 몸이 바짝 긴장하며 딱딱하게 굳어지는 게 느껴졌다. 그리고 차가운 목소리가 뒤를 이었다.

"됐어, 괜찮아."

팔을 뿌리친 건 아니지만, 손을 떼라는 살벌한 경고처럼 느껴졌다. 리아는 저도 모르게 한 걸음 물러서며 허리에 두른 팔을 거두었다. 그와 동시에 문이 열리며 퇴원 절차를 마친 남 비서가 안으로 들어왔다. 남 비서는 태호 옆에 선 리아를 발견하고는 의아한 표정을 지었다.

"사모님이 이 시간에 어쩐 일이십니까?"

아니, 반응이 왜 저래? 둘이서 미리 짜기라도 했나? 이 시간에 웬일이라니!

"어쩐 일이라뇨? 남편이 퇴원하는 날인데 아내인 내가 당연히 와봐야죠."

은근히 부아가 치밀어, 리아는 톡 쏘는 목소리로 남 비서를 흘겨보았다. 그 말에 남 비서는 난처한 얼굴로 사과했다.

"죄송합니다, 사모님. 제 말은 그런 뜻이 아니라……."

"퇴원하고 바로 회사로 갈 예정이었어. 그래서 남 비서가 물어본 거야."

구미호 싸움에 괜한 새우 등이 터지는 것 같아, 태호는 재빨리 두 사람 대화에 끼어들었다.

출근할 계획이었다는 말에 리아는 미간을 찌푸렸다.

아무리 일 중독자라지만 그것도 어지간해야 받아주지.

"퇴원하자마자 회사로 간다고?"

"응."

태호는 무표정한 얼굴로 고개를 끄덕였다.

"밀린 업무도 많고 해서 바로 가봐야 해."

사실을 털어놓자면 KJ푸드 본사로 가는 건 아니었다. 남 비서와 함께 긴히 갈 곳이 있었다.

그곳이 어디인지, 누구를 만나러 가는지 리아에게 일일이 설명할 순 없었다. 민훈에 관한 일이 얽혀 있기 때문이다. 그런 사실을 알 리 없는 리아는 못마땅한 표정으로 태호를 바라보았다. 그녀 나름대로 사정이 있었으니까.

쇠뿔도 단김에 빼랬다고, 퇴근 이후로 고백을 미룰 순 없었다. 그랬다간 흐지부지 없던 일이 되고 말지도 모른다.

"변명하지 마. 남 비서가 매일매일 여기로 회사 일 가져온 거 내가 모를 줄 알고?"

고개를 돌린 리아는 애꿎은 남 비서에게 비난의 화살을 퍼부었다.

"남 비서님, 갓 퇴원한 상사를 어떻게 회사로 모실 생각을 해요? 말렸어야죠."

"아, 네, 저도 그렇게 말씀드렸지만……."

남 비서는 억울했다. 퇴원 절차를 밟으러 가기 전, 오늘은 집에서 쉬라고 몇 번이나 태호에게 건의했기 때문이다. 그런데도 굳이 함께 가겠다고 고집을 부린 건 태호였다.

정보원에게서 민훈의 자료를 건네받는 즉시 바로 연락하겠다고 했지만, 태호는 자신이 직접 정보원과 만나길 원했다.

"강 이사가 자리에 없으면 회사가 제대로 안 돌아가기라도 하나요?"

"그건 아닙니다."

"그런데 왜 회사로……."

"됐어, 그만해."

보고만 있을 수 없었던 태호는 또다시 대화에 끼어들었다. 어째서인지 오늘 리아는 평소보다 기분이 나빠 보였다.

내가 퇴원해서 집에 가게 되니까 신경이 곤두섰나? 한껏 누리던 혼자만의 자유가 끝난 것 같아서?

이유가 무엇이든 지금은 리아를 달래는 게 우선이었다.

"알았어. 집으로 갈게."

태호가 순순히 따르자, 그제야 리아는 굳은 표정을 풀며 태호의 허리에 팔을 둘렀다.

"부축해줄게, 내 차로 가."

이번에 태호는 아무 말도 하지 않았다. 두 다리가 멀쩡해 걷는 데에 전혀 지장이 없었지만, 리아가 하고 싶은 대로 내버려두었다. 어차피 신혼집에 돌아가면 그녀가 먼저 냉정하게 뿌리칠 테니까. 짧은 순간이라도 리아를 가까이서 느낄 수 있으니, 나쁠 건 없다.

태호는 허리에 감긴 부드러운 팔의 감촉을 느끼며 한쪽 입꼬리를 올렸다. 정민훈 처리는 잠시 나중으로 미루기로 했다.

"이게 다 뭐야?"

주방으로 들어서던 태희는 밀폐 용기에 반찬을 담는 정 여사를 보고 걸음을 멈추었다. 정 여사는 반찬이 담긴 밀폐 용기를 하나씩 닫으며 부드럽게 미소 지었다.

"오늘이 태호 퇴원하는 날이잖니. 아직 입맛이 없을 테니까, 밑반찬 좀 보내주려고."

요리와는 거리가 먼 정 여사였지만, 얼마 전 리아가 건넨 한마디가 잠자던 모성애를 건드렸다. 아플 때 제일 생각나는 게 엄마 음식이라는데 어찌 가만히 있을 수 있을까. 오랜만에 직접 요리하는 거라서 맛은 좀 들쑥날쑥했지만, 엄마 음식이 최고라고 했으니까 맛있게 먹을 게 분명하다.

"그래? 가는 길에 작은오빠 집 지나가는데 내가 가져다줄까?"

"네가 웬일로?"

"뭐, 그냥 가는 길이니까. 어차피 지금 집에 아무도 없을 거잖아. 오빠는 퇴원하자마자 바로 회사로 갔을 거고, 새언니도 아직 회사에 있을 거고."

심부름하고 생색도 내볼 겸, 둘이 어떻게 살고 있나 살짝 훔쳐보기도 할 겸, 태희는 정 여사에게서 반찬 통이 담긴 종이 가방을 건네받았다. 확실하진 않지만 두 사람 사이에 뭔가 변화가 있는 것 같았다.

LS그룹 창립 파티에서 보여준 태호의 행동도 그랬고, 입원한 태호를 보며 안절부절못하던 리아를 봐도 그렇고. 어쩐지 묘한 느낌이 왔다.

문제는 정확히 그게 어떤 변화인지는 모르겠다는 거다. 궁금한 일이 생기면 기어이 진실을 파헤쳐야만 직성이 풀리는 성격인 태희는 그 때문에 요 며칠 잠을 설쳤다.

하여간 오늘 신혼집에 가보면 뭔가 잡히는 게 있겠지.

태희는 종이 가방을 들고 서둘러 집을 나섰다.

남 비서를 회사로 돌려보낸 리아는 집으로 차를 몰았다.

'차 안에서 고백할까?' 하는 유혹도 잠시 들었지만, 그러다 운전 중에

홍분이라도 하면 큰일이다. 사고로 이어질 수도 있기에 집에 도착할 때까지 꾹 입을 다물었다.

그런데 막상 집에 오고 나니, 접착제를 바른 것처럼 입이 떨어지지 않았다. 그러다 보니 화난 것처럼 뚱한 표정이 되고 말았다. 어떡하지? 빨리 표정을 풀어야 하는데…….

억지로라도 입꼬리를 위로 끌어올리려는데 침실로 향하려던 태호가 내뱉듯이 짧게 말했다.

"난 괜찮으니까 이만 회사 들어가."

"아니. 반차 내서 안 가도 돼."

"팀장이란 사람이 너무 자주 자리 비우는 거 아닌가?"

"뭐야? 지금 경쟁사 걱정해주는 거야?"

저도 모르게 삐딱한 반응이 나오자, 리아는 서둘러 혀끝을 깨물었다. 톡톡 쏘아붙이는 말투가 이젠 버릇이 되었나 보다. 리아는 재빨리 표정을 관리하며 어색하게 미소 지었다.

"괜찮아. 이번 주는 한가한 편이라서…….

띠링ㅡ.

그때 태호의 휴대폰에서 e메일 도착 알림이 울렸다. 태호는 재킷 주머니에서 휴대폰을 꺼내어 메일을 확인했다. 화면을 들여다보는 태호의 얼굴이 순간 화난 듯 험상궂게 일그러졌다. 뭔지는 잘 모르겠지만, 회사에 안 좋은 일이 생겼나 보다. 그만큼 태호의 표정이 살벌했다.

아무래도 고백을 다음으로 미뤄야 하나?

리아는 초조한 얼굴로 태호의 분위기를 살폈다. 뚫어지게 휴대폰을 노려보던 태호가 이윽고 고개를 들어 리아를 바라보았다.

"리아야."

잠시 침묵을 지키던 그가 천천히 입을 열었다.

"너, 정민훈 대리 어디 선까지 믿을 수 있어?"

"응?"

왜 갑자기 정 선배 얘기가 튀어나오는 거야? 누가 또 함께 있는 사진을 온라인에 올리기라도 했나?

리아는 질문의 저의를 찾아내기 위해 머리를 굴렸다. 리아에게서 제때 대답이 돌아오지 않자, 태호는 혼자 결론을 내린 듯 차갑게 말했다.

"정민훈 대리, 다른 곳으로 발령 내는 게 좋겠어. 서울 본사 말고 아예 지방으로 보내."

"지금 그게 무슨 소리야?"

마른하늘에 날벼락 같은 소리에 리아는 언성을 높였다.

이번엔 또 무슨 사진이 올라왔기에 저러는 거야?

하지만 아무리 생각해도 문제가 될 만한 일은 없었다. 새벽 스캔들 기사가 올라가고 나서 얼마나 주위를 살피며 조심조심했는데…….

"회사에서 정 선배랑 단둘이 있지도 않았다고. 만약에 누가 이상한 사진 올렸다면 그건 결혼하기 전에 찍은 사진일 거야."

리아의 항변에 태호는 입가에 씁쓸한 미소를 떠올렸다. 아예 그런 류의 사진이었다면 덜 화가 났을 것이다.

방금 남 비서에게 받은 e메일에는 한 사장과 정 대리가 시간의 차이를 두고 약속 장소에 도착하는 사진이 포함돼 있었다. 우려했던 예상이 현실로 나타난 것이다.

"내가 지금 그 스캔들 기사 때문에 이러는 것 같아?"

"아니면?"

민훈의 민낯을 알지 못하는 리아는 그를 감싸려 했다. 그 점이 태호를 더욱더 화나게 했다. 나중에 사실을 알게 된 리아가 얼마가 크게 실망할지 알기에…….

"솔직히 말해봐. 정민훈 아직도 못 잊었어?"

물론 그렇지 않겠지만, 어쩌다 보니 비아냥거리는 말이 나갔다. 이렇게 해서라도 발끈한 리아가 민훈을 놓았으면 하는 바람으로…….

"잊긴 뭘 잊어?"

리아는 황당하다는 듯 인상을 찌푸렸다.

"팀원 사랑이라고만 하기엔 너무 과하니까. 혹시 네 속마음을 모르는 것 아닌가?"

"아니거든. 내 속마음은 누구보다도 내가 제일 잘 알거든!"

당당하게 말했지만 조금 찔리긴 했다. 얼마 전에야 태호를 다시 좋아하게 되었다는 사실을 깨달았으니까. 아, 아니다. 어쩌면 한순간도 그를 잊었던 적이 없었는지도 모른다. 다만 잊었다고 자기 최면을 걸었을 뿐…….

그래서일까? 태호를 노려보는 리아의 눈이 살짝 흔들렸다.

"누구보다 제일 잘 안다고?"

뭐지, 저 비웃는 것 같은 미소는? 이 바보야!

그 순간 쌓이고 쌓인 감정이 울컥 터지고 말았다.

내가 지금 누구 때문에 이토록 마음고생인데!

"그래."

리아는 저도 모르게 크게 소리치고 말았다.

"내가 좋아하는 사람은 따로 있다고! 민훈 선배가 아니라!"

말이 튀어 나간 동시에 리아의 얼굴이 굳어버렸다.

헐, 말해버렸다! 이런 식으로 고백할 생각은 없었는데……. 제길! 망했다.

두 사람의 사이에 한동안 어색한 침묵이 감돌았다. 먼저 입을 연 쪽은 태호였다.

"그게 무슨 말이야?"

당연히 아직도 리아가 민훈을 좋아하고 있다고 생각하진 않는다. 그저 선배라고, 팀원이라고 싸고도는 게 마음에 들지 않아 홧김에 해본 소리였다. 그런데 리아의 입에서 상상도 하지 못한 진실이 튀어나왔다.

다른 남자가 있었어? 도대체 누구?

망치로 머리를 맞은 듯 순간 눈앞이 아찔했다. 태호는 욱신거리는 가슴에 손을 대고 거칠어진 숨을 골랐다.

리아는 그녀대로 제멋대로 말을 토해낸 망할 놈의 혀를 깨물었다. 아무리 경험이 없다지만 이런 식으로 멋대가리 없게 버럭 소리를 질러가며 고백하고 싶진 않았으니까.

나긋나긋하고 부드럽게, 그렇게 고백하기로 했잖아!

하지만 이미 흘러 나간 말을 도로 주워 담을 수도 없고……. 아, 정말 입이 원수다.

"좋아하는 사람이 따로 있다니……. 누구야? 내가 아는 사람이야?"

어라? 하늘이 무너져도 솟아날 구멍이 있다고 하더니…….

리아는 눈을 동그랗게 뜨며 방금 태호가 한 말을 머릿속에서 되짚었다. 태호는 분명 좋아하는 사람이 누구냐고 물었다. 고백의 대상이 자신이란 걸 모르니까 그렇게 물은 거겠지? 아니, 그런데 어떻게 그걸 몰라?

기가 막힌 나머지, 저절로 입이 벌어졌다. 혹여 좋아한다는 걸 눈치채면 어쩌나 하는 걱정은 괜한 우려일 뿐이었다.

이걸 지금 다행이라고 해야 하나?

열심히 머리를 굴리던 리아는 무엇보다 상황 수습이 먼저라는 사실을 깨달았다.

"들은 대로야. 내가 좋아하는 사람은 민훈 선배가 아니라 따로 있어. 그러니까 괜히 헛다리 짚지 마."

리아는 도도한 표정을 지으며 태호를 향해 턱을 치켜들었다.

그래, 우선은 이렇게 1차 고백을 하고, 나중에 때를 봐서 2차 고백으로 넘어가자.

태호는 못마땅한 표정으로 리아를 노려볼 뿐 아무 말도 하지 않았다. 대신 손에 쥐고 있던 휴대폰을 그녀에게 내밀었다. 리아의 시선이 자연스럽게 휴대폰으로 향했다.

"이게 뭐야?"

잠시 후, 휴대폰을 확인한 리아의 눈빛이 혼란으로 크게 흔들렸다.

"이건……."

여러 장의 사진이 있었지만, 그중에서도 리아는 민훈이 한 사장에게 서류를 건네는 사진에서 눈을 뗄 수 없었다. 아무리 좋게 봐도 예사로운 만남은 아니었다. 그러기에는 민훈과 한 사장 모두 주위를 의식해 야구 모자를 푹 눌러쓰는 등 평소와는 다른 차림을 하고 있었다.

"설명 길게 할 거 없이 짧게 끝낼게."

여기까지 온 이상, 더는 리아에게 숨기고만 있을 순 없었다. 모두 털어놓을 순 없겠지만 한 사장의 비리만큼은 밝힐 때가 된 것 같았다. 태호는 차분한 목소리로 한 사장의 비리를 캐려 몇 년 전부터 뒤에 정보원을 붙였다고 설명했다.

"알고 보니까, 한 사장이 정민훈 대리를 몰래 만났더군. 지금까지 왜 주원식품과 KJ푸드 신제품이 비슷한가 했더니, 이게 이유였어."

"하지만 이 사진만으로 정 선배가 산업 스파이라고 단정 지을 순 없어."

"물론이야."

리아의 말에 태호는 순순히 수긍했다.

"그런데 이상한 건 정 대리를 만나고 얼마 후, 한 사장이 KJ푸드 연구소에 직접 찾아가 제품 아이디어를 건넸어. 모두 주원식품에서 개발 중인 제품과 아주 비슷했고. 메일을 보면 만난 날짜와 연구소에 지시를 내린 날짜가 연이어 뜰 거야. 비교해봐."

메일을 훑어보는 리아의 얼굴빛이 서서히 어두워졌다. 법정에 가져갈 만큼 확실한 증거는 아니었지만, 민훈을 의심하기엔 충분했다.

"그러니까 정 선배가 우리 정보를 너희에게 빼돌렸다는 거네. 하지만 왜?"

리아에게 정민훈은 자상한 선배이며 든든한 팀원이었다.

그런 그가 왜? 그러면서 나를 좋아한다고 다가왔던 거야?

"정 대리 부모님이 요양원에 계신 건 알아?"

리아는 가만히 고개를 끄덕였다. 하지만 그것도 민훈 본인에게 직접 들은 게 아니라, 수진을 통해서 들은 이야기다. 순간 리아는 '과연 정민훈이란 사람에 관해 제대로 알고 있는 게 뭐가 있을까?' 하는 의문이 들었다.

"정 대리 월급으론 그 요양원 감당할 수 없어."

"그러면 돈 때문에 회사를 배신한 거라고?"

혼란스러운 듯 리아의 미간에 깊게 주름이 파였다. 짧게 숨을 고른 태호는 담담한 목소리로 말을 이었다. 마음 같아선 이쯤에서 멈추고 싶었지만, 어차피 겪어야 할 충격이라면 한꺼번에 받는 게 나을 것 같아서다.

"확실한 증거가 나오기 전엔 말하지 않으려고 했는데……."

태호가 그동안의 일을 설명하는 동안, 리아는 한마디도 하지 않았다. 아랫입술을 깨문 채 태호의 말이 끝나기를 기다렸다. 물론 배신감도 컸다. 하지만 그보다는 그녀의 아버지, 주 회장과 민훈 부모의 악연에 말문이 막혔다.

"우리 아빠 때문에 선배 부모님이 그렇게 되신 거네."

"아직 정확한 건 아니야. 꼭 그런 것만은 아닐 수도 있어."

"……그래."

어느 순간부터일까? 리아는 민훈에게서 예전에 없었던 거리감이 느껴지기 시작했다. 부모님의 건강 상태가 악화되고 나서일까? 아니면 그전부터 민훈은 이미 그녀에게 거리를 두었던 걸까? 처음부터 부모와의 악연을 알고 접근할 걸까? 아니면 나중에 알게 돼서 마음이 변할걸까?

아직은 그 무엇도 확실한 건 없었다.

리아에게서 아무 말이 없자, 태호가 먼저 말을 꺼냈다.

"그래서 정 대리 어떻게 할 거야?"

골똘히 생각에 잠겼던 리아는 결정을 내린 듯 태호를 향해 고개를 들었다.

"아직 확실한 증거는 없잖아. 선배를 지방으로 보내진 않을 거야. 대신 조심할게."

"……좋아."

리아의 대답이 마음에 드는 건 아니었지만, 그래도 이 선에서 정 대리 일을 마무리 짓는 게 좋을 것이다. 두 사람에겐 아직 끝나지 않은 이야기가 있으니까. 리아의 남자가 누구인지 알아야만 했다. 도대체 갑자기 어디서 튀어나온 녀석인지 알아내지 못한다면 멀쩡하게 뛰던 심장이 갑자기 멈춰버린다고 해도 이상할 게 없었다.

리아가 지친 얼굴로 소파에 주저앉자, 태호는 반대편 소파에 자리를 잡았다. 아무래도 그녀가 먼저 상대가 누군지 알려줄 것 같진 않았다. 목마른 사람이 우물을 판다고, 태호는 단도직입적으로 질문을 던졌다.

"그 남자, 진심으로 좋아하는 거야?"

리아는 힐끗 태호를 쳐다보더니 곧 천천히 고개를 끄덕였다. 질문은 계속해서 이어졌다.

"언제부터?"

리아는 대답을 미루고 잠시 고민에 빠졌다.

아예 이참에 슬그머니 2차 고백을 해버릴까?

자연스럽게 질문에 대답하다 보면 그녀가 좋아하는 상대가 바로 태호 자신이라는 것을 깨달을 수 있을 것이다.

"음, 좋아한다고 깨달은 지는 얼마 되지 않았어. 일주일 좀 안 됐나?"

"뭐?"

리아의 대답에 태호는 미간을 크게 찌푸렸다.

"너⋯⋯."

그녀는 자신의 말 한마디가 얼마나 그에게 상처 입혔는지 모를 것이다. 다른 때도 아니고 그가 사고로 다쳐서 병원에 있는 동안, 다른 남자를 좋아하게 됐다는 뜻이니까. 일주일 집에 안 들어갔다고 밤마다 다른 남자를 만난 걸까? 그래도 양심은 있어서 미안한 마음에 매일 같이 병원으로 찾아왔던 거고? 그래서 안색이 안 좋았던 거고?

물론 두 사람은 평범한 부부 사이가 아니니, 그녀에게 바람을 피웠다고 화를 낼 순 없었다. 하지만 칼로 찌른 듯 가슴이 아픈 건 어쩔 수 없었다.

"후."

어느새 씁쓸한 웃음이 꽉 다문 입 새로 흘러나왔다. 태호는 소파 등받이에 상체를 기대며 피식 입꼬리를 비틀었다.

"퇴원 선물치곤 너무 어마어마하군. 도대체 그 자식, 왜 좋아하는 거야?"

조금 전만 하더라도 '그 남자'라고 하더니 이젠 '그 자식'이란다. 이러다 아예 '그 새끼'라고 나오겠네?

"좋아하는데 이유가 있어? 그냥 그 사람이니까 좋은 거지."

뭐가 그리 좋은지 대답하는 리아의 얼굴이 발그스름하게 물들었다. 태호는 눈살을 찌푸리며 주먹을 불끈 움켜쥐었다. 누군지도 모를 상대의 목을 힘껏 조르고 싶었다. 진심이었다.

결국 태호는 참지 못하고 벌떡 소파에서 일어났다. 급히 일어난 충격에 아직 아물지 않은 갈비뼈로 통증이 번졌지만, 그깟 고통은 마음의 고통에 비하면 아무것도 아니었다.

"도대체 누구야? 난 네 남편으로서 알 권리가 있어."

태호는 어금니를 악물며 두 주먹을 불끈 움켜쥐었다. 그러자 리아도 소파에서 일어나 힘껏 눈에 힘을 주고 태호를 바라보았다.

'그걸 꼭 말로 해야 알아듣니? 이 바보야! 딱 보면 몰라?'

하지만 눈으로 말하는 것에는 한계가 있었다. 아무리 뚫어지게 쳐다봐도 태호는 리아의 뜻을 알아차리지 못했다. 오히려 그녀가 대답을 회피하자, 안 좋은 예감이 뒤따랐다.

"네가 말 못 하는 이유는…… 혹시…… 나도 아는 사람이라서?"

모든 것에 당당한 주리아가 이렇게 나올 때는 그것밖에 이유가 없었다.

"응."

역시나!

리아는 천천히 고개를 끄덕였다.

"너도 아는 사람이야."

태호의 얼굴이 보기 흉하게 일그러졌다.

"너…… 혹시?"

그래! 그 '혹시' 맞아!

리아는 기대하는 눈으로 태호를 바라보았다.

잠시 뜸을 들이던 태호의 입에서 한숨 같은 목소리가 흘러나왔다.

"성후를 좋아하게 된 거야?"

성후?

리아는 잠시 멍한 표정으로 두 눈을 깜빡거렸다.

성후가 누구더라?

그러다 곧 남 비서의 이름이 성후라는 사실을 깨달았다. 순간 말문이 막힌 그녀는 헛웃음을 내뱉었다. 하지만 곧 정신을 다잡고 날카롭게 노려보았다.

"야! 너 지금 사람을 뭐로 보고?"

생각하면 생각할수록 열 받네!

"내가 아무리 사랑에 눈이 멀어도, 네 사람을 건드릴 정도로 밑바닥은 아니라고. 넌 어떻게 내가……!"

"그럼 도대체 누구야!"

사과는커녕 태호가 언성을 높이자, 리아는 할 수 없다는 듯 길게 숨을 내쉬었다.

하아, 그래! 나긋나긋 고백은 무슨 나긋나긋 고백이냐. 그냥 원래 성질대로 밀고 나가야겠다.

리아는 호흡을 가다듬고는 손가락으로 태호를 가리켰다.

"너."

"뭐?"

대답을 이해하지 못한 태호의 눈동자가 혼란스럽게 흔들렸다. 이번엔 리아가 태호의 양팔을 움켜쥐며 힘 있게 말했다.

"내가 좋아하는 사람, 바로 너라고."

리아가 좋아하는 사람이 나라고?

무척이나 혼란스러운 태호는 크게 미간을 찌푸렸다. 지금까지 리아가 보인 행동으로 본다면 고백 상대는 자신이 아니라 남 비서이어야 했다. 강수미와 끌어안은 남 비서를 보고 그녀답지 않게 이성을 잃어 핸드백으로 후려갈긴 것도 그렇고, 다친 남 비서의 상태를 확인하려고 계속 찾아온 것도 그렇고. 그런데 리아는 좋아하는 사람이 남 비서가 아니라 자신이라고 말한다.

혹시 사랑하는 상대를 지키려 거짓말하는 건 아닐까. 그 정도로 성후를 좋아하는 거야? 그런 거야, 주리아?

하지만 그렇다고 하기엔 뚫어지게 바라보는 리아의 눈빛이 너무나도 진실해 보였다.

태호가 아는 리아는 거짓말에 서툴다. 특히 거짓말하는 순간에는 상대의 눈을 똑바로 바라보지 못하고 옆으로 시선을 피하곤 했다. 이젠 사랑하지 않으니까 그만 헤어지자고 말할 때도 그녀는 그를 똑바로 바라보지 못했었다. 눈빛에 담긴 사랑을 숨길 수 없었을 테니까. 거짓말이라는 것을 알면서도, 태호는 리아가 아파하는 모습을 더는 볼 수 없어 순순히 놓아주었었다.

수년이 지난 후, 다시 만나게 된 리아는 사랑을 말끔히 지운 얼굴로 그를 대했다. 그랬던 리아가 지금은 그와 시선을 마주치며 태연히 거짓말을 하고 있었다. 세월이 흐른 만큼 성격도 변한 걸까?

"내 말에 기분 나쁠 테지만……. 뭐, 기분 더럽다고 해도 내가 뭐라 할 순 없는데……. 후."

리아는 어두운 얼굴로 길게 한숨을 내쉬었다. 좋아한다고 말하면 조금이나마 표정을 풀 줄 알았는데, 풀기는커녕 태호의 얼굴은 고백 전보다 더더욱 딱딱하게 굳어버렸다. 딱 닫힌 입매가 그녀와의 대화를 거부하는 것처럼 느껴졌다.

하지만 그렇다고 불평할 순 없었다. 약속을 어기고 그를 다시 좋아하게 된 건 그녀의 잘못이 크니까.

"그래, 이건 모두 내 탓이야."

리아는 순순히 자신의 잘못을 인정했다.

"감정 컨트롤쯤 아무것도 아니라고 내가 너무 자만했어. 아무리 그래도 우리가 사귄 기간이 얼만데……."

리아는 어색한 표정을 지으며 어깨를 으쓱거렸다.

"서로 입장이 거추장스럽게 됐긴 했지만, 너무 걱정하진 마. 내가 솔직하게 털어놓는 건 협조하자는 뜻이니까."

"……협조?"

전혀 어울리지 않는 단어가 나오자, 태호는 반사적으로 되물었다.

"응. 감정이 깊어지기 전에 네가 좀 도와줘."

지금 리아가 하는 말은 외계어가 아닌, 분명 사람이 하는 말이 맞는데……. 이상하게도 그 뜻은 정확하게 전달되지 못했다.

한 가지 확실한 것은 그녀는 지금 진실을 말하고 있다는 거다. 감정이 복받쳤는지 리아의 눈가가 촉촉하게 젖어들어갔다. 아무리 거짓말실력이 늘었다고 한들, 거짓 눈물까지 흘리며 연기할 리는 없다고 믿는다. 그렇다면 정말로 네가 좋아한다는 상대가 바로…….

숨이 막힐 것만 같은 충격이 태호를 에워쌌다. 그래서일까? 그녀를 바라보는 얼굴이 창백하게 질려버렸다.

……하아.

리아는 그런 태호를 바라보며 속으로 한숨을 내쉬었다.

그렇게까지 싫은 티를 낼 필요는 없잖아!

"역시 막 퇴원한 사람에게 할 이야기는 아닌 것 같다."

리아는 무안한 표정을 지으며 태호로부터 등을 돌렸다.

"나중에 이야기하자, 어서 가서 좀 쉬어."

안 돼!

리아가 자리를 피하려고 하자, 태호는 그녀를 잡으려 반사적으로 팔을 뻗었다. 원래 의도는 그녀를 품에 끌어안으려던 거였는데…….

"윽!"

이런, 갈비뼈에 금이 갔다는 사실을 깜빡했다. 힘주어 팔을 뻗자, 참을 수 없는 고통이 밀려왔다. 태호는 저도 모르게 얼굴을 일그러뜨리며 짧게 비명을 질렀다.

탕―.

그와 거의 동시에 어디에선가 철문이 닫히는 소리가 들렸다. 그 소리에 리아는 제자리에 멈춰 서며 의아한 얼굴로 주위를 둘러보았다.

"무슨 소리지?"

분명 현관에서 난 소리였다. 리아는 태호를 거실에 홀로 놔둔 채, 급히 소리가 들린 쪽으로 가보았다.

"······뭐지?"

현관문은 닫혀 있었으나, 현관 앞 복도에 커다란 종이 가방이 2개 놓여 있었다.

"와! 대박!"

신혼집을 빠져나오는 태희의 입에선 연신 감탄사가 흘러나왔다.

역시 새언니, 대단해!

급히 대문을 빠져나가던 태희는 잠시 걸음을 멈추고 힐끗 뒤를 돌아다보았다.

아직도 저 안에선 막장 드라마의 소용돌이가 일고 있겠지?

태희는 방금 일어난 일을 머릿속에 떠올려보았다. 아무도 없을 줄 알고 현관문을 열었는데, 리아와 태호의 목소리가 들렸다.

어? 회사로 곧장 갈 줄 알았는데, 일 중독자가 웬일이시래?

태희는 고개를 갸웃거리며 비밀번호를 입력하느라 바닥에 내려놓았던 종이 가방을 들어 올렸다.

정말 상태가 안 좋나? 그렇다면 반찬 가져다줬다고 점수 좀 따겠는걸?

그런데 누가 앙숙 아니랄까 봐, 한창 언쟁 중인 리아와 태호의 목소리가 들려왔다.

"혹시 네 속마음을 모르는 것 아닌가?"

"아니거든. 내 속마음은 누구보다도 내가 제일 잘 알거든!"

"누구보다 제일 잘 안다고?"

"그래. 내가 좋아하는 사람은 따로 있다고!"

헐! 새언니에게 남자가 따로 있다고?

리아의 고백을 듣는 순간, 태희는 조용히 현관문을 닫고 뒤로 물러섰다. 물론 부부 싸움만큼 재미난 구경거리는 없었지만, 지금 끼어들었다간 괜히 그녀에게 불똥이 튈 수 있기 때문이다.

태희는 서둘러 밖에 세워둔 차로 걸어갔다. 어서 빨리 이곳을 떠나는 게 신상에 좋을 거다.

"아, 맞다."

하지만 차 문을 열려던 태희는 아직도 자신의 손에 반찬 통이 든 종이 가방이 들려 있다는 사실을 깨달았다.

아무리 그래도 가져온 건 다시 놓고 와야지.

태희는 다시 돌아가 현관문을 열고 몰래 집 안으로 들어갔다.

"욱!"

소리 나지 않게 종이 가방을 현관 앞 복도에 내려놓는데 태호의 짧은 비명이 들렸다. 보지 못하고 소리만 들어도 무지무지한 고통이 느껴지는 처절한 소리였다.

헐, 새언니가 이젠 오빠를 구타까지 하는 거야?

겁에 질린 태희는 종이 가방을 놓고 후다닥 밖으로 뛰어나갔다. 마침 바람이 세게 불어 쾅 소리와 함께 현관문이 닫혔지만 지금 그게 중요한 게 아니었다. 태희는 뒤도 돌아보지 않고 '걸음아, 나 살려라!' 전속력으로 세워둔 차로 달려갔다. 마치 무서운 호랑이에게 쫓기는 연약한 토끼처럼…….

차에 올라탄 태희는 곧바로 시동을 걸고 차를 출발했다.

천하의 강태호, 작은오빠가 고통에 비명 지르는 소릴 다 듣다니! 참, 사람 오래 살고 볼 일이다. 그런데 이상하지? 방금 목격한 일을 되짚어 보던 태희의 입가에 서서히 미소가 떠올랐다. 분명 팔은 안으로 굽는 게 맞는 건데……. 그러니까 지금 이 상황에는 새언니를 원망하고 작은오빠 편을 들어야 하는데…….

"큭, 큭, 큭."

결국 참지 못하고 웃음이 터져 나왔다.

흥, 맨날 잘난 척하더니 꼴좋다. 새언니에게 다른 남자가 있어서 참으로 자존심 상하시겠어? 아무리 사랑 없이 한 정략결혼이라지만, 자존심 상하는 건 상하는 것이다.

이번엔 태호가 제대로 된 상대에게 당했다고 생각하니까, 왜 이렇게 고소할까! 지금까지 이 여자 저 여자 스캔들이란 스캔들은 다 터뜨리고 다니더니, 쌤통이네!

"그래, 오빠도 잘못했지. 결혼하고도 계속 강수미 만나면서 이상한 소문 돌게 했잖아."

그래도 나는 시누이인데……. 새언니가 오빠 두고 바람피운다는 사실을 엄마에게 말해야 하나?

잠시 고민하던 태희는 빠르게 고개를 내저었다. 피를 나눈 형제라도 부부 문제에 제삼자가 끼어드는 것은 아니니까. 우선은 잠자코 옆에서 지켜보기로 했다.

"그래도 소현이에게는 얘기해줘야지…….'

태희는 혼자 키득거리며 통화 버튼을 꾹 눌렀다.

종이 가방 안에는 반찬 통이 차곡차곡 쌓여 있었다. 병실에 가져갔던 반찬 통과 같은 제품인 것으로 보아, 시댁에서 가져다놓은 것 같았다. 그렇다면 도중에 누가 왔다 갔다는 건데…….

리아는 곤혹스러운 얼굴로 주위를 둘러보았다.

우리 대화를 어디부터 어디까지 들은 걸까? 거실과 현관까지는 조금 거리가 있어 나직한 대화는 들을 수 없겠지만, 흥분한 상태에서 언성을 높였기에 엿들었을 가능성도 있었다. 그러니까 말도 안 하고 몰래 빠져나갔겠지.

리아는 곤혹스러운 얼굴로 아랫입술을 깨물었다. 용기 내서 고백했건만 태호의 반응은 영 시원치 않았고, 거기다 엎친 데 덮친 격으로 시댁 쪽 누군가가 대화를 엿듣다니……. 아, 꽈배기도 아니고 뭐가 이렇게 꼬여!

리아는 작게 투덜거리며 냉장고에 반찬 통을 집어넣었다. 잠시나마 어색한 자리를 피하기엔 그만이었다. 하지만 계속해서 주방에 숨어 있을 순 없었다. 혼자 있을 태호의 상태가 슬슬 걱정되기도 했다.

결국 리아는 다시 거실로 돌아갔다. 태호는 창백한 얼굴로 눈을 감은 채 소파 등받이에 머리를 기대고 앉아 있었다. 마치 세상 다 산 사람처럼…….

얼마나 싫었으면 저런 모습으로 있을까! 기분은 상했지만, 그렇다고 기분 나쁜 티를 낼 수는 없었다. 그녀는 이제 철저한 을이 입장이 되었으므로.

"많이 아파? 주치의 부를까?"

"……아니."

태호는 가만히 고개를 저으며 옆자리를 손바닥으로 툭 두드렸다.

"여기 와서 앉아봐."

리아는 얌전히 태호가 시키는 대로 옆에 앉았다. 그녀가 자리에 앉자, 태호는 천천히 눈을 뜨며 그녀에게로 고개를 돌렸다. 리아는 자신을 향한 짙은 눈빛이 고통으로 흔들리는 것을 보았다. 그에게 고통을 주어서 미안하고, 아파하는 모습에 모성애가 발동하며 가슴이 뭉클해졌다. 그뿐인가? 가까이 앉으니까 은은한 남성 향수가 느껴지면서 살짝 설레기도 하고…….

아, 정말 답이 없네. 망신살 뻗치게끔 퇴짜 맞았으면서도 그래도 좋단다.

리아는 정신 못 차리는 자신을 책망하며 아랫입술을 깨물었다.

한동안 두 사람 사이에 어색한 침묵이 흘렀다.

"내가 지금 갈비뼈를 다쳐서 그런데……."

이윽고 태호가 천천히 입을 열었다. 그가 말을 시작하자, 갑자기 두려움이 밀려왔다. 그의 입에서 나오는 뾰쪽한 말이 그녀를 상처 입힐 것 같았기 때문이다.

지금은 아니야! 고백하자마자 태호와 싸우긴 싫었다.

"알아, 알아! 아픈 사람 가지고 내가 너무 심했어. 급한 거 아니니까 천천히 해결하자. 나도 노력할게."

'노력할게.'라니? 무슨 노력?

리아는 자신이 무슨 말을 하는지 알 수 없었지만, 우선 아무 말이나

하고 보았다.

"……리아야."

"그러니까 내가 좋아한다고 한 말, 부담가지지 말고……."

"리아야."

화가 난 것처럼 태호가 목소리를 낮게 가라앉히자, 리아는 입을 다물 수밖에 없었다.

"후우."

태호는 뚫어지게 그녀를 바라보며 긴 한숨을 내쉬었다. 매우 화가 난 상태인지, 미간에는 깊은 주름이 새겨져 있었다.

사실이다. 태호는 지금 화가 나서 미칠 지경이었다. 생각지도 못한 고백에 심장이 미친 듯이 날뛰었지만, 그걸 표현할 방법이 없었다. 리아를 힘차게 끌어안을 수도 없고, 고개를 숙여 키스할 수도 없었다.

이놈의 갈비뼈! 하아, 왜 하필 이럴 때…….

할 수 없이 태호는 껴안는 대신 리아의 손을 꽉 움켜쥐었다. 그러자 뭐하는 짓이냐는 듯 그를 바라보는 리아의 눈꼬리가 꿈틀거렸다.

"네 마음을 깨달은 거, 혹시 내가 사고로 병원에 실려갔을 때야?"

"맞아."

리아는 시선을 맞춘 채로 고개를 끄덕였다.

"다른 건 몰라도 네가 아픈 건 참을 수 없었거든."

"그럼 그때 병실에서 갑자기 뛰어나간 이유가……."

"응."

리아는 다시금 고개를 끄덕거렸다.

"그때 깨달았어."

"……리아야."

그녀의 말 한마디 한마디가 심장을 쥐어짜는 것 같은 고통을 안겨주었다. 물론 너무 기뻐서다. 심장 박동이 빨라질수록 고통은 심해졌지만, 지금 그건 중요한 게 아니었다. 리아가 다시 그에게 돌아왔다는 사실이 중요했다. 그렇다면 아직 모든 것을 다 밝힐 순 없겠지만, 속마음만큼은 솔직히 털어놓아야 한다. 그녀에게 고백을 받았는데 더는 아닌 척 마음을 숨길 이유는 없었다. 아니, 숨기고 싶어도 더는 숨길 수 없다.

"넌 다시 나를 좋아하게 됐다고 했지만……."

태호가 입을 열자, 리아는 긴장한 얼굴로 숨을 죽였다.

"……난 한 번도 너를 내 안에서 지운 적이 없어."

"응?"

순간 리아의 눈이 커다래졌다. 이번엔 그녀가 믿을 수 없다는 듯 표정을 일그러뜨렸다.

"난 행여나 네가 내 마음을 눈치챌까 봐 걱정했는데……. 후, 역시 넌 눈치가 느려."

반박하려는 듯 리아의 도톰한 입술이 벌어졌다. 그보다 먼저 태호의 손이 리아의 뒤통수를 감싸며 그녀를 자신 쪽으로 끌어당겼다. 그리고 리아가 무슨 일이 일어나는지 깨닫기도 전에 자석에 끌리듯, 두 입술이 제자리를 찾으며 깊게 맞물렸다.

뜨거운 입술이 닿자, 리아는 저도 모르게 숨을 들이마셨다.

솔직히 털어놓자면 방금 들은 태호의 고백이 도무지 믿기지 않았다. 혹시 잘못 들은 건 아닐까? 혹은 뜻을 잘못 해석한 건 아닐까? 불안하기만 했다. 그렇잖아. 한 번이라도 그녀를 좋아한다는 신호를 줬어야 말이지.

그는 그녀보고 눈치가 느리다고 했지만……. 아니다. 눈치가 느린 게 아니라, 그가 너무나도 감쪽같이 감정을 철저히 숨기는 거다. 항상 다른 여자와 스캔들을 일으키며 차디찬 얼굴로 대했는데 어떻게 상상이나 할 수 있었을까!

하지만 입술이 열리고 그의 혀가 한 치의 틈도 없이 안으로 파고들자……. 아, 말보단 행동이라고! 그동안 참았던 감정이 안에서 터지는 것이 느껴졌다. 너무나 소중하고 너무나 절실해서……. 눈물이 날 같은 애틋한 감정이 그대로 입술을 통해 온몸으로 퍼져나갔다.

하아, 태호야.

리아는 속으로 작게 한숨을 내쉬었다.

난 왜 이제까지 네 마음을 몰랐을까. 이렇게나 절실히 원하고 있었는데……. 미안해. 정말 미안해.

괜스레 눈시울이 뜨거워지며 금방이라도 눈물이 흘러내릴 것 같았다. 하나로 얽힌 숨결이 가슴 벅차게 좋아서…….

얼마나 오랫동안 서로의 열기를 나누었을까?

"……음."

태호의 입에서 가는 신음이 흘러나왔다. 그에 자극받은 리아는 저도 모르게 그의 목에 팔을 둘러 와락 끌어안았다.

"윽."

그러자 그와 동시에 태호의 입에서 짧은 비명이 터졌다. 깜짝 놀란 리아는 곧바로 팔을 풀고 태호에게서 떨어졌다. 아직 갈비뼈가 다 아물지 않았다는 사실을 잊어버리고 너무 세게 끌어안았나 보다.

"……미안. 가슴에 통증이 와서……."

"미안해. 많이 아파?"

리아가 걱정스럽게 묻자, 태호는 전혀 괜찮지 않은 얼굴로 억지로 웃어 보였다.

"……아니야, 괜찮아."

"얼굴이 창백하게 질렸으면서 괜찮긴 뭐가 괜찮아? 안 되겠어. 침실로 가자."

그 말에 태호는 난처한 얼굴로 고개를 내저었다.

"아니, 지금은 그냥 여기 있는 게 나아."

통증 덕분에 불타오르는 불을 가까스로 끌 수 있었는데 지금 이 분위기로 침실로 갔다간…… 갈비뼈가 산산조각이 난다고 해도 리아를 세게 끌어안을 것이다. 하지만 곧 고통의 비명을 지르며 뒤로 물러서겠지. 그럴 수는 없었다. 더는 그녀에게 고통스러워하는 모습을 보여주고 싶지 않다.

"진통제 가져다줄까?"

"아니, 그럴 필요까진 없어."

태호는 두 눈을 감으며 힘없이 소파 등받이에 몸을 기댔다.

얼마쯤 지났을까? 통증이 가라앉은 것처럼 보이자, 리아는 흘러내린 태호의 앞머리를 쓸어 올리며 말을 꺼냈다.

"그런데 나만 눈치 느린 거 아니거든. 너도 만만치 않거든. 병실에 갈 때마다 너만 보면 얼굴이 빨개졌는데, 전혀 몰랐잖아."

"그게 나 때문이었다고?"

리아는 목덜미로 손길을 내리며 그의 귓가에 속삭였다.

"그럼, 내가 간호사 언니 보고 그랬겠니?"

"……아."

곰곰이 생각해보면 리아의 행동이 평소와 달랐던 건 사실이다. 하지만 그게 자신 때문이었다곤 상상도 하지 못했다.

"그러면서 나보고 눈치 없다는 거야?"

리아는 투덜거리며 목덜미에 머물던 손길을 서서히 어깨로 미끄러뜨렸다. 그녀 딴에는 최대한 그를 자극하지 않는 선에서 어루만지는 거겠지만, 태호는 그녀의 작은 손길 하나하나에 온몸이 화끈거렸다.

"그런데 태호야."

"오빠."

그가 단호한 목소리로 정정했다.

"뭐?"

리아가 무슨 소리냐는 듯 눈살을 찌푸렸다.

"오빠라고 부르기로 했을 텐데."

"그건……."

'사람들 앞에서 신혼부부처럼 연기할 때만 그렇게 부르기로 한 거지!'라고 반박하려던 리아는 가만히 입을 다물었다. 뭐야? 진심으로 그렇게 불리길 원하는 거야?

그녀를 빤히 바라보는 눈빛이 생각보다 심각해 보이자, 리아는 작게 웃음을 터뜨렸다. 그래, 사랑하는 남자가 원한다는데 호칭 하나 못 바꿀까. '주인님', '자기야' 같은 닭살 돋는 호칭만 아니라면 아무래도 상관없었다. 그리고 그가 그녀보다 한 살 많은 건 사실이었다.

"오빠."

최대한 상냥하고 나긋한 목소리로 그를 부르는 순간 리아의 머릿속에 한 가지 의문이 떠올랐다.

혹시 태호는 처음부터 이혼할 계획이 전혀 없었던 건 아닐까? 한 번도 나를 잊은 적이 없다고 했으니까…….

"그러면 우리 이제, 5년 지나도 이혼 안 하는 거야?"

"물론이야. 이젠 죽어도 안 놔줄 거니까 각오해."

소유욕에 불타는 무시무시한 협박성 발언인데, 거부감이 들기는커녕 왜 이리 가슴이 뭉클하지?

"오빠."

리아는 상냥하게 웃으며 조심스럽게 그의 목에 팔을 둘렀다. 그리고 가슴에 압박이 가지 않게 조심하면서 달콤한 열매를 따 먹듯 깊숙이 입술을 포갰다.

한참 후, 태호는 휴식을 취하러 침실로 가고, 리아는 CCTV를 확인하기 위해 서재로 향했다. 누가 반찬 통을 놓고 갔는지 알아내지 않으면 호기심에 가만히 있을 수 없었기 때문이다.

의문은 곧 풀렸다. CCTV에 찍힌 동영상을 돌리자, 대문을 열고 들어오는 태희의 모습이 화면 속에 떠올랐다.

"아가씨가?"

최 과장이나 다른 직원이 가져다놓았을 것이라고 생각했는데 의외였다. 현관문을 열고 안으로 들어가던 태희는 종이 가방을 든 채 금세 밖으로 나왔다. 그리고 잠시 후, 다시 돌아와 집 안으로 들어가더니 종이 가방을 놓고 귀신에 쫓기는 사람처럼 허둥지둥 달려 나왔다.

두 번이나 들어왔었어? 도대체 무슨 말을 들었기에 저리 다급하게 도망가는 거지?

다른 건 몰라도 "내가 좋아하는 사람은 따로 있어." 하는 말은 들었을 것이다. 그때는 거의 외치듯 말했으니까.

리아는 고민에 빠진 얼굴로 책상을 톡톡 두드렸다. 하지만 아무리 혼자 궁리해봤자 알아낼 수 있는 건 아무것도 없었다. 당사자에게 전화해서 묻는 게 가장 정확한 방법일 것이다.

태희에게 전화를 걸자, 기다렸다는 듯 바로 연결되었다.

"아가씨, 왔다 갔어요? 현관에 반찬 통이 놓여 있던데……. CCTV로 확인하니까 아가씨가 보이더라고요."

[어머, 새언니. 네, 제가 좀 바빠서 반찬 통만 놓고 바로 갔어요. 괜히 인사하고 그러면 시간 잡아먹을 것 같아서요. 호호호.]

흠, 평소와 다르게 '호호호' 어색한 웃음소리를 내는 걸로 보아, 아무래도 둘의 대화를 들은 것 같았다. 어디까지 들었을까? 그러나 꼬치꼬치 캐묻고 싶지는 않았다. 묻는다고 순순히 알려줄 태희도 아니었고, 나중에 이상한 말이 정 여사의 귀에 들어간다고 해도 상관없었다.

'어머니, 제가 태호 씨를 많이 좋아하게 되었답니다. 그리고 태호 씨도 제가 좋다고 하네요.'라고 말해버리면 그만이다.

리아는 심각하게 생각하지 않고 자리에서 일어났다. 그보다는 당장 오늘 밤이 문제니까.

Chapter 14

잠결에 건드리면 어떡해?

"어쩐지 이상하다 했어. 아무리 돈이 필요하다지만, 회사 기밀을 그리도 쉽게 흘리다니."

맞은편에 앉은 민훈에게 위스키 잔을 건네며 한 사장이 말했다.

한 사장이 민훈과 직접 얼굴을 맞대며 만나게 된 지는 그리 오래되지 않았다. 정확하게는 민훈이 리아와 함께 있는 사진을 보게 된 이후부터다.

수년 동안 주원식품 기밀을 넘겨준 산업 스파이가 얼마 전까지 리아와 사귀었던 정민훈 대리와 동일 인물이라는 걸 알게 된 한 사장은 적잖이 놀랐다.

그 전까진 민훈이 먼저 약속 장소에 가서 기밀이 든 서류 봉투를 놓아두고, 나중에 한 사장이 봉투를 찾아오곤 했다. 기밀만큼은 누구도 믿을 수 없어 한 사장이 직접 나섰다. 그런데 얼마 전, 직접 만나고 싶다는 연락이 왔다. '더 많은 돈을 요구하려나?'라는 생각으로 약속 장소에 나갔던 한 사장은 민훈을 발견하고 깜짝 놀라고 말았다.

"강태호 이사와 주리아 팀장이 이혼하길 원하시죠? 사장님을 원해서도, 그리고 따님인 수진이를 위해서라도?"

민훈은 돈 대신 재밌는 걸 제안했다.

"저 역시 두 사람의 이혼을 원합니다."

"왜? 리아가 태호와 이혼하면 다시 자네에게 돌아갈 것 같아서?"

가만히 있어도 됐지만, 술이 들어가서일까? 오지랖이 발동했다. 한 사장은 상대가 원하지도 않은 충고를 늘어놓았다.

"듣기 불편하겠지만, 잘 들어. 지금까지 자네에게 받은 도움이 있어서 해주는 충고니까. 주리아 같은 부류의 여자는 이혼한다고 해도 절대로 자네에게는 가지 않아. 자네 같은 보통 남자와는 그저 결혼 전에 재미나 보는 거라고."

"후."

그 말에 민훈은 쓴웃음을 머금고 단숨에 위스키 잔을 비웠다. 그리고 제 손으로 빈 잔에 술을 채우며 지나가는 투로 말했다.

"사장님의 정보력이 대단하다고 생각했는데, 아닌가 보군요. 아직 제 배경도 모르시고."

"뭐?"

"제가 한낱 돈이나 사랑, 그런 것 때문에 이런 짓을 벌인다고 생각하십니까?"

민훈은 불쾌하다는 듯 인상을 찌푸렸다.

"혹시 예전에 '정직'에서 함께 근무했던 정창식이란 사람을 아십니까?"

"함께 근무한 사람이 어디 한두 사람인가?"

"그러면 배연자라는 이름은 들어보셨습니까? 그때 경리 담당이셨는데……. 10년 넘게 근무하셔서 어쩌면 아실 텐데요."

"……배연자라면?"

"네, 제 어머님이십니다."

"자네가 배연자의 아들이라고?"

전혀 예상하지 못한 대답에 한 사장의 얼굴이 순간 딱딱하게 굳어졌다. 그리고 조금 시간이 지난 후.

하! 이것 참, 일이 참 재미있게 돌아가는군.

한 사장의 입가에 의뭉스러운 미소가 서서히 번지기 시작했다.

서로의 마음을 확인한 부부를 기다리는 다음 단계는 무엇일까? 입 아프게 말로 설명하지 않아도 될 것이다. 드디어 밤이 다가왔다. 하지만 불행히도 태호는 아직 환자였다. 다른 곳도 아니고 갈비뼈에 금이 간 환자. 주치의는 완벽하게 회복하려면 적어도 4주에서 6주는 걸린다고 말했다. 그러면서 그동안은 절대로 안정을 취해야 한다고 강조에 강조를 거듭했다.

두 사람이 신혼이라는 것을 아는 주치의가 안정을 취해야 한다고 강조한 것은 서로 손만 잡고 자라는 뜻이다. 아니다. 손만 잡고 자는 것도 위험할지 모른다. 혹여 잠결에 끌어안기라도 하면 큰일이니까.

마음을 확인하기 전에도 멀리 떨어져 잠들었고, 마음을 확인한 이후에도 여전히 멀리 떨어져 잠들어야 한다니. 옆으로 누워서 서로를 바라볼 수도 없었다. 갈비뼈에 무리가 가지 않으려면 태호는 등을 바닥에 대고 누워야 하니까.

하, 뭐가 이래!

서로를 미치도록 원하지만, 그림의 떡인 상황을 감수해야만 했다.

"한동안은 참아야 해."

태호의 말에 리아는 대답 대신 고개를 끄덕였다. 정말 안타깝지만 할 수 없었다.

천장을 바라보고 반듯하게 누운 두 사람은 서로의 손을 꽉 움켜잡았다. 한동안은 아쉬운 대로 이 자세를 유지해야 했다.

아, 그래도 너무 좋다. 마음을 확인해서일까? 손만 잡고 있어도 너무 좋았다.

리아는 미소를 지으며 고개를 돌려 옆에 누운 태호를 바라보았다. 그러자 마치 약속이라도 한 듯 그가 그녀를 향해 고개를 돌렸다. 깊고도 깊은 그의 눈동자를 마주 보는 것만으로 가슴이 설렜다. 그리고 이어지는 그의 말 한마디가 분위기에 불을 지폈다.

"몸이 회복하는 대로 예전처럼 숨 막히게 안아줄게."

하, 말만 들어도 숨이 막히는 것 같다.

"조금만 기다려."

태호의 나직한 말이 어루만지듯 리아의 귓가에 파고들었다.

서로의 마음을 확인했을 뿐인데 온 세상이 변했다. 미세 먼지 가득한 회색빛 하늘마저 상쾌하게 보이고, 평소보다 밀리는 교통 체증에도 콧노래가 절로 흘러나왔다.

아직 회복이 안 된 태호의 상태 때문에 어쩔 수 없이 손만 잡고 잤지만…… 정말 거짓말 하나도 안 보태고 손만 잡고 잤다. 그래도 하늘 높이 훨훨 날아갈 것처럼 몸과 마음이 가벼웠다.

역시 사랑하면 모든 게 달라지는구나.

이런 기분이라면 원수도 사랑할 수 있을 것 같…… 아, 맞다. 얼마 전까지만 해도 태호가 바로 원수였지.

리아는 지하 주차장에 차를 세우며 피식 웃고 말았다. 그래, 오래전에 돌아가신 분이 '네 원수를 사랑하라'라고 하신 건 다 그만한 이유가 있었던 거야.

"모두 좋은 아침."

웃는 얼굴로 사무실에 들어서며 리아는 팀원 한 명, 한 명과 아침 인사를 나눴다. 마음 같아선 팀원 모두를 와락 안아주고 싶었다.

"팀장님."

리아가 기분 좋다는 걸 단번에 알아챈 채영은 부러움 가득한 얼굴로 다가왔다. '역시 신혼은 신혼이야. 이사님이 퇴원해서 집에 왔다고 얼굴빛부터 다르네.'라고 속으로 중얼거리며…….

"요즘 팀장님 때문에 제 비혼 주의가 마구 흔들려요."

"정말?"

예전 같으면 채영의 어깨를 붙잡고, '안 돼, 채영 씨! 비혼주의 고수해.'라고 말렸겠지만, 사랑의 꿀맛을 알아버린 리아는 부드럽게 웃으며 채영의 어깨를 톡톡 두드려주었다.

"아, 그런데…… 팀장님."

솜사탕처럼 달콤하고 몽글몽글한 행복은 다음에 이어진 채영의 말로 인해 슬그머니 사라졌다.

"어제 팀장님 반차 내고 병원 가신 다음에 정 대리님이 오셨었어요. 급히 팀장님을 뵐 일이 있었던 것 같던데, 혹시 연락 못 받으셨어요?"

그 말에 리아는 우뚝 걸음을 멈추며 민훈의 자리로 시선을 돌렸다. 주인 없는 텅 빈 자리가 시야에 들어왔다.

이런! 태호에게 고백받고 들뜬 나머지, 민훈의 일을 완전히 까먹고 있었다. 과거 부모끼리 얽힌 일은 물론이고, 현재 산업 스파이로 의심되는 상황까지 떠올리자 마음이 무겁게 내려앉았다. 앞으로 선배를 어떻게 대해야 할까? 아무리 노력한다고 해도 예전처럼 열린 마음으로 대할 수는 없을 것이다.

"글쎄, 아무 연락 못 받았는데……."

리아는 말꼬리를 흐리며 고개를 내저었다. 민훈의 이야기에 리아의 표정이 어둡게 변하자, 채영은 뭔가 문제가 있다는 것을 눈치채고 서둘러 자신의 자리로 돌아갔다.

역시나, 정 대리님이 요즘 계속 연차 쓰는 이유가 있었네.

팀장실로 들어간 리아는 자리에 앉기도 전에 민훈에게 전화를 걸어 보았다. 하지만 신호만 갈 뿐 전화를 받지 않았다. 그 후에도 몇 번이나 통화를 시도했으나, 전화는 연결되지 않았다. 그렇다고 음성 메시지를 남길 생각은 들지 않아 리아는 그대로 전화를 끊었다.

다음 주까진 휴가니까, 회사로 돌아오면 그때 가서 민훈의 거처를 고민해도 늦지 않을 거다. 리아는 휴대폰을 책상에 내려놓고 회의에 들어가기 위해 자리에서 일어났다.

"출근하게 돼서 그렇게 기쁘십니까?"

밝은 얼굴로 사무실로 들어서는 태호에게 남 비서가 투정하는 투로 물었다. 태호는 입원하는 내내, 하나도 빠짐없이 회사 일을 병실로 가져오게 지시했었다. 말만 입원 중이지, 평소 업무량과 차이가 없을 정도로 회사 일을 처리했던 태호다.

그런 그가 미소를 띤 얼굴로 사무실로 들어서자, 남 비서는 속으로 혀를 내둘렀다. 아무리 일에 중독되었다지만 이건 너무나 중증이거든.

"성후야, 그동안 고생 많았다. 그리고 미안해."

태호는 대답 대신 피식 웃고 남 비서의 어깨에 손을 짚었다.

"네? 고생 많았다는 건 알겠는데 갑자기 미안하다니요?"

"흠."

남 비서의 두 번째 물음에도 태호는 대답할 생각이 없는지 짧게 마른기침만 내뱉고는 서둘러 집무실로 들어갔다.

남 비서에게 미안한 일은 두 가지였다.

하나는 어제 남 비서가 옆에 없었기에 망정이지, 만약에 있었다면 리아의 제대로 된 설명을 듣기도 전에 멱살부터 잡았을 테니까. 다혈질은 아니지만, 리아에 관한 일이라면 가끔 어쩌다 이성을 잃기도 한다. 어제가 바로 그런 날이었다.

다른 하나는 리아가 핸드백으로 남 비서를 후려갈긴 이유를 확실히 알았기 때문이다. 리아는 사고로 그가 병원에 실려 간 후, 다시 좋아하게 되었다는 사실을 깨달았다고 하지만…… 그녀는 이미 그때부터 그를 좋아하고 있었다. 그래서 사랑에 눈이 멀어 다짜고짜 손이 먼저 나갔던 것이다. 자신이 좋아하는 태호가 다른 여자를 눈앞에서 끌어안고 있어서…….

"후."

실수를 깨달은 리아가 어쩔 줄 몰라 하던 모습이 떠오르자, 태호는 낮은 웃음을 흘렸다. 폭력을 행사하는 아내가 사랑스럽게 느껴지다니, 그 역시 사랑에 눈이 먼 게 틀림없었다. 어쩌면 클럽 루프톱에서 키스한 날 이후로 지금까지 쭉 눈이 먼 상태인지도 모르겠다.

자리에 앉은 태호는 잠가두었던 첫 번째 서랍에서 사진 액자를 꺼냈다. 사진 속에는 로스 카보스 바닷가를 걷는 리아의 모습이 담겨 있었다. 신혼여행 도중 찍은 사진인데, 리아가 언제 사무실로 들이닥칠지 몰라서 책상 위보단 서랍 안에 넣어두는 경우가 많았다. 하지만 이젠 마음 편히 책상 위에 놓을 수 있다. 사진을 바라보는 태호의 입가에 부드러운 미소가 떠올랐다.

태호의 마음을 알게 되었다고는 하지만, 그래도 확실히 해둘 게 있다. 오전 회의를 끝낸 리아는 점심 시간을 이용해 민수를 찾아갔다.

"네가 웬일로 나랑 점심을 먹재?"

"긴히 할 이야기가 있거든."

"할 이야기?"

리아는 회사 근처의 레스토랑으로 자리를 옮길 때까지 입을 다물었다. 주문한 요리가 나오고서야 그녀가 먼저 운을 뗐다.

"곰곰이 생각해봤는데……. 민수야, 너 태호가 나 좋아하는 거 알고 있었지."

"그게 무슨 소리야?"

민수는 황당하다는 듯 미간을 찌푸렸다. 하지만, 민수를 향하는 리아의 두 눈에 의혹이 가득했다. 태호에게 고백을 받은 건 고백을 받은 거고…… 그렇다면 두 사람의 결혼은 우연이었을까? 아니면 계획이었을까? 하는 생각이 들었다. 정확하게 짚고 넘어가자면 이렇다.

부도 위기에 몰린 주원식품을 돕다 보니 우연히 정략결혼이 거론된 걸까? 아니면 처음부터 결혼할 계획으로 태호가 먼저 주 회장을 찾았던 걸까?

그녀와 결혼하기 위해 멀쩡한 주원식품을 부도 위기로 몰았을 리야 없겠지만, 그래도 조금의 의혹이라도 말끔하게 치워버리고 시작하고 싶었다. 그렇다고 태호에게 꼬치꼬치 캐물을 순 없었다. 그러다 혹시라도 핑크빛 무드가 잿빛으로 바뀔까 두려웠기 때문이다.

혼자 고민하던 리아는 민수가 이 사실을 모를 리 없다는 확신이 들었다. 민수를 태호의 사무실에서 부딪친 것도 그렇고, 예전부터 두 집안 사이가 어떻든 전혀 신경 안 쓰고 민수와 태호는 친구 관계를 유지했으니까. 리아가 태호와 헤어지고 나서도, 민수는 정기적으로 태호를 찾아가 술잔을 기울였다. 결국 리아는 만만한 민수를 닦달해서 의문점을 풀기로 했다. 그런 리아의 속마음을 알 리 없는 민수는 황당하다는 얼굴로 물컵을 들어 올렸다.

"태호가 너 좋아한 거, 당연히 알지. 네 남친이었잖아. 그것도 나 때문에 사귀게 된 건데."

"그거 말고. 나랑 헤어지고 나서도 태호가 날 잊지 못한 거, 쭉 좋아한 거 알고 있었냐고."

"푸웁."

아무 생각 없이 물을 마시던 민수가 사레에 걸린 듯 물을 내뿜었다.

"켁켁."

그는 주먹으로 가슴을 치며 괴로운 표정을 지었지만, 그렇게 해서라도 위기를 모면하려는 서툰 연기라는 게 한눈에 보였다. 민수가 누구인가? 엄마 배 속에서 함께 지낸 그녀의 쌍둥이다. 다른 건 몰라도 튀어나올 것처럼 동그래진 민수의 두 눈에서 리아는 그가 긴장 상태라는 걸 확신할 수 있었다.

역시, 주민수. 넌 모든 걸 알고 있었구나.

"털어놔."

리아는 의자에 등을 기대며 가슴 앞으로 팔짱을 끼었다. 그리고 으스스할 정도로 나직한 목소리로 말했다.

"민수, 너 우리 결혼에 관해서…… 내게 할 말이 많을 것 같은데. 아니야?"

확신에 찬 리아의 목소리에 민수는 곧바로 꼬리를 내렸다.

제길, 안 통하네. 오늘은 아침 안 먹고 와서 배고픈데…….

그러나 애석하게도 이미 점심은 다 날아간 것 같다. 민수는 꿀꺽 마른침을 삼키며 얌전히 손에 든 물컵을 내려놓았다.

[언제 퇴근해? 오늘은 야근할 거 아니지?]

휴대폰 너머에서 상냥한 리아의 목소리가 흘러나왔다. 태호는 힐끔 손목시계로 시간을 확인했다. 오늘 중으로 끝마쳐야 할 업무가 아직 한참 남았지만, 늦게 퇴근할 거라는 말은 입 밖으로 나오지 못했다.

"응, 제시간에 퇴근할 거야."

[그럼 내가 데리러 갈게. 너 아직 운전할 수 없잖아.]

오늘 아침에도 태호는 본가에서 보낸 차를 타고 회사에 출근했다. 퇴근길에는 남 비서가 운전할 예정이었다. 하지만 리아가 직접 데리러 온다는 데 사양할 이유가 없었다.

"그래, 그럼."

아직 퇴근까진 서너 시간 남았지만, 리아를 볼 생각에 벌써 마음이 설렜다.

전화를 끊은 태호는 주어진 시간 안에 남은 업무를 끝낼 생각으로 휴식도 없이 강행군을 펼쳤다. 덕분에 퇴근 시간 직전에 모든 업무를 마칠 수 있었다.

"살살 좀 하세요. 모르는 사람이 보면 뒤에서 호랑이가 쫓아오는 줄 알겠습니다."

사정을 모르는 남 비서는 태호가 건네는 결재 서류를 받아들며 투덜거렸다.

"정확히 말하자면 호랑이가 아니라, 여우가 쫓아오는 거야."

"네?"

"오늘은 모두 정시에 퇴근하지."

태호는 어리둥절한 남 비서를 집무실에서 내보내고 퇴근 준비를 서둘렀다.

리아와는 로비에서 만나기로 했다. 로비에 도착한 엘리베이터에서 막 내려서는데, 마침 맞은편 엘리베이터 문이 열리며 수진이 모습을 드러냈다.

"강 이사님."

태호를 발견한 수진이 웃는 얼굴로 다가왔다.

"퇴원하고 나서 오늘 첫 출근이셨네요."

두 사람은 사석에서는 말을 놓지만, 사내에선 꼬박꼬박 존댓말을 사용했다. 태호가 그러길 원했다. 중학교 때부터 아는 사이라곤 하지만, 태호는 수진과 아무런 유대감을 느끼지 못했다. 솔직히 말하자면 처음 만났을 때부터 불편했다. 아닌 척하면서도 그를 집요하게 바라보는 시선에 불쾌할 정도였다.

사석에서 말을 놓는 이유 역시 수진이 리아의 친구였기 때문이다. 몇 번 만나지 않았지만, 첫 만남에서 호감을 느꼈던 유정과는 정반대였다. 그러나 리아의 친구 관계까지 그가 이래라저래라 관여할 순 없었다. 내키지 않았지만, 태호는 수진을 향해 가볍게 고개를 끄덕였다.

"그래도 그만해서 다행이에요. 리아가 걱정 많이 했죠? 언제 시간 있으면 리아와 함께 식사해요."

수진의 입에서 리아의 이름이 나오는 것조차 마음에 들진 않았지만, 태호는 불쾌한 감정을 감추며 다시금 고개를 끄덕였다. 평소엔 지나쳐 버리던 태호가 두 번이나 자신의 말에 반응을 보이자 용기를 얻은 수진은 혼잣말처럼 중얼거렸다.

"원래는 결혼하기 전에 친구들 만나서 식사해야 하는 거 아닌가? 아, 맞다. 두 사람 결혼은 그런 게 아니었지."

물론 수진의 말이 틀린 건 아니었다. 하지만 일부러 감정 상하라고 한 말임도 분명하였다.

"……그런 게 아니라니, 무슨 뜻이지?"

태호는 얼어붙을 것처럼 싸늘하게 상대를 쏘아봤다. 하지만 수진은 그가 자신에게 말을 건넸다는 사실에 행복하기만 했다. 그것도 존대가 아닌 반말로…….

그래, 태호야, 너도 억지로 결혼해서 불행하잖아.

수진은 흘러나오려는 웃음을 꾹 참으며 상냥하게 말했다.

"나한테까지 물어볼 필요 있어? 본인이 제일 잘 알잖아. 그러니까 리아에게 잘해줘. 리아, 지금 아주 힘들어해."

"그건 네가 참견할 일이⋯⋯."

그때 멀리서 들리는 커다란 소리가 두 사람 대화를 끊었다.

"오빠."

태호가 소리가 난 쪽으로 고개를 돌리자, 환하게 웃으며 뛰어오는 리아의 모습이 시야에 들어왔다.

바로 어제만 해도 그녀가 지금 연기하고 있다고 생각했겠지만, 이젠 아니었다. 리아는 진심으로 태호를 발견해 행복하다는 표정이었다. 코 앞까지 다가온 그녀는 힘이 가지 않게 조심하며 그의 허리에 팔을 둘렀다. 그리고 그를 올려다보며 사랑을 듬뿍 담은 목소리로 말했다.

"오빠, 많이 기다렸어?"

순간 가슴에 통증을 느낀 태호의 눈가에 희미한 경련이 일어났다. 태호는 어금니를 꽉 깨물며 굳은 표정으로 리아를 내려다보았다.

갈비뼈만 아니었다면 숨도 못 쉬게 끌어안았을 텐데. 그렇다고 가만히 손을 놓고 있을 순 없고⋯⋯.

결국 태호는 껴안는 대신 고개를 숙여 리아의 입술을 머금었다. 수진은 신혼부부 연기에 한창인 리아와 태호를 바라보며 일그러지려는 표정을 힘겹게 바로 잡았다.

왜 하필 내 앞에서 이러는 거야?

살짝 입만 맞추는 선에서 끝날 줄 알았는데 태호가 고개를 들자, 이번엔 리아가 발돋움하며 입술을 겹쳤다.

쟤, 왜 저래?

수진은 지금 앞에 서 있는 이가 자신이 아는 그 주리아가 맞나? 의심해 보았다. 그녀가 아는 주리아라면 강태호의 '강' 자만 들어도 치를 떨며 싫어해야 하니까. 행복한 신혼부부처럼 보여야 한다는 사실에 크게 절망하던 리아였다. 그런데 지금 눈앞에는 아무리 연기라지만, '너무나 행복해서 숨넘어가겠어요!' 하는 얼굴의 리아가 서 있었다. 요 며칠 사이 리아의 연기가 주연 배우급으로 나아진 게 아니라면, 두 사람 사이에 뭔가 일이 있었던 게 분명하다.

혹시라도 남녀가 한집에 살다가 눈이 맞은 건 아니겠지? '남녀칠세부동석'이란 옛말이 괜히 생긴 것도 아닐 텐데……

상상만으로도 화가 머리끝까지 뻗친 수진은 저도 모르게 소리를 내고 말았다.

"아냐."

수진의 목소리가 들리자, 리아는 그제야 옆에 수진이 있다는 사실을 깨달았다. 태호를 보고 반가운 나머지 옆에 누가 있는지도 제대로 살펴보지 못했다. 화들짝 놀란 리아는 태호의 품에서 벗어나며 멋쩍게 수진을 바라보았다.

"안녕, 수진아. 지금 퇴근?"

"응."

속에선 열불이 났지만, 수진은 겉으론 아무렇지 않은 척, 밝게 미소 지었다. 신혼부부끼리 애정 행각 벌이는 것을 보고 그녀가 뭐라 할 자격은 없으니까.

괜히 일부러 저러는 걸 거야.

수진은 마음 편하게 제멋대로 해석했다. 어쩌면 반대로 두 사람은 사이가 더 나빠졌는지도 모른다. 그래서 일부러 더 과장되게 공개적인 장소에서 연기하는 게 분명하다. 얼마 전까지만 해도 두 사람 모두, 서로의 스캔들로 골치 아팠으니까.

확실히 알아내려면 우선 타인의 눈을 피해 사적인 자리를 마련해야겠지?

수진은 환하게 웃으며 리아의 팔에 팔짱을 끼었다.

"마침 잘됐다, 리아야. 내가 방금 태호에게 언제 한번 함께 밥을 먹자고 했거든. 말 나온 김에 오늘 저녁 먹을래?"

수진이 아는 리아는 흔쾌하게 '그래'라고 할 게 분명하다. 갑자기 만나자고 연락해도 리아는 웬만하면 수진을 보러 나오는 편이었다. 수진에게 리아는 아주 마음씨 착한 친구였다. 그랬는데…….

"미안, 수진아. 오늘은 안 돼."

"어?"

'안 될 것 같아.'도 아니고, 단호하게 '안 돼.'라니? 수진은 믿을 수 없다는 듯, 멍한 표정으로 리아를 바라보았다.

리아가 그럴 리가 없는데……?

"선약 있어?"

"아니, 선약 있는 건 아니고. 우리 오빠, 힘들어서 안 돼. 어제 퇴원했잖아. 오늘은 집에 가서 푹 쉬어야지. 미안해, 수진아. 다음에, 우리 다음에 밥 먹자."

그 말을 끝으로 리아는 수진과의 팔짱을 풀고 냉큼 태호의 팔에 자신의 팔을 끼었다. 그리고 그대로 태호와 팔짱을 낀 채, 지하 주차장으로 가는 엘리베이터를 향해 몸을 돌렸다.

수진은 믿을 수 없다는 표정으로 멀어지는 리아와 태호의 뒷모습을 바라보았다.

저녁 식사를 거절한 건 그렇다고 치고 왜 태호를 오빠라고 부르는 거야? 그것도 그냥 오빠가 아니라 '우리' 오빠? 호칭이 너무 다정하잖아! 혹시?

리아와 태호의 모습이 엘리베이터 안으로 사라지고 나서도 수진은 제자리에서 꼼짝도 할 수 없었다.

아냐, 아닐 텐데……. 리아 성격에 절대로 그럴 리가 없는데…….

속으로 계속 부정했지만, 뭔가 설명할 수 없는 불길한 예감이 슬금슬금 수진의 몸을 휘감았다.

"솔직히 말하자면 조금 의외였어."

차에 오르자마자, 태호가 먼저 말을 꺼냈다. 차를 출발하려던 리아는 의아한 얼굴로 태호를 바라보았다.

"뭐가?"

"네가 저녁 먹자는 수진이 말을 거절한 거."

"아…… 그거."

리아는 별일 아니라는 듯 어깨를 으쓱거리고 이내 차를 출발했다.

'흠, 그러고 보니 너무 매정하게 잘랐나?' 하는 후회가 살짝 들었다. 하지만 그때 리아의 머릿속에는 태호밖에 없었다. 퇴원 후, 첫 출근이라서 몸이 피곤할 텐데 괜한 자리에 그를 끌고 가고 싶진 않았다. 아마 지금 다시 물어봐도 같은 대답을 할 것이다.

"너 피곤할까 봐 그랬지."

"단지 그래서뿐이야?"

솔직히 그것만은 아니다. 어제 한 사장이 관련된 비리를 듣고 나니, 태호가 편안히 수진을 대할 수 없을 거라는 걱정이 들었다. 수진은 그녀의 친구이지만, 태호에겐 꺼림칙한 인물일지도 모른다. 그렇다고 수진과 친구 사이를 끝낼 필요까진 없겠지만, 그래도 태호의 앞에선 조심해야겠다는 생각이 들었다.

정말 무슨 일이래? 정 선배도 그렇고, 수진이도 그렇고. 갑자기 주변 인물을 예전처럼 대하지 못하고 잔뜩 경계해야 한다니. 하, 마음이 무겁다. 만약 그녀가 혼자였다면 무척이나 힘들었을 것이다. 하지만 괜찮다. 이제 그녀의 곁에는 태호가 있으니까.

"밖에서 먹고 들어가."

리아에게서 대답이 돌아오지 않자, 태호는 슬쩍 말머리를 돌렸다. 리아가 친구 수진을 챙기지 않고 자신을 먼저 챙겨주었다는 사실만으로도 기분이 좋았으니까. 괜히 더 물어보다, 긁어 부스럼 만들 필요는 없을 것이다.

"왜? 어제 아가씨가 가져다준 반찬도 있고, 찌개만 끓이지 뭐."

"네가?"

리아가 요리하겠다는 말에 태호의 미간이 살짝 좁아졌다. 그새 몇 번 해봤다고 요리에 자신이 붙은 리아는 빠르게 고개를 끄덕였다.

"응. 그냥 간단하게 미트볼 넣어서 김치찌개……."

"아니, 그러지 말고 밖에서 먹자."

태호는 서둘러 리아의 말을 끊었다.

"태국 요리 어때? 나, 팟타이 먹고 싶은데."

딱히 팟타이가 먹고 싶은 건 아니었지만, 참치 통조림도 아니고, 스팸도 아닌 미트볼을 김치찌개에 넣고 끓일 생각을 한다니. 맛을 보지 않아도 기묘한 음식이 될 게 뻔했다. 다행히도 리아는 깊게 생각하지 않고 순순히 동의했다.

"그래, 그러자. 나도 팟타이 끌리네."

솔직히 집에 가서 언제 찌개 끓여서 언제 밥을 먹나 걱정이 되긴 했다. 민수를 닦달해 숨겨진 이야기를 듣느라, 점심을 먹는 둥 마는 둥해서 몹시 배고프기도 했다.

— 그래, 네 예상이 맞아. 태호는 처음부터 이혼할 생각 없었어. 진심으로 너와 결혼한 거라고.

— 그러면 태호는 왜 그때 나를 아직도 잊지 못했다고 털어놓지 않았어?

— 그랬으면 네가 믿었겠어?

민수의 물음에 리아는 믿었을 거라고 대답할 수 없었다. 그녀가 아무 말도 하지 못하자, 민수는 달래는 듯이 나직한 목소리로 말했다.

— 그때 태호는 리아, 네가 자신을 몹시 싫어한다고 생각했어. 괜히 부담스럽게 다가가기보다는 정략결혼이라도 함께 있다 보면 네 마음을 돌릴 수 있을 거라고 기대했지. 뭐, 사실 그렇게 됐고……

민수는 주원식품이 부도 위기에 처한 건 우연이라고 말했다. 그리고 만약에 부도 위기가 오지 않았다고 해도 태호는 두 집안의 정혼을 꺼내며 주 회장을 설득할 계획이었다고 귀띔해주었다.

리아는 민수가 모든 내용을 숨김없이 털어놓았다고는 생각하지 않았다. 민수는 자기가 아는 건 여기까지만이라고 강조했지만, 뭔가 더 깊은 내막이 있는 것처럼 보였다. 하지만 민수에게 알아내지 못한 부분을 태호에게 묻고 싶진 없었다. 민수가 그녀에게 털어놓은 걸 알게 되면 민수 체면에도 문제가 있을 테니까. 그래도 한 가지는 짚고 넘어가고 싶었다.

레스토랑에 도착해 요리가 나오자, 리아는 슬그머니 말을 꺼냈다.

"그런데 수진이 아버지, 그러니까 한 사장님……. 그렇게 비리가 많아?"

태호는 아무 말 없이 가만히 고개를 끄덕였다. 리아가 한 사장과 직접 마주친 적은 그리 많지 않았다. 그래도 경쟁 회사의 사장이기 전에 친구 수진의 아버지였다.

"그러면 나중에 수진이도 회사에서 나가야 하는 거야?"

"글쎄, 아버지가 그렇다고 딸까지 해고당하는 건 아니겠지만, 수진이가 견디지 못할 거야."

"많이 심각한 거야?"

"응."

태호는 짧게 대답하고는 팟타이를 덜어 리아의 접시에 덜어주었다.

어쩌면 한 사장의 비리는 ㈜정직이 둘로 쪼개지게 된 이유 중의 하나일지도 모른다. 그뿐 아니라, 주원식품에게 몰아쳤던 두 번의 부도 위기 역시도 한 사장의 농간일 가능성이 컸다. 그러나 아직은 확실한 증거가 없었기에 리아에겐 말을 아꼈다.

"정민훈 대리는 어때? 아무 연락 없었어?"

이번엔 태호가 질문을 던졌다. 리아는 짧게 한숨을 내쉬며 포크를 집어 들었다.

"어제 사무실에 왔었다고는 하는데……. 전화하니까 안 받더라고. 어차피 다음 주까진 휴가니까, 그때까지 천천히 생각해 보려고."

"조심해."

"알았어."

혹시나 하는 마음에 리아는 민수에게 민훈의 관한 일도 물어봤었다. 민수가 알고 있다고 말하자, 리아는 어떻게 그것까지 숨겼느냐고 쏘아붙였다.

— 정 대리 일은 나도 얼마 전에야 알았다고!

민수는 억울하다는 듯 항변했었다. 민수와 점심에 했던 대화를 떠올리다 보니, 모르는 사이에 표정이 어두워졌나 보다. 태호가 테이블 위에 놓인 리아의 손을 가만히 움켜쥐었다.

"앞으론 뭐든지 나와 상의해."

마치 그녀의 속을 훤히 들여다보는 듯 그가 말했다.

"궁금한 점이 생기면 언제든지 물어보고."

"응. 그럴게."

리아는 태호의 눈을 마주 보며 고개를 끄덕거렸다. 그렇다. 지금은 누구보다도 서로를 믿을 차례다. 곧바로 갈 수 있는 길을 한 바퀴 뻥 돌아온 게 억울해서라도 말이다.

리아는 부드럽게 웃으며 포크로 팟타이를 돌돌 말아 올렸다.

"엄마, 엄마! 엄마는 아빠랑 정략결혼 아니지? 큰오빠도 완전 배 째라고 난리 쳐서 연애 결혼한 거고."

숟가락으로 국을 뜨던 정 여사는 난데없이 무슨 소리냐는 표정으로 막내딸을 바라보았다. 태희는 젓가락으로 반찬을 깨작거리며 말을 이었다.

"아무리 생각해도 나도 정략결혼은 아닌 것 같아. 작은오빠만 봐도 알 수 있잖아. 새언니랑 완전 못 잡아먹어서 으르렁거리고."

왜 갑자기 이런 주제가 튀어나왔는지 몰라도, 정 여사는 대수롭지 않게 태희의 말을 받아넘겼다.

"그래도 두 사람, 이제부터 노력한다잖니. 한 달마다 진행 상황 보고 한다며. 내가 볼 땐 둘 사이가 좀 나아진 것 같던데……. 태호가 입원 했을 때, 새아기가 어떻게 했는지 몰라?"

"그거야 남의 눈이 있으니까 그런 거지."

태희는 한 손으로 얼굴을 괴며 심각한 표정을 지었다.

"엄마, 난 하늘이 무너져도 정략결혼 안 할 거야. 알았지?"

"갑자기? 너, 비혼 주의자라며. 세상에 멋진 남자가 너무 많아서 절 대로 한 남자만 바라보며 못 살겠다며."

"응. 그러니까!"

순간 흥분했는지 태희의 얼굴이 빨갛게 달아올랐다.

엄마! 지금 엄마 며느리가 그렇다고! 결혼 전부터 만난 남자를 결혼 해서도 만나고, 지금은 또 다른 남자를 좋아한대!

하지만 그 말을 입 밖으로 꺼냈다간, 저녁 식탁에 핵폭탄을 떨어뜨 리는 꼴이 될 거다.

하, 난 너무 입이 무거워서 다행이야. 새언니가 남편 복은 없어도 시 누이 복은 있다니까.

태희는 목구멍 깊숙이 말을 꾹꾹 눌러 내리며, 앞에 놓인 오징어튀 김을 젓가락으로 집었다. 그리고 하고 싶은 말 대신 오징어를 질겅질 겅 씹었다.

서로 바라보며 누워만 있어도 가슴 설레게 좋다니…….

뭐에 단단히 쓰인 게 분명하다.

집에 돌아온 리아와 태호는 샤워를 마치고 한 침대에 누웠다. 어제처럼 오늘도 손만 잡고 자야 하지만, 서로를 마주하는 두 사람의 입가엔 잔잔한 미소가 떠올랐다.

그 긴 세월을 기다렸는데, 고작 네다섯주를 못 기다릴까. 리아는 가만히 손을 뻗어 태호의 뺨을 어루만졌다. 부드러운 감촉이 손바닥에 느껴지자, 괜히 코끝이 뭉클하게 시린 것 같다.

다시는 이렇게 그의 얼굴을 쓰다듬을 일이 없을 줄 알았으니까. 손길은 서서히 이마로 흘러내린 앞머리로 향했다.

"……나, 사실은 그날……."

리아는 태호의 머리카락을 위로 쓸어 올리며 조심스럽게 말을 꺼냈다. 이제는 이야기할 수 있을 것 같다. 그에게 이별을 고하던 그날 밤, 과연 어떤 마음이었는지.

이제는 허심탄회하게 말할 수 있다.

"너에게 헤어지자고 한 날 말이야."

리아의 입에서 무거운 내용이 흘러나오자, 태호의 표정이 순간 경직되었다. 하지만 리아가 살며시 미소를 지어 보이자, 굳어진 표정은 이내 풀렸다. 어차피 한 번은 짚고 넘어가야 할 일이기에 그는 묵묵히 그녀의 말에 귀를 기울였다.

"그때 헤어질 수 없다면서 네가 엄청 화냈었잖아. 기억나?"

물론 기억한다. 어떻게 잊을 수 있을까?

태호는 가만히 고개를 끄덕였다.

오랜 세월 그를 알고 지냈지만, 그날처럼 화내는 태호의 모습을 본 기억은 없었다. 오히려 크게 소리를 지르며 폭언을 퍼부었다면 덜 무서웠을까? 헤어지자는 말에 그는 냉기 어린 눈빛으로 리아를 뚫어질 듯 노려보았었다. 피부를 꿰뚫고 박힐 것 같은 살벌한 눈빛에 리아는 저도 모르게 마른침을 삼켰었다. 태호는 낮은 목소리로 경고하듯 말했었다.

─ 누구 마음대로 헤어져? 내가 널 보낼 수 있을 것 같아?

하지만 그의 냉담함은 오래가지 못했다. 리아가 울음을 터뜨렸기 때문이다. 제발 헤어지자고, 너와 나는 여기까지라며 흐느끼는 그녀에 그도 무너지고 말았다. 태호는 흐느끼는 그녀를 품에 안고 분노를 억눌러야만 했다.

"……사실은 고마웠어."

"고맙다니, 뭐가?"

리아의 말이 이해되지 않는다는 듯 태호는 미간을 찌푸렸다.

그날 그는 이성을 잃을 정도로 매우 화내긴 했었다. 당연하다. 사랑하는 여자 입에서 헤어지자는 말이 나왔는데 어떻게 이성적일 수 있을까. 리아가 없는 미래는 상상해본 적도 없었다. 그런 그에게 이별 통보는 지옥에나 떨어지라는 저주와도 다를 바가 없었다. 하지만 눈물을 펑펑 흘리며 눈앞에서 무너져 내리는 리아를 보자, 또 다른 지옥이 태호를 덮쳤다.

어쩌다 눈물을 글썽거리긴 했어도 이렇게까지 눈물을 보이는 건 어린 시절 이후 처음이었다. 자신 때문에 그녀가 흐느낀다고 생각하자, 태호는 가슴 한구석이 무너져 내리는 것만 같았다. 그런데 그렇게 펑펑 울었던 리아의 입에서 고맙다는 말이 흘러나오고 있었다.

고맙다니, 어떻게 고맙다는 거지?

리아는 태호의 속마음을 읽었는지, 부드럽게 입꼬리를 말아 올렸다.

"네가 화내줘서, 속으론 기뻤어……. 사실은 나라고 헤어지고 싶었겠니? 머리로는 헤어져야 한다고 하지만, 나도 쉽지는 않았어."

모순이겠지만, 그가 헤어질 수 없다며 불같이 화를 낼 때 안도감을 느꼈고, 엉엉 우는 그녀를 그가 품에 안아주자 오히려 불안했다.

아, 결국 너도 이별을 받아들이는구나.

그녀의 뜻대로 해주는 그가 고마우면서도 가슴 한쪽이 텅 비어버리는 것처럼 괴로웠다. 사랑해서 이별한다는 말이 진실인 것 같으면서도 새빨간 거짓말처럼 느껴지기도 했다. 그와 마지막 밤을 보내며 리아는 몇 번이나 마음이 바뀌었는지 모른다.

날이 밝으면 이젠 그와 끝이라고 생각하니, 덜컥 겁이 나기도 했다. 울다 지쳐 태호의 품에서 잠들었다 다시 눈을 떴을 땐, 텅 빈 옆자리만이 그녀를 기다리고 있었다.

리아는 그날 아침을 떠올리며 쓸쓸하게 미소 지었다.

"다음 날, 일어나니까 넌 이미 가고 없더라. 조금 서운하긴 했어. 하지만 그보단 다행이라는 생각이 들었어. 아침에 눈을 뜨자마자 널 다시 봤다면 마음이 바뀌었을지도 모르거든."

그 말에 태호는 머리카락을 어루만지는 리아의 손을 잡아, 그녀의 손등에 꾹 입술을 눌렀다.

그날 태호는 품에서 잠들어버린 리아를 끌어안은 채 뜬눈으로 밤을 지새웠다. 한참 동안 고민한 결과, 지금은 리아를 위해 잠시 헤어지는 게 나을 거라는 결론을 내렸다. 만약에 그때 놓아주지 않았다면 리아는 계속해서 눈물을 흘렸을 것이다.

그녀가 그의 뜻을 알아주지 않는다고 해도 상관없었다. 그저 그녀가 더 아파하지 않는다면 그가 대신 아파할 각오가 되어 있었다. 일부러 해외 지사 근무를 지원한 것도 리아의 마음이 흔들리지 않게 하기 위해서였다. 자신이 눈앞에 보이지 않으면 그녀가 덜 방황할 테니까.

두 사람은 말없이 서로를 마주 보았다. 입을 열어 말은 하지 않았지만, 서로의 생각이 통하는 것 같은 느낌이 들었다. 신기하지? 얼마 전까지만 하더라도 아무리 마주 보아도 서로의 마음을 전혀 읽을 수 없었는데⋯⋯ 사이에 놓인 보이지 않은 벽을 깨부순 듯이 이젠 희미하게나마 서로를 느낄 수 있었다.

얼마간의 시간이 흘렀을까? 태호가 먼저 손을 내밀었다.

"⋯⋯이리 와."

그 말에 자석에 끌리듯 리아는 태호 쪽으로 몸을 굴렸다. 그러나 곧 뭔가를 깨달은 듯 급히 뒤로 몸을 뺐다.

"잠깐, 너, 아직 갈비뼈 안 나았잖아."

"괜찮아."

괜찮긴 뭘 괜찮아! 주치의가 그랬다. 남편을 사랑한다면 제발 조심해 달라고. 절대로 안정을 취하게 해야 한다고.

"안 돼. 그러다 덧나면 어쩌려고 그래?"

"조금 아프고 말겠지. 걱정하지 마, 아프다고 안 죽어."

태연하게 대꾸하는 태호를 보며 리아는 미간을 찌푸렸다. 누가 그걸 몰라서 그러나!

"하지만 네가 아프면 나도 아파."

'아프냐, 나도 아프다.'라는 고전 사극에 나오는 대사처럼 정말 그랬다. 아무리 그를 꼭 껴안고 싶어도 그가 아프게 되는 건 싫었다. 그래도 어제는 손만 잡고 잤으니까, 오늘도 조금은 더 가까이 다가가도 되지 않을까? 유리 인형을 다루듯 조심하면 될 것이다.

"그러면 오늘은 살짝만 껴안고 잘게."

리아는 조심스럽게 옆으로 다가갔다. 살금살금, 최대한 그의 가슴을 피해서……. 그녀가 허리에 팔을 두르자, 태호는 팔을 뻗어 그녀를 품으로 끌어당겼다.

"앗! 조심해."

화들짝 놀란 리아가 뒤로 물러났지만, 태호는 그녀의 어깨를 두른 팔에 힘을 빼지 않았다. 리아가 걱정한 대로 약간 통증을 느껴졌지만, 참을 만했다. 아니, 아픔보다는 온몸을 감싸는 포근함이 더 크게 느껴졌다. 태호는 리아의 달콤한 향기를 맡으며 두 눈을 감았다. 손만 잡는 것과 이렇게 품에 안는 것과의 차이는 하늘과 땅 차이였다.

솔직히 아직도 실감이 나지 않는다. 가끔은 이게 모두 꿈은 아닌가, 의심스러울 때도 있었다. 아침에 눈을 뜨고 일어나면 모두 연기처럼 사라지고 없어지는 건 아닌지……. 안다. 바보 같은 걱정이라는 거.

태호는 피식 입가에 미소를 떠올리며 고개를 숙여 리아의 이마에 입술을 내렸다.

하아.

저도 모르게 입에서 행복의 탄성이 흘러나왔다.

잠시라도 좋으니까, 가슴 벅찬 행복이 계속되었으면 좋겠다.

― 우리 오빠, 힘들어서 안 돼.

밤이 깊어갔지만, 리아의 말이 계속해서 수진의 머릿속을 맴돌았다.

'태호 씨, 힘들어서 안 돼.'도 아니고 '오빠, 힘들어서도 안 돼.'도 아니고. '우리 오빠, 힘들어서 안 돼.'라니! 아무리 생각해도 찜찜하다. 그냥 나온 말은 아닌 것 같았다.

여자의 육감은 무시하지 못한다고 뭔가 꼬인 것 같은데, 문제는 그게 무엇인지 확실하지 않다는 거다. 답답하고 초조한 수진은 유정에게 전화를 걸어보았다.

리아, 수진, 유정 세 사람 모두 속마음을 털어놓는 친구였지만, 어떨 때 보면 리아는 수진보다 유정에게 더 손쉽게 마음을 털어놓았다. 유정이 수진보다는 허심탄회하게 상대방 이야기를 들어주는 편이었고, 전화하면 언제나 전화를 받았다.

만약에 태호와의 관계에 조금이라도 변화가 있었다면, 리아는 둘 중 누군가에게 고민을 털어놓았을 것이다. 수진에게 하지 않았다면 분명 유정에게 했을 것이다.

늦은 시각이었지만, 신호음 한 번 만에 유정은 전화를 받았다.

[어, 수진아? 너 완전 귀신이네. 어떻게 알고 전화했어?]

"응? 무슨 소리야?"

놀리는 듯한 유정의 말투에 수진은 뜨끔하고 말았다.

어떻게 알고 전화했냐니! 너 혹시 뭔가 알고 있어?

유정의 대답을 기다리는 수진의 이마에 식은땀이 흘렀다.

[너, 나 지금 민훈 선배랑 술 마시는 알고 전화한 거 아니었어?]

"민훈 선배?"

[응. 저번에 선배 우연히 만났다가 시간 되면 한잔하자고 했었거든. 너도 지금 나올래?]

"지금 거기 어디야?"

수진은 재빨리 펜을 꺼내 두 사람이 있는 장소를 받아 적었다. 민훈을 별로 좋아하진 않았지만 그는 매일 회사에서 리아를 보니까, 어쩌면 유용한 정보를 얻을 수 있을지 모르겠다.

"알았어. 바로 갈게."

전화를 끊은 수진은 곧바로 집을 나섰다.

"정말 괜찮겠어?"

아침 식탁에서 리아는 걱정스러운 얼굴로 태호를 바라보았다. 태호는 피식 웃으며 고개를 끄덕였다.

"응, 더는 미루지 말고 오늘 가자."

오늘은 일주일의 마지막 고비인 금요일. 퇴근 후, 청담동 리아의 집에서 저녁을 먹기로 했다. 원래는 주 회장이 해외 출장에서 돌아오자마자 친정에 갈 예정이었지만, 사고로 태호가 병원에 입원하는 바람에 연기되었었다. 태호는 더 미루게 된다면 예의에 어긋나는 것이라고 말했다. 신혼여행 다녀와서 아직 장인, 장모님에게 제대로 찾아뵙고 인사드린 게 아니니까.

금요일에 친정에서 저녁을 먹고, 토요일까지 머물 계획이다. 리아는 떨떠름한 표정으로 우유 컵을 입으로 가져갔다. 예전 같았으면 친정에 간다고 좋아했겠지만, 지금은 아니다. 그 이유는 물론 태호 때문이다. 퇴원한 지 얼마 안 되었는데 불편하게 하고 싶지 않았다. 아무리 사위 사랑은 장모라고 하지만, 불편한 건 불편한 거니까. 아직은 두 집안 사이가 좋아진 게 아니니, 태호에게 청담동 방문은 가시방석에 앉는 느낌일 것이다. 게다가…….

리아는 버터와 딸기잼을 머핀에 바르며 조심스럽게 말을 꺼냈다.

"태호야."

"오빠."

그가 호칭을 바로잡자, 리아는 들리지 않게 한숨을 내쉬었다. '너'는 되고 '네가'도 되는데 이상하게도 '태호'라고 이름을 부르면 즉각 '오빠'로 정정했다. 물론 '오빠'라고 부르는 것에 반대는 없었다. 하지만 워낙 '태호야'라고 부르던 버릇이 남아 있어서 고치는 데 시간이 걸릴 뿐이다.

"오빠."

리아가 상냥하게 오빠라고 부르자, 태호는 계속하라는 듯 고개를 끄덕였다.

"대신 나랑 약속 하나만 해."

"무슨 약속?"

난데없이 약속이라니?

태호는 무슨 소리냐는 듯 미간에 주름을 잡았다.

"이따가 저녁 먹을 때, 억지로 안 먹겠다고 약속해줘. 특히 우리 엄마가 해준 음식."

"뭐?"

곤혹스럽다는 듯 태호의 표정이 살짝 일그러졌다. 못 알아듣는 척했지만, 지금 그녀가 무슨 말을 하는지 바로 알아들었으니까.

눈치챘나?

태호는 조심스럽게 리아의 표정을 살피며 그녀와 시선을 마주했다. 그러자 리아는 싱긋 웃으며 고개를 끄덕였다. 아닌 척해도 다 안다.

"많이 먹을 필요 없어. 적당히만 먹어. 적당히. 아빠도 엄마가 해준 음식은 잘 안 드셔."

아무리 주 회장의 아내 사랑이 차고 넘친다고 해도, 음식 평가 앞에 선 냉정했다. 긴긴 결혼 생활 동안 소화제를 달고 살 순 없으니까.

다행히 민 여사는 요리에 취미가 없었고 할 필요도 없었기에 지금까진 주방에 발을 들여놓는 일도 드물었다. 리아가 요리에 취미가 없는 것도 민 여사의 영향이 컸다. 그랬던 민 여사가 민수의 말에 의하며 태호에게 먹일 것이라며 손만두를 빚고 있단다. 저번처럼 태호가 그릇을 싹싹 비우길 기대하며…….

'적당히'……라…….

태호는 속으로 중얼거리며 리아가 준비한 아침상을 내려다보았다. 메뉴는 간단했다. 양송이수프와 양상추 샐러드. 접시엔 토스트와 베이컨 구이, 계란 프라이가 담겨 있었다.

양상추 샐러드는 포장만 뜯어 그릇에 담는 완제품이고, 수프 역시 뜨거운 물만 붓는 주원식품 즉석 제품이다. 하지만 수프는 물 조절에 실패해서 맹물에 가까운 맛이 났다. 리아가 냉장고에서 오렌지 주스를 꺼내는 동안 태호는 서둘러 수프 가루를 하나 더 넣었다.

계란 프라이도 '써니 사이드 업'으로 해준다더니 노른자가 다 터져서 결국엔 정체불명의 달걀부침이 되고 말았고, 토스트도 첫 번짼 너무 타버려서 다시 구워야만 했다. 그래도 리아가 손수 차려준 아침인데 어떻게 적당히 먹을 수 있을까! 민 여사의 요리도 마찬가지였다. 리아의 어머니가 해주신 요리인데 어떻게 적당히 먹을 수 있냔 말이다.

"내 걱정은 안 해도 돼."

그 말에 리아는 눈살을 찌푸렸다.

"그러다 한번 크게 체한다."

하지만 리아의 그런 걱정은 민 여사의 요리 실력이 아닌, 다른 이유로 태호를 힘들게 했다.

오늘따라 매끄러운 차량 흐름 덕분에 리아와 태호는 약속 시간보다 일찍 청담동에 도착했다. 막힐 걸 예상하고 집을 나섰던 태호는 기분 좋게 차에서 내렸다. 하지만 좋은 기분은 오래가지 못했다. 집 안으로 들어서던 태호는 민 여사 뒤에서 불쑥 튀어나오는 얼굴을 보고 우뚝 자리에 멈춰 섰다.

"네가 왜 거기서 나와?"

전혀 상상하지 못한 등장에 태호의 표정이 크게 일그러졌다.

"오빠."

태호가 놀란 표정을 짓든 말든 태희는 생글생글 웃으며 앞으로 다가와 태호 팔에 팔짱을 꼈다.

도대체 네가 왜 여기에 있어!

만약 단둘이 있었다면, 태희의 목덜미를 잡아 당장 밖으로 끌어냈을 것이다. 그러나 이곳은 청담동. 주 회장의 집이자 리아의 본가였다. 태호는 속으로 화를 누르며 어색하게 태희를 향해 웃어 보였다.

"태희야, 네가 어떻게 여길……."

그의 질문에 민 여사가 대신 대답했다.

"아까 우연히 밖에서 사돈처녀를 만났지 뭔가. 그래서 약속 없으면 같이 저녁 먹자고 초대했지."

"아, 네."

대답은 그렇게 했지만, 속에선 태희를 향해 소리를 질렀다. 초대를 받았어도 정중히 거절했어야지! 태희를 바라보며 입으론 웃어도 눈빛은 매우 살벌했다. 즉각 위험한 낌새를 느낀 태희는 슬그머니 팔짱을 풀고 옆에 선 리아의 팔에 매달렸다.

"새언니를 여기서 보니까 느낌이 달라요."

"그래요?"

"네. 친정이 좋긴 좋은가 보다. 새언니 얼굴이 환해요."

적진 한복판에 들어선 것도 모르고 태희는 뭐가 그리도 신났는지 헤헤 웃음을 흘렸다. 그녀가 이렇게 기분이 좋은 걸 보면 민 여사와 주 회장이 손님 대접을 제대로 해줬나 보다.

두 사람의 결혼은 결혼이고, 아직 강 회장 집안과는 꺼림칙한 사이일 텐데…….

리아는 믿기 어렵다는 눈으로 민 여사를 바라보았다.

그녀가 아는 민 여사는 강씨 집안이라면 더는 엮이기 싫다며 고개를 내젓곤 했었다. 그랬던 민 여사가 강씨 집안에 시집간 리아를 위해 먼저 태희에게 먼저 손을 내밀다니…….

왠지 코끝이 찡해지는 것 같다. 어머니의 사랑에 보답하기 위해서라도 오늘은 민 여사가 만든 손만두를 맛있게 먹어야겠다.

다행히도 저녁 식사 분위기는 저번보다 부드러웠다. 오면서 리아가 가장 크게 걱정한 부분은 아버지 주 회장이 어떻게 태호를 맞을까 하는 것이었다. 탐탁지 않은 표정으로 태호를 대할 것이라는 예상과는 달리, 주 회장은 입가에 은은한 미소를 떠올린 채 태호를 바라보았다.

아빠가 웬일로? 태희가 옆에서 있어서 그러나? 아니면 아빠도 엄마처럼 날 위해 일부러?

태호가 주 회장에게 두 사람 과거를 털어놓았다는 사실을 전혀 모르는 리아는 혼자 머리를 굴렸다.

태호는 태호 나름대로 어떻게 하면 태희를 쫓아버릴 수 있을까 머리를 굴렸다. 분위기가 어째 태희도 여기서 자고 가라고 할 만큼 화기애애했으니까. 막내로 듬뿍 사랑만 받아서일까? 눈치라곤 하나도 없는 태희는 민 여사가 내미는 음식을 넙죽넙죽 받아먹었다.

"이건 간이 좀 싱겁네요. 원래 싱겁게 드세요?"

감히 맛 평가까지 내리면서…….

리아는 민 여사가 해준 음식을 억지로 먹느라 체할지도 모른다고 걱정했지만, 만약 오늘 그가 체하게 된다면 그건 오로지 태희 때문이다.

불청객이 따로 없는 동생 때문에 속이 부글부글 끓어올라 어떻게 식사를 마쳤는지도 모르겠다. '얘가 지금 오빠 엿 먹이려고 하나?'라는 생각까지 들 정도였다.

태희와 단둘이 있을 기회는 차를 마시러 거실로 이동하는 중에 찾아왔다. 태호는 태희의 팔을 움켜쥐고 재빨리 정원으로 끌어냈다. 반항할 줄 알았는데 태희는 잠자코 태호의 손에 이끌렸다. 그녀는 지금 자신이 어떤 짓을 하고 있는지 전혀 모르는 눈치였다.

그렇지, 그런 눈치가 있었다면 지금 여기에 있지도 않겠지.

"너 미쳤어? 네가 지금 여기가 어디라고 와?"

"왜, 오빠? 내가 못 올 곳이라도 왔어?"

같은 오빠인데 왜 리아가 오빠라고 부르면 하늘을 나는 것처럼 행복하고, 왜 태희가 오빠라고 부르면 소름부터 돋는 걸까?

태호는 곤혹스러운 표정을 지으며 사고뭉치 동생을 노려보았다. 태희는 태호의 속마음도 모르면서 다시금 눈꼬리를 휘며 웃기 시작했다.

"난 누구보다 오빠 마음 잘 알아. 걱정하지 마. 난 누가 뭐래도 오빠

편이니까."

태희는 태호가 자신을 어떻게 바라보든 말든 넓은 마음으로 받아들이기로 했다. 지금 그녀는 태호를 위해 이곳에 있는 것이니까. 정말 순수한 마음으로 태호를 돕기 위해 이곳에 온 것이다.

다른 남자를 마음에 두고 결혼한 여자를, 그것도 모자라 결혼하고 나서 또 다른 남자를 좋아하게 된 여자를 아내로 둔 불쌍한 작은오빠. 살짝 쌤통이란 생각도 들긴 했지만, 그래도 그렇지. 오늘 사돈댁을 방문한다는데 적진 한가운데 오빠 혼자 뛰어들게 할 순 없었다.

얼마나 혼자서 뻘쭘하겠냐고!

하지만 태호는 그런 그녀의 뜻깊은 속도 모르고 싸늘한 눈으로 쏘아보고만 있었다. 혹시라도 리아에게 다른 남자가 있는 것을 태호가 안다고 하면 꽤 자존심이 상할 것이다.

자상한 오빠는 아니지만, 그래도 같은 핏줄은 나눈 형제가 아니던가. 우리가 남이냐고!

태희는 까치발을 하더니 위로하듯 태호의 어깨를 토닥거렸다.

"힘내, 오빠. 내가 옆에 있으니까. 알았지?"

"뭐?"

태희는 기막힌다는 표정을 짓는 태호를 향해 환하게 웃어 보였다.

"그만 들어가자, 오빠. 다들 우리 찾겠다."

그리고 말이 끝나기가 무섭게 태희는 도망치듯 집 안으로 뛰어갔다. 마음 같아선 태희의 목덜미를 잡아채고 싶었다. 하지만 이곳은 리아의 본가였다. 억지로라도 참을 수밖에.

태호는 멀어지는 태희의 뒷모습을 말없이 노려보았다. 불행 중 다행이라면, 그날 밤 태호는 청담동에서 하룻밤 묵지 않고 집으로 돌아갔다. 아주 밤늦게까지 태호의 피를 말리다 가긴 했지만······.

"기분 참 묘하다."

리아는 혼잣말처럼 중얼거리며 자신의 침대에 앉은 태호를 바라보았다. 오히려 그와 결혼했다는 사실보다 그가 지금 그녀의 집에, 그녀의 방에, 그녀의 침대에 앉아 있다는 사실이 더 믿기 어려웠다. 자신의 영역에 들어온 그를 보고 나서야 두 사람이 결혼했다는 사실이 더더욱 현실로 다가온 느낌이랄까.

저번 방문 땐 간단하게 저녁만 먹고 돌아갔기에 그가 그녀의 방까지 들어올 일은 없었다.

민 여사는 하룻밤 지내기 불편하지 않게 새로 침구 세트를 마련하는 등 이것저것 준비를 해두었다.

리아의 침대는 알래스카 킹사이즈와는 비교조차 할 수 없는 아담한 퀸사이즈였다.

"아주 넓은 침대에서 잔다고 하더니······. 전혀 아닌데?"

뻔한 거짓말이었다는 건 알고 있었지만, 태호는 예전 리아가 한 말을 떠올렸다.

─ 내가 잠버릇이 좀 심한 편이거든. 이 정돈 넓어줘야 편히 잘 수 있
    어. 그동안 얌전하게 자느라 얼마나 불편했는데······.

"그렇다고 잠버릇이 심한 편도 아니고······."

태호가 하나씩 짚어나가자, 리아는 킥킥거리며 웃음을 터뜨렸다.

"잠버릇이 심한지 아닌지는 아직 모르는 거야. 우리가 함께 잔 지 얼

마나 됐다고. 그리고 지금은 네가 다쳤으니까 내가 애써 자제하고 있
는 거라고.”

“이런…….”

한숨이 섞인 것 같은 중얼거림이 태호의 입에서 흘러나왔다.

자제라니, 지금 자제라고 했나? 지금 여기서 미치게 자제하고 있는
사람이 누구인데…….

몸 상태만 아니었다면 예전에 자제력 따윈 저 멀리 내던졌을 것이다.

그가 사고를 당한 덕분에 그녀가 마음을 깨달았다곤 하지만, 지금은
그 사고가 원망스러울 뿐이었다.

“그렇게 서 있기만 할 거야?”

멀뚱히 선 채로 리아가 침대로 다가올 생각을 하지 않자, 태호는 그
녀를 향해 손을 내밀었다. 하지만 리아는 그가 내민 손을 바라만 볼
뿐 한 걸음도 움직이지 않았다.

“왜?”

태호가 묻자, 리아는 난처한 얼굴로 아랫입술을 깨물었다.

“역시 안 되겠어. 침대가 너무 작아. 잠결에 건드리면 어떡해?”

서로 조심하며 자기는 했지만, 신혼집의 침대는 무려 성인 네 명이
편하게 잘 수 있는 알래스카 킹사이즈였다. 자칫 위험하다 싶으면 급
히 옆으로 몸을 굴릴 수 있는…….

혹시라도 잠결에 태호의 가슴을 꾹 눌러버리기라도 한다면? 순간 등
줄기로 식은땀이 흘렀다.

“난 그냥 소파 침대에서 잘게.”

그래, 아내가 남편을 지켜줘야지.

하지만 그녀가 소파 침대로 한 걸음 다가가기도 전에, 침대에서 일어

난 태호가 그녀의 허리를 잡아끌었다. 그리고 그대로 그녀를 품에 끌어당겼다.

"내가 조심할 테니까 걱정하지 말고 옆에서 자."

따뜻한 품에 안기고 나니까, 어떻게 혼자 소파 침대에서 잘 수 있을까 싶기도 했다.

하지만 그래도 신중하게 행동하는 게 맞다. 자칫 잘못했다간 지금까지 자제한 노력이 모두 헛되게 돼버릴 테니까.

"아니, 그냥 소파 침대에서 잘 거야."

리아는 뜻을 굽히지 않았다. 태호가 뭐라고 말하려는 순간, 리아는 고개를 들어 그와 시선을 마주했다.

"대신……."

그리고 유혹하는 것처럼 낮게 속삭였다.

"굿나잇 키스해줄게."

굿나잇 키스가 뭐라고. 결혼한 사이에 당연한 거 아닌가?

하지만 애를 태우듯 천천히 다가오는 입술에 태호는 아무 말도 할 수 없었다. 입술이 포개지고 그녀의 향기가 어루만지듯 그를 단숨에 집어삼켰다.

……하아.

그 어느 것과도 바꿀 수 없는 다디단 굿나잇 키스였다.

〈2권에 계속〉

결혼은 계획이다 1

초판 1쇄 인쇄 2024년 3월 21일
초판 1쇄 발행 2024년 3월 28일

지은이 이지연 | 펴낸이 강성욱 | 책임 기획 전주예 | 일러스트 김지훈
디자인 손효은 | 기획 편집 김민지 김지수 손효은 | 교정 손효은
펴낸곳 테라스북 | 등록 제 2022-000073호
주소 (04799) 서울특별시 성동구 아차산로 17길 26, 301호 (성수동2가, 규장각빌딩)
전화 070-4794-5826 | 팩스 0505-911-5826
블로그 https://blog.naver.com/terracebook | 전자우편 terracebook@naver.com
ISBN 979-11-6728-382-5 (04810)
ISBN 979-11-6728-381-8 (SET)

테라스북은 주식회사 스토리펀치의 임프린트 브랜드입니다.